LA DERNIÈRE VALLÉE VERTE

MARK SULLIVAN

Traduit par Sylvie Cohen

City
Poche

Édition originale parue aux États-Unis en 2021
sous le titre *The Last Green Valley*, Lake Union Publishing
Publié en 2022 par Amazon Crossing, Amazon Media EU Sàrl

Adaptation de la couverture par : lookatcia.com
Photos : © nathaniel Gonzales / Alamy Stock Photo ; © Ershov_Maks / Getty Images ; © bogumil © Dmitry Kosterev / Shutterstock
ISBN : 978-2-8246-2221-7
Code Hachette : 61 9596 1

Collection dirigée par Christian English & Frédéric Thibaud.
Catalogue et manuscrits : city-editions.com

Dépôt légal : Mai 2023

À tous les réfugiés reconnaissants
qui régénèrent cette nation
au quotidien.

Avec des cœurs pleins d'amour,
il n'est rien que nous
ne puissions surmonter.

CHEN YENG

PRÉFACE

De l'avis général, je ne trouverais jamais un récit inédit de la Seconde Guerre mondiale à la hauteur de celui de Pino Lella, le héros de mon précédent roman, *Sous un ciel écarlate.* Persuadé du contraire, je lisais avec le plus grand soin les dizaines de courriers truffés d'anecdotes que l'on m'adressait à propos de cette période de l'histoire.

Elles étaient toutes fort intéressantes, chacune à sa manière. Mais aucune ne correspondait à mes critères, à savoir que la trame narrative devait être émouvante, suggestive et capable de changer notre vision du monde, celle de mes lecteurs et la mienne. En novembre 2017, je fus convié à un déjeuner au Rotary Club de Bozeman dans le Montana, ma ville natale, afin de parler de Pino. À l'issue de la conférence, un dentiste à la retraite m'exposa les grandes lignes d'une saga qu'il tenait d'une connaissance habitant dans le voisinage. Cela éveilla immédiatement ma curiosité. Deux jours plus tard, j'entrai l'adresse de cette personne dans mon GPS et constatai qu'elle habitait à moins de trois kilomètres de chez moi. En m'approchant, je me sentais tout drôle sans trop savoir pourquoi. Arrivé à destination, je descendis de voiture et m'aperçus que je me trouvais à environ deux cents mètres de la maison où j'avais appris l'odyssée de Pino Lella, environ onze ans auparavant. Cette histoire avait transformé mon existence.

Je frappai à la porte et ma vie bascula pour la seconde fois.

Un quart d'heure après avoir écouté les pérégrinations de la famille Martel, j'étais plus qu'intéressé. Au bout de deux heures, j'étais convaincu de tenir une histoire digne de celle qui m'avait inspiré *Sous un ciel écarlate*. Dire que je l'avais entendue dans le même quartier ! Quelle extraordinaire coïncidence ! Les quinze mois suivant cette rencontre, j'interrogeai les survivants, effectuai des recherches et visitai les principaux lieux où s'étaient déroulés les événements, notamment les ruines d'une ferme abandonnée dans la campagne profonde, au fin fond de l'Ukraine occidentale. À partir de là, je reconstituai le périlleux et remarquable périple d'une famille de réfugiés fuyant vers l'ouest dans un chariot attelé à deux chevaux, coincée entre la déroute de l'armée allemande et l'avancée soviétique au cours de la dernière année chaotique de la Seconde Guerre mondiale.

Je suivis le trajet des Martel à travers l'actuelle Moldavie, la Roumanie, la Hongrie, la République tchèque et la Pologne, où l'itinéraire bifurque dans deux directions : une piste continue vers l'ouest, tandis que l'autre retourne vers l'est sur plus de mille kilomètres, jusqu'à un ancien camp de prisonniers soviétique de sinistre mémoire, près de la frontière ukrainienne avec la Biélorussie. Ce faisant, j'interrogeai des acteurs et des témoins oculaires de la Longue Marche, ainsi que des historiens de l'Holocauste, de l'armée, et des rescapés qui m'aidèrent à mieux comprendre le contexte dans lequel se déroula l'histoire des Martel. J'écoutai également les enregistrements décrivant le calvaire de personnes depuis longtemps décédées, impressionné par le cran, l'humanité et la détermination dont elles firent preuve face à des obstacles et des défis apparemment insurmontables.

J'avais beau détenir ces informations en commençant la rédaction de ce livre, il subsistait dans le récit des lacunes qui n'étaient pas entièrement comblées par les sources limitées à ma disposition. Pour ce faire et afin de donner plus de corps à l'histoire, je dus solliciter mon intuition et mon imagination. Ce que vous allez lire est une fiction non pas romanesque, mais historique, fondée sur une chronique extraordinaire de la Seconde Guerre mondiale et de ses répercussions.Au moment où j'achève ce livre, le monde est plongé dans une crise séculaire et la voie à suivre paraît aussi périlleuse et incertaine qu'elle avait dû l'être pour les Martel, quand ils entreprirent leur voyage. J'espère que ce récit apportera courage et réconfort aux éprouvés et permettra de mieux comprendre ce que des gens ordinaires sont capables d'endurer et d'accomplir, alors que tout semble perdu.

PREMIÈRE PARTIE

LA LONGUE MARCHE

1

Fin mars 1944
Gouvernorat roumain de Transnistrie

Un vent froid soufflait dans les premières lueurs de l'aube. L'écho des bombes résonnait au nord et à l'est. Le bruit de la guerre se rapprochait de minute en minute du petit village perdu de Friedenstal.

Engoncée dans ses épais vêtements d'hiver, les bras chargés d'une caisse d'ustensiles de cuisine, Adeline Martel, vingt-huit ans, sortit par la porte arrière de sa maisonnette et se dirigea vers le chariot bâché, attelé de deux chevaux de trait, qui stationnait devant le porche.

Dans la clarté du petit matin, un panzer allemand tout déglingué passa devant elle, affolant les bêtes qui renâclèrent. Une colonne de camions transportant des soldats allemands blessés le suivait. Adeline entendit leurs cris de douleur bien après qu'ils furent passés. Elle aperçut d'autres camions et des chariots tirés par des chevaux et des mules, pareils au leur, qui se découpaient sur le soleil levant, vers l'est.

Son fils cadet Wilhelm se précipita sur ses talons.

— Maman ! appela-t-il.

Adeline parvint à l'arrière du grand chariot en forme de *V* sur lequel étaient montés des arceaux en bois recouverts d'une bâche.

— Pas maintenant, Will, haleta-t-elle, un peu essoufflée.

— Mais il faut que je sache si je peux emporter ça, protesta le garçonnet de quatre ans et demi en brandissant un caillou, l'un de ses derniers trésors.

— Prends plutôt ton bonnet de laine, dit-elle en casant la caisse à côté d'une deuxième contenant de la vaisselle et des moules à pâtisserie, ainsi que d'une troisième remplie de pots de farine, de levure, de sel, de poivre, de saindoux et d'autres produits de première nécessité.

Emil émergea de l'autre côté de la maison, portant un baril muni d'un couvercle.

— Combien ? s'enquit Adeline.

— Huit kilos de viande de porc et de bœuf séchée.

— Il y a de la place juste là.

Un autre tank les dépassa, tandis que son mari, âgé de trente-deux ans, hissait son fardeau qu'il arrima à la paroi de toile à l'arrière du chariot.

— Je vais chercher les oignons et les pommes de terre dans le cellier, annonça Adeline. J'ai déjà emballé la literie.

— Pendant ce temps, je m'occupe du bidon d'eau, déclara Emil, au moment où une autre bombe explosait au nord-est.

Leur aîné, Waldemar, âgé de six ans et demi, surgit de derrière la maison, remorquant une réplique miniature du grand chariot d'environ un mètre de long, avec les mêmes haut baquet et hayon, les mêmes essieux et roues en bois cerclées de fer-blanc.

— Tu es un bon garçon, Walt, commenta Adeline en désignant l'objet. Tu veux bien me le prêter ? ajouta-t-elle en saisissant la poignée pour manœuvrer le jouet. Venez m'aider, les garçons.

Ils la suivirent dans le cellier où ils s'activèrent à déterrer la réserve de pommes de terre, d'oignons et de betteraves, qu'ils empilèrent sur le petit chariot avant de ressortir. À présent, une longue file de camions allemands et de blindés tout cabossés, flanqués de plusieurs dizaines de chariots bâchés, tirés par des chevaux, encombraient la route ; tous se dirigeaient vers l'ouest, fuyant l'Armée rouge qui avait repris les hostilités.

L'air empestait le crottin, les gaz d'échappement, l'essence et la sueur. Le vacarme, le vent glacé annonciateur de tempête, le mélange d'effluves nauséabonds et la nervosité des animaux mettaient Adeline à cran, tandis qu'ils transféraient les légumes dans des sacs de jute et qu'Emil attachait au flanc du chariot un grand bidon d'eau en caoutchouc et le seau du puits.

À quelques kilomètres plus au sud, un avion de chasse allemand survola le village en laissant une traînée dans le ciel.

— Maman, geignit Walt, je déteste ce bruit.

— C'est pour cela qu'on s'en va, déclara son père en chargeant les sacs de jute à bord du chariot. Nous aurions dû partir avec mes parents, ajouta-t-il sur le ton du reproche à l'adresse de sa femme.

— De toute façon, nous n'aurions jamais été prêts à quatre heures du matin et, comme d'habitude, ils ne nous ont pas attendus, répliqua-t-elle sur le même ton. Et puis…

— Et puis quoi ?

Elle regarda passer un autre char, s'approcha et lui souffla à l'oreille.

— Tu es sûr, Emil, que nous avons raison de suivre les nazis ?

— Tu préfères rester là à attendre l'ours ? Il te violera et nous massacrera, les enfants et moi, à moins qu'il ne nous expédie tous en Sibérie. L'autre solution est de suivre les loups qui nous protégeront jusqu'à ce que nous puissions fuir à l'ouest. Il faut échapper à la guerre. Un point c'est tout.

Trois jours plus tôt, un officier SS allemand avait frappé à leur porte et leur avait offert sa protection s'ils rassemblaient leurs biens et se dirigeaient vers l'ouest. Après son départ, ils avaient discuté pendant des heures. Toujours perturbée par cette décision, Adeline considéra son mari. Ses sentiments envers lui n'avaient pas changé : en dépit de ses sautes d'humeur et de ses silences, c'était un brave homme, en plus d'un combattant aguerri.

— D'accord, dit-elle. On suivra les loups.

— Et le petit chariot ? intervint Walt.

— Nous lui trouverons de la place, assura son père.

Le vent soufflait en rafales. Une feuille marron racornie, vestige de l'automne, se souleva dans l'herbe brûlée, virevolta et tournoya, effectuant de drôles d'arabesques sur le chaume autour d'Adeline et des garçons, avant que le vent ne se calme et que la feuille ne retombe en spirale sur le sol. Adeline se remémora une nuit, longtemps auparavant, où, porté par le vent, un billet tout froissé avait atterri à ses pieds, comme une réponse à une prière désespérée, primitive.

Elle retourna une dernière fois à la cuisine, troublée par ce souvenir déconcertant, doux-amer et mystérieux, en même temps qu'impressionnant et un peu effrayant.

Au gré du vent, comme chaque grand changement dans ma vie.

***

Emil ficela le petit chariot à l'arrière du grand.

— Personne ne marche dessus, d'accord ? dit-il à ses fils. Si vous voulez sortir par là, attendez que je le détache.

Walt acquiesça.

— On s'en va quand, papa ? questionna son frère.

— On attend maman, ta grand-mère et ta tante. D'ici là, prenez vos précautions et filez vite aux toilettes.

Les garçons partirent en courant derrière la maison, tandis que les deux hongres, Oden et Thor, piaffaient, effarouchés par les tanks qui les frôlaient au passage. Emil les flatta pour les calmer. Ces chevaux étaient des bêtes saines et bien soignées, habituées à tirer des charrues et de lourds fardeaux. À condition de ralentir sur les pentes raides et sauf en cas de boiterie ou pire, d'accident, Emil espérait qu'ils pourraient conduire sa famille à bon port.

Il s'interrompit pour contempler la maison qu'il avait construite de ses mains, refusant d'éprouver des regrets inutiles ou de s'apitoyer sur son sort. Une maison était une maison. Il y en aurait d'autres. Emil avait appris à son corps défendant à faire abstraction de toute idée de possession durable. Il fixa le toit, se revoyant le jour où, deux ans et demi plus tôt, il avait chargé son chariot de tôles et de poutrelles à Dubossary, située à une trentaine de kilomètres à l'ouest.

Il se secoua et détourna la tête, imaginant déjà la maison réduite en cendres et en poussière.

— Si Dieu donne, Staline reprend, marmonna-t-il.

Oomph, oomph ! L'artillerie tonnait dans le lointain, vers le nord. *Oomph, oomph !* Les explosions étaient encore trop distantes pour faire trembler le sol, mais on distinguait des panaches de fumée noire dans le ciel à quelque neuf ou dix kilomètres au nord-est. Pour la première fois, Emil mesura les véritables enjeux du voyage qui les attendait, sa famille et lui. Troublé, il tituba contre le flanc du chariot. Il se rappela un jour de la mi-septembre 1941 où il s'était cramponné à cette même voiture, en proie à une violente nausée au milieu des chants des criquets dans la moiteur de midi, tandis qu'un flot de bile lui remontait dans l'estomac. Furieux, il avait levé les yeux au ciel et brandi le poing avec une telle amertume qu'il s'était trouvé mal.

Perdu dans ses souvenirs, pantelant, le cœur souffrant, Emil haletait, toujours agrippé au chariot.

Je me souviens. J'avais l'impression qu'on m'arrachait l'âme de la poitrine.

***

Adeline ressortit de la cuisine, les bras chargés, au moment où les garçons revenaient des toilettes.

— On part maintenant ? questionna Will.

— Oui, répondit-elle.

Elle contourna la maison et aperçut Emil plié en deux, cramponné d'une main au chariot, suffoquant, les yeux clos, les traits déformés par la douleur, sa main libre crispée sur sa poitrine.

Elle se précipita.

— Emil ? Ça ne va pas ?

Son mari sursauta et la fixa, comme si elle faisait partie d'un cauchemar ou d'un rêve merveilleux.

— Ce n'est rien.

— C'est ton cœur, n'est-ce pas ?

Emil se redressa en essuyant son front couvert de sueur.

— J'ai eu très mal pendant une petite minute. C'est passé maintenant. Je vais bien.

— Tu ne vas pas bien du tout. Tu es blanc comme un linge.

— Ça va aller, Adella, je t'assure.

— Maman, voilà mamie et Malia ! s'égosilla Will.

L'inquiétude d'Adeline se dissipa lorsqu'elle aperçut sa mère, conduisant un chariot attelé à deux vieux poneys, qui avançaient à un rythme régulier au milieu de la lente caravane des réfugiés et des soldats vaincus, en direction de l'ouest. Le visage de Lydia Losing était plus dur et pincé que jamais. Âgée de cinquante-quatre ans, elle portait toujours les habits sombres de veuve qu'elle n'avait pas quittés au cours des quinze dernières années. Lydia soliloquait devant la sœur d'Adeline, trente-cinq ans, assise à une certaine distance de sa mère, dodelinant de la tête en souriant sans faire de commentaire, ce qui était devenu une habitude entre elles. À l'âge de quinze ans, Malia avait reçu à la tête le coup de sabot d'une mule et en avait gardé des séquelles : elle était un peu attardée à certains égards, mais très raisonnable sur d'autres plans. Avisant Adeline, elle lui adressa un clin d'œil.

Un autre tir de canons résonna, assez près pour faire vibrer le sol sous leurs pieds. Quatre chasseurs allemands sillonnèrent le ciel, poursuivis par six avions soviétiques. Les mitrailleuses ouvrirent le feu au-dessus de leurs têtes.

—Oh ! s'exclama Will, ravi.

—Maman ! gémit Walt, cramponné à sa mère.

***

—Tout le monde à l'intérieur ! ordonna Emil, qui se dépêcha de détacher les chevaux de l'arbre.

Il s'installa sur le siège, s'empara des rênes et vérifia qu'Adeline était bien installée à côté de lui et les garçons sous la bâche.

—On s'éloigne le plus possible du champ de bataille !

—Aussi vite que mes poneys le pourront ! renchérit Lydia.

Emil desserra le frein et claqua la langue pour inciter les bêtes à avancer, ployant sous le poids de leur lourde charge. La voiture s'ébranla lentement avant de prendre assez de vitesse pour se glisser entre les autres véhicules et les groupes de réfugiés qui se traînaient sur le bas-côté de la route, transportant leurs maigres biens sur leur dos dans des sacs de jute. Ils regardèrent passer les Martel d'un œil envieux.

À l'extrémité ouest du village, ils dépassèrent la maison où Emil était né. La porte d'entrée de la vieille bâtisse était grande ouverte. Il n'y avait plus rien à récupérer dans la cour abandonnée.

Emil refusait de conserver un seul souvenir de son enfance ni de son existence passée à Friedenstal. C'était bel et bien fini. Celui qui avait vécu là n'était plus. À présent, cette vie brisée avait disparu sous les décombres.

***

Près de lui, Adeline regardait défiler les cours et les jardins, croyant voir les fantômes de leurs connaissances passées, les jeux des enfants et les chants des parents pendant la moisson ; la vie du village était entièrement rythmée par les saisons.

Elle se remémora les jours heureux : en 1922 – elle avait sept ans –, elle était juchée sur un chariot bringuebalant comme celui-ci. Elle était assise à l'arrière au milieu des paniers du déjeuner que sa mère avait préparés avant de se rendre aux champs, où la moisson battait son plein. Octobre était presque arrivé, mais l'air encore chaud embaumait ; la vie était belle. Elle apportait son casse-croûte à son père, le chef des moissonneurs, qui travaillait sur une batteuse mécanique.

Karl Losing avait un faible pour sa fille cadette. Il avait souri en la voyant arriver. Ils s'étaient installés côte à côte à l'ombre de la batteuse, face aux collines dorées, et avaient savouré du pain frais et des saucisses sèches, le tout arrosé de thé glacé.

La jeune Adeline s'était sentie en sécurité et en parfaite harmonie avec la nature environnante.

— Est-ce que nous vivrons toujours ici, papa ? avait-elle demandé.

— Toujours, mon enfant. Sauf, bien sûr, si ces saletés de bolcheviks parviennent à leurs fins et nous jettent en pâture aux loups.

Dans leur chariot roulant à l'autre bout de Friedenstal, environ vingt-deux ans plus tard, Adeline se rappelait avoir été bouleversée par les paroles de son père. Longtemps, elle n'avait cessé de regarder par-dessus son épaule, craignant de voir les bêtes surgir de la forêt pour la prendre en chasse.

Les mêmes sentiments l'agitaient à présent, alors qu'ils quittaient le village pour se diriger vers l'ouest au soleil levant. Le grondement des canons faiblissait derrière eux. Ils dépassèrent les champs en jachère, les arbres bourgeonnants, les oiseaux qui virevoltaient en chantant au-dessus des escarpements rocheux, les rêves détruits par la triste réalité de la famine et de la guerre.

D'autres avions de chasse allemands envahirent le ciel en direction du front.

— Où allons-nous, papa ? demanda Walt, inquiet.

— Vers l'ouest. Le plus loin possible. De l'autre côté de l'océan, peut-être, qui sait ?

— De l'autre côté de l'océan ? répéta Adeline, étonnée et un peu effrayée à cette idée.

— Pourquoi pas ?

Elle répondit la première chose qui lui vint à l'esprit.

— On ne sait pas nager.

— On apprendra.

— Mais pourquoi on va à l'ouest ? insista Will.

— Parce que la vie y sera meilleure, rétorqua son père.

Un cheval hennit dans le chaos indescriptible des carrioles, des chariots, des tanks et des camions. Des hurlements s'élevèrent. Walt se dévissa le cou pour regarder derrière lui.

— Un camion de la Wehrmacht a percuté un chariot à quelques mètres de celui d'Oma, expliqua-t-il. Il s'est renversé, le cheval s'est cassé une jambe et il ne peut pas se relever.

Emil claqua la langue pour inciter Oden et Thor à avancer. Les chevaux se hâtèrent de rattraper le chariot qui les précédait.

Apeuré, Will grimpa sur les genoux de sa mère et se blottit dans son giron.

— Dis-moi à quoi ça va ressembler, maman.

Adeline le serra dans ses bras.

— Quoi donc ?

— L'Ouest. C'est comment ?

Adeline caressa la joue de son fils.

— Nous vivrons dans une belle vallée verte entourée de forêts et de montagnes aux sommets enneigés. En contrebas, il y aura une rivière sinueuse, des champs de blé pour faire du pain, des jardins débordant de légumes pour se nourrir. Papa nous construira une maison où nous vivrons tous ensemble pour toujours sans jamais être séparés.

Rassuré, le petit garçon se détendit.

— Il y aura d'autres enfants avec qui jouer ?

Adeline sentit son cœur fondre devant son expression innocente et pleine d'espoir.

— J'imagine qu'il y aura des enfants avec qui jouer et beaucoup de travail aussi. Mais nous serons heureux. Ton frère et toi grandirez selon les désirs de vos cœurs.

— Qu'est-ce que ça veut dire ?

— Tu deviendras ce que tu décideras, pas ce qu'on te dictera, expliqua son père.

— Je serai comme toi, papa, affirma Will.

Adeline glissa un regard à son mari, qui lui sourit, et jetant un coup d'œil par-dessus son épaule, elle constata que Walt somnolait, allongé sur la banquette.

Elle se retourna vers Emil, dont le sourire s'était mué en un rictus douloureux.

— Tu es sûr que ça va ?

Il eut un hoquet.

— Mais oui. C'est probablement lié à mon malaise, tout à l'heure.

— Nous la trouverons, n'est-ce pas, Emil ? Une vallée où l'on sera chez nous ? Un endroit qu'on ne quittera plus jamais ?

Les traits de son mari se crispèrent. Il haussa les épaules et débita sans la regarder :

— Quelqu'un m'a affirmé qu'à force de prier, on finit par voir ses vœux se réaliser.

— C'est moi qui te l'ai dit. Je citais Mme Kantor.

— Je sais.

— C'est la grâce divine, Emil. La réponse de Dieu à nos prières. Tu as toujours la foi, n'est-ce pas ?

— Adeline, après ce que toi et moi avons subi, il y a des jours où j'ignore si Dieu nous entend et encore moins s'il nous répond. Mais je vais te dire ce en quoi je crois.

— Qu'est-ce que c'est ?

— Où que nous soyons, ce sera mieux que l'enfer que nous venons de vivre.

La caravane gravit un promontoire avant d'obliquer vers le nord, permettant à Adeline de jeter un dernier regard sur la vie qu'ils laissaient derrière eux. Le vent glacé soufflait en bourrasques. Elle entendit à nouveau les canons tonner et vit de la fumée s'élever sur les hauteurs, par-delà le village.

— Tu as raison, dit-elle. N'importe où sera préférable à ça.

2

Novembre 1929
Schoenfeld, Ukraine

L'ampoule vacilla et s'éteignit. Prévoyant une coupure d'électricité, Adeline Losing, âgée de quatorze ans, avait allumé la lanterne à kérosène au-dessus de l'évier de la cuisine de son école, qu'elle nettoyait après les cours.

En récurant la dernière grande marmite, Adeline sentit son estomac gronder, ce qui lui arrivait fréquemment ces derniers temps. La faim au ventre, elle loucha vers un sac rempli d'épluchures de pommes de terre, posé sur le comptoir, en se demandant comment sa mère pourrait les préparer. Elle essuya la marmite et la replaça sur l'étagère.

Deux heures de ma vie pour quelques roubles et un kilo d'épluchures, songea Adeline en se séchant les mains. *Cela vaut-il vraiment la peine ?*

Elle se reprocha aussitôt ces idées déraisonnables. Sous le régime de Staline, remettre en question son travail et ce que l'on obtenait en retour pouvait vous attirer de gros ennuis si vous exprimiez vos doléances à haute voix. Il était d'ailleurs préférable de ne pas y penser du tout, car les mots pouvaient vous échapper malencontreusement. Mieux valait ne pas songer au triste sort qui l'attendrait alors.

Elle serait jetée en pâture aux loups, comme son père le lui rabâchait sans cesse. Voilà. Jetée en pâture aux loups au bout du monde, dans le froid glacial.

Ce n'est pas pour moi, songea Adeline en s'emmitouflant dans l'épaisse pelisse héritée d'une tante défunte. *Je trouverai un endroit où il fera bon vivre.*

Elle fut tout émoustillée à cette perspective. Un lieu où sa famille et elle auraient de meilleures conditions de vie, à l'opposé de cette existence injuste et cruelle qu'ils subissaient. Elle ignorait tout de cet avenir radieux, mais cette idée lui rendit le sourire, et fit s'envoler sa fatigue.

Elle se couvrit la tête de son écharpe de laine, attrapa sa lampe et ses sacs avant de sortir dans la nuit glacée. Frissonnant, elle verrouilla la porte, leva la lanterne à bout de bras et se dirigea vers l'ouest, à l'autre extrémité de la ville où se trouvait sa maison.

Dépêche-toi, s'exhorta-t-elle en pressant le pas. *C'est ce que papa dit toujours. Si tu veux quelque chose, il faut s'y atteler sans tarder.*

Elle n'avait jamais connu personne d'aussi pressé que son père. Il était le premier levé, le dernier couché et ne s'accordait jamais de repos dans la journée.

Adeline marchait d'un pas vif dans les rues désertes de la colonie agricole, fondée quatre ou cinq générations auparavant sous le règne de la Grande Catherine. À la fin des années 1700, l'Ukraine était dotée des terres parmi les plus fertiles du monde : un sol riche et noir, susceptible de produire des récoltes exceptionnelles s'il était correctement semé et entretenu.

Les paysans de l'époque étant de piètres agriculteurs, l'impératrice avait encouragé l'immigration de milliers de familles allemandes. Ces Allemands de souche, ou *Volksdeutsche*, avaient reçu des terres et été exemptés de taxes pendant des décennies en échange de leurs compétences agricoles et de leur efficacité. Arrivés par vagues successives, ils avaient prospéré dans un exil volontaire, cultivant leurs champs à travers toute l'Ukraine pour fournir du blé à la Mère Russie pendant plus d'un siècle.

Les *Volksdeutsche*, notamment les « Allemands de la mer Noire » établis entre Odessa et Kiev, ne s'assimilèrent jamais complètement à la culture russe. Ils construisirent leurs maisons, édifièrent des villes et des villages tel Schoenfeld, répliques fidèles de ceux qu'ils avaient laissés en Allemagne, érigèrent des églises pour perpétuer leur foi luthérienne et des écoles afin d'éduquer leurs enfants et conserver leur langue maternelle.

Plusieurs générations plus tard, les Allemands de la mer Noire se retrouvèrent isolés de l'Allemagne et de sa culture, quasiment coupés de leurs racines. Dans l'ensemble, cependant, la vie était très confortable pour les Allemands de la mer Noire et le million d'autres *Volksdeutsche* qui vécurent en Ukraine jusqu'en 1917. Avant la révolution bolchevik, Schoenfeld était une colonie prospère qui produisait régulièrement des cultures à haut rendement pour se nourrir elle-même ainsi que la Russie.

Mais ce n'était plus le cas.

Ce soir-là, alors que la jeune Adeline se hâtait de traverser la ville, la plupart des autres vieilles familles avaient été bannies de la colonie, chassées de leurs maisons ainsi que de leurs terres et remplacées par des citadins ignorant tout des travaux agricoles. C'était pour cette raison que les Soviétiques autorisaient la famille d'Adeline à demeurer dans leur maison ancestrale : son père était le seul de la région à savoir comment produire une belle récolte. Sans lui, ces crétins de citadins n'obtiendraient que de maigres récoltes et mourraient de faim.

Ils ont besoin de papa, se rassura Adeline à mi-chemin. *Maman l'a dit. Donc nous sommes en sécurité pour le moment. Et nous aurons assez à manger cet hiver.*

Elle s'arrêta et observa la forme sombre et immobile dans l'herbe haute. Elle progressa à petits pas prudents, brandit la lanterne, avança encore et se figea.

Le chien, un grand bâtard, avait été égorgé et laissé pour mort dans une mare de sang qui n'avait pas encore gelé. Elle luisait à la lueur de la lanterne, ce qui était encore plus effrayant. On venait juste de tuer l'animal.

Adeline promena un regard circulaire, ne distinguant rien d'autre qu'un pâle halo de lumière, les ombres et les ténèbres au-delà. Rien ne bougeait. Elle n'entendait que les battements de son cœur dans ses oreilles et une petite voix dans sa tête.

Il faut le dire à papa !

Elle repartit en courant, tenant la lanterne à bout de bras, et dépassa une écurie appartenant à un ami de son père avant le dernier virage qui menait à sa maison.

Elle repéra le deuxième cadavre quelques minutes plus tard, un petit terrier, la gorge tranchée, qu'on avait balancé dans le fossé. Adeline le reconnut, un gentil animal qui jappait sans arrêt, et réprima une envie de pleurer. Elle l'avait vu le matin même sur le chemin de l'école.

Ils en ont tué deux !

Terrifiée, elle se mit à courir plus vite, luttant contre son imagination qui s'égarait, l'esprit obnubilé par le meurtre des deux bêtes. Elle finit par atteindre le portail de sa maison, un joli chalet en bois que son arrière-grand-père avait construit près d'un siècle auparavant dans le style bavarois, avec un toit à bardeaux bordé de rouge et un double pignon. Elle ouvrit la porte du genou, entra et referma le battant d'un coup de talon.

—Éteins cette lampe, dit son père depuis la table où il réparait un harnais en cuir pour ses chevaux, éclairé par deux lanternes suspendues aux chevrons, tandis qu'un bon feu brûlait dans la cheminée derrière lui.

—Papa, je…

—Éteins la lampe, ma fille, répéta Karl Losing. Le combustible est une denrée rare de nos jours.

—Écoute ton père, renchérit sa mère depuis la cuisine. Et où sont ces épluchures ? Il y a des heures que je t'attends.

Adeline ravala sa frustration et souffla la lanterne au moment où Wilhelm, son frère âgé de onze ans, apportait du petit bois pour le feu. Adeline suspendit la lanterne à un crochet près de l'entrée, elle retira son manteau et son écharpe avant d'apporter les épluchures de pommes de terre dans la cuisine où Lydia venait de sortir une miche du four.

— Un kilo d'épluchures, clama Adeline en posant le sac sur la table. Je l'ai pesé.

Sa mère plaça le moule à pain sur la cuisinière, le temps qu'il refroidisse.

— Tu as fini de hacher les oignons pour accompagner les épluchures, Malia ?

Le dos tourné, Amalia, la grande sœur d'Adeline, découpait les oignons avec lenteur et application.

— Si c'était le cas, tu serais la première à le savoir, maman, répliqua-t-elle avec sa drôle de voix.

— Mets la table, Adella, ordonna sa mère. Et va remplir la cruche au puits.

— Je dois parler à papa.

— Fais ce qu'on te dit.

Adeline savait qu'il était impossible de raisonner sa mère quand elle avait une idée en tête. Elle s'empara de la cruche et sortit la remplir à la pompe dans le jardin. La température avait baissé et elle avait les mains gelées au retour. Elle plaça la cruche et cinq cuillères sur la table, où s'activait toujours son père. Après avoir disposé les verres et les bols, elle se campa devant lui.

— Papa !

— Ça ne peut pas attendre après le dîner, mon enfant ? dit-il sans lever la tête.

— Tu ne vois pas que ton père est occupé ? grommela sa mère.

Adeline se sentit invisible, incomprise et quelque chose en elle se brisa.

Elle éclata en sanglots.

— S'il te plaît, papa, tu dois m'écouter.

Son père leva enfin les yeux pour la dévisager, l'air perplexe devant cet éclat.

—Qu'y a-t-il ? Pourquoi pleures-tu ? Qu'est-ce qui te rend si triste ?

—J'ai vu les cadavres de deux chiens en rentrant de l'école. Ils ont été égorgés. Le sang était encore frais.

Le visage de son père se décomposa et il posa le harnais sur la table.

—Calme-toi, Adella, et dis-moi où tu les as vus. C'était loin d'ici ?

Elle sécha ses larmes d'un revers de main.

—Le second se trouvait à trois cents mètres environ.

Son père contempla ses mains tannées. Aux yeux de sa fille, il était grand, fort et débordant d'énergie, mais à ce moment-là, il sembla indécis, comme tassé sur lui-même.

Il jeta un coup d'œil à sa femme, debout dans l'embrasure de la porte, triturant nerveusement son tablier.

—C'est quelqu'un d'autre, Karl, affirma-t-elle. Un de ces nouveaux venus qui parlent à tort et à travers.

Son mari déglutit avec peine et hocha la tête.

—Prions pour que tu aies raison.

Cédant à une impulsion, Adeline contourna la table et se jeta au cou de son père.

Il lui caressa le bras.

—Je dois terminer mon travail avant le souper, ma fille, dit-il. Va aider ta mère.

Elle l'embrassa. Il sourit et lui caressa la joue avant de retourner à son harnais qu'il réparait à l'aide d'une alêne et d'une lanière de cuir.

Adeline retourna à la cuisine où sa mère faisait rissoler les oignons et les épluchures de pommes de terre dans une poêle en fonte.

—Maman…

—C'est l'un de ces imbéciles qui est visé, expliqua Lydia.

—Qu'est-ce que c'est ? questionna Malia.

Adeline ouvrit la bouche pour répondre, mais sa mère lui jeta un regard d'avertissement par-dessus son épaule en secouant la tête.

— Ce n'est rien, ma chérie, dit Adeline.

— Je ne vais pas craquer, protesta sa sœur.

— Je sais.

— Je vais très bien.

— C'est vrai, approuva leur mère. Bien mieux que ce que nous espérions.

— Merci, maman, reprit Malia, qui paraissait avoir perdu le fil de ses pensées. Qu'est-ce que je fais maintenant ?

— Viens t'asseoir, ma chérie, intervint Adeline. Nous allons dîner.

Le visage de sa sœur s'éclaira.

— Oh ! Tant mieux !

Malia et Wilhelm exceptés, la famille était plutôt morose à la table du dîner. Adeline et ses parents se refusaient d'envisager les conséquences de la mort des bêtes.

Il n'existait pas de tueur en série de chiens à Schoenfeld. En revanche, c'était un fait notoire que la Guépéou, la police secrète de Staline, les éliminait afin que leurs aboiements ne trahissent pas sa présence lorsqu'elle venait arrêter des activistes politiques au milieu de la nuit.

Au cours du repas, Adeline vit la cuillère de son père trembler et son contenu retomber dans l'assiette.

Sa femme lui effleura le coude.

— Tu as produit la meilleure récolte depuis six ans, Karl. Il y a pénurie de céréales partout ailleurs. Ils ne peuvent pas se passer de toi.

Son mari n'avait pas l'air convaincu.

— Tu sais très bien qu'ils n'aiment pas nous voir réussir, déclara-t-il en tapant du poing sur la table. Les communistes ont commencé par éliminer les gens sensés qui savaient faire fonctionner les villes. Nous sommes des criminels si nous avons le malheur de bien faire. On marche sur la tête !

Il considéra sa femme et ses enfants qui le dévisageaient avec une stupéfaction mêlée de crainte. D'ordinaire, Karl Losing était un homme calme, affable et toujours de bonne humeur.

—Si on ne cultive pas de céréales, les gens mourront de faim, reprit-il d'une voix empreinte de colère et de désespoir, le dos voûté, les épaules affaissées. Et si on produit assez pour nourrir tout le monde, on devient l'ennemi du peuple. C'est profondément injuste !

—En effet, admit Adeline.

—Pas du tout, intervint Malia à la surprise générale. Si tu travailles dur, papa, tu feras une bonne action et Dieu te récompensera.

Les yeux de son père s'embuèrent tandis qu'impuissant, il dévisageait sa fille aînée, simple d'esprit.

—Oui, ma chérie, mais c'était avant, à l'époque où la vie avait un sens. À présent, le monde est devenu fou.

***

Ils débarquèrent à trois heures le matin suivant et réveillèrent toute la famille à coups de poing et de matraque à la porte. Lydia éclata en sanglots, imitée par sa fille aînée.

—Qu'est-ce que c'est ? demanda le petit frère d'Adeline d'une voix ensommeillée, allongé dans sa couchette sous celle de sa sœur.

—Chut ! dit-elle. Je vais voir.

Elle sauta de son lit dans le noir.

Parvenue dans le petit couloir, elle aperçut son père qui s'apprêtait à descendre l'escalier, muni d'une lanterne.

—Papa ?

—Reste là, ma fille, dit-il avec douceur. Tout va bien.

Mais elle le suivit et tendit le cou du haut des marches pour observer son père, debout devant la porte, l'air pas rassuré.

—Ouvrez ! tonna une voix en russe.

Karl se baissa, posa sa lanterne et retira la barre. Jaillie de nulle part, une matraque le frappa à l'abdomen. Il se plia en deux, vacilla et tomba à la renverse.

— Papa ! hurla Adeline.

Il tenta de se relever, mais s'écroula en se tordant de douleur. Deux hommes de haute taille vêtus de longs manteaux sombres firent irruption dans la pièce.

— Je suis le commissaire Karpo de la Guépéou, déclara un troisième individu, de plus petite taille et plus âgé que les autres. Camarade Losing, vous êtes coupable d'être un koulak.

— Vous voulez dire : quelqu'un qui connaît son métier ?

L'un des hommes lui flanqua un coup de pied.

— Non, camarade, corrigea le commissaire, quelqu'un qui vole le peuple et l'État.

— Je n'ai jamais rien volé de ma vie, protesta le père d'Adeline. En outre, je vous ai remis une excellente récolte.

— Fouillez la maison, ordonna le commissaire Karpo à ses hommes. Dedans et à l'extérieur.

— Que cherchez-vous ?

— Nous le saurons quand nous l'aurons trouvé.

Lydia, Malia et Wilhelm se massèrent dans l'escalier, terrifiés de voir les policiers menotter Karl allongé sur le sol, pendant que les deux gorilles bouleversaient la maison de fond en comble. Dix minutes plus tard, l'un d'eux reparut avec un gros sac de céréales.

— Je l'ai trouvé au fond d'un coffre dans la remise, expliqua-t-il.

Le commissaire ricana.

— Alors, vous affirmez toujours que vous n'avez rien volé, camarade Losing ?

— Un homme a le droit de procurer un extra à sa famille en compensation de son dur labeur.

— D'où sortez-vous cette idée ?

Poussée par ses enfants, Lydia descendit l'escalier en pleurant.

— S'il vous plaît, ne le tuez pas.

— Le tuer ? répéta le commissaire, amusé. Non, votre mari va travailler et apprendre à aider son prochain. En Sibérie.

Ils donnèrent une heure à son père pour emballer quelques vêtements chauds. On l'autorisa à embrasser sa femme et ses enfants avant de l'entraîner vers la porte.

— Combien de temps sera-t-il absent ? hoqueta Lydia.

— Ce n'est pas à moi de décider, répondit le commissaire Karpo.

— Qu'allons-nous devenir ?

— Ce que deviennent les koulaks, répondit-il en tournant les talons.

— Je reviendrai ! s'égosilla le père d'Adeline, tandis qu'on l'emmenait dans la nuit. Je reviendrai ! Je vous le promets !

3

Fin mars 1944
Vingt-cinq kilomètres à l'est de la frontière entre la Transnistrie et la Moldavie

Dans la voiture des Martel, perdue dans le flot des lourds chariots emportés dans la débâcle de la Wehrmacht, Adeline se remémora l'horrible nuit où son père avait disparu.

« Je reviendrai ! Je vous le promets ! »

Quinze ans d'interminable attente s'étaient écoulés depuis lors. Adeline n'avait jamais oublié le visage ravagé de sa mère dans les jours et les semaines suivant la disparition de son mari, une blessure qui s'envenimait après chaque année passée dans l'ignorance en essayant de ne pas perdre espoir.

Adeline jeta un œil par-dessus son épaule sur ses garçons endormis, emmitouflés dans des couvertures. Malgré le vent qui s'intensifiait, elle s'installa sur le siège à côté d'Emil, tandis que les chevaux avançaient tant bien que mal sur la route. Tournant la tête, elle observa sa sœur qui, assise à côté de sa mère dans leur propre chariot, jetait des regards en tous sens, apparemment fascinée par la nouveauté du paysage et le convoi qui ne cessait de grossir.

Mais pas Lydia. Cramponnée aux rênes, elle était tassée sur elle-même, comme si elle portait le poids du monde sur ses épaules, les yeux fixés sur ses poneys, perdue dans des années de prières sans réponse. Lydia n'avait jamais cessé de croire au retour de Karl. Quand ils furent expulsés de leur maison en 1930, elle lui avait laissé un message pour l'informer de la raison de leur départ et de leur destination.

Elle l'avait dissimulé derrière une pierre au sous-sol, là où son mari cachait ses trésors.

Adeline sentit son cœur se serrer au souvenir des années d'épreuves, de labeur et de solitude que sa mère avait endurées après le départ de leur père, surtout lorsqu'ils s'étaient retrouvés à la rue. Sans oublier Wilhelm, son cadet. Il avait été enrôlé dans l'armée allemande, trois ans auparavant, et elle ignorait ce qu'il était devenu. Pareil pour Reinhold, le frère aîné d'Emil. Mobilisé dans la Wehrmacht, arraché à sa famille, il avait été envoyé à l'ouest pour défendre Paris et on n'en avait plus entendu parler.

Adeline nota que les six ou sept autres voitures suivant celle de sa mère étaient menées par des femmes au dos voûté, affichant le même visage dur – les veuves de Staline. Sa mère n'était pas la seule à avoir laissé des êtres chers derrière elle. Ce voyage vers l'ouest sous la protection nazie marquait un nouveau départ pour Lydia et les autres femmes célibataires du convoi. En même temps, il mettait fin à leurs espoirs, à leurs rêves de voir un jour le retour de leur époux à la maison.

Comment vivre avec cela ? se demanda-t-elle, le cœur lourd de tristesse. *Comment survivre ?*

Emil lui tapota la cuisse.

— Adeline, prépare les garçons. Nous allons être pris dans une tempête.

Elle aperçut des nuages couleur ardoise déferlant vers le nord. Elle réveilla les enfants et les aida à revêtir leurs combinaisons, vestes et bonnets de laine, avant de passer un épais caleçon sous sa blouse et sa robe, outre un gros pull sous son manteau. Emil lui confia les rênes le temps de se changer. Il enfilait la dernière couche quand Adeline sentit les premiers flocons de neige sur sa joue.

Emil reprit les rênes alors que les flocons, de plus en plus lourds, commençaient à plâtrer les flancs et le garrot des chevaux. Il exhorta sa femme à s'abriter sous la bâche avec les enfants.

Un kilomètre plus loin, ils se retrouvèrent noyés dans les rafales tourbillonnantes du blizzard venu du nord-ouest. Les chevaux détournaient la tête pour se protéger du vent, de sorte qu'il était malaisé de les diriger et de garder le chariot sur sa trajectoire dans ces conditions périlleuses. La neige tombait de plus en plus drue, cinglant les yeux et les joues d'Emil. Le chariot grinçait et gémissait, tandis que la bâche se tendait sur les arceaux de bois.

— Déplacez-vous à droite contre le vent pour éviter que la voiture ne verse dans le fossé, enjoignit-il à sa famille. Et vérifie les fixations de la bâche, Adella.

Pendant qu'elle installait les garçons de l'autre côté de la banquette et inspectait la bâche, Emil enroula son écharpe autour de son cou, sa bouche et son nez avant de rabattre sa casquette sur ses yeux. Le vent avait forci, charriant des bourrasques de neige. Elle le giflait, puis s'infiltrait le long de son dos par le col de son manteau. Elle lui mordait les doigts à travers ses mitaines, lacérait le côté droit de son visage jusqu'à engourdir sa peau à vif.

Les chevaux avançaient, tête basse, leurs épaules et leurs flancs droits exposés au vent de plus en plus violent et glacial. Voyant que ses bêtes couraient un danger, Emil se rangea sur le bas-côté et fit signe à sa belle-mère de l'imiter et de laisser les autres véhicules les dépasser.

Adeline et ses fils se serraient les uns contre les autres sous les couvertures, sur le côté droit du chariot. Adossée à la bâche qui claquait au vent, elle jeta un coup d'œil inquiet à son mari.

— Crois-tu que ça tiendra, Emil ?

— Je ne sais pas, répondit-il en fouillant dans une caisse d'où il sortit des œillères en cuir pour les chevaux.

Se protégeant les yeux de son bras, il lutta pour attacher les œillères aux brides des chevaux afin de les préserver du vent. Puis il appliqua le même traitement aux poneys de sa belle-mère. En examinant la colonne qui progressait le long de la route, il avisa une brèche dans le convoi.

Il grimpa sur le chariot, attrapa les rênes et les fit claquer sur la croupe des chevaux. La voiture dérapa sur quelques mètres dans la neige, se stabilisa, puis se remit à rouler normalement. Les œillères semblaient efficaces. Les deux chevaux se redressèrent, les oreilles pointées en avant. Emil comprit le signal et inclina la tête vers la gauche, absorbant les assauts du vent de son épaule et son flanc droit.

Les yeux rivés sur la piste enneigée, il gardait en ligne de mire le chariot qui les précédait à une bonne trentaine de mètres. Les conditions de visibilité étaient pratiquement nulles. Tout était devenu uniformément blanc et mouvant. Emil pressentait qu'ils se déplaçaient à travers une vaste plaine agricole, où aucun obstacle physique n'était susceptible de bloquer ou ralentir le vent. Dans les bois ou en présence de brise-vent, on aurait probablement stoppé le convoi et chacun se serait abrité au fond d'un ruisseau ou d'un ravin.

Une violente rafale s'abattit sur eux. Le chariot se retrouva en équilibre sur deux roues avant de retomber brutalement sur le sol. Les garçons et Adeline hurlèrent d'effroi.

Thor et Oden sentirent la secousse, perçurent les cris et enfoncèrent leurs sabots dans le sol, faisant de courtes enjambées à une telle vitesse que l'arrière du chariot zigzagua dans la neige au point qu'Emil faillit tomber et lâcha les rênes. Thor et Oden détournèrent la tête pour se soustraire au vent et à la neige, et avant qu'Emil ne puisse les arrêter, ils filèrent vers la droite sur un terrain accidenté, hors de la route.

Aveuglé par la neige et le vent, Emil se baissa pour attraper les rênes posées sur l'encolure d'Oden. Elles étaient gelées et lui glissèrent entre les doigts. Il songea au frein de la roue avant gauche mais craignit de renverser la voiture ou de briser un essieu sur le sol inégal. Paniquées, désorientées, les bêtes luttaient dans la tourmente, projetant de la neige mêlée de boue dans leur sillage. Le chariot tanguait, cahotait et dérapait, bousculé par la tempête.

—Arrête ! cria Adeline. On va s'écraser !

Emil ôta sa mitaine gauche, se pencha et tendit le bras aussi loin qu'il le pouvait. Il attrapa les rênes du bout des doigts, les enroula trois fois autour de son poignet droit avant de les saisir de la main gauche. Après quoi, fermement campé sur ses pieds, il s'efforça de maîtriser ses chevaux en déroute.

Il tira sur le mors, les forçant à baisser la tête et à s'arrêter. Épuisés par l'effort et sous l'effet de la panique, leurs flancs se soulevaient et frémissaient. Ils s'ébrouaient, piaffaient et détournaient la tête pour s'abriter du vent.

—Je veux rentrer à la maison ! geignit Walt.

Sans lui prêter attention, Emil reprit les rênes, grimpa sur le siège et regarda derrière lui. Il ne voyait qu'un manteau blanc immaculé et un paysage mouvementé. Aucun arbre, aucune haie à l'horizon. Pas le moindre chariot. Pas de chemin. Rien à l'exception de la tempête.

—Emil ! cria Adeline. Quelle direction prenons-nous ?

Il repensa aux innombrables ruades et glissades des chevaux dans la boue et la neige.

—On va suivre nos traces.

Son plan parut fonctionner pendant quelques minutes. Les traces étaient bien visibles, seulement la neige et le vent n'allaient pas tarder à les recouvrir. Il voulut inciter ses chevaux à accélérer, mais il ne distinguait plus rien.

La neige s'épaississait à mesure qu'ils avançaient. *Si je continue comme ça...*

Emil n'aimait pas penser aux *si*. Il décida plutôt de progresser à l'aveuglette à partir du dernier sillon, espérant retrouver des traces que la tempête n'aurait pas encore effacées. Mais dans la neige tourbillonnante, soulevée par un vent violent, il n'y avait plus rien. Il orienta la voiture perpendiculairement au blizzard, stoppa et serra le frein.

—Que va-t-on faire ? s'enquit Adeline.

—Mieux vaut attendre la fin de la tempête. Nous ne devons pas être à plus de cinq cents mètres de la route, mais je ne sais pas où exactement. Quand nous pourrons distinguer quelque chose, nous la repérerons et nous rattraperons le convoi.

Il sauta à terre et dételа les chevaux, qu'il conduisit à l'abri du vent et attacha au chariot avant de remonter par l'arrière.

—Tu ressembles à un bonhomme de neige, papa ! gloussa Will.

Emil baissa les yeux et s'aperçut qu'il était couvert de neige de la tête aux pieds.

Walt éclata de rire. Adeline fit chorus.

—Enlève ton manteau ou brosse-toi. Nous serons trempés si tu t'allonges sous les couvertures dans cet état.

Emil retira le vêtement, qu'il secoua à l'arrière du chariot avant de le plier à côté de lui.

Il fit de même avec ses bottes et son pantalon, puis se glissa sous les couvertures à côté de Walt. Il faisait chaud, et même si le chariot était ballotté en tous sens, la bâche et les arceaux avaient l'air de résister. Ils étaient en sécurité pour l'instant.

Le vent s'apaisa peu à peu. Pendant quelques secondes, la toile au-dessus d'eux faseya. Une nouvelle rafale ébranla la voiture, suivie d'une accalmie précédant une autre bourrasque. Emil considéra sa femme par-dessus la tête de ses enfants. Elle paraissait effrayée et fascinée à la fois.

—Ça va aller, promit-il.

***

Adeline ouvrit les yeux, ne sachant plus où elle se trouvait. Elle avait chaud, mais respirait un air glacé. Les chevaux s'agitaient, secouant le chariot, ce qui acheva de la réveiller. Il faisait encore jour et il ne neigeait plus. Emil n'était plus là.

Will s'éveilla à son tour.

— On est arrivés ? demanda-t-il.

— Tu vois quelque chose de vert dehors ? ironisa son frère.

Adeline chatouilla son cadet, s'extirpa de sous les couvertures et se hissa sur le siège. Son souffle projetait de petits nuages de buée. Le ciel était dégagé. La position du soleil indiquait le milieu de l'après-midi. Aussi loin que portaient ses regards, ce n'était qu'un paysage blanc de neige à perte de vue, si éblouissant que cela faisait mal aux yeux.

Emil apparut, menant Oden et Thor par la bride.

— Peux-tu aller leur chercher du grain ?

— J'y vais. Où sommes-nous ? Sais-tu où se trouve la route ?

— Elle doit être près de cette haie d'arbres, là-bas, dit-il avec un geste de sa main libre. Nous allons gravir cette petite colline pour mieux voir.

— Je n'aperçois pas de chariot ni aucun véhicule.

— Nous verrons mieux de là-haut, répéta-t-il en attelant Oden. Nous aurons rattrapé la route et rejoint le convoi avant la nuit, je te le promets.

Adeline sauta à terre, de la neige jusqu'aux genoux. Une fois qu'elle eut donné une mesure d'avoine aux bêtes et qu'Emil eut harnaché Thor, ils se dirigèrent vers le tertre qu'ils avaient repéré.

— Crois-tu qu'on parviendra au sommet ? s'enquit-elle. Il ne s'agirait pas de se retrouver coincés.

— On va s'en approcher le plus possible et je continuerai à pied.

Après la tempête, l'air était si froid que la poudreuse s'enroulait comme de la fumée autour des jambes des chevaux et des roues du chariot. Emil stoppa l'attelage au pied de la colline, recouverte de poudreuse immaculée.

—Je reviens tout de suite, dit-il en tendant les rênes à sa femme.

Adeline regarda son mari s'enfoncer dans la neige jusqu'à mi-cuisse, ce qui réjouit les enfants, qui éclatèrent de rire.

—Papa est coincé, constata Will.

—Pas pour longtemps, observa sa mère, tandis qu'Emil se frayait un chemin à travers les congères jusqu'à ce qu'il parvienne à une neige moins profonde, ce qui lui permit de gravir aisément la pente.

Il était parvenu aux trois quarts de la montée quand, par-dessus le bavardage des garçons et le tintement des harnais des chevaux, Adeline perçut un grondement sourd au sud, vers la limite des arbres. Elle se dressa sur son siège, la main en visière devant ses yeux, et repéra six panzers allemands à environ un kilomètre de distance, qui roulaient dans leur direction, broyant la neige sous leurs chenilles.

—Dieu merci ! soupira-t-elle. Une fois qu'ils seront passés, ils auront tassé la neige et il sera plus facile de rejoindre la route.

Le bruit des tanks parut soudain s'intensifier et s'approcher, au point qu'elle entendit à peine les cris. Elle finit par comprendre que le grondement ne provenait pas du sud, mais du nord.

Elle tourna la tête et vit Emil dévaler la colline, telle une chèvre paniquée, pataugeant dans la neige jusqu'aux genoux. Même à cette distance, elle distinguait son visage affolé.

—Adeline !

—Maman ! beugla Walt. Regarde là-haut !

Au sommet de la colline, à environ deux cents mètres derrière Emil, le canon d'un char soviétique avait surgi, suivi de son énorme tourelle et de sa coque blindée, ses chenilles pulvérisant la neige et la terre à moitié gelée.

— Cours, papa ! s'époumona Will. Vite !

Emil jeta un coup d'œil par-dessus son épaule, il s'enfonça dans la neige au pied de la colline, tituba et s'étala les quatre fers en l'air. Le tank stoppa, pivota et dévala la colline droit sur eux.

Emil s'était remis sur ses pieds et dégringolait la pente aussi vite qu'il le pouvait, sans voir le blindé stationner sur un replat à flanc de colline, au quart de la descente. Un autre char soviétique apparut, puis un troisième. Ils rejoignirent le premier et firent halte.

Dans l'intervalle, Emil était parvenu à s'extraire de la neige et avait entamé une course folle vers la voiture, telle une créature des neiges démente. Il escalada le siège et attrapa les rênes.

— Accrochez-vous !

Il s'empara du fouet, qu'il n'utilisait presque jamais, et se mit à cingler la croupe de ses chevaux en tirant sur les rênes pour diriger les bêtes vers la gauche. Oden et Thor ployèrent les jarrets et s'ébranlèrent. Le chariot patina latéralement avant de se diriger vers le sud.

— Il y a des panzers devant nous, dit Adeline en se cramponnant à la barre métallique du siège.

— Quoi ?

— Ils se dirigent vers nous depuis les arbres. Ils se trouvent dans un repli de terrain, maintenant. Six…

Elle fut interrompue par une violente explosion, suivie de deux autres, alors que les tanks soviétiques ouvraient le feu. Affolés, les chevaux hennirent et s'emballèrent, galopant vers le sud, tandis que les premiers obus soviétiques tiraient par rafales, projetant des tourbillons de glace, de neige et de feu dans l'air froid.

— Demi-tour ! brailla Adeline. Nous serons plus en sécurité derrière les Soviétiques.

— Nous serons morts derrière les Soviétiques, oui, rétorqua Emil en fouettant ses chevaux de plus belle.

Devant eux, les panzers ripostèrent, trois canons projetant simultanément des boules de feu, suivis de deux, puis d'un seul. Déboussolés, les chevaux ralentirent, obligeant Emil à les fouetter derechef.

Les obus allemands pleuvaient sur la colline derrière eux. Oden détala, entraînant le chariot derrière lui, jusqu'à ce que Thor calque sa foulée et sa cadence sur son congénère. Le chariot prit de la vitesse, les roues déchiquetant et labourant la neige.

Un deuxième tank de l'Armée rouge gravit le sommet de la colline et tira, imité par trois autres. Les Soviétiques visaient les chars allemands, crachant des flammes et projetant des pierres sans causer de dommage. Emil vit les panzers émerger de leur abri et franchir la fumée et la neige noircie par les explosions, leurs tourelles pivotant pour ajuster les canons en fonction du vent.

Ils se mirent à tirer, progressant vers le nord à travers la plaine enneigée avant de stopper pour lancer une salve nourrie sur la colline, dont s'éloignait le chariot des Martel. Les Soviétiques ripostèrent aussitôt. Quatre cents mètres séparaient la petite famille des deux panzers les plus proches, qui freinèrent et stoppèrent avant de braquer leurs canons.

Emil fouettait ses chevaux sans relâche en se dirigeant vers les chars allemands qui progressaient cahin-caha. Il ne ralentit pas l'allure, même lorsque les tirs russes éclatèrent, propulsant vers le ciel des colonnes de flammes, des débris calcinés et des tourbillons de neige.

Adeline et les garçons hurlaient dans son dos, mais il était impensable de s'arrêter. Les deux panzers les plus proches avançaient toujours. La distance entre Emil et les tanks diminuait. Il fit reculer ses chevaux sur la droite pour s'écarter le plus possible de leur chemin, sans cesser de fouetter les bêtes à tour de bras avec une détermination farouche.

Un panzer tira à son tour sur leur droite, obligeant les chevaux à obliquer dans le sens opposé. Emil les ramena dans le droit chemin, tandis qu'à une centaine de mètres plus loin, un char allemand visait une cible au-dessus de leurs têtes. Le vacarme était assourdissant. Sous l'effet du souffle, les bêtes se cabrèrent et Emil éprouva comme un violent coup de poing qui l'ébranla jusqu'au tréfonds.

Les obus russes atterrirent entre les deux panzers.

Emil et sa famille étaient déjà loin quand les Soviétiques firent feu de nouveau. Touché, un char allemand explosa, projetant des flammes et une fumée opaque au-dessus des champs immaculés.

Un camion de l'armée allemande se matérialisa soudain à quatre cents mètres devant eux et se déporta à droite en direction du sud-ouest. La route ! Enfin !

Emil cessa de fouetter ses chevaux. Les oreilles bourdonnantes, à moitié groggy, il fit virer ses bêtes pantelantes sur les traces du camion. Il tourna la tête et glissa un regard vers sa femme et ses enfants, serrés les uns contre les autres dans le chariot sens dessus dessous. Dire qu'ils avaient soigneusement rangé chaque chose à sa place quelques heures auparavant. Ils le dévisagèrent, l'air hagard, comme s'ils n'en revenaient pas d'avoir survécu, sursautant à chaque explosion de la bataille qui faisait encore rage derrière eux. Il hocha la tête en souriant et, se retournant, il avisa avec horreur les croupes sanguinolentes des chevaux à cause des terribles coups de fouet qu'il leur avait assenés. Il réprima un sanglot, le cœur brisé.

4

Adeline tremblait. Ses côtes la faisaient terriblement souffrir. Sa gorge était douloureuse à force de crier. Ses oreilles bourdonnaient et elle percevait les sons comme si tout était enveloppé dans du coton.

Will et Walt semblaient également tétanisés après ce qu'ils venaient de vivre. Elle s'apprêtait à les réconforter quand elle avisa son mari, recroquevillé dans un coin, les épaules agitées de soubresauts comme s'il luttait contre les sanglots. Elle sortit de sa prostration, rampa vers lui et l'étreignit de toutes ses forces.

— Tu nous as sauvé la vie, balbutia-t-elle, au comble de l'émotion.

Emil s'essuya les yeux d'un revers de main, puis montra d'un geste les plaies sanglantes des chevaux, le regard empreint de tristesse et de regret.

— Je sais à quel point tu les aimes, admit Adeline. Mais ils vont guérir et, si nous sommes en vie, c'est grâce à eux, à toi et à votre courage.

Il parut deviner le sens de ses paroles à défaut de les comprendre, et elle sentit sa tension se relâcher quelque peu. Il l'embrassa, se baissa et ramassa une poignée de neige qu'il étala sur les blessures. Les bêtes tressaillirent violemment à ce contact et s'ébrouèrent sous l'effet de la douleur, avant de se calmer à mesure qu'il leur prodiguait des soins.

Adeline commençait à retrouver l'ouïe quand Emil remonta sur le chariot, saisit les rênes avec précaution et effleura la queue des chevaux pour les inciter à repartir. Les canons s'étaient tus. De toute évidence, les panzers avaient repoussé les Soviétiques, dont deux chars sur quatre étaient en feu sur la colline.

Adeline sentit qu'on la tirait par la manche.

— Tu entends ? s'enquit Will en s'accroupissant derrière sa mère.

— Ça va mieux.

— Moi aussi.

Il sourit en secouant la tête en tous sens et en agitant les mains autour de ses oreilles pour la faire rire.

Les pitreries de son fils lui mirent du baume au cœur. Elle respira avec gratitude, heureuse d'être toujours en vie. Ils avaient essuyé une tempête, affronté une bataille de tanks, et ils avaient survécu ! Tous les quatre. Au prix de quelques contusions et hématomes, rien de bien grave.

Adeline avait envie de rire, de chanter et de pleurer à la fois. Elle ne s'était jamais sentie aussi vivante ! Walt se redressa à côté de son frère et montra ses oreilles, l'air désorienté.

— Je veux que ça s'arrête, maman, pleurnicha-t-il en se tordant les mains, les yeux pleins de larmes. Est-ce que ça va être comme ça tous les jours ?

Son aîné était complètement perdu, comprit Adeline. Elle secoua la tête et ouvrit grand les bras. Walt hésita avant de se jeter à son cou et elle l'attira à elle. Il avait vu tant de choses en l'espace de six heures, depuis qu'ils avaient quitté leur maison. C'était beaucoup pour un petit garçon de six ans et demi, songea-t-elle en le serrant plus étroitement contre son cœur. Elle sentit que Will l'enlaçait par-derrière, pressant sa joue sur sa nuque, et elle ne pensa plus à rien.

Le visage rayonnant, Adeline battit des paupières pour refouler ses larmes. Emil les observait, constata-t-elle, et elle ne l'avait jamais vu aussi heureux. *Est-ce le prix à payer ? Frôler la mort, puis laisser exploser sa joie d'être encore en vie ?*

Adeline ne pouvait contenir son excitation. Chaque arbre, chaque cabane abandonnée, chaque mur de pierre, chaque moulin à vent qui émergeait du paysage immaculé suscitait son émerveillement ; autant de cadeaux précieux qu'elle emporterait avec elle et n'oublierait jamais.

***

À la surprise d'Emil, ils rattrapèrent la queue de la colonne une heure plus tard. Les SS, en effet, avaient fait halte au plus fort de la tempête et le convoi progressait à présent par à-coups. Pour corser le tout, des renforts allemands et des camions de ravitaillement empruntaient le même itinéraire, mais en sens inverse : en direction de l'est, vers le front de bataille fluctuant, juste derrière eux.

— On va où aujourd'hui, papa ? demanda Walt.

— Je ne sais pas.

— Qui est-ce qui le sait alors ?

— Notre escorte, répondit Emil, incapable de dissimuler son dégoût. Les nazis. Les SS. Pour une raison obscure, ils ont pour mission de nous protéger pendant notre voyage vers l'ouest. Ils nous diront quand rouler et à quel moment nous arrêter.

— Pourquoi on n'est pas libres d'aller où on veut ? questionna Will.

— Parce que nous sommes des réfugiés de guerre. Nous avons perdu nos terres. Il ne nous reste plus rien, donc nous n'avons pas le droit à la parole.

Emil ressentait douloureusement l'impuissance à laquelle il était réduit. Il regrettait le temps béni où il pouvait prendre sa vie en main à Friedenstal. Il n'aimait guère qu'on lui dicte sa conduite, même s'il se gardait bien de le proclamer ouvertement.

Il n'ignorait pas qu'il était à la merci des soldats nazis et n'avait plus son mot à dire concernant son avenir. Mais il avait agi pour le bien de sa famille. Il n'avait aucun doute à ce sujet. Ils auraient été séparés s'ils avaient décidé de rester en arrière pour attendre les Russes. Adeline et lui-même auraient été déportés dans un camp, à l'est, laissant derrière eux de petits orphelins à la charge de l'État.

Oui, il avait fait le bon choix, même s'il détestait être tributaire du bon vouloir de ceux qu'il méprisait.

Ils perdirent de l'altitude au cours des cinq kilomètres suivants ; la neige avait presque disparu. Alors que la température devenait glaciale à la tombée de la nuit, ils rattrapèrent le chariot de Lydia, à qui les garçons racontèrent par le menu leurs aventures : depuis la tempête jusqu'à la bataille de chars, effrayant leur grand-mère et stupéfiant leur tante Malia.

Le convoi ralentit de nouveau. Les SS annoncèrent que la Wehrmacht interrompait momentanément la circulation, afin de donner la priorité aux transports de troupes et aux camions qui se dirigeaient vers l'est pour apporter des renforts et des vivres au front. On fit donc halte pour la nuit.

Emil identifia la voiture qui les précédait, stationnée sur le bas-côté de la route, près d'un bosquet d'arbres.

— Regardez qui voilà ! s'exclama-t-il. Nous allons bivouaquer là-bas.

Il fit halte près d'un chariot au toit de roseaux séchés.

Un homme voûté paraissant le double de son âge apparut en traînant les pieds, portant une hachette et un fagot de bois. Inconscient de leur présence, il déposa le bois près d'un feu entouré d'un cercle de pierres, non loin de là. Il paraissait désorienté. Comme toujours, Emil ressentit une profonde tristesse à la vue de son père ; Johann Martel avait beaucoup souffert sous Staline.

— Papi ! s'écrièrent les garçons.

Will et Walt jaillirent du chariot et se précipitèrent vers leur grand-père paternel pour se réchauffer autour du feu et lui raconter la bataille des tanks et l'héroïsme des chevaux qui leur avaient sauvé la vie.

Johann sourit à ses petits-fils en leur tapotant gauchement l'épaule. Emil descendit de voiture à son tour pour s'occuper de ses bêtes.

—Ta mère et toi vous chargez du dîner ? demanda-t-il à Adeline.

—Oui, avec Malia. On allume notre propre feu ou on partage ?

—Mieux vaut partager.

Emil attacha Oden et Thor à un arbre, puis il retira leurs harnais, leur donna de l'avoine et enduisit leurs plaies d'un baume cicatrisant en leur renouvelant ses excuses pour sa brutalité. Cela fait, il s'apprêtait à rejoindre sa famille quand sa mère, une femme dure et acariâtre, surgit de derrière son chariot, comme si elle s'y était cachée pour l'attendre.

Karoline Martel désigna ses petits-fils assis près du feu.

—J'espère que tu comptes puiser dans tes propres provisions, Emil.

—Bien sûr. Mais il est inutile d'allumer deux feux.

Sa mère se renfrogna.

—Tu ne peux pas te reposer entièrement sur ton père.

—Naturellement, approuva Emil. Les enfants ! appela-t-il. Allez ramasser toutes les branches mortes que vous pouvez avant qu'il fasse trop noir. J'en vois là-bas, près du ruisseau. Du bois sec, pas humide, compris ?

Ses fils se levèrent de mauvaise grâce et, comme tous les petits garçons du monde, ils en firent un jeu. À quatre ans et demi, Will était déjà un compétiteur né.

—Je vais en trouver plus que toi, Walt ! s'exclama-t-il en prenant ses jambes à son cou.

Walt se hâta de rattraper son petit frère.

—Il ne faut pas en trouver plus, mais ramasser les plus gros.

—Et avant la nuit, précisa leur père.

Les deux enfants se dirigèrent vers le ruisseau en riant et en braillant, la bataille de tanks apparemment déjà oubliée.

Indifférent à la désapprobation de sa mère, Emil les regarda partir, heureux que ses fils trouvent le moyen de s'amuser et de rire en dépit des circonstances.

Johann fut pris d'une quinte de toux. Il se calma et se remit aussitôt à tousser et à cracher ses poumons. Il fit quelques pas au hasard, l'air complètement déboussolé.

— Tu devrais t'asseoir, Johann, conseilla Karoline, la mine inquiète. Tu vois dans quel état il s'est mis rien qu'en ramassant du bois, ajouta-t-elle à l'adresse de son fils.

— C'est une petite toux de rien du tout, Karoline, se défendit son mari en se laissant tomber sur une souche, le dos contre une roue de son chariot. J'ai connu pire.

— Cette petite toux, comme tu dis, a failli te tuer dans les mines.

— Oui, mais elle m'a aussi sauvé la vie.

— Peut-être, mais regarde-toi.

Karoline n'avait toujours pas digéré qu'il ait été enlevé par les staliniens au milieu de la nuit et déporté en Sibérie, comme le père d'Adeline.

Johann était fermier, habitué à vivre au grand air, mais on l'avait forcé à travailler sous terre. Il avait passé près de sept ans dans les mines de charbon, avant que la toux ne se déclare et ne se propage aux autres prisonniers. Il avait failli mourir par deux fois, tandis que cette mystérieuse maladie faisait des ravages. Craignant de perdre leur source de revenus, les responsables de la mine avaient préféré libérer les malades, les chasser des camps et leur ordonner de rentrer chez eux, au lieu de les soigner, ou pire, de les tuer.

Malade, fiévreux, le père d'Emil avait voyagé à bord d'un train de marchandises vers le sud de la Russie pendant des semaines, en plein été, dans une chaleur étouffante. Émacié, rongé par la toux et couvert de crasse, il avait frappé à la porte de Karoline, qui n'avait pas reconnu son mari.

Son fils non plus. On aurait dit que son père avait vieilli de quarante ans pendant ses sept années d'absence. Et ce n'était pas seulement à cause de cette étrange maladie pulmonaire. Les années passées dans les mines de Sibérie l'avaient brisé, comme privé de sa flamme intérieure. À son retour, il restait souvent prostré, le regard perdu dans le vague, transporté dans un sombre passé dont il parlait rarement. D'après sa femme, il se réveillait souvent en hurlant au milieu de la nuit, fébrile et trempé de sueur.

—Où est Rese ? demanda Emil.

—Ta sœur dort, répondit sa mère. Le voyage l'a rendue malade.

—Emil ? appela Adeline, le dispensant de répondre. Le feu est prêt ?

Il se retourna et vit arriver sa femme, sa belle-mère et Malia, les bras chargés de marmites et de divers ustensiles de cuisine.

—Oui, dit-il. J'ai envoyé les enfants ramasser du bois.

***

Adeline acquiesça. Elle avisa sa belle-mère, le regard perdu dans les flammes du feu de camp. Adeline avait beau faire, elle ne pouvait s'empêcher de repenser à un certain petit pot de crème… Elle se cuirassa mentalement, s'accroupit près du feu et entreprit de remuer les braises à l'aide d'un bâton.

Adeline était une personne chaleureuse et généreuse, qui ne disait presque jamais de mal de qui que ce soit. Mais sa belle-mère n'était pas n'importe qui. C'était un être froid et sans cœur. Adeline ne la supportait pas et faisait de son mieux pour l'éviter.

—Je n'ai pas droit à un bonsoir ? proféra celle-ci du bout des lèvres.

Adeline leva les yeux et se força à sourire.

—Oh bonsoir, Karoline. Je suis désolée. J'avais la tête ailleurs. Merci de nous laisser utiliser votre feu. C'est très gentil à vous.

Karoline dévisagea sa belle-fille avant de reporter son attention sur Lydia. Laquelle salua la mère d'Emil et la remercia à son tour, sachant que le profil bas était la meilleure tactique pour amadouer Karoline. Adeline posa la marmite sur le feu afin de réchauffer un ragoût de pommes de terre, d'oignons et de porc salé.

— Ajoute ça, intervint Malia en lui tendant une botte d'asperges sauvages. Je les ai cueillies à côté de notre chariot ! À croire que quelqu'un les a semées spécialement pour nous !

Sa grande sœur avait l'air si réjoui que, malgré la présence de sa belle-mère, Adeline ne put s'empêcher de sourire à son tour. Vingt ans auparavant, en allant nourrir les mules, Malia avait reçu un coup de sabot sur la tête. Elle était restée si longtemps dans le coma qu'on la pensait condamnée. Mais elle était pleine de ressources. Quand elle s'était réveillée, elle avait certes changé à bien des égards, mais sa nature profonde était restée identique : elle était sincère, gentille, aimante et drôle. Adeline lui vouait une véritable adoration quand elle était enfant et l'amour qu'elle lui portait n'avait jamais faibli.

Les garçons revinrent, remorquant le petit chariot chargé de deux grosses branches mortes ramassées dans la ravine, près du ruisseau.

Emil s'approcha et examina les branches à la lueur du feu.

— Eh bien, dit-il, je pense que celle de Walt est la plus grosse.

— Quoi ? s'exclama Will.

— Je te l'avais bien dit ! se rengorgea son aîné.

— Mais, étant donné que tu as deux ans et huit kilos de plus que ton frère, il y a match nul.

— Un quoi ? fit Walt

— Un match nul ! répéta Will en sautant de joie.

Walt semblait si abattu que son père lui rappela qu'il leur faudrait du petit bois chaque soir jusqu'à la fin du voyage.

Adeline les serra tous les deux dans ses bras.

—Pourquoi tu nous fais un câlin, maman ? demanda Will.

—Pour avoir ramassé du bois pour le feu.

—On devrait te faire des câlins pour avoir préparé le dîner, alors ?

—Bien sûr, et pour tout le reste aussi.

—Arrêtez un peu les mamours, grommela une voix féminine derrière eux. Ça me donne la migraine en plus de mon mal de ventre.

Adeline leva les yeux par-dessus la tête de sa belle-mère et aperçut la sœur d'Emil, Theresa, *alias* Rese, vingt et un ans, qui émergeait de son chariot. Elle était vêtue d'une veste épaisse en laine sombre et d'une longue jupe à smocks, comme Adeline et les autres femmes. Mais contrairement à elles, elle portait ses cheveux dorés lâchés sur ses épaules, plutôt que serrés dans un foulard ou une écharpe en laine.

—Comment te sens-tu ? demanda sa mère.

Rese fourra les mains dans ses poches.

—Je suis gelée, j'ai comme un clou dans la tête et j'ai envie de vomir.

Les garçons éclatèrent de rire. Adeline sourit. Elle aimait bien Rese. Comme avec sa propre sœur, on ne savait jamais ce qu'elle allait dire.

Malia se tapota la tête.

—Ça pourrait être pire, commenta-t-elle. Une mule aurait pu te donner un coup de sabot sur le crâne.

Rese se mordit les lèvres.

—Je ne vais pas discuter avec toi, Malia. Un coup de sabot d'une mule sur le crâne serait effectivement pire que de vomir à cause d'un clou dans la tête.

Will et Walt se tordaient de rire. Emil émit un léger gloussement.

—Ça suffit, vous tous, leur intima Karoline. Ne l'encouragez pas. Rese, tu ne réfléchis jamais avant de parler ?

La sœur d'Emil toisa sa mère d'un air dédaigneux.

— Ce ne serait pas drôle sinon, dit-elle.

— Mon Dieu, qu'est-ce que j'ai mis au monde ? s'exclama Karoline.

La lueur de souffrance qui passa dans les yeux de Rese fut si brève qu'Adeline se demanda si elle l'avait imaginée.

— Tu ne m'as pas mise au monde toute seule, maman.

Karoline cilla devant son impertinence. Johann esquissa un sourire.

Rese tendit ses mains glacées vers le feu.

— Réfléchis, maman, reprit-elle : si Dieu y a aussi contribué, si venir au monde est un miracle comme tu me l'as affirmé un jour, donc je suis un miracle et je suis exactement ce que je suis censée être maintenant. N'est-ce pas ?

Karoline la dévisagea comme si elle parlait une langue étrangère.

Malia se fendit d'un immense sourire.

— Johann, d'où lui viennent de pareilles idées ? se lamenta sa femme.

Il haussa les épaules sans cesser de sourire.

— De sa tête, répondit Walt.

Rese pouffa.

— J'aime la façon de penser de mon petit neveu, déclara-t-elle en désignant Walt du doigt.

Karoline leva les mains au ciel où brillaient les premières étoiles.

— J'abandonne. Ça me dépasse.

Rese contourna le feu pour bavarder avec les enfants pendant qu'Adeline remuait le ragoût. Quand elle eut terminé, Rese s'approcha et lui souffla à l'oreille.

— Tu as remarqué que maman ne parle que d'elle ? « Qu'est-ce que *j'ai* mis au monde ? J'abandonne. Ça *me* dépasse… »

— Si tu le dis.

— Au fond, je crois qu'elle déteste tout le monde parce qu'elle ne s'aime pas elle-même.

— Il y a longtemps que j'ai renoncé à comprendre ta mère, remarqua Adeline en retirant la marmite des braises.

Lydia apporta des bols qu'Adeline remplit de ragoût brûlant.

— Ça sent bon, dit Rese. Je peux en avoir un peu ?

Sa mère l'entendit.

— Ton dîner est prêt, je te signale. Des biscuits et de la viande séchée.

— Des biscuits et de la viande séchée ? Mais on gèle, maman. Je préfère manger comme eux.

— J'en suis sûre. Mais si nous mangeons tous comme ça maintenant, nous serons morts de faim avant la fin du voyage.

Un silence gêné retomba, rompu par Malia qui leva les yeux de son bol et adressa un grand sourire à Karoline.

— Merci, madame Soleil, déclara-t-elle.

Adeline s'éloigna pour dissimuler son amusement, tandis que Rese s'esclaffait avec bruit. Emil tenta de réprimer son hilarité, puis rejeta la tête en arrière en gloussant à perdre haleine. Son père ricanait, les yeux baissés, imité par Lydia et les garçons. Tout le monde autour du feu de camp riait à qui mieux mieux, les soucis et les souffrances oubliés. Tout le monde, sauf la belle-mère d'Adeline.

Quand celle-ci se retourna, Karoline s'était levée. La bouche tordue de mépris, elle s'en prit à Malia, crachant son venin.

— Tu as oublié l'Holodomor ? éructa-t-elle. Tu as oublié ce que signifie mourir de faim, n'est-ce pas ? Évidemment. Il faut que tu n'aies qu'une moitié de cervelle pour oublier ce que c'est qu'avoir le ventre vide pendant des semaines. Tout ce qu'on est prêt à faire pour survivre.

Les rires se turent.

— Ce n'est pas bien, Karoline, dit Lydia.

— Votre fille ne va pas bien dans sa tête.

— Méchante femme. Vous…

Malia posa une main conciliante sur l'épaule de sa mère avant de dévisager Karoline sans la moindre trace de pitié ni de colère.

— Non, je n'ai pas raison, madame Martel. Pas autant que vous. Mais il me reste plus de la moitié de mon cerveau, alors je me souviens de l'Holodomor. Je me rappelle avoir eu si faim que nous avons mangé de l'herbe. Maman, Adeline et notre frère, Wilhelm, étaient à côté de moi, à quatre pattes, en larmes parce que papa avait été déporté à l'est deux ans plus tôt. Nous n'avions rien, et nous étouffions en avalant de l'herbe qui nous coupait la gorge et nous gonflait le ventre. Je me rappelle très bien.

Adeline porta la main à sa gorge, retrouvant soudain le goût rêche des tiges d'herbe sur sa langue ainsi que les maux de ventre après des jours de régime à base de graminées et de mauvaises herbes.

Karoline parut outrée de l'irrespect de cette jeune femme envers son aînée, d'autant que Malia n'en avait pas fini.

— Mais nous avions continué à ingurgiter de l'herbe et tout ce que nous pouvions trouver parce que nous avions envie de vivre. J'ai avalé des vers, des insectes et un oiseau mort parce que je voulais exister. Même avec ma tête à l'envers, je voulais vivre pour pouvoir un jour savourer un bol de délicieux ragoût comme ce soir. Qu'avez-vous mangé pour réchapper de l'Holodomor, madame Martel ? Qu'avez-vous fait pour survivre ?

La mère d'Emil ne bougeait pas, le regard rivé au sol. Elle finit par lever les yeux et fixa Malia.

— Tu n'en as aucune idée, lança-t-elle avant de disparaître derrière leur voiture.

Le repas s'acheva dans un silence embarrassé. Une fois la vaisselle lavée, Will s'accrocha à la jupe de sa mère.

— Je suis fatigué, maman.

— Au lit, ordonna Adeline. Toi aussi, Walt.

Leur fils aîné somnolait près du feu. Emil s'apprêtait à le réveiller, mais il se ravisa, le souleva dans ses bras et le porta jusqu'au chariot. Le garçon n'ouvrit pas les yeux.

Adeline avait disposé des couvertures. Emil lui tendit Walt. Elle l'étendit sur ce lit improvisé, le couvrit et aida Will à s'allonger à côté de son frère endormi avant d'aller chercher une autre couverture.

Le feu était presque éteint. Assis sur sa souche, Johann fixait les braises qui achevaient de se consumer. Derrière lui, les feux de camp n'étaient plus qu'un tas de cendres et les voix dans l'obscurité faiblissaient peu à peu.

Par-delà la cime des arbres, Emil observa le ciel nocturne constellé d'étoiles. Il se sentit soudain tout petit, négligeable, comme si sa vie ne signifiait plus rien. Un camion passa. Un soldat allemand annonça que les ponts seraient ouverts à la circulation au petit matin et que le convoi s'ébranlerait peu après. La nouvelle aggrava l'humeur d'Emil. Il avait l'impression d'être un simple pion, écartelé entre l'envie de capituler et de se battre.

— Emil ?

Il sursauta. Adeline l'avait rejoint sans qu'il remarque sa présence.

— Que regardes-tu ?

Le charme était rompu.

— La lune et les étoiles.

— Qu'est-ce qu'elles ont de particulier ?

— Quand j'étais petit, je les observais presque tous les soirs, mais maintenant, je pense rarement à elles.

Adeline le serra dans ses bras, une joue pressée contre sa poitrine.

— Il faut rendre grâce, dit-elle. Le premier jour ne s'est pas trop mal passé, finalement.

— Si l'on peut dire, rétorqua-t-il, se revoyant fouetter les chevaux jusqu'au sang.

— Grâce à toi et grâce à Dieu.

Il enfouit son visage dans ses cheveux.

— Nous serons loin des tanks demain.

Adeline l'embrassa.

— Tu ne dois pas perdre courage, Emil.

— Jamais de la vie.

— Et prie pour nous. Dieu exaucera tes vœux.

Emil lâcha un grognement qui n'engageait à rien.

— Je vais voir les chevaux.

Sans attendre la réponse, il s'en fut retrouver Oden et Thor. *Prier ?* songea-t-il, exaspéré. *Une perte de temps. Tu fais ce que tu veux, Adella, mais moi, je me débrouillerai tout seul, merci. Aucune raison d'invoquer Dieu puisqu'il n'existe pas.*

Contrairement à sa femme, élevée comme lui dans la religion luthérienne et qui avait miraculeusement conservé sa foi contre vents et marées, Emil avait perdu la sienne au cours des quinze dernières années de malheurs, de persécutions, de situations qu'aucun homme au monde ne devrait jamais avoir à affronter, et de décisions douloureuses que nul ne devrait jamais devoir prendre.

Il avait beau faire, le souvenir du jour où il avait perdu la foi revenait le hanter. Il se revoyait levant le poing vers le ciel, plus seul que jamais. Il frissonna, tâcha de chasser cette époque détestée de sa mémoire et se concentra sur ses chevaux, vérifiant les longes et les licols. Les narines palpitantes, ils découvrirent les dents tandis qu'il enduisait leurs blessures de baume.

Il retourna au chariot. Adeline avait étendu une seconde couverture sur Will et s'était allongée auprès de leur fils cadet. Emil éteignit la lampe, grimpa à côté de Walt et tendit le bras par-dessus les deux garçons pour presser la main de sa femme et lui souhaiter bonne nuit.

— Dis-moi encore où nous allons, maman, chuchota Will.

—Dans un endroit magnifique, entouré de forêts et de montagnes aux sommets enneigés, répondit Adeline, somnolente. En contrebas, il y aura une rivière sinueuse et des champs verdoyants. Nous habiterons une maison accueillante et chaque matin, je préparerai du pain frais pour toi. Il y aura aussi un grand jardin derrière la maison, et nous aurons tellement à manger que nous ne saurons plus quoi en faire.

Les yeux clos, Emil écoutait sa femme, essayant de se représenter ce lieu magique. En dépit de ses efforts, les images de la journée tournaient en boucle dans sa tête, le rendant imperméable à la description du paradis imaginé par sa femme. Il revit la bataille de chars avant de sombrer dans le sommeil, entendant encore la voix de Malia résonner autour du feu de camp. *« Qu'avez-vous mangé pour réchapper de l'Holodomor, madame Martel ? Qu'avez-vous fait pour survivre ? »*

5

Mars 1933
Birsula, Ukraine

Dans son sommeil agité, cette nuit-là, Emil rêva qu'il avait à nouveau vingt et un ans et errait dans les rues brumeuses d'une petite bourgade, au nord-ouest de Friedenstal. Il pesait moins de cinquante-cinq kilos et n'avait pas une once de graisse. Outre la sensation de faim permanente, il avait mal aux articulations, aux muscles, aux os, partout. Privé de ses réserves, son corps commençait à le ronger de l'intérieur.

Emil sentit la torpeur le gagner. Le brouillard semblait flotter dans son cerveau, alors qu'il battait le pavé en quête de nourriture. Son dernier repas remontait à trois jours. Il avait quitté la ville et sillonné la campagne, où il avait trouvé dans un champ une citrouille ratatinée et couverte de terre, ayant miraculeusement survécu à l'hiver et aux charognards. Après l'avoir nettoyée dans un ruisseau, il l'avait dévorée avec avidité puis, repu et béat, il s'était installé sur la rive et avait somnolé au soleil. Au réveil, il avait liquidé les reliefs de son repas en observant son ventre plein d'un œil réjoui.

Il y a une éternité, songea-t-il en ratissant les rues pour trouver de quoi manger. *Jusqu'à quand cela va-t-il durer ? Combien de temps me reste-t-il à vivre ?*

Il s'était débrouillé seul depuis que sa famille avait été expulsée de sa terre à Friedenstal, plus de trois ans auparavant.

Son père, sa mère et sa petite sœur, Rese, âgée de huit ans, s'étaient installés à Pervomaïsk, une ville située à l'est, sur le fleuve Boug. Au début, Emil avait eu de la chance. Grâce à ses compétences en agriculture, il n'avait eu aucun mal à trouver du travail comme ouvrier dans une ferme collective.

Son naturel taciturne était plutôt un atout. Enfant, il avait appris que la clé de la survie sous le communisme était de garder le silence, d'accomplir sa tâche et de ne pas chercher à se mettre en avant. Trois mois après le départ de ses parents, il avait appris que ceux qui avaient le verbe haut, qui s'efforçaient de se distinguer ou d'enseigner aux autres comment s'améliorer, avaient tendance à disparaître ou à mourir dans la fleur de l'âge.

Il avait dormi où il avait pu au cours de cette première année, et gagné assez pour manger à sa faim. La deuxième année, en 1931, se déroula encore mieux, car on lui avait confié un tracteur.

Mais à l'automne de l'année suivante, Joseph Staline décida de réprimer l'opposition au régime soviétique en Ukraine. Il réquisitionna la quasi-totalité des vivres de la région avec pour objectif d'affamer la population.

***

Emil errait dans Birsula six mois après le début de l'Holodomor. Le vent lui fouettait le visage et il broyait du noir. Ses pas le menèrent dans une rue longeant la gare ferroviaire.

Il s'était juré de ne plus jamais y remettre les pieds et voilà qu'il s'y retrouvait. Où qu'il dirige ses regards, il ne voyait que des cadavres dus à la malnutrition ou des corps agonisants, vautrés contre la barrière de la gare. Debout parmi eux, de pauvres hères affamés se cramponnaient au grillage, les yeux fixés sur une montagne de blé à quelque quatre-vingts mètres de distance.

Quatre soldats armés surveillaient le périmètre, tandis que d'autres retournaient le grain à l'aide de pelles, l'exposant à l'humidité ambiante, de sorte que lorsque le soleil darderait ses rayons sur cette manne qui aurait suffi à nourrir la ville pendant des semaines, elle pourrirait. Emil ne pouvait détacher ses regards de la scène. Il évita une femme en pleurs portant son enfant mourant dans les bras et se dirigea vers la clôture, où il contempla l'énorme tas de céréales, comme s'il s'agissait d'un rêve ou d'un mirage.

Il imaginait déjà ce qu'il pourrait faire avec du blé plein les poches, croyant presque sentir l'odeur du pain tout juste sorti du four.

L'un des soldats éclata de rire. Emil revint brusquement à la réalité et l'aperçut. *Cigarette au bec. Rire gras. Celui-là ne doit certainement pas mourir de faim.*

Le spectacle des soldats russes repus détruisant sciemment de la bonne nourriture sous les yeux de la population affamée emplit Emil de colère. Qu'avaient-ils fait à Joseph Staline pour mériter cela ? Pourquoi chasser de braves paysans de leurs terres et laisser des innocents mourir de faim ?

Comment un Dieu juste, bon et bienveillant permet-il de telles atrocités ?

Depuis le début de la Grande Famine, Emil s'était rendu à deux reprises à la gare, d'où il était reparti découragé et doutant de l'existence d'une puissance supérieure. Avant de sombrer dans le désespoir, il s'était rappelé la devise de son père : « Aide-toi et le ciel t'aidera. »

Ne te fie qu'à toi-même, Emil, lui susurra une petite voix intérieure. *Si tu veux t'en sortir, ne compte que sur toi-même.*

À la fois déconcerté et enhardi, Emil décida de s'aventurer hors de la ville. Il trouverait de quoi manger, dût-il y laisser sa peau. Mais quelle direction prendre ? À l'est, il pourrait trouver un champ de betteraves ou de navets encore sur pied. Il décida de se diriger plutôt vers l'ouest où se trouvaient des terres irriguées par des cours d'eau.

Au temps où il travaillait à la ferme, Emil avait appris que, début mars, les ruisseaux qui n'avaient pas débordé regorgeaient de plantes comestibles, à condition de savoir quoi chercher. Il pourrait cueillir des crosses de fougère, que sa mère cuisinait ou dont elle faisait des conserves, de jeunes pousses d'asperges ou des champignons. Ou bien dénicher des œufs de canard fraîchement pondus. Voire la carcasse d'un lapin tué au cours de l'hiver et conservé dans la neige.

Il marcherait jusqu'à ce qu'il ne tienne plus debout.

Emil avait vu des personnes affamées s'effondrer car leurs jambes ne les portaient plus. Elles gisaient là, gémissant, tels des chatons nouveau-nés cherchant à téter.

Allons à l'ouest pour explorer le fond de la rivière, songea-t-il.

***

Quelques rues plus loin, Emil comprit qu'il n'atteindrait jamais le ruisseau, distant d'environ cinq kilomètres. Et à supposer qu'il y parvienne, il mourrait probablement sur place. Il était trop faible pour marcher aussi loin et chercher de quoi se nourrir.

Il avait besoin de manger pour se requinquer et se mettre en quête de son prochain repas.

Il se mit à neiger. Emil s'assit au bord du trottoir afin d'économiser ses forces et décider s'il devait trouver un abri ou de la nourriture. De l'autre côté de la rue, dans un petit square, il remarqua une femme qui trébucha, s'effondra et ne bougea plus. Il eut pitié d'elle. Il l'aurait aidée s'il avait pu. Aurait-il eu de quoi manger qu'il aurait volontiers partagé avec elle. Mais voir les gens tomber comme des mouches le laissait indifférent. C'était hélas monnaie courante à présent.

Il se remémora le soldat au ventre plein ricanant bêtement derrière la gare et sa fureur redoubla. Ce soldat russe fumait, gâchait de la bonne nourriture et mangeait à sa faim, alors que lui, Emil, n'avait rien.

Rien du tout.

Il ne décolérait pas, comprenant que tout le monde ne mourait pas de faim et que, parmi les habitants de Birsula, certains n'étaient pas rationnés, bien au contraire, comme les membres locaux du parti, partisans de Joseph Staline, par exemple.

Curieusement, il n'éprouvait plus ni ressentiment, ni rancœur. *Vas-y, Emil, ne te gêne pas pour chaparder chez les membres du parti*, lui souffla sa petite voix intérieure. *Sers-toi et tu t'en sortiras.*

Cette idée le terrifiait et l'excitait à la fois. S'il était pris, il serait envoyé dans un camp de travail. Ou abattu comme un chien. Il préféra ne pas s'attarder sur cette éventualité et la crainte qu'elle lui inspirait. Il ne ferait pas long feu s'il n'agissait pas, il le savait, et au fond, mieux valait encore dépouiller les salauds qui le regardaient mourir de faim.

***

Il y avait quelques centimètres de neige mouillée sur le sol au moment où Emil traversa la ville et se retrouva devant une vaste datcha, entourée d'un haut mur. Il connaissait de vue son propriétaire qui se rendait souvent à la ferme collective où lui-même était employé. Un jour de décembre, il l'avait vu pénétrer dans cette datcha justement.

Il s'agissait d'un membre haut placé du parti, chargé de superviser la production de céréales de la région. Tous les paysans à moins de cinquante kilomètres à la ronde travaillaient pour lui. Emil ignorait son nom et n'avait aucune envie de le connaître. C'était le salopard impitoyable qui, l'année précédente, les avait contraints à fournir une récolte abondante pour la remettre ensuite à Staline. Emil pariait qu'il était du genre à festoyer pendant que ses voisins criaient famine.

Le commandement *Tu ne voleras point* lui revint en mémoire, mais il s'empressa de le chasser de son esprit. Là, c'était différent. Une question de survie. Et il n'ignorait pas que d'autres avaient fait bien pire pour survivre à la Grande Famine. Il avait entendu parler d'enfants qui disparaissaient un peu partout en Ukraine. Les rumeurs les plus folles circulaient sur des parents qui dévoraient leur progéniture.

Emil, lui, volerait un riche sans l'ombre d'un remords.

Il visualisa l'allée derrière la maison où se trouvait la cuisine. Qui disait cuisine, disait garde-manger ou cellier. Et par conséquent des victuailles qu'il pourrait chaparder.

Emil s'y engagea au crépuscule, oubliant la faim et la fatigue. Le cœur battant, il se creusa les méninges pour trouver le moyen de s'introduire dans la cuisine une fois que le propriétaire, sa famille et les domestiques seraient couchés. À quel moment cela se produirait-il ? Dans quatre, cinq heures ?

Par mesure de précaution, il patienterait cinq heures, puis examinerait les portes et les fenêtres. On aurait sûrement laissé l'une d'elles ouverte en ce début de printemps, après un hiver long et froid. S'il le fallait, il briserait une vitre du sous-sol. Il s'introduirait et…

Une porte s'ouvrit au fond de la ruelle, à l'arrière de la maison. Une femme portant un tablier sortit une poubelle qu'elle déposa près du portail à côté de quelques autres avant de tourner les talons.

Emil renonça aussitôt à son idée de cambriolage. Les déchets d'un homme correctement nourri ne pouvaient se comparer au contenu de son garde-manger, mais à vingt et un ans, il avait été si maltraité par l'Histoire qu'il n'allait pas faire la fine bouche.

En attendant que la cuisinière disparaisse à l'intérieur, il laissa libre cours à des fantasmes de cartilage de porc, de vieille couenne de jambon ou d'os à moelle qu'il pourrait ronger et casser pour en extraire le contenu. Il se dirigea vers la poubelle, si obnubilé par l'objet de son désir qu'il ne vit pas une silhouette jaillir de nulle part et foncer dans la même direction.

***

Chacun finit par repérer l'autre et ils s'immobilisèrent à trois mètres l'un de l'autre, la poubelle entre eux, sur leur gauche. En dépit de l'obscurité, Emil devina qu'il avait affaire à un homme plus grand et plus costaud que lui. Si sa taille était indéniable, l'illusion de sa corpulence pouvait s'expliquer par sa longue houppelande, sa tignasse et sa barbe hirsutes.

— C'est ma poubelle et ma rue, mon pote, cracha l'inconnu en russe d'une voix menaçante. Un pas de plus et je te bute.

Emil ne se démonta pas.

— Si je ne bouge pas, je mourrai de toute façon.

Durant les années où il s'était débrouillé seul, et surtout depuis que Staline avait orchestré l'Holodomor, Emil avait assisté à de nombreuses rixes à mains nues, voire à des bagarres sanglantes pour la moindre nourriture. Lui-même avait dû se défendre et se battre plus souvent qu'à son tour. Des combats qu'il avait livrés ou observés, il avait tiré des leçons et compris que l'endroit où l'on frappe est plus essentiel que la force du coup. Les vainqueurs savaient où frapper pour démolir leur adversaire, le blesser et le mettre momentanément K.-O.

Quelles que soient leur taille ou leur stature, Emil avait remarqué que les plus coriaces étaient complètement dépourvus d'humanité et de compassion envers leurs semblables, une fois qu'ils étaient décidés à se battre. Impassibles et froids comme des animaux sauvages, ils ne pensaient qu'à viser l'une des parties vitales de l'autre afin de le mettre au tapis ou le laisser pour mort ; avec, à défaut d'une arme, le tranchant de la main, l'avant-bras ou le tibia, qui n'étaient pas susceptibles de se fracturer facilement. Emil avait également remarqué qu'ayant choisi leur arme et leur objectif, les belligérants attaquaient brutalement, se jetant de tout leur poids sur leur cible.

Voilà comment David était parvenu à vaincre Goliath. Emil cessa de considérer son ennemi comme un être humain. Ce n'était plus qu'une ombre, un fantôme. Il se redressa, leva les bras et se rua sur son agresseur, faisant mine de le frapper à la tête.

Il attaqua l'homme qui se ramassait sur lui-même, prêt à bondir, et, bloquant son avant-bras gauche devant lui, il l'abaissa au dernier moment, puis se jeta en avant sur la pointe des pieds. Son coude et son bras s'écrasèrent contre le torse de l'inconnu, sous sa cage thoracique. Il aurait juré entendre un bruit de côtes brisées et un râle, lorsque l'air s'échappa des poumons de l'individu. Emil sentit une vive douleur à l'épaule lorsqu'il percuta son agresseur et il s'étala sur le sol enneigé derrière lui.

Entendant des gémissements et des halètements de douleur, Emil se releva. L'adrénaline battant dans ses veines lui permettait d'ignorer son épaule endolorie, à présent inutilisable. L'homme était prostré dans la neige près de la poubelle, se tordant de douleur, les côtes fracturées et le foie contusionné.

Emil avait vu quelqu'un porter un coup similaire lors d'une émeute de la faim au mois de novembre précédent et il ne l'avait pas oublié.

Il s'avança et tendit son bras valide pour attraper la poignée de la poubelle, et s'éloigna avant que son humanité et sa compassion ne reprennent le dessus. Il ne devait rien à cet homme. N'avait-il pas affirmé qu'il le tuerait s'il s'approchait de la poubelle ?

***

Emil fit halte quelques pâtés de maisons plus loin, dans une autre rue, derrière une autre villa. La neige avait cessé de tomber. Il se dissimula dans un bûcher vide, éclairé par un rai de lumière tombant d'une fenêtre. Il ôta le couvercle de la poubelle et s'apprêtait à la reposer quand la puanteur le saisit à la gorge. Il lâcha prise et elle retomba sur le sol avec un bruit sourd. Suffoquant, il s'immobilisa pendant une bonne minute avant d'incliner le récipient vers la lumière et examiner l'intérieur. Les cartilages de porc, la couenne de jambon ou l'os à moelle étaient recouverts de graisse rance.

En d'autres temps et lieux, Emil aurait envisagé de retourner dans la ruelle où il avait combattu l'inconnu pour mettre son projet de cambriolage à exécution. Mais la petite voix intérieure le stoppa dans son élan. *À quel prix veux-tu survivre ?*

Emil changea son fusil d'épaule : *À n'importe quel prix.*

Il se blinda, fouilla la poubelle et se mit à lécher consciencieusement la graisse répugnante qui enrobait les déchets. Il aurait mal au cœur, mais il s'en moquait. S'il parvenait à en ingurgiter suffisamment, il aurait la force de descendre à la rivière, le lendemain matin.

6

Fin mars 1944
À l'est de Dubossary, Transnistrie

Le bruit des canons réveilla Adeline. À huit ou dix kilomètres au nord-est, assez près pour projeter des éclairs orange à l'horizon. Les chevaux se mirent à hennir tandis que des cris résonnaient dans l'obscurité. Un véhicule s'approcha. Une voix s'éleva, amplifiée et déformée par un mégaphone.

— *Raus !* Tout le monde debout ! Les ponts de Dubossary sont ouverts à la circulation en direction de l'est ! Le convoi repart dans une heure !

Adeline se dépêcha d'habiller les garçons à moitié endormis et les aida à plier la literie. Une nouvelle salve d'artillerie retentit. Elle lutta contre la nausée. Impossible de se mettre en route tant qu'Emil n'avait pas attelé les chevaux.

Alors qu'elle préparait du pain et de l'eau en guise de petit-déjeuner, elle observa son mari à la lueur de la lanterne, la tête penchée, les épaules basses, comme accablé. Après les avoir menés à bon port la veille, il aurait dû redresser fièrement le menton et bomber le torse. Elle rêvait de revoir Emil ainsi, une petite flamme au fond des yeux, l'air conquérant, prêt à tout, comme lorsqu'elle l'avait rencontré en 1934.

La vie ne leur avait pas fait de cadeaux au cours des dix années suivantes, ni à l'un ni à l'autre. Quand s'était opéré le changement ? Depuis quand s'était-il mis à douter de tout ?

Elle se remémora une nuit de février 1935 où le vent avait déposé un billet à ses pieds. Elle se trouvait dehors dans le froid glacial, écrasée de douleur après avoir pleuré toutes les larmes de son corps. Par une fenêtre ouverte à l'étage, derrière elle, et pour la première fois depuis qu'elle le connaissait, elle avait entendu Emil sangloter, en proie au désespoir.

Nous avons tous les deux douté de Dieu cette nuit. Comment aurait-il pu en être autrement ?

Ce n'était pas à ce moment-là que son mari s'était mis à déambuler la tête basse, à ne croire qu'en lui-même et en sa volonté de réussir.

Elle fouilla dans sa mémoire. Elle se revit allumer une lampe peu après leur retour à Friedenstal, en septembre 1941. Ils vivaient alors avec ses beaux-parents, Karoline et Johann, pendant qu'Emil construisait leur maison à l'autre bout de la ville. Walt avait alors presque quatre ans et Will bientôt deux. Son mari s'était rendu en carriole à Dubossary, la ville où ils se trouvaient à présent, pour chercher des matériaux destinés au toit et aux fenêtres. Il avait prévu de s'absenter quarante-huit heures, mais il n'avait plus donné signe de vie durant trois jours pour reparaître à l'aube du quatrième.

Adeline se rappelait son visage, éclairé par la lampe, quand il s'était allongé sur le lit à ses côtés. Il avait l'air fatigué, vieilli et désorienté.

— Où étais-tu ? J'étais morte d'inquiétude.

— J'ai été arrêté par les Allemands pendant plus de vingt-quatre heures.

— Mais pour quelle raison ?

— Je l'ignore. Je ne sais pas pourquoi ils agissent de cette façon.

Adeline aurait voulu en apprendre davantage, mais il l'avait dévisagée avec des yeux injectés de sang avant de déclarer :

— Je ne veux plus en parler. Je vais me coucher. J'ai besoin de repos si je veux finir le toit avant la première neige.

Il lui avait tourné le dos sans rien ajouter. Elle avait éteint la lumière, désemparée. Elle se souvint d'avoir entendu dire un jour que les yeux sont les fenêtres de l'âme et pensa au regard de son mari.

Blessé. Meurtri.

Elle l'avait entendu pleurer pour la seconde fois depuis leur mariage.

***

Hébété, Emil attelait les chevaux en prévision de leur deuxième jour de voyage.

Dubossary ? Je n'y suis pas allé depuis... Pourquoi nous faire passer par là-bas et pas plus au sud ?

Dire qu'avant de quitter définitivement l'Ukraine, il était forcé de retourner dans une ville qu'il s'était juré de ne jamais revoir. Au fond, il ne l'avait peut-être pas volé. Il tournait et retournait cette pensée dans son esprit tout en harnachant les chevaux.

Les premiers chariots du convoi s'ébranlaient. L'aube pointait.

— Qu'est-ce qui te tracasse ? demanda Adeline, qui terminait de charger leurs effets à l'arrière de la voiture.

— Pardon ? Tu disais ?

— Tu as l'air de porter tout le poids du monde sur tes épaules.

Emil adorait sa femme, mais sa remarque eut le don de lui faire perdre son sang-froid et il sentit la colère le gagner. Il se domina et désigna les flancs des chevaux.

— Je m'inquiète pour eux. Il ne faudrait pas que ça s'infecte. Sans eux, nous n'irons pas loin.

Elle l'observa un moment avant de hocher la tête.

— Oui, il faudra être vigilants.

Quelques instants plus tard, une fois Adeline installée à ses côtés et les garçons sur la bâche en toile cirée derrière le siège, Emil saisit les rênes et, d'un claquement de langue, incita Thor et Oden à avancer. Le chariot s'ébranla.

Adeline se percha sur le siège pour tenter d'apercevoir la voiture de ses beaux-parents et celle de sa mère. Johann tenait les rênes. À ses côtés, Karoline paraissait se préparer à une nouvelle tempête. Rese était allongée sous des couvertures à l'arrière.

***

Lydia avait fini par céder les rênes à Malia. Assise bien droite sur le siège, sa tête bringuebalant en tous sens, sa grande sœur affichait un immense sourire. Adeline sourit à son tour. Malia était le rayon de soleil de sa vie. Les canons de l'Armée rouge avaient beau tonner au nord, regarder sa sœur conduire la voiture l'emplissait d'une telle allégresse qu'elle s'en moquait.

Est-il si simple d'être heureux ? Les petites joies adoucissent les moments difficiles, répétait Mme *Kantor à l'envi.*

Avant de rencontrer Emil, Adeline travaillait en tant que cuisinière et domestique chez une veuve âgée, nommée Yudit Kantor, qui avait été aux petits soins pour elle et lui avait beaucoup appris sur la vie. En pensant à elle, Adeline se dit que le bonheur était décidément facile à atteindre. Elle espérait graver dans sa mémoire l'image de Malia en ce moment joyeux.

***

Plus tard dans la matinée, leur progression se trouva ralentie par l'arrivée de nouveaux chariots et de *Volksdeutsche* venus du nord, qui se joignirent au convoi. Les Martel s'engagèrent sur un chemin de terre sinueux, couvert de neige et de boue, et parvinrent à un croisement où, juché sur le capot d'un camion, un officier allemand surveillait le bon déroulement des opérations.

En approchant, Emil distingua mieux les traits de l'homme : trapu avec un cou de taureau, les cheveux coupés ras sous sa casquette noire et vêtu d'un long manteau gris foncé claquant au vent. Il tenta de surmonter le malaise qui l'envahissait. Non, cet officier n'était pas celui qu'il croyait. Pourtant son apparence, sa façon de bouger…

C'est ridicule, pensa Emil, un goût amer dans la bouche.

Une centaine de mètres avant d'arriver à la hauteur du gradé, Emil dut se rendre à l'évidence.

C'est bien le SS Hauptsturmführer Haussmann.

La peur lui vrilla les tripes. *C'est lui ! Haussmann. Comment est-ce possible ?*

Emil se pétrifia. Il aurait voulu faire demi-tour et échapper aux Soviétiques par un itinéraire différent, sous la protection d'autres soldats nazis. Il avait entendu parler de réfugiés qui se dirigeaient au nord-ouest, vers la Pologne. Mais il était impensable de se frayer un chemin dans la cohue des chariots et des véhicules qui les entouraient.

— Qu'est-ce qui ne va pas, Emil ? insista Adeline.

— Quoi ?

— Il fait froid et tu transpires comme si tu étais en train de labourer. La sueur a gelé dans ta barbe.

Il sentit la panique le gagner.

— Je ne sais pas, répondit-il.

Ma barbe !

La dernière fois qu'il s'était trouvé en présence du capitaine SS remontait à deux ans et demi, vers la fin de l'été 1941, à Dubossary, à moins de dix kilomètres de là. À l'époque, Emil travaillait dur pour construire leur nouvelle maison. Il avait coupé ses cheveux et sa barbe pour mieux supporter la chaleur.

J'ai changé. Haussmann ne me reconnaîtra pas.

— Emil ! insista Adeline.

Il s'épongea le front et abaissa son bonnet de laine sur ses yeux, pas trop bas pour ne pas attirer l'attention de l'officier SS.

— Je ne sais pas pourquoi je transpire, ma chérie, dit-il avec un sourire contraint.

Au moment venu, Emil tourna légèrement la tête vers le capitaine Haussmann, détaillant le visage de l'homme, la tête de mort qui ornait sa casquette jusqu'aux galons brodés sur son col, indiquant qu'il avait été promu au grade de *Sturmbannführer*, major de la Waffen SS.

Le *Sturmbannführer* Haussmann tendit le bras droit. Emil avait beau se rassurer, il sentait son cœur s'emballer dans sa poitrine. Il salua, puis contourna habilement les pare-chocs du camion du major.

Une fois Haussmann hors de vue, Emil prit une profonde inspiration. Il était au bord de l'évanouissement.

Il tendit les rênes à sa femme.

— Qu'est-ce qu'il t'arrive ? s'enquit-elle.

— Je ne me sens pas bien, expliqua-t-il avant de se pencher pour vomir tripes et boyaux.

— Beurk ! s'écria Will.

— J'aime pas ça, renchérit Walt.

Quand il eut fini, Emil se rassit à côté de sa femme. À mesure qu'ils approchaient de Dubossary, il se persuadait qu'il pourrait dépasser la fosse, traverser la ville, entrer en Moldavie en direction de l'ouest sans plus penser à ce qu'il avait subi là-bas. Pourtant, aucun doute, c'était bel et bien Haussmann. Il se rappellerait son visage jusqu'à son dernier souffle. Il croyait encore entendre les sanglots et les furieuses imprécations de l'officier.

Il était improbable de tomber sur Haussmann ici. Le cauchemar recommençait.

Deux ans et demi s'étaient écoulés depuis le traumatisme de cette nuit de la mi-septembre 1941. Emil en avait gardé des séquelles ; la profonde solitude dont il avait souffert après avoir été témoin de ce qu'un homme pouvait faire subir à son prochain, et l'aveu de sa propre faiblesse sous la forme d'un poing brandi vers le ciel.

Dans les derniers kilomètres avant d'arriver en ville, le regard obstinément rivé sur le chariot devant lui, Emil évita de porter les yeux vers le fossé, plus au nord.

Adeline lui massa le dos, devinant son trouble.

—Comment te sens-tu ?

Il pria pour qu'elle ne remarque pas qu'il avait les larmes aux yeux.

—Mieux, coassa-t-il en détournant le regard. Je pensais à…

—À quoi ?

Emil hésita et avala sa salive.

—À ta vallée, répondit-il avec un sourire contraint.

***

Si Adeline espérait qu'il se confie à elle, elle fut déçue mais n'en montra rien. Elle sourit à son tour.

—C'est également la tienne.

—Et la mienne, intervint Walt derrière eux.

—Et à moi aussi, ajouta Will.

—Elle est à nous tous, précisa Adeline.

—J'espère qu'il y aura des tas de poissons dans la rivière, dit Will.

—Beaucoup de poissons, oui, confirma sa mère. Il y aura partout des poissons à attraper et à manger. C'est ton rêve, Emil, n'est-ce pas ? Attraper des poissons bien gras dans la rivière pour les faire griller ?

Bien que persuadé que cela n'arriverait jamais, Emil éclata de rire.

—Me prélasser avec ma canne à pêche au bord de la rivière. Quel bonheur !

—Et toi, maman ? demande Walt. Tu voudrais quoi, là-bas ?

Adeline s'accorda le temps de la réflexion.

— Un potager. Un jardin rempli de fleurs. Un cellier à légumes. Des poules pour récolter des œufs frais. Et puis… non. On ne peut pas tout avoir dans la vie.

— Quoi ? fit Emil.

— C'est bête.

— Dis-nous quand même, supplia Will.

— J'aimerais avoir une poupée avec une jolie robe.

Emil eut l'air surpris.

— Une poupée ?

Elle leva le menton.

— Je n'en ai jamais eu quand j'étais petite. Est-ce trop demander ?

— Bien sûr que non, Adella, dit-il en lui tapotant la cuisse.

Elle sourit de plaisir et tendit le bras devant elle.

— Ils divisent encore le convoi là-bas.

***

Une centaine de mètres plus loin, Emil aperçut un autre officier allemand qui dirigeait la circulation, perché sur le capot d'un camion. Ce n'était pas Haussmann, mais un capitaine qu'il n'avait jamais vu, constata-t-il, soulagé. Ce dernier leur fit signe de traverser le Dniestr par le pont nord pour gagner Dubossary.

Le convoi ralentit à proximité du centre-ville. Emil distingua les vestiges d'une haute clôture de barbelés et des bâtiments déserts.

Il crut entendre à nouveau des sanglots résonner dans sa tête et s'efforça de garder les yeux rivés sur la croupe balafrée de cicatrices de ses chevaux, se demandant si cette ville maudite serait toujours présente à sa mémoire, s'il parviendrait un jour à oublier l'atroce nuit où…

Il perçut un sifflement qui s'amplifia avant qu'une énorme explosion, suivie d'une seconde, secoue le nord de la ville.

— Emil ! hurla Adeline.

— Ils nous bombardent ! constata-t-il, luttant pour garder le contrôle de ses chevaux.

Devant eux, des bêtes terrorisées se mirent à ruer et à se cabrer. D'autres devaient galoper vers le pont, car le convoi accéléra l'allure.

Trois autres déflagrations retentirent derrière eux au moment où ils quittaient la ville. Emil lança ses chevaux au petit trot. Devant eux, deux chariots avaient fait un écart et s'étaient renversés. Quatre autres, tirés par des bêtes apeurées, cahotaient dans les ornières.

— Papa ! s'égosilla Walt, on va trop vite !

Emil tira sur les rênes. Thor et Oden ralentirent en soufflant et en s'ébrouant, tandis qu'un soldat SS leur indiquait la direction du pont. Des chariots et des camions militaires allemands se pressaient sur la travée au-dessus du Dniestr, à l'ouest. La longue file des véhicules qui avaient déjà traversé serpentait à l'horizon, au sud-ouest. Emil se reprocha de ne pas s'être réveillé à temps pour franchir le pont à l'aube.

— Il y a de la fumée et un incendie là-bas ! signala Walt. Ils ont dû bombarder quelque chose d'énorme, papa !

— Maman ! couina Will.

— Pas maintenant, Will, dit Adeline en grimpant sur le siège pour mieux voir.

Emil ne prêtait aucune attention à ce qu'il se passait derrière eux. Il était concentré sur le pont, espérant gagner la rive ouest du fleuve le plus rapidement possible. Mais il y avait trop de véhicules, de chevaux, de chariots et de piétons à l'entrée est de la travée. Le convoi s'emmêlait, s'enchevêtrait, se défaisait avec une lenteur exaspérante. Les occupants vociféraient. Deux vieillards dans des chariots voisins se battaient à coups de fouet. L'air empestait la sueur humaine et animale.

— Je ne vois pas ma mère ni Malia ! s'inquiéta Adeline.

— Désolé, mais je n'y peux rien, dit Emil, les dents serrées. Et mes parents ? Où sont-ils ?

— À quatre chariots sur la gauche et un derrière nous. Rese est assise entre ta mère et ton père. Je ne l'ai jamais vue aussi terrifiée.

Apercevant une ouverture, Emil conduisit ses chevaux sur la rampe d'accès du pont.

— Tu m'étonnes !

***

Au milieu du pont, Adeline glissa un regard vers Dubossary, d'où s'élevaient des flammes et des panaches de fumée, tandis que l'artillerie allemande ripostait à coups de canon et de mortier. Des bombes éclatèrent au nord, où le deuxième front ukrainien de l'Armée rouge de Staline se préparait à l'assaut.

— Maman, j'ai envie de faire pipi, annonça Will.

Avant qu'Adeline ne puisse répondre, elle aperçut sa mère immobile près de sa sœur aînée, huit attelages derrière eux.

— Elles sont là ! s'écria-t-elle. Malia tient toujours les rênes !

— Maman ! Papa ! Des avions ! s'époumona Walt.

Adeline observa le fleuve. Des chasseurs soviétiques survolaient le Dniestr par vagues. Les quatre premiers se dirigèrent vers Dubossary où ils se mirent à mitrailler les positions de la Wehrmacht. La deuxième vague fit de même. La troisième, en revanche, se dirigeait droit sur eux.

Emil lâcha les rênes, attrapa Adeline par les épaules et l'entraîna dans le chariot à côté des enfants.

— Baissez-vous !

Les quatre chasseurs n'ouvrirent pas le feu sur les véhicules immobilisés sur le pont. Ils les survolèrent, piquèrent vers l'ouest et disparurent. La vague suivante les imita, et lorsque les Martel eurent enfin franchi le pont avant de pénétrer en Moldavie, ils entendirent des mitrailleuses crépiter à l'horizon, hors de vue.

— Je croyais que c'était fini, murmura Adeline, assise à côté d'Emil qui avait repris les rênes et incitait Oden et Thor à réintégrer le convoi.

***

Emil pensait de même tout en encourageant de la voix ses chevaux à rattraper le chariot qui les précédait. Malgré les bombardements qui s'intensifiaient derrière eux, à présent que Dubossary était loin – il espérait ne plus jamais y remettre les pieds –, il envisageait leur fuite avec plus de sérénité.

— Les Martel sont des durs à cuire, hein ? dit-il en attirant sa femme à lui.

Elle l'embrassa. Elle le retrouvait ! Il parlait comme l'ancien Emil ! Elle l'aimait quand il se comportait ainsi, poursuivant son but avec une imperturbable persévérance.

— J'ai envie de faire pipi, répéta Will.

— Ils ont failli nous tirer dessus, maman ? questionna Walt d'une voix chevrotante.

Adeline se retourna pour dévisager son fils aîné tremblant de tous ses membres, les poings serrés.

— Non, ils ne nous ont pas tiré dessus. Ils ont visé la ville et plus loin.

— Ils vont revenir ? Avec les tanks ?

— Je ne sais pas.

— Je veux rentrer à la maison, gémit Walt.

— Nous n'avons plus de maison, objecta son père.

— Si, nous en avons une, affirma Adeline. Notre famille est notre foyer. Partout où nous serons ensemble, à la ferme, dans la jolie vallée verte ou n'importe où ailleurs, nous serons chez nous.

— Je pourrai faire pipi dans la vallée verte ? demanda Will.

Adeline fronça les sourcils, elle glissa un regard vers son cadet qui se trémoussait à genoux, les joues écarlates à force de se retenir, et éclata de rire.

—Mon pauvre ange !

—Ce n'est pas drôle ! Je vais faire dans ma culotte.

—Surtout pas ! gloussa Walt, imité par leur mère.

—Arrête le chariot, papa, supplia Will.

—Impossible. Ils vont trop vite et je ne veux pas être à la traîne. Essaie de tenir encore une demi-heure.

—Je ne peux pas, papa ! Je le pince avec mes doigts tellement ça urge !

—Fais pipi à l'arrière, alors, conseilla Adeline, incapable de réprimer son fou rire.

Will lui jeta un regard noir, puis amusé par l'idée, il se mit à crapahuter vers le fond du chariot.

—D'accord.

—Ceux qui nous suivent vont te voir, Will, signala son frère. Et les chevaux risquent de tout recevoir en pleine figure.

Will s'immobilisa, leva les yeux et considéra la vieille femme qui conduisait la voiture qui les suivait. Une adolescente était assise près d'elle et trois enfants s'abritaient sous la bâche. Leurs bêtes se trouvaient à moins d'un mètre.

—Je ne peux pas, maman, pleurnicha-t-il.

—Tu ne les reverras plus, s'esclaffa Emil.

—Pas possible. Tant pis. Je vais mouiller mon pantalon.

Adeline se mordit les lèvres pour s'empêcher de rire.

—Jamais de la vie ! Tu vas mariner dans ton jus pendant des heures et, en plus, tu risques d'être irrité. Il y a un bocal en verre vide dans le coin cuisine, près du petit chariot. Tu n'as qu'à faire pipi dedans.

Séduit par cette idée, le petit s'empressa d'obéir.

Emil jeta un regard à sa femme.

—Je le nettoierai, déclara-t-elle. À moins que tu n'aies une meilleure idée ?

Emil secoua la tête.

Will trouva le récipient, pivota sur lui-même et défit la braguette de son pantalon. Il portait la main à l'intérieur quand il s'aperçut que sa mère et son frère l'observaient.

— Retournez-vous.

— Comme tu veux, concéda Adeline.

Ils traversaient une zone inondable qui commençait à verdir. Une période de brève accalmie avait succédé aux combats qui se déroulaient derrière eux.

— Je fais comment quand j'aurai fini ? s'inquiéta Will.

— Donne-le-moi et je le viderai sur le bas-côté de la route.

Le convoi progressait à un rythme régulier à travers la plaine avant de prendre de l'altitude.

— Tu as terminé ? reprit Adeline, une minute plus tard.

— Non.

Elle fit volte-face et nota son pantalon complètement déboutonné en accordéon sur ses cuisses.

— Non ? s'étonna-t-elle.

— Ça ne veut pas sortir, maman. On dirait qu'il a peur !

Adeline partit d'un grand rire. Walt fit une grimace de dégoût et plaqua une main sur sa bouche pour dissimuler son hilarité. Emil jeta un coup d'œil par-dessus son épaule et pouffa à son tour. C'était contagieux. Impossible de ne pas y succomber.

Will se tordait de rire, si fort qu'il avait du mal à tenir le récipient devant lui. Soudain, un petit jet d'urine gicla sur la toile cirée à côté de son frère.

Adeline rit de plus belle. Walt s'écarta d'un bond.

— Vise le bocal, imbécile !

— Si tu fais encore sur la bâche, tu devras l'essuyer, Will, l'avertit son père.

Le petit garçon plaqua le pot contre son bas-ventre.

— Ce n'est pas de ma faute, se défendit-il.

Adeline se retourna. Cela faisait du bien de rire et d'oublier les combats et les bombardements. C'était comme une douche brûlante pour l'âme après une longue journée glaciale.

— Ahhhh ! fit Will.

— Il fait enfin pipi ! commenta son aîné.

— Merci, Walt, dit Emil. Félicitations, Will.

Adeline se remit à rire. Une demi-minute s'était écoulée.

— Ça n'en finit pas, railla Walt.

— Assez ! dit Emil.

— J'ai terminé, s'exclama Will un peu plus tard. Le chariot qui nous suit est loin derrière, maman. Je vais vider le pot. Comment ça, tu n'auras pas à le faire.

— Merci, mon ange. Ne le range pas trop près de la cuisine.

— D'accord. Et je vais chercher un chiffon pour essuyer le pipi sur la bâche.

Adeline et son mari échangèrent un sourire.

Quelques minutes plus tard, Will grimpa sur les genoux de sa mère et se blottit contre elle.

— Quand est-ce qu'on arrive ?

Elle déposa un baiser sur le sommet de son crâne.

— Quand Dieu le voudra.

— C'est long.

— Parfois. Mais souvent, il agit en un clin d'œil.

— Et généralement, il ne se manifeste pas du tout, précisa Emil. Quelquefois, Dieu est tellement sourd qu'on pourrait croire qu'il n'est pas…

Adeline lui lança un regard d'avertissement.

— Arrête !

— Mieux vaut qu'ils sachent la vérité, Adella.

— Et c'est quoi, la vérité, d'après toi ?

Il hésita avant de répondre.

— Qu'ils ne peuvent pas se reposer sur Dieu en toute chose.

— Bien sûr que si. Il suffit de le lui demander.

— Je veux juste dire que l'on ne peut se fier qu'à soi-même, Adeline. Si un Dieu invisible intervient dans nos vies, je suis pour. Mais j'ai appris par expérience à ne pas trop compter là-dessus. Tu devrais en prendre de la graine, et les garçons aussi. De toute façon, je ne veux plus en parler.

Le vent avait tourné et forci. Adeline s'enveloppa dans son châle et considéra Emil d'un air perplexe. *Est-il toujours traumatisé par Dubossary ?*

Chaque fois qu'elle avait abordé le sujet depuis son retour, en septembre 1941, il s'était mis en colère, coupant court à la discussion, tout comme sa belle-mère, la veille au soir.

Il m'a dit avoir été arrêté par les nazis. Que s'est-il passé ? Y a-t-il un pan caché de sa vie que je ne connaîtrai jamais ?

7

Ces questions obsédèrent Adeline jusqu'à ce qu'elle se remémore les rires qu'ils venaient de partager et le miracle d'avoir survécu à un combat de chars et à un bombardement. Elle éprouvait une immense gratitude alors qu'ils s'éloignaient de la frontière, tandis que le soleil déclinait à l'ouest. Chaque arbre, chaque cabane abandonnée, chaque mur de pierre ou moulin à vent qu'elle remarquait au bord de la route semblait briller de mille feux.

— Qu'est-ce que c'est, maman ? demanda Will en désignant quelque chose devant eux.

Adeline se redressa, une main en visière pour se protéger du soleil couchant. Des objets massifs et difformes hérissaient le sol et les bas-côtés de la chaussée. Hommes et bêtes zigzaguaient pour les éviter.

En approchant, elle vit qu'il s'agissait de camions et de divers véhicules cabossés, éventrés et criblés de balles. Des soldats allemands dégageaient la route à l'aide de mules. Les chasseurs soviétiques avaient semé la désolation plus tôt dans la journée. Bouleversée, Adeline avisa des corps mutilés, figés dans des positions grotesques, surpris par la mort au moment où ils ne s'y attendaient pas. Au troisième cadavre, elle s'aperçut que ses enfants n'en perdaient pas une miette. Will et Walt contemplaient la scène, les yeux écarquillés d'horreur.

— Rasseyez-vous et ne regardez pas. Ce n'est pas de votre âge.

— Laisse-les, Adeline, intervint Emil. Je veux qu'ils voient ça, qu'ils comprennent ce qu'un homme est capable de faire à son prochain.

— Pourquoi ?

— Pour qu'ils sachent ce que signifie mourir à la guerre. Qu'il ne s'agit pas de quelque chose d'abstrait. Pour que ces horreurs se gravent dans leurs jeunes esprits.

Adeline sentit une colère froide l'envahir.

— Je veux les protéger, Emil.

— Tu ne peux pas.

Elle secoua la tête.

— Je t'aime plus que tout au monde, mais parfois je ne te comprends pas, Emil Martel.

— Ce n'est pas étonnant.

Le soir venu, ils dressèrent le camp au bord de la route. Les parents et la sœur d'Emil les rejoignirent peu après, suivis de Lydia et Malia. Cette nuit-là, ils ne prirent pas la peine d'allumer un feu. Ils se contentèrent de viande séchée et du dernier quignon de pain que Malia avait fait cuire la veille de leur départ, le tout arrosé d'eau fraîche.

À la lueur de la lanterne, Emil appliqua du baume sur les blessures des chevaux, les brossa et les félicita pour leurs efforts.

Tandis qu'Adeline recouvrait les enfants d'une couverture, à l'intérieur du chariot, elle l'entendit parler à ses bêtes.

— Désolé, les gars, mais c'était une question de vie ou de mort. Nos vies et les vôtres.

Elle ôta ses bottes et ses bas qu'elle déposa à ses pieds avant de s'étendre à côté de Walt, qui n'avait pratiquement pas desserré les dents de la journée.

Emil reparut avec la lampe.

— Maman, j'aimerais que le *bientôt* de Dieu soit déjà demain, remarqua Walt.

Adeline le serra contre son cœur.

— Moi aussi.

Emil éteignit la lumière. Le vent tourna au sud-ouest et les températures commencèrent à remonter.

— Deuxième jour, dit-il. On a réussi.

— Ensemble, ajouta Adeline à moitié endormie.

Ils avaient réussi, comme à maintes reprises au cours de leur mariage, et de la même façon qu'elle-même avait triomphé des obstacles avant de rencontrer Emil. Épuisée émotionnellement et physiquement par les trente-six dernières heures, Adeline pria et rendit grâce à Dieu de les protéger durant ce voyage miraculeux avant de sombrer dans un profond sommeil. Lorsqu'elle se mit à rêver, on aurait dit que le temps avait été pulvérisé par un obus et qu'elle était retournée dix ans en arrière.

***

Octobre 1933
Birsula, Ukraine

Âgée de dix-huit ans, Adeline se haussa sur la pointe des pieds dans une boucherie *cacher* de la petite ville, regardant avec ravissement le boucher emballer un poulet dans du papier. Un volatile tout frais. À quand remontait la dernière fois où elle avait vu ou même pensé à un pareil délice ?

Et elle était sûre d'y goûter. Certaine, puisqu'elle allait le préparer.

L'eût-elle voulu qu'elle n'aurait pu effacer le sourire plaqué sur son visage. Rôtir un poulet. Déguster de la volaille, alors que quelques mois auparavant à peine… À présent, elle menait la grande vie !

Le boucher posa le paquet sur le comptoir.

— Vous direz à Mme Kantor qu'elle est bénie. Le premier poulet que je reçois depuis des mois. C'est miraculeux que vous soyez arrivée au même moment.

Adeline fourra le volatile dans son sac en bandoulière.

— Merci, monsieur Berman, dit-elle avec un grand sourire.

Elle se précipita au-dehors, au comble de l'excitation. Elle sentit l'air frais lui fouetter le visage, signe que l'hiver était proche, même si cette pensée ne l'effrayait pas autant que l'année précédente, ni celle d'avant.

Après qu'Adeline, sa mère et sa sœur eurent été chassées de la ferme familiale, on l'avait envoyée travailler dans une ferme collective, sur les collines ondoyantes autour de Birsula, une bourgade située à environ deux cents kilomètres au nord d'Odessa. Pendant des mois, dans une chaleur étouffante ou un froid mordant, elle avait pataugé pieds nus dans des cuves de boue et de paille, qu'elle mélangeait pour fabriquer des briques. Elle pensait souvent que ses jambes allaient se briser comme les stalactites qui pendent du toit en hiver, et parfois, elle était si déprimée qu'elle se demandait si elle aurait une vie un peu meilleure un jour. Et pour son malheur, Staline leur avait coupé les vivres à l'automne 1932.

En sortant de la boutique avec son précieux fardeau, elle se rappela avoir eu si faim durant l'Holodomor qu'elle avait eu des hallucinations, des visions de volaille, de nouilles aux œufs fumantes, préparées par sa mère, et de tranches de rôti. Plus tard, elle avait été tellement faible qu'elle avait eu un malaise et s'était effondrée dans une cuve par un jour de grand froid, elle avait contracté une pneumonie et survécu par miracle.

Après ces mois de famine longs et éprouvants, elle était convaincue de ne jamais connaître une existence heureuse quand, vers la fin de sa convalescence, sa sœur Malia eut vent d'un emploi en ville. Elle n'aurait plus à travailler à l'extérieur. Elle avait obtenu le poste et sa situation s'était améliorée en un clin d'œil.

Presque six mois se sont écoulés, songea-t-elle en suivant une large avenue avec son précieux fardeau. Elle dépassa une boulangerie, déjà fermée à cette heure de l'après-midi, et longea les jardins de grandes villas alignées les unes à côté des autres. Elle franchit le portail de la troisième et gravi les marches menant à la porte de service.

En entrant, elle retira ses bottes, enfila les chaussons qu'elle portait à l'intérieur. Elle venait de déposer le sac à provisions dans la cuisine quand une voix joyeuse l'appela en russe depuis une autre pièce.

—Adelka, tu es de retour ?

—Oui, madame Kantor, répondit Adeline en enfilant son tablier avant d'entrer dans le salon où une vieille dame était installée devant la fenêtre, un plaid sur les genoux et un cardigan noir autour des épaules.

Une théière et un service à thé encombraient la table placée en vis-à-vis. Une jeune femme d'une vingtaine d'années était assise en face de la patronne d'Adeline. Elle portait une robe marron unie, un châle et un foulard. Un gros livre était posé sur le sol à côté d'elle.

—Esther, voici mon petit trésor à moi, proclama Mme Kantor. Elle se prénomme Adeline, mais je l'appelle Adelka. Ce qu'elle fait à la cuisine relève de la magie !

Esther éclata de rire.

—Ou plutôt de la sorcellerie ?

Remarquant qu'Adeline se renfrognait, elle esquissa un geste de la main.

—Non, non. Je ne voulais pas dire… Ce n'est pas grave. Que préparez-vous de bon aujourd'hui, Adeline ?

—Ce qu'elle a déniché pendant sa sortie quotidienne, répondit Mme Kantor avant qu'Adeline n'ait eu le temps d'ouvrir la bouche. Elle prend ce qu'il y a, et puis je ne sais pas comme elle fait, mais c'est magique.

Adeline inclina la tête en souriant.

—Merci, madame. J'adore cuisiner.

—C'est évident.

—Alors, qu'avez-vous trouvé aujourd'hui ? répéta Esther.

Adeline releva la tête et regarda tour à tour Esther et Mme Kantor, au comble de l'excitation.

—Un poulet bien frais !

Esther poussa une exclamation, tandis que Mme Kantor se tapait les cuisses.

— Non ! Où cela ?

— À la boucherie de M. Berman. Je suis entrée par hasard alors qu'il venait de le tuer.

— Il est *cacher*, au moins ? s'enquit Esther.

— Oui, madame. Enfin, je crois que oui puisqu'il vient de chez M. Berman.

Mme Kantor poussa un cri de joie et brandit ses poings décharnés au-dessus de sa tête.

— Je vais inviter mon fils et sa famille ! Il faut fêter cela comme il se doit !

À la surprise d'Adeline, Esther ne partageait pas l'enthousiasme de sa patronne.

— En êtes-vous sûre, madame Kantor ? Oubliez-vous que tant de gens meurent de faim ?

La vieille dame se rembrunit, puis hocha la tête.

— Je sais que les gens ont faim, ma chère, mais je suis sûre que si Moïse avait trouvé un poulet au cours de sa traversée du désert, il l'aurait caché aux tribus d'Israël pour le partager avec sa famille.

Esther porta une main à sa bouche.

— Madame Kantor !

— Eh bien quoi ?

— Vous avez de la chance que le rabbin ne soit pas là.

Mme Kantor gloussa, la tête renversée en arrière.

— Il y a des choses que le rabbin ne devrait pas entendre, mais s'agissant d'un bon bouillon de poulet, je pense qu'il serait de mon avis.

— À condition de lui en servir un bol !

— C'est cela ! approuva la vieille femme. De quelle taille est notre poulet, ma chérie ? demanda-t-elle à Adeline.

— Une belle bête, madame.

— Il y en aura assez pour mon fils, sa femme et sa fille ? Sans oublier mon amie Esther ?

— Oh, madame Kantor, je ne peux pas accepter, se récria cette dernière. Je suis juste passée vous dire bonjour.

La vieille dame lui lança un regard appuyé.

— Vous êtes passée au moment où un poulet est apparu au milieu du désert, si l'on peut dire.

Esther s'esclaffa.

— Eh bien, ce serait… agréable d'y goûter.

— Et plus encore. J'ai un appétit d'oiseau. Combien de temps vous faudra-t-il, Adelka ?

Adeline réfléchit.

— Jusqu'au coucher du soleil ? Ou peut-être un peu plus tard ?

— Prévoyez large.

Esther se leva.

— J'ai deux ou trois choses à faire. Je reviendrai plus tard.

Une fois sa jeune amie partie, Mme Kantor inclina la tête vers Adeline.

— Eh bien ? dit-elle.

Celle-ci était si absorbée par la conversation entre les deux femmes qu'elle sursauta. Les joues cramoisies, elle esquissa une brève révérence.

— Pardonnez-moi, madame Kantor. Avez-vous besoin de quelque chose avant que je me mette au travail ?

L'expression de la vieille dame s'adoucit.

— D'une sieste, ma chérie. Soyez gentille de ranger ce livre sur l'étagère de la cuisine. Et avant de faire cuire le volatile, pourriez-vous vous rendre chez mon fils pour prévenir sa femme ?

— Oui, madame, dit Adeline en ramassant le livre.

— Vous connaissez son adresse ?

— Bien sûr.

— Quelle petite futée ! s'exclama sa patronne en arrangeant la couverture sur ses genoux. Allez-y. Au fait, y a-t-il assez de bois pour la cuisinière ?

—Je pense que oui, assura Adeline en retournant à la cuisine.

Elle posa le livre sur l'étagère avant de soulever le couvercle du coffre à bois et constata qu'il n'y en avait pas autant qu'elle l'avait cru.

—Je ramènerai quelques bûches en même temps, madame, déclara-t-elle en laissant retomber le lourd couvercle.

Le choc fit tomber le livre sur le sol, derrière elle.

—Ne traînez pas !

—Non, madame.

Adeline se pencha pour ramasser le livre, un album relié renfermant des illustrations et des peintures. Elle l'ouvrit au hasard et tomba sur la reproduction d'une jolie vallée verdoyante, entourée de montagnes enneigées et traversée par une rivière. Ayant grandi en Ukraine, le pays des plaines, Adeline n'avait jamais vu un paysage aussi enchanteur, et elle le contempla un long moment.

—Vous y allez, ma fille ? brailla Mme Kantor.

—Tout de suite !

Adeline se hâta de refermer le livre qu'elle cala sur l'étagère à l'aide d'un volume plus épais.

***

Elle remit son manteau et ses bottes, toujours obnubilée par le tableau, courut d'une traite jusqu'à la maison du fils de sa patronne et frappa à la porte de service que lui ouvrit la cuisinière. Elle l'informa qu'elle aurait l'après-midi et la soirée libres, et la pria de transmettre à l'épouse du docteur qu'ils étaient invités à dîner chez Mme Kantor ce soir-là.

Après quoi, elle alla au marché acheter des œufs pour les nouilles, puis à l'étal où l'on vendait du bois, mais il était désert. Elle se rendit là où elle savait pouvoir en trouver, mais revint bredouille.

Notant que le soleil déclinait à l'horizon, Adeline s'avisa que le temps lui manquait. Cinq personnes venaient dîner et elle n'aurait pas assez de bois pour faire cuire le poulet et mijoter la soupe.

Elle imagina la colère de Mme Kantor qui la renverrait, tandis qu'elle se dépêchait de rentrer à la maison, effrayée, sentant que la vie était sur le point de basculer une nouvelle fois et lui reprendrait ce pour quoi elle s'était battue avec une telle énergie. Elle retourna à la cuisine, une boule au ventre. Après des années de famine et de privations, elle serait congédiée parce qu'elle n'avait pas réussi à trouver du bois pour préparer un bouillon de poulet.

—Adeline ! appela Mme Kantor.

—Oui, madame, répondit-elle d'une voix étranglée.

—Mon fils va venir ?

—Je crois que oui. J'ai averti la cuisinière.

—Tous les trois ?

—Oui.

—Et le bois ?

Adeline céda à la panique qu'elle sentait enfler, telle une vague menaçant de la submerger. Elle ferma les yeux.

—S'il vous plaît, murmura-t-elle, aidez-moi.

—Adeline ?

Elle ouvrit les yeux, prête à avouer la vérité à la vieille dame, à s'excuser et lui demander conseil, quand elle jeta machinalement un coup d'œil par la fenêtre de la cuisine. Elle battit des paupières et sourit.

—Je sais où en trouver, madame !

Elle se rua dehors et courut après un garçon athlétique, le dos courbé sous le poids d'un énorme tas de bois.

—Excusez-moi ! Puis-je vous acheter quelques bûches ?

Le jeune homme ne ralentit pas sa course.

—Non.

—S'il vous plaît, j'ai de l'argent.

—C'est pour le boulanger. Il a déjà payé.

Adeline fut saisie d'effroi.

— Je vous en prie, monsieur, ne pourriez-vous pas m'en vendre juste un peu ? Je vais perdre mon emploi si je ne trouve pas de bois pour la cuisinière.

Pendant un moment affreux, elle crut qu'il allait poursuivre son chemin, mais il s'arrêta et se retourna.

— Perdre votre emploi ?

— Je dois cuire un poulet, expliqua-t-elle, luttant pour retrouver son calme.

— Vous avez un poulet ?

— Pas moi. Ma patronne.

— Ce doit être une sacrée bonne femme.

— Son défunt mari était médecin et son fils aussi.

Il réfléchit.

— C'est bon.

— D'accord ?

Il hocha la tête et déchargea sa marchandise.

— Le boulanger n'en saura rien.

Adeline sauta de joie.

— Oh, merci ! Merci !

Le jeune homme la dévisagea. Il se dérida enfin et lui sourit.

— Combien en voulez-vous ?

— Quatre belles bûches, s'il vous plaît. C'est très gentil à vous.

Il défit son fardeau et préleva les morceaux de bois.

Elle lui remit l'argent.

— Vous me sauvez la vie ! Merci infiniment !

Il empocha les pièces.

— Si j'avais su que quelques bûches rendraient aussi heureuse une belle jeune femme comme vous, je me serais procuré une hache depuis belle lurette.

Il était sale et sentait la sueur, mais elle aimait son sourire et la façon dont il la regardait, comme s'il lisait en elle. Troublée, elle rougit et baissa les yeux.

— Je suis désolé. Je n'aurais pas dû dire ça.

Elle sourit sans oser relever la tête.

— Non, c'était drôle et tout à fait charmant. Merci encore. Il faut que j'y aille. Je dois encore cuire le poulet et préparer les nouilles aux œufs.

— Comment vous appelez-vous ?

Elle hésita.

— Adeline. Adeline Losing.

Il lui décocha son merveilleux sourire.

— Joli prénom. Moi, c'est Emil Martel.

DEUXIÈME PARTIE

LES SANG-PUR

8

Il faisait encore nuit noire quand Emil se réveilla, le troisième jour de leur exode ; un brouillard dense et humide avait envahi la terre. Il nourrit et pansa les chevaux à la lueur de la lampe, puis appliqua un baume apaisant sur leurs plaies. On n'y voyait goutte à trente mètres à la ronde et aucun bruit ne s'élevait dans cet univers ouaté ; pourtant il se sentait oppressé, comme si des tanks ou des avions armés de mitrailleuses allaient surgir de nulle part d'une minute à l'autre.

Son intuition ne l'avait pas trompé. Il venait d'atteler Oden et Thor quand des coups de sifflet assourdis retentirent, il ne savait d'où. Une voix amplifiée par un mégaphone beugla en allemand que les forces soviétiques étaient à leurs trousses. Le convoi repartirait dans quinze minutes.

— Les enfants n'ont encore rien avalé, signala Adeline.

— Ils mangeront en route. Nous aussi.

Elle acquiesça.

— Je vais tout remballer, sauf l'eau et quelques vivres, dit-elle en s'éloignant vers le fond du chariot.

Emil sourit, comme il l'avait fait lors de leur première rencontre, alors qu'elle désespérait de trouver du bois pour son bouillon de poulet. Depuis lors, elle lui faisait comprendre qu'il lui était indispensable.

C'est peut-être tout ce qui compte dans ma vie. L'amour de ma femme et de mes enfants.

Les chariots s'ébranlèrent dans un chaos indescriptible, aggravé par la boue maculant le ventre et les flancs des chevaux ainsi que les blessures qui leur barraient les hanches. Elle recouvrait également les rayons, les jantes et les essieux des voitures.

Au cours des heures suivantes, le convoi ressembla à une créature fantomatique, segmentée, qui apparaissait et s'évanouissait dans la brume, glissant et ondulant dans la gadoue comme un serpent. Avançant à l'aveuglette dans ces conditions exécrables, les chariots dérapaient, s'écrasaient ou se renversaient. Il fallut toute l'habileté d'Emil pour garder le contrôle de la voiture et de ses bêtes.

À deux reprises, ce matin-là, ils croisèrent des véhicules enlisés dans la boue jusqu'aux essieux.

L'un d'eux était celui des parents d'Emil. Il dut s'arrêter pour les tirer de ce mauvais pas. Karoline se montra plus cordiale que d'habitude. Son père n'avait pas l'air affecté le moins du monde par les aléas du climat. Quant à Rese, elle n'avait pas quitté sa couche depuis Dubossary.

— Elle dort tout le temps et ne peut rien garder dans son estomac, expliqua Karoline.

— Je lui préparerai quelque chose quand nous nous arrêterons ce soir, promit Adeline.

Sa belle-mère opina sans lui accorder un regard.

Ce jour-là, l'étape fut longue et pénible. Après avoir traversé la ville de Chisinau, en Moldavie, où des travailleurs forcés, déportés par Hitler dans toute l'Europe sous domination nazie, édifiaient des fortifications pour la Wehrmacht, ils distinguèrent des rumeurs de combats imminents au sud-est. Le brouillard se dissipa vers midi, dévoilant des territoires occupés, conquis, puis reconquis au cours des dernières années. La Roumanie s'en était emparée avec l'aide d'Hitler en remerciement de service rendu, le dictateur roumain Ion Antonescu ayant permis aux troupes allemandes de traverser le pays afin de lancer une offensive à l'est, au cours de l'été 1941.

Emil se souciait peu de politique et encore moins de savoir qui contrôlait la région qu'ils traversaient ce jour-là. Il ne voulait qu'une chose : s'éloigner le plus possible à l'ouest et ne plus jamais voir un communiste de sa vie. S'il acceptait provisoirement la protection des nazis, il comptait bien saisir la première occasion pour fausser compagnie à ces salauds d'assassins déshumanisés. Entre-temps, il garderait le major Haussmann à l'œil.

Mais était-ce vraiment lui ? Aurais-je tout imaginé ? Non, c'était bien lui. Que faisait-il si loin de Dubossary ? Entre tous les SS d'Ukraine, pourquoi était-ce lui qui supervisait les opérations et indiquait la direction à suivre ?

Ces questions sans réponse menaçaient de le rendre fou. Il résolut de ne pas s'y attarder, préférant n'y voir qu'une malencontreuse coïncidence. Après qu'Haussmann eut fait son sale boulot durant les premiers jours de l'occupation allemande, il avait été probablement affecté à la protection des réfugiés allemands fuyant vers l'ouest. Point final. Emil ne le reverrait sans doute jamais et, dans le cas contraire, il se débrouillerait pour filer dans la direction opposée avec sa famille.

Le troisième soir de leur équipée, la caravane établit son camp en rase campagne, à douze kilomètres au sud-ouest de Chisinau. Les tirs de canon envahissaient le ciel, proches au point qu'Emil et Adeline ne purent fermer l'œil de la nuit.

Au quatrième jour, la pluie se mit à tomber dès le matin, provoquant des coulées de boue. Ils progressèrent tant bien que mal d'une quinzaine de kilomètres. La cinquième nuit, les bombes pleuvaient si près que les Martel abandonnèrent leurs véhicules pour se réfugier dans une canalisation en bord de route.

Le conduit vibrait à chaque explosion. On entendait les hennissements des bêtes et les hurlements d'effroi des hommes à découvert. Par chance, eux-mêmes se trouvaient en sécurité. À partir de là, Emil se mit en quête d'un ouvrage en béton armé où s'abriter, comme une voûte de pont, par exemple.

***

Au bout d'une semaine de tribulations, le convoi conservait une distance de dix à quinze kilomètres avec l'arrière-garde de la Wehrmacht, laquelle peinait à contenir l'avancée des premier et deuxième fronts ukrainiens de l'Armée rouge. Mais la crainte d'être submergés était constante. Les chars soviétiques pouvaient surgir de n'importe où. Et rien n'empêchait les chasseurs rouges de revenir.

—Nous sommes coincés entre deux fronts, déclara Emil à sa femme, la septième nuit.

Ils campaient sous un pont à l'ouest de la ville moldave d'Hînceşti. Les garçons dormaient à poings fermés et l'estomac d'Emil n'avait jamais été aussi plein depuis qu'ils avaient pris la fuite. Il avait creusé un trou horizontal dans la terre à un bon mètre de la structure en béton. Les enfants avaient ramassé du bois et ils avaient fait un feu afin de remplir le foyer de braises. Puisant dans leur précieux stock de farine et de levure, Adeline et sa mère avaient préparé la pâte et l'avaient versée dans des moules qu'elles avaient posés sur les tisons ardents.

Malgré sa croûte brûlée, le pain fraîchement cuit était si savoureux qu'Emil avait tout oublié pendant vingt bonnes minutes, avant que ses craintes ne reviennent en force.

—Tu n'as pas entendu ? répéta-t-il à Adeline, qui s'apprêtait à se glisser sous les couvertures, près du foyer encore tiède. Nous sommes coincés entre deux armées. Les estropiés d'Hitler devant et quelques hommes valides qui tentent de stopper les soldats de Staline derrière.

« Quand je pense à l'endroit où nous sommes, poursuivit-il d'une voix légèrement essoufflée, à ce que nous faisons et à ce qui pourrait nous arriver dans les prochains jours, j'ai l'impression que mes pensées se bousculent et tournent en boucle, comme une tempête dans ma tête. »

Adeline s'approcha et l'enlaça.

— Tout le monde ressent plus ou moins la même chose, tu sais. L'œil du cyclone est une zone parfaitement calme, m'avait dit Mme Kantor un jour, je me souviens.

— C'est peut-être vrai, mais je ne l'ai jamais trouvé.

— Si, quand nous avons essuyé les tirs des tanks, la semaine dernière. C'est grâce à toi que nous sommes encore en vie et en sécurité, tu ne crois pas ?

Pour une raison obscure, Emil ne partageait pas l'opinion de sa femme.

— Nous avons encore un long chemin à parcourir avant d'être vraiment tirés d'affaire.

— Viens te coucher. Il ne va pas tarder à faire jour.

Emil s'apprêtait à s'enrouler dans une couverture, fermer les yeux et sombrer dans l'oubli quand il entendit des voix qui chantaient entre deux éclats de rire sur la rive du fleuve, non loin de là où il avait attaché les bêtes et parqué le chariot. La tentation était irrésistible.

— Emil ? appela Adeline d'une voix douce.

— Je vais aller voir les chevaux.

Il ramassa la lampe et longea la berge jusqu'à la route et au pont.

Thor et Oden se trouvaient bien à l'endroit où il les avait laissés. Le chariot avait l'air intact. Les chants et les rires devenaient plus forts et gutturaux. C'était une vieille chanson à boire allemande. Emil la connaissait depuis l'époque où il travaillait dans une brasserie à Pervomaïsk, la ville de naissance de ses enfants. Il y avait des années qu'il ne l'avait entendue.

Il suivit cette direction un peu au hasard. Peut-être pour se mêler à des hommes confrontés à des difficultés similaires. Abstraction faite de son père, il évoluait dans un univers presque exclusivement féminin. En s'approchant, il constata qu'ils étaient ivres. Lui-même aimait fabriquer du vin et de la bière et, à l'occasion, il appréciait un ou deux verres, même s'il n'était pas vraiment porté sur l'alcool.

La chanson s'acheva en gros rires au moment où Emil parvenait à une clairière, de l'autre côté de la route. Des chariots pareils au sien étaient disposés en demi-cercle autour d'un feu. Quatre inconnus buvaient dans des chopes en fer-blanc. Un type efflanqué d'une quarantaine d'années se tut en voyant Emil approcher. Les trois autres l'imitèrent.

Emil leva les mains.

— Pardon de vous déranger, dit-il en allemand. Il y a longtemps que je n'avais pas entendu de chansons à boire.

— C'est ta femme qui porte la culotte ou quoi ? commenta le grand escogriffe.

Ses compagnons se mirent à rire et Emil fit chorus.

— J'avais le choix entre emporter un tonneau de vin maison et un petit chariot que j'ai fabriqué pour mes fils à Noël dernier, expliqua-t-il. Le chariot l'a emporté par trois voix contre une.

L'autre sourit et lui fit signe d'avancer.

— Viens boire un coup. Je m'appelle Nikolas. Et toi ? D'où viens-tu ? Tes enfants ont quel âge ?

***

Emil répondit sans se faire prier. Nikolas présenta ses camarades si vite qu'il ne saisit pas leurs noms. À la lumière des flammes, il remarqua qu'ils portaient des manteaux de laine, des pantalons et des chapeaux de bonne qualité et presque neufs. On lui offrit une chope de vin rouge. Dès la première gorgée, il sentit qu'il se libérait de ses angoisses.

Il apprit que Nikolas et ses trois compagnons fuyaient Staline sous la protection des SS. Ils venaient de Rastadt, à l'ouest de la rivière Boug. Emil confia qu'il avait séjourné plusieurs années à Pervomaïsk, au nord de Rastadt, avant de retourner vivre à la ferme familiale, à Friedenstal.

— Tu connais Bogdanovka ? s'enquit Nikolas. Ce n'est pas très loin au sud de Pervomaïsk.

—Oui, il y a une ferme collective dans la région. On y achetait de l'orge quand je travaillais à la brasserie de Pervomaïsk.

—Que faisais-tu là-bas ?

—Des travaux de manutention. Transporter le grain, le verser dans les cuves, le mélanger. Ce genre de choses.

—Comment as-tu rejoint le convoi ? questionna Nikolas.

Emil lui jeta un regard perplexe.

—Eh bien… des officiers allemands sont venus nous informer de l'arrivée des Soviétiques. Si nous voulions survivre, nous avions deux jours pour faire nos bagages.

—Non, je veux dire, en qualité de quoi ? Faisais-tu partie du *Selbstschutz* ?

Mal à l'aise, Emil comprit où il voulait en venir. Nikolas cherchait à savoir s'il avait été membre du *Selbstschutz,* une milice constituée par les nazis après l'invasion allemande en 1941. Les recrues du *Selbstschutz* étaient toutes issues de la population de souche allemande de la région.

Dans le gouvernorat de Transnistrie, contrôlé par la Roumanie, l'une des missions du *Selbstschutz* était de protéger les communautés et les colonies *Volksdeutsche* du pillage exercé par les troupes roumaines. Emil n'ignorait rien des crimes horribles commis par ces milices.

—Le *Selbstschutz* ne recrutait pas à Friedenstal, s'entendit-il dire au lieu de filer sans demander son reste, comme il en avait l'intention. C'est un coin perdu au milieu des champs de blé. Les Roumains ne nous ont jamais causé de tort.

Nikolas acquiesça sans le quitter des yeux.

—Étiez-vous membres du *Selbstschutz* à Rastadt ? reprit Emil, histoire de combler le silence qui devenait pesant.

—Oui, nous l'étions tous, dit Nikolas en levant sa chope. Nous avons prouvé que nous étions de bons Allemands dignes de retourner dans notre patrie. Avec les papiers qui l'attestent. Tu les as, toi, ces papiers ?

Emil hocha la tête.

—Depuis les premiers jours de l'invasion. Fournir les documents n'était pas difficile. Ma mère possédait une bible qui nous appartenait depuis des générations en Allemagne, ainsi que nos actes de naissance enregistrés par l'Église.

—Et tu n'as pas été enrôlé dans la Wehrmacht ?

—Ça a failli, mais j'ai avancé que j'étais seul soutien de famille et que je serais plus utile à la ferme qu'à l'armée. Ils m'ont dit d'y retourner et de me mettre au travail. Et c'est ce que j'ai fait.

—Quelle chance ! commenta Nikolas sans conviction.

Emil termina son vin et se vit offrir une deuxième, puis une troisième chope pendant que les miliciens beuglaient à pleins poumons, regrettant ce qu'ils laissaient derrière eux et s'inquiétant de l'avenir. L'un d'eux finit par prendre congé.

Emil savait qu'il devait retourner auprès de sa famille. Il avait presque vidé sa troisième chope quand Nikolas la lui remplit de nouveau. La dernière, se promit-il alors que les deux autres hommes refusaient une nouvelle tournée et annonçaient qu'ils allaient se coucher à leur tour.

—Qui sait ce que nous réserve l'existence, déclara Nikolas après leur départ.

—J'essaie de reprendre ma vie en main et d'arrêter de la subir, dit Emil. Plus jamais ça.

—Tu es soûl, mon vieux.

—Un peu, admit Emil en levant sa chope. Grâce à toi.

Nikolas trinqua à sa santé. Ils sirotèrent leur vin en silence. Emil contempla les braises du feu mourant, songeant qu'il devrait vraiment rentrer et qu'il souffrirait d'une migraine atroce le lendemain matin.

—Combien ? demanda Nikolas.

Emil lui jeta un regard surpris.

—Combien de quoi ?

Nikolas mima un pistolet et ferma son œil gauche.

—Combien de Juifs as-tu tués pour récupérer ta terre et faire partie de ce convoi ?

Emil encaissa le choc. Il avait l'impression d'avoir reçu un coup de poing dans le ventre.

Nikolas sourit.

—Ah ha ! C'est bien ce que je pensais. Tu as dû faire quelque chose pour les Allemands. Comme chacun d'entre nous. Autrement, ils ne t'auraient pas emmené pour te protéger avec ta femme et tes fils. Tu étais un tireur comme moi, hein, Emil ?

Emil n'avait pas oublié le Luger qu'on lui avait collé de force entre les mains. Il avait le tournis et l'estomac en vrille. Il était abominablement ivre.

—Je le savais, affirma Nikolas. Ça se voit comme le nez au milieu de la figure. Alors, combien ?

Emil secoua la tête, mais Nikolas n'était pas dupe. Il s'approcha, le dominant de toute sa hauteur.

—Combien de sales Juifs bolcheviks as-tu abattus pour avoir une place dans ce convoi ?

—Aucun !

Nikolas renifla avec mépris.

—Ne raconte pas de bêtises. Je n'ai aucune honte à l'avouer et tu ne devrais pas toi non plus. On a fait une bonne et noble action en débarrassant la terre de ces Youpins pouilleux. Voilà comment ça a commencé. Les Roumains ont enfermé leurs Juifs dans une ferme à Bogdanovka et les Yids se sont mis à mourir du typhus à cause des poux dont ils étaient infestés. Ça aurait pu provoquer une épidémie qui aurait tué tout le monde à des centaines de kilomètres à la ronde – Allemands, Russes, Ukrainiens sans distinction – si elle n'avait pas été enrayée. Les nazis savaient qu'ils n'avaient pas le choix, pas plus que nous, les *Selbstschutz* de Rastadt. Il nous a fallu dix-huit jours pour les exécuter tous, et vingt autres pour faire bouillir ou brûler leurs habits.

Dix-huit jours d'affilée ? songea Emil avec horreur.

Il s'écarta d'un pas chancelant et vomit son repas et le vin qu'il avait ingurgité.

— Tu vois ? s'exclama Nikolas. On s'est tous sentis mal à un moment ou à un autre à cause de ce qu'on a fait. Il faut que ça sorte, tu te sentiras mieux après. De toute façon, nous n'avions pas le choix, n'est-ce pas ?

Emil se retourna et le dévisagea, un flot de bile brûlant remontant dans sa gorge.

— Bien sûr que vous aviez le choix. Et je n'ai jamais tué personne de ma vie. Nous sommes ici grâce à une vieille bible et parce que je suis un bon fermier, habile de mes mains. Merci pour le vin.

Sur ces mots, il ramassa sa lampe et s'en fut dans la nuit noire.

— N'importe quoi ! brailla Nikolas d'une voix avinée. Je l'ai lu sur ton visage. Tu ne peux pas me tromper, Emil. Tu les vois en rêve, n'est-ce pas ? Et tu les entends aussi. Tous ces rats couverts de poux que tu as massacrés !

***

Emil se mit à courir à l'aveuglette, essayant de mettre la plus grande distance entre Nikolas et lui, paniqué à l'idée qu'Adeline entende les élucubrations d'un tueur ivre. Il trébucha et faillit tomber, mais retrouva son équilibre et ralentit l'allure. Les cris avaient cessé.

— Je n'ai jamais… jamais… murmura-t-il après avoir allumé la lampe et trouvé la direction du pont.

Il dépassa ses chevaux et longea la berge en titubant. Il éteignit la lumière et rejoignit les silhouettes endormies de sa femme et de ses enfants. Personne ne bougea quand il se glissa sous les couvertures derrière Walt.

Il resta longtemps éveillé, la voix mordante de Nikolas résonnant dans sa tête : *« Je l'ai lu sur ton visage. »* En pensée, il entendait les victimes sangloter, le déclic des pistolets, il revoyait les étincelles crépitant dans l'obscurité et le capitaine Haussmann lui collant un Luger chargé dans les mains.

Ce souvenir était si profondément ancré dans sa mémoire qu'il en eut le souffle coupé. Il se sentait vidé et seul au monde, une sensation de malaise exacerbée à la pensée de Nikolas tirant sur des Juifs dix-huit jours durant.

Il représente une menace pour moi. Je ne sais pas trop pourquoi, mais j'en suis sûr. Je le sens dans mes tripes.

Il ferma les yeux, comprenant qu'il devait éviter Nikolas comme la peste et ne pouvait compter que sur lui-même pour se tirer d'embarras, certainement pas sur un Dieu qui avait créé un homme capable de massacrer des innocents dix-huit jours durant.

Et il se demanda avec angoisse si sa rencontre avec Nikolas et Haussmann était le châtiment qui lui était infligé à cause de cette nuit-là, à Dubossary. *Tu as choisi, Emil. À partir de là, tu es aussi coupable que Nikolas.* Cette pensée obsédante lui tarauda l'esprit jusqu'à ce qu'il finisse par sombrer dans le sommeil.

9

Début avril 1944
Douze kilomètres à l'est de la frontière roumaine

Quatre jours et cinq nuits plus tard, les Martel s'aperçurent que les Roumains étaient aussi nombreux à se replier que les Allemands. Lorsqu'ils croisaient un groupe de soldats de la Wehrmacht, Adeline ne pouvait s'empêcher de scruter les visages, espérant vaguement reconnaître son jeune frère, Wilhelm, l'homonyme de Will, son fils cadet. Ou encore Reinhold, le frère aîné de son époux. En vain.

Emil déprimait. Il n'avait pratiquement pas desserré les dents depuis la nuit passée sous le pont, à l'ouest d'Hîncești. Adeline avait appris à ne pas insister quand il se trouvait dans ces dispositions. Elle faisait de son mieux pour réconforter son mari et ses enfants, alors qu'ils traversaient une région boueuse parsemée d'innombrables cours d'eau, gravissaient des collines boisées que le verglas et les chutes de neige tardives rendaient glissantes et dangereuses.

Les pièces détachées de la machine de guerre allemande en déroute jonchaient le bord de la route. On voyait des corbeaux picorer les dépouilles de soldats momifiés par le froid et laissés sans sépulture. Des tanks calcinés, abandonnés. Des camions enlisés jusqu'aux essieux dans la boue. Sans parler des canons déchiquetés que la Wehrmacht avait préféré détruire afin d'empêcher les forces de Staline de les retourner contre eux.

Après douze jours éprouvants, les réfugiés commencèrent à mourir de froid, d'épuisement et de maladie. Il n'était pas rare de croiser un chariot stationné sur le bas-côté de la route pour que les survivants puissent enterrer leurs morts.

—Quand je suis allée chercher de l'eau ce matin, une femme m'a dit que c'était le typhus, expliqua Adeline, alors qu'ils roulaient vers le nord-ouest, en direction de la ville frontalière roumaine de Iaşi.

—C'est à cause des poux, expliqua Emil, songeant à Nikolas. Ils transmettent la maladie.

—J'ai inspecté les têtes des garçons, la nuit dernière.

—Il faut vérifier tout le monde chaque nuit, jusqu'à ce que nous soyons tirés d'affaire.

Le convoi s'arrêta. Le bruit courait que les blindés et les forces armées du deuxième front ukrainien soviétique se déplaçaient vers l'ouest-nord-ouest pour tenter de scinder en deux l'unité de commandement sud de la Wehrmacht. Les SS qui protégeaient les réfugiés les empêchèrent d'avancer durant deux heures avant de les diriger vers le sud, à bonne distance de Iaşi.

Le soleil reparut une heure après le changement d'itinéraire, ce qu'Adeline interpréta comme un bon signe. La température augmentait à mesure qu'ils s'approchaient du sud. Les enfants somnolaient sous la bâche. Emil tenait les rênes en jetant de fréquents regards alentour.

—Tu cherches quoi ? demanda Adeline.

Il plissa le front.

—Rien de particulier. J'observe les lieux parce que je n'ai pas l'intention de retourner ici.

—Et tu es content ou triste ?

—De ne jamais revenir ? Très content.

—Tant mieux. Je croyais que tu avais oublié d'être heureux.

Il la dévisagea, perplexe.

—Je suis désolé, Adella. Je m'inquiète pour toi et les enfants. Je me demande si nous avons eu raison de suivre les Allemands ou si nous aurions mieux fait de trouver notre propre chemin vers la liberté.

— Tu connais le chemin vers la liberté, toi ?

— Je pense que je le reconnaîtrai, quand je le verrai.

Elle sourit.

— Tu te souviens de Mme Kantor ?

— Sans elle, je ne t'aurais jamais rencontrée.

Elle soupira, oubliant ce qu'elle voulait dire et se pencha pour l'embrasser sur la joue.

Il l'enlaça et elle se blottit contre sa poitrine, tandis que le soleil brillait au-dessus de leurs têtes et que l'air se réchauffait encore. Emil avait beau être d'humeur maussade, elle se sentait en sécurité dans ses bras. Bercée par le pas égal des chevaux, elle sentit ses paupières s'alourdir et finit par s'assoupir à son tour.

***

Octobre 1933
Birsula, Ukraine

En rêve, Adeline revoyait Mme Kantor et ses invités s'extasier devant son bouillon de poulet aux nouilles. Esther l'avait qualifié de « somptueux », ce qui avait fait rougir Adeline, qui était d'ailleurs de cet avis. Elle s'était servi la moitié d'un bol et ne se souvenait pas avoir savouré un plat aussi délicieux. Et elle n'avait pas oublié le beau jeune homme si gai qui lui avait cédé du bois.

Emil. Elle ne pouvait s'empêcher de sourire en pensant à lui. Tout irait peut-être encore mieux.

Elle vit Emil se diriger vers la boulangerie le soir du festin de poulet et de bouillon aux nouilles. Elle était vexée qu'il n'ait pas jeté un regard vers la maison où il savait qu'elle travaillait. Le troisième soir, elle se sentit curieusement mortifiée. Au fond, elle lui avait à peine adressé la parole. À quoi s'attendait-elle ?

Dix minutes après qu'Emil fut passé sans s'arrêter pour la troisième fois, Adeline récurait ses casseroles avec l'énergie du désespoir quand, regardant par la fenêtre, elle l'aperçut planté devant la porte de service, l'air gêné. Il la salua d'un geste.

Adeline lui rendit son salut, se sécha les mains, se recoiffa devant la glace et sortit.

— Avez-vous du bois à vendre ? questionna-t-elle.

— Euh... non. Il vous en faut encore ? Je peux vous en fournir si vous le souhaitez.

Adeline sourit.

— Vous pouvez passer de temps en temps, si vous voulez.

Emil rougit et hocha la tête en souriant.

— Je... oui, j'aimerais bien.

À partir de ce jour-là, ils ne cessèrent de bavarder. Sauf bien sûr pendant la journée, quand chacun travaillait de son côté. Mais dès qu'ils étaient réunis, ils reprenaient là où ils s'étaient arrêtés, roucoulant comme des tourtereaux béats. Adeline avait l'impression de pouvoir compléter les phrases d'Emil, et réciproquement, et elle souffrait de plus en plus de la séparation.

Quand il la demanda en mariage, un an après leur rencontre, elle hésita. Elle avait besoin de temps pour réfléchir. Cuisiner et s'occuper de Mme Kantor lui convenait à merveille. Pour la première fois de son existence, elle avait un salaire régulier et gagnait mieux sa vie qu'Emil. Mais elle l'adorait. Il était plein d'entrain, travailleur et intelligent, et même s'il avait quitté l'école avant elle, il était malin et débrouillard, capable de s'adapter à n'importe quelle situation. Gagnerait-il en maturité ? Aurait-elle une meilleure vie avec lui que toute seule ?

Le lendemain matin, Mme Kantor remarqua qu'elle n'était pas dans son assiette. Adeline lui expliqua la situation.

— Je me sens bien, ici. Vous êtes si bonne avec moi. J'ai de quoi manger et vous m'avez procuré un lit confortable. Que dois-je faire ? Emil vend du bois pour vivre.

Mme Kantor la fixa un long moment avant de répondre.

— Je serais profondément peinée de te voir partir, Adelka, mais mieux vaut être une épouse pauvre qu'une servante riche. Tu dis qu'Emil est un brave homme, ce qui signifie que tu connaîtras l'amour si tu me quittes. Tu auras des enfants, une famille. Et quelle famille !

Sa patronne était si enthousiaste qu'elle faillit renverser son verre d'eau. Adeline éclata de rire, ce qui parut réjouir la vieille dame.

— Rire est nécessaire, affirma-t-elle. Cela prolonge la jeunesse d'esprit et de cœur. Il faut rire au moins une fois par jour. Deux, c'est encore mieux.

— C'est facile.

— Pas toujours. Puis-je te donner un autre conseil qui m'a beaucoup aidée dans la vie ?

— Bien sûr.

Mme Kantor lui indiqua le siège que son amie Esther avait occupé. Adeline s'assit sur le bord de la chaise et lui sourit.

— Ma chérie, commença Mme Kantor, après quatre-vingt-un ans sur cette terre, j'en suis arrivée à croire que le but de la vie est de souffrir, faire le bien, ne plus penser au passé et ne pas se projeter dans l'avenir. Si l'on doit regarder en arrière, il faut essayer de positiver et de transformer en bien le mal qu'on nous a fait. Ne pas trop espérer de l'avenir. Et avoir confiance en Dieu pour nous guider. Tu saisis ?

Adeline hocha la tête, même si elle ne saisissait pas tout ce que sa patronne lui disait.

— Parfait. Parce que si tu fais cela, ma chérie, Dieu te comblera de bénédictions. Tu connaîtras le bonheur et la prospérité, à condition de partager avec les plus démunis. Tu comprends ?

Adeline n'en était pas certaine, mais elle opina derechef. La perplexité devait se lire sur son visage car sa patronne soupira.

—J'essaie de te donner les clés d'une vie longue et heureuse, Adeline. Écoute-moi bien. Le but de l'existence est de surmonter les épreuves, faire le bien, oublier le passé et ne pas trop se projeter dans l'avenir. Si l'on doit regarder en arrière…

La voix de la vieille dame faiblit et s'éteignit, remplacée dans le rêve d'Adeline par un souvenir plus récent, amer et cuisant.

***

13 janvier 1936
Pervomaïsk, Ukraine

Adeline, alors âgée de vingt ans, se sentait plus faible et impuissante que jamais. Elle contempla le bébé, son petit Waldemar chéri, qui gigotait sur ses genoux en agitant ses bras minuscules, essayant de téter ses mamelons secs et douloureux. Il n'avait plus que la peau sur les os, au point qu'elle éclata en larmes, le cœur brisé.

Emil lui enlaça les épaules.

—Mes amis sont en train de chercher de la crème pour le bébé. Je suis sûr qu'on arrivera à en trouver.

—On va en demander aux passants dans la rue, dit-elle, cédant à la panique. Va chez ta mère et dis-lui de venir s'occuper de son petit-fils pendant que nous essayerons de le garder en vie.

Ils avaient emménagé à Pervomaïsk peu après leur mariage parce que la mère d'Emil y résidait et leur avait assuré qu'ils auraient du travail dans la petite ville, située à quatre heures de route à l'est de Birsula. Emil réussit à s'employer d'abord comme ouvrier agricole, puis à la brasserie. Leur nouvelle existence leur plaisait, malgré leur modeste train de vie, et bientôt Adeline tomba enceinte.

En août 1935, à environ six mois de grossesse, elle travaillait encore dans les champs. La chaleur était étouffante et humide. Harcelée par les moustiques qui pullulaient le long de la rivière Boug, elle craignait de tomber malade. Le 1er septembre, alors qu'elle entrait dans le septième mois, Adeline ressentit les symptômes débilitants de la malaria. La première crise débuta par une sensation de lourdeur à la nuque, provoquant un état de somnolence. Adeline sombra dans le noir complet, un sommeil délicieux et si réconfortant que seules des douleurs musculaires et une fièvre de cheval la réveillèrent.

Elle délirait jour après jour, croyant au retour tant espéré de son père, et transpirait abondamment à chaque nouvel accès de fièvre. Elle était glacée jusqu'aux os et secouée de frissons si violents que rien, pas même les couvertures, ne parvenait à la réchauffer.

Elle finissait par se rendormir, puis ressentait la même lourdeur à la nuque, et tout recommençait. Après chaque nouvelle crise espacée de six à huit heures, elle s'affaiblissait, incapable de garder la nourriture. Elle perdit du poids. Elle s'inquiétait pour le bébé qui grandissait en elle, ne sachant quoi faire, jusqu'à ce qu'Emil trouve un médecin qui lui prescrivit de la quinine.

Son état s'améliora vers la fin septembre et durant le mois d'octobre. Elle n'avait pas eu de nouvelle crise depuis près de vingt jours lorsque novembre arriva. La naissance de son premier enfant approchait. Le douze du mois, elle était en train de confectionner une couverture pour le berceau qu'Emil avait fabriqué quand le bébé se déchaîna, la bourrant de coups de pied, sensation extraordinaire.

Au début de l'après-midi, fourbue, elle délaissa son ouvrage et ferma les yeux. Elle sentit presque aussitôt la pression familière, détestable, au niveau de la nuque. Elle dormit d'un sommeil sans rêve et se réveilla avec une forte fièvre et des maux de tête si violents qu'elle crut que la douleur allait lui percer les tympans.

Par la suite, Emil lui apprit qu'il avait dû l'envelopper dans des draps humides et qu'elle tenait des discours incohérents à des interlocuteurs invisibles. Elle absorba une plus forte dose de quinine, qui resta sans effet. Le cinquième jour, après un accouchement long et difficile, elle mit au monde un fils qu'ils prénommèrent Waldemar.

Il était de très petite taille et pesait moins de deux kilos ; malgré tout, elle éprouva un immense bonheur à la naissance de son premier enfant, qu'elle posa tout contre son sein et regarda téter avec émerveillement. Il représentait l'accomplissement de ses rêves et de ses espoirs. Et quand Emil les enlaça tous deux dans un même élan, elle se sentit plus comblée et heureuse que jamais.

Mais la malaria ne lui laissait aucun répit. Adeline n'avait aucun symptôme un jour et tremblait de fièvre le lendemain. La maladie la minait, l'épuisait.

Lors d'une nouvelle crise entre Noël et le Nouvel An, elle commença à croire qu'elle ne guérirait jamais. Puis son lait se mit à couler au compte-goutte, par intermittence.

Au début de la deuxième semaine de janvier 1936, Waldemar luttait pour survivre. Adeline n'avait plus de fièvre. Elle recommençait à manger et reprenait des forces. Mais elle pouvait difficilement donner à son bébé une seule tétée par jour, *a fortiori* les sept ou huit nécessaires pour grandir.

Ils l'emmenèrent chez le médecin qui avait prescrit de la quinine à Adeline. Il déclara que le bébé avait besoin de matières grasses de toute urgence. Il leur recommanda de trouver une nourrice ou de se procurer de la crème fraîche dans une laiterie afin de le nourrir jusqu'à ce que sa mère se rétablisse et que son lait revienne. Mais ils ne trouvèrent pas de nourrice et la crème était une denrée rare à Pervomaïsk, au cœur de l'hiver.

—J'y vais, annonça Emil.

—Je viens avec toi.

Emil alla chercher sa mère. Karoline avait fait une mauvaise chute avant Noël et se déplaçait à l'aide d'une canne.

— Il est très faible, dit Adeline.

— Je vois ça.

Quand Adeline commença à donner des instructions à Karoline, sa belle-mère leva les mains.

— J'ai élevé des enfants moi aussi, je te signale.

Ce jour-là, Adeline et Emil arpentèrent pendant des heures les rues de la ville, cherchant désespérément un peu de crème pour leur bébé malade. Il existait un marché noir où l'on trouvait ce genre de denrée, mais après presque dix-neuf ans de régime communiste, personne n'était capable ou assez courageux pour le leur indiquer.

Emil devait travailler ce soir-là. Adeline l'accompagna à la brasserie. Arrivée devant la porte, elle fondit en larmes.

— Je ne peux pas lui donner mon lait. C'est pour ça qu'il est en train de mourir. À cause de moi.

Emil la serra contre lui.

— On va trouver un moyen…

— Emil ? l'interpella un collègue. J'ai obtenu de la crème pour ton fils. Je l'ai apportée chez toi et je l'ai donnée à ta mère.

Adeline embrassa son mari et se hâta de rentrer. Arrivée devant le modeste immeuble où ils habitaient, elle monta l'escalier quatre à quatre jusqu'au troisième étage et se rua dans l'appartement.

— Où est-il ? s'écria-t-elle en refermant la porte.

— Quoi donc ? répondit sa belle-mère.

— Le pot de crème.

— D'abord, qu'est-ce qu'il en sait, ce docteur ? J'ai essayé de donner une cuillerée au bébé, mais il a tout recraché. Même chose la deuxième et la troisième fois. Du coup, je l'ai mangé.

Adeline fixa sa belle-mère, horrifiée.

— Vous l'avez mangé ?

—Pas entièrement, rétorqua Karoline, indignée. De toute façon, ça ne servait à rien. Et puis, je n'ai pas goûté de vraie crème depuis au moins cinq ans.

—Fichez-moi le camp, espèce de sale sorcière ! hurla Adeline. Vous avez tué votre petit-fils !

—Pas du tout ! N'importe qui peut voir qu'il est en train de mourir parce que *tu* es incapable de le nourrir ! Le fait que j'ai avalé un peu de crème n'a rien à voir !

Elle sortit en claquant la porte.

Waldemar, âgé de huit semaines, était trop chétif pour survivre. Il vomit chaque cuillerée de crème qu'Adeline tenta de lui faire absorber. Après quoi, il fut pris d'une violente quinte de toux qui l'affaiblit davantage. Le troisième soir, en rentrant du travail, Emil trouva Adeline serrant le bébé au creux de ses bras. Il respirait à peine.

—Il va mourir, murmura-t-elle. Il n'ouvre plus les yeux.

—Non. C'est impossible.

—Si. Je le sens. Veux-tu le tenir avec moi ?

Accablé, Emil s'approcha et, ensemble, aveuglés par les larmes, ils bercèrent leur fils jusqu'à ce qu'il rende son dernier souffle, un faible râle qui anéantit Adeline. Elle suffoquait, sanglotait, gémissait en proie à une souffrance indicible, primitive, pire que les douleurs de l'enfantement, l'agonie d'une mère au cœur brisé.

Emil la réconforta dans cette terrible épreuve par sa présence discrète et rassurante.

—Nous devons l'enterrer, déclara-t-elle soudain. Il faut un petit cercueil.

—Je n'ai pas encore reçu ma paye, ce mois-ci. Nous n'avons pas d'argent pour acheter du bois.

Adeline le fixa d'un air absent.

—Quoi ?

—Nous n'avons pas d'argent.

—Que va-t-on faire ?

—Je ne sais pas.

— On ne peut pas enterrer notre bébé dans la boue !

— Bien sûr, mais je…

Elle déposa l'enfant sans vie dans les bras de son mari.

— Prends-le… Je ne peux pas rester ici. C'est au-dessus de mes forces.

Elle se leva, les jambes flageolantes, ramassa son manteau, son chapeau et sortit dans l'aube naissante. C'était la mi-janvier au centre-nord de l'Ukraine. La température aurait dû être glaciale et la neige abondante. Mais le froid et les tempêtes n'étaient pas encore arrivés. Autour d'elle, tout était d'un brun gris morne. Elle s'effondra sur les marches du perron, essayant de repérer la première lueur du soleil levant à l'horizon, au sud-est.

Mais elle ne vit que les ténèbres. La douleur l'engourdissait dans une sorte de torpeur.

Elle baissa la tête et se mit à prier.

— Tu me l'as enlevé pour une bonne raison, murmura-t-elle, incapable de refouler ses larmes. Je ne sais pas pourquoi tu as permis que je tombe malade, ni pour quelle raison il devait mourir. Mais s'il te plaît, ne m'oblige pas à enterrer mon bébé dans la terre froide comme un vulgaire déchet. N'inflige pas ce sort à mon petit ange.

Elle s'interrompit, immobile dans le noir, le visage ruisselant de larmes, les bras enroulés autour de ses genoux, jusqu'à ce que le ciel se colore de rose, à l'est. Par la fenêtre ouverte, à l'étage au-dessus, elle entendit son mari si fort et courageux pleurer pour la première fois depuis leur mariage.

Plongée dans un état second, elle regarda sans la voir l'aurore aux doigts de rose teindre le ciel matinal. Quel degré de souffrance une femme pouvait-elle endurer avant que le chagrin n'égare l'esprit autant qu'il brise le cœur ? se demanda-t-elle.

Elle entendit Emil cogner sur quelque chose en maudissant Dieu. Elle enfouit son visage dans ses mains. Elle savait ce qui arrivait aux couples après la mort d'un enfant et se demanda si ce serait la fin de son mariage. Elle se sentait abandonnée, rejetée, délaissée par le ciel. La brise se mit à souffler. Transie, Adeline releva le col de son manteau. Au-dessus de sa tête, le ciel était parcouru de longs filaments roses, tandis que le soleil levant nimbait l'horizon d'un halo doré.

Elle le regarda grossir. *Comment peut-on contempler un spectacle aussi grandiose par un tel matin d'horreur ?*

Le vent soufflait en rafales. Du coin de l'œil, elle vit quelque chose voleter, tourbillonner dans une sorte de danse désordonnée. L'objet plana avant de redescendre en spirale à environ un mètre devant elle.

Bouche bée, Adeline contempla le billet jaune et blanc de vingt roubles, bien assez pour qu'Emil fabrique un cercueil à Waldemar.

Elle se mit à sangloter de plus belle.

***

Emil lui secoua doucement l'épaule.

— Adella ! Calme-toi.

Elle se réveilla en sursaut, regarda autour d'elle, désorientée, avant de s'attarder sur Oden et Thor attelés au chariot, puis sur Emil.

— J'ai fait un mauvais rêve.

— Un cauchemar, oui. Tu tremblais.

— Tu as dormi plus longtemps que moi, maman, claironna Will dans son dos.

— Et que moi aussi, renchérit le second Waldemar, né en octobre 1937, vingt et un mois après la mort de son frère disparu.

Adeline se retourna et observa ses fils étendus sur les couvertures repliées, en appui sur les coudes, le menton dans les mains. Elle sourit, se pencha et les embrassa sur le front.

— En quel honneur ? demanda Walt.

— Parce que ton frère et toi êtes les miracles que ton père, Dieu et moi avons réalisés. Et parce que je vous aime, tralala.

Will éclata de rire, imité par Walt. Il leva les yeux et son visage se décomposa.

— Il y a six tanks sur la colline en face, maman.

Adeline se retourna, la main en visière, et distingua les panzers allemands sur une crête, trois de chaque côté du convoi, les canons braqués au-dessus d'eux.

— J'enfonce les doigts dans mes oreilles jusqu'à ce qu'on les dépasse, dit Will, copié par son frère.

— Ce n'est pas une mauvaise idée, commenta Adeline.

Emil garda le silence, les yeux rivés sur quelque chose à droite du convoi. Adeline distingua un chariot immobilisé au bord de la route, à côté d'un véhicule de la Wehrmacht autour duquel s'agitaient plusieurs silhouettes.

Adeline glissa un œil vers son mari, qui regardait ailleurs. En approchant, il tourna la tête vers le groupe.

Là-haut, les moteurs des panzers se mirent à vrombir. Les chars s'ébranlèrent sur deux rangs, les chenilles creusant la boue qu'ils projetaient dans leur sillage. Adeline se boucha les oreilles, les yeux fixés sur les tanks qui se mirent à accélérer dans leur direction.

Oden et Thor frissonnaient et renâclaient. Apparemment, la scène remuait des souvenirs douloureux.

— Du calme, les gars, chuchota Emil d'un ton apaisant. Ce sont juste de plus grands chevaux.

Adeline avait oublié le chariot et la voiture de la Wehrmacht, jusqu'à ce qu'ils soient près de les dépasser. Elle surprit le regard de son mari, braqué sur deux hommes, debout devant le véhicule.

L'un d'eux, grand et efflanqué, portait des vêtements civils en grosse laine, l'autre était un officier SS. Ils observaient l'avancée des chariots.

10

Nikolas et le major Haussmann tournaient le dos aux blindés qui progressaient sur leur droite, éclaboussant de boue tout ce qui se trouvait sur leur passage. Emil aurait voulu confier les rênes à Adeline et rejoindre ses fils à l'arrière, mais le chariot n'était plus qu'à une vingtaine de mètres des deux hommes. Il n'avait plus le temps de baisser la tête ni de la détourner en priant pour qu'ils ne le reconnaissent pas.

Les tanks virèrent de bord. Le major Haussmann examina le chariot précédant celui des Martel, il jeta un bref coup d'œil à Emil et s'attarda sur Adeline avant de passer au véhicule suivant. Nikolas n'accorda qu'un regard à la femme et aux enfants blottis derrière elle, puis fixa Emil avec un sourire entendu et un signe de tête au moment où ils passaient devant lui. À ce geste, doucereux comme un code d'honneur entre voleurs, Emil sentit son estomac se retourner.

—Qui est-ce ? demanda Adeline. Pourquoi t'a-t-il souri de cette façon ?

—Aucune idée, répondit Emil, luttant contre l'envie de se retourner.

—Il t'a salué.

—Ah bon ? Probablement un simple geste amical.

Adeline esquissa une moue sceptique.

—Ça n'avait pas l'air amical du tout.

Walt et Will s'agitaient derrière eux. Emil saisit ce prétexte pour regarder par-dessus son épaule, à travers la bâche. Nikolas et Haussmann ne le quittaient pas des yeux.

Adeline se dévissa le cou à son tour.

— Ils nous observent, constata-t-elle. Qui sont ces types ?

Emil secoua la tête.

— Je ne sais pas.

— L'officier SS ressemble beaucoup à celui qui guidait le convoi, l'autre matin.

— Tu crois ?

— Emil, tu as une bonne mémoire visuelle d'habitude.

— Je n'ai pas fait attention, Adella. De toute façon, ils sont hors de vue maintenant.

Nikolas et Haussmann occupèrent ses pensées toute la journée. En chemin, ils croisèrent d'autres tanks et leurs équipages, des soldats creusant des tranchées à flanc de coteau et des militaires roumains qui installaient leurs camps.

Ils firent halte pour la nuit au bord d'un ruisseau aux eaux froides et claires. Les enfants ramassèrent du bois sur les berges, puis leur grand-père alluma un feu. Emil aménagea un foyer pour Adeline près du cours d'eau. Elle pétrit du pain pendant que sa mère et sa sœur préparaient un potage d'oignons, de pommes de terre, de navets et de lanières de porc séché. Walt cueillit une poignée d'asperges sauvages qu'elles ajoutèrent à la soupe.

Le soleil couchant projetait des faisceaux pourpres et violets spectaculaires au-dessus de leurs têtes.

— C'est beau, déclara Emil. Le ciel.

Adeline leva les yeux de sa planche à découper et détourna la tête avec un sourire triste, les yeux embués de larmes.

— Qu'y a-t-il ?

— Je ne sais pas. Ce n'est pas la première fois que je vois un pareil spectacle.

— Pour moi, tous les couchers de soleil se ressemblent, déclara Rese. On mange quand ?

— Tu es levée ? s'étonna Emil.

Sa sœur bâilla à s'en décrocher la mâchoire.

— J'ai l'impression d'avoir dormi une semaine.

— C'est le cas, intervint Adeline, qui tâchait de se ressaisir.

— Voilà pourquoi je meurs de faim.

— Je vais te chercher de la soupe, proposa Karoline.

— Ça va, maman. Je ne suis pas manchote.

— Tiens, dit Malia en lui tendant un bol fumant. Les pommes de terre sont peut-être encore un peu dures, mais ça devrait te caler l'estomac.

Adeline lui offrit un morceau de pain. Rese la remercia d'un sourire. Ce fut ensuite le tour des enfants, puis des femmes, des plus âgées aux plus jeunes, et enfin des hommes. Emil attendit que chacun soit servi avant de remplir son assiette. Il y en avait bien assez pour rassasier tout le monde, ce soir-là.

Le ciel s'obscurcit. Le vent se leva et s'engouffra en sifflant dans les branches des arbres. Ils allumèrent la lampe et Emil attisa le feu qui crépita dans une gerbe d'étincelles, tel un petit volcan crachant des cendres incandescentes dans les airs.

***

Il crut voir une silhouette bouger dans le lit du ruisseau noyé d'ombre, par-delà les flammes. Un homme se matérialisa sur la rive, un fusil sur l'épaule, une bouteille à la main, et se dirigea vers eux. Il portait l'uniforme d'hiver kaki des militaires roumains. Il était de taille moyenne, environ un mètre soixante-dix, et paraissait âgé d'une vingtaine d'années.

Il leva sa bouteille, le visage fendu d'un large sourire.

— Bonsoir, dit-il en allemand, je suis le caporal Gheorghe de la 3e armée roumaine. La lune et les étoiles m'ont guidé jusqu'à vous avec de l'hydromel. J'ai traversé le ruisseau et je grelottais de froid quand j'ai aperçu votre feu. Et si on échangeait ? Du vin contre un peu de chaleur ?

Emil sentit immédiatement que quelque chose ne tournait pas rond chez l'inconnu. Que fabriquait-il dans le ruisseau ? Et d'où venait le vin ? Il loucha vers Walt et Will serrés contre leur mère. Les deux garçons fronçaient les sourcils d'un air méfiant. Adeline, elle, paraissait amusée par leur étrange visiteur.

— J'aimerais un peu d'hydromel, caporal Gheorghe, si vous voulez bien, dit Rese.

— Certainement pas, déclara Karoline.

— J'y goûterais volontiers, fit le père d'Emil.

— Moi aussi, renchérit Adeline. Où l'avez-vous trouvé ? Et comment se fait-il qu'un caporal roumain parle allemand ?

L'inconnu s'approcha du feu et déboucha la bouteille.

— J'ai volé l'hydromel dans un camp d'officiers SS là-bas, un peu plus loin. Savez-vous ce que je ferai quand la guerre sera finie et que je serai de retour chez moi ? enchaîna-t-il en remplissant le verre de Johann. Ce sont les étoiles, la lune et le Tout-Puissant qui me l'ont soufflé.

Emil se retint de rétorquer qu'il se moquait bien de ce qu'il deviendrait après la guerre et qu'il fallait être un parfait crétin pour dérober de l'alcool aux officiers SS.

— Que ferez-vous ? questionna Malia, la sœur aînée d'Adeline.

— Je serai apiculteur. Je produirai du miel. Je vendrai du miel. J'adore le miel.

Il s'avança vers Karoline, qui fit non de la tête en désignant sa fille.

— Pas pour elle non plus.

— J'ai vingt et un ans, maman ! protesta Rese.

Karoline la fusilla du regard.

— Ce n'est pas une question d'âge, Rese, tu le sais très bien.

Les bras croisés, la jeune fille se mura dans un silence boudeur.

— Pourquoi l'apiculture ? s'enquit Malia.

Le Roumain servit Adeline et Lydia, puis interrogea du regard Emil, qui refusa d'un signe de tête.

Le caporal pinça les lèvres en une moue chagrine avant de se diriger vers Malia.

— Les abeilles et le miel sont bons pour les hommes, les femmes et les petits enfants. Si vous mangez du miel, vous serez fort et ne tomberez jamais malade. Si elles vous piquent, cela vous rendra encore plus fort. Et si vous mangez de la gelée royale ? Vous vivrez éternellement. Un apiculteur n'a pas besoin de travailler dur toute l'année. C'est un fantasme. Chaque nuit, je rêve que la guerre est finie. Staline le fou, Hitler le cinglé, ils mourront tous et brûleront en enfer. Dans mon rêve, je jette mon arme, je rentre chez moi, j'élève des abeilles, je fabrique du miel et je me trouve une bonne épouse que je rendrai heureuse.

« Ma femme et moi vivrons longtemps, poursuivit-il en souriant à Malia. Plus de guerre. Aimer tout le monde. On produira du bon miel, d'accord ? »

Malia baissa les yeux, le rouge aux joues.

— C'est un beau rêve, caporal.

— Les rêves deviennent réalité. Vous le savez, n'est-ce pas ?

Elle leva les yeux et jeta un regard gêné à sa mère.

Lydia secoua la tête.

— Les rêves n'ont aucun sens, caporal Gheorghe. Ils ne se réalisent pas.

Il retira son casque et désigna une cicatrice livide en forme de croissant sur son cuir chevelu, au-dessus de l'oreille droite.

— Bien sûr qu'ils se réalisent. Avant d'être blessé par un éclat d'obus, l'ancien caporal Gheorghe détestait la vie. Il souffrait, il était toujours de mauvaise humeur et des voix apeurées résonnaient dans sa tête. *Pourquoi moi ? Pourquoi pas moi ? Qui va me fusiller ?* L'ancien caporal Gheorghe ne croyait pas en Dieu et ne pensait pas non plus que les rêves se réalisent.

Le soldat roumain posa la main sur son cœur, les yeux écarquillés.

—Et puis j'ai été atteint par un éclat d'obus et j'ai perdu connaissance. Quand je me suis réveillé, rien n'était plus pareil. Je faisais partie d'un tout. Je l'ai vu. Je l'ai senti. J'ai compris ! Kumar avait raison ! Les rêves se réalisent si vous les cultivez et agissez selon votre cœur. Chaque nuit, là dans ma poitrine, je sais que je suis né pour récolter du miel, me trouver une jolie femme et produire encore plus de miel.

Il éclata de rire, effleura de nouveau sa cicatrice de sa main droite et ferma les yeux, au comble du bonheur.

—Je peux attendre, reprit-il. Patience et longueur de temps… je n'ai pas peur. Je sais au fond de moi que je suis déjà apiculteur et le serai quoi qu'il arrive.

Emil en était arrivé à la conclusion que le Roumain était fou à lier, ivre ou les deux.

—Vous ne nous avez toujours pas dit où vous avez appris à parler allemand, lança-t-il, un brin agressif.

—Ma grand-mère était autrichienne. J'ai vécu plusieurs années avec elle après la mort de ma mère.

—Et où étiez-vous lorsque vous avez été blessé ? intervint Malia.

Le caporal se rembrunit. Il attrapa la bouteille, avala une bonne rasade et les dévisagea avec une expression hantée, le corps secoué de frissons.

—À Stalingrad. Le coude du Don.

***

Au cours de l'heure suivante, tandis que le feu achevait de se consumer et qu'ils faisaient un sort à l'hydromel, l'apiculteur leur rapporta le récit de la bataille la plus longue et la plus sanglante jamais livrée sur terre. Emil avait beau ne pas lui faire confiance, il ne put s'empêcher d'écouter le caporal

Gheorghe raconter comment il avait quitté sa ville natale de Bârlad, en Roumanie orientale, avec ordre de monter dans un train, vêtu de son uniforme d'été, en juillet 1942. L'apiculteur en descendit deux jours plus tard et marcha neuf jours durant jusqu'à une position près de la ville de Serafimovich, à plus de cent kilomètres au nord-ouest de Stalingrad.

—C'est un pays de steppes au sud de Cotul Donului, le coude de la rivière Don, précisa-t-il. Une vaste étendue plate, presque dépourvue d'arbres et battue par les vents. Il faisait une de ces chaleurs ! Le soldat Kumar, un petit Indien complètement fêlé, adorait le vent et le soleil. Moi pas. J'en ai horreur.

Le soldat Kumar, qui servait dans le peloton roumain, s'échinait à creuser des tranchées, des trous, des nids de mitrailleuses et des abris pour les canons. Alors qu'ils établissaient une position au sommet d'une colline à environ deux kilomètres du coude de la rivière, le caporal Gheorghe apprit que le père du soldat Kumar était un expatrié indien, propriétaire d'une usine textile, qui avait vécu à Bucarest pendant trente ans et épousé la mère de Kumar, une belle Roumaine. Ils avaient eu trois enfants. Kumar était l'aîné.

Le Roumain avala une nouvelle gorgée d'hydromel avant de poursuivre :

—Kumar était plus petit que moi, mais deux fois plus costaud. Par la suite, alors qu'il faisait un froid de gueux, il ne tremblait pas. Il restait assis, les yeux clos, souriant, et respirait profondément, lentement pendant dix minutes. Après quoi, il se relevait en pleine forme et retournait travailler. J'ai fini par lui demander s'il priait. Non, il méditait. Je ne voyais pas de quoi il parlait. Il m'a expliqué que la prière était le moyen de parler à Dieu, la méditation, une façon d'écouter.

Il s'interrompit et sourit.

—À l'époque, je pensais que Kumar était un peu dingue et…

Pour couper court à ces élucubrations, Emil se leva avec l'intention de s'occuper de ses chevaux.

—Je pensais que vous alliez nous parler de la bataille, dit-il.

—Et comment j'ai été blessé à la tête, oui, affirma le caporal. J'y viens.

Bien que l'armée de l'air soviétique ait bombardé leur position à plusieurs reprises au cours des mois suivants, l'apiculteur, le soldat Kumar et le reste de la 3e armée roumaine ne connurent pour ainsi dire pas le baptême du feu jusqu'à l'automne 1942, exceptionnellement doux pour la saison, qui engendra des tempêtes et des tornades au sud de la Russie.

—En novembre, poursuivit Gheorghe, l'Armée rouge a gravi une crête sur l'autre rive du Don. Des blindés. Des canons. Plusieurs divisions.

Ses traits se durcirent. Kumar avait eu une vision pendant qu'il méditait. Il avait vu les Soviétiques attaquer pendant la nuit. Lui-même devait mourir au cours de l'assaut.

—Je lui ai conseillé de ne plus y penser et de se préparer au combat. Kumar s'est contenté de sourire. Cette nuit-là, j'ai rêvé que je survivais à la bataille, que je devenais apiculteur et que j'avais une vie longue et heureuse.

Au petit matin, le 23 novembre 1942, trois armées soviétiques attaquèrent le front roumain, qui s'étirait sur une centaine de kilomètres depuis la position du caporal Gheorghe, sur le coude du Don, jusqu'à l'est, en direction de Stalingrad.

—La première grosse tempête de l'hiver, accompagnée de vent et de neige, s'était abattue sur la région, poursuivit l'apiculteur, les yeux levés vers le ciel nocturne. Je ne pouvais pas entendre les chars, mais Kumar a affirmé qu'ils tournaient au ralenti. Puis les canons et les mortiers se sont déchaînés sur la colline. Kumar se trouvait à l'angle de la tranchée, à une quarantaine de mètres. Quand les bombes se sont mises à pleuvoir, il a posé son arme et s'est accroupi sur le sol, les yeux clos, avec son petit sourire idiot plaqué sur le visage.

Le Roumain s'interrompit pour leur proposer de finir la bouteille, mais les autres déclinèrent poliment.

— Et alors, que s'est-il passé ? interrogea Malia.

Le Roumain fixait le feu d'un œil morne.

— Aux premières lueurs du jour, un éclat d'obus a atteint le soldat Kumar et il s'en est allé, comme la neige rouge emportée par le vent.

Rese eut un mouvement de recul.

— Non ? C'est vrai ?

— C'est la triste vérité. Ensuite, dans le blizzard, j'ai vu comme des éclairs qui déchiraient le ciel. Et boum ! J'ai été blessé à mon tour et tout s'est obscurci.

Le Roumain palpa sa cicatrice de ses doigts gantés avant de les fixer, les pupilles dilatées.

— Je me suis réveillé face contre terre dans la neige. Il faisait jour. J'avais des tintements et des bourdonnements dans les oreilles, le crâne en morceaux. J'étais couvert de neige. Je saignais du nez et des oreilles. Je savais que j'étais blessé à la tête. D'autres bombes sont tombées. Les canons ont tiré. Des tanks ont surgi avec des fusiliers. Et des mitrailleuses. La tête me tournait et le temps paraissait s'écouler lentement jusqu'à ce que je voie des milliers de Soviétiques en uniforme blanc traverser la rivière et gravir la colline dans la tempête. Ils ont abattu six hommes au-dessous de moi et je les ai entendus dire de ne pas faire de prisonniers.

Le caporal s'interrompit, frappé d'horreur au souvenir de l'instant où son destin allait être scellé. Il frissonnait, non pas de peur, constata Emil, mais d'une joie étrange qui sembla soudain jaillir de sa poitrine et irradier sur son visage. Il les dévisageait avec un sourire dément.

—Les soldats russes m'ont dépassé, comme si j'étais invisible ! reprit-il. D'autres sont arrivés, et ç'a été pareil. À ce moment-là, j'ai compris que j'étais différent à cause de ma blessure, comme s'il y avait eu un déclic dans ma tête. J'étais serein, en paix, et tandis que la bataille faisait rage autour de moi, je me suis aperçu que Kumar avait raison. Vous, moi, le feu, l'univers, chaque chose est le Tout-Puissant. Et une fois que vous l'avez compris, les rêves deviennent réalité parce que vous êtes dans le Tout-Puissant et le Tout-Puissant est en vous.

Emil faillit l'interrompre ; ce type déraillait complètement. Mais il remarqua que Malia, Adeline et Rese, fascinées, buvaient ses paroles.

—Et alors, qu'avez-vous fait ? demanda Malia.

Le caporal Gheorghe sourit.

—J'ai ramassé mon fusil, je me suis relevé et j'ai traversé le champ de bataille en pleine tempête.

Il affirma avoir dépouillé l'un des cadavres soviétiques de son uniforme. Des mitrailleuses russes et roumaines le visaient. Des bombes explosaient. Les canons grondaient. Des blindés le frôlaient à moins de deux mètres tandis qu'il enterrait quelques-uns de ses camarades.

Il avait marché pendant des jours et assisté à une véritable hécatombe – Allemands, Soviétiques, Roumains, civils et militaires. Il cherchait de la nourriture ou n'importe quoi d'utile parmi les monceaux de cadavres roumains avant d'enterrer les soldats, il évitait de dormir dans la neige et s'allongeait dans les trous d'obus.

Le sol était noir, tiède et sentait le carburant brûlé. Le troisième ou le quatrième matin, il se perdit dans le brouillard qui s'était levé. Quand il se dissipa, la bataille de Cotul Donului avait pris fin et il était vivant.

Il adressa un grand sourire à Malia.

—Voilà pourquoi je sais que je serai apiculteur. Je trouverai une bonne épouse et je mènerai une vie de miel.

La sœur aînée d'Adeline rougit et éclata de rire.

—Une vie de miel ! répéta-t-elle.

Lydia, sa mère, se leva, l'air courroucé.

—J'en ai assez entendu et toi aussi, Malia. Nous devons nous réveiller tôt demain matin pour chercher notre vie de miel à nous.

Le Roumain dut trouver cela drôle car il s'inclina avec un grand rire. Malia suivit sa mère en traînant les pieds, imitée par Adeline portant Will, tandis que Walt, à moitié endormi, marchait à côté d'elle pour retrouver le chariot et son lit.

Karoline prit congé à son tour, entraînant Rese et Johann avec elle. Emil et le soldat roumain restèrent seuls aux dernières lueurs vacillantes du feu.

—Vous comprenez, Martel ? insista le caporal Gheorghe. Le Tout-Puissant, Dieu, le Divin, l'Intelligence Universelle ou quel que soit son nom, c'est la même chose. L'Unique nous entend et nous aide, il déplacerait la lune et les étoiles pour peu que nous le lui demandions. Et les rêves deviennent alors réalité.

Emil secoua la tête. Il avait l'impression qu'une chape de plomb pesait sur ses épaules.

—Il n'y a pas de Dieu, pas de Tout-Puissant, pas de Divin ni d'Intelligence Universelle, et nous ne pouvons pas déplacer la lune ni les étoiles en rêve. On ne survivra que par un travail acharné, grâce à ce que l'on construit par soi-même ou si l'on se planque quelque part. Un point c'est tout !

Le Roumain effleura sa cicatrice.

—J'ai traversé la pire des guerres et je m'en suis tiré. J'ai vu des milliers de morts, Martel. Mais je suis bien vivant et me retrouve ici, près de votre feu.

—Si ce que vous avez dit est vrai, alors vous avez beaucoup de chance. Bonne nuit, caporal Gheorghe. Je vous souhaite tout le bonheur du monde.

Une main posée sur son cœur, Gheorghe renversa la tête en arrière, les yeux clos. Il les rouvrit et considéra Emil, le bras tendu.

— J'ai l'intuition que nous nous reverrons, Martel. En fait, j'en ai la certitude. Quand la lune et les étoiles se déplaceront.

Emil se força à serrer la main du dément.

— D'accord. Bonne chance avec le miel.

L'autre attrapa son fusil et la bouteille vide.

— La chance n'a rien à voir. Au fond de moi, je suis déjà apiculteur.

Il pouffa de rire et se dirigea vers le ruisseau, tandis qu'Emil se rendait auprès de ses chevaux. Il entendit le caporal roumain parler tout seul en s'enfonçant dans les taillis. La nuit était silencieuse quand il regagna le chariot et se glissa sous les couvertures.

— Il est fou, tu crois ? murmura Adeline.

— Complètement toqué, oui. Pire que Malia.

Adeline ne prit pas la mouche, comme il le craignait.

— Je n'ai pas compris la moitié de ce qu'il a raconté, contrairement à ma sœur, commenta-t-elle. Ils voient le monde autrement, tu ne penses pas ?

— Complètement cinglé, je te dis. Dors maintenant.

11

Dans l'obscurité profonde et glacée de la nuit, Adeline fut réveillée par un sifflement strident suivi d'une explosion, à moins de deux kilomètres de distance. Elle sentit le plancher trembler sous ses pieds. Il y eut un autre sifflement, puis une nouvelle explosion, plus violente et plus proche encore.

Le quatrième front soviétique ukrainien attaquait par l'est.

— Le pont ! hurla Emil. Va chercher Will ! Je m'occupe de Walt !

Adeline enfila ses chaussures, attrapa son fils et se précipita sous le chariot. Elle entendit sa mère et Malia l'appeler à grands cris.

— Où es-tu ? s'égosilla sa sœur, alors que l'artillerie se déchaînait de nouveau.

— Je suis là ! répondit Adeline sur le même ton.

— Guide-nous !

Un immense éclair zébra le ciel et une bombe s'abattit sur le campement de la Wehrmacht, non loin d'eux. Le souffle de l'explosion projeta Adeline en avant, elle trébucha sans quitter des yeux son mari et les enfants qui se dirigeaient vers le ruisseau et le pont. Les déflagrations s'interrompirent. Elle continua à avancer à l'aveuglette. Une autre bombe éclata. Emil surgit et empoigna Will et sa femme par le bras. Il les entraîna dans l'eau froide, à l'abri du pont.

Les chaussures d'Adeline étaient trempées et ses pieds glacés, mais elle n'y prit pas garde. Une nouvelle bombe explosa. Le fracas semblait à présent lointain et assourdi.

—Je ne vois plus rien, maman, brailla Walt planté au milieu du tunnel.

—Je suis gelé, geignit Will. Je m'arrête où ?

—Rattrape Walt, dit Adeline. Tout le monde a froid, mais nous sommes en sécurité pour l'instant.

Dès que Will eut rejoint son frère, Adeline leur ordonna de s'adosser au mur du caniveau, les pieds calés contre la paroi opposée. On entendit un grand bruit d'éclaboussure.

—Maman ! beugla Will. Je suis tombé à l'eau !

—Relève-toi, intervint Emil depuis l'entrée du pont.

—Oui, relève-toi, renchérit Adeline, l'estomac noué, devinant que son fils devait être trempé et transi de froid. Viens là.

Les menottes de Will se posèrent sur ses cuisses. Adeline tâtonna dans le noir et le souleva dans ses bras. Ployant sous son poids, elle serra son fils frissonnant contre elle.

—Ça va aller, lui souffla-t-elle à l'oreille. Maman est là.

—J'ai froid.

—On attend que papa nous dise de sortir.

Elle sentit les doigts glacés et humides de Will toucher ses joues dans l'obscurité. Elle les embrassa et les serra entre les siens.

—Pourquoi on doit faire ça ? demanda Walt dans l'obscurité. Je déteste être ici.

—On ne fait pas toujours ce qu'on veut pour rester en vie, commenta Emil. C'est toujours mieux que de se retrouver dans le chariot en ce moment.

—Et s'il n'était plus là ? Si Thor et Oden étaient morts ?

—Je suis gelé, maman, répéta Will en gigotant dans ses bras.

—Pense à un endroit où tu as eu très chaud. Le plus chaud où tu sois jamais allé. Si chaud que tu mourais d'envie de t'abriter à l'ombre.

Le silence retomba, chacun fouillant dans sa mémoire. Pour une raison obscure, les pensées d'Adeline la ramenèrent un jour de canicule, le 9 août 1941 à Pervomaïsk.

***

La chaleur était oppressante. Adeline portait dans ses bras Will – âgé d'environ deux ans – tandis que Walt, qui en avait presque quatre, trottinait à ses côtés. Elle rentrait chez elle avec de maigres provisions. Tout en marchant, elle regardait en tous sens, comme pour réapprendre le nouvel ordre du monde. Une semaine auparavant, les Allemands avaient envahi la ville et, avait-elle appris, son jeune frère Wilhelm venait d'être enrôlé dans la Wehrmacht pour combattre l'Armée rouge qui battait en retraite.

Des bruits couraient concernant de futures catastrophes. La nuit, par les fenêtres ouvertes, on entendait des tirs nourris dans toute la ville. Emil soutenait que la domination allemande était préférable à la tutelle russe. Avait-il raison ? Elle-même était allemande de souche et parlait le russe aussi bien que l'allemand, mais elle ne se sentait liée à aucun des deux pays, certainement pas à Staline ni à Hitler.

— Maman ? insista Walt. Il fait trop chaud. J'ai soif.

— Tu boiras à la maison. On est presque arrivés.

— Tu peux me porter ?

— Et Will alors ?

— Oh ! fit-il, décontenancé.

— Adeline ? l'apostropha une voix derrière eux. C'est bien vous ?

Elle se retourna et avisa une femme d'une trentaine d'années, l'air aux abois, un foulard noué sur les cheveux, vêtue comme une paysanne. Elle ne la reconnut pas tout de suite. Mais quand l'inconnue inclina la tête, Adeline réussit à mettre un nom sur son visage.

L'amie de Mme Kantor ! Esther.

Elle ne l'avait pas revue depuis près de huit ans.

Esther scruta les alentours.

— Chut ! Je m'appelle Ilse maintenant. Ce sont vos enfants ? ajouta-t-elle en souriant à Walt et au bébé.

Adeline trouvait curieux ce changement de nom, mais elle ne posa pas de question et lui rendit son sourire.

— Oui.

— Une bénédiction pour vous. Mme Kantor m'a parlé de votre fils aîné. Je suis sincèrement désolée.

Adeline ressentit un pincement au cœur. Cinq ans après la mort de Waldemar, elle commençait à croire qu'elle ne s'en remettrait jamais. Elle pressa Walt contre son cœur.

— Ce sont mes plus précieux trésors. Comment allez-vous ?

Esther se pencha et posa une main tremblante sur celle d'Adeline.

— Les nazis tirent sur les Juifs à Bogopol, de l'autre côté du fleuve, murmura-t-elle avec des sanglots dans la voix. Pour l'amour du ciel, aidez-moi, je vous en prie. Je ne sais pas vers qui me tourner.

***

Accroupi dans la canalisation sombre, près de trois ans plus tard, alors que les bombes devenaient plus sporadiques, Will se mit à trembler violemment dans ses bras, l'arrachant à ses souvenirs.

— J'ai tellement froid, maman.

— Emil ? questionna Adeline.

— Les bombardements continuent, mais on dirait qu'ils visent ailleurs. Je pense que nous pouvons sortir. Lydia ? Malia ? Venez ! Suivez-moi.

— Dieu merci ! s'exclama Lydia. J'ai horreur de cet endroit.

Adeline les entendit s'éloigner.

— Will, lâche-moi et va vite rattraper ta grand-mère.

Il claquait des dents.

— Dans l'eau ?

— Oui. Tout de suite.

L'enfant obéit. Adeline pivota sur un genou, puis s'accroupit, la nuque contre le haut de la canalisation.

— Nous sommes sortis ! avertit sa sœur.

— Avance, Will, reprit Adeline. Maman est derrière toi. Walt, suis-moi.

Ils émergèrent du tunnel quelques instants plus tard. Ils étaient restés une demi-heure à l'intérieur. L'aube se levait.

Emil ne s'était pas trompé. Les bombardements n'avaient pas cessé, mais ils se déplaçaient à l'est, vers les collines où campaient les troupes allemandes, assez loin pour que la famille se sente provisoirement en sécurité. Adeline serra dans ses bras Will, qui tremblait de tous ses membres. Walt lui emboîta le pas.

— Au chariot, en vitesse, dit-elle.

Ils commençaient à longer la rive quand l'artillerie ouvrit de nouveau le feu ; on aurait dit que les Soviétiques pilonnaient le front allemand tous azimuts, à l'est comme à l'ouest. Une nouvelle salve pouvait les atteindre n'importe quand.

Adeline fonça vers le chariot et hissa Will à l'intérieur.

— Va au fond et enlève tes vêtements.

— Mais, maman, j'ai froid.

— Je te dis de te déshabiller ! En attendant, je vais chercher les couvertures.

Elle entendit les avions, puis des crépitements et des explosions de plus en plus proches. Le plancher vibrait.

— Maman ! hurla Walt.

Elle rassembla la literie, quand elle vit son fils aîné désigner une muraille de feu à l'est.

— Je vois, dit-elle, luttant pour garder son sang-froid. Grimpe vite.

Walt enjamba le siège, attrapa les couvertures et les fourra sous la bâche. Elle le rejoignit et sentit le chariot se remettre à tanguer.

Espérant qu'Emil avait harnaché les chevaux dans l'intervalle, elle aida Will et Walt à retirer leurs vêtements mouillés et les enveloppa dans les couvertures.

Will était bleu de froid, le corps secoué de frissons. Un autre tir d'artillerie retentit, tout proche.

— Il faut partir ! cria Adeline à Emil. Ils bombardent du sud au nord. Ils arrivent sur nous !

Emil se percha sur le siège, saisit les rênes et fouetta les flancs de Thor et d'Oden.

— Accrochez-vous !

Les chevaux se cabrèrent, puis s'élancèrent au galop, déséquilibrant Adeline. Elle s'affala sur des marmites et des casseroles qui lui meurtrirent les côtes.

Elle gémit et jeta un regard vers l'arrière. Le père d'Emil fouettait ses bêtes tandis que, accroupies sous la bâche, Karoline et Rese s'agrippaient au siège, affolées. À quelques mètres de distance, Malia conduisait le chariot de leur mère, cravachant vigoureusement ses poneys en beuglant à pleins poumons. La boue giclait sous les roues. Le chariot cahotait dans les ornières. Adeline se dit qu'ils allaient déraper et quitter la route. Mais Emil et ses fidèles chevaux réussirent à garder le contrôle du véhicule sur le sol glissant de l'autre côté du lit du ruisseau avant de gagner un terrain plus stable. Les obus s'abattirent à l'endroit précis où ils avaient établi leur campement, projetant des flammes rouges et orange dans l'aube naissante.

Thor et Oden accélérèrent l'allure pour s'éloigner au plus vite du déluge de feu, à cinq cents mètres, puis à un kilomètre de distance. Mais une foule de réfugiés et de véhicules émergeaient sans cesse des bois de chaque côté de la route, les forçant à ralentir.

Will et Walt tirèrent les couvertures jusqu'au menton et s'assoupirent. Adeline rejoignit Emil sur le siège. Ils échangèrent un regard en souriant. Elle lui tendit la main qu'il prit dans la sienne.

— Je suis content que tu te débrouilles si bien malgré les bombes qui pleuvent de partout, dit-il.

Le sourire d'Adeline s'élargit.

— Tu t'en sors pas trop mal non plus.

Une heure plus tard, ils gravirent une hauteur d'où ils pouvaient voir cc qu'il se passait devant eux : une file de chariots s'étirait le long d'une route assez large traversant une colline escarpée. Plus à l'ouest, quelques véhicules avaient capoté sur la voie de gauche. À droite, l'épave d'un chariot gisait sur la berge encaissée de la rivière. Deux voitures étaient encastrées l'une dans l'autre ; les chevaux et les passagers avaient été éjectés lors de l'impact et avaient dévalé la pente pour atterrir au bord de l'eau, à quelques mètres en contrebas.

Plusieurs personnes se précipitaient vers le lieu de l'accident. Au moment où les Martel s'en approchèrent, des soldats allemands apparurent et dispersèrent les chariots immobilisés au milieu de la route. Parmi les débris, Adeline repéra des chevaux estropiés, des cadavres et de nombreux blessés. Elle ferma les yeux et tenta de se réfugier dans la vallée verte de ses rêves, qu'elle imaginait constellée d'arcs-en-ciel par temps clair après une pluie d'été. Mais un cri d'agonie la ramena à la réalité.

— Pour l'amour du ciel, aidez-moi, je vous en prie, implorait une voix.

— Ça va aller, répondit quelqu'un. Nous allons vous tirer de là.

Adeline ouvrit les yeux et aperçut deux femmes à quelques mètres sur sa droite : à genoux au bord de la route, elles assistaient l'une des victimes que l'on avait remontée de la berge. En sang, le visage sale et tuméfié, elle avait probablement les deux jambes cassées, car l'os dépassait du tibia.

— Pour l'amour du ciel, répéta la femme. Je vous en prie, aidez-moi !

Adeline se rappela avoir entendu prononcer ces mêmes paroles, des années auparavant.

***

9 août 1941

Pervomaïsk, Ukraine

Par cette journée torride, Esther posa une main tremblante sur celle d'Adeline, qui portait Will.

— Pour l'amour du ciel, aidez-moi, je vous en prie. Je ne sais plus à quel saint me vouer.

— Ils tirent sur les Juifs ? s'exclama Adeline, horrifiée, tandis que Will gigotait dans ses bras.

— Je les ai vus de mes yeux. Des vieilles femmes en fauteuil roulant exécutées de sang-froid. Des hommes battus à mort. Pourrions-nous trouver un endroit tranquille où parler ? J'ai un service à vous demander.

— Oui, mais nous n'avons pas…

— D'argent ? Ne vous inquiétez pas. J'en ai plus qu'il n'en faut. Peut-on aller quelque part ? Je risque d'être arrêtée à tout moment dans la rue.

Will braillait de plus belle. Il avait faim.

— J'ai soif, maman, répéta Walt.

Esther venait souvent voir Mme Kantor, se rappela Adeline. Et elle s'était toujours montrée très aimable à son égard.

Adeline sourit à la pauvre femme désemparée.

— Nous ferons notre possible pour vous aider, pas vrai, Walt ?

— Je meurs de soif, maman, insista le petit garçon.

— Prends la main de tante Est… de tante Ilse. On rentre à la maison.

Un quart d'heure plus tard, Walt buvait à grands traits pendant qu'Adeline donnait à manger à Will dans la cuisine de leur minuscule appartement. Esther prit une chaise en face d'elle.

— Merci, Adeline, répéta-t-elle pour la énième fois. Vous êtes un ange.

— Que puis-je faire pour vous ?

Esther fouilla dans son sac dont elle tira un nom et une adresse griffonnés sur un bout de papier qu'elle poussa vers elle, sur la table.

— Cet homme est un faussaire, expliqua-t-elle. Mon cousin d'Odessa m'a mise en relation avec lui. On peut acheter de faux documents au marché noir pour changer d'identité. Ma mère était juive. Je risque la mort, Adeline. Je lui ai versé d'avance la moitié de la somme pour qu'il inscrive sur mes papiers que ma mère était une descendante de colons allemands comme mon père. Seulement, il habite à Bogopol et je n'ose plus m'y rendre.

— Vous voulez que j'aille chercher vos papiers ?

— Oui, et lui remettre aussi le reste de l'argent. Je vous paierai pour votre peine.

Adeline avala sa salive avec difficulté. Si les nazis fusillaient les Juifs, ils l'exécuteraient pour avoir aidé l'un d'entre eux. Mais Esther était une amie de Mme Kantor. Et elle avait toujours été si gentille !

— Ce n'est pas nécessaire, protesta-t-elle.

— J'insiste.

— Et moi, je refuse. Je suis sûre que vous me le revaudrez un jour d'une manière ou d'une autre.

Esther paraissait au bord des larmes.

— Vous acceptez ?

— C'est le moins que je puisse faire pour une amie de Mme Kantor. Quand voulez-vous que j'y aille ?

— Il a promis que ce serait prêt demain.

— Très bien. En attendant, vous resterez ici.

Esther saisit la main d'Adeline en pleurant de soulagement.

— Vous êtes très généreuse, Adeline, dit-elle. Mme Kantor avait raison à votre sujet.

— Comment va-t-elle ?

— Oh, vous ne savez pas ? Elle est décédée l'année dernière, Dieu ait son âme. Je lui avais rendu visite la semaine précédente et quand je lui ai appris que je m'installais ici, elle m'a conseillé de venir vous voir. C'est ce que j'ai fait. Et maintenant, vous allez m'aider. À croire qu'elle l'avait pressenti.

Adeline se rappelait la bonne humeur de Mme Kantor et fut profondément attristée par la nouvelle de sa mort.

— Elle m'a énormément appris. Je l'aimais beaucoup.

— Et elle vous le rendait bien.

La porte d'entrée s'ouvrit et se referma. Emil, épuisé et en sueur après sa journée de travail à la brasserie, passa la tête par l'embrasure de la cuisine.

***

Les épaules d'Adeline étaient secouées de tremblements convulsifs. Elle sursauta, ne sachant plus où elle se trouvait, avant d'aviser les chariots des réfugiés déployés devant elle et Emil à ses côtés.

— Un nouvel orage se prépare, déclara-t-il en désignant les gros nuages sombres qui s'amoncelaient à l'horizon.

Des trombes d'eau s'abattirent sans discontinuer pendant près d'une heure, contraignant Emil à garder la tête baissée. Étroitement enveloppé dans son manteau, son bonnet rabattu sur les oreilles, il laissa les chevaux suivre les voitures qui les précédaient en évitant de déraper sur la route glissante.

— Veux-tu que je te remplace ? proposa Adeline, à l'abri sous la bâche avec les enfants.

— Pas la peine de souffrir tous les deux. De toute façon, ça s'éclaircit.

C'était vrai. La pluie battante s'était transformée en un léger crachin, tandis que le vent tournait au sud. Le convoi fit halte à Bârlad, près de la frontière roumaine.

Un camion muni d'un haut-parleur sillonna le campement à la nuit tombée, informant les réfugiés de préparer leurs papiers afin que le gouvernement roumain puisse leur remettre des documents de transit. Les Martel étaient à bout de force. Après dîner, ils gagnèrent l'arrière du chariot et sombrèrent dans le sommeil.

12

Emil s'éveilla avant l'aube pour s'occuper des chevaux. Levée peu après, Adeline prépara un petit-déjeuner composé de viande séchée, de quignons de pain et de rondelles de betteraves bouillies. Ce n'était pas un festin, mais c'était quand même mieux que l'herbe des champs. L'essentiel était que les enfants ne souffrent pas de la faim. Depuis la mort de leur aîné, ils s'étaient juré que cela n'arriverait plus jamais.

Pendant qu'Emil terminait de manger, Adeline réveilla les enfants, vérifia qu'ils n'avaient pas de poux et les aida à s'habiller. Après quoi, ils plièrent et rangèrent la literie, puis récitèrent une prière d'action de grâces avant le petit-déjeuner.

— Merci, Seigneur, pour ce repas et pour notre sécurité, psalmodia Adeline. Apporte-nous le salut en cette nouvelle journée, qu'elle soit meilleure que la veille et préserve-nous de la guerre. Amen.

— Amen, répéta Walt.

— Amen, renchérit Will.

Emil garda le silence, le regard fixé sur la route défoncée à la frontière roumaine. Un véhicule de la Wehrmacht s'approcha et stationna en face de leur bivouac. Nikolas descendit du côté passager. Avec son cou de taureau et ses cheveux coupés ras, le SS *Sturmbannführer* Haussmann, le nazi qui hantait les cauchemars d'Emil, émergea de l'arrière de la voiture.

— Je suis le major Haussmann, vociféra-t-il. Je suis chargé de ce convoi et de votre sécurité, sous l'autorité du

Reichsführer Himmler. Je vais examiner les papiers de chacun d'entre vous. Vous nous les montrerez, à moi-même ou à *Herr* Nikolas, qui nous aide à vérifier l'authenticité des documents. *Raus !* Sans papiers, vous ne pourrez pas passer la frontière roumaine ni bénéficier de la protection des SS !

Tenaillé par la peur, Emil voyait flou. Le major SS et Nikolas, le bourreau mercenaire, lui apparaissaient comme à travers un écran. Pour une raison obscure, une phrase que feu le père d'Adeline aimait à répéter lui revint en mémoire : *« Ballotté au gré du vent et jeté en pâture aux loups. »*

Haussmann et Nikolas traversèrent la route pour contrôler les papiers des occupants d'un chariot voisin. La gorge nouée, les pieds comme lestés de plomb, Emil se dirigea vers sa voiture et passa la main sous le siège où se trouvait une boîte, clouée au plancher. Il l'ouvrit et en sortit un vieux portefeuille en cuir contenant des documents.

En se retournant, il aperçut Haussmann planté au milieu de la chaussée en grande conversation avec Nikolas. Celui-ci désigna les Martel avant d'emboîter le pas à l'officier. Un sourire sirupeux étira ses lèvres, quand il croisa le regard d'Emil.

Le major SS s'avança et se planta devant lui.

— Vos papiers, *Herr…* ?

Emil les lui tendit.

— Martel, Emil Martel, précisa-t-il, les yeux fuyants.

Haussmann le toisa sans accorder un regard aux documents.

— Nous avons le même prénom. Où les avez-vous obtenus, *Herr* Martel ? Qui a certifié que vous êtes allemands et susceptibles d'être protégés par les SS du Reich ?

Épouvanté, Emil préféra lui faire face.

— Un officier allemand est venu nous voir où nous habitions et…

— Quel officier ? coupa sèchement Haussmann. Quand et où, *Herr* Martel ?

Ce changement de ton ébranla Emil, qui détourna le regard.

—Je ne me rappelle pas son nom, major, balbutia-t-il. C'était un officier de la VoMi, *Sonderkommando* R à Pervomaïsk, où nous résidions à la mi-août 1941. C'est inscrit sur les papiers.

—La VoMi, *Sonderkommando* R, hum… répéta Haussmann, qui se décida enfin à examiner les feuilles qu'il avait à la main. Oui, je vois. Sur quelle base ce certificat vous a-t-il été délivré ?

—Nous avons présenté les actes de naissance et notre bible familiale. Elle remonte à l'époque où nos ancêtres sont arrivés d'Allemagne.

—Hum… fit le major SS en glissant un regard à Nikolas. J'ai du mal à croire que vous possédiez une bible qui aurait survécu aux purges de Staline. L'avez-vous avec vous, *Herr* Martel ?

Emil se pétrifia.

—Moi ? Euh… non.

Haussmann avança d'un pas.

—Non ?

—Karoline, ma belle-mère, en possède une, intervint Adeline sans laisser à Emil le temps de répondre.

—Oui, elle en a une ! renchérit Rese.

—C'est exact, dit Karoline. La voici !

Le major Haussmann esquissa un sourire froid avant de se tourner vers la mère d'Emil, qui s'avança en clopinant, appuyée sur sa canne, une vieille bible à la main, Johann sur ses talons.

—L'arrière-arrière-arrière-arrière-grand-père d'Emil l'a emportée avec lui quand il a quitté l'Allemagne pour répondre à la proposition de Catherine II aux colons qui souhaitaient s'installer en Russie, débita-t-elle. Le nom de chaque membre de notre famille y figure. C'est pourquoi nous avons tous obtenu un certificat. Et c'est également la raison pour laquelle on nous a restitué nos terres, confisquées par les communistes, et que nous nous trouvons dans ce convoi sous votre protection, major.

Pour la première fois depuis une éternité, Emil eut envie de sauter au cou de sa mère. Il jeta un coup d'œil à Nikolas, qui paraissait avoir perdu de sa superbe. Haussmann ne semblait toujours pas le reconnaître.

Karoline confia sa canne à son mari et ouvrit la bible aux dernières pages où était tracé l'arbre généalogique de la famille Martel à l'encre délavée, à mesure que l'on remontait les générations jusqu'en Allemagne.

Le major SS suivit la liste des noms de son index ganté. Son doigt s'arrêta :

— Gustav Martel, lut-il, né le 4 mars 1789, à Hanovre en Allemagne. Mort le 12 décembre 1842, à Friedenstal en Russie.

— C'est là que nous possédions des terres depuis plus d'un siècle, déclara Karoline. Nous avons dû les abandonner pour toujours.

Si Haussmann ressentait de la pitié, il ne le montra pas. Il referma la bible et la lui rendit.

— Toutes mes excuses, *Frau* Martel, dit-il. Nous ne mettrons plus en doute l'authenticité de vos papiers ni la pureté de votre sang. Vous pouvez traverser la frontière.

***

Emil éprouva un profond soulagement. L'officier SS passerait son chemin sans s'apercevoir que leurs routes s'étaient déjà croisées. Et Nikolas l'oublierait lui aussi…

Mais le major inclina la tête et interrompit son geste au moment de remettre les documents à Emil.

— Je vous connais, *Herr* Martel ? demanda-t-il en le dévisageant de ses yeux morts.

Horrifié, Emil s'obligea à le regarder.

— Non, major, je ne crois pas.

Haussmann ne bougeait pas, les yeux rivés sur les papiers.

— Pervomaïsk. Non, je ne m'y suis jamais rendu. Où se trouve Friedenstal ?

— À soixante kilomètres au sud-est de Birsula, un petit village établi autour de la colonie de Glückstal.

Après réflexion, le major haussa les épaules.

— J'ai dû me tromper, *Herr* Martel.

Submergé par l'émotion, Emil mit un moment avant de comprendre qu'Haussmann lui tendait les papiers.

Il s'en saisit avec un léger hochement de tête.

— Merci, major.

— Vous n'avez pas été enrôlé dans l'armée quand nous avons envahi le pays, *Herr* Martel ? reprit Haussmann sans le lâcher des yeux.

— Le frère de ma femme a été mobilisé. Si j'étais parti, il ne serait plus resté personne pour cultiver la terre. La VoMi préférait que je fasse pousser du blé plutôt que de me battre.

Le major SS réfléchit et glissa un regard à Nikolas.

— Vous n'étiez pas membre du *Selbstschutz* dans votre région ?

— Nous habitions un hameau perdu au milieu des champs. Je n'ai entendu parler que d'un seul crime là-bas en trois ans, un soldat roumain qui avait violé une veuve. Il a été arrêté.

— Hum… savez-vous que tous les Allemands de plus de trente ans étaient censés faire partie du *Selbstschutz* et prêter un serment d'allégeance ?

— Non, je l'ignorais. Comme je vous l'ai dit, nous vivions…

— Levez la main droite, *Herr* Martel, comme si vous saluiez le *Führer* ici et maintenant ! aboya Haussmann.

Emil avait l'impression d'être à la fois testé et humilié devant sa famille, mais il s'obligea à brandir le bras pour exécuter le salut nazi.

— Répétez après moi, *Herr* Martel : *En tant que porteur de sang allemand pur, je jure à Adolf Hitler, le* Führer *de tous les Allemands, de lui être fidèle jusqu'à la mort, de faire de mon mieux et d'obéir aveuglément à mes supérieurs.* Heil *Hitler !*

Ravalant sa fierté, Emil songea qu'il était prêt à tout pour se débarrasser de cet homme et récita le serment pour la deuxième fois de sa vie sur l'ordre de l'officier. Ce faisant, il voyait le major SS non pas tel qu'il était à présent mais comme il lui était apparu près de trois ans auparavant : un jeune capitaine vociférant devant une fosse ouverte à la périphérie de Dubossary.

Quand il eut terminé, il se figea, le bras levé, fixant Haussmann qui esquissa l'ombre d'un sourire.

— Vous pouvez baisser le bras, *Herr* Martel. Soyez prudent sur la route aujourd'hui.

— Merci, cap… major.

Si Haussmann fut surpris de s'entendre appeler « capitaine », il ne le montra pas. Il salua d'un signe de tête Adeline et la mère d'Emil avant de se diriger vers sa voiture, Nikolas claudiquant derrière lui. Ils montèrent à bord et, tandis que Nikolas démarrait, Emil entendit les deux hommes se disputer sans en comprendre la raison.

Il avait les jambes en coton quand ils furent enfin hors de vue. Il se traîna jusqu'à un arbre et s'y adossa, conscient des regards de ses enfants braqués sur lui, Will devant le chariot, Walt à l'intérieur. Il transpirait à grosses gouttes, comme s'il avait travaillé dur pendant des heures, les tripes nouées comme l'autre soir, pendant sa conversation avec Nikolas. *On a mis dix-huit jours pour les fusiller tous.*

Adeline s'approcha et l'étreignit. Ils furent bientôt rejoints par toute la famille.

— Il m'a forcé à le dire, se justifia Emil.

— Je sais.

— Je n'avais pas le choix. Pour toi et les garçons.

— Et pour toi aussi.

— Je crois que je vais vomir.

—Non, dit sa mère. Tu as agi comme il le fallait, Emil.

Son père hocha tristement la tête.

—On fait ce qu'on doit, mon fils.

—Merci papa, se borna à dire Emil, alors qu'il aurait voulu contredire son père en soutenant qu'il y avait des limites à ne pas franchir.

Il s'aperçut que Rese, Lydia et Malia attendaient qu'il leur indique la direction à suivre.

—Oublions ça, dit-il. Nous allons rassembler nos affaires et traverser la frontière en vitesse.

Chacun obéit. Adeline se pressa contre lui.

—Tu trembles, dit-elle doucement.

—Tu crois ? C'est sans importance. Tout va bien maintenant.

Elle recula d'un pas et le dévisagea avec attention.

—Tu le connais, Emil ? Haussmann ?

Il évita de croiser son regard.

—Emil ? insista-t-elle.

—Papa, on part quand ? demanda Walt.

—Dans quelques minutes, répondit Emil qui fit mine de s'écarter.

Mais Adeline ne relâcha pas son étreinte.

—Je suis ta femme. Tu me caches quelque chose ?

—Évidemment. Chacun a son jardin secret. Il faut pouvoir oublier. C'est vrai, n'est-ce pas ?

***

Au fond d'elle-même, Adeline savait qu'il avait raison. Elle-même avait affronté les épreuves de la vie et était capable d'exprimer ou de contrôler ses émotions à volonté. Elle avait réussi à effacer de sa mémoire certains événements douloureux, comme la disparition de son père, la famine, la mort de son premier-né, telles des feuilles mortes emportées par le vent.

—Je suis d'accord, dit-elle d'un ton radouci. J'ai juste une question. Est-ce que tu le connaissais ? Le major Haussmann ?

Emil se rembrunit.

—C'était l'un des officiers de l'unité SS qui m'a arrêté à Dubossary, le jour où je suis allé acheter des fournitures pour la maison en septembre dernier, après notre arrivée à Friedenstal.

Emil était abattu et épuisé à son retour cette nuit-là, se rappela Adeline. Elle l'avait entendu pleurer pour la deuxième fois depuis leur mariage. Son cœur se serra à ce souvenir.

—Que t'a-t-il fait ?

—Tu as dit une seule question.

Submergée par un tourbillon d'émotions, Adeline finit par se raccrocher à une seule certitude.

—Tu n'es pas obligé de me raconter ce que tu as vécu cette nuit-là. J'aimerais juste savoir si Haussmann et son compagnon représentent un danger pour nos enfants et pour nous-mêmes.

—Ils sont un danger pour tout le monde. Ils massacrent des innocents et pompent l'énergie de leurs victimes. Restons-en là, Adeline, je t'en prie. Revoir Haussmann a été assez pénible comme ça.

Adeline refusait de capituler, mais elle voyait bien que son mari était bouleversé.

—D'accord, répéta-t-elle. Et merci.

—De rien, dit-il avant de tourner les talons pour s'occuper de ses chevaux.

—Je t'aime, Emil Martel.

Il se força à sourire en s'éloignant.

—Je t'aime aussi, Adeline Losing.

À l'est, les canons tonnaient sans relâche, si proches que l'on entendait le souffle des déflagrations. Chacun s'activa, pressé de lever le camp. Adeline souleva Will dans ses bras et l'aida à monter dans le chariot.

— Va t'asseoir à côté de Walt. Dépêche-toi.

Elle se hissa sur le siège, saisit les rênes et attendit qu'Emil détache la corde qui retenait les chevaux à une branche.

— Desserre le frein, commanda-t-il.

Elle obéit. L'attelage recula pour s'écarter de l'arbre. Emil grimpa à côté de sa femme, reprit les rênes et fit avancer les chevaux d'un claquement de langue, alors qu'une nouvelle salve de canon retentissait à l'ouest.

— Ils se rapprochent, observa Adeline tandis que le chariot démarrait.

— Aucune importance. Désormais, rien ne pourra plus nous empêcher de nous rendre à l'ouest, quitte à rouler jour et nuit s'il le faut.

***

Une heure plus tard, ils franchirent la frontière roumaine par la route qui menait à la petite ville de Bârlad. Le passage était gardé par au moins deux cents soldats roumains. Tous les regards étaient anxieusement tournés vers l'est dans l'attente de la bataille à venir. Afin de se changer les idées, Adeline scruta les visages, certains très jeunes, mais il n'y avait pas trace du caporal Gheorghe, rencontré l'avant-veille.

— Le caporal Gheorghe n'a-t-il pas dit qu'il était originaire de cette ville ? questionna-t-elle une fois qu'ils eurent passé le poste de contrôle.

Emil haussa les épaules.

— Je ne me rappelle pas.

— Il était bizarre, mais intéressant, non ?

Emil fronça les sourcils.

— Tu n'as que ce type à la bouche, on dirait ? Il a reçu un éclat d'obus à la tête, Adella.

— Et Malia un coup de sabot, ce qui l'a rendue spéciale et intéressante à sa façon. Le caporal Gheorghe… il était différent. Il était…

— Quoi ?

— Je ne trouve pas le mot juste. Touché ? Dans le bon sens du terme ?

— Touché ?

— Je te répète que je ne trouve pas le mot juste, mais je n'arrive pas à oublier son histoire. Dire qu'il a traversé le champ de bataille pendant des jours et qu'il en est ressorti miraculeusement indemne, touché par la grâce, comme si un ange ou un esprit se tenait à ses côtés pour le protéger.

— Le protéger pour qu'il devienne apiculteur ?

— Peut-être. Pourquoi pas ? C'était son rêve après tout.

Les traits d'Emil se crispèrent.

— Qui sait si c'est vrai et s'il n'a pas tout inventé ? Ou alors, si c'est sa façon de penser à cause de sa blessure ? Il est fou, voilà tout.

Adeline dévisagea son mari, puis tourna la tête quand le chariot cahota dans une ornière. Le regard perdu dans le vague, elle ne parvenait pas à chasser le caporal Gheorghe de son esprit.

— Je crois qu'il disait la vérité. Quand il a raconté qu'il s'était réveillé dans le fossé, couvert de neige, puis qu'il était passé au travers des balles, il irradiait de bonheur, comme s'il était transfiguré. Tu n'es pas de cet avis, Emil ?

— Si j'avais ingurgité autant d'hydromel que lui, j'aurais brillé comme un astre, moi aussi. Je ne veux plus parler de lui maintenant. Le caporal Gheorghe, c'est de l'histoire ancienne, Adeline. Pour de bon.

Elle se demanda pourquoi Emil réagissait si négativement. Puis elle s'empressa de chasser ce détail de son esprit, se rappelant que le caporal avait outrageusement flirté avec Malia. *Il ne s'était pas gêné, n'est-ce pas ?*

Adeline n'avait pas eu l'occasion de parler à sa sœur du caporal Gheorghe après la visite inopportune d'Haussmann, mais elle sourit en se rappelant que Malia rayonnait littéralement en présence de l'apiculteur, comme s'ils étaient irrésistiblement attirés l'un vers l'autre. C'était intéressant, voire miraculeux. Si ce qu'elle avait aperçu était l'étincelle, la première flamme de l'amour, elle avait effectivement assisté à un petit prodige.

Elle baissa la tête et rendit grâce au ciel. Même si la religion luthérienne, comme tous les autres cultes, avaient été interdits et les églises fermées ou converties sous Staline, ses parents lui avaient inculqué dès sa plus tendre enfance leur profonde croyance en Dieu, en qui elle avait trouvé du réconfort à plusieurs reprises dans son existence. Si sa foi avait vacillé par moments, elle ne l'avait jamais perdue, convaincue que le Seigneur avait conçu un grand dessein pour elle et sa famille.

Elle loucha vers son mari, solide comme un roc, se souvenant qu'il avait tremblé dans ses bras après le départ du major Haussmann. Elle ferma les yeux et pria pour qu'il n'ait pas perdu la foi.

Nous n'y arriverons pas seuls. C'est impossible sans aide.

***

Pendant des heures, pareille à une chenille rampant sur une brindille, le convoi s'étira et se regroupa avant de s'immobiliser, puis de repartir à travers Bârlad et des prairies vallonnées qui évoquaient la campagne autour de Friedenstal. Même si le temps était au beau fixe depuis plusieurs jours, le lit des cours d'eau était bourbeux. Les voitures s'enlisaient ou dérapaient sur les planches que les SS avaient disposées dans les zones les plus marécageuses.

À chaque arrêt du convoi, Adeline percevait la rumeur lointaine de la bataille qui faisait rage derrière eux.

Des chasseurs allemands ou soviétiques survolaient la zone, lui rappelant que le danger n'était jamais loin et pouvait les guetter au détour du chemin ou au sommet d'une colline.

D'un autre côté, elle était consciente que, d'une certaine manière, elle redoutait davantage ce qui les attendait que la guerre qui les rattrapait. C'était curieux. Elle n'en comprenait pas la raison, mais c'était ainsi. Pour ne plus y penser, elle donna aux enfants une leçon de lecture et de calcul. Elle avait transformé l'apprentissage en jeu plutôt qu'en un pensum pénible et ennuyeux. Elle parvint même à faire rire Emil, qui ne s'était guère déridé depuis sa rencontre avec le major Haussmann.

Les bruits de bottes s'estompaient à mesure qu'ils s'éloignaient de la frontière roumano-moldave. Le ciel s'était dégagé en début d'après-midi et le soleil d'avril brillait. Les enfants faisaient un somme derrière elle. Adeline songea à l'étrange comportement d'Emil plus tôt dans la matinée. En même temps, elle était fière qu'il ait ravalé son orgueil et prononcé le serment de loyauté devant le major Haussmann afin de protéger les siens.

Emil préserverait toujours sa famille. Il ferait ce qu'il avait à faire, et elle aussi, quoi qu'il en coûte pour trouver leur vallée verte et commencer une nouvelle vie. Peu à peu, la chaleur aidant, l'esprit embrumé par la fatigue, ses yeux se fermèrent. Elle se rappela avoir déjà vécu une expérience similaire. Quelqu'un qui ressemblait à Haussmann lui avait inspiré une peur panique et elle s'était ensuite sentie si soulagée – dormir, il lui fallait dormir.

***

10 août 1941
Pervomaïsk, Ukraine

Emil acheva de boutonner sa chemise dans leur petite chambre spartiate.

— Je suis peut-être ignorant, n'ayant pas été plus loin que le CM_2, mais tu aurais pu au moins me demander si c'était une bonne idée d'aider ton amie, dit-il sans cacher son irritation.

— C'en est une, puisque c'est mon amie, rétorqua Adeline. Nous en avons parlé hier soir. Je lui ai promis d'aller lui chercher les documents.

— Et si on t'arrête ?

— Aucun risque, j'emmène le bébé.

— Tu vas mettre Will en danger, lui aussi ? Tu sais de quoi les Allemands sont capables ? Un collègue à la brasserie m'a dit qu'il les avait vus frapper un homme à la tête avec la crosse d'un fusil pour avoir refusé de coopérer avec le nouveau régime.

— Et des Juifs comme Esther se font tuer pour la simple raison qu'ils sont juifs. Tu affirmes que nous pouvons faire confiance aux Allemands. Ils ne valent pas mieux que Staline.

Emil attrapa son rasoir posé sur le lavabo.

— Si on récupère nos terres, ils vaudront mieux que Staline.

— Qu'est-ce que tu fabriques ? Tu viens de te raser.

— Je vais tailler ma moustache pour ressembler à Hitler.

— Certainement pas !

— Tu vas voir. Ensuite, j'emporterai nos papiers de famille et la bible et j'irai avec ma mère demander aux Allemands de nous rendre nos terres.

Une minute plus tard, il se retourna et apparut avec une moustache en timbre-poste sur la lèvre supérieure. Il sourit, s'approcha et chercha à l'embrasser.

— Pas avec cette chose sur la figure, protesta Adeline. Pas même si tu récupères les terres.

Il la dévisagea avec une tendresse mêlée de crainte.

— Pourquoi me regardes-tu comme ça ?

— Pour me rappeler ton visage. Au cas où ce serait la dernière fois.

— Emil !

— Tu ne sais pas à quoi tu t'exposes en jouant à ce jeu-là.

— Je ne joue pas. Je rends service à une vieille amie.

— Bonne chance alors, lança-t-il en claquant la porte derrière lui.

Adeline perçut les voix étouffées d'Emil et d'Esther. La porte d'entrée se referma. Elle respira à fond, certaine d'être dans le vrai en aidant Esther, tout en priant pour revenir saine et sauve.

Une fois habillée, elle gagna le salon désert, à l'exception de Will qui dormait dans le berceau qu'Emil lui avait fabriqué. Dans la cuisine, Walt prenait son petit-déjeuner sous le regard attendri d'Esther.

— Il mange comme quatre ! s'exclama-t-elle. Mme Kantor l'aurait adoré.

Occupée à plier des vêtements, Adeline sourit.

— Je suis de votre avis.

Esther se rembrunit.

— Votre mari avait l'air fâché, Adeline. À quoi rime cette moustache ?

— Il pense agir pour le mieux et il veut essayer de récupérer notre ferme.

— Je comprends.

— Et moi aussi, je pense avoir raison. Je ne pourrais plus me regarder dans la glace si je n'essayais pas de vous aider.

Esther la serra dans ses bras et éclata en sanglots.

— Que Dieu vous bénisse ! bredouilla-t-elle à travers ses larmes.

***

La chaleur était étouffante quand Adeline sortit après avoir nourri et changé Will. Elle le portait à l'aide de deux foulards noués en écharpe. Il appuyait sur son ventre et ses côtes. Il eut un hoquet et gloussa, alors qu'elle se mettait en route vers Bogopol, à l'est de Golta, le quartier où résidaient les Martel, sur l'autre rive de la rivière Boug.

Entre-temps, moins de huit jours après l'occupation de Pervomaïsk par les nazis, des négociations avaient eu lieu entre les Allemands et les Roumains. La rivière Boug représentait la ligne de démarcation. En pratique, les habitants de Golta étaient placés sous le nouveau protectorat de Transnistrie contrôlé par la Roumanie, tandis que Bogopol et plusieurs territoires à l'est étaient tombés aux mains des Allemands. Le pont qui enjambait la rivière en direction de Bogopol était devenu un poste de contrôle important. Adeline fit la queue. Elle avait emporté ses papiers et ceux de Will, qu'elle présenta à une sentinelle revêche de la Wehrmacht à qui elle parla en allemand, ce qui parut réjouir le soldat.

— Comment s'appelle votre bébé ? s'enquit-il.

— Wilhelm. Nous le surnommons Will.

— Moi, c'est Willy, dit-il en lui faisant signe d'avancer.

Elle s'orienta dans le centre-ville en suivant les indications d'Esther. Elle avisa des bâtiments entourés de barbelés. Il y avait des soldats allemands pratiquement à tous les coins de rue. Ils étaient moins nombreux à mesure qu'elle s'éloignait du pont et il n'y en avait plus un seul dans la rue des anciens entrepôts, où se trouvait l'adresse indiquée par Esther. Elle frappa à la porte mais n'obtint pas de réponse. Will commença à s'agiter. Elle frappa à nouveau, plus fort. Toujours pas de réponse.

Elle tambourina au battant.

— Bonjour ! Il y a quelqu'un ?

Toujours rien. Elle ne savait plus quoi faire. Elle n'avait que l'adresse en sa possession. Esther ne connaissait même pas le nom du faussaire. Will se mit à couiner et à pleurnicher.

Adeline capitula et tourna les talons, caressant les lèvres du bébé du bout du doigt.

—Chuuut, fit-elle. Maman va…

Elle perçut un craquement derrière elle.

—La patience n'est pas votre fort, on dirait ? déclara une voix féminine.

Adeline se retourna brusquement et se retrouva face à une femme d'un certain âge, qui se frottait la hanche comme pour soulager une douleur, et la dévisageait avec attention.

—Qui cherchez-vous ?

—Ilse Koch, répondit Adeline, selon les indications d'Esther.

—Ah, vous avez de la chance. Elle vient d'arriver.

Adeline suivit son guide dans un bâtiment mal éclairé qui sentait le moisi et où régnait une chaleur d'étuve. Elle gravit un escalier en bois branlant qui menait à des combles, où un vieil homme, une loupe de bijoutier vissée à l'œil, était penché sur une table à tréteaux. La femme prit une enveloppe dans un tiroir et l'ouvrit. Elle observa tour à tour la photo qui s'y trouvait et Adeline.

—Il y a un problème, déclara-t-elle.

—Je suis venue chercher les papiers d'Ilse Koch.

L'homme leva la tête.

—C'est impossible. Elle devait se présenter en personne. Nous le lui avons bien spécifié.

—Je sais, mais…

—Il n'y a pas de mais qui tienne. Imaginez que l'on vous arrête avec des papiers qui ne vous appartiennent pas, on vous questionnera et on pourra remonter jusqu'à nous.

—Ils ne les trouveront pas. Quand mon bébé aura fait sa grosse commission, je glisserai les documents derrière son dos, entre les deux foulards. Le cas échéant, je parlerai aux sentinelles en allemand de leurs fiancées restées au pays.

***

Ce fut exactement ce qu'elle tenta de faire. Seulement, en repassant le pont pour rentrer chez elle, à Golta, elle tomba sur des soldats roumains, qui parlaient à peine le russe et ne comprenaient pas un mot d'allemand. Il était près de midi sous une chaleur étouffante. Ils la harcelèrent de questions pour savoir pourquoi elle effectuait l'aller-retour en une seule journée. Par chance, le vent tourna et l'odeur nauséabonde des couches souillées de Will les saisit à la gorge.

Le bébé s'était remis à pleurer lorsqu'elle parvint devant sa porte, un quart d'heure plus tard. Elle frappa deux coups légers. Le battant s'ouvrit et elle se glissa à l'intérieur.

Esther referma soigneusement derrière elle.

Walt, qui jouait par terre, grimaça de dégoût.

— Il pue, Will !

— Dieu merci, répliqua Adeline.

Elle fourra la main dans le dos du bébé, récupéra les faux papiers et les remit à Esther qui les pressa contre sa poitrine.

— Merci du fond du cœur, Adeline, hoqueta-t-elle entre deux sanglots. Je peux enfin croire en l'avenir. J'ai l'impression de revivre.

— Je n'aime pas l'idée que vous ayez besoin de ces papiers pour cela. Excusez-moi, mais je dois changer ce petit gars tout de suite.

Quand elle eut terminé, Will s'endormit dans son berceau et Walt faisait la sieste. Esther commença à rassembler ses affaires.

— Vous n'êtes pas obligée de partir tout de suite, remarqua Adeline.

— Mieux vaut que je m'en aille avant le retour de votre mari.

— Où comptez-vous aller ?

— Là où j'ai entreposé mes affaires, à la périphérie de la ville. Ensuite, je ne sais pas. Je vais laisser à une puissance supérieure le soin de décider à ma place. J'ai entendu parler de l'Argentine. Ou de la Palestine. J'aimerais bien m'y rendre un de ces jours.

Adeline n'en avait jamais entendu parler. Elle souhaita bonne chance à Esther et l'embrassa.

— Dieu vous protège !

— Vous aussi. Je ne trouve pas les mots pour le dire.

Adeline posa la main sur son cœur, ouvrit la porte et Ilse Koch disparut de sa vie.

***

Mi-avril 1944
Centre de la Roumanie

Les Martel roulaient lentement vers l'ouest, à l'arrière du convoi.

Les armées allemande et roumaine repoussaient les Soviétiques dans leur première tentative d'invasion de la Roumanie par le nord. Parvenus à la ville d'Onești, les SS orientèrent les réfugiés vers le sud-ouest, en direction de Târgu Secuiesc.

Après avoir laissé derrière eux les collines verdoyantes aux confins orientaux de la Roumanie, ils se trouvaient à présent dans des forêts de feuillus dénudés, sous des sommets enneigés. Le temps était instable. Pluie. Grésil. Grêle. Neige. La boue était une menace omniprésente.

En raison de la pénurie d'hommes, Emil se sentait obligé de porter secours aux mères accompagnées de jeunes enfants en mauvaise posture. Quand ils étaient enlisés dans la boue, il fallait décharger le chariot, puis Emil dételait Thor et Oden et les attachait aux autres chevaux pour dégager la voiture, tandis que lui-même soutenait l'arrière afin d'éviter que les roues et les essieux ne cassent sous le timon. Voir les familles creuser des tombes pour enterrer leurs morts était devenu monnaie courante. Emil évitait de regarder dans cette direction quand ils passaient.

Ils négociaient un enchaînement de virages serrés sur la route recouverte d'une mince couche de boue collante, près de la ville d'Oituz, quand ils dépassèrent un chariot renversé. Il s'agissait d'une femme originaire de Kiev avec ses trois enfants et son défunt père, qui avait été éjecté lors de l'accident et dont la tête avait heurté une grosse pierre.

— Emil, arrête ! lança Adeline. Nous devons secourir cette pauvre femme.

Il s'exécuta en soupirant, dételа les chevaux et les attacha à un arbre qui bourgeonnait déjà, pendant qu'Adeline, Walt et Will allaient réconforter la mère et ses enfants.

Quand Emil eut terminé, il se hâta de dévaler la colline pour détacher les chevaux du chariot accidenté. Auparavant, il inspecta l'intérieur, soulagé de constater que les dommages se limitaient au revêtement en bois et à la bâche, le chargement étant pratiquement intact.

Adeline reparut derrière lui.

— Emil, la dame te demande d'enterrer son père.

Tout mais pas ça. Emil songea qu'un homme ne pouvait compter que sur lui-même dans les moments difficiles et il se maîtrisa.

— Tu veux bien aller chercher la pelle dans le chariot, s'il te plaît ? Je vais d'abord m'occuper des chevaux.

Il s'activait à détacher les bêtes, quand Adeline revint avec l'outil. Emil détourna les yeux du défunt alors qu'il contournait la voiture renversée pour choisir un endroit approprié. Il se mit à creuser en se répétant comme un mantra : *C'est juste un trou, c'est tout.*

La terre était plus meuble qu'il ne l'aurait cru, mais à dix pelletées de profondeur, il heurta des racines et la roche qui affleurait. L'arrivée de Walt remorquant une vieille pioche allemande en métal, lourde et massive, pointue d'un côté, large et tranchante de l'autre, lui épargna bien des tracas.

— La dame a dit qu'elle appartenait à son papa, commenta Walt.

— Voilà qui va nous aider, apprécia Emil, qui entreprit de retirer les pierres et couper les racines avec ardeur.

Une heure plus tard, la fosse était assez profonde pour empêcher les animaux de déterrer le corps. Adeline et la femme l'enveloppèrent dans une couverture. Par bonheur, l'homme était âgé et ne pesait pas bien lourd, de sorte qu'Emil put le hisser sur son épaule et le transporter jusqu'à la tombe improvisée.

Ce n'est qu'un fardeau à porter, pas plus encombrant qu'un sac de blé.

Il glissa deux cordes sous la dépouille. Adeline en saisit une tandis que la femme s'emparait de la seconde. De l'autre côté de la fosse, Emil tenait l'extrémité des deux cordes. Ensemble, ils firent descendre le corps dans le trou. Quand il atteignit le fond, les deux femmes lâchèrent les cordes qu'Emil remonta à la surface.

Le cœur au bord des lèvres, il s'apprêtait à tourner les talons quand Adeline l'appela.

— Emil ! Il faut dire une prière.

— Tu peux t'en charger ? Je dois remettre leur voiture en état avant la nuit. Je comblerai la fosse quand vous aurez fini. Je suis navré pour votre père, madame, ajouta-t-il à l'adresse de la femme éplorée.

Il n'avait pas besoin de regarder Adeline pour savoir qu'elle était fâchée, mais il ne changea pas d'avis pour autant. Il fixait les cordes sur le flanc du chariot accidenté quand il l'entendit entonner une prière.

— Notre Père, qui es aux cieux, que ton nom soit sanctifié, récita Adeline, imitée par les autres. Que ton règne vienne, que ta volonté soit faite sur la terre comme au ciel…

Emil n'écoutait plus. Il déroula les cordes qu'il noua au harnais de ses chevaux. Après quoi, il attendit le passage d'un autre véhicule avant de déplacer l'attelage. Le chariot commença à émerger du fossé avec force grincements et craquements. En examinant les lieux, Emil repéra une déclivité du terrain permettant le passage de la voiture. Il attela les chevaux au chariot, puis les fit remonter et traverser le ravin avant de les attacher de l'autre côté de la route.

Il revint sur ses pas. Adeline le rejoignit et lui jeta un regard désapprobateur.

— C'était impoli et indélicat de t'en aller comme ça.

— Non, Adeline, c'était pragmatique. J'ai creusé la tombe, présenté mes condoléances, remonté le chariot sur la route et maintenant, je vais enterrer le père de cette pauvre femme. Quand j'aurai fini, il fera presque nuit et nous devrons vite chercher où dresser le camp. Merci pour ton aide.

Adeline avala sa salive et hocha la tête.

— J'ai été injuste envers toi, Emil. Excuse-moi.

13

Semaine après semaine, les jours passaient et se ressemblaient, tandis que les Martel progressaient lentement à travers la Roumanie, contournant un terrain vallonné au sud-ouest de Braşov avant de prendre la direction du nord-ouest le long d'une route raide et sinueuse menant à Sighişoara. L'offensive terrestre était loin derrière eux à présent, malgré la menace constante des bombardiers soviétiques qui tentaient de détruire les ponts roumains et les itinéraires de repli que les Allemands étaient susceptibles d'emprunter.

Le printemps avait triomphé de l'hiver lorsqu'ils atteignirent le centre de la Roumanie. Dans les vallées, les feuilles vert citron chatoyaient, agitées par la brise tiède. Au sud, le manteau neigeux des Carpates battait en retraite. Partout, des tapis de fleurs sauvages couleur écarlate, canari ou violet attiraient l'œil. Elles emplissaient l'air de parfums capiteux qui donnaient l'illusion que la guerre était une vue de l'esprit, de même que la haine entre les hommes, les États ou les religions.

Après avoir franchi une colline au sud de Târgu Mureş, ils découvrirent le magnifique paysage qui s'offrait à leurs yeux : un vallon verdoyant aux pentes douces et boisées, ainsi que des prairies luxuriantes, constellées de fleurs sauvages.

— C'est la belle vallée verte, maman ? demanda Will.

— Pas encore, mais c'est très beau.

— Oh ! soupira Will, déçu.

Adeline lui ébouriffa les cheveux.

— C'est une belle vallée verte où nous allons nous arrêter quelque temps, Will. Tu devrais être content et reconnaissant.

Emil glissa un regard vers son fils cadet, dont le visage s'illumina. Il sourit à son tour. Il se sentait merveilleusement bien. Depuis plus de deux semaines, il n'avait pas aperçu le major Haussmann ni Nikolas. En raison du flot des réfugiés et des troupes en retraite qui encombraient les routes vers l'ouest, les SS avaient scindé le convoi en plusieurs colonnes qu'ils avaient expédiées vers différentes destinations à l'ouest. Les deux hommes avaient sans doute disparu de sa vie pour toujours. Bon débarras !

Au terme d'une semaine de voyage épuisant, ils traversèrent la ville de Cluj-Napoca. Emil commençait à espérer que la chance avait enfin tourné. À Cluj, on divisa de nouveau le convoi, certains réfugiés étant dirigés vers la gare de Dej, au nord, et d'autres vers l'ouest. Par une chaude après-midi, environ six jours plus tard, les Martel parvinrent à Oradea, où régnait un chaos indescriptible.

La ville était limitrophe de la Hongrie. Même si l'Allemagne, la Hongrie et la Roumanie étaient partenaires de l'Axe fin avril 1944, la concurrence pour l'espace ferroviaire et routier était féroce. À leur arrivée, une division entière de la Wehrmacht venait de descendre du dernier train et tentait de se diriger vers l'est. Des fantassins, des camions, des pièces d'artillerie encombraient les rues de la cité médiévale récemment bombardée.

Les Martel se mêlèrent au flot des réfugiés et mirent des heures à atteindre une petite place devant la gare, encombrée de voitures, de chevaux et de nombreux Allemands de la mer Noire, désemparés. Des femmes en larmes étreignaient leurs bêtes. Emil n'en comprenait pas la raison. Une voix résonna dans un haut-parleur.

L'estomac noué, il l'identifia aussitôt. Elle appartenait au major Haussmann.

— Vous allez prendre le train pour Budapest, où vous attendrez la correspondance pour le nord de la Silésie, tonitrua l'officier. Il n'y a pas de place dans les wagons pour vos chariots qui par conséquent, ne pourront pas vous suivre. Vos chevaux non plus. La Wehrmacht se les appropriera en contrepartie de votre sécurité. Vous serez autorisés à monter dans le train uniquement avec ce que vous pouvez tirer, pousser ou porter. Je répète : uniquement ce que vous pouvez tirer, pousser ou porter. Vous avez deux heures pour préparer vos bagages et monter dans le train.

Sourd aux plaintes et aux appréhensions d'Adeline, Emil fixait ses bêtes ; leur présence réconfortante et fiable lui manquait déjà. Il aimait les chevaux, surtout ces deux-là qui ne rechignaient pas à la tâche. Il se remémora les efforts qu'ils avaient déployés pour fuir les combats, le premier jour de leur périple, tels de vaillants chevaux de bataille habitués au grondement des canons et à la violence des explosions.

— Emil ! l'apostropha Adeline.

Il tourna la tête et considéra avec surprise le visage de sa femme ruisselant de larmes.

— Que va-t-on prendre avec nous ? sanglota-t-elle en se jetant à son cou. Que pourrons-nous prendre avec nous ? À quoi bon avoir trimballé nos affaires jusqu'ici ? On veut nous réduire à néant et nous forcer à faire table rase du passé !

Impuissant, Emil la sentit trembler dans ses bras.

— Non, maman, intervint Walt en lui caressant le dos. On pourra transporter plein de choses. Il n'y a qu'à se servir du petit chariot. Tu te souviens ?

— On pourra y entasser un tas de trucs, confirma Will.

Emil avait regretté d'avoir accepté de trimballer le petit chariot. Il avait dû le détacher chaque nuit de la paroi arrière de la voiture et le remettre en place tous les matins avant de repartir. Et maintenant ? Le chariot miniature qu'il avait bricolé en cadeau de Noël pour les enfants était le seul objet utile qu'il leur restait.

Il décida toutefois de l'améliorer en prévision du départ. Il conserva la poignée, découpa une ridelle du grand chariot et se servit des équerres pour fabriquer une barre de poussée à l'arrière.

Il ôta la bâche en toile cirée, en préleva une bande dont il enveloppa ses outils et les fourra au fond de la petite voiture. Adeline choisit une poêle, une casserole pour faire bouillir de l'eau, deux moules à pain, deux terrines, quatre bols, cinq cuillères et ses six couteaux de cuisine.

Emil tailla deux autres morceaux de bâche pour emballer les couverts ainsi que les ustensiles qu'il plaça par-dessus les outils. Les vivres, les ingrédients secs, ainsi que la literie et les quelques vêtements de rechange qu'ils possédaient surmontèrent le tout à l'avant.

Il libéra de l'espace à l'arrière pour la mère et la sœur d'Adeline. Une fois leurs affaires rangées, il déroula plusieurs rouleaux de corde et recouvrit l'ensemble avec le reste de la toile cirée. Sur l'une des parois, il accrocha à côté du seau le bidon d'eau qu'ils utilisaient depuis leur départ de Friedenstal, pendant qu'Adeline furetait à l'arrière du grand chariot, tel un marin pillant un bateau sur le point de sombrer. Emil avait cessé la chasse aux trésors, estimant que ce qu'ils abandonnaient était livré au vent, jeté en pâture aux loups et aux vautours.

Il a toujours été et il en sera toujours ainsi, se dit-il amèrement. *Nous arrivons sans rien dans ce monde et en repartons avec rien.*

Adeline retrouva l'enveloppe contenant leur photo de mariage et quelques autres clichés. Emil sourit quand elle les lui montra.

—Nous étions si jeunes.

—Oui. Et naïfs aussi.

—Regarde-nous. Toujours aussi amoureux.

Adeline hocha la tête, les yeux embués de larmes.

Des soldats allemands survinrent. L'un d'eux commença à détacher les chevaux.

— Holà ! s'insurgea Emil. Attendez un peu !

L'autre lui lança un regard noir. Sans lui prêter attention, Emil contourna ses bêtes et inclina la tête entre elles deux. Comme il aimait le contact de ces créatures magiques, songea-t-il en sentant leur souffle tiède dans son cou.

— Merci à vous deux, murmura-t-il. Vous nous avez sauvé la vie. Nous ne vous oublierons jamais.

— *Raus !* aboya le soldat, agacé. Dépêchez-vous !

— D'accord, d'accord, fit Emil en s'écartant.

Le soldat prit les devants. Emil tapota l'épaule de Thor, tandis que Walt, Will et Adeline caressaient les flancs d'Oden, avant que les deux bêtes suivent le soldat. Très vite, les chevaux, le chariot et leurs maigres biens disparurent.

***

Les Martel ne bougeaient pas, hébétés par cette nouvelle catastrophe.

Emil se ressaisit le premier.

— Je vais tirer le chariot par la poignée. Adeline et Malia, vous le pousserez. Will à gauche et Walt à droite. Grand-mère Lydia suivra. C'est parti !

Emil aperçut son père poussant le petit tombereau qu'ils utilisaient dans la cour de la ferme, tandis que Karoline et Rese le remorquaient par la poignée.

Ils parvinrent à grand-peine à traverser le quai au milieu de la cohue qui prenait le train d'assaut. Certains trimbalaient des petites charrettes pareilles aux leurs. D'autres titubaient sous le poids de ballots confectionnés dans les bâches de leurs chariots. Les moins chanceux n'avaient que leurs haillons sur le dos.

Emil s'écarta de ceux qui se battaient pour monter dans les wagons proches de la locomotive et se dirigea vers l'arrière du train. Les portes de la dernière voiture, encore presque vide, étaient ouvertes. Ils hissèrent les chariots avec des cordes sur le plancher qui sentait la paille et les corps mal lavés, ils les accrochèrent ensemble, puis les attachèrent à la paroi dans un coin, au fond du wagon.

Will et Walt se juchèrent sur ce perchoir improvisé, tels des pachas. Leur tante Rese s'affala sur le chariot de ses parents, les mains croisées sur le ventre, les yeux clos, tandis que des voyageurs encombrés de bagages envahissaient le wagon.

L'espace était bondé. Les SS avaient laissé ouvertes les portes coulissantes et barré l'ouverture à l'aide de lourdes chaînes. Adeline en comprit la raison. Ils avaient besoin d'air. À mesure que les réfugiés s'entassaient dans la voiture, l'atmosphère chargée de relents de sueur aigre devenait irrespirable. Adeline qui souffrait de claustrophobie commença à suffoquer.

— Je vais respirer quelques minutes près de la porte, informa-t-elle Emil.

— Je t'accompagne, dit Malia.

— Moi aussi ! fit Will.

— Tu restes avec papa, lui enjoignit sa mère, luttant contre la panique.

Elle se fraya difficilement un passage dans la foule, s'excusant de marcher sur les pieds de quelqu'un ou de bousculer un autre, tout en slalomant entre les paquets. Si elle ne prenait pas l'air tout de suite, elle allait se mettre à hurler. Elle finit par atteindre la porte du wagon et s'y cramponna, aspirant l'air frais à pleins poumons. Malia l'imita.

— Je ne pouvais plus respirer, dit sa sœur. J'ai failli me battre pour sortir de là.

Adeline se mit à rire, comprimant de ses mains les mouvements désordonnés de son cœur.

— Moi aussi. Je pensais…

Le train fit une brusque embardée qui faillit les projeter à terre. Adeline rattrapa sa sœur pour l'empêcher de tomber au milieu des cris d'effroi. Le grincement des roues du train sur les rails se mêlait aux rires nerveux, mais très vite, les conversations au sujet de l'avenir reprirent de plus belle, oblitérant les regrets de ce qu'ils laissaient derrière eux. Moins de cent cinquante mètres après avoir quitté la gare, le train ralentit et s'immobilisa de nouveau.

Adeline et Malia contemplèrent le paysage qui s'offrait à elles : un bras mort de la rivière Crişul Repede reflétait un ciel d'orage obscurci par de gros nuages, tandis que les rayons dorés de la lumière déclinante se déversaient sur un bassin, non loin d'un magnifique édifice en ruine sur la rive opposée.

— On dirait un tableau, s'extasia Malia.

— C'est vrai, approuva Adeline, fascinée. Le toit, le dôme est à moitié effondré et pourtant c'est si… beau. Je me demande ce qu'était ce bâtiment. On dirait qu'il brille de mille feux.

— C'était une synagogue, expliqua une femme derrière elle. Les Allemands l'ont bombardée l'année dernière.

***

Le train s'ébranla et prit de l'élan, laissant derrière lui les cicatrices envoûtantes et magnifiques d'Oradea et de la Roumanie. Adeline ne parvenait pas à comprendre la haine d'Hitler envers les Juifs, ni pourquoi Staline affamait son propre peuple après avoir assassiné des ministres, des prêtres et brûlé des églises.

Quelle folie s'empare des hommes pour qu'ils fassent tant de mal ? Sont-ils encore humains ? Ne remarquent-ils pas qu'ils ont beau tuer ou détruire les lieux saints, la foi résiste envers et contre tout ? Ne voient-ils pas que malgré les cœurs brisés, une étincelle brille toujours au milieu des ruines ?

Elle offrit son visage au souffle du vent, alors que le train prenait de la vitesse, s'efforçant de chasser ces idées noires de son esprit, d'apprécier la brise tiède, l'odeur de la pluie au soleil couchant. Elle ne put s'empêcher de repenser à Esther, l'amie de Mme Kantor, se demandant où elle avait atterri, si elle était parvenue en Argentine ou en Palestine. N'ayant aucune certitude, elle ne pouvait que laisser libre cours à son imagination. Ces pays semblaient si lointains, excitants, merveilleux et effrayants à la fois qu'elle en avait la chair de poule.

Une nouvelle vie quelque part. Libre de faire ce que bon vous semble. En paix.

En dépit de ses efforts, elle ne parvenait à se représenter que la vallée verte mythique aperçue dans l'album de Mme Kantor.

— Tu as peur de ne pas savoir ? demanda sa sœur, interrompant le cours de ses pensées.

Ils traversaient la campagne dans un ciel blafard zébré d'éclairs, tandis que le tonnerre grondait au loin.

— Ne pas savoir quoi ?

— Où nous aboutirons à la fin du voyage.

Elle dévisagea Malia avec curiosité. Ce n'était pas la première fois que sa sœur semblait lire en elle comme dans un livre ouvert.

— Pas vraiment. Je suis sûre que nous aboutirons là où nous sommes censés nous trouver.

— C'est-à-dire ?

— Emil affirme que nous reconnaîtrons la liberté quand nous l'aurons trouvée.

— Alors le reste n'est qu'une étape vers ta fameuse vallée verte ?

— Ou un pas dans cette direction, oui.

À la surprise d'Adeline, sa sœur la serra brusquement dans ses bras.

— Merci d'être là. De m'avoir aidée. Et maman aussi. Je… n'aurais pas supporté que nous soyons séparées. Je ne sais pas ce que je ferais sans toi, ajouta-t-elle dans un sanglot.

Adeline n'avait pas vu Malia aussi bouleversée depuis des années.

— Ça n'arrivera pas, affirma-t-elle en l'étreignant à son tour. Je serai toujours avec toi. Une petite sœur a besoin de son aînée, n'est-ce pas ?

Malia relâcha son étreinte et la contempla avec un sourire d'adoration à travers ses larmes.

— Exactement.

***

27 avril 1944
Budapest, Hongrie

Le train roula toute la nuit et entra en gare aux premières lueurs de l'aube. La Hongrie et l'Allemagne avaient été alliées au début de la guerre, mais en mars 1944, Hitler avait fomenté un coup d'État et ses forces armées occupaient la ville. Les Martel aperçurent des tanks et de lourdes fortifications sur le parvis de la gare ferroviaire de Keleti.

Des soldats Waffen SS attendaient les réfugiés sur le quai. Pour éviter la ruée, ils les firent descendre wagon après wagon, de l'arrière vers l'avant, de sorte que les Martel se retrouvèrent parmi les premiers à débarquer en traînant leurs petits chariots sur le quai, tout en admirant l'intérieur somptueusement décoré de l'édifice : les colonnes en marbre sculpté, le dôme, l'immense fenêtre cintrée en toile d'araignée et l'horloge à l'autre extrémité. Même avec tous les drapeaux nazis suspendus au plafond, Adeline songea qu'elle n'avait jamais rien vu d'aussi magnifique.

Ils se dirigèrent vers les doubles portes où des soldats vérifiaient les papiers. Will s'accrocha aux jupes de sa mère, tandis que Walt marchait résolument à côté d'elle. Ils les franchirent et se retrouvèrent sur une place où régnait une incroyable cacophonie, un maelstrom de sensations visuelles et olfactives dans un mélange de langues. Adeline regardait en tous sens pour ne pas en perdre une miette, en particulier les hauts immeubles richement ornementés, impressionnants après la morne existence qu'ils avaient menée dans l'Ukraine rurale. Le spectacle était si fantastique qu'elle croyait rêver.

Soudain, elle vit Emil se raidir et revint brutalement à la réalité. Devant eux, le dos tourné à la place, se tenait le *Sturmbannführer* Haussmann en haut d'un escalier menant à un grand bâtiment où un immense drapeau nazi flottait aux fenêtres des étages supérieurs. Il observait les soldats qui se hâtaient vers les réfugiés. Avant même de lever les yeux, Adeline sentit la menace qui émanait de cet homme – il fixait sa famille d'un air amusé.

— Envoyez les Martel au camp sud, ordonna-t-il. Tous.

Le soldat qui les précédait s'écarta et désigna un groupe qui se dirigeait vers le sud, escorté par des soldats Waffen SS armés.

— Pourquoi allons-nous de ce côté ? s'enquit Adeline. Les autres vont vers le nord.

Son mari la dévisagea, le visage cireux.

— Je ne sais pas.

Quelques mètres plus loin, elle vit les soldats bifurquer sur leur gauche et franchir une imposante grille métallique pratiquée dans un haut mur de pierre. Les familles suivirent et disparurent de sa vue.

— Je n'aime pas ça, Emil, murmura-t-elle.

— Moi non plus. Mais nous n'avons pas vraiment le choix.

Ils étaient arrivés devant la grille. Une sentinelle leur fit signe d'entrer dans ce qu'Adeline prit pour un grand jardin magnifiquement entretenu où se dressait une flèche de marbre, entourée de dizaines de pierres blanches disposées en motifs. Mais elle s'aperçut avec un malaise grandissant que les pierres étaient en réalité des tombes. On les avait conduits dans un vaste cimetière municipal.

14

Emil avait aperçu les tombes avant Adeline. En un éclair, il revit Haussmann lors de cette terrible nuit à la périphérie de Dubossary. Il sentit ses jambes se dérober sous lui et ses entrailles se nouer.

— Emil ! appela Adeline.

— Je sais, dit-il sans la regarder en se tournant vers le jeune officier SS, qui lui adressa un signe de tête sec.

— Vous trouverez un endroit pour camper là-bas, déclara ce dernier en désignant une rangée d'arbres au sud-est du cimetière. Le parc est très vaste. Bien sûr, il y a les tombes, mais grâce aux murs et aux patrouilles, vous y serez plus en sécurité qu'au nord qui n'est pas clôturé. Des réfugiés ont été attaqués pendant la nuit.

Emil prit une profonde inspiration. *Haussmann a peut-être fait preuve de gentillesse envers nous, ce qui signifie qu'il ne sait toujours pas qui je suis.*

— Merci, dit-il, soulagé. Combien de temps allons-nous rester ici ?

L'officier consulta sa montre avec un certain agacement.

— Jusqu'à ce que l'on trouve un train pour vous conduire vers le nord. Un camion-citerne va apporter de l'eau sous peu et des latrines ont été aménagées à l'extrémité sud-ouest du parc. Utilisez-les. Mieux vaut éviter les maladies.

Ils empruntèrent l'allée centrale, s'attardant pour admirer la stèle de marbre avant de se diriger vers un chemin bordé d'acacias, qui débouchait sur un bosquet ombragé, ponctué de carrés de gazon où se dressait un monument, ou une statue, à la mémoire d'un roi, d'un homme d'État ou d'un poète.

D'autres familles s'étaient déjà établies dans les six ou sept emplacements disponibles. Emil jeta un coup d'œil par-dessus son épaule : tout le monde paraissait fasciné par l'endroit et chacun poussait ou tirait les lourds chariots sans se plaindre. Ensuite, les arbres se raréfièrent et le chemin rétrécit quand ils pénétrèrent dans un mausolée à colonnes de granit et de marbre. Des cryptes couraient le long des piliers.

Emil désigna d'un geste deux cryptes noires de suie, sur leur droite.

— Là, dit-il. Nous pourrons nous abriter sous le toit en cas de pluie. On dirait d'ailleurs qu'on y a fait du feu.

Il installa le petit chariot sur une surface plane. Adeline, l'air chagrin, effleura du bout des doigts les bas-reliefs en forme de démons qui décoraient les cryptes.

— Je n'aime pas ça, dit-elle en promenant ses regards alentour. Je me sentirais mieux là-bas, ajouta-t-elle en désignant une colonne ornée d'un ange de grande taille.

— Je suis d'accord, dit Malia.

— Moi aussi, renchérit Karoline.

Emil préféra ne pas discuter et tira le petit chariot jusqu'à la colonne ornée de l'ange aux ailes déployées. Il n'accorda qu'un bref regard à la sculpture avant de se mettre au travail.

D'autres familles survinrent et s'abritèrent sous les auvents des colonnes. Emil partit chercher du bois et de l'eau avec les deux enfants qui avaient pris place dans le chariot vide. Il le remorqua à contresens de la foule des réfugiés à travers le parc et le cimetière.

Le camion-citerne venait d'arriver et stationnait près de l'entrée. Emil se réjouit de pouvoir remplir son bidon sans trop attendre, quand Nikolas surgit de nulle part. Il mit un certain temps avant de les repérer et s'approcha, dominant de sa haute taille Walt et Will, qui le regardaient avec méfiance.

Nikolas gratifia Emil d'un signe de tête et de son sourire mielleux.

—Pure souche aryenne, commenta-t-il. Tu dois être fier de ta progéniture. Le major l'était, lui, en tout cas.

Emil haïssait cet homme. Il ne doutait pas que Nikolas était non seulement un tueur impitoyable, mais aussi un sadique qui se vautrait comme un porc dans la douleur d'autrui. Si Emil n'agissait pas, il continuerait à le harceler et à le pousser à bout, sans jamais montrer le moindre signe de faiblesse. Il y avait un temps pour se battre et un temps pour s'abstenir. Il choisit de garder le silence.

Le sourire de Nikolas s'évanouit. Il inclina légèrement la tête de côté pour mieux l'observer.

—Il y a quelque chose qui ne tourne pas rond chez toi, Martel.

—De quoi je me mêle ?

—Parce que dans le *Selbstschutz*, la milice, c'était mon boulot de m'en mêler justement, de dénoncer aux nazis les mystificateurs dans ton genre.

Emil n'avait aucune idée du pouvoir de nuisance de Nikolas, mais mieux valait prévenir que guérir.

—Je suis venu chercher de l'eau pour ma famille, dit-il. Rien d'autre.

Nikolas n'était pas homme à s'avouer vaincu, mais Emil le bouscula et se replaça dans la queue. Quand il se retourna, le bourreau avait disparu.

Une fois son bidon rempli, Emil et les garçons s'en furent chercher du bois de chauffage. Ils trouvèrent des branches tombées au cours de l'hiver dans un fourré au fond du cimetière, où des soldats SS grillaient une cigarette.

Emil tendit l'oreille tout en ramassant les fagots.

—Pourquoi on se fatigue à garder ces paysans ignorants ? déclara l'un d'eux d'un ton méprisant. Ces gens-là, l'avenir du Reich ? Quelle blague !

— À en croire le *Reichsführer* Himmler, ce n'est pas une blague, rétorqua un autre soldat. Sauf si tu as le toupet de dire que le chef de la Gestapo ignore qui est de pur sang aryen et qui ne l'est pas. Leurs ancêtres ont quitté l'Allemagne et ils sont restés entre eux, exploitant de grandes fermes et des colonies dans un isolement quasi total pendant plus d'un siècle. Qui d'autre pourrait revendiquer un sang aryen plus pur qu'eux ?

Emil déposa une grosse brassée de bois dans le chariot et aida les enfants à transporter leurs fagots avant de retourner en chercher d'autres.

Le soldat pérorait toujours.

— Ce sont pratiquement les derniers. Ils seront moins nombreux à partir de maintenant. Vivement que les trains arrivent et qu'on n'en parle plus. Bon débarras !

— Il n'y aura pas de trains avant plusieurs jours, intervint son camarade. Himmler les a réquisitionnés pour évacuer les Youpins de Budapest. Ils partent du camp de transit de Kistarcsa. Ce sont eux qu'on va d'abord déporter vers le nord.

— Des rats, éructa l'autre en crachant à terre. Qu'on les extermine tous et qu'on en finisse une bonne fois.

— Papa ! appela Walt.

Emil ramassa une dernière branche de la grosseur de son poignet et retourna auprès de ses fils. Il n'avait pas saisi ce que signifiait « déporter vers le nord », mais à la lumière de leur conversation au sujet de la pure souche aryenne, il avait compris l'essentiel. Les nazis exterminaient encore les Juifs, songea-t-il, bouleversé, et lui-même ainsi que sa famille étaient apparemment censés les remplacer.

***

À leur retour, Emil et ses fils trouvèrent le mausolée envahi de familles qui avaient transformé en campements provisoires les cryptes et les statues de la royauté hongroise, depuis longtemps disparue.

— Je croyais que nous aurions l'endroit rien que pour nous, soupira Emil en traînant le petit chariot jusqu'à leur bivouac.

— Malheureusement non, dit Adeline. Regarde là-bas, de l'autre côté.

Emil se retourna pour aider Will et Walt à descendre du chariot. Ce faisant, il loucha l'air de rien dans la direction indiquée et aperçut Nikolas avec deux des hommes qui l'accompagnaient l'autre nuit, autour du feu de camp en Moldavie.

— Allez donc apporter du bois à grand-mère, dit-il. Un gros tas.

Walt obéit et alla chercher une belle brassée de fagots dans le chariot, imité par son petit frère. Quand Emil risqua de nouveau un œil par-delà l'esplanade, il aperçut Nikolas, adossé à une colonne en pierre sculptée, qui souriait en levant la main dans un simulacre de salut nazi. Emil ne réagit pas et aida les deux enfants à transporter le dernier chargement de bois.

Au fond de lui, il avait interprété ce salut grotesque comme une menace. Quelles que soient les relations qu'entretenait cet homme avec les SS, Emil décida qu'il ne pouvait plus reculer. Il devait protéger sa famille à tout prix. Il attendit la tombée de la nuit pour quitter le bivouac. En passant devant Nikolas et ses amis, il ralentit et cracha dans leur direction sans les quitter du regard. Après quoi, il s'éloigna, suivant les réfugiés qui se dirigeaient vers les lumières installées par les SS autour des latrines.

Il progressa dans l'obscurité en jetant de fréquents coups d'œil derrière lui. Quelques minutes plus tard, il repéra la haute silhouette de Nikolas qui le suivait. Emil sortit de l'ombre et emprunta le sentier menant aux latrines, devant lesquelles la queue s'allongeait. Il en profita pour se baisser et se fondre dans la masse, puis il se redressa pour être bien visible tandis qu'il se dirigeait vers les grandes tentes abritant les latrines.

Parvenu à l'intérieur, Emil n'utilisa pas les urinoirs ni les W.-C. La circulation étant censée être à sens unique, il traversa la tente et ressortit de l'autre côté.

Il patienta jusqu'à ce que Nikolas entre à son tour dans les latrines, avant de revenir sur ses pas par un autre chemin. Au bout d'une centaine de mètres, hors d'haleine, il fit halte à l'ombre d'une statue et surveilla la sortie des toilettes.

— On ne peut compter que sur soi-même, murmura-t-il avec la détermination durement acquise par la famine, les privations et les dures épreuves qu'il avait dû affronter.

Nikolas émergea de la tente en tournant la tête de tous côtés. Emil compta jusqu'à dix avant d'apparaître en pleine lumière. Il fit de grands moulinets de bras durant quelques secondes avant de disparaître dans les ténèbres en trois enjambées.

***

Emil s'accroupit derrière un monument et pêcha au fond de sa poche le canif qu'il utilisait pour égorger les animaux de la ferme.

On ne peut compter que sur soi-même, se répéta-t-il. Son cœur s'emballa. Il respira à fond pour retrouver son calme, le temps que sa vision s'accommode à l'obscurité.

Des bruits de pas crissèrent sur les graviers de l'allée. Les pieds solidement ancrés au sol, Emil se ramassa sur lui-même, la hanche gauche appuyée contre le monument.

Nikolas s'approcha et, parvenu à sa hauteur, il s'immobilisa un instant qui parut une éternité à Emil. Il s'avança d'un pas, puis d'un autre et enfin, sa haute silhouette se profila au-dessus d'Emil. Celui-ci détendit les jambes et propulsa ses épaules et son torse contre le genou droit de son adversaire.

On entendit un craquement. Nikolas se plia en deux et s'écroula avec un grognement de douleur. Emil se jeta sur lui et de sa main gauche, il plaqua la tête de l'homme au sol, la joue gauche écrasée contre le gravier. De la main droite, il pressa la pointe de son canif sur la gorge de Nikolas.

Lequel se débattit comme un beau diable.

— Mon genou ! hurla-t-il. Il est cassé !

— Je m'en fiche, dit Emil sans relâcher son étreinte. Et toi aussi.

— Comment ça, je m'en fiche ! Ma jambe est…

— J'ai un couteau, Nikolas, poursuivit Emil en appuyant un peu plus la lame sous son menton. Tu le sens, là ?

L'homme cessa de s'agiter, oubliant la douleur.

— Ne fais pas ça, supplia-t-il. Par pitié.

— Je serai plus généreux que toi. Je te donne le choix. Si tu restes à l'écart de ma femme, mes fils et moi, tu vivras. Sinon, je reviendrai te briser les os et t'égorger comme un porc.

***

Après quoi, le cœur battant à grands coups, il regagna l'esplanade du mausolée pour rejoindre sa famille, passant devant des réfugiés installés autour de leurs feux de camp. Adeline et Malia cuisinaient sur les braises du foyer. Les autres les observaient avec des yeux affamés.

Il s'approcha en souriant, remarquant au passage que les flammes tremblantes projetaient des jeux d'ombres sur la statue de l'ange.

— Où étais-tu passé pendant tout ce temps ? s'enquit Adeline.

— Il y avait une longue attente aux toilettes. Apparemment, il y aurait de la diarrhée dans l'air.

Walt pouffa. Emil s'assit près de son fils aîné sur les marches en marbre de la colonne, le dos à la statue. Il lui enlaça les épaules et contempla sa famille d'un œil satisfait.

Vous êtes à l'abri. Vous ne saurez jamais ce que j'ai fait pour vous maintenant ni autrefois. Pour l'instant, en tout cas, vous ne craignez rien.

***

Adeline aidait Rese à nettoyer les casseroles.

—Tu as l'air d'aller mieux.

—Beaucoup mieux. Je n'ai plus envie de vomir. Mais il y a un tas d'autres choses qui vont mal. Comme dit maman, ce n'est pas difficile de trouver des raisons de se plaindre dans la vie.

—Qu'est-ce qui ne va pas dans la tienne ?

—À part maman ? Je ne sais pas si mon amoureux est vivant ou non.

—Ton amoureux ? Tu as un amoureux ? Depuis quand ?

—Quatre mois. Quand j'ai passé une semaine à Balta.

Adeline s'en souvenait vaguement.

—Qui est-ce ?

—Un garçon d'Odessa qui a été mobilisé par les Allemands. Il s'appelle Stephan. Il a vingt ans et c'est le plus bel homme du monde.

Adeline percevait la tristesse dans sa voix.

—Sait-il où tu te trouves ?

La sœur d'Emil secoua la tête en séchant ses larmes d'un revers de main.

—J'ai écrit à sa mère à Odessa, mais je n'ai pas eu de réponse.

—Laisse du temps au temps, Rese. La guerre n'est pas encore terminée.

***

Ils passèrent six jours dans le cimetière au cours desquels Emil ne revit plus Nikolas le boiteux. Le sixième jour, ils finissaient de dîner quand on les informa qu'ils se rendraient au nord de la Pologne, dans la région du Warthegau, et que le train quitterait la gare de Keleti à neuf heures et demie, le lendemain matin.

Emil n'avait aucune intention d'atterrir au nord de la Pologne. Il voulait aller à l'ouest, maintenant plus que jamais. Au cours de leur bref séjour à Budapest, il avait appris en bavardant avec des soldats allemands que les Alliés occidentaux se battaient en Sicile et se préparaient à envahir l'Italie. Ce n'était donc qu'une question de temps avant que les puissances alliées ne reprennent l'initiative et se lancent à la reconquête de l'Europe. Il voulait s'assurer que sa famille se trouverait en lieu sûr à la fin de la guerre.

Durant leur long périple à bord du chariot, il avait eu tout loisir de réfléchir et constaté qu'il avait passé presque toute sa vie sous un régime militaire ou une dictature. Les bolcheviks avaient destitué le tsar, Staline avait dévasté l'Ukraine, envahie ensuite par Hitler, puis récupérée par Staline. Emil décida qu'il voulait vivre là où il n'y avait pas d'armée conquérante, ce qui signifiait traverser l'océan pour mettre la plus grande distance possible entre eux et ce monde.

— Pourquoi cet air renfrogné ? demanda Adeline, tandis qu'ils entassaient leurs maigres effets sur le petit chariot.

— Je ne veux pas aller en Pologne, mais à l'ouest.

— Après la Pologne, nous poursuivrons vers l'ouest. Les Allemands nous donneront un toit et de quoi manger là-bas. C'est ce que j'ai entendu dire, en tout cas.

— Je ne vois pas à quoi ça nous servira si Staline débarque en Pologne avant les Alliés.

— Je ne sais pas, répliqua Adeline, agacée. Tu as une meilleure idée ? Tu veux quitter le convoi ? Qu'on parte seuls à pied sans protection ?

Emil prit le temps de la réflexion, les sourcils froncés.

— Non, je ne crois pas.

— Donc, nous prendrons le train pour le nord demain matin et nous continuerons vers l'ouest du Warthegau dès que possible.

***

Une chaleur inhabituelle, accablante, régnait à Budapest en ce matin de mai. Ils transpiraient dans les épais vêtements qu'ils portaient. Adeline habilla les garçons en short et maillot de corps avant que toute la famille ne traverse le cimetière dans l'autre sens en remorquant les deux petits chariots.

Ils gravissaient une rue en pente sous un soleil de plomb quand, à une centaine de mètres de la gare, Rese lâcha la poignée du chariot de ses parents, porta une main à son front, et se mit à vomir violemment, à genoux sur le trottoir. Adeline accourut la première.

— Ça va, haleta Rese. C'est la chaleur. Je n'ai pas pu m'en empêcher.

Adeline l'aida à se relever, Karoline lui tendit un linge pour s'essuyer les lèvres et Emil lui donna un peu d'eau fraîche tirée du bidon, ce qui parut la requinquer, avant qu'ils ne rejoignent la foule des réfugiés qui jouaient des coudes pour pénétrer dans la gare.

— Nous partons dans une heure et quart et il règne une telle cohue ici, constata Karoline. Y aura-t-il de la place pour nous tous ?

Les craintes de Karoline étaient fondées. Lorsqu'ils réussirent à gagner le quai, la plupart des wagons étaient déjà pleins à craquer de voyageurs lourdement chargés.

— Ce train a l'air plus court que celui par lequel nous sommes arrivés, observa Walt, juché sur le petit chariot avec son frère.

— Il a raison, approuva son père. Adella, viens par ici. Je vais voir si je peux nous trouver des places.

Adeline saisit la poignée du chariot, tandis que sa mère et sa sœur continuaient à pousser. Emil disparut au milieu de la foule massée sur le quai.

En longeant le quai, Adeline scrutait les visages des réfugiés contraints de tout laisser derrière eux ; certains avaient l'air effrayés, d'autres résignés et quelques-uns aussi excités qu'elle. Elle se demanda à quoi s'attendre dans les jours à venir,. quelles choses extraordinaires se produiraient, comme cette gare, par exemple, le bâtiment le plus magnifique qu'elle ait jamais vu. Elle aperçut Emil debout sur le marchepied du wagon, derrière le tender à charbon et la locomotive.

— Il y a de la place pour les chariots, mais certains d'entre nous devront s'installer là-haut, sur le toit, annonça-t-il.

— J'y vais, dit Rese.

— Malade comme tu es ? objecta sa mère.

— L'air me fera du bien, maman, ça me calmera l'estomac. À l'intérieur, je suis sûre d'être encore malade. Et puis, ce sera amusant de voyager sur le toit.

Karoline renonça à argumenter.

— Comme tu veux.

Ils unirent leurs forces pour hisser les deux voiturettes qu'ils attachèrent à la paroi du wagon, près de la porte. Des voyageurs s'entassèrent à côté d'eux, juchés sur leurs chariots ou leurs paquets. Johann, Karoline et Lydia décidèrent de rester à l'intérieur en dépit de la chaleur étouffante. Emil passa une corde autour de la taille des garçons pour éviter une chute et Adeline finit par se laisser convaincre de les rejoindre avec Malia.

Un garde-fou entourait le toit. Rese s'y trouvait déjà, les cuisses calées sous la rambarde, ses pieds nus sur le bord.

— Il fait moins chaud ici, s'écria-t-elle, surexcitée. Heureusement que maman a le vertige. On va bien s'amuser !

Malia s'installa près d'elle, glissa ses jambes sous la balustrade et donna des coups de pied dans le vide en riant.

— On va bien s'amuser, c'est sûr. Ta mère est bien intentionnée, tu sais.

— Peut-être, mais j'en ai assez qu'elle me dicte ma conduite, ma façon de vivre.

— C'est comme ça qu'elle a été élevée, intervint Adeline. Tu feras pareil avec ta fille un jour, tu verras.

Les traits crispés, Rese se massa le ventre avec un léger hoquet.

— J’espère que non.

Le train siffla. Les soldats SS pressèrent les retardataires de monter à bord.

Les toits de leur wagon et des suivants étaient à présent surchargés de voyageurs qui tentaient de s’asseoir avant le départ.

Une minute plus tard, le train s’ébranla, gémissant et crachant des volutes de fumée noire. Au sortir de la gare, le soleil tapait dur, tandis qu’ils passaient devant des soldats allemands et des plateformes transportant des pièces d’artillerie lourde.

Le train dévia sa course vers le sud-ouest de la ville avant de longer le Danube, vers le nord, en prenant lentement de la vitesse. Le vent dispersait la fumée de la locomotive, de sorte qu’Adeline distinguait les ponts qui enjambaient le fleuve et l’ancienne et imposante forteresse des rois hongrois au sommet d’une colline.

Rese entonna une vieille chanson à boire qui parlait d’un vagabond sentimental en quête d’amour, Adeline, Malia et quelques autres faisant chorus. Adeline se laissa gagner par une douce euphorie.

Une fois franchies les limites de Budapest, elle songea que la locomotive devait être très vieille ou en mauvais état, car elle vomissait d’épais panaches de fumée noire et paraissait incapable d’accélérer. Mais même à cette allure et abstraction faite de la fumée, le vent rendait le soleil plus supportable. C’était même très agréable et elle se demanda si c’était cela, la liberté

— J’adore être ici, maman, déclara Will, hilare.

Adeline sourit et repoussa ses cheveux qui lui tombaient sur les yeux. Walt se pencha sur la rampe pour mieux voir.

— Il y a un tunnel !

Ils basculèrent dans le noir, ce qui décuplait l’illusion de vitesse. Will hurla à pleins poumons et tout le monde éclata de rire. Dans le tunnel suivant, Rese imita Will et bientôt, tous poussèrent des cris de joie chaque fois qu'ils passaient de la lumière à l'obscurité, puis à la lumière.

— Je ne me suis jamais sentie aussi bien depuis que nous avons quitté la maison, déclara Rese avec un grand sourire, alors que sa belle-sœur et ses neveux guettaient le prochain tunnel. Il y a longtemps que je n'ai pas été aussi heureuse.

— C'est l'aventure, dit Walt.

— C'est vrai, confirma Rese, à qui cette idée semblait beaucoup plaire.

— Oui, renchérit Will, parce qu'on ne sait jamais ce qui va arriver.

***

Au bout de cinq heures, le train s'immobilisa non loin de la ville hongroise de Tata, le long d'un talus herbeux qui descendait en pente douce vers un petit lac. Un des mécaniciens surgit en compagnie du major Haussmann. Il y aurait un retard d'une demi-heure pour laisser passer les convois militaires, annonça-t-il. Chacun pouvait descendre se dégourdir les jambes ou fumer une cigarette à condition de ne pas trop s'éloigner.

Le soleil cognait maintenant que le train était à l'arrêt.

— Joli lac, dit Malia. On aimerait s'y baigner.

— Chiche, sourit Rese en enfilant ses chaussures.

— Tu n'y penses pas ! dit Adeline.

Rese sauta sur ses pieds.

— Tu vas voir.

Malia battit des mains en riant.

— Et si Karoline t'attrape ?

Rese fit un clin d'œil aux garçons et entreprit de descendre l'échelle.

— Elle peut toujours essayer. Elle ne sait pas nager, moi si.

— Je veux aller dans l'eau, maman, insista Will. Il fait chaud.

—Moi aussi, papa, dit Walt à son père, qui avait profité de l'arrêt du train pour les rejoindre sur le toit.

—Personne ne sait nager, objecta Emil. Vous risquez de vous noyer.

Dans l'intervalle, Rese avait sauté du dernier échelon de l'échelle, elle leur adressa un signe de la main et se mit à courir dans l'herbe vers le lac, à une centaine de mètres en contrebas. Quelques personnes descendirent du train pour se soulager ou griller une cigarette, mais à l'exception de Rese, personne ne s'aventura en direction du lac. Parvenue sur la rive, elle pivota sur ses talons pour leur adresser un nouveau signe avant de se retourner et d'entrer dans l'eau. Elle avança d'un pas, puis d'un autre, perdit l'équilibre et bascula en avant.

Elle ne reparut pas.

Adeline sentit sa gorge se nouer quand, soudain, elle vit sa jeune belle-sœur surgir à la surface. Rese cracha un jet d'eau, renversa la tête en arrière et poussa un hurlement de joie avant de replonger.

—Où a-t-elle appris à nager ? questionna Malia.

—À l'école de Pervomaïsk quand elle était petite, expliqua Emil. On aurait dit un poisson dans l'eau et…

Le train siffla. Le major Haussmann longea à grands pas le ballast latéral.

—La voie est libre. Remontez vite ! On n'attendra personne.

Rese reparut à la surface.

Emil mit ses mains en porte-voix.

—Rese ! On s'en va !

Elle ne parut pas l'entendre. Tout le monde se mit à crier en faisant de grands gestes.

—Reviens vite ! On repart !

Adeline devina que Rese ne comprenait pas. Ils étaient censés faire un arrêt de trente minutes. Mais entendant le train siffler une seconde fois, elle se mit à nager de toutes ses forces vers la berge. Elle sortit de l'eau, retroussa ses jupes trempées et courut vers le talus en coupant à travers les herbes hautes.

— Dépêche-toi, Rese ! s'égosilla Malia.

Tous l'encourageaient à grands cris. Le sourire de Rese s'élargissait à mesure qu'elle s'approchait, ruisselante, les vêtements tachés d'herbe. Adeline prit conscience que sa belle-sœur était vraiment un être à part. Rese était jolie, intelligente et drôle. Elle n'en faisait qu'à sa tête sans se soucier du qu'en-dira-t-on. Elle était libre à sa manière bien à elle. Comme l'avait dit Emil, on reconnaît la liberté quand on l'a trouvée.

La mère d'Emil apparut sur le toit. Elle considéra sa fille qui avait atteint le bas de l'échelle, à l'angle du wagon.

— Mais à quoi pensais-tu ? vitupéra Karoline.

Rese agrippa les barreaux et posa le pied droit sur le premier échelon.

— À rien, maman. Je nageais et c'était merveilleux !

Elle levait le pied gauche pour atteindre le deuxième échelon quand le train démarra avec une secousse, puis une autre, si violente qu'elle envoya Rese valser la tête la première dans l'herbe et le gravier, le torse et le ventre au-dessous de la traverse de la voie ferrée, les tibias perpendiculaires aux rails. L'attelage qui reliait le tender à charbon à leur wagon se trouvait derrière et au-dessus d'elle.

Tout s'était passé si vite qu'Adeline n'eut pas le temps de crier en voyant Rese tomber. La locomotive haleta et le train repartit. Les roues du wagon roulèrent lentement sur les jambes de Rese, les sectionnant à mi-mollet.

15

Du haut du toit du wagon où il était perché, Emil cria aux mécaniciens de stopper le train. À l'évidence, le major Haussmann, qui avait assisté à l'accident depuis la locomotive, avait donné le même ordre. Les freins s'enclenchèrent et les roues crissèrent sur les rails, pas assez fort toutefois pour dominer les exclamations d'effroi qui fusaient des wagons surchargés, tandis que Rese gémissait de douleur et roulait au pied du talus, le corps secoué de spasmes.

Emil se rua vers l'échelle. Le sang giclait des moignons de sa sœur. *Il faut stopper l'hémorragie ou Rese va mourir*, se répéta-t-il comme une litanie en dévalant les barreaux.

Il atterrit brutalement sur le sol et, se retournant, il constata que le major SS l'avait précédé. Il courut le rejoindre tout en retirant sa ceinture.

Haussmann avait déjà ôté son ceinturon et tentait de prodiguer les premiers soins sans se salir. Emil n'en avait cure ; il s'agenouilla dans une mare de sang près de sa sœur évanouie, enroula sa ceinture autour de la jambe gauche de Rese, au-dessus du moignon, et serra le garrot improvisé pour arrêter le saignement. De son côté, le major SS avait appliqué le même traitement à la jambe droite et appelait un médecin à grands cris.

Emil avait conscience du vacarme environnant, alors qu'il tentait de réchauffer sa sœur agitée de violents tremblements, comme si la température était brusquement descendue en dessous de zéro. Lui-même avait l'impression de se liquéfier dans une véritable fournaise.

— Sauve-la ! sanglota sa mère.

Il tourna la tête et avisa Karoline, le visage ensanglanté. Elle avait chuté dans sa hâte de descendre du train après l'accident de sa fille. Soutenue par son mari, elle tenait à peine debout, une main décharnée sur sa bouche, l'autre tendue misérablement devant elle.

— Sauve-la, répéta Karoline. Prends-moi, mais sauve-la, Seigneur, ajouta-t-elle, les yeux levés vers le ciel incandescent. Elle est tout ce qu'il nous reste.

Adeline se matérialisa devant Emil.

— Je peux faire quelque chose ?

— Nous avons stoppé l'hémorragie, déclara le major Haussmann en posant ses doigts ensanglantés au creux du cou de Rese. Mais elle a besoin de morphine, d'une transfusion et d'un chirurgien.

Le sergent SS Ernst Decker, médecin de son état, la trentaine, accourut à son tour avec sa mallette, suivi de deux soldats portant une civière. Il ne broncha pas devant ce terrible spectacle et pria Emil de s'écarter pour lui permettre d'examiner la blessée.

— Depuis combien de temps les garrots ont-ils été posés ? s'enquit-il.

— Pas plus d'une minute, répondit Haussmann.

— Elle ne doit pas rester en plein soleil comme ça.

— Nous allons demander à quelques personnes de monter sur le toit pour faire de la place dans le wagon, dit Emil en jetant un coup d'œil à Haussmann, qui demeurait impassible. C'est ma sœur, major, précisa-t-il.

Haussmann l'observait avec attention. L'avait-il reconnu ? Emil ne s'en souciait guère et soutint son regard jusqu'à ce que l'officier acquiesce.

— Faites donc. Transportez votre sœur à l'intérieur, près de la porte où elle aura de l'air.

À l'aide d'une seringue en verre munie d'une aiguille d'acier, le sergent Decker administra à Rese une dose de morphine suffisante pour l'endormir pendant le transfert. En un rien de temps, on l'allongea sur le brancard, que l'on hissa dans le wagon occupé par la famille Martel, puis Decker se mit au travail.

Emil s'apprêtait à le rejoindre pour lui prêter main-forte, quand il avisa Walt. Son fils fixait quelque chose sous le wagon à charbon. Il jeta un regard perplexe à son père quand Emil se hâta vers lui.

—Il n'y a pas de différence, sauf là où les roues les ont écrasées. Pour le reste, elles sont comme lorsque tante Rese les avait encore.

Emil constata qu'il avait raison. Les roues, le poids du charbon et les rails avaient concouru à sectionner les jambes assez proprement.

—Qu'est-ce qu'on fait, papa ? insista Walt. On les laisse là ?

Emil opina, la mort dans l'âme.

—Avec cette chaleur, elles sont déjà en train de pourrir. Il n'en restera plus rien dans quelques heures après notre départ, grâce aux buses et aux corbeaux.

Walt sembla très affecté à cette idée, mais il finit par acquiescer, passa devant son père et entreprit de gravir l'échelle. Adeline apparut à la porte du wagon.

—Emil, le médecin a besoin de toi et ta mère pique une crise.

—Accompagne Walt là-haut, enjoignit-il à sa femme. J'ai peur qu'il craque. Il a vu les jambes de Rese.

Adeline hocha la tête en soupirant.

La chaleur était suffocante dans le wagon bondé et Karoline ne cessait de se lamenter.

Emil s'approcha et l'engagea à ne pas rendre les choses plus difficiles qu'elles ne l'étaient.

—Il ne s'agit pas de toi, mais de Rese qui risque de mourir.

— Il faut faire quelque chose ! gémit Karoline. Mon Dieu, c'est au-dessus de mes forces.

— Si tu as encore la foi, maman, tu devrais peut-être prier.

Sur ces mots, il se hâta auprès de sa sœur. Il ne croyait pas en Dieu ni en une quelconque puissance supérieure. Comment une pareille tragédie pouvait-elle frapper une créature innocente telle que Rese ? Comment le destin pouvait-il s'acharner sur une jeune fille clouée sur une civière dans un wagon plein à craquer, malodorant et irrespirable, quelque part au nord de la Hongrie, à qui un toubib SS posait une perfusion, tandis que ses mollets, ses pieds et ses souliers gisaient sur la voie ferrée.

— Connaissez-vous son groupe sanguin ? s'enquit Decker.

— O négatif. Comme moi. Je le sais parce que les communistes nous ont testés.

— Vous êtes donneur universel. Vous allez vous installer à côté d'elle un peu en hauteur pour la transfusion.

Emil repéra une pile de caisses dans un coin du wagon. Il demanda à leur propriétaire – une mère avec deux enfants – s'il pouvait les lui emprunter un moment. Elle accepta à condition de les récupérer afin de ne pas perdre sa place.

Emil en choisit deux, les empila l'une sur l'autre et s'assit auprès de Rese. Decker s'activait avec efficacité, comme le médecin militaire chevronné qu'il était, et bientôt le sang se mit à circuler du bras gauche d'Emil au bras droit de sa sœur.

Haussmann apparut à la porte du wagon.

— Dans combien de temps sera-t-elle stabilisée ?

— Quarante minutes.

— Je vous en accorde dix. Débrouillez-vous.

Le sergent faillit protester, mais se ravisa.

— Très bien, major.

Il pria Emil de ne pas bouger jusqu'à son retour.

— Vous ne devriez pas desserrer les garrots ?

—Si tout va bien, je pourrai les retirer dans une dizaine de minutes.

Il descendit du train et Emil le vit monter dans la locomotive. Il contempla le visage de Rese, meurtri, tuméfié et souillé après sa chute. De plus de dix ans son aîné, il était plus proche de ses enfants que de sa sœur. Il s'en voulait de l'avoir négligée, surtout ces dernières années où, émotionnellement parlant, elle oscillait entre l'ouragan et la tempête de sable. Et le fait d'avoir été constamment malade durant le voyage n'avait rien arrangé. Et maintenant, cet affreux malheur…

Decker redescendit de la locomotive, brandissant un seau en fer-blanc fumant. Il s'empressa de regagner le wagon et posa le seau sur le plancher avant de se hisser à l'intérieur. Une odeur âcre envahit l'espace. Tout le monde se mit à tousser et à cracher. Emil aperçut la pointe métallique d'un tisonnier enfoui dans les braises ardentes, prélevées dans la chaudière de la locomotive.

—Qu'allez-vous faire avec ça ? demanda Karoline. Vous n'avez quand même pas l'intention de la brûler avec cette chose ! Elle a assez souffert comme ça…

Decker lui tourna le dos.

—Elle va devoir souffrir encore un peu si elle veut rester en vie.

Il loucha vers Emil avant de prendre la tension de Rese.

—C'est mieux, constata-t-il. Y a-t-il un autre O négatif dans votre famille ?

—Oui, moi, répondit Johann, qui observait la scène en silence. Je suis son père.

—C'est votre tour alors, déclara Decker en retirant le cathéter du bras d'Emil.

Un peu étourdi, Emil se leva et s'écarta pendant que le sergent changeait l'aiguille. Johann prit place auprès de sa fille bien-aimée. Au moment où le médecin introduisait le cathéter dans le bras de son père, Emil s'avisa qu'il pleurait.

Decker s'en aperçut lui aussi.

— Elle vivra grâce à vous, à votre fils et à ce que je m'apprête à faire, *Herr* Martel. Je vous le promets.

Johann hocha la tête.

— Agissez pour le mieux. Il y a des choses pour lesquelles il vaut la peine de souffrir.

Une jolie femme d'une trentaine d'années, les traits tirés, dont le visage était vaguement familier à Emil, apparut à la porte latérale, les bras chargés d'un couffin où dormaient deux nourrissons. Elle observa la table d'opération improvisée et leva les yeux quand Adeline l'apostropha depuis le toit du wagon.

— Marie ? C'est toi ?

— Adeline ? J'ignorais que tu étais dans ce train. J'ai entendu parler de l'accident et je suis venue voir si je pouvais me rendre utile.

— Je descends tout de suite m'occuper des jumeaux. Emil, tu te rappelles ma cousine Marie de Birsula ? Elle travaillait à l'hôpital.

— Au bloc chirurgical, précisa Marie.

— Vous tombez bien, dit Decker, occupé à nettoyer les plaies de Rese. Je vais avoir besoin d'aide. Il faudra l'empêcher de bouger, ajouta-t-il à l'adresse d'Emil. Je n'ai pas d'éther et même avec un supplément de morphine, elle risque de s'agiter.

— Vous allez la torturer ! s'écria Karoline, sanglotant de plus belle.

— Vous n'avez pas le temps de refermer la plaie ni de la suturer ? s'enquit Marie.

— Non.

Dehors, le major Haussmann revint à la charge.

— Il vous reste quatre minutes. Nous devons respecter l'horaire imposé par Berlin. Ordre d'Himmler.

Le sergent hocha la tête. Marie fit une nouvelle injection à Rese. Decker enfila des gants et attrapa le tisonnier couleur de potiron mûr au fond du seau.

— Retenez-la.

Emil maintint la cuisse droite de sa sœur à deux mains, tandis que Marie faisait de même à gauche. Le sergent se pencha sur le moignon droit et appliqua le fer rouge sur la première des trois artères sectionnées qui avaient abondamment saigné. On perçut un grésillement et une odeur de chair brûlée. Le corps de Rese se cambra violemment et elle émit un cri bestial en dépit des sédatifs qu'on lui avait administrés. Elle se déhancha, se débattit comme un beau diable, si bien qu'elle faillit se libérer des mains qui la retenaient.

— Retenez-la ! répéta Decker. Il ne faut pas qu'elle arrache la transfusion !

Paniqué, Emil pesa de tout son poids sur le bassin et la cuisse droite de sa sœur, imité par la cousine d'Adeline, tandis que Johann emprisonnait les bras de sa fille. Tous trois l'immobilisèrent, pendant que Decker poursuivait sa tâche ingrate, cautérisant deux autres veines dans la jambe droite, puis dans la gauche. Quand il eut terminé, Emil était à bout de force, éprouvé par les gémissements inarticulés de Rese, que la sixième application du fer rouge avait plongée dans un état de délire profond.

***

Le sergent Decker tendit le seau et le tisonnier au major Haussmann.

— À présent, nous allons désinfecter et panser les plaies. Les petites veines et les vaisseaux formeront naturellement un caillot. Sauf infection, elle tiendra le coup jusqu'à ce qu'elle reçoive les soins d'un chirurgien en Pologne.

— Bon boulot, sergent, apprécia Haussmann. *Heil* Hitler !

Decker et Marie badigeonnèrent généreusement les plaies et surtout les cavités osseuses ouvertes de peroxyde d'hydrogène et d'un antiseptique iodé. Après quoi, le sergent desserra le garrot autour de chaque jambe et examina les blessures. Voyant qu'elles ne suintaient pas, il appliqua de la poudre antibiotique sur les moignons puis, aidée de Marie, plusieurs couches de coussinets qu'il enveloppa de bandes de gaze brun foncé ; on aurait dit de grandes moufles en lieu et place des jambes.

Le train émit un sifflement aigu et fit une nouvelle embardée avant de reprendre sa course.

Marie se retourna et s'approcha de la porte de communication grande ouverte.

— Adeline ? appela-t-elle.

— Je suis là, avec les jumeaux, répondit sa cousine.

Emil refusait de penser aux jambes de sa sœur abandonnées sur la voie ferrée. Le train accéléra. Le lac et la ville de Tata avaient disparu, avalés par des forêts et de vertes prairies qui s'étendaient à perte de vue. Il observa Decker occupé à ôter la transfusion du bras de son père. Il n'éprouvait plus de pitié mais une immense colère.

Si elle n'était pas descendue nager. Si, pour une fois, elle avait obéi, elle aurait... elle serait... Il voulait dire... *intacte,* au lieu de quoi, il songea... *elle ne serait pas ma sœur.* Rese possédait un caractère affirmé depuis qu'elle avait commencé à parler. La plupart des enfants prononcent « maman » ou « papa ». La petite sœur d'Emil n'avait que le mot « non » à la bouche. Et elle ne s'était jamais départie de son côté rebelle.

Une demi-heure, puis une heure s'écoulèrent dans la chaleur moite, sous le soleil impitoyable du milieu de l'après-midi, tandis qu'ils ralliaient Bratislava. La tension de Rese était stable et ses blessures à présent désinfectées et pansées. La coagulation avait commencé.

Emil songea que le pire était passé.

— Je dois nourrir mes bébés au prochain arrêt, déclara Marie.

— Et moi, j'ai des malades à soigner, renchérit le sergent Decker.

— Je vais rester auprès d'elle, promit Emil, au moment où sa sœur se mettait à gémir, prise de convulsions.

Elle se raidit avant de s'affaisser comme une loque.

Decker et Marie se précipitèrent à son chevet.

— Que s'est-il passé ? demanda Karoline. Que lui arrive-t-il ?

Le médecin sortit son stéthoscope pour ausculter le cœur de la jeune femme, tandis qu'Adeline posait les mains sur son corps dans l'espoir de l'apaiser.

— La fréquence cardiaque a augmenté, mais elle est en train de se stabiliser, commenta Decker. Cette crise pourrait être une réaction post-traumatique naturelle.

Dix minutes plus tard, le train siffla et ralentit pour laisser passer un autre convoi. Decker entreprit de ranger son matériel. Marie avait toujours les mains plaquées sur les cuisses et l'abdomen de Rese, guettant les signes d'une nouvelle convulsion.

Elle se produisit quand le train s'immobilisa – une crise plus brève que la première, mais tout aussi violente. Rese était agitée de mouvements convulsifs avant de retomber, inerte sur sa couche improvisée. Elle haletait et gémissait doucement.

— Que lui arrive-t-il ? s'écria Karoline.

— Je ne sais pas, répondit Decker.

— Moi si, dit Marie, en retroussant la jupe de Rese. Elle est en train d'accoucher.

— Accoucher ? s'exclama Emil. Rese ? Impossible !

— Elle a perdu les eaux. À combien de mois est-elle, *Frau* Martel ?

Karoline garda le silence, puis regarda autour d'elle comme pour chercher une échappatoire.

— Trois mois, peut-être trois et demi, admit-elle. Elle me l'a avoué la veille de notre départ pour ce voyage insensé.

— Elle perd son bébé après avoir perdu ses jambes, conclut Marie, alors que Decker quittait le wagon en promettant de revenir. Je vais rester auprès d'elle. Pourrais-tu monter chercher Adeline et Malia ? Je dois nourrir et changer mes bébés avant que l'état de ta pauvre sœur n'empire.

Emil grimpa sur le toit et aida Adeline et Malia à descendre le couffin des jumeaux. Après le départ de sa femme et de sa belle-sœur, il dut reconnaître qu'il était exténué, pire qu'après une journée de dur labeur dans les champs ou à la brasserie. Après toute l'énergie déployée pour sauver sa sœur, il se sentait vidé et avait grand besoin de dormir.

Il se glissa entre ses fils, fourra les jambes sous le garde-fou, les pieds ballants, comme Rese l'avait fait à peine quelques heures plus tôt. Il serra Will et Walt dans ses bras puis, alors que le train se remettait à rouler vers le nord, il s'allongea, baissa sa casquette sur ses yeux et sombra dans un sommeil hypnotique, tout en restant conscient de l'agitation autour de lui – les bavardages de ses fils, le grincement des roues et le halètement de la locomotive – comme si l'horreur de l'accident se répétait à l'infini.

Dieu n'existe pas, lui susurra une petite voix intérieure. *Les forces du bien ne l'auraient jamais privée de ses jambes de cette façon. Aucune puissance invisible dans le ciel n'écoute nos prières. Nous sommes seuls. C'est une lutte quotidienne pour la survie. On ne peut compter que sur soi-même.*

***

Quand Emil s'éveilla, ils roulaient au nord de Bratislava en direction de Trnava. Le soleil avait décliné et, à l'ouest, le ciel se voilait de nuages annonciateurs d'orage. Ils traversèrent d'anciens vignobles aux bourgeons gonflés sur le point d'éclore, puis une région luxuriante constellée de petites fermes au creux des vallons où des montagnes enneigées se profilaient à l'horizon.

Il se redressa en bâillant et aperçut des chevaux entravés qui broutaient dans un champ. Il eut un pincement au cœur en songeant à Oden et Thor. Qu'étaient-ils devenus ? Quel sort les nazis leur avaient-ils réservé ?

— C'est une belle vallée verte, mais ce n'est pas la nôtre, observa Will.

Emil s'ébroua et s'apprêta à rétorquer à son cadet de ne pas croire à ces sornettes ; quelle que soit la couleur de la terre autour de leur nouvelle maison, elle serait dure, ingrate et source de souffrances. Il ajouterait que c'était inévitable dans la vie et que, contrairement à Adeline, il ne croyait pas à l'existence du paradis sur terre.

— Non, effectivement, s'entendit-il dire. Nous allons dans un endroit appelé Lodz, en Pologne.

— C'est comment, Lodz, papa ? questionna Will.

— Aucune idée. Nous le découvrirons ensemble.

Le silence retomba. Emil espérait que le train s'arrêterait pour qu'il puisse descendre voir sa sœur.

— Papa, pourquoi est-ce que c'est arrivé à tante Rese ? interrogea Walt.

Emil soupira et étreignit son aîné dans ses bras.

— Je ne sais pas. La vie est cruelle quelquefois.

— Au début, ça ne me plaisait pas trop qu'on laisse ses jambes, ses pieds et ses chaussures par terre comme ça.

— Moi non plus. Et ça ne me plaît toujours pas.

— Et puis après, je me suis rappelé que tu avais dit que les oiseaux les trouveraient et je me suis senti tout de suite mieux, parce que ses jambes pourraient voler elles aussi.

Emil sourit. Walt avait une façon bien à lui d'appréhender le monde sous un angle assez singulier, mais toujours intéressant.

— Tu aimerais voler un jour ?

Walt sourit.

— Peut-être. Pourquoi pas ?

— Oui, pourquoi pas ?

— Et moi, je construirai des choses, affirma Will.

— Quoi, par exemple ? demanda Emil, intéressé, car lui aussi aimait créer de ses mains.

Son cadet désigna une ancienne villa au sommet d'une colline.

— Comme ça.

— Sûrement pas, riposta Walt. C'est beaucoup trop grand.

— Ce n'est pas trop grand. Pas vrai, papa ?

La maison paraissait véritablement immense, plus grande que tout ce qu'Emil avait pu bâtir ou aider à construire. Peut-être était-ce d'avoir vu la vie de Rese basculer dans l'horreur en un clin d'œil, à moins qu'il ne veuille encourager son fils à rêver, mais quelque chose lui soufflait de le laisser trouver sa voie, quelle qu'elle soit.

— Pourquoi pas ? fit-il.

16

Rese Martel perdit son bébé au crépuscule par temps de canicule en Tchécoslovaquie orientale, au mois de mai 1944. Marie aida Adeline et sa sœur à surmonter cette terrible épreuve. Assise dans un coin du wagon à côté de son mari, Karoline refusa de prêter main-forte et se contenta du rôle de spectatrice, pendant que leur fille, inconsciente, mettait au monde un petit garçon mort-né.

Marie clampa, puis coupa le cordon ombilical et remit le fœtus à Adeline. Recroquevillé sur lui-même, recouvert de liquide amniotique et de sang, il tenait dans le creux de sa main.

— Le pauvre est mort en suçant son pouce, observa Malia en portant une main à sa bouche.

Elle avait raison, constata Adeline, le cœur déchiré.

— Un petit miracle qui n'a pas eu de chance, dit-elle.

— Un miracle ? maugréa Karoline d'un ton dégoûté. Un péché mortel, oui, une preuve de luxure devant Dieu et les hommes. Écoutez-moi bien. Le Seigneur a pris ses jambes et cet enfant du péché parce qu'elle s'est livrée à la fornication.

Adeline, sa sœur et sa cousine se retournèrent pour la dévisager, interloquées par ses paroles venimeuses, imitées par plusieurs personnes assises non loin d'elles.

— Il s'agit de votre petit-fils, Karoline, s'insurgea Adeline sans se soucier des oreilles indiscrètes. Comment pouvez-vous dire des choses pareilles, alors qu'un quart de votre sang coulait dans ses veines ?

Sa belle-mère se pencha en avant, émergeant de l'obscurité qui dissimulait en partie son visage.

— Si vous ne jetez pas cette chose par la portière du train, c'est moi qui m'en chargerai.

Johann se dressa de toute sa hauteur devant elle.

— Je te l'interdis ! explosa-t-il, plongeant l'assistance dans la stupeur. Je ne veux plus t'entendre, femme ! Crois-tu que j'aie survécu aux mines et aux souffrances du retour pour entendre tes récriminations incessantes ? *Je veux ceci, j'ai peur de cela. Je critique. Je compare. Je démolis tout. Je porte des jugements à l'emporte-pièce avec ma langue de vipère !*

Karoline se rencogna contre la paroi du wagon.

— Johann, je ne… bredouilla-t-elle d'une voix incertaine.

— Ferme-la, maudite sorcière ! Tais-toi ou je te jure que c'est toi que je vais balancer par la fenêtre pour me débarrasser de ta présence une bonne fois pour toutes.

Un long silence s'ensuivit, confortant Adeline dans l'idée que les sentiments ambigus qu'elle éprouvait envers la mère d'Emil étaient fondés. Elle se maîtrisa ; elle devait préparer le fils de Rese en vue de l'enterrer au prochain arrêt.

— Dans ce cas, je vais te faciliter la tâche, Johann, déclara Karoline avec amertume. Je me jetterai du train avant que Rese se réveille et tu seras délivré de moi pour de bon.

— La voilà qui recommence, souffla Malia à l'oreille de sa sœur. Elle inverse les rôles. Elle adore jouer les victimes.

— Ce n'est pas moi qui t'en empêcherai, proféra Johann en s'asseyant au chevet de Rese.

***

Le crépuscule descendait sur la campagne qui défilait devant eux. Adeline enveloppa le bébé dans la gaze que le sergent Decker leur avait procurée pour changer les pansements de la blessée. Rutger et Hans, les enfants de Marie, s'agitèrent et se mirent à couiner dans leur couffin.

Marie pria Adeline et sa sœur de laver Rese du mieux possible avec l'eau qui restait au fond du seau, en veillant à ne pas mouiller les pansements.

— Il faut éviter la gangrène, dit-elle en soulevant l'un des nourrissons pour le poser sur son sein.

Adeline s'émerveilla du cran de Marie. Où sa frêle personne puisait-elle la force de nourrir deux bouches à la fois ?

Malia accrocha une lampe à la porte, à l'abri du vent, et entreprit de nettoyer le bas du corps de Rese avec un linge humide.

— Marie, parle-nous un peu de ton époux, le chirurgien, pria-t-elle.

Adeline, qui avait souvent correspondu avec Marie au cours de l'année écoulée et connaissait presque tous les détails de l'histoire, aurait préféré lui épargner cette épreuve.

— Ce n'est vraiment pas le moment, maugréa-t-elle.

— Ça ne me dérange pas, Adella, assura sa cousine. Les Soviétiques ont voulu emmener Klaus quand leur armée a quitté l'Ukraine en juillet 1941, mais il est parvenu à se cacher et a suivi la Wehrmacht un an après l'invasion allemande.

Après avoir travaillé auprès du Dr Klaus Werner pendant environ deux ans, Marie en savait assez pour pouvoir l'assister en chirurgie.

Elle retira le bébé de son sein gauche et plaça son jumeau sur le droit.

— J'étais éperdument amoureuse, poursuivit-elle, mais il n'avait pas l'air de le remarquer. Il avait douze ans de plus que moi. Les Allemands l'ont enrôlé lorsqu'ils ont découvert ses talents de chirurgien. Je voulais l'accompagner, mais on m'a signifié de retourner aider ma famille à la ferme. En partant, Klaus avait promis de m'écrire.

Minée par l'angoisse, Marie attendit des mois avant de recevoir des nouvelles du chirurgien. Début décembre, deux lettres arrivèrent où il lui décrivait son quotidien dans un hôpital militaire au sud de Stalingrad : la litanie sans fin des victimes, les heures épouvantables passées à tenter de sauver des hommes réduits en charpie sur le champ de bataille, et les conditions précaires dans lesquelles il vivait.

— À la fin de la seconde lettre, il m'avouait que mon sourire et le son de ma voix lui manquaient, ajouta Marie, les yeux brillants à la lueur de la lampe.

— Tu as dû être si heureuse ! observa Malia.

— Folle de joie. Et puis, je n'ai plus entendu parler de lui jusqu'à ce qu'il frappe à ma porte le 24 mars, l'année dernière. Il avait obtenu un mois de permission. Il a aussitôt mis un genou à terre pour me demander de l'épouser.

Malia battit des mains.

— Comme c'est romantique ! Tu as dit oui !

— Bien sûr, et nous nous sommes mariés dès le lendemain. J'étais au comble du bonheur. Il était redevenu le Klaus que j'aimais, plus tendre même que je l'imaginais. Mais il y avait une autre facette de sa personnalité que je ne connaissais pas : un étranger, hanté par l'horreur à laquelle il avait survécu et terrifié à l'idée de retourner au front.

Elle s'interrompit et s'éclaircit la gorge avant de poursuivre.

— Nous avons vécu le grand amour. Je n'oublierai jamais le mois que nous avons passé ensemble. Et nous avons fait ces magnifiques enfants avant son départ.

Le bébé lâcha son sein et se mit à tousser. Marie le cala sur son épaule et lui donna une légère tape sur le dos jusqu'à ce qu'il fasse son rot. Ayant terminé la toilette de Rese, Malia rajusta ses vêtements et posa une main sur son front pour vérifier qu'elle n'avait pas de fièvre, attendant impatiemment que sa cousine achève son récit.

— Est-ce qu'il les aime ? demanda-t-elle.

Marie se rembrunit.

— Je n'ai eu de nouvelles de Klaus qu'une seule fois depuis son retour, en novembre dernier, avant la naissance des bébés et la bataille du Dniepr, quand nous avons été forcés de partir.

— Je suis sûre qu'il se trouve quelque part derrière nous, intervint Malia.

— C'est bien ce que je redoute, murmura sa cousine, les traits crispés par la souffrance et l'inquiétude. Qu'il soit quelque part derrière nous, mais pas avec moi et nos enfants. Qui sait si je le reverrai un jour ?

***

Emil profita d'un arrêt d'une heure près de la ville tchèque de Červeník pour emprunter une pelle aux mécaniciens. Johann et Adeline se joignirent à lui et, munis d'une lampe, ils descendirent du train et s'éloignèrent à bonne distance. Ils creusèrent un trou, y déposèrent le cadavre du bébé enveloppé dans plusieurs épaisseurs de gaze et récitèrent une prière avant de l'ensevelir.

— Merci, dit Johann. Je suis désolé pour la scène qu'a faite ta mère et je regrette d'avoir réagi de cette façon.

Emil lui donna une légère bourrade dans le dos.

— C'est bon, papa. La journée a été éprouvante pour tout le monde, y compris pour elle.

Son père hocha la tête en soupirant avant de rebrousser chemin.

Adeline se jeta dans les bras d'Emil.

— Notre petit garçon me manque tant !

— C'était notre premier-né. Nous ne l'oublierons jamais.

Alors qu'ils gravissaient le talus pour remonter dans le train, Adeline se remémora l'accès de colère de Johann. Son beau-père n'était pourtant pas du genre à perdre son sang-froid.

— J'ai vu ta mère dans cet état une seule fois, dit-elle. Le jour où elle a avalé la crème destinée à notre petit Waldemar. Insensible. Sans cœur. Foncièrement méchante. Exactement comme ton père l'a décrite.

— Et elle n'a plus ouvert la bouche depuis tout à l'heure ?

— Pas un mot.

— Ce doit être une grande première pour elle, remarqua-t-il en riant.

Adeline l'imita.

— Tu es quelqu'un de bien Emil Martel, un bon mari et le meilleur des pères.

Adeline espérait qu'il prendrait cela comme un compliment, pourtant le visage d'Emil se ferma brusquement.

— Et toi, la femme la plus merveilleuse que je connaisse, finit-il par dire avec un sourire forcé. Je vais au chevet de Rese. Tu me relaieras plus tard. Essaie de dormir en attendant.

Adeline songea qu'Emil gardait par-devers lui une part de mystère qu'elle ne percerait peut-être jamais. Ils remontaient dans le wagon au moment où le sergent Decker en descendait, après avoir administré à la blessée une dose de morphine suffisante pour lui garantir une bonne nuit.

— Quand va-t-elle se réveiller ?

— Demain, j'espère, répondit le médecin en s'éloignant.

Ils soulevèrent la civière posée sur les chariots où étaient rangées les couvertures qu'Emil transporta sur le toit du wagon. Les garçons dormaient, blottis l'un contre l'autre, une corde enroulée autour de la taille pour prévenir la chute. Emil aida sa femme à border les enfants avant qu'elle ne s'allonge auprès d'eux.

— Ne détache la corde que si le train s'arrête, recommanda-t-il. Je te réveillerai pour prendre la relève auprès de Rese.

Il se dirigea vers l'échelle en s'éclairant de la lampe.

— Emil ! chuchota Adeline, assez fort pour se faire entendre. Merci. Je t'aime.

Il la dévisagea comme si elle parlait chinois, puis hocha la tête.

— Je t'aime aussi. Et tu n'as pas à me remercier.

Il entreprit de descendre l'échelle sans lui laisser le temps de répondre. Les yeux clos, elle pensait à son mari quand des images de sa belle-sœur lui revinrent en mémoire : Rese vomissant sur le chemin de la gare ; sortant de l'eau en criant de plaisir, si sauvage et si libre ; chutant sur les rails ; hurlant de douleur quand le sergent Decker avait cautérisé ses moignons.

Des flashs défilaient de plus en plus vite, alors qu'elle s'évertuait à trouver le sommeil : Marie accouchant le fils mort-né de Rese qu'elle-même prenait dans ses bras, un miracle avorté, si petit et précieux. Abattue par le chagrin, elle lutta pour ne pas pleurer sur le toit de ce train. Elle était réfugiée de guerre, sans autre foyer qu'un fantasme imaginé à partir d'une reproduction dans un livre.

Dire que nous avons quitté Budapest ce matin, songea-t-elle en glissant enfin dans l'oubli. *Comment la tragédie a-t-elle succédé à l'espoir en moins de vingt-quatre heures ?*

***

Emil la réveilla avant l'aube, alors qu'ils traversaient la ville de Púchov, en Tchécoslovaquie. Il faisait encore nuit noire. Les garçons dormaient toujours. Le train roulait à faible allure.

— Comment va ta sœur ? demanda Adeline en émergeant de sous ses couvertures.

— Elle a fait des cauchemars, mais elle a quand même dormi.

— Et ta mère ?

— Tu veux dire le sphinx ?

Adeline ne put s'empêcher de rire à l'idée de sa belle-mère devenue muette. Elle déposa un baiser sur sa joue, puis descendit l'échelle à son tour. Johann l'aida à franchir la porte du wagon.

Elle le remercia, contourna Marie et ses jumeaux endormis à même le sol et s'approcha de Rese. Elle posa une main sur le front de sa belle-sœur ; il était chaud mais sans excès. Elle examina ses bandages à la lueur de la lampe. Ils étaient humides. Elle aiderait sa cousine à les changer, dès qu'elle serait réveillée.

Alors qu'elle replaçait la lanterne sur son crochet, elle remarqua que Rese remuait. Elle bougea les épaules, sa mâchoire se crispa, elle déglutit, battit des paupières, ouvrit les yeux, les referma, puis les rouvrit avant de poser un regard hésitant sur Adeline.

— Où suis-je ? murmura-t-elle d'une voix éraillée.

Adeline prit la main de sa belle-sœur dans la sienne.

— Tu as eu un accident, mais tu t'en es sortie.

Rese grimaça de douleur.

— J'ai mal partout.

— Le docteur ne va pas tarder à venir.

Johann s'approcha et posa une main sur l'épaule de sa fille, les yeux embués de larmes.

— Rese !

— Papa !

Elle sourit en dodelinant de la tête. Brusquement, elle se raidit et se cramponna aux mains de sa belle-sœur, les traits crispés, les yeux écarquillés.

— Je suis tombée ?

— Oui.

— À côté des rails.

— Dessus, rectifia son père.

Rese fixa le plafond, oscillant entre l'incrédulité et la panique.

— Non ! Ne me dites pas que… Non, je les sens… je les sens ! s'exclama-t-elle avec un rire dément. Vous voyez ?

Elle se redressa et fixa les bandages sanglants autour des moignons qui dépassaient de sa jupe, là où se trouvaient ses pieds, ses chevilles et ses mollets. Elle les contempla, les pupilles dilatées, puis les empoigna à deux mains.

— Elles sont là ! Je les sens sous les pansements !

Karoline se manifesta au pied de la civière, face à la porte.

—Maman ! Je les sens !

Adeline craignit que sa belle-mère ne se lance dans l'un de ses sermons dont elle avait le secret.

—Ce sont des membres fantômes, Rese, expliqua Karoline sans regarder sa fille. Ta grand-mère connaissait des soldats qui avaient perdu leurs jambes pendant la Grande Guerre. Des années plus tard, ils affirmaient encore qu'ils pouvaient les sentir.

Rese considéra sa mère, puis ses moignons. Elle souleva la jambe gauche avec une grimace de douleur et la replia au niveau du genou. Elle fit de même avec la droite, puis éclata en sanglots.

—Stephan ne voudra plus m'épouser maintenant ! hoqueta-t-elle en se rallongeant sur la civière. Seigneur ! Je vais rester seule avec le bébé ! Je demanderai l'aumône dans la rue, en Allemagne, une bête de foire russe sans pied avec un enfant !

Rese était hystérique, inconsolable, saisie d'horreur, comme en transe. Adeline ne savait à quel saint se vouer quand Marie surgit à ses côtés. Le soleil se levait. Le train ralentit.

Marie prit la main de Rese, qui tenta de se dégager, mais elle la retint par le poignet et lui caressa le bras.

—J'ai mis au monde de nombreux enfants, Rese, et j'en ai deux à moi. Ils sont là dans le couffin.

Rese cessa de pleurer et tendit le cou pour voir le panier qu'Adeline lui présentait dans la lumière grandissante du jour.

—Mes fils sont à la fois mon plus grand bonheur et mon pire malheur, poursuivit Marie. Dieu nous donne des enfants quand il nous croit prêtes à prendre dans nos bras notre plus grand bonheur et notre plus grand malheur à la fois.

Rese frotta sa cuisse gauche de sa main gauche avec une grimace de douleur.

— Mes jambes me font terriblement mal.

— Le docteur va arriver. Mais tu as compris ce que je t'ai dit ? Dieu a décidé que tu n'étais pas prête à être maman. Je suis vraiment désolée.

— Quoi ?

— Tu as perdu le bébé, Rese, intervint sa mère.

On aurait dit que Rese n'avait pas entendu. Elle fixait un point au-dessus de Marie, le front plissé. Son regard se voila, elle se cacha la tête dans ses mains, se détourna et tenta de replier ses jambes avec un cri de douleur.

Le sergent Decker apparut.

— Dieu merci, vous voilà ! s'écria Karoline. Tâchez de la soulager. Je n'en peux plus.

Le médecin acquiesça, se présenta à Rese et lui demanda la permission de l'examiner.

— Non, pas question !

— Je vais d'abord vous faire une piqûre pour calmer la douleur, d'accord ?

Rese ne répondit pas. Decker s'empara d'une seringue et lui injecta une dose de morphine. Au bout de quelques minutes, elle cessa de pleurer et se rallongea sur le dos, les yeux au plafond pendant que Decker découpait les bandages et examinait ses moignons. Il constata que les petites artères et les veines avaient bien coagulé.

— Il n'y a aucun signe d'infection. Vous avez de la chance d'être en vie, Rese.

Elle eut un petit rire.

— J'admets que je me sens assez bien pour le moment grâce à vous, mais une fois que ce truc-là ne fera plus d'effet, je suis sûre que je préférerai être morte.

17

Le train traversait un paysage venteux, vallonné puis montagneux où régnait une chaleur aride. Le convoi dépassa Žilina et Čadca avant de franchir la frontière polonaise à Bohumín, à la mi-journée. En milieu d'après-midi, il s'arrêta dans une région agricole à l'est de Lodz, que les Allemands avaient rebaptisée « Litzmannstadt ».

Emil et Adeline se trouvaient sur le toit du wagon avec leurs enfants au moment où le major Haussmann descendit de la locomotive et longea la rame en clamant qu'ils devaient tous quitter le train avec leurs affaires.

Le soleil et le vent étaient presque insoutenables quand les Martel débarquèrent la civière de Rese, les deux petits chariots et le reste des bagages. Ravis de se dégourdir les jambes après vingt-sept heures de voyage, les enfants se mirent à jouer à chat en dépit de la chaleur.

—La fille va aller à l'hôpital militaire avec les soldats blessés, décréta le major Haussmann, revenu sur ses pas.

—Je l'accompagne, dit Karoline.

—Pas question. Vous êtes tous en quarantaine. La fièvre s'est déclarée dans le convoi précédant et nous ne voulons pas risquer de contaminer la ville.

Un jeune infirmier athlétique du nom de Praeger survint pour aider le sergent Decker à installer Rese dans une ambulance. Elle n'avait pas desserré les dents depuis des heures, mais il parvint à l'amadouer en titillant son sens de l'humour légèrement décalé.

Pendant que Decker préparait une injection en prévision du trajet jusqu'à l'hôpital, Praeger s'accroupit près d'elle.

— Ma sœur aînée a perdu une jambe suite à un accident agricole, déclara-t-il.

Rese ne réagit pas.

— Elle s'en est remise quand elle a commencé à en rire.

Rese esquissa une grimace de dégoût.

— Je ne vois pas ce qu'il y a de drôle.

— Non ? Que dit le chauffeur à l'unijambiste qui lui demande de le prendre à bord ?

— Aucune idée.

— Allez hop, montez !

Rese ferma les yeux et pinça les lèvres pour ne pas sourire.

— Comment appelez-vous un unijambiste ?

Elle rouvrit les yeux et le dévisagea, l'air sceptique.

— Langue au chat ?

— Jambe de bois.

— Et comment appelez-vous une femme sans jambes ? rétorqua-t-elle avec un rictus amer.

Il lui sourit tandis que Decker pratiquait l'injection.

— Très jolie ! apprécia-t-il.

Peut-être était-ce l'effet de la drogue, du compliment, de la douceur de sa voix ou des trois à la fois ; quoi qu'il en soit, Rese finit par se dérider. Elle lui rendit son sourire et se mit bientôt à dodeliner de la tête. Les deux hommes soulevèrent la civière et s'éloignèrent, tandis que Johann promettait à sa fille de venir la voir dès qu'il obtiendrait l'autorisation.

Les Allemands répartirent les réfugiés par wagon, en commençant par le plus proche de la soute à charbon. Remorquant leurs chariots, les Martel suivirent les trois soldats qui les menèrent, ainsi que le groupe des réfugiés, par un sentier poussiéreux à travers des champs en friche.

Emil tirait, tandis qu'Adeline et Lydia poussaient. Malia alla donner un coup de main à Karoline et à Johann. Les deux enfants suivaient en traînant les pieds. Emil, qui se trouvait à portée de voix de leurs guides, surprit leur conversation.

—Réglé comme une horloge, dit l'un d'eux.

—On a été débarrassés de ces vermines la nuit dernière, juste à temps pour que les nouveaux prennent leur place, commenta un autre.

—On va d'abord leur enlever leurs vêtements et les poux, fit le troisième, l'air dégoûté, au moment où, après avoir gravi une pente raide, ils arrivaient en vue de quatre baraquements, deux de chaque côté de la route.

Un panneau indiquait *Einwandererzentralstelle (EWZ).*

—Le bureau central de l'immigration, traduisit Emil à l'intention d'Adeline.

Les soldats firent halte au centre des bâtiments. Le major Haussmann apparut.

—Les hommes et les femmes se séparent momentanément ici, déclara-t-il. Les garçons vont avec leurs pères. Ceux qui n'ont pas de père et ont moins de quatre ans suivront leur mère et leurs sœurs. Au-dessus de quatre ans, ils rejoindront les hommes.

« Gardez vos papiers sur vous, poursuivit-il. Vos affaires seront étiquetées et vous seront rendues dès que possible. *Bitte*, les hommes à gauche, les femmes à droite. Vous entrerez par les portes que vous voyez là-bas, devant vous. »

***

Emil embrassa Adeline, prit les garçons par la main et, suivi de son père, il franchit des grilles aménagées dans un mur de brique d'environ trois mètres de haut, hérissé de barbelés. Ils débouchèrent dans une cour où des soldats les attendaient derrière de longues tables, jonchées de piles de vêtements.

—Gardez vos papiers et déshabillez-vous, ordonna un soldat. Vous laisserez vos vêtements ici et vous nous remettrez vos papiers par mesure de sécurité. Dans l'ordre alphabétique. De A à M, à gauche, de N à Z, à droite !

Walt jeta un regard apeuré à son père. Il détestait se montrer nu.

— Fais ce qu'on te dit, lui intima Emil.

Will se déshabilla sans se faire prier et se mit à gigoter en riant, indifférent aux regards désapprobateurs posés sur lui. Walt finit par obtempérer. Les mains jointes sur son entrejambe, il suivit Emil, son frère et son grand-père qui s'approchaient de l'officier chargé de recueillir leurs papiers.

— Ne vous inquiétez pas, dit l'homme. On vous les rendra de l'autre côté. Entrez par ces portes, *bitte*.

À l'intérieur, on les fit asseoir sur des chaises et on leur rasa les cheveux. Les barbes hirsutes d'Emil et de Johann après six semaines de pérégrination au cœur de l'hiver furent également tondues.

Déconcertés, les enfants se passèrent les mains sur leurs crânes rasés. Ils parvinrent devant une troisième porte donnant sur une salle basse de plafond, où des canalisations couraient sur le sol en béton. Des soldats leur firent signe d'entrer.

— Quand on vous en donnera l'ordre, vous devrez fermer les yeux et les protéger avec les mains. Si vous les ouvrez, ils seront brûlés par l'eau de la douche qui extermine les poux, porteurs de maladies. Je répète : n'ouvrez pas les yeux avant le second ordre !

— Vous avez entendu ? demanda Emil aux deux garçons, qui découvraient les tuyauteries et les pommeaux de douche pour la première fois de leur vie.

Leur maison à Friedenstal n'ayant pas l'eau courante, ils tiraient l'eau du puits pour boire et se laver.

— On ferme les yeux, récita Walt. Et on attend l'ordre.

La foule se pressait dans la salle de désinfection derrière eux.

— Will ? interrogea Emil.

Le petit garçon se redressa, ferma les yeux de toutes ses forces et les cacha ostensiblement avec ses mains.

—Très bien, dit Emil.

—Silence ! brailla un soldat.

Les portes se fermèrent dans l'obscurité. Les enfants s'accrochèrent à leur père jusqu'à ce que l'ordre retentisse dans le haut-parleur.

—Couvrez-vous les yeux avec vos mains. Penchez la tête en avant. Fermez les yeux et attendez qu'on vous dise de les rouvrir.

De l'eau mélangée à un produit chimique qui sentait le goudron se déversa sur eux pendant plusieurs minutes. Après ce qui leur parut être une éternité, une deuxième douche se mit à couler plus longtemps que la première et sans l'odeur d'essence.

L'eau se tarit et les portes se rouvrirent. Ils se retrouvèrent sur une pelouse en plein soleil. Huit camions militaires étaient garés cul à cul par rang de quatre, à quinze mètres de distance les uns des autres. Des soldats déchargeaient les ballots de vêtements qu'ils transportaient.

—Vous devez d'abord venir chercher vos documents avant de vous rhabiller, beugla un soldat. Vous trouverez des pantalons, des chemises, des manteaux et des chaussures en trois tailles : petit, moyen et grand. Ils ont été nettoyés à haute température. Limitez-vous au strict nécessaire pour le moment. Vous en recevrez d'autres une fois que vous serez installés.

Emil ne fit pas longtemps la queue avant de récupérer ses documents et ils n'eurent aucun mal à dénicher des habits et des chaussures à leur taille. Emil s'extasia devant l'étoffe du pantalon et de la chemise qu'il portait. Il n'avait jamais possédé de vêtements aussi raffinés de sa vie. Hormis quelques lambeaux de tissu jaune au niveau de la poitrine gauche, la veste qu'il avait sélectionnée était presque neuve.

—J'ai trop chaud, se plaignit Will.

—Tu n'as qu'à retirer ton manteau.

—Je veux un short.

— On va en trouver, assura Emil qui, à sa grande surprise, n'eut aucune peine à en découvrir un dans le tas.

Chacun repartit, chargé d'une brassée de vêtements. Ils furent dirigés vers une vaste esplanade où ils retrouveraient leurs familles. Malia et les deux grands-mères ne tardèrent pas à apparaître par les portes situées en vis-à-vis, vêtues de neuf et le crâne tondu, ce qui n'avait pas l'air de les enchanter.

Les railleries de Will et de Walt, les montrant du doigt, ne firent qu'empirer les choses.

— Je déteste les poux, reconnut Malia en nouant un foulard autour de sa tête.

Karoline l'imita.

— On ne risque plus d'en attraper en tout cas, dit-elle.

— Où est Adella ? questionna Emil.

— Elle aide notre cousine à choisir de quoi habiller les bébés, répondit sa belle-sœur.

***

Karoline s'approcha de son mari.

— Tu es méconnaissable sans ta barbe et ta tignasse hirsutes.

— Toi aussi.

Un silence gêné s'ensuivit.

Emil n'avait jamais bien compris la relation qui unissait ses parents, alternant entre l'indifférence et la rancœur. Leur mariage avait été fragilisé par des années de séparation, où chacun avait vécu dans l'incertitude concernant le sort de son conjoint.

Adeline survint avec l'un des bébés de Marie dans les bras, suivie de sa cousine portant son jumeau. Elle était vêtue d'une jupe bleu foncé et d'un chemisier gris taillé dans une étoffe de belle qualité, un foulard bleu et rouge sur la tête. Malgré son crâne rasé, elle était resplendissante dans la lumière du couchant, pensa Emil.

Une nouvelle vie commençait, il le pressentait. Ils avaient appris à compter sur eux-mêmes pour surmonter la perte de leurs terres et affronter un périple long et dangereux. Ils avaient réussi à gagner la Pologne, alors que tant de gens n'avaient pas survécu au voyage. L'accident de Rese était une effroyable tragédie, mais sa réaction lorsque Praeger l'avait qualifiée de « très jolie » avait mis du baume au cœur à Emil et lui avait donné l'espoir que sa jeune sœur surmonterait cette épreuve et connaîtrait une vie meilleure.

Adeline s'avança.

— Qui est cet homme à la drôle d'allure ? fit-elle en agitant l'une des menottes du bébé dans sa direction.

— Je sais qui tu es et je te reconnaîtrai n'importe où, Adeline Martel.

Ils s'embrassèrent. Emil rabattit son foulard pour mieux voir de quoi elle avait l'air.

— Ça te va bien.

— Merci, mais ça ne durera pas.

Des réfugiés arborant leur nouvelle tenue affluèrent sur la place en provenance de la salle de désinfection. Escortés par des soldats SS, ils parcoururent environ trois kilomètres jusqu'à un ensemble de bâtiments et de tentes, entouré d'une haute clôture surmontée de barbelés.

Une fois à l'intérieur, ils furent enregistrés, puis on prit leur température afin de repérer et séparer les éventuels malades, avant de les répartir dans des tentes situées à l'extrémité d'un terrain de manœuvres, à l'est du plus grand bâtiment du camp. La famille Martel était logée dans trois grandes tentes, dont seule Johann, avec sa haute taille, atteignait le plafond. Marie et les jumeaux partagèrent celle de Malia et de Lydia. Chaque tente était équipée de matelas garnis de paille fraîche, de couvertures, de serviettes, de savon, et éclairée par une lampe accrochée à un piquet. Après de longues semaines passées à fuir les combats, à dormir à même le sol sous le chariot ou les ponts pendant les bombardements, cela semblait presque trop beau pour être vrai.

Et le repas ! Une odeur alléchante de nourriture et de pain fraîchement cuit embaumait l'air. Ils l'avaient sentie en passant devant le grand bâtiment près du terrain de manœuvres. Après avoir rangé leurs affaires, ils s'orientèrent dans cette direction et pénétrèrent dans un vaste réfectoire, où on leur servit des nouilles aux œufs, des saucisses de porc, des oignons, de la compote de pommes et des petits pains au beurre. Les enfants reçurent du lait chocolaté et les parents des petites chopes de bière mousseuse, riche en houblon.

— C'est un vrai festin ! dit Adeline en contemplant son assiette d'un regard incrédule.

— Tout ça pour nous ? s'extasia Malia.

— Je ne m'y attendais pas, admit Emil, tandis qu'ils s'installaient autour des tables.

À peine assis, Walt se mit à dévorer ses nouilles et sa viande si vite que sa mère lui intima de ralentir.

— Mais c'est tellement bon, protesta-t-il, la bouche pleine.

— Tu vas t'étouffer, c'est tout ce que tu vas gagner, intervint Malia.

— Écoute ta tante, reprit Adeline. C'est un cadeau du ciel. Il ne faut pas le gâcher.

Cadeau divin ou pas, Emil savourait chaque bouchée comme si c'était la première. Il sirota sa bière avec un claquement de langue appréciateur. La tête lui tournait un peu et ses épaules s'affaissèrent.

Il observa Adeline et ses enfants, et à chaque lampée de bière – la première gorgée d'alcool depuis cette fameuse nuit en compagnie de Nikolas –, il se sentait plus léger, détendu et enclin au rire.

Voilà une éternité que cela ne lui était pas arrivé, tant assurer sa survie et celle de sa famille obsédait son esprit. Sauf peut-être le deuxième jour de leur périple. Quand Will avait eu envie d'uriner et qu'il n'avait pas pu stopper le chariot.

Ses craintes s'évanouirent avec la deuxième bière. Euphorique, Emil attrapa Adeline par la taille, il la fit pivoter sur elle-même et l'embrassa, pour la plus grande joie des enfants et de Malia qui se mirent à battre des mains en se tordant de rire.

— Je t'aime, dit-il.

— Tu es complètement soûl.

— Je t'aime quand même.

L'ouest était à leur portée à présent, quelque part de l'autre côté de la mer, et le pire semblait passé. Il en avait l'intime conviction. Ils avaient vécu un cauchemar, mais ils avaient survécu pour profiter d'un excellent repas ; l'avenir se présentait sous les meilleurs auspices. Le dîner terminé, le ventre plein, les Martel visitèrent le camp bondé de réfugiés, ils repérèrent les latrines, les douches, ainsi que les portes menant à une infirmerie et d'autres bâtiments, à l'extérieur de l'enceinte. Une heure plus tard, alors que le ciel achevait de s'assombrir à la tombée de la nuit, des projecteurs s'allumèrent et des haut-parleurs leur enjoignirent de se rassembler sur l'esplanade, près du réfectoire. À une extrémité, on avait aménagé une sorte d'estrade, où se dressait un micro sur pied flanqué de drapeaux nazis.

Le major Haussmann y monta et s'approcha du micro.

— J'espère que vous avez apprécié le repas après ce long voyage ?

Une clameur d'approbation lui répondit.

— C'était un cadeau de la part du *Reichsführer* Heinrich Himmler, grâce à qui vous avez eu la vie sauve, ainsi que plus de cent mille autres réfugiés. Comme vous faites partie du dernier convoi, le *Reichsführer* Himmler aurait aimé vous saluer en personne, mais il en a été empêché pour des raisons indépendantes de sa volonté. Le

Reichsführer m'a fait parvenir un message qu'il m'a prié de vous communiquer.

Le major tira une feuille de sa poche et se mit à lire :

— *Je souhaite la bienvenue aux derniers Allemands de la mer Noire à arriver dans le* Warthegau. *Vous êtes très importants pour le Troisième Reich et pour le* Führer, *vous qui êtes de bons et loyaux Allemands de pure souche de retour dans la Grande Patrie pour consolider nos racines aryennes après un siècle d'absence. Sachez que je vous considère comme une part essentielle d'un glorieux avenir allemand dont le judéo-stalinisme aura complètement et définitivement été extirpé. Vous vous trouvez en quarantaine à présent et le resterez les prochaines semaines, jusqu'à ce que les médecins vous jugent aptes à nous rejoindre. Vous aurez bientôt un foyer et trouverez le moyen d'être utiles au Reich. Je vous souhaite à nouveau la bienvenue et vous félicite.* Signé Heinrich Himmler, *Reichsführer* de la *Schutzstaffel*.

Plusieurs officiers SS applaudirent, tandis que le major Haussmann repliait la lettre en fixant les réfugiés, qui se mirent à battre des mains à leur tour. Bientôt, les applaudissements, ponctués de sifflets, fusèrent de partout.

Haussmann laissa l'ovation se prolonger quelques minutes avant de lever la main pour réclamer le silence.

— Vous allez bientôt être examinés par des médecins et des infirmières avant de vous coucher. Demain, vous devrez vous munir de vos papiers prouvant votre ascendance allemande afin de recevoir votre *Umsiedlerausweis*, soit la carte d'identité de réinstallation. Les documents devront comporter votre *Einbürgerungsantrag*, *Stammblatt*, *Volkstumausweis* et *Lebenslauf*.

Adeline se pencha et souffla à l'oreille d'Emil.

— Nous les avons tous ?

Il hocha la tête.

— Oui. La demande de naturalisation, l'arbre généalogique, la carte d'identité ethnique et le *curriculum vitæ*.

Haussmann reprit la parole.

— Ma mission est à présent terminée, mais je resterai à vos côtés jusqu'à ce que vous soyez transférés dans un logement permanent. Je sais que le voyage a été éprouvant, mais vous êtes désormais en sécurité. Comme le *Reichsführer* Himmler l'a souligné, l'essentiel est que la pureté de votre sang aryen soit intacte.

Les haut-parleurs diffusèrent une musique assourdissante.

Haussmann se mit au garde-à-vous, le bras droit tendu pour effectuer le salut nazi.

— *Heil Hitler !* beugla-t-il. Bienvenue au Troisième Reich !

***

Près de l'estrade, un groupe de réfugiés à moitié soûls clamèrent « *Heil Hitler !* » à leur tour. Les Martel et leurs compatriotes allemands de la mer Noire furent plus discrets.

— *Sieg !* s'époumona le major, l'air furieux.

Tous les soldats brandirent le poing en hurlant « *Heil !* »

Le major toisa les réfugiés.

— *Sieg !*

— *Heil* ! rugirent les soldats et plusieurs réfugiés.

— *Sieg !*

— *Heil !*

À la huitième reprise, Emil remarqua que tout le monde, y compris sa famille, Adeline, ses deux petits garçons et lui-même faisaient chorus.

Le major se figea, le bras en l'air, imité par l'assistance. À la musique grésillante diffusée par les haut-parleurs succédèrent des trompettes tonitruantes, des tambours assourdissants et un chœur mixte qui entonna le *Chant de Horst Wessel*, l'hymne du parti nazi, repris comme un seul homme par les soldats et les réfugiés. Ceux qui ignoraient les paroles feignaient de les connaître, tandis que l'hymne des tuniques brunes d'Adolf Hitler emplissait l'air.

Drapeau hissé, en rangs serrés,
La SA marche d'un pas calme et ferme.
Dans nos esprits, les camarades fusillés par le Front rouge
et la Réaction
Défilent dans nos rangs avec nous !

Libérez la rue pour les chemises brunes,
Libérez la rue pour la Section d'Assaut !
Des millions d'hommes contemplent la
Croix gammée, pleins d'espoir.
Le jour de la liberté et du pain approche !

Pour la dernière fois retentit l'appel au combat !
Nous sommes prêts à nous battre.
Bientôt les drapeaux hitlériens flotteront dans les rues
Et la servitude sera abolie !

Drapeau hissé, en rangs serrés,
La SA marche d'un pas calme et ferme.
Dans nos esprits, les camarades fusillés par le Front rouge
Et la Réaction
Défilent dans nos rangs avec nous !

Le chant terminé, Haussmann s'approcha de nouveau du micro.

— *Heil Hitler !* rugit-il, le bras tendu.

— *Heil Hitler !* répondirent les réfugiés avec plus d'enthousiasme.

— *Heil Hitler !*

Les réfugiés s'égosillèrent plus fort. Emil nota qu'à la huitième fois, le camp entier hurlait « *Heil Hitler !* » d'une seule voix monstrueuse.

Haussmann sourit.

— Parfait. Maintenant, vous allez vous prêter à un bref examen médical et ensuite, vous pourrez vous retirer dans vos quartiers.

Les Martel se placèrent dans la queue la plus courte, au bout de laquelle un médecin et une infirmière, un masque chirurgical sur le visage, auscultaient les réfugiés un à un.

Emil remarqua que Nikolas était en tête de la file. Quand il passa devant Haussmann, le major le salua d'un signe de tête.

— Je suis fatigué, papa, pleurnicha Will.

— J'ai mal au ventre, renchérit Walt.

— Voilà ce qui arrive quand on mange trop vite alors qu'on a eu l'estomac vide pendant des semaines, dit Adeline.

La file d'attente s'amenuisait à vue d'œil. Emil leva la tête et aperçut le major SS, toujours juché sur l'estrade à quelques mètres devant lui. Un soldat lui remit une note qu'il lut avec attention. Quand Emil le dépassa, le major leva les yeux et le salua d'un signe. Emil fit de même avant de s'éloigner.

Quelques instants plus tard, il se retourna et s'aperçut que l'officier ne le quittait pas des yeux. Leurs regards se croisèrent. Le major Haussmann haussa les sourcils et esquissa un sourire féroce, le doigt tendu.

Emil fit volte-face, l'estomac chaviré. Qu'est-ce que cela signifiait ?

La peur au ventre, il n'osa plus se retourner. Il lui fallut toute sa volonté pour répondre au médecin qui l'examina ainsi qu'Adeline et les enfants. Après avoir pris leur température, il leur demanda s'ils avaient eu de la fièvre ou des maladies au cours des trois derniers mois. Emil affirma qu'il n'avait pas été malade depuis cinq ans, ce qui était la vérité. Adeline précisa que Walt avait été souffrant l'année précédente, mais que Will était généralement en très bonne santé. Le docteur les laissa partir.

La nuit était tombée. Will ne tenant pas debout, Emil le jucha sur ses épaules pour le porter jusqu'à la tente.

— Maman, est-ce qu'Heinrich Himmler est Dieu ? demanda Walt en chemin.

— Quoi ? Bien sûr que non ! Qu'est-ce que tu racontes ?

— Tu as dit que le dîner était un cadeau du ciel, mais le major nous a dit que c'était un cadeau d'Himmler. Je ne comprends pas.

— Ne cherche pas. Peu importe qui nous l'a offert ici-bas, c'était un cadeau d'en haut. Moi, je le crois, en tout cas.

Pour une fois, Walt parut se satisfaire de cette réponse.

Adeline mit les deux garçons au lit.

— Ils n'ont pas envie de faire pipi ? s'étonna Emil.

— Ils disent qu'ils sont trop épuisés.

— J'ai besoin d'y aller.

— Moi aussi.

Ils confièrent les garçons à la garde de Malia, se munirent d'une torche et s'en furent aux latrines. Emil eut vite terminé et sortit pour attendre sa femme. Soudain, Nikolas apparut ; il s'approcha et le gratifia d'un sourire narquois.

Emil se raidit.

— Un genou en miettes ne t'a apparemment pas servi de leçon ?

— Parfaitement, jubila Nikolas. Mais j'ai très bien entendu ce que le *Sturmbannführer* Haussmann m'a dit tout à l'heure. Sans les cheveux et la barbe, il t'a reconnu, Martel. Il sait qui tu es, à présent.

TROISIÈME PARTIE

BALLOTTÉS AU GRÉ DU VENT ET JETÉS EN PÂTURE AUX LOUPS

18

En sortant des toilettes, Adeline vit un homme de haute taille s'éloigner en clopinant. Emil le suivait des yeux, l'air profondément bouleversé à la lueur de la lampe.

— Qu'y a-t-il, Emil ?

Il évita son regard.

— C'est la fatigue.

— On dirait l'homme qui accompagnait le major à la frontière roumaine.

— Il voulait savoir où était la clinique. Je lui ai indiqué le chemin. Tu es sûre que c'était lui ?

Adeline en était quasiment certaine, mais elle lui accorda le bénéfice du doute. Ils rebroussèrent chemin en silence. De retour sous la tente, Emil se hâta de retirer son manteau et se glissa sous les couvertures. Adeline éteignit la lumière, s'allongea à son tour et se blottit contre lui.

— Ils dorment, murmura-t-elle.

— Et alors ?

— Tu sais bien. Tu as envie ?

— Je suis vanné, répondit-il après un silence.

Adeline s'écarta et ferma les yeux. Une extrême tension se dégageait de son mari, un peu comme les cercles concentriques provoqués par la chute d'un caillou à la surface d'un étang. Quand il était dans cet état-là, elle avait appris à ne pas insister et attendre patiemment qu'il décide de se confier à elle, une fois qu'il aurait trouvé le moyen de résoudre le problème. Il était ainsi. Elle s'endormit en se persuadant qu'il avait peut-être raison : il était préférable d'ignorer certaines choses.

***

Le lendemain, durant cinq heures, la famille Martel dut subir d'innombrables entretiens, outre le contrôle de leurs papiers. Dans chacun des huit bureaux, ils furent soumis à un interrogatoire approfondi, mené par non moins de six agents d'immigration et de naturalisation. On ne leur épargna aucun détail concernant leur itinéraire personnel ou leurs aptitudes professionnelles en passant par la valeur des terres qu'ils avaient dû quitter. Puis, on les photographia et ils passèrent un examen médical complet, incluant la mesure précise de leur crâne, de leurs mâchoires, des os des bras et des jambes dans le cadre des recherches raciales menées par Himmler.

Une fois ces formalités accomplies, chaque famille reçut un portrait encadré d'Adolf Hitler et des cartes d'identité de réinstallation provisoires. On leur annonça qu'ils seraient transférés dans des logements permanents, une fois la quarantaine levée.

Les nouveaux résidents de la Grande Allemagne du *Führer* durent s'adapter au rythme quasi militaire du camp. Même si les enfants parlaient l'allemand et un peu de russe depuis leur plus jeune âge, ils furent inscrits dans une école improvisée où on leur apprit à lire et à écrire correctement en allemand, sans oublier des rudiments de calcul. À l'exception de Karoline et de Lydia, les adultes furent affectés à un emploi. Malia et Marie travaillaient à la blanchisserie et Adeline aux cuisines, ce qui lui convenait à merveille, vu qu'elle adorait se mettre aux fourneaux et avait toujours quelque chose à apprendre auprès du personnel. Johann balayait les allées du camp. Emil fut chargé de nettoyer les latrines, ce qu'il accepta sans rechigner. *Ma famille est en sécurité*, se répétait-il à longueur de journée. *D'accord, la nourriture n'est pas à la hauteur, mais nous ne mourons pas de faim et nous avons un toit sur nos têtes. Récurer les toilettes est le moins que je puisse faire.*

Il rentrait le soir après avoir retiré sa combinaison de travail et s'être douché avec du savon noir à l'odeur âcre et persistante. Jour après jour, jusqu'à la mi-juin 1944, Adeline ne l'entendit jamais se plaindre ni s'apitoyer sur son sort.

Vers cette époque, elle remarqua que les approvisionnements en cuisine diminuaient en qualité et en quantité. Elle entendit l'un des employés annoncer que Rome était tombée aux mains des Alliés, qui menaient une bataille acharnée contre la Wehrmacht en France, de sorte que la main-d'œuvre et les marchandises étaient réquisitionnées dans toutes les régions du Reich et acheminées vers l'ouest, en France, et vers le sud, en Italie. Quand il l'apprit, Emil, surexcité, s'exclama que cela signifiait que les Alliés occidentaux avaient envahi l'Europe et menaçaient Hitler.

— Tu ne comprends pas ? Les Alliés sont notre salut à l'ouest, Adella. Nous devons les rejoindre et nous rendre.

Elle le considéra comme s'il avait perdu l'esprit.

— Tu veux traverser la Pologne et l'Allemagne jusqu'en France, passer sain et sauf à travers les rangs de la Wehrmacht et sortir indemne des combats ? De toute façon, tu n'es pas un soldat, et moi non plus. On ne peut donc pas se rendre.

— Aucune importance. Si on parvient à rejoindre les Alliés, peu importe comment, on obtiendra le statut de réfugiés. Nous pourrons travailler pour eux, Adeline. S'il le faut, je nettoierai les W.-C. jusqu'à la fin de mes jours. Et peut-être qu'ils nous enverront à l'ouest, au-delà de l'océan, en récompense de nos efforts.

Adeline fronça les sourcils.

— Avec des peut-être, on pourrait refaire le monde. Mais moi, j'ai à ma charge deux jeunes enfants, une mère et une sœur, sans parler de tes parents, de ma cousine et des jumeaux. Et Rese. Tu l'oublies ? Tu crois vraiment que ta sœur va pouvoir détaler comme un lapin sous les balles et les bombes ?

— Bien sûr que non. On la portera, si besoin est. Et les balles nous épargneront.

— On croirait entendre le caporal Gheorghe. Sauf que tu n'as pas été blessé à la tête, toi !

Elle essayait de plaisanter, mais au lieu de rire, Emil se mit en colère.

— Je n'ai pas été blessé à la tête, c'est vrai. Et je n'ai rien à voir avec ce satané caporal Gheorghe !

Elle leva les mains en signe d'apaisement.

— Prends le temps d'y réfléchir, Emil. De toute façon, nous ne pouvons pas quitter le camp, donc je ne vois pas comment nous réussirions à rejoindre les Alliés pour le moment.

***

Emil se tint coi pendant quelque temps, jusqu'au jour où ils apprirent que la quarantaine serait bientôt levée et qu'ils s'établiraient dans la petite ville de Wieluń, à environ vingt-deux kilomètres au sud-ouest. Il se mit à étudier la position des étoiles dans l'hémisphère nord à l'aide d'un manuel que les enfants avaient reçu à l'école.

— Tu n'as pas lu de livre depuis des années, s'étonna Adeline. Pourquoi cela t'intéresse-t-il ?

Il prit la mouche.

— Je n'ai peut-être pas été plus loin que le CM_2, mais je sais lire et écrire, et je ne suis pas stupide.

Elle piqua un fard.

— Je n'ai jamais dit ça, Emil. C'était une simple question.

— La position des étoiles permet de s'orienter la nuit, Adella, et nous aiderait à rejoindre les Alliés.

— On marcherait la nuit ?

— Exactement.

— Mais on risque de se casser la figure.

— Ou de reconquérir notre liberté.

Jour après jour, Emil écoutait à la porte des toilettes réservées aux officiers SS afin de grappiller des nouvelles de la guerre et calculer le temps nécessaire pour rallier les lignes alliées. La nuit, il sortait étudier la position de l'étoile Polaire par rapport aux constellations. Mais quand il abordait le sujet avec Adeline, elle se fâchait tout rouge.

— Il n'en est pas question.

— Si. Tôt ou tard, tu devras choisir entre l'esclavage et la liberté. Dans le second cas, il faudra s'aventurer dans un *no man's land* sous des tirs nourris pour y parvenir. Il n'y a pas d'autre solution, si tu veux mon avis. Nous devrons risquer notre vie pour atteindre cet objectif.

***

Fin juin, réveillés à l'aube, on leur donna l'ordre de préparer leurs bagages et de converger vers l'esplanade, où le major Haussmann les attendait.

— Votre quarantaine est terminée, déclara-t-il au micro. Vos effets personnels vont vous être restitués. On vous remettra une adresse, une clé et un plan d'accès à votre nouveau logement, ainsi que le mode d'emploi du système de rationnement alimentaire, essentiel si vous ne voulez pas mourir de faim. Une fois installés, les adultes devront se présenter à leur officier EWZ pour être affectés à des tâches en fonction de leurs compétences.

— Et Rese ? s'inquiéta Karoline.

— Je te répète que les médecins ont dit qu'elle se rétablissait. Elle sera transportée à Wieluń dès qu'elle sera en mesure de voyager, la rassura Emil.

On leur ordonna de se rassembler en fonction des wagons dans lesquels ils étaient arrivés, celui des Martel étant le premier du convoi. Ils franchirent les grilles pour la première fois depuis cinq semaines, par une belle et chaude journée d'été. Leur petit chariot fut l'un des premiers à être déchargé du camion ; tout était intact, y compris les ingrédients secs.

Emil reçut la clé de leur futur logement, le plan de leur nouveau quartier à Wieluń, ainsi que les premiers tickets de rationnement. Il étudia la carte et s'aperçut que les lieux étaient accessibles de trois façons différentes. Il était perdu dans ses réflexions, quand il entendit la voix du major Haussmann.

— Martel ?

Emil leva les yeux et vit le major Haussmann debout devant lui. Il sentit ses tripes se nouer. Il espérait qu'une fois la porte franchie, il aurait été définitivement débarrassé de ce triste personnage. Malheureusement, tel n'était pas encore le cas.

Il posa le plan sur ses genoux.

— Oui, major ?

— Un mot avant de partir, *bitte*. En privé.

— Bien sûr, major.

Emil jeta un dernier regard à sa femme et ses enfants, qu'il ne reverrait peut-être jamais, avant de suivre l'officier SS le long de la clôture en direction d'un terrain accidenté, qui présentait une légère dépression, invisible depuis la route.

Le major pivota pour lui faire face, puis dégaina son Luger avec la même expression amusée qu'Emil lui avait vue lors de cette nuit de cauchemar à Dubossary, des années auparavant. Il leva les mains en l'air, paniqué.

— Ton visage m'était familier, commença Haussmann. Mais sans les cheveux et la barbe, il n'y avait plus de doute. Curieux, car j'en ai vu défiler des dizaines de milliers d'autres dans l'intervalle. Pourquoi n'ai-je pas oublié le tien, Martel ?

Emil ne savait trop quoi répondre.

— Je ne sais pas, major.

Haussmann émit un rire aigre.

— Je vais te le dire. C'est parce que ton visage appartenait au premier misérable lâche que j'ai rencontré en Ukraine. Tu t'en souviens, hein, espèce de sale bouseux ?

Emil respira à fond.

— Major, la règle était…

— Je me fiche de la règle d'un autre dégonflé, fulmina Haussmann en agitant son arme.

— La règle d'Himmler, acheva Emil.

— Qu'est-ce qu'il en sait, le *Reichsführer* Himmler ? Est-ce qu'il était sur le terrain avec des fusils et des pistolets pour résoudre son problème juif ? Non. Mais moi si.

J'aurais dû te tuer cette nuit-là, sauf que je ne l'ai pas fait. Par chance, j'ai l'occasion de réparer cette erreur.

Haussmann leva son arme. Secoué de frissons, Emil fixa le nazi par-dessus le canon de son arme.

— Vous allez m'abattre à bout portant ?

— Ce ne sera pas la première fois.

— Attendez ! Je suis un bon Allemand. Tout ce que je veux, c'est une vie meilleure pour ma famille. Vous ne pouvez pas laisser une veuve et des orphelins sans défense. Mon beau-père a été déporté en Sibérie et on n'a plus jamais entendu parler de lui. Ça a été un véritable drame pour ma femme.

Haussmann enclencha la gâchette.

***

Adeline ne quittait pas des yeux la butte derrière laquelle avaient disparu Emil et le major Haussmann. Un coup de feu la fit sursauter. Elle porta une main à sa bouche, vacilla et se retint au petit chariot.

— Oh non ! murmura-t-elle.

Walt se précipita vers elle.

— Maman ! Qu'est-ce qu'il y a ?

Du plus profond de son âme, Adeline supplia Dieu d'épargner son époux.

S'il vous plaît, mon Dieu, Emil Martel est un brave homme, un bon père et un merveilleux mari. Depuis que je le connais, il a toujours fait le bien autour de lui. Il ne mérite pas de...

Une deuxième détonation déchira l'air.

***

À genoux, Emil tremblait de la tête aux pieds, les oreilles bourdonnantes, certain qu'il allait mourir. Les deux balles lui avaient frôlé le crâne avant de se loger dans le talus derrière lui. Haussmann ne le raterait pas une troisième fois.

Levant les yeux, il vit le nazi abaisser son arme en souriant.

— Auparavant, je me délectais de voir les gens mourir, regarder le sang et la vie s'écouler d'eux. Mais depuis environ un an, je m'aperçois que je préfère leurs supplications et leurs réactions après le premier tir manqué que l'exécution elle-même. Te voir claquer des dents au point de faire dans ton pantalon me réjouit, Martel. Lève-toi et va retrouver ta famille.

Chancelant, les jambes en coton, inquiet et toujours méfiant, Emil se leva et fixa Haussmann d'un œil vitreux.

— Je peux y aller ?

— Oui, mais ne t'imagine pas que tu vas t'en tirer à si bon compte. Ta famille et toi en baverez dans les prochains mois, même après mon départ, j'y ai veillé. J'espère que tu réfléchiras à tes actes cette nuit-là, à Dubossary. Ta lâcheté.

Il désigna la veste d'Emil.

— Pense aux vêtements que tu portes et à l'endroit où tu as la chance de vivre grâce à des gens comme moi. Et je veux que tu décides une bonne fois si tu souhaites réellement appartenir au Troisième Reich ou retourner vivre sous Staline et ses sales Youpins.

***

Will se mit à pleurer.

— Maman ! Il est où, papa ?

Adeline ne savait que répondre. Elle adressait toujours la même prière muette au Seigneur, les yeux fixés sur l'endroit où elle avait vu disparaître Emil. Soudain, elle perçut un mouvement.

— C'est lui, c'est papa ! s'égosilla Walt, perché sur le chariot.

Adeline se précipita vers son mari au moment où il apparaissait au sommet de la colline, Walt et Will sur ses talons. Emil dévala la pente et agita les mains pour leur signifier de l'attendre.

— Que s'est-il passé ?

— Un rat, répondit-il, pâle et en sueur comme s'il venait de sprinter pendant une heure. On y va, maintenant ! poursuivit-il en désignant le chariot d'un geste.

Adeline aurait voulu le presser de questions, mais elle comprit qu'il n'était pas d'humeur.

— Des camions vont venir nous chercher.

— Je m'en fiche.

Chacun se plaça à l'avant et à l'arrière du petit chariot. Emil tirait de toutes ses forces. Adeline, Malia, et Lydia peinaient à rester à sa hauteur.

— Tu vas trop vite, haleta Adeline. On ne peut pas te suivre.

— Alors je vais me débrouiller tout seul jusqu'à ce que nous soyons dans la forêt, dit-il en accélérant le pas.

Dix minutes plus tard, Emil et Adeline remorquaient le chariot à vive allure et, suivis à distance par le reste du groupe, ils grimpèrent une côte avant de pénétrer sous le couvert des arbres. Emil finit par ralentir.

— C'est bon, là, ça suffit.

Sans lâcher la poignée, il s'immobilisa et se pencha en avant, le souffle court. Il eut un violent haut-le-cœur et vomit bruyamment.

Adeline se précipita à ses côtés.

— Mon Dieu, Emil ! Que s'est-il passé ?

— J'ai soif. J'ai couru trop vite.

Elle s'empressa de lui apporter un gobelet d'eau et, se retournant, elle vit les garçons qui couraient pour les rejoindre.

Emil but à grands traits. Faisant appel à tout son courage, il se redressa, s'essuya le visage et alla à leur rencontre.

Il les entoura de ses bras avec un regard furtif à sa femme.

— Ça va aller, affirma-t-il. Nous allons habiter dans notre nouvelle maison, oublier définitivement cet endroit et cet homme.

19

Plusieurs camions les dépassèrent. L'un d'eux s'arrêta pour leur permettre de monter à bord avec leur chariot. Deux heures plus tard, ils parvinrent à Wieluń, la première ville qu'Hitler avait attaquée au cours de l'invasion de la Pologne en 1939. C'était un champ de ruines à la suite des bombardements de la Wehrmacht et de la Luftwaffe. Les immeubles encore debout étaient inoccupés ou habités par des Polonais animés d'un vif ressentiment, qui regardaient d'un mauvais œil l'arrivée avec armes et bagages des Allemands de la mer Noire.

L'arrière du camion n'étant pas bâché, Adeline remarqua que la ville était entourée de champs. La plupart étaient en jachère, ce qui ne laissa pas de la surprendre et de l'inquiéter. S'il n'y avait pas de cultures, comment se nourriraient-ils ? Les vivres qu'ils avaient emportés ne dureraient pas indéfiniment.

Elle fit part de ses craintes à Emil, tandis qu'ils arpentaient les rues étroites au milieu des décombres à la recherche de leur nouvelle maison.

— Ils ont promis de nous fournir des tickets de rationnement, observa-t-il. De toute façon, je n'ai pas l'intention de m'éterniser ici. Tôt ou tard, Adeline, nous devrons partir à l'ouest.

— D'accord, mais pas maintenant. Les enfants ont besoin de souffler, et moi aussi.

Ils finirent par trouver l'adresse : un bâtiment de trois étages à charpente de bois, gris et délabré, qui avait grand besoin de rénovation. Le perron s'affaissait. La porte, qui pendait sur ses gonds, grinça quand Emil introduisit la clé pour l'ouvrir, révélant un vestibule minuscule et un escalier étroit qui montait dans l'obscurité.

L'immeuble comportait six logements, deux par étage. Les appartements du premier étaient inhabitables. Les parents d'Emil, ainsi que Marie et ses jumeaux, s'installèrent au second. La famille d'Emil, la mère et la sœur d'Adeline occuperaient le troisième étage.

À l'intérieur, l'air sentait le rance. À mesure qu'ils montaient, ils percevaient des craquements sinistres, à croire que les marches menaçaient de s'effondrer sous leur poids.

— Il n'y a pas de danger, vous êtes sûrs ? s'enquit Lydia en se cramponnant à la rampe branlante.

— Mieux vaut monter et descendre un par un, conseilla Emil.

— Vous sentez les courants d'air ? dit Adeline. On dirait que le vent traverse les murs.

— Les mendiants ne peuvent pas faire les difficiles, proféra Karoline en pénétrant dans son appartement.

Adeline gravit le dernier étage et ouvrit la porte. Elle découvrit une pièce étroite, meublée d'une table en bois flanquée de trois tabourets avec une cuisine en enfilade. L'évier débordait de vaisselle sale, le sol était jonché de cadavres d'insectes et de crottes de rongeurs, des reliefs de nourriture moisis emplissaient les assiettes sur la table et les globes des lampes étaient piqués de chiures de mouches.

— On dirait que les précédents locataires sont partis précipitamment, observa-t-elle. Probablement à cause des bombardements.

— Qu'est-ce que ça sent mauvais ! s'exclama Will.

— Et on crève de chaleur aussi, renchérit Walt. Je n'aime pas cet endroit.

— Nous n'avons pas le choix, dit Adeline. On fera avec. Au moins, nous n'aurons pas froid. Descendez surveiller le chariot, les enfants, et restez ensemble surtout.

Après le départ des garçons, ils trouvèrent la source de la puanteur – deux rats morts – dans la chambre à coucher, une pièce exiguë avec une petite fenêtre et deux lits superposés en bois aux matelas nus. Les murs étaient couverts de chiffres, d'équations et de figures de géométrie griffonnés qui rappelèrent à Adeline ses lointains souvenirs d'école. Un pull en loques et une chemise déchirée étaient accrochés à un clou, planté dans le bois de la porte.

Adeline évalua du regard l'état de décrépitude de leur nouveau logis.

— Eh bien, dit-elle, je suppose que nous ne pouvons pas tomber plus bas.

***

Emil se força à sourire, convaincu que le major Haussmann leur avait attribué ce logement pour se venger de son comportement en septembre 1941. Il avait vu Nikolas entrer dans un immeuble cossu du quartier. À l'évidence, il avait été récompensé de son zèle, tandis qu'Emil et sa famille écopaient d'une punition.

— Il n'y a pas d'eau courante, constata Adeline en entrant dans la cuisine.

— On va trouver une fontaine publique, assura Emil. Et aussi des latrines.

— Ah voilà quelque chose d'utile ! s'exclama-t-elle, en dénichant dans un coin un balai en paille et une pelle. Voudrais-tu aller chercher de l'eau avec les enfants ? Il y a deux seaux là-bas. Et avant de partir, pourrais-tu ouvrir toutes les fenêtres, s'il te plaît ?

Elle ôta son foulard et s'en couvrit le nez et la bouche. Emil fit la grimace. Quand sa femme se lançait dans le ménage, c'était une vraie tornade. Après avoir ouvert les fenêtres, il ramassa les seaux et descendit l'escalier, remarquant au passage que les appartements de Marie et de ses parents étaient aussi miteux que le leur.

Johann secoua la tête en voyant son fils sortir de l'immeuble.

— Les fenêtres ne sont pas étanches, dit-il. On aura froid cet hiver.

— Je demanderai de changer d'appartement dès demain.

— Nous allons chercher de l'eau, intervint Walt. Tu viens, grand-père ?

Johann hésita, mais entendant les vociférations de Karoline qui leur parvenaient par la fenêtre ouverte, il hocha la tête et remonta chercher deux seaux en fer-blanc. Un Polonais qui baragouinait l'allemand leur indiqua la fontaine publique, située à quelques rues de là.

Le temps de s'y rendre, d'attendre leur tour, de remplir les seaux et de remonter au troisième étage, Adeline avait balayé le sol et balancé les déchets par la fenêtre. Elle avait trouvé un pain de savon sous la pile d'assiettes et de casseroles dans l'évier. Ils se servirent du pull et de la chemise trouvés dans la chambre en guise de serpillières pour lessiver les sols et les couchettes à l'eau savonneuse.

Comme les garçons connaissaient le chemin de la fontaine, Emil leur confia la tâche de faire provision d'eau pour nettoyer la vaisselle, les casseroles et les poêles. Après quoi, ils dressèrent l'inventaire de ce que contenait la cuisine avant de vider le petit chariot de son chargement.

Il n'y avait pas de combustible pour allumer le fourneau, mais celui de Lydia était en état de marche. Ce soir-là, Adeline fit cuire du pain dans l'appartement de sa mère. Elle prépara également une soupe avec les aliments séchés, rescapés du voyage, et deux oignons rabougris, chapardés dans la cuisine du camp avant leur départ.

Ils attendirent pour dîner que la chaleur retombe avec le coucher du soleil. À la lueur de la lampe, sous l'impulsion d'Adeline, ils joignirent les mains et remercièrent Dieu de les avoir délivrés des Soviétiques et de leur avoir fourni de la nourriture et un toit.

Adeline voyait bien que son mari ne partageait pas ses convictions, même s'il s'efforçait de faire bonne figure, et qu'il supportait mal la dégradation de leurs conditions de vie.

— Ça va s'arranger, mon amour, dit-elle pour le réconforter, une fois les enfants couchés.

— Je sais, mais je ne pensais pas que tout irait de mal en pis.

— C'est un nouveau départ vers une vie meilleure, je te le promets. Tu ne t'attendais pas à ce que cela nous tombe du ciel, n'est-ce pas ?

— Bien sûr que non. Je suis prêt à travailler pour y arriver.

— Tu travailles déjà comme un forçat, Emil.

Il la serra dans ses bras.

— Toi aussi, ma reine.

— Une reine avec son roi et ses princes dans leur grand palais flambant neuf.

— Tu as oublié ta vallée verte ?

— Jamais de la vie.

Ils s'embrassèrent et s'étreignirent longuement. Ils s'apprêtaient à se coucher quand le ciel se zébra d'éclairs, suivis par un retentissant coup de tonnerre. Ils se blottirent l'un contre l'autre sur la couchette du bas, alors que la pluie tambourinait sur le toit. L'eau s'infiltra par la fenêtre ouverte et éclaboussa le sol au pied du lit.

— On va s'en sortir, dit Emil en serrant sa femme plus étroitement contre lui.

***

Les jours passèrent. Les garçons allaient à l'école où ils se firent des amis, avec qui ils jouaient jusque tard dans la rue. Adeline se débrouillait avec le rationnement allemand, tant et si bien qu'elle parvenait à concocter des repas convenables. Mais quand Emil s'adressa aux officiers de la VoMi pour demander à être logés ailleurs, il essuya un refus et on lui reprocha son ingratitude envers ceux qui les avaient sauvés des judéo-bolcheviks.

Adeline travaillait à la boulangerie de la ville et Emil dans les rares champs cultivés alentour. Il s'échinait pendant des heures dans la chaleur sans se plaindre, heureux de retrouver la sensation familière que lui procurait l'outil entre ses mains et la satisfaction du travail bien fait. Enfant, avant que sa famille ne soit chassée de ses terres et, plus tard, quand les nazis les lui avaient rendues, il travaillait déjà d'arrache-pied, jour après jour, avec l'agréable satisfaction du devoir accompli. Une vie de labeur harassant le comblait, car elle lui donnait l'impression de se rendre utile.

Tout en s'activant, Emil faisait de son mieux pour ne plus penser au major Haussmann, mais sans y parvenir toujours. Il revivait sans cesse sa panique lors du premier tir raté de l'officier. Il sentait alors son cœur cogner dans sa poitrine et l'adrénaline couler à flots dans ses veines, lui embrumant l'esprit, de sorte qu'il ne se rappelait plus ce qu'il s'était passé après le second coup de feu.

Qu'avait dit le major ? Quelque chose à propos des vêtements qu'il portait, de l'endroit où il allait s'installer et qu'il devait décider s'il voulait s'intégrer à la Grande Allemagne. Impossible de se rappeler les mots exacts.

Au fond, cela n'avait guère d'importance. Le temps passant, Emil s'en souciait de moins en moins. Haussmann leur faisait peut-être vivre un enfer, mais il était sorti de leur existence. Emil avait repris les automatismes acquis en Ukraine sous Staline. Il s'efforçait de rester discret. Il accomplissait son travail, rentrait chez lui, passait ses soirées en famille et contemplait le ciel nocturne en rêvant de l'ouest, non pas comme le paradis vert surgi de l'imagination d'Adeline, mais comme un lieu où il aurait tout loisir de démarrer une nouvelle vie.

***

Juillet s'écoula, août se terminait et septembre 1944 approchait. L'ardeur que mettait Emil au travail ne passa pas inaperçue aux yeux d'un certain Claude Wahl, un sergent de la Wehrmacht au visage rubicond, blessé près de Minsk en juillet 1941. Les éclats d'un obus soviétique lui avaient brisé le bassin, de sorte qu'il avait peine à se déplacer et avait été réformé de l'armée. Il avait été affecté à la VoMi pour favoriser l'insertion des immigrants allemands de souche et superviser les exploitations agricoles autour du camp de réfugiés de Wieluń.

Comme Emil, Wahl était âgé d'une trentaine d'années et avait grandi dans une ferme. Il partageait les mêmes valeurs, sur le travail en particulier. Un soir, alors qu'Emil s'apprêtait à rentrer chez lui, Wahl l'aborda et, après avoir discuté à bâtons rompus, il l'invita à boire une bière chez lui. Mal à l'aise, Emil commença par refuser, mais le sergent insista.

— Pour quelle raison ? demanda Emil.

— Parce que vous êtes mon meilleur ouvrier et que j'aimerais savoir comment m'y prendre pour inciter les autres à vous imiter.

Wahl habitait dans la même rue que Nikolas, une belle maison avec l'eau courante et l'électricité, à des années-lumière du bouge où vivaient les Martel. La disparité était si flagrante que, dégoûté, Emil décida de prendre congé immédiatement. Mais Wahl ne l'entendait pas de cette oreille. Il s'empara d'une cruche de bière de couleur pâle et emplit des chopes en verre.

Après une longue journée passée dans les champs, le breuvage frais glissa dans le gosier d'Emil. Son patron remonta d'un cran dans son estime.

— J'ai travaillé dans une brasserie, dit-il. C'est très bon. Où est-elle produite ?

Le visage de Wahl s'éclaira.

—Mon père la fabrique l'hiver dans notre ferme près de Stuttgart. C'est de la Hefeweizen. Brassée avec du blé pour être consommée l'été.

—Excellent ! apprécia Emil.

Et quand Wahl sortit une saucisse sèche, du fromage et du pain, il songea que, décidément, il aimait bien son patron.

—Alors, fit Wahl, une fois qu'Emil se fut copieusement servi et eut descendu le tout avec une bonne rasade de bière, comment se fait-il que vous travailliez si dur ?

Emil n'avait pas de réponse. Il ne savait pas s'y prendre autrement.

—Dites-moi la première chose qui vous vient à l'esprit, reprit Wahl en souriant.

—La famine.

Le sourire de l'Allemand s'évanouit.

—Vous avez connu la famine ?

—Deux fois. Grâce à Staline.

Wahl rumina un moment en silence.

—Et quel rapport y a-t-il entre la famine et travailler dur ?

—Quand on n'a rien mangé depuis des jours et qu'on sait que l'on n'aura rien à se mettre sous la dent le lendemain... on s'en souvient et on travaille encore plus pour être sûr de n'avoir jamais faim. Ça finit par devenir une habitude.

Wahl s'accorda le temps de la réflexion.

—Je ne crois pas que j'affamerai qui que ce soit pour le forcer à travailler davantage.

Emil leva sa chope.

—Merci !

L'Allemand le dévisagea.

—Vous contentez-vous de survivre ou avez-vous un but dans la vie, Emil ?

—Je ne comprends pas.

— Un plan qui vous obsède et vous tient éveillé la nuit.

— Je pense à protéger ma femme et ma famille, à ce que nous mangerons le lendemain et quand nous pourrons enfin déménager.

— Ça s'appelle survivre.

— Alors je survis, ce n'est déjà pas si mal.

— C'est vrai, mais laissez-moi vous poser une question : à quoi songez-vous quand vous observez les étoiles ?

Emil lui lança un regard méfiant.

— Comment savez-vous que j'observe les étoiles ?

— Comme tous ceux qui ont vécu à la ferme.

Emil hésita, ne sachant que répondre. Mais quelque chose chez cet homme lui inspirait confiance.

— Plus tard, j'aimerais pouvoir vivre sans me préoccuper de la nourriture ou du temps qu'il fait et aller pêcher. Tous les jours si j'en ai envie.

— Pêcher ?

— Oui, c'était mon passe-temps favori quand j'étais petit. Un moyen de nous procurer de quoi manger quand les communistes nous rationnaient. Il y avait autre chose. On ne savait jamais quand le poisson allait se montrer. C'était un peu… je ne sais pas… mystérieux.

— Je comprends. Mais ça, c'est quand vous serez vieux. Et maintenant ? Qu'allez-vous faire après votre départ ?

— J'irai à l'ouest, répondit impulsivement Emil, qui le regretta aussitôt.

Wahl lui jeta un regard de biais.

— À l'ouest ? Jusqu'où ?

Emil aurait voulu changer de sujet, mais il savait qu'il avait éveillé l'intérêt du sergent et que Wahl ne le lâcherait pas.

— Le plus loin possible. Par-delà l'océan.

— Pourquoi ? Qu'espérez-vous y trouver ?

Emil avait conscience que la bière lui avait délié la langue, qu'il avait trop parlé et était en retard pour le dîner. Il regarda Wahl bien en face.

—La liberté. N'est-ce pas ce à quoi chacun de nous aspire, en fin de compte ?

Wahl ne réagit pas, les yeux fixés sur Emil, avant de hocher la tête.

—C'est exact. Et si j'ai un conseil à vous donner, *Herr* Martel, c'est d'éviter d'en parler à qui que ce soit jusqu'à la fin de la guerre.

***

Adeline ne décolérait pas. Emil était rentré tard, il sentait la bière à plein nez et lui avait avoué avoir confié à Wahl que lui, nouvel immigrant dans la Grande Allemagne d'Hitler, rêvait de partir à l'ouest en quête de liberté et d'un endroit où pêcher.

—Tu es fou ! Ils vont nous jeter en prison ou pire !

—Nous sommes déjà dans une prison. Regarde autour de toi !

—C'est tout ce que nous avons, rétorqua-t-elle sèchement. Et si tu veux mieux, tu devrais penser à nous mettre à l'abri, pas à déclarer aux Allemands : *Merci de nous protéger, mais nous voulons passer à l'ouest, du côté allié.*

—Je n'ai jamais dit ça ! se défendit Emil. Tu as raison. C'était idiot. Dorénavant, j'éviterai Wahl et je me tiendrai à carreau.

Or deux jours plus tard, le 25 août 1944 en fin d'après-midi, Emil avait fini sa journée et se préparait à rentrer chez lui, quand il tomba sur le sergent boiteux qui l'attendait.

—Une bière ? Ça vous dirait, Martel ?

—Merci, sergent, mais je dois…

—Venez. J'ai quelque chose à vous montrer. Vous ne le regretterez pas.

Emil soupira et le suivit. Chemin faisant, l'Allemand lui parla de sa ferme familiale et le questionna au sujet de sa femme et de ses enfants. Emil avait beau essayer de fournir des réponses succinctes, le sergent avait le don de lui tirer les vers du nez.

Dans la cuisine, le rituel se répéta : bière, saucisse, fromage et pain. Mais au lieu de placer les victuailles dans une assiette sur la table, le sergent les disposa sur une planche à découper, puis il pria son invité de se charger des chopes et de le suivre. Emil hésita, terrifié. Était-ce un piège ?

Wahl emprunta un couloir reliant la cuisine à une porte close, qu'il déverrouilla avant d'allumer la lumière.

— Je suis sûr que vous ne serez pas déçu.

Emil avala sa salive et lui emboîta le pas. Il entra dans une pièce vide à l'exception de deux chaises et d'une cantine cadenassée. Le sergent déposa la planche à découper sur une table en métal.

Emil songea aux histoires qui circulaient sur des compatriotes poussés aux confidences par de faux amis, puis torturés et déportés en Sibérie. Les nazis agissaient-ils de même ? Courait-il à sa perte pour s'être livré à Wahl ?

— Pourquoi sommes-nous là ? demanda-t-il d'une voix chevrotante, lorsque le sergent lui tourna le dos et s'accroupit devant la malle.

L'Allemand manipula la serrure sans répondre. Emil avala une gorgée de bière. Il se mit à transpirer.

— S'il vous plaît, insista-t-il, pourriez-vous me dire de quoi il retourne ?

L'Allemand se redressa, portant une boîte aux coins renforcés en acier. Il actionna le pêne, souleva le couvercle, sortit une radio et la posa sur la table.

— La route vers l'ouest. Avez-vous déjà écouté des ondes courtes ?

Emil n'en revenait pas.

— Les SS ont dit que c'était interdit. Ils pourraient vous fusiller pour ça.

Wahl se mit à rire.

— Sûrement, si je n'avais pas été opérateur radio de la Wehrmacht pendant des années avant d'être blessé. Il arrive que mes supérieurs aient besoin de contacter leur hiérarchie à Varsovie ou à Berlin. Ce soir, il n'y a pas de transmission.

Emil plissa le front.

— C'est quoi une transmission ?

Wahl brancha la radio.

— On ne peut pas parler, seulement écouter.

Emil qui n'avait jamais possédé d'ondes courtes, prohibées également sous Staline, contempla l'appareil avec fascination. Wahl relia le poste à un haut-parleur, puis à un câble qui sortait par la fenêtre jusqu'à une antenne fixée sur le toit. Une ampoule rouge s'alluma quand il pressa l'interrupteur.

— Que va-t-on écouter ? s'enquit Emil.

— Ce à quoi nous rêvons tous.

20

Le sergent tourna des boutons et, après un bruit de friture, des voix s'élevèrent dans des langues inconnues. Emil se sentit déstabilisé, conscient d'ignorer à peu près tout du vaste monde.

Après plusieurs tentatives, le sergent se brancha sur une voix masculine parlant allemand depuis Berlin. Le speaker décrivait les victoires nazies en France, en Belgique et en Hongrie, où les forces du *Führer* contenaient héroïquement les troupes de Staline sur le front sud. Wahl manipula à nouveau le cadran du poste avant de sélectionner une station diffusant dans une langue qu'Emil ne reconnut pas davantage.

— Londres, précisa le sergent. La BBC émet en anglais et maintenant, en allemand, précisa-t-il en déplaçant légèrement l'aiguille. Rien à voir avec les informations de la station de Berlin, vous allez voir.

Dans un allemand parfait, la présentatrice de la BBC aborda sans détour la libération de Paris, Charles de Gaulle défilant à la tête de ses troupes sur les Champs-Élysées, ainsi que les batailles livrées ailleurs en France et en Italie, où malgré une vive résistance allemande, les Alliés opéraient des avancées significatives. La speakerine signala également la récente capitulation de la Roumanie devant les Soviétiques et le bombardement de Budapest par l'Armée rouge avant de passer aux nouvelles du Pacifique Sud.

— On dirait qu'il y a la guerre partout, observa Emil.

Wahl leva les bras.

— Non, il semblerait plutôt que l'Allemagne soit en train de perdre. Écoutez-moi bien : la patrie est battue et les Alliés gagnent sur presque tous les fronts. Ce n'est qu'une question de temps avant qu'Hitler ne soit pris en tenaille entre Eisenhower et Staline. La chute de Berlin approche. Vous et moi devons nous y préparer.

En le quittant, Emil avait tellement de choses à raconter à sa femme qu'il se mit à courir pour rentrer à son domicile. Son instinct et son expérience lui soufflèrent de ralentir, d'adopter l'apparence d'un simple ouvrier agricole, un pauvre réfugié insignifiant.

Arrivé devant leur immeuble, il grimpa l'escalier quatre à quatre, passa en coup de vent devant les portes ouvertes de ses parents et de Marie, d'où s'échappaient les pleurs des jumeaux, monta au troisième étage et entra chez lui. Adeline était assise à la table de la cuisine, la tête penchée sur sa poitrine, le dos tourné à la porte.

— Tu ne croiras jamais ce qu'il m'est arrivé aujourd'hui ! claironna-t-il en refermant le battant.

Il s'approcha, mais elle ne réagit pas. Il s'accroupit devant elle.

— J'ai entendu la liberté aujourd'hui, Adella, la voix de la liberté plutôt.

Elle leva la tête et le fixa d'un air furibond, les yeux noyés de larmes.

— Tu as encore bu. Ça se sent.

— Juste une bière. Mais tu as… pleuré ?

— Peut-être, oui. C'est défendu ?

— Bien sûr que non. Où sont les enfants ?

Elle détourna le regard, mécontente.

— Ils jouent dehors. Je leur ai dit de rentrer avant la nuit.

— D'accord. Écoute, nous avons un nouvel ami. Le sergent Wahl.

Elle le dévisagea avec une incrédulité mêlée de colère.

— Qu'en sais-tu ? Et s'il n'était pas ce qu'il paraît être ? Il fait peut-être partie de la Gestapo et essaye de te piéger.

Emil fut surpris par l'agressivité de sa femme, d'ordinaire si calme et posée.

— Non.

— Comment peux-tu en être sûr ?

Après lui avoir fait jurer de n'en parler à personne, pas même à sa sœur, sa mère, sa cousine, ni à qui que ce soit, Emil lui relata sa deuxième visite chez le sergent Wahl, les ondes courtes et les informations du service allemand de la BBC.

— La chute de Paris signifie qu'Hitler est en train de perdre la guerre à l'ouest, s'enthousiasma-t-il. Les Soviétiques ont envahi la Roumanie, ils bombardent Budapest et marchent sur la Pologne. L'Allemagne est acculée, Adeline. Ils sont en train de perdre.

— Comment peux-tu accorder foi à une radio ? objecta-t-elle avec une moue de dédain. Je croyais qu'on devait se méfier des déclarations du gouvernement à la radio.

— Cette fois, c'est différent. Ça venait de l'ouest, de l'Angleterre, où chacun est libre de dire la vérité. Wahl pense qu'à un moment donné la Wehrmacht se repliera à Berlin. Quand ils se rendront, il faudra rallier les Américains ou les Britanniques le plus vite possible, sinon, nous serons rapatriés de force par les Soviétiques et alors…

La colère d'Adeline s'était évanouie, remplacée par l'inquiétude.

— Tu ne comprends pas ? insista-t-il. C'est très sérieux. Wahl le voit comme moi.

Elle le considéra d'un air absent.

— Il voit quoi ?

— L'Ouest, Adella – la liberté dont nous rêvons –, les Alliés – ils approchent ! Nous devons nous préparer à les rejoindre, sinon les Soviétiques nous coinceront par-derrière et nous déporteront en Sibérie, ou pire.

Adeline cilla, le temps de digérer ces informations, les paumes à plat sur la table.

— D'accord, tu as gagné. Quand partirons-nous en mission suicide ?

Emil s'assit en face d'elle et lui prit les mains, qu'elle avait glacées malgré la chaleur de cette fin d'été.

— Ce n'est pas une mission suicide. Voilà pourquoi le sergent Wahl est essentiel. Nous saurons quand le moment sera venu de fuir. Il est informé des mouvements alliés grâce au programme allemand de la BBC qu'il écoute le soir.

Adeline secoua la tête comme pour se débarrasser d'une toile d'araignée imaginaire.

— Pourquoi le ferait-il ?

— Il veut gagner l'ouest, lui aussi. Il fera son possible pour nous aider.

— Mais pour quelle raison t'en avoir parlé à toi justement ?

— Parce qu'il trouve que je travaille plus dur que les autres. Il existe encore des gens bien dans le monde, Adeline. Même chez les Allemands.

— Espérons-le. D'après ton ami, quand faudra-t-il partir ? Demain ? La semaine prochaine ? Avant l'hiver ?

— Wahl pense que la guerre pourrait se terminer avant Noël. Nous devrons être prêts dès que les Alliés auront traversé le Rhin et seront sur le point d'envahir Berlin.

Adeline ferma les yeux et les rouvrit en soupirant.

— Au moins, ça me laisse le temps de me retourner.

— Ne t'inquiète pas pour ça. Tu dois seulement…

— Non, Emil ! C'est *ton* problème ! Moi, j'ai d'autres soucis en tête !

Emil la dévisagea, éberlué. Adeline était une femme déterminée, mais il ne l'avait pratiquement jamais entendue élever la voix.

— Pourquoi es-tu si fâchée ?

Adeline le foudroya du regard, puis perdit contenance et fondit en larmes.

— Je ne sais pas. Je ne devrais pas… mais je…

Elle se jeta dans ses bras en sanglotant.

— Je ne devrais pas me sentir concernée, mais ça me touche.

— De quoi parles-tu ? De qui ?

Elle se ressaisit et se dégagea en reniflant.

— J'ai découvert quelque chose en faisant le ménage ce matin.

***

Adeline se dirigea vers l'endroit où elle entreposait le balai et la pelle. Elle les écarta, souleva du pied une latte du plancher et en tira un gros bouquin écorné à la couverture de vieux cuir craquelé, brun sombre.

— C'est une bible juive, je crois, dit-elle en ouvrant le livre rédigé dans une écriture étrange.

— C'est quoi cette langue ? s'enquit Emil.

Adeline se remit à pleurer.

— De l'hébreu. Il y en avait un pareil chez Mme Kantor, à Birsula. Elle l'appelait *Miqra*, je me souviens.

Emil fronça les sourcils.

— Mais pourquoi pleures-tu ?

Adeline sécha ses yeux d'un revers de manche.

— Je suis allée chercher de l'eau à la fontaine pour la lessive, tout à l'heure. J'ai rencontré une Polonaise qui parlait allemand. Je lui ai raconté ce que j'avais trouvé sous le plancher et…

« Elle m'a demandé où nous habitions, reprit-elle, visiblement bouleversée. Je le lui ai indiqué et elle m'a appris que les locataires de cet immeuble étaient juifs. Elle a précisé aussi que les appartements occupés par les réfugiés de Wieluń appartenaient à des Juifs. Tous sans exception. Et tu sais ce qu'ils possédaient encore, les Juifs ? »

Emil pressentait la réponse.

— Quoi ?

Adeline saisit l'étoffe de son chemisier du bout des doigts, comme si le tissu lui brûlait la peau.

— Nos vêtements, bredouilla-t-elle, les joues ruisselantes de larmes. Elle a dit qu'ils ont obligé les Juifs à se dévêtir avant de les exterminer. Ils nous ont attribué leurs habits après les avoir nettoyés et désinfectés. La femme m'a tourné le dos avec mépris, mais j'ai bien cru qu'elle était sur le point de me cracher dessus.

Ébranlé, Emil se rappela les faisceaux des phares trouant le crépuscule.

— Tu ne comprends pas, Emil ? Nous portons les vêtements d'honnêtes gens, comme Mme Kantor et Esther. Ou peut-être ceux qui vivaient ici. Des gens aimants, qui avaient des enfants et…

Elle s'interrompit, suffoquée d'émotion.

— C'est comme si nous étions responsables, nous aussi. Toute cette haine. Les assassinats. J'ai honte, Emil. Je me sens salie. Je ne sais pas quoi faire.

Emil s'effondra sur une chaise. Son crâne l'élançait à cause de la bière, sans parler de la culpabilité, du remords et du dégoût. Il n'avait jamais cherché à porter les vêtements d'un mort. Il ne s'attendait pas non plus à tomber sur les SS à Dubossary, le jour où il était venu acheter des matériaux de construction et il n'avait pas demandé non plus à Haussmann de le désigner pour…

— Emil ! vociféra Adeline. Tu m'écoutes !

— Bien sûr que je t'écoute ! rétorqua-t-il sur le même ton avant de baisser la voix. Tu n'as rien à voir avec ce qu'ils ont fait. J'ai la chair de poule à l'idée qu'on nous a donné leurs vêtements. Je m'en débarrasserais et j'en achèterais d'autres, si je pouvais, mais c'est impossible.

— Qu'allons-nous faire, Emil ? Nous vivons parmi des fantômes, nous portons leurs vêtements et nous dormons dans leurs lits. Jusqu'à quand allons-nous continuer comme ça ?

— Plus très longtemps. En attendant d'acheter de nouveaux habits, il faut remercier les fantômes de nous avoir donné les leurs et prêté leurs lits. Si c'était l'inverse, c'est ce que nous voudrions qu'ils fassent. La vie continue, Adeline. Ils étaient déjà partis à notre arrivée. Ce n'est pas comme si nous les avions chassés.

Ils entendirent les rires et les cris des enfants qui montaient l'escalier à grand bruit. Emil attrapa un chiffon, le trempa dans le seau et le tendit à Adeline. Elle s'essuya le visage et, se forçant à sourire, elle fit fête à Walt et Will, qui déboulèrent dans l'appartement, les joues rouges, en sueur et joyeux, comme seuls les très jeunes enfants peuvent l'être.

***

Adeline consacrait toute son énergie à sa famille, sans oublier pour autant à qui appartenaient les vêtements qu'elle portait et la couchette où elle dormait. Au cours des semaines et des mois suivants, elle parvenait parfois à se persuader que les vêtements étaient à elle, pas à un fantôme, et que leur maison appartenait davantage aux vivants qu'aux morts.

Rese revint fin septembre, accompagnée par Praeger, l'infirmier qui l'avait conduite à l'hôpital. Johann était fou de joie, alors que Karoline ne manifesta guère d'émotion quand sa fille arriva en fauteuil roulant, une couverture sur les genoux, les yeux vitreux. Adeline avait l'impression que sa belle-sœur avait beaucoup vieilli dans l'intervalle. Rese semblait plus résignée qu'heureuse de revoir ses parents et sa famille, mais elle parut s'animer lorsque les enfants débouchèrent au coin de la rue.

— Vous voulez voir mes jambes ? proposa-t-elle avec un regard malicieux.

Walt n'avait pas l'air emballé, contrairement à son cadet.

— Moi, j'aimerais bien, affirma Will en s'approchant du fauteuil.

Rese rejeta la couverture, révélant qu'elle portait des prothèses.

— Voici Peggy, dit-elle en désignant sa jambe gauche. La droite, c'est Hopper. Elles n'ont pas la même taille, donc je ne dois pas me tromper. Hopper est la plus longue.

— Tu peux marcher avec Peggy et Hopper ? questionna Walt, l'air soudain très intéressé.

— Avec des béquilles, précisa Praeger. Elle arrive même à monter un escalier.

— Elle sera bien obligée, intervint Johann.

— Elle est prête, reprit l'infirmier, qui s'accroupit à côté de la jeune fille. Je dois y aller, ajouta-t-il. Je suis de garde ce soir.

— Vous reviendrez ? demanda-t-elle non sans appréhension. Lodz n'est pas tout près.

— Ce n'est pas si loin, Rese. Votre beauté et votre humour vont me manquer.

Elle piqua un fard.

— Vous n'avez pas oublié mon médicament ?

Il lui tendit un sachet.

— Bien sûr que non. Tâchez de le faire durer. Et voici vos béquilles. Elle aura besoin du fauteuil roulant, expliqua-t-il. Au début, elle devra marcher lentement sur ses nouvelles jambes et s'entraîner tous les jours.

Praeger prit congé. On applaudit quand Rese s'extirpa du fauteuil et entreprit de grimper l'escalier en s'aidant davantage de la rampe que des béquilles. Johann la suivit en portant le fauteuil roulant. Elle s'y laissa tomber, la sueur au front, et promena un regard alentour.

— Qui nous en veut au point de nous avoir attribué ce taudis ? s'exclama-t-elle.

***

Le mois suivant, Adeline s'efforça de rendre une visite quotidienne à sa mère et à sa sœur, ainsi qu'à Rese et à Marie.

Lydia avait l'air plus optimiste à présent qu'elles avaient un appartement à elles, aussi déprimant fût-il. Quant à Malia, elle paraissait toujours gaie et pleine d'entrain, du moment que leur mère et elle étaient réunies. Après l'accident de la mule, Lydia avait veillé son aînée pendant des jours, lui assurant qu'elle allait s'en sortir. Adeline comprenait le lien spécial qui les unissait et l'acceptait de bonne grâce.

Marie semblait épuisée et débordait de reconnaissance quand Adeline lui offrait de l'aider à s'occuper des jumeaux, qui auraient bientôt six mois. Sa cousine avait du mal à contrôler ses émotions chaque fois qu'elle évoquait son mari absent, le chirurgien.

— Comment vais-je le retrouver ? sanglotait-elle. Est-ce que je le reverrai un jour ?

— Dieu vous réunira, tu dois avoir confiance, assura Adeline, se rappelant les conseils de Mme Kantor. Des histoires encore plus folles se sont produites.

— Par exemple ?

Adeline lui parla du caporal Gheorghe et de Stalingrad.

— Et tu l'as cru ?

— Mais oui.

Adeline ne savait jamais dans quelle humeur elle trouverait Rese lorsqu'elle l'accompagnait en promenade avec ses jambes artificielles et ses béquilles, ou dans son fauteuil roulant. Certains jours, quand Adeline venait la chercher, sa belle-sœur semblait heureuse et souriante malgré son regard éteint, parlant volontiers de l'avenir dès qu'elles se retrouvaient seules. D'autres jours en revanche, Rese était complètement démoralisée, reprochant pêle-mêle à sa mère, à son père, à Emil et à Dieu de lui avoir sauvé la vie.

— J'aurais préféré être morte, répétait-elle inlassablement. À quoi bon vivre comme ça ? Personne ne voudra d'une femme amputée de ses jambes. Je suis inutile, Adeline.

— Je ne suis pas d'accord. Tu es courageuse et pleine de vitalité, parce que tu es une battante comme ton frère. En cas de coup dur, il arrive toujours à rebondir. Tu lui ressembles.

— Pas du tout. Je déteste ma vie, notre vie à tous. L'un d'entre nous a-t-il été heureux un jour au cours de son existence ?

— J'ai connu des moments merveilleux.

— Cite-m'en un seul.

— La naissance de Walt. Celle de Will. Le jour où j'ai rencontré Emil. Quand j'ai déniché un poulet pour

Mme Kantor. Tu connaîtras le bonheur toi aussi, Rese. Je sais par expérience que les ombres ne durent pas éternellement. La chance finira par te sourire un jour.

***

Adeline s'évertuait à ne plus penser au projet d'Emil d'aller au-devant de la guerre quand elle surviendrait. Elle se dévouait à sa famille et se noyait dans le travail. Cependant, les fantômes revenaient à la charge sans crier gare et elle replongeait alors dans la culpabilité et le désespoir. Ses pensées tournaient en boucle dans son esprit : la culpabilité du passé se muait en angoisse de l'avenir. Puis la crainte des réserves de nourriture qui s'amenuisaient de jour en jour et de l'arrivée de l'hiver revenait la hanter et déclenchait une spirale de souvenirs : les années de famine et la peur panique de souffrir à nouveau de la faim.

Par chance, Emil grappillait assez de fruits, de légumes et de céréales pour compléter leurs maigres rations alimentaires. Il se rendait chez Wahl plusieurs fois par semaine pour écouter la radio et étudier les cartes, afin de suivre l'avancée des Alliés. Ils eurent connaissance des premiers missiles V-2 envoyés contre Londres et se prirent à redouter que la super arme d'Hitler n'inverse la situation. Par la suite, les Alliés libérèrent le Luxembourg et lancèrent l'opération *Market Garden*, dont le but était de parachuter des troupes censées s'emparer des ponts stratégiques traversant le Rhin.

Grâce à la radio de Wahl, ils entendirent l'appel d'Hitler à mobiliser tous les hommes valides, âgés de seize à soixante ans, à la manière de la *Home Guard*, pour défendre le territoire et combattre les Alliés jusqu'à la dernière goutte de sang allemand, et suivirent les batailles le long de la « ligne Siegfried », le système de défense fortifié nazi sur les frontières occidentales du Reich. Le 21 octobre 1944, Emil se précipita chez lui pour annoncer à Adeline la prise d'Aix-la-Chapelle, la première ville allemande à tomber face aux armées alliées.

Emil et Wahl pensaient que leur départ était une question de jours. Mais la contre-attaque allemande fut meurtrière. Plus de dix mille parachutistes alliés périrent lors de l'opération *Market Garden*, six mille autres furent capturés et les forces alliées ne parvinrent pas à s'emparer des ponts sur le Rhin, anéantissant tout espoir que la guerre soit achevée à Noël.

Au cours de cette période, Rese était sujette à de brusques changements d'humeur : elle se montrait sarcastique, à son habitude, puis apathique, repliée sur elle-même entre deux crises de fou rire et, rongée par l'amertume, elle s'en prenait à tous les membres de la famille.

— Pourquoi cela m'est-il arrivé à moi ? se lamentait-elle.

Fin novembre, elle devint violente et agitée, avant de tomber malade. Grâce à ses compétences d'infirmière, Marie finit par comprendre que, s'auto-administrant ses médicaments, Rese était devenue dépendante aux opiacés. Une fois ses réserves épuisées, elle était tout simplement en manque. Marie contacta Praeger, qui lui envoya un nouveau stock de pilules, qu'elle se chargerait de donner elle-même à Rese afin d'entreprendre un sevrage.

Début décembre 1944, les vents du nord soufflaient en rafales, chargés de neige. Jour et nuit, l'air glacial s'engouffrait dans chaque fissure et interstice du bâtiment avec des sifflements lugubres. Ils utilisaient tout ce qu'ils avaient sous la main afin de colmater les brèches, blottis autour du poêle à charbon pour se réchauffer. Emil était souffrant, secoué de frissons, avec de la fièvre et une toux persistante. Le 12 décembre, il était de plus en plus faible et crachait ses poumons. Il hurlait, en proie à des accès délirants et des terreurs incompréhensibles, effrayant Adeline et les enfants. Puis il se mettait à pleurer et à gémir, accablé de honte et bourrelé de remords. À plusieurs reprises, Adeline crut l'entendre bredouiller qu'il était condamné et n'y pouvait rien.

21

En proie aux cauchemars et aux hallucinations provoqués par la fièvre, Emil remonta le temps et replongea dans les affres qu'il avait passé des années à fuir, à nier, puis à enfouir dans les méandres les plus profonds de sa mémoire. Mais pendant que le réfugié, en sueur, se tordait dans son lit à Wieluń, quelque chose céda en lui et les souvenirs refoulés refirent surface.

***

15 septembre 1941
Dubossary, Transnistrie

Au cours du trajet vers la ville où il comptait se procurer des matériaux destinés à la couverture de sa future maison à Friedenstal, Emil guida ses chevaux par une route secondaire, un raccourci à deux voies, qui le mena à la scierie située dans la périphérie sud de Dubossary, vers trois heures de l'après-midi. À peine était-il arrivé qu'il se mit à pleuvoir. Il pressentit que, au retour, le raccourci serait trop fangeux et glissant pour y engager ses bêtes et leur lourd chargement sous la pluie et dans l'obscurité. En quittant la scierie, il choisit donc la route qui traversait Dubossary par le nord en direction de Friedenstal. L'itinéraire était beaucoup plus long, mais les routes seraient meilleures.

Il n'était pas revenu à Dubossary depuis que sa famille avait été dépossédée de sa terre, après la déportation de son père en Sibérie. Il constata avec surprise qu'il se rappelait un certain nombre de détails. Près du centre-ville toutefois, il avisa une haute clôture de barbelés dont il n'avait aucun souvenir, entourant plusieurs bâtiments et gardée par deux sentinelles SS.

À l'entrée de la ville, la circulation était ralentie par un poste de contrôle allemand. Quand son tour arriva, Emil montra ses papiers à un soldat SS, qui les examina longuement.

— Vous êtes de Dubossary ?

— De Friedenstal. C'est à une trentaine de kilomètres. Un village agricole.

— Pourquoi n'êtes-vous pas mobilisé dans la Wehrmacht ?

— Je suis soutien de famille. La VoMi a décidé qu'il était préférable pour l'Allemagne que je cultive du blé pour la patrie.

Le soldat lui jeta un regard sceptique.

— Et vous n'appartenez pas non plus au *Selbstschutz* ?

— Qu'est-ce que c'est ?

— Une milice nationale chargée de protéger votre village contre la vermine roumaine. Et une façon de prouver que vous êtes un véritable Allemand et de vous rendre utile.

— Je vais voir, dit Emil, espérant en finir au plus vite.

Le soldat le fusilla du regard.

— Conduisez vos chevaux et votre chariot là-bas, près des arbres. On va les surveiller.

— Ma femme m'attend. Nous avons deux jeunes enfants et…

— C'est un ordre, aboya l'homme. Stationnez votre chariot là-bas avec les autres. On aura l'œil dessus.

— Le surveiller ? Pourquoi ?

— Parce que vous serez occupé ailleurs, répliqua sèchement la sentinelle. Vous allez faire vos preuves et proclamer votre allégeance à la patrie.

***

Emil s'exécuta et remisa Oden, Thor et le chariot à côté de deux camions militaires et de plusieurs autres attelages.

La pluie avait cessé. Des nuages se disloquèrent à l'ouest, révélant le soleil couchant, couleur rouge sang. L'air fraîchissait. Il enfila sa veste et descendit de voiture pour entraver ses chevaux et les attacher avec les autres à une clôture, près d'un chemin à deux voies menant vers le nord. Quand il eut rejoint le groupe des civils, l'homme qui allait hanter ses cauchemars apparut, vêtu d'un uniforme sombre.

—Je suis le *Hauptsturmführer* Haussmann, *Einsatzkommando* 12, *Einsatzgruppen* D, déclara-t-il. Je ne doute pas que vous brûlez de manifester votre loyauté envers l'Allemagne et notre *Führer*, Adolf Hitler.

Emil aurait voulu répondre qu'il n'avait qu'une envie : rentrer chez lui, mais il se borna à hocher la tête comme les autres.

—Et je suppose que personne parmi vous n'aime les Juifs ni les bolcheviks ?

La question embarrassa Emil. Il se rappela qu'Adeline avait risqué sa vie pour Esther, à Pervomaïsk, et il n'avait pas oublié non plus l'affection qu'elle portait à Mme Kantor, chez qui elle travaillait à Birsula. Mais voyant que tout le monde secouait énergiquement la tête, il ne put faire autrement que les imiter.

Haussmann désigna le chemin d'un geste.

—Vous allez passer par là et marcher trois kilomètres. D'autres officiers s'y trouvent déjà. Je vous rejoins sous peu.

—Quand serons-nous de retour, capitaine ? questionna Emil. J'ai une femme et des enfants qui m'attendent à la maison.

Haussmann le dévisagea avec insistance.

—Je me fiche de ta femme et de tes enfants. Tu ne vas pas chômer cette nuit, bouseux.

***

Le chemin traversait des champs de blé pas encore moissonnés avant de grimper dans un paysage de falaises et de gorges qui, dans les dernières lueurs écarlates du crépuscule, aurait été magnifique en d'autres circonstances. Le soleil déclinait. La nuit tombait quand retentirent des tirs lointains. Plusieurs salves très rapprochées se succédèrent. Emil, qui détestait le bruit des armes à feu, songea à rebrousser chemin.

Apparemment, plusieurs de ses compagnons avaient eu la même idée. Or le capitaine SS avait dit qu'il les suivrait de près. Emil se dit qu'il trouverait un moyen de contourner le chemin. Le laisserait-on repartir avec ses chevaux et son chariot ? Son instinct lui soufflait le contraire. Ils l'abattraient selon toute vraisemblance.

Il avançait dans la pénombre, humant la bonne odeur de la terre après la pluie. Des coups de feu, des cris et des sanglots résonnaient plus fort à mesure qu'ils approchaient – des voix innocentes implorant la pitié.

Emil avait l'impression d'avoir des pieds de plomb. Il avait du mal à respirer et son cœur était sur le point d'exploser dans sa poitrine. *Ils tirent sur les Juifs et les bolcheviks ? D'où la question du capitaine Haussmann. Esther avait dit qu'ils procédaient de même à Pervomaïsk. Et si c'était notre tour ? Ils nous envoient là-bas pour nous fusiller ?*

Au cours des deux mois d'occupation nazie de l'Ukraine, il avait entendu parler de *Volksdeutsche* frappés et abattus pour l'exemple, parce qu'ils avaient désobéi aux ordres. Il décida de se sauver. Il imaginerait une ruse pour récupérer ses chevaux et son chariot. Il resta à la traîne et s'apprêtait à faire demi-tour, quand il vit la lumière des phares éclairer les champs dans son dos.

***

Emil était pris au piège. C'était probablement le capitaine Haussmann. Impossible de fuir sans être vu. Avec un goût de bile dans la gorge, il suivit les autres sur le chemin abrupt. À plusieurs centaines de mètres devant lui, il aperçut des faisceaux de phares trouer le crépuscule en tous sens. Des talus bordaient le chemin. Une colline escarpée s'élevait sur la droite. Les phares du camion semblaient illuminer l'autre versant.

En s'approchant, Emil constata que les lumières étaient celles de six gros camions de la Wehrmacht, garés parallèlement à trente mètres de distance. Au-delà de la zone éclairée, il distingua des silhouettes qui se mouvaient dans la pénombre. D'autres coups de feu retentirent, si près qu'il sursauta, eut un mouvement de recul et ralentit le pas, comprenant que la fusillade éclatait de l'autre côté de la colline, là où étaient braqués les phares.

Le véhicule derrière eux arrivait à vive allure. Ses lumières percèrent l'obscurité et éclairèrent le terrain devant eux, révélant des soldats SS qui s'activaient derrière les camions, poussant des hommes, des femmes et des enfants, vêtus ou nus, avançant péniblement vers la colline au cœur de la nuit.

—Hé vous là, les *Volksdeutsche*, glapit le capitaine Haussmann, grimpez à l'arrière. On va vous conduire au bout du chemin.

Emil n'avait aucune envie d'obtempérer. Il aurait voulu se fondre dans la nuit et décamper à toutes jambes, mais la crainte de recevoir une balle entre les omoplates l'en empêcha et il se résigna à suivre les autres.

Le camion redémarra et franchit les derniers cent cinquante mètres. À la lumière des phares, on voyait de pauvres hères se traîner vers l'est, surveillés de près par des soldats SS armés de mitrailleuses, postés au sommet de la falaise.

Le camion contourna la colline et s'immobilisa dans une anfractuosité sur le flanc nord, plongé dans la pénombre. Emil glissa un œil par-dessus le toit de la cabine et, glacé d'horreur, il aperçut des maris étreignant leurs femmes, des mères tenant la main de leurs enfants terrifiés, six hommes âgés, leurs longues barbes blanches flottant au vent, au bord d'un précipice noyé dans l'ombre.

Huit soldats SS rechargèrent leurs fusils et leurs pistolets à une trentaine de mètres des Juifs. Cinq pelotons de huit hommes s'alignaient le long du ravin, face aux malheureux tremblants et en prière, certains debout, d'autres à genoux, flanqués d'une longue file de condamnés à mort.

Je t'en prie, Seigneur, supplia Emil. *Ne permets pas que cela se produise. Ne les laisse pas faire.*

***

Un officier SS s'approcha au moment où le capitaine Haussmann descendait du camion. Il le salua d'un « *Heil Hitler* » tonitruant.

— Vous en êtes à combien, capitaine Drexel ? questionna Haussmann après lui avoir rendu son salut.

— Nous venons de commencer, capitaine Haussmann.

— Combien jusqu'à présent ?

— Cent quatre-vingt-sept.

À l'évidence, une sourde hostilité opposait les deux hommes. Après quoi, la fusillade recommença. Sous le choc, les mères, les enfants, les jeunes gens, les vieillards, les amoureux, les solitaires, les égarés, les familles unies et les six vieillards à la barbe en bataille basculèrent dans le vide, telles des poupées de chiffon. De part et d'autre de la ligne de tir, d'un peloton d'exécution à l'autre, la pluie de projectiles s'abattit, n'épargnant personne. Emil pressa son front sur le toit de la cabine, le corps secoué de frissons incontrôlés, l'estomac en vrac. Il se plia en deux et vomit tripes et boyaux par-dessus bord. Plusieurs de ses compagnons l'imitèrent.

Les pleurs et les cris reprirent de plus belle lorsque les tirs se turent.

— Vous tous, descendez de là, beugla Haussmann. Vous avez du travail ! *Raus !*

— Moi, je n'ai pas vomi, se rengorgea un jeune homme à la barbe huileuse, portant une veste et une casquette crasseuses. Je veux voir d'autres Juifs mourir.

— Ton nom ? s'enquit le capitaine Drexel.

— Helmut.

— Helmut, tu es exactement le jeune homme enthousiaste que nous recherchons dans la nouvelle Grande Allemagne, déclara Drexel. Nous allons voir comment tu te comportes ce soir. Si nous sommes satisfaits, nous te recommanderons à la VoMi pour des missions rémunérées à venir.

Helmut sourit, révélant une dent manquante dans sa mâchoire inférieure. Emil tenait à peine debout. Le sol semblait se dérober sous ses pieds et tout ce qui l'entourait paraissait irréel, déformé.

— Quatre volontaires vont aller avec le capitaine Drexel, annonça Haussmann. Les quatre autres viendront avec moi.

Helmut se rangea aussitôt aux côtés d'Haussmann, ainsi que deux autres hommes. Les quatre autres ayant déjà suivi Drexel, Emil fut contraint de rejoindre Haussmann.

Un nouveau groupe de Juifs était conduit au bord du trou. Des enfants gémissaient. Des hommes et des femmes se lamentaient bruyamment. Emil détourna les yeux, incapable de supporter ce spectacle. *Seigneur, ne me mêle pas à ça*, pria-t-il. *Ne m'oblige pas à tuer. Je t'en supplie. J'ai bien des défauts, mais je ne suis pas un assassin.*

— Chacun d'entre vous sera assigné à une unité, expliqua Haussmann. Vous ferez tout ce qu'on vous demandera jusqu'à ce que nous en ayons terminé pour cette nuit. Ensuite, vous pourrez rentrer chez vous.

De nouvelles victimes étaient traînées jusqu'au bord du précipice. Haussmann récupéra un Luger dans la cabine du camion et les escorta jusqu'à l'unité la plus proche. Les huit SS chargeaient ou nettoyaient leurs armes, une cigarette au coin des lèvres. Ils sentaient terriblement mauvais, comme si leurs cœurs et leurs âmes étaient souillés par cette hécatombe, que le pus invisible et malfaisant suintait de leur peau et de leurs poumons. L'un d'eux tourna la tête dans leur direction. Ses yeux étaient vides, comme ceux d'un spectre. Le vent s'orienta, à l'est, charriant la puanteur des corps en décomposition dans le ravin.

Emil eut un haut-le-cœur. *Combien de victimes y a-t-il là en bas ?*

— Qui va prouver sa loyauté au *Führer* le premier ? demanda Haussmann en agitant son Luger.

— Moi, dit Helmut.

Haussmann ne lui prêta aucune attention. Il fixa Emil et lui tendit le pistolet par le canon.

— Toi d'abord, le bouseux. Montre-nous que le Reich peut compter sur toi.

Mon Dieu, je t'en prie, non. Tout mais pas ça.

Ne sachant trop quoi faire, ni que répondre, Emil ne bougea pas. Le visage d'Haussmann se durcit. Il s'avança, la crosse du Luger toujours brandie devant lui, jusqu'à ce qu'il se retrouve pratiquement nez à nez avec Emil.

— Je t'ai dit de prendre le Luger.

Emil n'avait jamais tenu une arme de sa vie. Il l'attrapa gauchement, surpris par le poids du pistolet quand le nazi l'eut déposé dans sa main.

— Et voilà, dit Haussmann.

Le capitaine SS s'écarta et désigna d'un geste les Juifs qu'on menait devant le peloton d'exécution. Un jeune homme s'accroupit près de deux petites filles qui s'agrippaient à son cou en sanglotant. À travers ses larmes, le jeune homme leur lança un regard de défi ; il était prêt à mourir.

— Ces trois Yids, dit Haussmann en les montrant du doigt. Tue-les. Maintenant.

Emil avait l'impression que le capitaine se trouvait au bout d'un long tunnel et parlait une langue inconnue. Il considéra le Luger, puis Haussmann d'un air hébété.

— Allez, le bouseux. Montre-nous de quel bois tu te chauffes.

Je t'en prie, Seigneur. Ne m'y oblige pas. Je... ce sont de braves gens. Des innocents.

— Tu vas tirer, oui ! hurla Haussmann.

Le temps parut ralentir. Comme en transe, Emil comprit qu'ils observaient chacun de ses mouvements. Il loucha vers le jeune homme qui serrait les deux fillettes dans ses bras.

Celui-ci ne le quittait pas du regard.

— S'il vous plaît, monsieur, ne faites pas ça, balbutia-t-il. Vous savez que c'est mal.

— Tue-les ! glapit Haussmann.

Emil baissa les yeux sur le pistolet... De grosses gouttes de sueur chaude et salée dégoulinaient sur son front, l'aveuglant et lui piquant les yeux.

Paniqué, il avança d'un pas et se sentit tomber dans un trou, ou un puits invisible.

— Je ne peux pas ! Je ne peux pas... bredouilla-t-il tandis qu'il perdait pied.

22

23 décembre 1944
Wieluń, Pologne

Adeline trempa un gant de toilette dans un seau d'eau glacée, tandis qu'Emil se débattait et transpirait, en proie à une forte fièvre.

— Je ne peux pas, gémit-il. Je ne peux pas… voir.

— Alors ouvre les yeux, papa, dit Will depuis le seuil de la porte.

Adeline plaça le linge humide sur le front brûlant de son mari.

— Chut… dit-elle avec un regard sévère à son plus jeune fils. Ton père pourrait…

— Il a ouvert les yeux ! s'écria Will, le doigt tendu. Regarde, maman !

C'était vrai. Emil battit des paupières, les prunelles vitreuses, s'efforçant de se concentrer sur sa femme.

— Malade, articula-t-il avec difficulté, la langue pâteuse.

— Oui, mon chéri, tu as été très malade pendant longtemps. Onze jours. Mais te voilà presque rétabli. Rien ne t'arrête, n'est-ce pas ?

Il sourit et ferma les yeux.

— Onze jours ?

— Demain, c'est la veille de Noël, mais j'ai l'impression d'avoir déjà reçu le plus beau cadeau du monde.

Elle lui apporta du thé et un bol de bouillon, sans oser lui révéler que les rations étaient pratiquement réduites à la portion congrue depuis une semaine. Elle avait mis de côté un peu de farine et de sucre, ainsi que de quoi préparer un gâteau et un dîner digne de ce nom pour Noël. Après quoi, il ne leur resterait plus qu'une semaine de provisions.

Le lendemain soir, tout le monde s'entassa dans les deux appartements du dernier étage et sur le palier qui les séparait pour célébrer la fête. Ils entonnèrent une chanson en l'honneur de Malia, dont c'était l'anniversaire, puis Adeline lut le récit de la Nativité tiré de l'Évangile selon saint Luc dans la bible familiale et rendit grâce à Dieu d'être tous encore en vie, alors que tant de pauvres gens avaient péri à cause de la guerre et du long voyage qui les avait menés jusque-là. Emil avait assisté aux réjouissances du fond de son lit, mais il avait tenu à se lever lors de la visite du sergent Wahl, venu avec deux grandes bouteilles de bière.

Le sergent eut l'air atterré par la vétusté des lieux, ce qui ne l'empêcha pas de trinquer avec toute la famille. Pendant qu'Adeline, Malia et Lydia apprenaient des chants traditionnels aux enfants, il prit Emil à part pour l'informer que la bataille faisait rage dans les Ardennes, où la neige avait ralenti l'avance des Alliés après huit jours de combats intenses. Il l'informa également qu'il se rendait à Lodz pour deux semaines, mais interromprait son séjour au cas où le vent de l'Histoire tournerait à la débâcle pour les nazis.

Plus tard, ce soir-là, une fois les enfants au lit, Adeline enveloppa Emil dans une couverture et l'embrassa sur le front.

— J'ai eu si peur. Je croyais que je t'avais perdu.

Il lui caressa tendrement la main.

— Jamais de la vie.

***

Avec des rafales de soixante kilomètres par heure, un vent polaire soufflant de l'Arctique balaya l'Europe la veille du Nouvel An. Les deux mois suivants furent les plus rigoureux jamais enregistrés. Dans l'ouest de la Pologne, le thermomètre descendit à trente degrés au-dessous de zéro. L'immeuble où vivaient les Martel tremblait sous l'effet des bourrasques. La température ressentie chuta à moins quarante-cinq degrés. Les quatre familles s'étaient réfugiées dans l'appartement d'Adeline et d'Emil orienté au sud, à l'abri du vent, et mirent en commun leurs rations de charbon pour alimenter le poêle. Les réserves de nourriture étaient presque épuisées, et Adeline doutait que de nouvelles rations arrivent bientôt. Le 2 janvier 1945, Will fut terrassé par une brutale poussée de fièvre. Le jour suivant, ce fut au tour de Malia, puis de Rese. Emil rechuta le 4 au matin.

Le soir du 6 janvier 1945, Adeline donna le reste du bouillon de légumes à Emil et à Will, et le dernier morceau de pain à Walt, malade lui aussi. Il n'y en avait pas assez pour elle. Après s'être concertée avec sa mère et sa belle-mère, elle se coucha épuisée, le ventre vide, déterminée à se mettre en quête de nourriture le lendemain matin.

À son réveil, il neigeait légèrement et le mercure avait dégringolé bien en dessous de zéro. Adeline enfila plusieurs couches de vêtements, se munit d'un sac de toile et sortit dans le froid glacial. L'estomac tenaillé par la faim, hantée par le souvenir de la grande famine dont elle avait souffert autrefois, elle marcha jusqu'à l'autre bout de la ville quand un soldat SS l'arrêta et lui demanda où elle allait.

— À Lodz, chercher des médicaments et de la nourriture. Mes enfants sont souffrants et ils n'ont plus rien à manger.

Il la toisa avec méfiance.

— Où avez-vous trouvé l'argent ?

— Je vais vendre mon alliance avec celles de ma mère et de ma belle-mère.

Il dut être sensible au désespoir qui perçait dans sa voix, car il arrêta un camion qui se dirigeait vers le nord. Quand elle apprit au chauffeur qu'elle se rendait à Lodz pour trouver de quoi nourrir sa famille malade et affamée, il lui permit de monter dans la cabine, à côté de lui.

***

Deux heures plus tard, il la déposa à la périphérie de la ville. Elle arpenta les rues en demandant où acheter de la nourriture au marché noir. On la dirigea vers une boutique non loin de là, dont les étagères bien achalandées regorgeaient de tous les produits nécessaires.

Le marchand refusa toutefois les alliances en guise de paiement, les qualifiant de « sans valeur ».

— Apportez-moi des reichsmarks, dit-il. Ou mieux, de l'or.

Le commerçant suivant lui tint le même discours, ainsi que le troisième, le quatrième et le cinquième. En désespoir de cause, elle se rendit au bureau de la VoMi pour réclamer de l'aide, mais elle trouva porte close.

En repartant, Adeline se sentait un peu comme la feuille morte qu'elle avait remarquée le premier jour de leur périple : noircie, toute racornie, décrivant des arabesques folles au vent tourbillonnant. Sa famille était dans le plus grand dénuement, son mari gravement malade et ses garçons risquaient de mourir de faim, ce qui n'aurait plus jamais dû se produire, elle se l'était juré. Elle se sentait à la fois furieuse, impuissante et terriblement seule. La gorge serrée, elle déglutit avec difficulté, déterminée à aller de l'avant sans s'avouer vaincue. Elle ne connaissait personne à Lodz, excepté l'ami de Rese, Praeger, l'infirmier. Mais où le trouver ? Impossible. Cela exigeait trop d'efforts. Adeline savait comment fonctionnait la faim, les effets de l'inanition qui sapent vos forces vitales. Avec le peu d'énergie qui lui restait, elle ferait mieux de retourner à Wieluń pour informer les siens qu'ils n'auraient rien à manger pendant un certain temps.

Soudain, elle était devenue le jouet d'émotions qui la submergeaient. Elle se sentait insignifiante, dédaignée, déracinée, exilée et aussi inutile que les alliances au fond de sa poche. Elle sentit son cœur battre douloureusement dans sa poitrine. Elle n'en pouvait plus. Prise de vertiges, le sommet du crâne brusquement brûlant sous son châle, elle s'immobilisa au milieu de la rue et leva les yeux vers le ciel de plomb, les flocons lui cinglant le visage. Elle tendit les bras et se mit à prier. Torturée par l'angoisse et débordant d'amour, elle implora Dieu de protéger sa famille.

— Je t'en prie, Seigneur, aide-moi, murmura-t-elle. Je ne sais pas où aller ni ce que je dois faire. Nous avons traversé tant d'épreuves. Cela doit avoir un sens. Nous ne sommes pas arrivés de si loin pour mourir ici. Je n'ai même pas un brin d'herbe à donner à mes enfants !

Un camion klaxonna derrière elle. Elle sursauta et fit volte-face, le cœur battant la chamade.

Le chauffeur se pencha à la fenêtre.

— Dégagez, madame ! Vous voulez vous faire tuer ou quoi ?

Tremblante, Adeline s'écarta de la chaussée, tandis que le conducteur démarrait en secouant la tête devant sa stupidité.

***

Ébranlée, comme si elle portait le poids du monde sur ses épaules, Adeline revint sur ses pas en passant devant plusieurs des boutiques qui l'avaient éconduite. La neige tombait moins dru et de rares flocons virevoltaient au gré du vent. Là-haut, les nuages gris s'amincissaient, striés par endroits de lambeaux rose pâle qui semblaient s'incurver paresseusement, tandis que le soleil couchant luttait pour envahir le ciel d'hiver.

Ignorant la faim qui lui tordait l'estomac, elle se dirigea vers l'extrémité du marché, la tête pleine de questions sans réponses. *Comment repartir sans argent d'ici à la tombée de la nuit ? Comment annoncer à Emil et aux garçons que je rentre les mains vides ? Et comment... ?*

Une femme, protégeant son visage de la neige avec la manche de son manteau, se rua hors de la première boutique où Adeline était entrée un peu plus tôt. Elle la bouscula et toutes deux se retrouvèrent à terre.

La femme l'aida à se relever avant de ramasser son sac qui lui avait échappé des mains.

— Je suis vraiment désolée, dit-elle, je ne vous avais pas vue.

— C'est ma faute, s'excusa Adeline. Je ne regardais pas où je mettais les pieds…

La femme leva la tête pour la dévisager. Il y eut un moment de flottement, chacune peinant à situer l'autre après tout ce temps et à plus de mille deux cents kilomètres.

— Adeline ? s'exclama Esther. C'est bien vous ?

Adeline acquiesça avant de se jeter, en pleurs, dans les bras de l'amie de Mme Kantor.

— Je n'avais personne vers qui me tourner. C'est Dieu qui vous envoie.

***

Vingt minutes plus tard, Adeline se retrouva installée devant un poêle bien rempli, qui chauffait agréablement dans le grand appartement d'Esther, joliment aménagé, au quatrième étage d'un bel immeuble. Durant le trajet, et malgré la faim qui la tiraillait, elle avait cherché à savoir comment, en partant de Pervomaïsk, en Ukraine, Esther avait atterri à Lodz, en Pologne. Celle-ci lui avait rappelé à mi-voix qu'elle se prénommait Ilse et que mieux valait faire preuve de discrétion jusqu'à ce qu'elles arrivent à destination.

Esther disposa du pain frais et deux saucisses fumées sur la table et, tout en faisant chauffer de l'eau pour le thé, elle expliqua que, grâce aux faux documents qu'Adeline l'avait aidée à obtenir, elle avait pu bénéficier d'une place dans l'un des premiers convois à partir vers l'ouest.

— C'est pour cette raison que vous êtes si bien logée ?

Esther posa le thé fumant devant son invitée.

— En partie. Mais je déteste cet endroit. Il renferme des souvenirs qui ne sont pas les miens.

Adeline comprit à demi-mot.

— Des Juifs habitaient ici avant ?

Esther hocha la tête.

— Oui. Comment l'avez-vous deviné ?

— C'est pareil là où nous vivons. D'ailleurs, je porte leurs vêtements.

— Moi aussi.

Tandis qu'Adeline se restaurait, Esther lui décrivit son arrivée à Lodz, alors que le ghetto abritait encore soixante-dix mille Juifs. Elle passait parfois dans le quartier et, entendant parler Yiddish, elle se faisait violence pour ne pas s'y aventurer.

— Je n'ai pas osé, dit-elle, le regard dans le vague, comme hanté. Plus tôt cette année, alors que les réfugiés arrivaient en nombre de l'Est, les nazis ont commencé à évacuer le ghetto de Lodz. En août, des dizaines de milliers de Juifs ont été déportés par train. Il n'en reste plus un seul maintenant. J'ai vécu chez eux en portant leurs vêtements, poursuivit-elle, les yeux remplis de larmes. Au début, je me sentais coupable parce que je savais ce qui les attendait. Je n'arrêtais pas de me demander pourquoi j'avais été épargnée et pas eux. Ensuite, j'ai vu les choses différemment, un peu comme une provocation, vous voyez ? Je les avais bernés, les nazis. J'étais juive ; je suis une Juive qui vit juste sous leurs…

Elle s'interrompit et se mit à rire.

« Des dizaines de milliers » ? songea Adeline.

— Vous êtes sûre qu'ils sont morts ?

— En tout cas, ils ne sont pas revenus. Avez-vous encore faim ? Voulez-vous autre chose avant de partir ?

Adeline la remercia poliment, puis sortit les alliances de sa poche.

— Je sais qu'elles ne valent pas grand-chose, mais pourriez-vous me les échanger contre des reichsmarks ou un peu d'or ? Je pourrai rapporter à manger à ma famille. Ils meurent de faim et sont malades…

Esther repoussa sa main en secouant la tête.

— Je ne peux pas accepter. Il n'en est pas question.

Là-dessus, elle se leva et quitta la pièce. Adeline se sentit affreusement mal à l'aise ; d'une manière ou d'une autre, elle avait offensé cette femme et abusé de sa gentillesse.

Esther reparut avec une liasse de billets qu'elle tendit à Adeline.

— Je suis contente de pouvoir enfin rembourser ma dette. Cela devrait vous aider à tenir le coup pendant quelque temps.

Adeline fixa l'argent, abasourdie. Elle n'en avait jamais eu autant de sa vie.

— Je ne peux pas accepter. C'est beaucoup trop. Ça ne va pas vous manquer ?

— Ne vous inquiétez pas. J'en ai plus qu'il n'en faut, et de l'or aussi. À votre place, je me dépêcherais de le dépenser. Autant que je sache, les Alliés vont bientôt effectuer une percée sur le front occidental en France. D'ici quelques semaines, ils seront à Berlin, et les reichsmarks ne vaudront plus rien. Vous devez partir maintenant. Les boutiques du marché noir ferment à dix-huit heures et j'attends un visiteur. Si vous n'avez aucun moyen de rentrer chez vous ce soir, vous pouvez revenir vers dix-neuf heures trente et passer la nuit ici. Vous repartirez demain matin.

Adeline se sentait encore un peu groggy malgré la nourriture qu'elle avait absorbée. Elle jeta un regard d'envie au poêle rougeoyant et se leva.

— Merci infiniment. Je vais peut-être suivre votre conseil si vous êtes sûre que ça ne vous dérange pas.

— Certaine. Achetez de quoi manger à votre famille et revenez dans quelques heures.

Adeline enfila son manteau et ses gants, elle s'enveloppa de son châle et s'en fut, son sac vide sur l'épaule.

L'appartement donnait accès à une cage d'escalier à ciel ouvert. Alors qu'elle descendait la première volée de marches, elle croisa un officier allemand d'un certain âge. Elle poursuivit son chemin et perçut trois coups discrets frappés à une porte, à l'étage au-dessus. Elle s'immobilisa. Le battant s'ouvrit et elle entendit l'homme s'exclamer : « *Guten Abend, Ilse-Schätzchen* ! »

***

La porte se referma. Adeline dévala les dernières marches et sortit dans le froid glacial. *Qui suis-je pour juger la façon dont Esther se débrouille pour survivre, elle qui est une cible privilégiée dans cette guerre ?*

Elle retourna dans la première boutique où elle était entrée quelques heures plus tôt et choisit divers articles sur les étagères qu'elle déposa en vrac sur le comptoir – farine, sucre, sel, levure, saucisson, saucisse fraîche, œufs déshydratés, lait en poudre, trois tablettes de chocolat – au point que le commis s'en alla chercher son patron, le marchand qui avait affirmé que les alliances ne valaient rien.

— J'espère que vous avez de l'argent ou de l'or, dit-il en évaluant ses emplettes du regard. Et un bon paquet !

— J'ai beaucoup d'argent.

Il la considéra d'un œil sceptique.

— Ah oui ? Et où vous l'êtes-vous procuré ?

Elle releva le menton d'un air de défi.

— J'ai déniché un marchand qui s'y connaît à l'autre bout de la ville. Il m'a assuré que nos bagues étaient de grande valeur et m'a donné ce que je lui en demandais.

Sur ces mots, elle sortit la liasse de billets et marqua une pause avant de demander au commis et à son patron bouche bée :

— Combien vous dois-je pour tout ça ?

***

Culpabilisant à l'idée de savourer un autre bon repas et de dormir dans un lit douillet, alors que sa famille endurait tant de privations, Adeline frappa à la porte d'Esther à l'heure dite.

Quelques instants plus tard, drapée dans un peignoir, Esther entrebâilla le battant avec méfiance, reconnut Adeline et sourit.

— Je suis contente que vous soyez revenue, dit-elle d'une voix un peu éraillée en ouvrant grand la porte. Les routes doivent être impraticables et… vous avez dévalisé la boutique ! s'esclaffa-t-elle en désignant les deux gros sacs qu'Adeline transportait.

Celle-ci entra, posa son chargement sur le sol et serra Esther dans ses bras.

— Grâce à vous ! Vous nous sauvez la vie.

Esther lui rendit son étreinte.

— Vous m'avez aidée vous aussi. Nous sauvons notre peau chaque jour d'une manière ou d'une autre. Nous sommes des survivants, Adeline. C'est pour cette raison que nous sommes encore là. Maintenant, allez donc vous réchauffer près du poêle.

Adeline s'exécuta avec un sourire réticent.

Esther alluma une cigarette, tira une bouffée et ramassa une bouteille de vin vide sur la table avant de disparaître dans la cuisine. Elle revint quelques minutes plus tard avec une nouvelle bouteille, du fromage, du pain et un saucisson.

— Vous avez besoin de prendre des forces avant de repartir pour soigner votre mari et vos chers petits garçons, déclara-t-elle.

Une fois rassasiée et après avoir bu deux verres de vin, Adeline lui confia qu'Emil voulait rejoindre les lignes alliées, le moment venu.

— Ce moment viendra plus tôt qu'on le pense. Je sais de source sûre que les Soviétiques se trouvent actuellement à quarante kilomètres de Varsovie. J'ai préparé une valise et caché mon or dans la doublure de mon manteau pour parer à toute éventualité.

— Vous voulez passer du côté des Alliés, vous aussi ?

— J'ai vécu sous Staline. Je ne recommencerai pas l'expérience.

— Et où irez-vous ?

— En Argentine. Ça sonne bien, hein ? L'Ar-gen-ti-ne ? Je rencontrerai un bel autochtone. Nous nous aimerons passionnément et aurons de charmants enfants. Il n'est pas interdit de rêver, n'est-ce pas ?

— En effet, confirma Adeline, un peu vaseuse.

— À quoi bon vivre si l'on ne peut pas rêver ?

— C'est sûr.

— Et vous ? Où souhaitez-vous aller ?

Après une brève hésitation, Adeline décrivit la merveilleuse vallée verte entourée de montagnes enneigées qu'elle avait admirée dans l'album de Mme Kantor.

— Où se trouve cette vallée de rêve ? s'enquit Esther.

— Aucune idée. Quelque part à l'ouest, d'après Emil. Peut-être par-delà l'océan, en Amérique ou au Canada.

Esther se leva en ondulant des hanches et liquida le fond de la bouteille.

— Ou en Argentine.

— Je pense que vous êtes l'une des femmes les plus courageuses et les plus fortes que je connaisse, affirma Adeline, dont la tête tournait un peu à cause du vin.

Esther alluma une autre cigarette.

— Certainement pas.

— Si. Vous vous en êtes sortie toute seule.

— Pas vraiment. C'est grâce aux documents que vous m'avez procurés.

— Mais vous avez su vous en servir et arriver ici par vos propres moyens. Il faut avoir un sacré courage et une grande force intérieure. Je suis sûre que vous réussirez à partir en Argentine.

Esther tira une longue bouffée de sa cigarette.

— Vous avez probablement raison. Je le dois à Mme Kantor que je remercie tous les jours.

— Je la remercie pour un tas de choses moi aussi. Elle me manque beaucoup.

— À moi aussi. Vous avait-elle révélé ses « secrets pour une vie heureuse » ?

— Quelques-uns.

— Je me demande parfois si c'est vrai.

— Quoi par exemple ?

Esther haussa les épaules.

— Elle m'a affirmé un jour qu'elle croyait que les choses arrivent *pour* vous, pas *à* vous. Que la vie est un long chemin de découvertes toujours renouvelées, mais qu'on ne peut y voir clair et l'apprécier qu'à la fin.

— Votre existence est loin d'être terminée.

— Je sais. Mais je ne comprendrai jamais pourquoi tant de gens ont été exterminés et persécutés, ni pour quelle raison leurs vies devaient s'interrompre de cette façon. Où est le chemin de la découverte dans tout ça ?

23

De bonne heure au matin du 9 janvier 1945, Emil grelottait et crachait ses poumons au fond de son lit, en écho aux quintes de toux de ses fils dans la couchette du dessus. Il avisa les volutes blanches que laissait son souffle dans l'air glacial s'infiltrant par les fissures des murs, se força à s'extirper des couvertures et se leva. Claquant des dents, il se dirigea en chancelant vers la fenêtre du salon pour guetter le retour d'Adeline par la fenêtre. Il avait beau avoir perdu la notion du temps, il savait que plus de vingt-quatre heures s'étaient écoulées depuis son départ la veille pour Lodz. Elle avait dû être retardée par la tempête, se rassura-t-il en observant les enfants endormis et brûlants de fièvre ; il lui sembla toutefois que Will allait un peu mieux.

Il retourna se coucher. *Cela ne finira-t-il donc jamais ? Je ne me rappelle pas avoir été aussi mal fichu de toute ma vie – voilà plus de trois semaines que ça dure.*

Il enfonça son bonnet sur sa tête et remonta les couvertures jusqu'au menton, songeant que le seul avantage à être malade était le manque d'appétit, ce qui présentait un atout indéniable quand il n'y avait presque rien à manger. Cela valait mieux que d'être mort, se dit-il, puis ses pensées vagabondèrent sur les vêtements qu'il portait, l'endroit où il vivait et tout ce qu'il avait fait pour survivre à la guerre.

C'est un vrai calvaire. La fièvre qui était tombée remontait en flèche et ses yeux se fermèrent. *Torturé pour quelque chose que je n'ai pas...*

***

15 septembre 1941
À la périphérie de Dubossary, Transnistrie

— Tirez, maintenant ! gronda le capitaine Haussmann.

Emil considéra le jeune homme qui, aveuglé par les phares, étreignait les deux fillettes en larmes au bord du ravin en le suppliant de les épargner.

Emil se retourna et, glissant un regard au capitaine SS, il comprit que sa dernière heure était arrivée.

— Je ne peux pas.

— Tu ne peux pas ou tu ne veux pas ?

Emil ne détourna pas les yeux.

— Les deux.

Le nazi le fixa, puis loucha vers le peloton d'exécution, qui ne le quittait pas du regard. Il écarta l'arme qu'Emil lui tendait, sortit son propre pistolet de son étui et appuya le canon sur l'arête du nez d'Emil.

— Décide-toi, bouseux, dit-il. De toute façon, ils vont y passer. À toi de voir si tu veux vivre ou mourir avec eux.

Derrière Emil, un peloton d'exécution ouvrit le feu. Épouvanté, il ne voyait plus rien ni personne, excepté le canon du Luger du SS, quand sa femme et ses fils lui apparurent soudain. L'amour qu'il éprouvait pour eux était plus fort que tout. À quoi bon mourir pour des inconnus ? Adeline deviendrait veuve, Walt et Will orphelins. Cette révélation s'imposa à lui comme une évidence, ébranlant ses certitudes solidement enracinées, sa foi en un Dieu bienveillant. Emil l'avait supplié de ne pas le placer devant ce cruel dilemme, or il y était plongé jusqu'au cou. Dieu n'avait rien à voir là-dedans. Absolument rien. Le sort de son épouse et de ses enfants ne dépendait que de lui, de ce qu'il allait faire pour survivre et les protéger.

— D'accord, j'accepte, dit-il froidement.

Le capitaine Haussmann abaissa son arme en souriant.

— Sage décision.

Emil avait l'impression que son esprit était en dehors de son corps, comme si c'était celui d'un étranger. Il referma les doigts sur le Luger et pivota vers le jeune homme et les petites filles.

Il sentit une main l'agripper par-derrière et lui secouer légèrement l'épaule, puis plus fort.

***

Le cauchemar s'évanouit.

Emil ouvrit les yeux et vit Adeline qui l'observait, une main sur son épaule, un grand sourire illuminant son beau visage rosi par le froid.

— J'espère que tu as bien dormi pendant mon absence, dit-elle en lui caressant tendrement la joue. J'ai apporté de quoi manger et du charbon pour le poêle. Je l'ai allumé et il va bientôt faire chaud. As-tu rêvé de moi ?

Emil se rappela l'instant où il avait décidé de tuer les trois Juifs et perdu en même temps sa foi en Dieu.

— Je me sens mieux maintenant que tu es là. J'étais mort d'inquiétude en ne te voyant pas rentrer hier soir.

— J'ai attendu que la tempête passe et je suis repartie ce matin. Allez, debout ! Viens m'aider à la cuisine ou au moins me tenir compagnie. J'ai un tas de choses à te raconter.

Emil gémit à l'idée d'affronter le froid.

— Debout ! répéta-t-elle en repoussant les couvertures.

Il se redressa sur les coudes avec une grimace.

— Tu n'as pas de cœur, Adella !

Elle le chatouilla en riant.

— Oui, on dirait que je braque un pistolet sur ta tempe.

Emil la fixa avec incrédulité, tandis que le souvenir de cette nuit atroce lui revenait en mémoire.

Il sentit de nouveau entre ses yeux le contact de l'acier froid du Luger du capitaine SS, fou de rage. Lui-même s'était transformé en un homme primitif, sauvage, impie, prêt à tuer deux petites filles et un jeune garçon pour protéger sa femme et ses fils. Il scruta le visage soucieux d'Adeline. *Comprendra-t-elle jamais cette décision ? Comment le pourrait-elle ? Je ne me comprends pas moi-même.*

— Tu préfères que je t'apporte à manger au lit ? proposa-t-elle d'une voix inquiète.

Il remarqua qu'une odeur délicieuse embaumait l'air.

— Qu'est-ce que tu prépares ?

Elle sourit.

— Des saucisses aux oignons. J'aimerais que l'odeur envahisse l'appartement et le palier pour inviter tout le monde au festin.

— Un festin ?

— Oui, un festin. Maintenant, lève-toi. On va laisser les garçons dormir aussi longtemps que nécessaire.

Elle quitta la pièce. Emil rabattit les couvertures et se redressa sans être pris de vertige. Il entra dans le petit salon, surpris par la douce chaleur qui y régnait, tandis que les effluves odorants de la friture qu'Adeline préparait sur le minuscule fourneau lui chatouillaient les narines. Et la table ! Elle croulait sous les victuailles. Il n'en avait pas vu autant depuis des années.

— Où as-tu trouvé tout ça ?

Adeline cessa de touiller la poêle et se retourna en souriant.

— C'est un vrai miracle, Emil. Tu ne vas pas le croire.

***

Effectivement, Emil eut le plus grand mal à avaler qu'elle était tombée sur Esther après avoir appelé Dieu à son secours et que cette femme lui avait donné assez d'argent pour se procurer un mois de provisions au minimum. Dieu ne pouvait pas répondre aux prières d'Adeline, pour la bonne raison qu'il n'existait pas, qu'on ne pouvait ni le voir, ni l'entendre, ni le toucher. *On ne peut compter que sur soi-même.*

Adeline avait appliqué cette devise à la lettre, la suite était une simple coïncidence. Un jour ou l'autre, la chance finit par vous sourire. Son épouse avait simplement bénéficié d'un heureux concours de circonstances, décida-t-il, réjoui de voir le gros tas de billets sur la table qui, selon Adeline, était un tiers plus épais la veille au soir.

— Où Esther a-t-elle trouvé cet argent ?

Adeline retourna à ses fourneaux.

— Elle ne me l'a pas dit et je ne lui ai pas demandé.

On frappa à la porte. Malia et Marie passèrent la tête par l'entrebâillement.

— C'est quoi cette bonne odeur ? demanda leur cousine.

— Le paradis, répondit Adeline. L'entrée est prête.

***

Les Martel ne parlèrent de cette manne providentielle à personne. Au cours des deux semaines suivantes, ils mangèrent comme quatre et se procurèrent le double de leur ration de charbon au marché noir. Will et Walt se rétablirent et reprirent du poids et des forces.

Emil se rendait tous les soirs à la villa du sergent Wahl, dont les fenêtres restaient obscures. Il s'inquiétait, ignorant le déroulement des événements, la position des Alliés en Allemagne et des Soviétiques en Pologne.

— Je dois connaître l'avancée des opérations au jour le jour, confia-t-il à Adeline, le 17 janvier. Le sergent Wahl était censé rentrer la semaine dernière.

Lors d'une de ses virées en début de soirée, alors que les rues se vidaient, désertées par les passants pressés de s'abriter du vent et des bourrasques de neige qui s'intensifiaient, Emil se hasarda à l'arrière de la maison de Wahl et tenta d'ouvrir la porte de la cuisine. Verrouillée.

Il brisa le panneau vitré du vantail à l'aide d'une grosse boule de neige et se glissa à l'intérieur sans oser allumer la lumière. Connaissant la configuration des lieux, il gagna à tâtons la pièce où Wahl rangeait la radio, éclaira brièvement et ne la vit nulle part. Il sentit son cœur chavirer.

Il finit par la trouver dans le placard. Ayant observé le sergent à de multiples reprises, il n'eut aucun mal à brancher le poste. Il écouta le programme en allemand de la BBC et apprit que la bataille des Ardennes s'était achevée par la victoire des Alliés. L'action conjuguée des 1re et 3e armées américaines s'était heurtée à une résistance farouche lors de la tentative de franchissement du Rhin. Quant aux Soviétiques, ils avaient repris Varsovie.

C'était tout ce qu'Emil voulait savoir. L'Armée rouge était donc à moins de soixante-quinze kilomètres. Même avec des conditions météorologiques défavorables, un char pouvait couvrir au moins soixante-quinze kilomètres par jour. Emil caressa l'idée de ranger le poste dans son boîtier et de l'emporter. Les nazis perdaient la guerre, mais il serait fusillé si on le surprenait en possession d'un émetteur radio. Il se résigna à le laisser à sa place avec un mot de remerciement pour le sergent Wahl. Une fois dehors, il s'engageait dans la rue qui menait à son domicile, quand il entendit le craquement d'une allumette qu'on frottait. Une petite flamme orange jaillit sur le trottoir d'en face. Quelqu'un avait allumé une cigarette.

Nikolas apparut dans le halo de la flamme.

— J'habite en haut de la rue, Martel, et je ne crois pas que la VoMi apprécierait qu'un voleur s'introduise dans l'une de ses villas.

— Je ne suis pas un voleur.

— On ne dirait pas. Certains s'étonnent de vos dépenses faramineuses depuis quelque temps et se demandent d'où vient cet argent qui vous tombe du ciel. Alors j'ai décidé de te suivre pour en avoir le cœur net.

Emil comprit qu'une fois de plus, il était en conflit direct avec cet homme. *Est-il toujours en contact avec le major*

Haussmann ? Est-il l'oreille des nazis même ici, à Wieluń ? Au fond, quelle importance à présent que les Allemands sont en pleine débâcle ?

Il se remit à marcher.

— Tu ne sais absolument rien, Nikolas. Mon patron m'a demandé de surveiller sa maison.

— Alors là, ça m'étonnerait !

— Tu peux croire ce que tu veux, lâcha-t-il avant de tourner au coin de la rue, hors de sa vue.

Une agréable chaleur régnait dans l'appartement quand il y arriva. Adeline venait de sortir le pain du four et versait la soupe dans des bols.

Emil referma la porte.

— Nous devons plier bagage et dégager au plus vite, dit-il.

Elle leva les yeux vers lui.

— Je sais. On vient de nous l'apprendre.

— Quoi ? Qui ça ?

Elle plongea la louche dans la casserole.

— Des soldats SS. Nous partons pour l'Allemagne après-demain.

***

Des camions militaires allemands arrivèrent au camp de Wieluń à l'aube du 19 janvier 1945. Comme la fois précédente, on ne les autorisa à emporter que ce qu'ils pouvaient charger sur leurs petits chariots. Heureusement, grâce à celui de Marie et à un autre, offert par une famille de réfugiés, les Martel purent emporter presque toutes les denrées qu'Adeline s'était procurées à Lodz.

Elle s'installa à côté de Marie et de ses enfants à l'arrière du véhicule.

— Ils deviennent de plus en plus costauds, constata-t-elle en prenant dans ses bras Rutger, le plus grand des deux frères.

— Grâce à la bonne nourriture et à ta gentillesse, dit Marie, qui berçait Hans, le plus petit des jumeaux. Je pense qu'ils ne vont pas tarder à marcher à quatre pattes.

— Souvent, c'est tout ce dont on a besoin pour avancer dans la vie. De quoi manger et de la gentillesse.

En traversant Breslau – le dernier bastion sur la route de l'Allemagne et une position stratégique avec ses ponts sur la rivière Oder –, ils aperçurent des troupes de la Wehrmacht et les « esclaves » de l'Organisation Todt, des hommes décharnés, épuisés, vêtus de gris, avec la lettre *E* cousue sur le côté gauche de la poitrine. Sur l'ordre d'Hitler, ils s'activaient à transformer la ville en forteresse armée. Deux heures plus tard, ils arrivèrent à Legnica, plus peuplée et plus belle que Wieluń. Malgré tout, leurs logements étaient encore plus délabrés si c'était possible. Mais ils avaient de l'argent, et l'argent accomplit des merveilles. Alors que les frimas de l'hiver glaçaient toujours le pays, Emil réussit à acheter assez de charbon au marché noir pour garder toute la famille au chaud.

Il s'évertuait à obtenir des nouvelles de l'avancée des Soviétiques et des Alliés occidentaux. Il finit par trouver le filon, car les réfugiés étaient souvent victimes d'escrocs. Peu après leur arrivée à Legnica, il tomba sur un adolescent qui lui proposa des cigarettes de contrebande.

— Camel. Lucky Strike, chuchota le gamin. Piquées à un prisonnier américain.

Emil répondit qu'il cherchait plutôt un petit récepteur à ondes courtes.

— Pas un émetteur, précisa-t-il. Rien d'illégal. Un simple récepteur.

— Je risque d'être fusillé pour ça. Ça va vous coûter un bras.

Quelques jours plus tard, en échange de la moitié des économies de la famille, il remit à Emil un sac renfermant un récepteur à ondes courtes Radione R3 vert kaki, un peu cabossé, volé dans un dépôt de la Wehrmacht.

— Attention, dit le gamin. Mon ami m'a prévenu qu'il y a des fusibles, mais pas de cristaux ni de tubes de rechange. Il n'y a pas tromperie sur la marchandise.

Emil veilla tard dans la nuit pour allumer la radio qu'il régla sur le programme en allemand de la BBC. Il apprit les derniers développements de la conférence de Yalta entre le président américain Roosevelt, le Premier ministre britannique Churchill, et Staline. Les Soviétiques avaient traversé l'Oder au nord de la rivière et se trouvaient à moins de quatre-vingts kilomètres de Berlin. Les Américains et les Britanniques se battaient toujours pour occuper l'Allemagne occidentale et se heurtaient à une forte résistance. Il repéra un nom qu'il n'avait entendu qu'une seule fois, dans le cimetière de Budapest : Auschwitz. Le speaker décrivit la libération du camp de concentration par les Soviétiques, le 27 janvier. Emil ferma les yeux, anéanti par l'ampleur du génocide opéré par les nazis.

Malgré lui, ses pensées revenaient invariablement à cette effroyable nuit à Dubossary, quand le capitaine Haussmann lui avait pointé un pistolet sur la tempe en lui assurant qu'il mourrait s'il ne tuait pas les trois Juifs. Il s'entendit dire : « D'accord, j'accepte » et la réponse d'Haussmann : « Sage décision. »

Perturbé et terrifié, il finit par s'assoupir en se demandant s'il était condamné à ressasser éternellement les mêmes obsessions.

Dans les semaines qui suivirent, Emil passa la moitié de ses nuits à l'écoute des ondes. Il savait que les Soviétiques avaient envahi Lodz et conquis Budapest, que les Alliés occidentaux bombardaient Dresde, que l'Armée rouge assiégeait Breslau, avant de s'arrêter sur la rive ouest de l'Oder afin de se réapprovisionner et de se préparer à envahir l'Allemagne de l'Est. La nuit du 24 février, il apprit que les Alliés avaient lancé neuf mille bombardiers au-dessus de l'Allemagne.

Emil bâilla et éteignit la radio. *Wahl avait raison. Les nazis sont battus, même s'ils ne le savent pas encore*.

Il se leva afin de ranger le poste dans un placard au fond de la pièce, mais il trébucha sur une aspérité du plancher. La radio lui échappa et se fracassa sur le sol dans un bruit sourd.

— Non ! s'étrangla-t-il en ramassant le poste qu'il tenta de rallumer. Non, non, non.

Il ne devait plus jamais fonctionner.

***

Quatre jours plus tard, Emil vit des soldats de la Wehrmacht s'engouffrer dans des camions et quitter Legnica. Les véhicules provoquaient d'énormes embouteillages dans les rues. Il repéra deux soldats de la Waffen-SS qui s'efforçaient d'effacer les tatouages de groupe sanguin qu'ils avaient sous l'aisselle gauche avec une lame de rasoir.

— Ces salauds savaient qu'ils seraient arrêtés et probablement fusillés pour avoir appartenu aux SS, expliqua-t-il à Adeline en rentrant. Nous devons partir demain matin et rejoindre les lignes alliées.

— Comment ? Les Allemands ne sont plus là.

— Nous irons à pied s'il le faut.

Adeline n'hésita pas avant d'emballer leurs maigres effets. Sa mère et sa sœur firent de même. Marie ne se sentait pas bien et avait besoin d'aide, mais elle n'attendrait pas que les Soviétiques la renvoient en Ukraine, elle et ses fils. Quand Emil alla voir ses parents plus tard dans la soirée, il trouva sa mère, son père et sa sœur assis autour du poêle.

— Allons, préparez-vous ! s'exclama-t-il. Nous devons démarrer tôt demain matin.

— On ne part pas, dit Karoline.

— Comment ça ? Bien sûr que si. Tu sais ce qu'ils vont vous faire quand…

— À quoi bon ? intervint Rese. Nous parlerons en russe. Ils ne sauront pas qui nous sommes. De toute façon, je suis incapable de marcher jusqu'en Allemagne et tu ne peux pas me porter non plus.

— Et le fauteuil roulant alors ?

Johann secoua la tête.

— Il ne résistera pas au voyage. C'est comme ça, mon fils. On reste ici en espérant qu'on s'en sortira.

La température chuta cette nuit-là. En mars, une vague de froid glacial s'abattit sur la région et la neige redoubla d'intensité dès l'aube. En attendant la fin de la tempête, Emil en profita pour tenter de convaincre ses parents et sa sœur que leur seul espoir était de rejoindre les puissances alliées. Ils ne voulaient rien entendre. Karoline avança qu'elle avait entendu dire que les Soviétiques pourraient leur permettre de retourner sur leurs terres.

— Tu parles ! Il ne faut pas croire un mot de ce qu'ils disent.

Posté devant la fenêtre, il observait la rue enneigée. Dès qu'il apercevait un convoi de la Wehrmacht traverser la ville en direction de l'Allemagne, il courait demander une place pour sa famille et leurs bagages, mais essuyait systématiquement un refus.

Les sang-pur que le *Reichsführer* Heinrich Himmler avait encensés pour avoir quitté l'Ukraine afin de repeupler la Grande Allemagne étaient à présent indésirables, rejetés, oubliés et livrés à eux-mêmes. Emil ne se laissa pas abattre ; il avait réussi à surmonter bien des situations difficiles, n'est-ce pas ?

Je sais que je m'en sortirai. Il n'y a pas de raison, je m'en suis toujours sorti.

***

La neige cessa au matin du 4 mars 1945, mais le vent d'est soufflant en rafales avait provoqué des congères, et ils se retrouvèrent bloqués cinq jours durant. Par chance, les Soviétiques étaient également retardés par le mauvais temps et campaient toujours le long de la rivière Oder au soir du 9 mars, quand Emil avisa des *Volksdeutsche* en train de charger leurs chariots. La famille dîna de purée de pommes de terre et de choucroute, et se coucha tôt avec l'intention de partir à la première heure le lendemain matin.

En se levant à l'aube du 10 mars, Emil vit des réfugiés remorquant leurs chariots en direction de Berlin. Une heure plus tard, sachant que c'était peut-être la dernière fois qu'il voyait ses parents et sa sœur, Emil les serra dans ses bras pour leur dire au revoir, les larmes aux yeux.

—Nous nous retrouverons, promit Rese. J'en suis sûre, tout comme le caporal Gheorghe savait qu'il allait survivre à Stalingrad.

Emil leva les yeux au ciel, mais ne put s'empêcher de sourire.

—J'y compte bien.

Après quoi, il entreprit de charger leurs affaires dans les trois chariots sur le trottoir, devant l'immeuble. Le soleil tapait fort, faisant fondre la neige. L'air était presque doux, comme au printemps, après le froid polaire qui avait sévi les mois précédents. Il prévoyait de suivre le flot des réfugiés en se dirigeant d'abord vers le sud, puis en empruntant une grande route en direction de l'ouest. Avec un peu de chance, ils pourraient parcourir quinze kilomètres par jour, ce qui leur permettrait d'atteindre la frontière allemande en une semaine environ. *De là, nous trouverons comment rejoindre les Alliés et...*

Un grand coup dans son dos faillit le faire tomber, il retrouva son équilibre, se retourna et se trouva face à deux miliciens polonais. L'un d'eux le visait avec un fusil.

—Allemand ? demanda l'homme.

Emil acquiesça.

— *Volksdeutsche.*

— Les mains derrière la tête. Vous venez avec nous. Vous allez nettoyer ici, puis en Union soviétique.

— Non, non, j'allais partir avec ma famille, protesta Emil, abasourdi.

Sur ces entrefaites, Adeline apparut à l'entrée de l'immeuble avec les enfants, sa mère, sa sœur, Marie et les jumeaux.

— Vous n'irez nulle part, brailla le soldat, tandis que l'autre s'approchait d'Emil par-derrière. En route !

— Emil ! hurla Adeline, paniquée.

— Laissez-moi au moins dire au revoir à ma famille.

— Non. Avancez !

Emil sentit un autre coup entre ses épaules et obéit. Il avait l'impression d'être déconnecté de son corps, comme lors de cette nuit fatidique à Dubossary, en marche vers la mort.

— Papa ! Papa ! appelèrent Walt et Will.

Emil regarda par-dessus son épaule et vit ses fils fondre en larmes. Adeline rattrapa les miliciens, les mains levées en signe de reddition.

— Il n'a rien fait de mal, plaida-t-elle en russe. Ce n'est pas un soldat. Nous sommes des fermiers ukrainiens. Vous pouvez l'entendre à notre accent.

— On se fiche de votre accent, d'où vous venez ou ce que vous faites. Nous avons ordre d'arrêter tous les Allemands, y compris les *Volksdeutsche*, et de les détenir jusqu'à ce que nous puissions les livrer aux Soviétiques.

— Non, protesta Adeline, horrifiée. Non, non, non. Où l'emmenez-vous ?

— Il va nous aider à nettoyer la Pologne, expliqua le soldat derrière Emil. Ensuite, il ira probablement en Sibérie.

Adeline le retint par la manche.

— Non ! Je vous en prie ! Vous ne pouvez pas faire ça ! Mon père n'est jamais revenu de Sibérie !

Il la projeta au sol sans ménagement.

— On s'en moque, salope.

Étourdie, affalée dans la neige, Adeline lutta pour se redresser en criant, au bord de l'hystérie.

— Emil ! Emil ! Qu'est-ce que je vais faire maintenant ?

Il vit par-dessus son épaule l'amour de sa vie étendue par terre et ses fils qui l'aidaient à se relever.

— Va à l'ouest, Adeline ! Le plus loin possible. Je te retrouverai ! Je te le promets.

24

Adeline sentit les mains de ses fils qui l'étreignaient, essayant de la consoler. Ils lui parlaient, semblait-il, mais elle ne comprenait pas un mot et ne parvenait pas à distinguer leurs visages. À genoux au milieu de la rue, hébétée, elle fixait la silhouette d'Emil qui s'éloignait, son mari, sa vie, qu'on lui arrachait alors qu'ils étaient tout près de fuir à l'ouest, vers la liberté. C'était d'autant plus injuste que la dernière vision qu'elle emporterait de lui était celle d'un homme marchant vers son destin la tête haute, animé d'une volonté inébranlable.

Je m'en souviendrai. Je garderai cette image dans mon cœur jusqu'à ce que...

Dans son esprit troublé, les dernières paroles d'Emil – « Je te retrouverai, je te le promets » – faisaient écho à celles qu'avait prononcées son père au moment de son départ – « Je reviendrai ! Je vous le promets ! »

Mais mon père n'est jamais revenu. Il...

— Adeline, dit Marie, lève-toi. Les enfants sont bouleversés.

La voix de sa cousine lui parvint comme assourdie dans un brouillard cotonneux. Elle leva les yeux et découvrit sa cousine accroupie à ses côtés. Marie la considérait avec inquiétude et une empathie qu'elle tirait de son expérience de la souffrance. Elle sentit une petite main lui tapoter l'épaule, regarda autour d'elle et vit Walt qui pleurait à chaudes larmes.

— Est-ce que papa va revenir, maman ?

Adeline hésita, comprenant que sa foi en Dieu, en la vie, en elle-même, était gravement compromise. La crainte de ne jamais revoir Emil, semblable à un oiseau de nuit cramponné à son cœur, s'attaquait à la racine de la seule certitude qui lui donnait le courage de persévérer : la conviction profonde qu'un jour, d'une manière ou d'une autre, leur existence s'améliorerait si elle gardait la foi en Dieu et en son rêve de la vallée verte mythique de l'ouest.

Walt revint à la charge.

— S'il te plaît, maman, dis-nous qu'il va revenir…

Adeline s'humecta les lèvres et déglutit avec peine.

— Il va revenir, hein, maman ? insista son frère. Il est parti juste pour un petit moment. Pas vrai ?

La voix tremblante du jeune garçon déclencha en elle quelque chose qui triompha de ses peurs et de son chagrin. L'instinct maternel la submergea, le besoin de protéger ses enfants l'emporta sur la douleur et le deuil.

Elle leur ouvrit les bras.

— Papa va revenir. Il nous retrouvera.

Ils se jetèrent à son cou et tous trois restèrent un long moment enlacés. Adeline ne savait plus si elle devait supplier Dieu de lui insuffler de la force ou le maudire pour lui avoir enlevé son mari, le père de ses enfants.

— Un camion arrive, annonça Marie. Il faut te lever.

Adeline se redressa, un sourire plaqué sur ses lèvres et une lueur d'optimisme dansant au fond de ses prunelles.

— Bon, alors, nous allons poursuivre seuls l'aventure jusqu'à ce que papa vienne nous chercher. D'accord ?

Les garçons s'essuyèrent les yeux et les joues et hochèrent la tête. Adeline brossa la terre qui souillait le bas de sa jupe, prit chaque enfant par la main et avec un signe de gratitude envers sa cousine, elle se dirigea résolument vers sa mère et sa sœur aînée.

***

Debout près de leur chariot, Malia et Lydia les regardèrent approcher, la mine apitoyée. Sa sœur réagit la première et se précipita dans ses bras.

— On s'en sortira, tu verras. Il va revenir.

— Bien sûr qu'il va revenir.

Très émue, elle si réservée d'ordinaire, Lydia saisit la main de sa fille et y déposa un baiser.

— Je n'aurais jamais imaginé que tu connaîtrais le même sort, Adella. Jamais.

Adeline se rappela son père, emmené de force au milieu de la nuit, et sa promesse de revenir. Les dernières paroles d'Emil restaient gravées dans sa mémoire : « Va à l'ouest, Adeline. Le plus loin possible. Je te retrouverai ! Je te le promets. »

Elle embrassa sa mère sur la joue.

— Je sais. Tu t'es montrée si forte dans l'adversité. Maintenant, c'est mon tour.

Will la tira par sa jupe.

— Maman ?

Elle baissa les yeux vers l'enfant. Son visage était maculé de poussière et de larmes séchées, mais à la terreur s'étaient substituées une gravité et une concentration surprenantes.

— On va aller à l'ouest sans papa ? questionna-t-il. C'est ce qu'il nous a dit de faire, n'est-ce pas ? Il faut aller le plus loin possible à l'ouest et il nous retrouvera ?

Adeline le dévisagea, puis avisa les petits chariots remplis à ras bord. Elle repensa à l'idée folle d'Emil de rejoindre les lignes alliées et demander le statut de réfugiés. Il était sûr de lui, elle le savait, mais elle n'avait pas oublié le dramatique épisode où ils avaient été pris en tenaille entre deux fronts, la tempête de neige, les tanks, la brutalité avec laquelle son mari avait fouetté les chevaux jusqu'au sang pour leur sauver la vie. En serait-elle capable ? Aurait-elle le courage et la détermination nécessaires ? Emil avait-il raison ? Le seul moyen de recouvrer la liberté était-il d'affronter un déluge de balles et de bombes ?

— Maman, reprit Walt. On y va ou pas ?

Ses enfants, ses petits anges innocents, s'attendaient à ce qu'elle les guide, et elle savait que la décision qu'elle s'apprêtait à prendre pouvait faire basculer leur jeune vie en bien ou en mal. Elle se sentait angoissée et plus seule que jamais, quand elle entendit une lointaine explosion au nord-ouest. Walt sursauta et se cramponna à sa jambe.

— Je veux rentrer à la maison, geignit-il. Je déteste les tanks.

Voyant son fils si perturbé, Adeline prit une décision.

— Nous n'irons nulle part tant que les combats se dérouleront autour de nous, affirma-t-elle à sa mère et sa sœur. Je refuse que les enfants revivent ce traumatisme. Nous ne bougerons pas d'ici jusqu'à ce que les choses se tassent et que la situation s'améliore.

Will fronça les sourcils.

— Mais papa a dit d'aller le plus loin possible à l'ouest…

— Je sais ce qu'il a dit, Will. Mais tu te vois détaler comme un lapin entre les canons et les soldats qui nous tirent dessus ?

Déconcerté par le brusque changement de ton de sa mère, le garçon battit en retraite.

— Non, maman.

— Parfait. J'attends de vous deux que vous m'aidiez comme papa aurait voulu que vous le fassiez. On va commencer par décharger le chariot et remonter nos affaires en haut.

Alors qu'ils gravissaient l'escalier en passant devant l'appartement des parents d'Emil, la porte s'ouvrit devant Karoline.

— Je vous croyais partis depuis longtemps ! s'exclama-t-elle, stupéfaite.

—Des soldats ont emmené papa, expliqua Will. Il va partir en Sibérie.

Karoline dévisagea son petit-fils, puis Adeline dont les yeux bouffis lui confirmèrent qu'il disait la vérité. Elle faillit s'effondrer, se rattrapa au battant de la porte et appela Johann et Rese à grands cris. Quand ils arrivèrent, le père d'Emil poussant sa fille dans son fauteuil roulant, Adeline leur raconta ce qu'il s'était passé en bas de l'immeuble, alors qu'ils étaient sur le départ.

Karoline encaissa la nouvelle comme un véritable coup de massue. Toute une palette d'émotions se refléta sur son visage : à l'injustice de la situation succédèrent la colère, puis l'amertume. Une fois le choc passé, elle interpréta le triste sort de son fils comme la confirmation des tourments sans fin qui étaient son lot dans la vie.

—À quoi bon avoir fait tout ce chemin ? lança-t-elle à Johann. Si nous étions restés à Friedenstal, Emil aurait connu le même destin. Et toi aussi, Adeline. Voilà comment ils nous traitent, nous et nos hommes.

La colère et le découragement qu'Adeline lisait dans les yeux de Karoline faillirent la gagner à son tour.

—Regarde les choses en face, Adeline, poursuivit sa belle-mère. C'est le sort qui attend tes fils aussi.

Adeline bouillait de rage.

—Cela n'arrivera jamais, espèce de méchante sorcière ! Je les protégerai et je les emmènerai à l'ouest, le moment venu. Quant à Emil, je suis sûre qu'il reviendra nous chercher, parce que je sais quel genre d'homme il est.

Le visage de Karoline se tordit en une grimace moqueuse.

—Tu vois, Adeline, c'est ce que je te répète depuis des années, lança Lydia depuis le seuil de la porte.

Adeline fit volte-face et jeta un regard furibond à sa mère.

—Qu'est-ce que tu racontes ? Tu es en train de me dire qu'Emil est mort et qu'il ne reviendra jamais, alors qu'il est parti depuis une demi-heure à peine ? Impossible, maman ! Je refuse de désespérer ! Ni maintenant, ni jamais !

Lydia baissa la tête et quand Adeline se retourna, sa belle-mère avait perdu de sa superbe.

—Tu ne dois pas perdre espoir, Adeline. Je l'ai fait pendant les six années d'absence de Johann. J'ai baissé les bras. J'étais persuadée qu'il était mort. Quinze mois plus tard, il frappait à ma porte.

—Et regardez-moi, intervint Johann. Une épave humaine.

—Vous n'êtes pas une épave, protesta Adeline. Et Emil ne le deviendra pas non plus, c'est moi qui vous le dis.

***

Emil se concentra pour pouvoir mettre un pied devant l'autre ; il n'allait pas se laisser abattre par une situation délicate qu'il avait passé sa vie à essayer d'éviter. Il trouverait le moyen de s'en sortir et de retrouver sa femme et ses enfants. Alors qu'il traversait la ville sous bonne escorte, il comprit qu'il avait commis l'erreur de reconnaître son héritage allemand. Il n'était pas un soldat, mais cela n'avait aucune importance. Pour ces miliciens polonais, il était le dernier vestige d'une armée conquérante en déroute. Il aurait dû parler russe, mais il s'était fourvoyé, et à présent ils lui feraient ce que bon leur semblerait. Il n'y pouvait rien, mais il avait un autre atout dans sa manche.

Il se rappela les confidences de son père peu après son retour de Sibérie, l'une des rares fois où il lui avait parlé de ses années d'emprisonnement dans un camp et des mines où il avait trimé. Emil avait cherché à savoir comment il s'en était sorti. Grâce à la chance, mais aussi à l'expérience, avait répondu Johann. Malgré le dur labeur dont il s'acquittait à la ferme, il avait la bonne fortune d'être un brin grassouillet en raison de l'abondante nourriture dont il avait profité avant que les staliniens ne l'arrêtent sous prétexte de stocker des céréales. Son embonpoint lui avait permis de survivre à la traversée vers l'est, alors qu'un grand nombre de ses compagnons tombaient comme des mouches.

Emil songea aux copieux repas qui l'avaient aidé à reprendre du poids et des forces grâce à la générosité d'Esther. Dans un sens, il était préparé à survivre à un long voyage. C'était déjà un point en sa faveur. Son père ne parlait qu'allemand en présence des gardes soviétiques, avait-il précisé. Cela les rendait furieux et se terminait souvent par des coups. Désormais, il se cantonnerait au russe, décida-t-il. Peut-être parviendrait-il à convaincre un haut gradé que les deux miliciens s'étaient trompés à son égard.

Johann avait ajouté qu'il ne se fiait pratiquement à personne dans les camps. Tout le monde pouvait être considéré comme un informateur potentiel. La confiance était une denrée rare. Et il veillait aussi à se protéger des maladies. Johann était devenu maniaque de la propreté, en particulier quand il remontait de la mine ou en sortant des latrines. Il s'obligeait aussi à avaler la nourriture qu'on leur donnait, aussi atroce soit-elle, et à boire en grandes quantités l'eau la plus pure qu'il pouvait trouver.

« L'essentiel était de rester en vie le plus longtemps possible », avait conclu son père. « Chaque journée supplémentaire fournissait l'occasion d'être libéré ou de s'échapper. Je me suis enfui à deux reprises, mais ils m'ont rattrapé et battu à mort. Et j'ai fini par tomber malade. »

Emil avait été surpris par ces aveux. Il n'aurait jamais cru son père capable de s'évader. Mais maintenant qu'il se trouvait à sa place, il avait l'impression de mieux le comprendre et il se jura de suivre à la lettre ces quatre tactiques de survie, ainsi que d'autres dont il avait entendu parler à l'époque.

Je ne peux compter que sur moi-même. Dans un sens, mon père m'y a préparé.

Emil était certainement mieux armé que ses quinze compagnons d'infortune, entassés à l'arrière d'un camion. Fébriles, efflanqués, méfiants, ils évitaient de croiser son regard, comme s'ils savaient d'instinct qu'il ne fallait s'en remettre à personne. Du banc où il était assis près de la porte arrière, Emil aperçut une longue file de prisonniers, que l'on faisait monter sous bonne garde dans d'autres véhicules. Parmi eux, il crut reconnaître Nikolas et deux de ses acolytes.

Au bout d'une heure d'attente, le camion démarra en direction de l'est. À chaque kilomètre parcouru, Emil se sentait de plus en plus floué. Depuis leur départ de Friedenstal, près d'un an auparavant, il s'était évertué à conduire sa famille vers l'ouest, et voilà qu'il revenait à la case départ. Au nord et à l'est, il entendit des coups de canon sporadiques et comprit que l'Armée rouge avançait à proximité. Deux heures plus tard, alors qu'ils approchaient de Breslau, où l'Oder miroitait au soleil de midi, il constata que les Soviétiques encerclaient la ville. Des obus de mortier explosaient à l'intérieur de la forteresse édifiée par les nazis.

Ils obliquèrent vers le nord pendant plusieurs kilomètres, puis décrivirent une boucle en direction du fleuve. Peu après, Emil aperçut un premier char soviétique, puis un autre, et encore sept tanks qui se dirigeaient vers l'ouest sans rencontrer de résistance. Il les observa, ainsi que les transports de troupes soviétiques qui les suivaient, conscient d'avoir lamentablement échoué dans sa tentative de rallier les puissances occidentales. Il avait été capturé et serait bientôt livré aux sbires de Staline. Et dire qu'Adeline, Walt et Will se trouvaient quelque part là-bas, en point de mire des tanks, ballottés au gré du vent et jetés en pâture aux loups.

Il se rappela la façon dont les miliciens avaient envoyé sa femme valdinguer, afin d'attiser sa colère et se conforter dans l'idée qu'il survivrait quoi qu'il arrive. Il eut beau faire, ce fut peine perdue. À force de penser à Adeline et aux enfants, il n'éprouvait qu'amertume et désespoir.

***

Son découragement s'amplifia au cours des six semaines abrutissantes qui suivirent, alors qu'Emil, comme des centaines, puis des milliers de *Volksdeutsche* étaient exploités par les milices polonaises. Ils n'étaient plus convoyés en camion mais forcés de marcher en deux colonnes, sous la surveillance de gardes armés, d'une bourgade ravagée par la guerre à l'autre. Ils passaient douze à quatorze heures par jour à déblayer les gravats des bâtiments effondrés et à dégager les routes pour faciliter la circulation des troupes soviétiques. Emil ne répondait que si on lui adressait la parole et uniquement en russe. Comprenant les deux langues, il apprit que les Alliés contraignaient Hitler à reculer sur tous les fronts. Les Soviétiques se préparaient à attaquer Berlin à l'est, tandis que les Américains et les Britanniques arriveraient à l'ouest, mais semblaient être bloqués par les dernières poches de résistance allemandes.

Début avril 1945, au froid intense qui s'était abattu sur l'Europe succéda une hausse des températures, de sorte qu'Emil ne supportait plus ses lourds vêtements. Il prit l'habitude de les transporter et de les placer bien en évidence partout où il allait. Il pensait constamment à son père, dont il suivait scrupuleusement les recommandations, gardant la tête baissée, travaillant sans jamais émettre le moindre commentaire ni se plaindre, ne buvant que l'eau que leur procuraient les gardiens, mangeant tout ce qu'on leur donnait, et dormant quand et où il le pouvait.

Les prisonniers passaient la nuit dans des granges abandonnées ou dans les bois, dormant à même le sol, les gardes ayant ordre de tirer sur ceux qui tenteraient de s'échapper. Emil avait bien cherché le moyen de s'enfuir, mais ils étaient étroitement surveillés : huit miliciens armés par groupe de cent prisonniers.

Le bruit courait qu'ils se dirigeraient vers l'est une fois la guerre terminée, mais ils semblaient se déplacer d'une ville dévastée par la guerre à l'autre selon un parcours arbitraire en S, tantôt vers le nord, tantôt vers le sud, voire parfois à l'ouest. Emil se prit à espérer qu'il serait détenu quelque part près des frontières allemandes, de sorte qu'il pourrait s'enfuir et localiser rapidement sa famille. Mais où se trouveraient-ils à ce moment-là ?

Il avait conseillé à Adeline de se diriger le plus loin possible à l'ouest, mais avec le recul, il craignait de leur faire courir un grand danger. Il les imaginait suivant consciencieusement ses ordres, avançant au milieu des tirs nourris et des bombes, et il tentait de se convaincre qu'ils réussiraient à rejoindre les lignes alliées. Et s'il avait perdu l'esprit et les avait précipités dans la gueule du loup ?

Cette question torturait Emil chaque fois qu'il s'allongeait sous l'œil vigilant des miliciens avant de s'évader dans le sommeil. Ses nuits étaient peuplées de cauchemars où Adeline, Walt et Will gisaient au milieu d'un champ de bataille marécageux, blessés et appelant à l'aide. Dans ces rêves récurrents, il était pris au piège derrière des barbelés qu'il agrippait avec tant de force que ses mains étaient en sang, tandis qu'il leur criait qu'il les avait retrouvés.

***

Quatre semaines après la capture d'Emil, des gardes soviétiques avaient remplacé les miliciens polonais, mais dans chaque ville où ils pénétraient, ses objectifs n'avaient pas changé : déblayer les débris, empiler les briques, rester en vie.

Le premier jour sous contrôle soviétique, il entendit un garde trapu à la face aplatie nommé Lebedev se rengorger :

— Staline va prendre Berlin. C'est sûr. Le drapeau rouge flottera au-dessus du Reichstag pour la fête du Travail !

— Peut-être même avant, renchérit son acolyte, Aleksey, un jeune homme maigre d'une vingtaine d'années, qui suivait Lebedev comme son ombre.

Les Soviétiques attaquèrent Berlin le 16 avril 1945. Deux pelotons menèrent l'offensive par le sud et l'est. Une troisième unité russe se déploya au nord.

En quatre jours, la ville fut encerclée. Les combats au corps à corps avec les derniers fidèles d'Hitler faisaient rage. Plus de quatre-vingt mille soldats de l'Armée rouge périrent au cours des dix jours suivants, arrachant Berlin au contrôle nazi. Hitler se suicida le 30 avril. Ses généraux capitulèrent officiellement deux jours après, et les frontières approximatives de l'Allemagne de l'Est et de l'Allemagne de l'Ouest furent fixées là où les armées alliées avaient cessé leur progression.

Le jour de la fin de la guerre, Emil se trouvait dans une petite ville au sud de Kielce, en Pologne, torse nu, manipulant des parpaings et des briques cassés dans une véritable fournaise, lorsqu'il surprit une conversation entre les deux gardes.

— Je t'avais dit que le drapeau rouge flotterait sur le Reichstag pour la fête du Travail, dit Lebedev en allumant une cigarette. J'aurais bien voulu voir ça.

— Moi aussi, dit l'autre. À ce qu'il paraît, ils ont amené des camions entiers de vodka et on peut s'amuser avec toutes les femmes allemandes. Personne ne l'interdit.

— Alors que nous, on nous oblige à surveiller ces fumiers d'Allemands pendant qu'ils ramassent des briques. Au fait, on doit se diriger vers l'est demain, loin de Berlin. J'ai vu l'ordre de mission.

— À quelle distance ?

— Environ deux cent cinquante kilomètres, précisa Lebedev d'un ton amer. Encore au moins deux semaines avant d'arriver au train.

***

Deux semaines ? Démoralisé, Emil se mit en route de bon matin, le 3 mai 1945. *Les Soviétiques peuvent violer les femmes en toute impunité. Y compris mon Adeline.* Cette pensée le rendit si furieux qu'il eut des envies de meurtre. Seule la pensée qu'il serait abattu sur-le-champ le retint. Que deviendrait alors sa famille ?

Ils marchaient à deux de front. Plus tard, ils furent rejoints par plusieurs groupes de prisonniers, la plupart en uniforme de l'armée allemande, qu'Emil dénombra jusqu'à s'embrouiller et se perdre dans ses comptes à deux mille trois cents hommes. L'un d'eux était Nikolas. Emil le voyait boitiller sur la file de gauche, séparé par une quinzaine de prisonniers.

Ce jour-là, la chaleur et l'humidité grimpèrent en flèche. On leur donna de l'eau à quatre reprises. Emil ingurgita les deux tiers de sa ration et trempa la visière de sa casquette dans le reste pour garder la tête au frais. À trois heures de l'après-midi, c'était une véritable fournaise. La température était de trente degrés et il n'y avait pas un nuage dans le ciel. Les plus faibles commencèrent à tituber et à s'écrouler. Le compagnon de Nikolas fut l'une des premières victimes. Nikolas poursuivit son chemin sans lui prêter attention. Celui qui les suivait enjamba le corps, imité par huit autres.

Emil s'arrêta et le souleva par les aisselles pour l'aider à se remettre sur pied.

— Laisse-le ! glapit Lebedev. Ne t'arrête pas. Serrez les rangs !

Emil obéit à contrecœur. Il reposa l'homme à terre, le contourna et courut rejoindre le groupe. Il entendit Lebedev crier au prisonnier de se relever, puis ordonner à Aleksey de l'achever avant de le balancer dans le fossé. Il glissa un coup d'œil derrière lui et vit le jeune soldat s'avancer et tirer sans hésiter une balle dans la tête du pauvre type.

Le coup de feu sema la panique parmi les prisonniers qui rompirent les rangs. Plusieurs se mirent à courir. Des gardes tirèrent en l'air en leur criant de s'arrêter, mais cela ne fit qu'accroître la confusion. L'un des hommes en uniforme allemand profita de la diversion pour tenter de s'échapper. Il détala à travers champs en direction des bois distants d'environ cent cinquante mètres.

Il avait parcouru plus de la moitié du chemin quand Lebedev l'aperçut. Il se mit à le poursuivre, posa un genou à terre, visa et tira dans le dos du fugitif, dix mètres avant qu'il n'atteigne les arbres. Le voir s'écrouler dans une mare de sang suffit à ramener le calme parmi les prisonniers, qui réintégrèrent les rangs. Dans l'intervalle, certains avaient changé de place, y compris Emil. Quand ils se remirent en marche, il découvrit Nikolas claudiquant à côté de lui, l'air malheureux.

— Va-t'en puer ailleurs, Martel, proféra-t-il.

— Comment va ton genou ?

Nikolas lui jeta un regard dégoûté.

— De mieux en mieux. J'irai bientôt assez bien pour te planter un couteau dans le dos quand tu regarderas ailleurs.

— Essaye un peu pour voir. Je te l'arracherai et je te l'enfoncerai bien profond dans le cul. Tu crèveras en chiant du sang, Nikolas.

Furieux, l'éclopé ne répondit pas et se contenta d'avancer en regardant droit devant lui, les mâchoires serrées. Ils finirent par faire halte dans une région agricole. Après onze heures de marche, ils avaient parcouru une trentaine de kilomètres et perdu dix hommes.

Lebedev leur désigna un petit bosquet à la lisière d'un champ récemment fauché. Aleksey les escorta et les autorisa à se tremper la tête en traversant un ruisseau à gué. Rafraîchi dans l'eau glacée, Emil s'écroula au pied d'un arbre, heureux de trouver un peu d'ombre et de l'herbe verte ; il savait qu'il devait reprendre des forces pour tenir le coup pendant encore deux longues semaines.

Nikolas alla s'allonger plus loin. Certains retournèrent se désaltérer au ruisseau, mais ayant aperçu un troupeau de vaches un peu plus loin, Emil supputa que c'était trop risqué.

Malgré sa soif dévorante, il attendit l'arrivée du camion de ravitaillement, deux heures plus tard. Le dîner se composait d'une soupe claire à base de choux, d'un morceau de pain et assez d'eau pour remplir le bidon qu'on leur avait fourni.

Emil engloutit la nourriture et l'eau. Il refit la queue pour une seconde ration d'eau, bu tout son soûl et se coucha, alors que le soleil déclinait à l'horizon. Il roula ses habits en guise d'oreiller, serra contre lui son bidon et ses chaussures de peur qu'on ne les lui vole, et s'autorisa à penser à Adeline, Walt et Will pour la première fois de la journée. Leurs visages fut la dernière chose qu'il vit avant de s'endormir. Il s'imagina les attirer contre lui pour les serrer dans ses bras, chanter une berceuse aux enfants, et leur souhaiter une bonne nuit.

25

12 mai 1945
Près de Puławy, Pologne

Pour Emil, la dernière étape du trajet fut la pire. La colonne de prisonniers marchait en plein soleil depuis trois jours, le plus souvent à travers champs et sur des terrains accidentés afin de ne pas encombrer les routes empruntées par les véhicules militaires soviétiques. D'heure en heure, des hommes s'effondraient et expiraient.

Emil s'était réveillé l'esprit embrumé. Il avait à peine dormi et souffrait de nausées. La chaleur serait implacable et il n'était pas sûr de tenir le coup si l'étape était longue. L'estomac chaviré, il fut incapable d'avaler sa ration de pain et renversa la moitié de l'eau de son bidon avant de se ressaisir. Vers midi, ils avaient parcouru dix kilomètres et la température avait grimpé en flèche. L'air était si lourd qu'un voile semblait peser sur l'horizon bas, noyé de brume.

Un pied devant l'autre. Un pied devant l'autre.

Dès le début de l'après-midi, la soif triompha de sa détermination. Il chercha de l'eau partout. Il aurait voulu plonger dans l'étang qu'ils venaient de longer, comme sa sœur l'avait fait dans le lac, le jour où elle avait perdu ses jambes, mais il voyait bien que Lebedev et Aleksey n'étaient pas d'humeur à autoriser les prisonniers à faire ce qui leur était à eux-mêmes défendu.

Sa langue et sa gorge étaient aussi desséchées que la terre des champs qu'ils foulaient. Ses paupières étaient collantes de sueur et le sel gerçait ses lèvres. À plusieurs reprises, il fut pris de vertiges au point qu'il se crut sur le point de s'écrouler. *Et si je tombais pour ne plus me relever* ?

Épuisé par la chaleur, son corps torturé se mit à altérer son esprit. Les cris de Lebedev et d'Aleksey devenaient ceux du capitaine Haussmann qui lui revenaient aux oreilles pour la première fois depuis des mois. Il avait beau faire, il ne pouvait empêcher ces souvenirs affreux de refluer en force dans sa mémoire. Il avançait vers l'est en titubant, en proie à une sorte de transe fiévreuse, revivant des épisodes de cette terrible nuit comme s'ils se produisaient à nouveau sous ses yeux.

***

15 septembre 1941
Aux environs de Dubossary en Transnistrie

— D'accord, dit Emil, j'accepte.

— Une sage décision, observa le capitaine Haussmann, agitant le canon de son arme devant le jeune Juif terrifié, recroquevillé avec les deux fillettes au bord du ravin. Vas-y. Prouve que tu es digne de faire partie de la nouvelle Allemagne, bouseux !

Emil était conscient qu'Haussmann le tenait toujours en joue à quelques mètres de là. Il sentit son cœur s'endurcir et retrouva la disposition d'esprit qui était la sienne, des années auparavant. Ayant grandi dans une ferme, il avait abattu des animaux et c'était ainsi qu'il tentait de se représenter les Juifs, cette nuit-là. Il s'efforçait mentalement de les considérer comme des bêtes. Ils n'étaient plus des êtres humains et lui-même s'était dépouillé de toute humanité. D'ailleurs, s'il ne tirait pas, les trois malheureux mourraient et Emil aussi, oblitérant du même coup les chances de survie de sa famille. Le jeune Juif le suppliait toujours de l'épargner, tandis qu'Emil s'approchait à pas lents. Parfaitement lucide à présent, il leva son arme et visa sa poitrine. Il se sentait froid, impitoyable, prêt à commettre un meurtre.

— Tire, sinon je te fais sauter la cervelle, beugla Haussmann dans son dos.

Dans son for intérieur, alors qu'il s'apprêtait à appuyer sur la détente, Emil avait déjà abattu le jeune homme et les fillettes afin de revoir sa femme et ses fils.

Il entendit crier derrière lui.

— Capitaine Haussmann, veuillez baisser votre arme !

Se croyant encore en plein cauchemar, Emil regarda pardessus son épaule. Silhouette fantomatique se détachant dans la lumière aveuglante des phares du camion, un officier SS au nez aquilin s'avançait à grandes enjambées. Haussmann obtempéra aussitôt et salua.

— *Obersturmbannführer* Nosske !

Nosske désigna Emil.

— Baissez votre arme, ordonna-t-il.

— Je croyais que vous étiez parti à Kiev, mon colonel, fit Haussmann.

— Pas encore, répondit sèchement Nosske qui semblait être le plus haut gradé. Étiez-vous en train de menacer de tuer cet homme s'il n'abattait pas ces Juifs, capitaine ?

Haussmann hocha la tête.

— Je pensais qu'il avait besoin de faire la preuve de sa loyauté envers la patrie, à…

— Il le fera autrement. Le *Reichsführer* Himmler luimême a vomi en assistant à la fusillade de quinze hommes, il y a trois mois ; à la suite de quoi, il a donné l'ordre explicite que nul ne serait forcé de tuer des Juifs.

— Sauf votre respect, lieutenant-colonel Nosske, cet homme est un lâche, il ne va pas…

— … abattre des Juifs contre sa volonté, martela l'*Obersturmbannführer* Nosske. Confiez-lui une autre tâche, capitaine. Donnez-lui une pelle pour les enterrer et trouvez quelqu'un qui accepte de les tuer. Dépêchez-vous. Il faut qu'on se débarrasse de vingt mille autres Juifs avant l'aube.

« Vingt mille » ? se dit Emil qui tremblait de manière

incontrôlable en dévisageant Nosske et Haussmann. Ce dernier comprit que toute discussion était inutile et, d'un geste vif, il récupéra le Luger d'Emil. Il s'approcha d'Helmut et lui tendit l'arme.

— Vas-y, montre à ce bouseux ce qu'est un véritable Allemand de la Nouvelle Allemagne.

Helmut acquiesça et toisa Emil d'un air méprisant avant de se diriger vers les trois jeunes Juifs. Il exécuta d'abord la fillette de gauche, puis celle de droite et termina par le garçon. D'un coup de botte, il expédia les cadavres dans le ravin.

— C'est comme tuer des porcs dans un enclos, lança-t-il à Emil avant de gratifier Haussmann et Nosske de son sourire édenté. Embauchez-moi, je pourrais faire ça toute la journée !

Hébété, révolté, Emil ne pouvait détacher les yeux de l'endroit où, quelques minutes plus tôt, les trois enfants suppliaient qu'on les épargne. *J'allais les liquider. J'étais prêt à assassiner ces gamins. Comment aurais-je pu... ? Comment... ?* Puis il analysa les premiers mots prononcés par Helmut et comprit que lui-même et cet Allemand s'étaient dit la même chose : les Juifs n'avaient rien d'humain, c'étaient des animaux.

— Martel, cria le capitaine Haussmann, l'arrachant à ses pensées.

Emil se tourna vers l'officier SS et son supérieur Nosske qui lui désignait une pelle posée sur le sol.

— Tu vas t'en servir, sinon *il* va te descendre !

Emil acquiesça, baissa la tête et s'empressa de ramasser l'outil. Des tirs résonnaient au nord du ravin, accompagnés des cris de ceux qui étaient condamnés à mourir. Emil avait le sentiment de vivre un enfer pour des raisons qui lui échappaient et peinait à se concentrer sur Haussmann qui lui indiquait le sud du ravin.

— Va là-bas et recouvre de chaux le travail de la nuit dernière, lui enjoignit le capitaine SS d'un ton dégoûté.

Emil faillit demander combien de temps il devrait accomplir cette tâche avant de pouvoir rentrer chez lui, mais il se ravisa. Il se dirigeait vers le ravin quand il reçut un coup de pied aux fesses qui le fit trébucher. Il manqua tomber.

Il faillit se retourner et fendre le crâne d'Haussmann avec le tranchant de la pelle, mais s'il le faisait, il signerait son arrêt de mort, il le savait. Il se redressa et se dirigea en clopinant vers le tas de chaux dans le noir, par-delà la lumière éblouissante des phares. La brise nocturne changea de direction, remontant du sud-est, charriant la puanteur des cadavres qui avaient macéré au soleil toute la journée : l'odeur lui souleva l'estomac. Il y eut encore des détonations et des hurlements. Quand Emil réussit à tenir debout, il aperçut au nord, à travers la lumière des phares, la longue file des Juifs qui attendaient la mort. La plupart semblaient résignés à leur sort, allant à l'abattoir comme des moutons. Sauf que ce n'étaient pas des moutons justement.

Évitant de respirer par le nez, Emil se mit au travail en pleurant, obsédé par la décision qu'il avait prise de tuer les trois Juifs. Comment avait-il pu cesser de les considérer comme des personnes, des enfants ? Il se voyait comme un outil, un instrument, n'ayant plus rien d'humain, même s'il avait agi pour le bien de sa famille. Le cœur au bord des lèvres, il jeta les premières pelletées de chaux au fond du ravin sur les corps en putréfaction. Il avait l'intime conviction d'avoir tué ces trois enfants de ses propres mains. Après tout, n'avait-il pas accepté de le faire et décidé de leur mettre à chacun une balle dans la poitrine ?

Par ce choix, il était devenu un assassin. *J'ai franchi les limites. Ils étaient déjà morts. Je dois vivre avec.*

Mais n'y avait-il pas été contraint sous la menace ? Il avait supplié Dieu de lui épargner cette épreuve, or il s'était retrouvé confronté à un dilemme et s'était résolu à exécuter trois enfants. Il cherchait à justifier sa décision, indépendamment de l'arme braquée sur sa tempe. *Ils étaient condamnés à être exécutés, peu importe par qui. C'étaient des animaux. Je n'étais qu'un instrument. Non, ce n'étaient pas des animaux, mais des êtres de chair et de sang comme toi. Et non, tu n'étais pas un instrument de mort privé de raison et de sentiments. Toi, Emil, tu étais un meurtrier sans pitié, exactement comme Helmut.*

Il ressassait ces arguments, se torturant l'esprit tout en maniant la pelle pendant des heures. Aux coups de feu succédaient d'autres tirs. Il sursautait à chaque détonation qui lui rappelait l'exécution des trois enfants. Il songea à Adeline et se demanda ce qu'elle aurait fait à sa place. Tête basse, il avait l'impression d'être un moins-que-rien quand il devina quelle aurait été sa réaction. Elle aurait d'abord pensé aux mourants et aux morts. Pas à elle-même.

Adeline aurait prié pour leurs âmes, se dit-il, profondément troublé, furieux, plus insignifiant qu'un grain de poussière. *C'est vraiment incompréhensible. Vivant ou mort, personne n'écoute.*

La nuit au cours de laquelle deux mille Juifs furent exécutés, Emil perdit sa foi en un Dieu bienveillant, en la bonté de l'homme, en même temps que son estime de soi. Le lendemain matin, sur le chemin du retour vers Friedenstal et sa famille, il brandit le poing vers le ciel, maudissant un Dieu cruel pour le triste sort auquel il l'abandonnait.

***

Emil trébucha et s'affala dans les herbes folles envahissant le champ que traversaient les prisonniers. Le choc le tira brutalement de la torpeur qui le gagnait.

— Relève-toi, aboya quelqu'un en l'enjambant. Lebedev arrive !

Il s'obligea à poser les genoux, puis les pieds à terre, en équilibre précaire. Il serra les dents, se morigéna et se remit en marche.

Il se remémora l'instant où il avait perdu la foi aux abords de Dubossary, près de quatre ans auparavant, et se rendit compte que ses convictions n'avaient pas changé. Dieu n'existait pas. Adeline avait beau soutenir le contraire, il n'y avait aucune aide à espérer de là-haut. Personne ne l'aiderait à mettre un pied devant l'autre. Il ne pouvait compter que sur lui-même.

Et *quid* de cette marche ? Il la considérait comme une punition pour avoir été un assassin potentiel qui n'avait pas mis son crime à exécution.

Mobilisant toute sa volonté, il continua de mettre un pied devant l'autre pendant près de trois jours après s'être effondré sous la chaleur. Et durant ces trois jours, il sombra dans l'obsession maladive de ce qu'il était devenu à Dubossary, un monstre pareil à Helmut ou à Haussmann.

Je suis devenu un monstre et ceci est le châtiment que je dois subir pour pouvoir peut-être un jour revoir Adeline, Will et Walt. Je n'ai pas d'autre option que d'accepter la douleur, la torture et avancer coûte que coûte.

Chaque jour, des hommes tombaient d'épuisement ou étaient abattus à cause de leur faiblesse. Ces morts confortaient Emil dans l'idée de tenir bon alors qu'il aurait souhaité s'étendre à l'ombre et dormir.

Vers la fin du troisième jour, des éclairs avaient commencé à zébrer le ciel et les grondements du tonnerre faisant trembler le sol sous ses pieds. Il s'en moquait. Lebedev leur avait annoncé qu'ils se trouvaient à un kilomètre et demi de la gare où un train les attendait pour les conduire à l'est.

Encore un kilomètre et demi, le dernier, songea Emil avec un sourire las. *J'ai souvent failli lâcher prise et les laisser me tirer une balle dans la tête, mais je suis encore debout. J'ai réussi.*

Le vent se leva, accompagné de bourrasques de pluie pénétrant jusqu'aux os. Emil et des dizaines d'autres prisonniers ôtèrent leurs chemises, laissant la pluie laver la crasse de leurs corps. Renversant la tête, ils ouvrirent la bouche pour se désaltérer à cette eau tombée du ciel. Au fond de lui, Emil aurait voulu crier victoire pour avoir tenu bon, alors que tant d'autres s'étaient écroulés en route, presque deux cents hommes d'après ses calculs.

Mais il savait qu'une telle manifestation intempestive ne manquerait pas d'attirer l'attention, et son père lui avait appris que la règle numéro un pour survivre dans un camp de prisonniers soviétique était de se faire tout petit. Il garda le silence quand ils pénétrèrent dans Lublin, semblable à tant d'autres petites villes qu'ils avaient traversées… en ruines, les façades criblées de balles ou les rues creusées de cratères d'obus. Et comme partout ailleurs, les habitants étaient sortis pour conspuer et insulter les prisonniers en polonais et en russe, les traitant de « fumiers d'Allemands » et demandant quel effet cela leur faisait d'être battus et conduits comme un troupeau vers l'est.

— Amuse-toi bien en Sibérie, sale Boche ! hurla un petit garçon à Emil en lui lançant une pierre qui le heurta à l'épaule.

Le gamin poussa un cri de joie mêlé de mépris. Emil avançait péniblement, trouvant soudain moins de réconfort dans la pluie. *Ce garçon ne devait pas être plus âgé que Walt et il me déteste. Je ne lui ai rien fait et pourtant, il était plein de haine et ravi de me jeter un caillou.*

Il commençait à croire que l'agressivité dirigeait le monde. La haine était certainement le ferment de presque toutes les terribles épreuves qu'il avait endurées dans sa vie. Lui-même n'avait-il pas succombé à la haine à Dubossary ?

Le cycle de la souffrance psychique recommença pour Emil, tandis que la colonne de prisonniers obliquait et s'acheminait vers la gare où les attendait un train de marchandises aux portes grandes ouvertes. L'orage était passé et, avec lui, la fierté fugitive d'avoir survécu à ce long périple. L'obscurité qui régnait à l'intérieur des wagons parlait à Emil une langue qu'il ne comprenait pas, mais qui lui faisait l'effet d'une scie découpant son crâne et ses tripes.

Où émergerait-il de ces ténèbres ? Pire encore, quelle sorte d'homme serait-il ? Était-il destiné à mourir à l'est ? Ou rentrer au pays comme son père, un homme doux mais brisé de l'intérieur ? Lebedev et Aleksey firent stopper les prisonniers. Emil ferma les yeux, effaçant la vision de ce train qui allait l'emmener encore plus loin et s'efforçant de faire surgir dans son esprit l'image la plus nette possible d'Adeline et des enfants. Dans celle qu'il avait sélectionnée, ils dînaient tous ensemble le soir où elle était rentrée de Lodz avec assez de nourriture pour toute la famille. Elle rayonnait. Bien qu'affaibli par une forte fièvre, Emil se sentait revigoré par chaque sourire qu'elle lui avait adressé ce soir-là. *N'est-ce pas la magie de l'amour ? Vous rendre plus fort ?*

Lebedev se mit à brailler des ordres.

— Prenez vos rations et montez dans le train.

— Où pensez-vous qu'on nous emmène ? demanda Nikolas à Aleksey et Lebedev, qu'Emil n'avait pas vu entrer dans la gare.

— J'ai cru comprendre qu'on vous donnera des vêtements chauds quand vous arriverez, répondit Aleksey en souriant.

— Ne vous faites pas voler vos gants, sinon vous perdrez vos doigts au bout d'un quart d'heure, ricana Lebedev.

Emil ferma les yeux, pris de nausée. *La Sibérie.*

— Prenez vos rations et montez dans le train, répéta Lebedev. Je ne veux plus vous revoir, bande de salauds, ordures, bons à rien !

Emil, qui avait déjà pris le train pour Bucarest et Lodz, savait qu'il était impératif de trouver une bonne place pour survivre à un voyage qui durerait forcément une ou deux semaines jusqu'en Sibérie, en fonction de la puissance de la locomotive et de l'état des voies. Alors que le soleil commençait à décliner, il ramassa ses rations et grimpa dans un wagon presque vide en queue du train. Il s'installa du côté de la porte et se prépara à affronter le long voyage qui l'attendait.

***

18 mai 1945
Poltava, Ukraine

Trois jours durant, Emil se battit de haute lutte pour garder sa place près de la porte. Lorsque celle-ci était fermée, l'atmosphère du wagon devenait étouffante et pestilentielle, mais il y avait une fissure à travers laquelle il pouvait respirer un peu d'air frais et entrevoir l'extérieur, tandis que le train roulait vers l'est au ralenti, ou à peine un peu plus vite.

À cette allure, dans une chaleur et une humidité insupportables, les wagons étaient devenus des cercueils ambulants.

Dans celui d'Emil, cinq hommes exténués par la longue marche étaient décédés. Ailleurs, ils mouraient en grand nombre. Il avait compté au moins trente cadavres débarqués du train. Ce matin-là, tandis qu'on évacuait un cadavre du wagon voisin et que plusieurs prisonniers étaient descendus se soulager et se dégourdir les jambes, deux hommes tentèrent de s'enfuir. Ils avaient à peine parcouru cinquante mètres qu'ils furent abattus par les soldats de l'Armée rouge qui gardaient le convoi.

Quelques heures plus tard, Emil pressa ses lèvres et ses yeux contre l'interstice de la porte en s'efforçant de ne plus penser à l'aspect lugubre de la situation. C'était un précieux conseil que son père lui avait donné pour survivre au goulag. *Pires étaient les choses, moins on y pensait. Il fallait imaginer un moyen de rentrer en soi-même, là où personne ne pouvait accéder, et se contenter d'exister.*

Comme un ours qui hiberne. À ce stade, Emil pensait avoir trouvé cet endroit au plus profond de lui-même et songeait qu'il pourrait tenir une semaine, voire deux, dans ce train, l'œil collé à la brèche afin de voir la campagne défiler, respirer l'air frais et chasser les pensées importunes.

Il entendit le crissement des freins et le train s'immobilisa. Quand la porte coulissa, il se hâta de porter la main à son front pour se protéger de la brûlure du soleil. Ils s'étaient arrêtés près d'un vaste champ en jachère, au-delà duquel il en aperçut un autre, puis encore un autre. L'odeur des chevaux et du bétail lui monta aux narines. Il promena ses regards alentour ; le paysage lui parut familier. Trop même.

Les soldats leur enjoignirent de descendre et de se regrouper dans le champ.

— Bienvenue au camp de prisonniers de guerre de Poltava, déclara à travers un mégaphone un officier soviétique athlétique, debout à l'arrière d'un camion. Vous êtes ici pour réparer ce qu'Adolf Hitler a saccagé en agressant le peuple soviétique. Hitler a envahi Poltava en 1941 et l'a transformée en base pour ses bombardiers qui ont attaqué Stalingrad, Moscou, et tué des dizaines de milliers de Russes innocents. Les Alliés ne pouvaient faire autrement que de bombarder Poltava et son terrain d'aviation. Il y a eu une terrible bataille ici contre votre armée. Vous allez reconstruire ce qui a été détruit. Après seulement, vous pourrez rentrer chez vous. Pas un jour plus tôt.

Poltava. À présent, Emil savait où il se trouvait et se sentit tout ragaillardi. Il était de retour en Ukraine, à l'est, près de la frontière russe, à environ quatre cent soixante-quinze kilomètres de l'endroit où il avait entamé son long périple avec son épouse et ses fils, quatorze mois auparavant. *Je suis loin, bien loin de l'endroit où j'ai quitté Adeline mais, au moins, je ne suis pas en Sibérie. Je peux m'évader d'Ukraine. Je l'ai déjà fait. Je suis capable de recommencer.*

Souriant intérieurement à cette idée, il ne broncha pas quand les soldats firent aligner les prisonniers pour la distribution des vêtements : un uniforme gris, un bonnet, une veste et des godillots.

On les exhorta à en prendre soin, car ils ne seraient pas remplacés. Ils furent épouillés dans des tentes dressées à proximité de la voie ferrée et, après avoir abandonné leurs guenilles, on les conduisit en ville. La chaleur était accablante. L'itinéraire qu'ils suivirent longeait un ruisseau murmurant, traversait une forêt ombragée qui sentait le pin et les fleurs sauvages jusqu'à ce que le vent change de direction, portant une odeur de brûlé et de produits chimiques partis en fumée.

Les arbres s'arrêtaient là. Sous un soleil de plomb, ils gravirent un promontoire surplombant la ville. Poltava, qui avait compté trois cent mille âmes, avait été rasée à quatre-vingts pour cent. C'était à présent un désert de ruines calcinées où survivaient moins de six mille habitants.

Emil promena son regard sur le labyrinthe de murs démolis, noircis par la suie et les bombes, les squelettes de métal tordus et, à perte de vue, des décombres hérissés de tiges de fer noirâtres. Il sentit le découragement le gagner. Bien que ne croyant ni en Dieu ni au ciel, il songea qu'il était sur le point de pénétrer en enfer.

26

27 juin 1945
Legnica, Pologne

Emil avait été arrêté depuis plus de quatre-vingt-dix jours. Ce jour-là, le soleil se levait sur l'immeuble qui avait abrité les Martel pendant près de cinq mois. Adeline et les garçons se trouvaient dans la rue avec leur petit chariot et celui de Marie. Lydia et Malia, les parents d'Emil, ainsi que Rese étaient également descendus avec leurs bagages.

— Vous devriez venir avec nous, dit Karoline. Nous serons arrivés à Friedenstal dans une semaine… un endroit, une vie que nous connaissons.

— Les Soviétiques vous mentent, répliqua Adeline. Vous allez retourner à une existence pire que celle que nous avons vécue. De toute façon, Emil m'a dit d'aller à l'ouest. C'est là qu'il me retrouvera.

— Regarde les choses en face, Adeline, la rabroua sa belle-mère. Lydia a raison. Emil est parti et ne reviendra pas. Comme ton père.

— Je n'y crois pas, rétorqua Adeline en serrant les poings. Je n'y croirai jamais.

— Alors on va se dire au revoir.

Adeline approuva et demanda à Will et à Walt de faire leurs adieux à leurs grands-parents et à leur tante. Rese avait les larmes aux yeux, mais Karoline se contenta de leur jeter un rapide coup d'œil en leur ébouriffant les cheveux. Adeline étreignit sa belle-sœur et son beau-père.

Karoline la prit à part.

— Je ne changerai pas d'avis.

— Je le sais, Adella, dit sa belle-mère en s'éloignant pour ne pas être entendue des autres.

Elle regarda Adeline en face.

— Tu me pardonneras avant que l'on se quitte pour toujours ? s'enquit-elle de son ton grincheux habituel.

Adeline comprit l'allusion. Il s'agissait de l'incident qui s'était produit des années auparavant : son premier-né Waldemar mourait de faim et pourtant, Karoline avait liquidé presque toute la crème qu'un ami leur avait procurée pour le nourrisson, deux jours avant sa mort. Pendant des années, Adeline en avait tenu rigueur à sa belle-mère, se disant qu'elle ne pardonnerait jamais sa gourmandise et son insensibilité à cette sale garce. Pourtant, face à elle ce jour-là, elle écouta non pas sa raison, mais son cœur.

— Je vous pardonne, Karoline. Il n'est pas mort par votre faute, mais à cause du paludisme dont je souffrais. Il aurait cessé de vivre avec ou sans crème. Je vous en ai voulu pendant si longtemps. C'était injuste de ma part.

Les traits sévères de sa belle-mère s'adoucirent. Elle saisit le bras d'Adeline et le serra avec force.

— Merci. Je ne sais pas ce qui m'a pris ce jour-là. Je... Veille bien sur les enfants. Ils sont le portrait craché d'Emil.

Son visage avait déjà retrouvé son air revêche quand elle pivota sur ses talons. Juchée sur le chariot, les yeux rougis, Rese leur adressa un signe de la main avant d'éclater en sanglots.

— Si Emil te retrouve, dis-lui de venir me voir, lança-t-elle, avant que ses parents – son père par-devant et sa mère par-derrière – ne remorquent la petite voiture en direction de la gare, où ils devaient prendre le train pour la ville de Friedenstal, en Ukraine.

***

— Est-ce qu'on les reverra, maman ? demanda Walt, les yeux embués, en les regardant disparaître.

— Je ne sais pas. Mais si cela fait partie du plan de Dieu, nous les reverrons sûrement un jour, ajouta-t-elle pour le réconforter.

Elle se planta devant leur propre chariot, à la place qu'Emil occupait d'ordinaire, puis se retourna pour vérifier si Walt et Will poussaient bien par-derrière. Elle porta ensuite son regard sur sa sœur, sa mère et sa cousine dont les jumeaux étaient couchés à l'intérieur d'une autre voiturette.

— On y va ?

Lydia et Maria firent oui de la tête, Marie également.

— Je suis prêt à partir à l'ouest, proclama Will.

Walt s'inquiéta de savoir comment leur père les retrouverait une fois qu'ils seraient partis.

— J'ai laissé une lettre pour lui au propriétaire au cas où il reviendrait ici. Je lui précise que nous allons d'abord nous rendre à Berlin, en zone britannique ou américaine, et que nous l'attendrons là-bas.

— Il n'aura jamais la possibilité de la lire, remarqua Lydia.

Malia qui se tenait près de sa mère lui dit qu'elle ne ratait jamais une occasion de se taire. Lydia fusilla sa fille aînée du regard, puis détournant la tête, elle demanda pourquoi ils ne pouvaient pas rester là.

— Personne ne veut de nous en Pologne. Nous n'avons d'autre choix que de retourner à Friedenstal.

La sœur d'Adeline avait raison. Comme tous les autres pays qu'Hitler avait envahis, la Pologne avait décidé d'expulser les ressortissants de souche allemande, quel qu'ait été leur rôle dans la guerre. On leur avait donné quarante-huit heures pour faire leurs bagages et choisir de retourner à l'est en train ou à l'ouest à pied. La cousine d'Adeline avait sollicité une prolongation en raison de la fièvre de Rutger, l'un de ses jumeaux, mais sa demande avait été rejetée. Malade, l'enfant s'agitait dans le petit chariot de

Marie. Au moment du départ, sa mère semblait dépassée par les événements.

—En route, dit Adeline. Nous allons essayer de parcourir une longue étape aujourd'hui.

Elle saisit la poignée de son chariot, glissa un dernier regard vers l'est, là où Emil avait disparu plus de trois mois auparavant, avant de se diriger résolument à l'ouest. Ils avaient couvert moins d'un kilomètre après la sortie de la ville et rejoint un flot continu de réfugiés marchant dans la même direction, quand Will voulut savoir si l'Allemagne était encore loin.

—Cent kilomètres, répondit Adeline, dont les pieds commençaient déjà à la faire douloureusement souffrir.

—Et Berlin ? questionna son frère.

—Presque trois cents.

—On n'y arrivera jamais ! ronchonna Will.

***

Le premier jour, ils avaient avalé douze kilomètres au coucher du soleil. Adeline n'eut pas le temps de se demander si Emil aussi voyait le couchant quelque part dans l'immensité soviétique, à l'est. Au fil des heures, elle était devenue d'une certaine manière le chef de famille et devait décider de l'endroit où ils camperaient pour la nuit, ce qu'ils mangeraient et où chacun dormirait. Adeline demanda aux garçons de creuser un foyer sur la berge d'une rivière pour allumer un feu, puis prépara de la soupe, fit réchauffer le pain qu'elle avait cuit la veille et distribua, en la rationnant, la viande séchée qu'elle s'était procurée au marché noir, quand le reichsmark avait encore de la valeur. Pendant que Will et Walt attisaient le feu, elle lava la vaisselle avec Malia.

—Difficile de croire qu'ils sont partis pour de bon, remarqua sa sœur. Rese, Johann, Mme Soleil…

—Rese et Johann vont me manquer. Quelque chose me dit qu'ils regretteront leur décision.

— C'est ce que je leur ai rabâché, mais Karoline n'a rien voulu entendre.

— Ça ne m'étonne pas d'elle, renchérit Adeline qui expliqua à Malia pourquoi sa belle-mère l'avait entraînée à l'écart.

— Tu essaies de me faire croire qu'elle a une âme, finalement ?

— Peut-être bien. Les gens peuvent changer et vous surprendre s'ils vivent assez longtemps, conclut Adeline en étreignant son aînée, submergée par l'émotion.

— En quel honneur ? demanda Malia quand elles se séparèrent.

— Pour te remercier d'être toi, d'être là et de prendre la défense de ta petite sœur. Et à cause de ce qui est arrivé ce matin.

— Je pense que ça ne fait que commencer.

— Jamais de la vie. Je me battrai bec et ongles.

Plus tard, ce soir-là, étendue entre ses enfants, face aux braises encore chaudes, elle entendit Marie essayer de calmer ses jumeaux. La toux de Rutger avait empiré au cours de la journée et Hans avait de la fièvre lui aussi. Mais Adeline ne pouvait s'empêcher de penser à la jeune réfugiée qui ne devait pas avoir plus de seize ans : elle avait vu deux Soviétiques l'attraper sur la route et l'entraîner de force dans une grange. Ils l'avaient entendue hurler. Apeurés, les garçons avaient demandé ce qu'il se passait et pour quelle raison. Elle l'ignorait et ne voulait pas le savoir, avait répondu Adeline. Elle se dit qu'elle lutterait jusqu'au bout pour que cela ne lui arrive jamais. Quoi qu'il advienne, elle ne se laisserait pas violer par des bêtes sauvages.

Mais, étendue à même le sol, assourdie par les cris des insectes et des oiseaux nocturnes, elle savait qu'elle n'avait jamais eu si peur et ne s'était jamais sentie aussi seule de sa vie, même si sa sœur et sa mère se trouvaient à moins de dix mètres. Emil était parti et avec lui s'en étaient allées sa foi inébranlable en Dieu ainsi que sa capacité à survivre et à protéger ses enfants. Tout au long de leur marche hors de l'Ukraine, sa foi était restée inébranlable et elle avait cru que Dieu se tenait auprès d'elle. À présent, elle comprit que c'était Emil qui marchait à ses côtés. Lui absent, elle avait le sentiment d'être abandonnée, ballottée au gré du vent, abandonnée par la grâce divine. Cette nuit-là, la centième depuis qu'elle avait entendu son mari lui crier d'aller à l'ouest, elle ferma les yeux et pria le Seigneur de la sauver et de lui permettre d'arriver saine et sauve avec ses enfants à l'ouest où Emil pourrait les rejoindre. Elle finit par s'assoupir, oppressée par un obscur silence qui ne faisait que redoubler les tourments de son cœur.

***

Le lendemain, Adeline et les enfants remorquèrent le chariot sur près de quatorze kilomètres. Le troisième jour, ils n'en parcoururent que dix. Les enfants ne se plaignaient jamais parce qu'ils voyaient des milliers d'autres réfugiés qui, comme eux, sillonnaient les routes en direction de l'Allemagne. Le troisième jour, il plut tout l'après-midi. Chacun se réjouit, sauf les jumeaux de Marie, brûlant de fièvre et souffrant de violentes quintes de toux.

Ils s'installèrent pour la nuit dans un silo abandonné. Les gémissements et les pleurs des jumeaux résonnaient autour d'eux, accompagnés par les paroles apaisantes de Marie qui réussit à les calmer. Adeline sombra dans un sommeil profond, sans rêve, interrompu par des tirs de mitraillettes. Des balles transpercèrent le silo au-dessus d'eux, laissant pénétrer les rayons du soleil et semant la panique parmi le petit groupe. Les coups de feu cessèrent aussi rapidement qu'ils avaient commencé. Des rires d'hommes fusèrent. Les réfugiés crièrent qu'ils se trouvaient à l'intérieur. Si les soldats les entendirent, ils n'en tinrent aucun compte et criblèrent le sommet du silo de plusieurs rafales avant de s'interrompre. Will sanglotait, cramponné à Malia. Walt s'accrochait à sa mère en silence. Lydia sanglotait, ainsi que Marie, étendue sur ses bébés pour les protéger.

Une décharge d'adrénaline s'empara d'Adeline. Elle ordonna aux garçons de ne pas bouger et se dirigea vers la trappe qu'elle ouvrit d'une poussée. Elle sortit la tête et aperçut trois soldats russes qui s'éloignaient, une bouteille de vodka à la main, leur mitraillette sur l'épaule. Plus loin, sur la route, des centaines de réfugiés marchaient vers leur patrie ravagée par la guerre.

À son retour, elle trouva Will qui s'essuyait les yeux. Walt était prostré sur le sol, la tête baissée, les yeux vides. Malia et Lydia fixaient un point sans le voir. Toujours allongée sur ses deux petits garçons, Marie poussait d'affreux gémissements entrecoupés de sanglots.

— Tout va bien, dit Adeline. Ils sont partis. C'étaient des soldats ivres.

Elle rejoignit sa cousine éplorée, se baissa et lui caressa le dos.

— Tout va bien. Tu entends ? Ils ne sont plus là.

Marie haletait et gémissait de plus belle.

— Fais que ça s'arrête Adella, je t'en prie, fais que ça s'arrête.

Malia s'approcha à son tour.

— Que se passe-t-il, ma chérie ?

Marie releva la tête, le visage ravagé, les yeux injectés de sang.

— Mon petit garçon est mort, murmura-t-elle, je ne sais pas quoi faire.

Horrifiée, Adeline examina les jumeaux que sa cousine couvrait encore de son corps. Hans gigotait sous la couverture, les joues rougies par la fièvre tandis que près de lui, le visage bleuâtre, le corps raidi, son frère ne bougeait plus.

***

Tandis que Malia et les garçons creusaient une tombe à l'extérieur, Marie resta dans le silo, berçant sur ses genoux son petit garçon qui braillait.

Adeline ne la quitta pas une seconde.

— Hans a faim, dit-elle avec douceur.

— Il veut téter, mais il en est incapable à cause de la fièvre. C'était pareil avec Rutger, il y a deux jours.

Walt passa la tête à l'intérieur pour annoncer que la tombe était prête. Le visage de Marie se crispa de douleur. Elle tendit Hans à Adeline, qui lui proposait de se charger de Rutger à sa place.

— Non, c'est moi qui m'occuperai de mon bébé.

Adeline n'avait pas oublié le jour où elle avait enterré son premier-né. Elle prit Hans dans ses bras, pendant que sa cousine enveloppait l'enfant mort dans un châle avant de l'emporter au-dehors. Au moment de déposer le petit corps dans la fosse, elle faillit basculer avec lui, mais Malia la retint fermement, l'empêchant de tomber. Lydia récita le *Notre Père*. Malia se joignit à elle. Adeline était incapable de prononcer les paroles à haute voix et Marie se répandait en sanglots déchirants.

— Je ne peux pas le laisser là, hoqueta-t-elle, une fois la tombe comblée.

Adeline tendit Hans à Malia et tenta de réconforter sa cousine.

— Il le faut. Il s'agit de penser à ton autre petit garçon.

— Mais je ne reviendrai jamais ici.

Adeline s'approcha de la tombe et ramassa une poignée de terre qu'elle enveloppa dans son mouchoir.

— Tu l'emporteras avec toi et, quand tu auras trouvé un foyer, tu l'enterreras et tu y planteras une croix pour pouvoir faire ton deuil comme il convient. Pour l'instant, même si c'est très dur, tu dois le laisser derrière toi et penser à Hans.

Le visage altéré par le chagrin, Marie prit le mouchoir qu'elle serra contre son cœur avant de retourner à son chariot d'un pas traînant. Adeline ne connaissait que trop bien cette posture, le cou rentré, les épaules voûtées, l'expression d'une souffrance insupportable. Elle partageait la douleur de Marie, mais savait aussi que la seule chose susceptible de l'adoucir était le temps et la joie que lui apporteraient d'autres enfants.

***

2 juillet 1945
Près de Wykroty, Pologne

Adeline et sa famille se trouvaient à moins de vingt-six kilomètres de la frontière allemande. Sous un soleil de plomb, ils progressaient péniblement sur une route envahie de réfugiés où circulaient des camions militaires soviétiques. Soudain, Marie hurla que Hans avait cessé de respirer. Paniquée, l'infirmière tenta le bouche-à-bouche et le massage cardiaque. Son second fils venait de décéder et Marie en perdit la raison.

Après un déluge de chagrin et de larmes, elle demeurait sourde à ce qu'on lui disait, même quand Adeline suggéra que le seul endroit où l'on pouvait enterrer Hans était dans les cendres du ballast, sous la voie ferrée. Sa cousine, les yeux éteints, regarda Malia ensevelir le petit corps et ne réagit pas quand Adeline lui tendit un mouchoir où elle avait recueilli une petite quantité de cendres. Marie le déposa près de celui qui contenait la terre de son jumeau, puis se mit à tirer son chariot avec énergie en direction de l'Allemagne. Adeline et les enfants avaient du mal à la suivre. Les yeux secs, elle ne jeta pas un regard en arrière. Pas une seule fois.

Une heure plus tard, la colonne de réfugiés ralentit. Un camion qui transportait des troupes soviétiques passa près d'eux et s'arrêta. Les soldats lampaient de la vodka en s'égosillant à tue-tête. Ils remarquèrent Marie qui poussait son chariot, son chemisier trempé de sueur, les seins gonflés de lait.

—Hé, ma belle, pourquoi es-tu seule ? s'écria l'un d'eux en russe. Viens avec nous, on va faire la fête !

Marie ne répondit pas et se contenta de les dépasser. Le soldat se redressa et la suivit des yeux à travers la bâche.

—Vous avez vu la taille de ses nichons ? dit-il à ses amis. Des bazookas !

Les autres rugirent de rire sans paraître remarquer Adeline et ses enfants au moment où ils passaient devant le camion. Quelques instants plus tard, Adeline nota que les véhicules de tête redémarraient et perçut le grincement des freins du camion derrière eux. Il les dépassa et elle aperçut le même soldat, le torse penché à l'extérieur du véhicule.

—Hé, ma jolie ! hurla-t-il tandis que le camion doublait Marie. Tu ne devrais pas être seule. Viens avec nous. On va bien s'amuser.

La voiture s'immobilisa. Si Marie avait entendu le soldat, elle n'en laissa rien paraître. Elle n'avait pas ralenti l'allure qu'elle avait adoptée depuis qu'elle avait quitté la tombe de Hans. Adeline et les enfants se hâtèrent de dépasser le camion et, cette fois encore, personne ne leur prêta attention.

Le soldat paraissait déterminé et quand le camion arriva à la hauteur de Marie pour la troisième fois, il lui tendit une bouteille de vodka.

—Allez, beauté, oublie ta vie misérable de réfugiée. Viens avec moi. On boira et on fera la fête jusqu'à Berlin !

Le camion continua d'avancer et parcourut cinquante mètres avant de s'immobiliser. Marie abandonna son chariot et s'élança vers la voiture. En la voyant, les soldats se mirent à l'encourager en agitant leurs bouteilles de vodka.

—Allez, viens ma belle ! reprit le soldat qui l'avait apostrophée. Une occasion pareille ne se représentera pas.

—Marie ! cria Adeline. Non !

Le camion redémarra et Marie, accablée de douleur, se mit à courir. Les soldats russes se déchaînèrent, vociférant à qui mieux mieux. Marie rattrapa la voiture. Des mains se tendirent, s'emparèrent d'elle et la hissèrent à bord. On lui passa une bouteille de vodka, tandis que d'autres mains exploraient son corps. À la grande joie des militaires, Marie se frotta lascivement contre eux, elle renversa la bouteille et se mit à boire à grandes goulées. Le camion accéléra et Marie disparut de la vie d'Adeline, telle une feuille morte emportée par le vent.

27

3 juillet 1945
Poltava, Ukraine

Au cours des cinq semaines écoulées depuis son arrivée dans le camp, Emil avait appris à aimer le vent. La seule pensée qu'il soufflait sur sa peau lui suffisait à résister aux nuits. Les Soviétiques avaient entassé Emil, Nikolas et six cents de leurs deux mille prisonniers dans le sous-sol du musée de Poltava, les autres niveaux ayant été rasés par les bombes.

Ils dormaient par groupes de cent dans une salle sur des grabats sans matelas. La présence de nombreux corps dans un espace aussi confiné créait une chaleur humide, infernale, si bien que, la nuit, dans cette atmosphère épaisse, de fines gouttes d'eau ruisselaient du plafond et des couchettes supérieures. Emil n'aurait su dire s'il était pire de se retrouver dehors sous un soleil écrasant ou à l'intérieur, dans cette espèce de cachot où s'entassaient des corps malodorants qui ronflaient, pétaient, pleuraient ou suppliaient dans leur sommeil qu'on les libère.

Les conditions hygiéniques étaient plus que déplorables. Les hommes faisaient leurs besoins à l'extérieur. Ils devaient s'accroupir sur des planches et se soulager dans une longue tranchée qu'ils creusaient et comblaient tous les trois jours. L'eau de la ville était polluée. Les prisonniers souffraient de parasites ou de dysenterie. Emil entendait les gémissements des malades qui se précipitaient aux latrines à longueur de nuit.

Ils dormaient tout habillés de façon à quitter rapidement le sous-sol du musée pour se rendre à une cantine de fortune dressée six rues plus loin, devant les ruines de la mairie de Poltava. Des femmes, demeurées en ville, cuisinaient pour les prisonniers dont la ration consistait en un bouillon de légumes, une livre de pain par jour, des betteraves, des pommes de terre et, de temps à autre, un morceau de lard bouilli. Les hommes rechignaient, mais Emil imaginait que chaque repas avait été mitonné par Adeline. Quand il avalait une cuillerée de soupe, elle avait le goût de son potage de poulet et de nouilles aux œufs maison. Lorsqu'il mordait dans son pain, il se figurait le *strudel* fourré de baies cueillies dans les buissons qu'elle confectionnait en automne. Et quand il mastiquait une bouchée de lard, il se disait que c'était la meilleure côtelette de veau qu'il ait jamais goûtée.

Les hommes étaient répartis en équipes. Les premières devaient reconstruire la principale station hydraulique, la mairie et le musée. Emil et Nikolas furent affectés à une unité de deux cents hommes dont la tâche consistait à rebâtir l'hôpital. Au début, ils durent tout faire : déblayer les décombres, creuser et retirer les vestiges des fondations, puis façonner des coffrages pour le béton. Une fois les moules en place, Emil intégra une équipe qui mélangeait de la chaux, de l'argile et des cendres volantes pour fabriquer du ciment, auquel ils ajoutaient du sable, des graviers et des scories afin d'obtenir le béton qu'ils devaient couler ensuite dans les moules. Cette tâche lui permettait d'échapper à l'effervescence du chantier de l'hôpital et il préférait qu'il en soit ainsi. Les gardiens lui jetaient à peine un coup d'œil quand il préparait le béton. Il gardait la tête basse, travaillait dur et n'ouvrait pas la bouche. *Je peux survivre à ça*, se répétait-il inlassablement, les premiers jours. *Je tiendrai le coup, même si je ne dois compter que sur moi-même. Pas de compagnie signifie pas de trahison.*

Il était sans cesse à l'affût d'une possibilité d'évasion, mais aucune ne s'était présentée jusqu'à ce jour. Des gardiens les surveillaient sur le chantier de l'hôpital, lorsqu'ils allaient au réfectoire ou regagnaient le sous-sol du musée. Une fois sur sa couchette, Emil ne se souciait pas de ses compagnons. Il tâchait de dormir, imaginant se trouver ailleurs quand il subissait les vicissitudes nocturnes. Mais, au milieu de ces nuits où il était poussé, cogné ou réveillé par des ronflements, il s'efforçait de penser à Adeline, à Will et à Walt pour y puiser la force de ne pas craquer le lendemain.

***

5 juillet 1945
Cottbus, Allemagne

Les réfugiés approchaient de la première grande ville d'Allemagne orientale occupée par les Soviétiques. Adeline ne s'était toujours pas remise d'avoir vu Marie sauter dans le camion des soldats russes. Par-dessus son épaule, elle observa ses deux garçons qui poussaient le chariot. *Que ferais-je si on me les enlevait ou si on les tuait ?* Ces pensées la hantèrent durant les quatre jours suivants sous une terrible canicule. Au croisement de deux routes à travers bois près de Falkenberg, elle suggéra de faire une pause bien méritée. Sa mère s'avança en traînant les pieds et s'installa à l'ombre, sur un gros rocher.

— Vous continuerez sans moi. Je reste ici.

— Sur ce rocher, maman ? se récria Adeline. Dans la forêt ?

— Bien sûr que non, répondit Lydia en indiquant un panneau. J'irai jusqu'à cette ville, je m'adresserai au responsable et je demanderai à être hébergée.

— Maman, nous sommes à moins de deux semaines de marche de Berlin. Deux semaines avant de trouver le moyen de passer du côté allié et…

— Ne dis pas de bêtises ! s'écria Lydia en frappant sa cuisse de son petit poing osseux. C'était l'idée folle d'Emil, pas la mienne ni la tienne. Pour le meilleur ou pour le pire, nous savons comment ça marche sous Staline. Plus tôt nous nous installerons et nous nous intégrerons, mieux cela vaudra. Admets-le une fois pour toutes. Karoline avait raison. Emil est parti, comme son frère. Il ne réussira jamais à te retrouver. Ne gâche pas ta vie à l'attendre. Et oublie ton rêve stupide de verte vallée.

Adeline fut surprise par l'amertume qu'elle décelait chez la vieille femme.

— Certainement pas maman, tant que je ne l'aurai pas décidé. J'aime mon mari et j'ai foi en lui. Il m'a dit d'aller le plus loin possible à l'ouest et il a promis de me retrouver. Je l'ai cru sur parole et je continue de le croire.

— J'avais confiance en ton père moi aussi quand il a dit qu'il reviendrait.

Adeline fit la sourde oreille et se tourna vers Malia.

— Nous lui trouverons un endroit où habiter et tu pourras venir avec nous.

Son aînée lui adressa un sourire triste et prit sa main dans la sienne. Elles se regardèrent, au bord des larmes.

— Ma place est auprès de maman, tu le sais.

— Je t'ai dit un jour que je n'y arriverai jamais sans toi.

— Je sais. Il va falloir que tu t'en sortes toute seule. Je n'ai pas envie que tu partes, mais tu dois choisir la voie que tu estimes la meilleure.

— On se reverra, tu crois ?

— Notre destin est entre les mains d'une puissance qui nous dépasse, décréta Malia en serrant sa sœur dans ses bras. Tu seras toujours dans mon cœur où que tu ailles. Et je serai toujours dans le tien. Et j'espère qu'un jour, comme ton amie Mme Kantor, nous pourrons découvrir la beauté dans la laideur du monde, même dans cette séparation.

Quand elles se quittèrent, Adeline eut l'impression qu'on lui arrachait l'âme, et ce sentiment s'accentua lorsqu'elle s'approcha de sa mère qui évita son regard.

— Ne me promets rien.

— Non, maman. Je veux juste te dire au revoir.

En cet instant déchirant, elle songea que Lydia resterait de glace, mais les épaules de sa mère frémirent et elle se leva pour enlacer sa fille.

— Tu es plus courageuse que moi, murmura-t-elle, comme ton père.

— J'ai hérité le reste de toi, bégaya Adeline, la gorge serrée.

Elle constata à quel point sa mère avait maigri au cours de cette marche vers la liberté. Elle s'écarta et pria les enfants de dire adieu à leur mamie et à leur tante. Walt resta stoïque, mais Will se mit à pleurer en s'accrochant à Malia. Puis ce fut le moment du départ.

— Je ne peux pas rester assise à vous regarder partir, dit Malia. Nous irons chacune de notre côté en même temps.

Incapable de retenir ses larmes, Adeline saisit la poignée du chariot. Elle sécha ses joues et s'obligea à sourire.

— On y va, les enfants ! Les Martel sont en route pour une nouvelle aventure !

Après un dernier signe de la main à sa mère et à sa sœur, elle tourna vaillamment les talons, tranchant *in petto* les liens qui les unissaient, la peur au ventre. Elle fit un pas dans la direction qu'elle avait choisie, puis un autre et un troisième. Plus tard, cette rupture avec son passé pour se projeter vers un avenir incertain lui apparut un peu comme un saut dans le vide, l'un des actes les plus courageux de sa vie.

***

Le 16 juillet 1945, Adeline, Walt et Will empruntèrent une route bordée de magnifiques prairies de fleurs sauvages pourpres, violettes et blanches, noyées de brume légère. La brise venue du nord était rafraîchissante après des jours et des jours de marche dans une chaleur caniculaire. Adeline sourit en voyant le soleil disparaître puis ressurgir, radieux, offrant un spectacle de lumière qui lui rappela à quel point elle aimait les fleurs, leurs nuances, leur délicatesse, leurs formes, leur temps si dramatiquement court sur terre.

— C'est vraiment joli ici, maman, observa Walt.

— En effet.

— C'est notre vallée ? demanda Will. Je n'aperçois pas les montagnes.

— Il n'y a que des fleurs et du brouillard, c'est suffisant pour l'instant, répliqua Adeline qui se sentait moins angoissée face à l'avenir.

Will s'écarta du chemin pour cueillir un bouquet et courut les rattraper.

— Comme ça, tu pourras les admirer toute la journée, maman.

Émue par cette délicate attention, Adeline redoubla d'amour pour son petit garçon.

Environ une heure plus tard, ils atteignirent la périphérie sud-est de Berlin. Devant la vision qui s'offrit à eux au cours des cinq heures qui suivirent, Adeline s'interrogea sur le bien-fondé de sa décision d'avoir quitté sa mère et sa sœur. N'ayant encore jamais mis les pieds dans une ville aussi vaste que Berlin, elle fut d'abord emballée par la nouveauté. Mais à mesure que le brouillard se dissipait et qu'ils pénétraient plus avant dans la capitale dévastée d'Hitler, elle ne tarda pas à s'apercevoir que, près de dix semaines après la capitulation des nazis et malgré le retour de la circulation dans les rues déblayées, Berlin n'était plus qu'un champ de ruines, couturé de cicatrices et de blessures, un labyrinthe hanté, réduit en cendres, où semblaient rivaliser les odeurs de cordite, de produits chimiques brûlés et de cadavres.

Quatre-vingt-un mille Soviétiques, cent mille soldats allemands et cent vingt-cinq mille civils avaient péri dans la bataille de Berlin. Les rues étaient défoncées, les bâtiments un amoncellement de décombres. Selon le lieu et la direction du vent, l'odeur de la mort empestait ou se dissipait. À l'évidence, des corps n'avaient pas encore été retrouvés, rassemblés, enterrés ou brûlés. On voyait partout des soldats de l'Armée rouge et des prisonniers triant les gravats. Ils empilaient les briques réutilisables, jetant le rebut dans des bennes. Adeline dévisageait les prisonniers en passant devant chaque groupe, espérant contre toute logique reconnaître Emil parmi eux. Mais aucun de ces hommes ne lui ressemblait.

Est-ce là ce que fait Emil ? S'épuise-t-il comme l'un de ces forçats ?

Le brouillard et la brume se levèrent et en approchant du centre-ville, la ville leur apparaissait comme un endroit étranger, dévasté, où nombre d'édifices étaient amputés, réduits à l'état de squelettes ou à des monceaux de débris. Dans ce vaste cimetière, elle remarqua des habitants logeant dans des appartements aux pans de murs effondrés ou sous des bâches, au milieu des ruines.

Adeline et les enfants passèrent devant des centaines de bâtiments dévorés par les flammes. Ils virent des femmes faisant la lessive dans des seaux qu'elles remplissaient avec l'eau s'échappant des bouches d'incendie, et des enfants barbouillés de suie ou jouant sur des monticules de briques cassées et d'acier distordu.

Elle les entendit parler en allemand, tous racontant le même récit des traumatismes infligés par les féroces batailles de rue qui s'étaient déroulées dans Berlin au cours des neuf derniers jours de la guerre, et s'inquiétant du triste sort qui les attendait à présent qu'Hitler était mort et que le Grand Reich avait été anéanti.

Vous n'avez pas idée des souffrances causées par votre Hitler. Tout ce que nous possédons se trouve dans ce chariot et je n'ai même pas de quoi donner à manger à mes enfants, ce soir. Un prisonnier ramassa un bloc de béton, se retourna et s'avança vers elle. Son regard vide lui donna des frissons. Il lui rappelait Johann à son retour de Sibérie – un homme brisé – et elle se sentit défaillir à l'idée qu'Emil reviendrait peut-être dans le même état.

Aidée par les enfants, elle remorqua le chariot sur près de trois kilomètres le long des rues, avant d'être arrêtée par un soldat soviétique à un poste de contrôle. Il lui demanda ses papiers. Elle déclara en russe, ce qui parut le déconcerter, qu'ils n'en avaient pas. Elle débita une histoire fumeuse, expliquant qu'ils avaient été contraints de quitter l'Ukraine par l'armée allemande et qu'elle avait été séparée de son mari.

— On m'a dit qu'il était ici, qu'il travaillait à Berlin ouest, poursuivit-elle d'une voix plaintive. Nous essayons de le retrouver.

Le soldat considéra Walt et Will, sales et épuisés par de longues semaines de marche. Adeline se força à penser à Emil pour que les larmes lui montent aux yeux. La sentinelle prit un air dégoûté et les laissa passer.

Quand elle vit le premier soldat britannique, elle leva la tête et poussa un cri de joie. Les enfants la regardèrent comme si elle avait perdu la raison.

— Nous avons réussi, les enfants ! Nous sommes arrivés là où papa le souhaitait ! À l'ouest, du côté allié.

Elle s'approcha du soldat britannique et lui demanda où elle pouvait trouver de quoi manger et s'abriter. Il ne comprenait pas l'allemand. Quand elle passa au russe, il lui fit signe de rebrousser chemin, haussa les épaules et s'éloigna. Elle poursuivit sa route, certaine de croiser au moins un soldat britannique ou américain parlant le russe ou l'allemand. Ils tombèrent sur les ruines d'une église dont la flèche avait été fendue en deux par un obus : un côté était intact, à peine roussi, tandis que l'autre était un trou béant, noirci par les flammes. Adeline avait peine à croire qu'un côté puisse rester entier, alors que l'autre avait été détruit et incendié. Pour une mystérieuse raison, elle garda les yeux rivés sur le clocher pendant un long moment avant de se remettre en route.

Par temps clair, elle se serait orientée en fonction du soleil pour poursuivre vers l'ouest et pénétrer plus avant dans la zone britannique. Mais vers midi, le ciel s'assombrit et il se mit à pleuvoir. Ils coururent s'abriter et finirent par s'égarer.

—On va où ? demanda Walt, tandis qu'ils se serraient les uns contre les autres dans un bâtiment désert.

—Je ne sais pas, répondit Adeline, si exténuée et désorientée qu'elle n'était plus sûre de rien.

Will affirma qu'il était fatigué de marcher et Walt renchérit, se plaignant d'avoir faim et soif.

Adeline était au comble de l'exaspération. À cause de la pluie et de l'incertitude dans laquelle elle était plongée, elle était à deux doigts de décharger sa colère sur les garçons dans sa crainte de ne pas être à la hauteur pour passer à l'ouest, retrouver Emil, nourrir ses enfants. Mais elle se ravisa. Elle prit une profonde inspiration et préleva dans le chariot la bouteille d'eau quasiment vide ainsi que les derniers morceaux de pain, acheté dans une boulangerie à l'extérieur de la ville.

***

La pluie cessa et ils aboutirent à Tiergarten, un immense parc transformé en base britannique. Des hommes abattaient des arbres et déboisaient le terrain. Elle tenta de se faire comprendre de deux soldats britanniques, mais ils ne parlaient pas l'allemand. Par chance, l'un d'eux baragouinait le russe.

—J'ai besoin de nourriture pour mes enfants, dit-elle.

—Allez par là, répondit le militaire en lui désignant la sortie du parc.

Elle ignorait qu'elle allait alors changer le cours de sa vie. Elle entraîna les enfants dans la direction indiquée. Une heure plus tard, constatant qu'ils se dirigeaient vers le Reichstag détruit par les bombes, elle comprit qu'elle s'était fourvoyée. Un drapeau géant, rouge sang frappé d'un marteau et d'une faucille dorée, flottait au sommet du dôme endommagé. Le soleil apparut et, sous ses rayons, le drapeau qui claquait au vent renvoya de sinistres reflets jaunes et écarlates, comme s'il souffrait de jaunisse et de fièvre. C'était cela la tyrannie, songea Adeline, une maladie, de la fièvre, un poison au cœur de l'humanité. Le drapeau des travailleurs, avec ses couleurs odieuses, et le drapeau nazi avaient flotté au-dessus de toutes les injustices et des maux qu'elle avait endurés. Elle faillit faire demi-tour pour repartir vers la zone britannique et mendier un peu de nourriture.

— Je suis fatigué de marcher, se plaignit Will.

Elle ne répondit pas.

— Maman, j'ai faim, insista-t-il, et…

À bout de nerfs, Adeline se retourna vivement vers ses fils et les fusilla du regard.

— Je sais que vous êtes fatigués et que vous avez faim et soif, mais je ne peux pas faire apparaître les choses d'un coup de baguette magique ou en claquant des doigts !

Déconcertés par son ton inhabituellement sévère, les garçons se recroquevillèrent de peur. Elle s'en voulut aussitôt. Elle s'approcha, s'agenouilla et les prit dans ses bras.

— Je trouverai à manger dès que je le pourrai. Moi aussi, je suis fatiguée et j'ai faim, vous savez.

Will se cramponna à sa jambe et affirma qu'il n'avait pas si faim que ça finalement. Walt renchérit.

Adeline pressa son front contre celui de ses enfants, persuadée qu'une fois encore, ils se coucheraient le ventre vide et ne dormiraient pas dans un vrai lit. Dans l'ombre du drapeau soviétique déployé au-dessus de leurs têtes, elle se sentit coupée de tout ce qu'elle avait jamais connu et aimé. Il ne lui restait que ses enfants.

Elle leva les yeux au ciel.

— Il faut que tu m'aides, murmura-t-elle. Nous n'avons personne vers qui nous tourner.

QUATRIÈME PARTIE

UN CONTE DE DEUX PRISONNIERS

28

27 septembre 1945
Camp de prisonniers de Poltava

Emil enchaînait son quatrième mois de captivité. Réveillé ce matin-là par les vociférations des gardiens russes, il comprit qu'il avait survécu une nuit de plus. Il se redressa, soulagé de voir remuer les deux hommes allongés sur les couchettes voisines. Il laça ses bottes, se traîna vers l'escalier et grimpa les marches dans l'aube naissante.

Comme tous les jours, il se glissa dans la queue des prisonniers, grelottant dans l'air frais de l'automne après une nuit passée dans la chaleur infernale du sous-sol. Nikolas se trouvait trois rangs devant lui, sur sa gauche. Ils travaillaient à l'hôpital, mais jamais en tandem, et ils ne s'étaient plus adressé la parole depuis le mois de juin ; Emil s'en félicitait. Deux prisonniers apparurent, menant un poney attelé à une grande charrette à quatre roues.

Matin et soir, elle arrivait vide au musée et repartait lourdement chargée. Emil l'apercevait quand il se rendait à la cantine sous l'œil vigilant des gardiens et au moment du coucher. Depuis son arrivée en mai, il ne l'avait jamais vue s'en retourner vide.

Chaque jour apportait son lot de morts. On remontait les cadavres du sous-sol pour les entasser dans la charrette avant de les enfouir dans un champ, à la lisière de la forêt, à l'autre extrémité de la ville en ruines. Ceux qui n'avaient pas survécu à leur journée de travail étaient jetés dans la charrette mortuaire et évacués le soir par deux autres prisonniers.

L'équipe funéraire était constituée de volontaires. Ceux qui acceptaient d'enterrer les dépouilles se voyaient gratifiés d'une double ration de pain, de soupe et de lard.

En dépit des recommandations de son père préconisant de manger tout ce qu'on lui offrait et malgré l'assurance d'un surplus de nourriture, Emil ne s'était jamais proposé pour cette tâche. L'idée d'ensevelir les morts ravivait le souvenir de la nuit de cauchemar qu'il avait vécue à Dubossary.

Il constatait aussi que, en dépit des doubles rations, les fossoyeurs ne faisaient pas long feu. La maladie provoquait des ravages dans le camp. Emil avait bien compris que le contact avec les cadavres se soldait infailliblement par la mort de ceux qui les manipulaient. Comme autant d'hydres à plusieurs têtes, les maladies sévissaient, disparaissaient, pour repartir de plus belle. La dysenterie passait du stade de fléau à celui d'épidémie. Les moustiques proliféraient dans le sous-sol humide, transmettant le paludisme qui décimait les hommes. Pour éviter la propagation du typhus, on rasait le crâne des prisonniers et on désinfectait leurs vêtements tous les quinze jours afin d'éliminer les poux, vecteurs de la maladie. Les Soviétiques faisaient bouillir de l'eau pour la rendre potable, mais cela n'empêchait pas le choléra de sévir.

Et de fait, rien ne semblait pouvoir enrayer l'hécatombe. Quelque deux mille hommes étaient arrivés à Poltava en même temps qu'Emil. D'après ses calculs, deux cent cinquante avaient succombé, de sorte qu'il n'en restait que mille sept cent cinquante pour rebâtir la ville.

Jour et nuit, cette pensée l'obnubilait : mille sept cent cinquante hommes pour reconstruire une ville de trois cent mille habitants ? *Impossible, il nous faudrait vingt ans pour en venir à bout.*

Chaque matin, il se répétait que, même s'il ne réussissait pas à s'échapper, il s'en sortirait.

Oui, mais vingt ans ? Pour trouver quoi à mon retour ?

Quand les Soviétiques le libéreraient, il aurait dépassé la cinquantaine, pratiquement l'âge de son père quand il s'était évadé du goulag. Ses fils seraient adultes et de parfaits étrangers. Adeline aurait renoncé à l'attendre, elle aurait rencontré quelqu'un d'autre et refait sa vie. Et de toute façon, par quel miracle pourrait-il les retrouver ?

Sa confiance en lui était sérieusement ébranlée. Il avait perdu beaucoup de poids et, en même temps, sa force et son endurance. Préparer du béton était épuisant et il ne pouvait plus maintenir la cadence du mois précédent. Ce qui ne manqua pas d'attirer l'attention des gardiens et des contremaîtres, qui le rappelèrent à l'ordre, le sommant d'accélérer la production des parpaings pendant le temps de séchage des fondations.

À son retour au musée, ce soir-là, Emil prit conscience, en mâchouillant son dernier quignon de pain, qu'il avait enfreint la deuxième des règles paternelles : abattre de la besogne sans se faire remarquer. Mais comment s'y prendre autrement s'il n'avait pas assez à manger ?

Vingt ans, alors que les hommes tombent comme des mouches ? raisonna-t-il en constatant que trois autres prisonniers étaient morts à la tâche. *Les chiffres sont faux. Ils mentent. Je ne tiendrai même pas un an. Si je ne m'évade pas, je suis mort.*

Emil se sentait comme un animal en cage. Il suffoquait en descendant les marches menant au sous-sol. On étouffait dans la salle basse de plafond. Il dénicha une couchette face au mur dans un coin, sans vis-à-vis, ôta ses bottes, qu'il disposa en rempart contre le mur, et se servit de son manteau en guise d'oreiller.

Il ferma les yeux et revit Adeline le jour de leur mariage, quand il l'avait embrassée à la fin de la cérémonie. Elle incarnait tout ce qu'il souhaitait dans la vie : l'avenir lui paraissait radieux et plein de promesses. Mme Kantor avait embauché un accordéoniste pour animer la petite fête qui avait suivi.

Emil appréhendait le moment où il allait devoir danser avec sa jeune épouse mais, quand il la prit dans ses bras, cela se fit le plus naturellement du monde. Un air rythmé succéda à la première danse et Emil entraîna Adeline dans une gigue endiablée : il était au comble du bonheur, comme il ne l'avait jamais été.

— Je t'aime, Emil Martel, s'écria Adeline.

— Je t'aime aussi, Adeline Martel. Avec toi, c'est comme si je m'étais endormi en Russie pour me réveiller au paradis.

Tu me fais toujours cet effet, Adella, songea Emil avant de sombrer dans le sommeil sur sa couchette, dans le camp de Poltava. *Sois courageuse et attends-moi.*

***

28 septembre 1945
Gutengermendorf, Allemagne de l'Est
Zone soviétique d'occupation

Le lendemain matin, le cœur gonflé de bonheur, Adeline observait Walt, bientôt huit ans, et Will, presque six, qui dévalaient un talus herbeux avant de traverser un champ de tournesols pour se rendre au village. C'était un vendredi, le premier jour d'école. Les enfants devaient passer un test en vue d'être répartis par niveau ; les cours commenceraient le lundi suivant. Adeline, qui se rappelait ses premiers jours de rentrée, partageait leur excitation.

Ils vont adorer cet endroit et il faudra que j'apprenne à en faire autant.

Ne s'étaient-ils pas déjà adaptés à tant de choses ? Après avoir dormi près du Reichstag, le ventre vide, elle avait repéré un centre d'accueil pour réfugiés où ils avaient passé deux nuits. Après quoi, les autorités soviétiques d'occupation les avaient mis dans un train à destination de Gutengermendorf.

Peter Schmidt, un homme d'un certain âge, les attendait à la gare. Il les conduisit de mauvaise grâce à sa ferme, distante d'un kilomètre et demi. Son épouse, Greta, ne se réjouissait guère d'héberger une famille de trois personnes, en plus des soldats soviétiques qui logeaient chez elle. Toutefois, elle leur avait donné une chambre propre dans les dépendances ; ils y seraient au chaud et à l'abri.

Au vu de son expérience, Adeline fut affectée aux travaux des champs. Ayant fait en quelques semaines la preuve de ses capacités, le couple se montra plus amical, d'autant qu'ils avaient découvert qu'elle était aussi habile en cuisine qu'à désherber, faucher ou battre le grain.

Mme Schmidt s'approcha.

— Ils poussent vite, remarqua-t-elle.

La main en visière, Adeline regardait ses enfants qui émergeaient du champ de maïs et se dirigeaient vers un rideau d'ormes et de châtaigniers, à la limite du village.

— Trop vite, *Frau* Schmidt. J'aimerais tant que mon mari soit là pour le voir.

La vieille femme posa sa main sur l'épaule d'Adeline.

— Tout le monde ou presque a perdu un être cher à cause de la guerre d'Hitler.

Adeline acquiesça avec un sourire triste. Elle savait que le couple avait perdu un fils, tué l'hiver précédent sur le front ouest au cours d'un combat de la Wehrmacht contre les Alliés.

— Votre Emil aura peut-être de la chance, reprit *Frau* Schmidt. Un beau jour, il se pourrait que vous le voyiez débarquer au village, qui sait ? Mais ne comptez pas trop là-dessus, cela pourrait vous briser le cœur.

Adeline songea à sa mère.

— Je sais. Et les tournesols ?

— Le champ doit être moissonné avant la tombée de la nuit. Peter pense qu'il va pleuvoir, il était grand temps. Voulez-vous que je garde les enfants, demain soir ?

— Oui, s'il vous plaît. Vous me rendez un grand service, vous savez.

— Avec plaisir. Les soldats deviennent de vrais sauvages quand ils sont ivres.

Avec deux autres ouvrières, Adeline passa la journée dans le champ de tournesols à couper les tiges, lier les gerbes, puis les transporter à la grange où on les suspendait à l'envers afin de les sécher, puis de récolter les graines. Elle aimait cette tâche familière, source de réconfort et de sérénité durant ces longues heures de labeur.

Elle fredonna de vieux airs et se rappela Emil chantonnant des berceuses aux enfants pour les endormir. C'était le seul moment de la journée où elle était incapable de retenir ses larmes.

Les garçons rentrèrent du village dans l'après-midi, alors qu'elle coupait les derniers tournesols. Ils coururent vers elle, l'embrassèrent, lui parlèrent de l'école, de leurs maîtres et de leurs camarades. Ils demandèrent la permission de jouer avec eux au village le lendemain, puisque c'était samedi et qu'ils n'avaient pas classe jusqu'au lundi. Le nouvel ami de Will avait un vrai ballon de football en cuir. Leur enthousiasme était contagieux. Adeline ne put s'empêcher de rire et de battre des mains. Elle les bombarda de questions, voulant tout savoir de leur journée depuis qu'ils avaient quitté la maison.

Cet état euphorique persista jusqu'au dîner et même par la suite, alors qu'elle emmenait les enfants dans leur chambre pour la nuit. Elle était satisfaite de sa journée, presque heureuse de son sort. Elle avait travaillé dur pour des personnes qu'elle affectionnait et qui, en retour, leur offraient le gîte et le couvert. À présent, elle avait un toit et ses deux petits écoliers à ses côtés.

— C'est notre vallée verte, maman ? demanda Will.

— Elle est jolie, répondit Adeline en étouffant un bâillement.

— Mais il n'y a pas de montagne ni de fleuve, protesta Walt.

— C'est celle-là, maman ? insista Will. Ça me plaît beaucoup ici.

— Tu te souviens de ce que je t'ai répondu quand tu m'as posé la même question en Roumanie ?

— Non.

— Moi si, intervint Walt. Tu as dit : c'est une belle vallée verte où nous allons nous arrêter quelque temps. Nous devrions être contents.

— C'est vrai, fit Adeline, qui déposa un baiser sur la tête de son aîné, contente de le voir sortir de la coquille où il s'était enfermé à cause des chars et des fusillades.

***

Adeline dormit par intermittence et se leva à l'aube, comme presque chaque matin depuis son arrivée à la ferme. Elle s'habilla sans bruit pour ne pas réveiller les enfants et sortit dans l'air vif, qui sentait l'automne. Elle se tourna vers l'est pour apercevoir les premiers rayons du soleil, imaginant qu'Emil tentait de communiquer de cette façon.

Ce samedi-là, elle aida à retourner et aérer le foin jusqu'à ce que Will et Walt rentrent du village, vers quinze heures. Après une douche, elle les emmena à la ferme où *Frau* Schmidt avait préparé le dîner : des côtelettes de porc aux oignons et au poivre noir, accompagnées de courges du jardin, et une compote de pommes du verger. Un vrai délice. Adeline la supplia de lui donner la recette, ce qui réjouit la vieille femme.

La gentillesse et les braves gens n'ont pas disparu, se dit-elle tandis que le fermier et son épouse questionnaient les garçons au sujet de leurs camarades d'école. En compagnie de ses fils et de ce couple, elle se sentait comblée, presque comme chez elle, malgré un sentiment de culpabilité mêlé d'inquiétude. Elle aurait aimé que cette ferme, ce village se situent plus à l'ouest ; ce n'était pas là qu'elle trouverait la liberté dont rêvait Emil. Elle appréciait le confort de sa vie actuelle, mais les Soviétiques ne contrôlaient l'Allemagne de l'Est que depuis cinq mois, elle ne devait pas l'oublier.

Ils ne tarderont pas à ruiner cet endroit, briser le cœur de ces honnêtes gens, confisquer leurs terres, semer la haine et la discorde. C'est certain. C'est la marque de fabrique de Staline et des tyrans de son espèce. Je ne veux pas voir ça. Je refuse que mes enfants soient malmenés par la vie, ils...

Frau Schmidt interrompit ses réflexions.

— Adella, il est presque dix-sept heures, vous savez ? Et nous sommes samedi soir.

Adeline consulta machinalement l'horloge et se leva de table.

— J'avais l'esprit ailleurs, pardonnez-moi.

Une fois qu'elle eut lavé, essuyé et rangé la vaisselle avec l'aide des enfants, elle les serra dans ses bras et les embrassa.

— Je rentre demain matin et on trouvera quelque chose d'amusant à faire.

— Quoi par exemple ? demanda Will.

— Il reste des pommes à cueillir dans le verger, suggéra *Frau* Schmidt. Vous grimperez à l'échelle et vous pourrez manger les fruits les plus mûrs.

Les deux garçons arborèrent un large sourire, étreignirent leur mère et retournèrent à leurs occupations. *Frau* Schmidt l'accompagna à la porte.

Adeline la remercia avec effusion.

La vieille femme prit ses mains dans les siennes.

— Vous avez assez souffert comme cela. Inutile d'en rajouter.

— C'est vrai. À demain. Je serai là de bonne heure. Vérifiez que les garçons ferment bien leur porte à clé, s'il vous plaît.

— D'accord, et je veillerai à ce qu'ils aient une bonne nuit de sommeil.

Adeline retourna dans sa chambre et fourra une couverture, un oreiller, une bouteille d'eau et la petite bible luthérienne que *Frau* Schmidt lui avait offerte dans une grande sacoche en toile. Elle l'ajusta sur son épaule, sortit, quitta la ferme et franchit le talus en direction du village. Arrivée au champ de tournesols, elle fit fuir trois chevreuils venus chaparder les graines tombées au sol pendant la récolte.

C'est alors qu'elle entendit sur sa gauche de gros rires et des beuglements. Elle regarda vers le nord, par-delà les champs de foin, vers le chemin qui menait de la sortie du village à la ferme. Elle aperçut les trois soldats soviétiques qui logeaient chez les Schmidt. Ils étaient trop loin pour la repérer, mais elle savait qu'ils avaient chacun une bouteille de vodka distribuée par l'Armée rouge. C'était samedi soir, la nuit de la vodka, en contrepartie de leur relative sobriété le reste de la semaine. C'était aussi la nuit des viols, celle où les soldats soviétiques étaient officieusement libres de prendre, au titre de butin de guerre, n'importe quelle femme de plus de seize ans et de moins de cinquante, consentante ou non.

Consentante, Adeline ne l'était pas, et elle ne serait jamais un butin de guerre. Elle détourna les yeux et rejoignit à travers champs la haie d'arbres dont les feuilles commençaient à changer de couleur. L'air était plus piquant dans la douce lumière dorée du crépuscule. Des chevaux hennissaient dans les prés et des coqs chantaient. Elle perçut les rires assourdis de ses fils qui jouaient avant la tombée de la nuit.

***

Parvenue aux arbres, Adeline fit halte sous un vieil orme. Les yeux clos, elle écoutait, respirant à pleins poumons l'odeur des feuilles et du foin fraîchement coupé. Elle avait encore dans la bouche le goût de la compote et, l'espace d'un instant, elle faillit croire en l'existence d'un monde exempt de souffrance et de conflit.

Elle entendit, au loin, les voix avinées des soldats : fin soûls et repus, ils se mettraient bientôt en quête d'une femme. Elle avançait dans l'ombre des arbres, le long des maisons semblables aux plus belles demeures de Birsula, surtout l'une d'elles, qui lui rappelait celle de Mme Kantor. Elle ne s'arrêta pas pour l'admirer mais pressa le pas, s'enfonçant dans l'épaisse frondaison, jusqu'à ce qu'elle débouche derrière la vieille église luthérienne, hors de vue de la route qui traversait le village. Elle poursuivit son chemin sur plus de vingt-cinq mètres, dépassa l'édifice, jeta un regard alentour pour s'assurer que les lieux étaient déserts, et s'accroupit pour uriner avant de retourner à l'église. La porte de derrière était entrebâillée. Adeline se figea et tendit l'oreille, s'efforçant de surveiller les tronçons de la grand-rue du village qu'elle apercevait. Il n'y avait pas âme qui vive, pas le moindre bruit.

Elle franchit en vitesse la quarantaine de mètres qui la séparait de la porte, l'ouvrit, se glissa à l'intérieur et la referma presque complètement. Elle se retourna, respira lentement, à fond, le temps que ses yeux s'habituent à l'obscurité. Deux femmes d'une quarantaine d'années occupaient des bancs dans la travée et le transept gauche, et une autre, beaucoup plus jeune, à droite de la nef.

Adeline les connaissait de vue. Des soldats soviétiques logeaient chez elles. L'une après l'autre, d'autres arrivèrent, venant du village ou des environs. Elles savaient qui était Adeline, où elle habitait, quelle était sa situation et la traitaient avec une politesse dénuée de chaleur ou d'amitié.

Adeline s'en moquait. Elle était là pour une seule raison : dormir en sécurité de façon à pouvoir se lever tôt avant de retrouver Will et Walt, pendant que les troupiers cuveraient leur vin en se demandant où les femmes du village pouvaient bien disparaître le samedi soir. Elle récolterait des pommes le lendemain et s'extasierait sur les moissons qui s'achevaient en beauté, avant que la neige ne recouvre la terre.

La vieille église abritait seize femmes, quand le père de l'une des deux plus jeunes leur souhaita une bonne nuit. Une autre d'un certain âge barra la porte de derrière. Adeline entendit l'homme faire de même de l'autre côté et tirer les trois verrous.

Elle s'installa sur la couverture, sans prêter attention aux femmes qui chuchotaient par petits groupes. Pendant quelques minutes, elle contempla la lumière pâlissante autour de l'autel et l'ombre projetée par la croix, suspendue au-dessus. Quand elle ne distingua plus rien, elle but un peu d'eau, songeant qu'elle avait passé une bonne journée, meilleure qu'elle ne s'y était attendue.

Elle pensa à Emil et la douleur lui déchira le cœur. Lorsqu'elle tenait compagnie à *Frau* Schmidt, travaillait dans les champs ou se trouvait avec les garçons dans leur chambre, elle parvenait à l'oublier. Mais là, dans les ténèbres grandissantes de la vieille église, rien ne pouvait la distraire et la solitude lui pesait terriblement.

Combien de temps pourrait-elle encore tenir sans perdre espoir ni trahir sa promesse ? Elle s'était juré que, contrairement à sa mère, elle ne rêverait pas que son amour frapperait un beau jour à la porte, refusant de passer sa vie entre déception et frustration.

Bientôt elle entendit les autres femmes s'installer pour dormir dans l'obscurité totale. Elle les imita. Elle s'aperçut qu'elle n'avait pas ouvert la bible quand il y avait assez de lumière pour lire. Elle rabattit la couverture et arrangea l'oreiller en se demandant à quoi bon prier puisqu'elle ne recevait plus jamais de réponse.

Épuisée par six jours de dur labeur, elle s'endormit aussitôt et sombra dans un sommeil sans rêves et un bienheureux oubli.

Le cliquetis des clés dans les verrous et de la barre que l'on ôtait la réveilla huit heures plus tard. La porte s'entrouvrit. Adeline ramassa ses affaires et sortit contempler l'aube et les premiers doigts de lumière tendus vers elle, à l'orient.

***

1er novembre 1945
Poltava, Ukraine

Les gardiens soviétiques frappèrent sur des triangles dans l'obscurité ; leurs notes aiguës et perçantes écorchèrent les oreilles des prisonniers endormis. Emil se leva en chancelant. La veille, dans l'après-midi, il avait souffert de crampes et de diarrhée, terrifié à l'idée d'avoir contracté la dysenterie qui continuait à ravager le camp. Il avait mâché un morceau de charbon pour calmer son estomac et dormi d'une traite. Il se sentait encore mal en point mais, au moins, il n'avait pas passé une nuit blanche, accroupi sur une planche glacée dans les latrines en plein air.

—Debout ! beuglèrent les gardiens en martelant de nouveau les triangles. On se bouge !

Emil se força à enfiler son pantalon et ses bottes encore humides de la veille. Mettant la veste et la casquette, il se demanda combien de temps les Russes pensaient que les prisonniers survivraient s'ils devaient travailler vêtus de la sorte en plein mois de novembre. *Ils se fichent qu'on vive ou qu'on meure*, raisonna-t-il en grimpant l'escalier pour se retrouver dans la lumière crue. Autour du musée, les machines et le matériel couverts de gel brillaient sous les faisceaux lumineux des projecteurs. Dans ses chaussettes et ses bottes encore mouillées, Emil claquait des dents. Il piétina en balançant les bras pour se réchauffer tandis que le sous-sol se vidait derrière lui.

L'équipe funéraire était ponctuelle. Deux nouveaux prisonniers menèrent le poney tirant la charrette mortuaire à l'entrée de service du musée. Les deux hommes disparurent au sous-sol et en ressortirent avec deux cadavres : le nombre le plus faible depuis des jours. Les gardiens ordonnèrent aux prisonniers de se diriger vers un autre réfectoire, aménagé au sous-sol de l'hôtel de ville. Au moment où la colonne s'ébranlait, Emil glissa un regard sur les volontaires de l'équipe funéraire. Au cours des deux derniers mois, il avait compté cent soixante-dix morts de plus. Il n'en restait donc que mille cinq cent quatre-vingt pour reconstruire la ville.

Jusqu'à quand pourrons-nous survivre ? Combien de temps vais-je résister ?

À chaque jour suffit sa peine, se dit-il en descendant au sous-sol. En tout cas, il vivrait aujourd'hui. Ensuite, il n'en avait aucune idée. Mais il était bien décidé à tenir jusqu'à la fin de la journée et du lendemain… ou à essayer, en tout cas.

Debout dans la queue, il entendit les cuisinières se plaindre de manquer de bois pour la cuisine. Il attrapa un bol de soupe aux choux brûlante, sa ration quotidienne de pain, un morceau de fromage rassis et un bout de saucisse, son meilleur repas depuis son arrivée à Poltava.

Tout en mastiquant, il se rappela les copeaux de bois autour du chantier de l'hôpital.

En partant, il demanda à l'une des cuisinières combien elle serait prête à payer en échange de bois pour son fourneau. Un rouble, répondit-elle. Comme c'était plus qu'il ne possédait, il promit de lui apporter du bois ce soir-là. Puis il se prépara pour les tâches qui l'attendaient et ressortit. Dehors, il faisait encore plus froid.

L'obscurité commençait à se dissiper. Il observa l'horizon qui s'éclaircissait à l'est et se sentit mieux, tandis qu'il rejoignait son équipe et se dirigeait vers le chantier de l'hôpital. Emil pensait qu'Adeline était comme l'aube vermeille et, après environ six mois, il lui semblait détecter la présence de sa femme bien-aimée au lever du soleil.

C'était du moins à ce moment-là qu'il pensait le plus à elle, à son sourire, à son parfum, à l'étincelle qui animait son regard quand elle le taquinait. Ces souvenirs lui faisaient chaud au cœur et l'aidaient à tenir bon jusqu'au bout de sa journée de travail de quatorze heures, comme ils l'avaient soutenu au cours de chacune de ces journées interminables.

Il y pensa toute la matinée. Le mois précédent, il avait trouvé le moyen de fabriquer du ciment et du béton en plus grandes quantités : à l'aide d'un bâton d'un mètre dont il avait façonné une extrémité en forme de malaxeur, il mélangeait les matériaux dans une grande mangeoire métallique pour chevaux.

Cette ingénieuse invention augmentait sa production et lui permettait de ménager ses forces. Mieux encore, les contremaîtres et les gardiens avaient cessé de le harceler. Il leur donnait ce qu'ils voulaient sans plus attirer l'attention sur sa personne.

Il fut donc passablement inquiet en voyant quelqu'un de plus menaçant qu'un gardien ou un contremaître s'approcher de sa bétonnière improvisée, un rouleau de papier à la main. C'était le contremaître du chantier, un Russe massif nommé Ivanov. Il avait les yeux cernés et une cigarette perpétuellement fichée au coin des lèvres.

Emil ne lui avait jamais adressé la parole et voilà que le chef du chantier venait le voir sous l'auvent en tôle.

—C'est bien toi qui fabriques mes parpaings ?

Déconcerté, Emil se contenta de hocher la tête.

—Il m'en faut plus, aboya le gros homme. Deux fois plus. Non, trois fois plus. On est en retard sur le programme. On doit couvrir la majeure partie du bâtiment avant les premières neiges. De quoi as-tu besoin pour tripler la production quotidienne ?

Emil, qui ne s'attendait pas à la question, s'accorda le temps de la réflexion.

— Trois hommes pour me seconder. Des bottes et des vêtements chauds. Trois fois plus de moules pour couler les blocs et trois fois plus de matériaux.

Il désigna les sacs de chaux entassés contre le mur.

— Un abri beaucoup plus grand avec des murs et un toit pour entreposer les matériaux, un atelier avec quatre murs, assez vaste pour contenir trois mangeoires comme celle-ci. Et trois mélangeurs. Quand il fera plus froid, il faudra trouver un moyen de réchauffer le béton pour qu'il sèche correctement.

Ivanov lui jeta un regard appréciateur.

— Rien d'autre ?

— Des doubles rations, ajouta Emil après une brève hésitation. Il faudra un supplément de nourriture si vous voulez nous garder en vie pour qu'on travaille.

Le Russe alluma une autre cigarette, la coinça au coin de ses lèvres et tira une bouffée qu'il rejeta de l'autre côté.

— Deux hommes et le reste de ce que tu demandes. Et si tu n'as pas produit trois fois plus de parpaings la semaine prochaine, jour pour jour, tu seras fusillé.

29

Le chef du chantier tint parole. En quarante-huit heures, il avait fait agrandir l'atelier d'Emil et ériger des murs rudimentaires. L'atelier était désormais muni d'un toit en tôle plus large abritant également le lieu de stockage : à l'arrière, on avait percé une porte par où s'effectuaient les livraisons des matériaux.

Le troisième jour, deux prisonniers se présentèrent de bon matin à quelques minutes d'intervalle. Le premier avait une tête en forme de citrouille. C'était un gaillard athlétique originaire d'Asie centrale, un Ouzbek du nom de Krull, enrôlé dans l'armée soviétique et envoyé combattre en Pologne. Lorsque l'Armée rouge avait attaqué Berlin, il en avait eu assez de la guerre, avait déserté et été arrêté alors qu'il se dirigeait vers l'est.

— Je suis arrivé à l'est, mais pas assez loin ! se borna-t-il à dire.

Le second était Nikolas : la dernière personne qu'Emil aurait souhaité voir. Il dut se baisser pour pouvoir passer par la plus petite des trois portes. Il avait beaucoup maigri et claudiquait de plus belle.

Il fit la grimace en reconnaissant Emil.

— Qu'est-ce que tu fiches ici ?

— Je travaille, comme tu vois. Fais ce que je te dis et il n'y aura pas de problème.

— Tu n'as pas d'ordre à me donner, Martel.

Le chef des travaux venait de passer la porte avec des gardiens chargés de vêtements chauds et de bottes.

— Justement si, c'est lui qui donne les ordres ! Tu feras exactement ce qu'il te dit, quand il le dit. C'est clair ? À moins que tu préfères travailler dehors pendant tout l'hiver.

— Je reste, grommela Nikolas.

***

Les bottes et les épais vêtements améliorèrent considérablement les conditions de travail. Grâce aux murs et au toit, ils étaient moins exposés aux intempéries qui empirèrent en novembre 1945. Pour tripler sa production, Emil redoublait d'efforts afin de rassembler assez de matériaux et d'eau qu'il devait ensuite malaxer de manière à fournir les quantités de béton exigées par Ivanov. Pendant ce temps, l'hiver faisait rage et le vent du nord se déchaînait. Avant de regagner le sous-sol de la mairie pour le repas du soir, Emil s'attardait pour ramasser du bois destiné à la cuisinière, histoire de rajouter un rouble à ses économies.

Jour après jour, il se disait que la vie deviendrait plus facile, qu'il trouverait le moyen de fabriquer davantage de parpaings en travaillant moins. Mais cela s'avéra impossible. Même avec les vastes mangeoires et les mélangeurs pour brasser les matériaux, Nikolas, Krull et lui-même s'échinaient pour arriver au quota imposé ; tant et si bien que, la plupart du temps, après avoir récupéré du bois pour les cuisinières, Emil finissait la journée trop éreinté et affamé pour avoir les idées claires, en dépit des doubles rations.

Peu après, on fournit des vêtements chauds et un quart de ration supplémentaire aux prisonniers pour leur permettre d'affronter les rudes conditions de travail au cœur de l'hiver. Malgré tout, les maladies continuaient de couver, de se déclarer et de se répandre dans le sous-sol du musée et les dortoirs voisins.

Trois décès le matin. Deux le soir du même jour. Trois le lendemain, cinq le soir. Puis le typhus reparut. On dénombra six autres morts le matin suivant, cinq le soir, neuf le lendemain. Emil entendait le poney haleter sous l'effort et le grincement des roues de la funeste charrette quand elle s'ébranlait, conduite par deux nouveaux fossoyeurs volontaires.

Pour enrayer le typhus, les Soviétiques obligèrent les prisonniers à retirer leurs vêtements qui étaient ensuite ébouillantés et désinfectés. Après une douche et l'épouillage, ils devaient remettre leurs vêtements de laine mouillés et les porter toute la journée dans le froid pour éviter qu'ils ne rétrécissent. Les hommes commencèrent à souffrir de pneumonie.

—On va tous mourir, déclara Nikolas avec amertume vers la fin du mois, tandis qu'ils mélangeaient le neuvième volume de béton de la journée. C'est une question de temps.

—C'est toujours comme ça, commenta Krull.

—On t'a sonné ? lança Nikolas avec mépris. Je me sens mal ici, soupira-t-il, découragé, passant du russe à l'allemand.

—Qui se sentirait bien dans ce trou ?

—C'est plus que ça : c'est là-dedans et là-haut, expliqua Nikolas en désignant le côté gauche de sa poitrine, puis son front. C'est lourd et sombre à l'intérieur. Je fais des cauchemars tout le temps et des pensées se bousculent dans ma tête et me répètent que c'est une question de temps.

—Comme vient de dire Krull, c'est toujours comme ça, renchérit Emil.

Nikolas secoua la tête avec force.

—Tu ne comprends pas ! Je suis condamné et toi aussi, Martel. On a été damnés pour nos péchés, dès qu'on a pris nos armes et décidé de fusiller les Juifs. Ici, c'est le premier pas vers l'enfer profond qui nous attend quand on aura tous crevé à cause de la dysenterie ou de la pneumonie.

Le triangle résonna au-dehors, annonçant la fin de la journée de travail. Emil versa le reste du béton, le cœur lourd.

Il essaya de penser à Adeline, mais son visage ne lui apparaissait plus à cause des paroles de Nikolas qui tournaient en boucle dans son esprit. « *Damnés dès qu'on a pris nos armes et décidé de fusiller... c'est le premier pas vers l'enfer profond qui nous attend...* »

Il se rappela la nuit, à Dubossary, revit Haussmann pointer son Luger sur sa tempe, se remémorant le moment où il avait changé d'avis et résolu d'abattre ces pauvres gamins. Emil entendait des échos de sa propre voix, puis celles de l'officier SS et de Nikolas.

« *D'accord, je m'en charge. — Sage décision... Damnés dès qu'on a décidé de fusiller...* »

En suivant Nikolas au réfectoire, pendant le repas et le retour au musée, ces trois voix résonnèrent dans sa tête. Elles ne cessèrent pas dans le sous-sol obscur. Le sommeil agité dans lequel il sombra fut traversé de cauchemars, accompagnés de sueurs et de crampes dans la poitrine si douloureuses qu'il crut avoir une attaque.

Huit hommes décédèrent cette nuit-là. Six succombèrent le lendemain et douze furent emportés par le typhus avant l'aube. Il y avait trop de cadavres. La charrette ne pouvait pas tous les contenir et le poney avait tant de mal à la tirer qu'on ajouta un troisième homme à l'effectif pour pousser par-derrière. Malgré cela, deux cadavres restèrent sur place. La dernière image qu'Emil emporta fut celle de corbeaux leur arrachant les yeux à coups de bec.

« *Damnés...* »

***

Décembre arriva, cruel et impitoyable jusqu'au dernier jour. Le pas de plus vers l'enfer prédit par Nikolas. Les températures dégringolèrent. Il se mit à neiger. Ivanov les pressait de maintenir la cadence à mesure que la construction des murs approchait de son terme. Mais les trois hommes avaient du mal à conserver assez de chaleur dans l'atelier pour que le béton sèche. Ivanov fit installer un poêle à bois.

Une semaine s'écoula, puis une deuxième ; le décompte de morts ne fluctuait que légèrement. D'après Emil, ils perdaient plus de cent hommes par semaine à présent. À l'approche de Noël, il estima que sur les deux mille hommes débarqués à Poltava en mai, moins d'un millier avaient survécu.

On a été damnés pour nos péchés.

Pour combattre ces pensées, Emil se dit qu'il n'y avait pas de Dieu, pas de ciel et donc pas d'enfer. Il n'y avait que ce qui se passait sous votre nez et chacun était seul capable d'agir sur les événements. Pourtant, ses douleurs de poitrine persistaient et les idées noires qui le hantaient ne se dissipaient pas. Il tenta de se persuader qu'il avait du cran, il était Emil Martel, bon sang, un homme qui avait su surmonter des moments terribles et des événements tragiques. Il se dit qu'il pourrait malgré tout en réchapper même si, au fond de lui, il savait qu'il se mentait.

Le 19 décembre 1945, Nikolas se mit à tousser et fut pris de fièvre. Son travail s'en ressentit. Ivanov était fou de rage. Il tenait à ce que les murs de l'hôpital ainsi que le toit soient terminés avant le Nouvel An.

— Accélère la cadence, sinon je trouverai quelqu'un pour te remplacer et tu pourras rejoindre les autres dehors, menaça Ivanov avant de partir.

Ce jour-là et le jour suivant, ils travaillèrent seize heures d'affilée. Emil ne se souvenait pas avoir ramassé du bois ni mangé ni être rentré au musée, le soir.

Sa vie se résumait au tintement du triangle, à passer de sa couchette à l'obscurité glaciale du dehors, à préparer et à couler du béton pendant des heures sans aucune pause. Son esprit épuisé et malade lui rabâchait qu'il était condamné par des forces dépassant sa compréhension, lesquelles l'avaient incité à abattre les trois Juifs ; il était conforté dans sa conviction chaque fois que Nikolas crachait du sang.

Le rythme effréné finit par être intolérable à Krull. Sans prévenir quiconque, le déserteur ouzbek de l'Armée rouge tenta de s'enfuir une fois de plus, tandis que les hommes regagnaient le musée en pleine tempête de neige, le 23 décembre 1945. Les gardiens se mirent à rire, le rattrapèrent et l'envoyèrent à terre à coups de crosse. Krull se releva et se remit à courir. Ils l'abattirent de plusieurs balles dans le dos. Nicolas avançait en toussant devant Emil, qui le suivait sur sa gauche.

— Je te l'avais dit, coassa-t-il par-dessus son épaule. C'est une question de temps maintenant.

***

Tôt le matin, la veille de Noël, le triangle se mit à tinter à toute volée. Emil avait le vertige en s'habillant avant d'émerger du sous-sol. Chacun de ses muscles était noué et douloureux.

Je ne sais pas pendant combien de temps je vais pouvoir encaisser ça, se dit-il.

Puis ses pensées obsessionnelles se remirent à bouillonner dans son esprit.

Nikolas a raison. Ce n'est qu'une question de temps. Je suis condamné pour ce que j'ai fait. Damné pour l'éternité.

Dehors, la neige tombait de plus en plus fort et le vent soufflait. Emil mit son avant-bras en visière et plissa les yeux. Il repéra Nikolas qui prenait sa place dans la queue en claudiquant, secoué par une quinte de toux. Silhouettes fantomatiques dans le blizzard, le poney, la charrette et les trois hommes de l'équipe funéraire quittèrent le musée avec seulement sept cadavres, ce matin-là.

Le chef de chantier les attendait à l'atelier.

—J'ai besoin de neuf volumes de béton supplémentaires, décréta Ivanov. Comme ça, on sera prêts à dresser la charpente et à installer le toit.

—Il nous manque un homme, observa Emil.

—Je ne pourrai pas t'en fournir avant demain, répondit Ivanov en partant.

Neuf fournées à deux ? Emil se mit à l'œuvre sans mot dire, transportant les matériaux dans la brouette à l'aide de sa pelle avant de les déverser dans les abreuvoirs métalliques. Nikolas avait l'air en transe, boitant et avançant deux fois plus lentement que d'habitude, s'immobilisant à chaque pas, pris de quintes de toux. Des heures plus tard, Emil terminait la septième fournée et était prêt à verser le béton dans les moules quand Nikolas se mit à tousser violemment derrière lui.

Il entendit un bruit de chute, se retourna et vit Nikolas gisant sur le sol, la respiration oppressée, un filet de sang coulant de sa bouche.

—Martel, appela-t-il d'une voix rauque.

Emil s'approcha et s'accroupit près de lui.

—Dis-moi, fit Nikolas.

—Te dire quoi ?

Nikolas suffoquait, toussait de plus belle, les yeux exorbités, le visage violacé.

—Dis-moi que je serai pardonné pour ce que j'ai fait. Dis-moi que je ne vais pas aller en enfer pour avoir tué tous ces Juifs.

Emil plongea son regard dans ses yeux affolés et secoua la tête.

—Je ne peux pas te pardonner, Nikolas. Je ne peux même pas me pardonner moi-même pour ce que j'ai fait.

—Non, s'étrangla Nikolas, le visage déformé par la peur.

Puis dans un gargouillis, il toussa et cracha de l'écume rouge qui lui dégoulina jusqu'au menton.

Les yeux torturés de Nikolas fixèrent Emil, puis ils roulèrent sur le côté et s'éteignirent.

***

24 décembre 1945
Gutengermendorf, Allemagne de l'Est occupée par les Soviétiques

Plus tard, cet après-midi-là, Adeline sortait un gâteau aux pommes du four dans la cuisine de *Frau* Schmidt, s'efforçant de faire bonne figure même si c'était la veille de Noël, coïncidant avec l'anniversaire de Malia, et qu'elle était sans nouvelle de son mari depuis neuf mois.

Elle mit le gâteau à refroidir sur le couvercle du poêle et entendit Will et Walt pouffer de rire dans l'autre pièce.

Herr Schmidt les avait emmenés dans les bois où il avait coupé un petit sapin. Les garçons l'aidaient à accrocher les guirlandes, les rubans et les décorations qui se trouvaient dans la famille depuis des temps immémoriaux. Dehors, la neige se remit à tomber.

— Je me demande combien de temps les Soviétiques vont vous laisser fêter Noël, dit Adeline à *Frau* Schmidt qui découpait une grosse miche sur une planche à pain. Ils nous l'ont interdit.

La vieille femme la regarda avec étonnement.

— Interdit ? Même Hitler n'a pas osé faire ça.

— Hitler n'est pas Staline. Staline est pire.

— Il ne faudrait pas que mes locataires vous entendent.

— Bien sûr que non. Bientôt, il y aura la police secrète.

— Non, plus de Gestapo.

— Ce sera une Gestapo communiste, quel que soit son nom, et en quelques mois, ils se débrouilleront pour que vos voisins, vos plus vieux amis, vous dénoncent s'ils ne veulent pas être déportés à l'est.

Assise au coin du feu, *Frau* Schmidt laissa son regard errer sur le poêle avant de le reporter sur Adeline.

— Vous nous dénonceriez, vous ?

— Jamais de la vie. C'est à cause de rumeurs pareilles que mon père a disparu. Je ne ferai cela à personne.

— Bon. Dans ce cas, nous pouvons nous faire confiance.

Will entra dans la cuisine.

— Ça sent bon ! Je peux avoir du gâteau ?

— Après le dîner, promit Adeline. Allez, sors d'ici maintenant.

— Oh !

— Je te l'avais dit, lança Walt.

— « Je te l'avais dit »… répéta Will d'un ton moqueur en devançant son frère aîné.

— Les poulets et les pommes de terre doivent être prêts, Adeline, fit remarquer *Frau* Schmidt, s'aidant de sa canne pour se relever.

Avant qu'Adeline n'ait pu répondre, elles entendirent le martèlement de bottes sous le porche et les trois soldats soviétiques cantonnés chez les Schmidt firent irruption, Kharkov, un capitaine d'environ vingt-cinq ans, en tête. Adeline remarqua immédiatement son regard vitreux, le sourire inhabituel qu'il lui décocha et la bouteille de vodka qu'il tenait. Elle détourna les yeux et prit une longue inspiration tremblotante. *Frau* Schmidt lui adressa un regard d'avertissement. L'homme représentait un danger pour Adeline. La vieille femme en était consciente elle aussi.

— Quelle bonne odeur ! brailla le capitaine Kharkov tandis qu'ils rejoignaient les deux autres officiers, plus jeunes. On mange quand ?

Les autres avaient bu, eux aussi ; leurs bouteilles de vodka étaient aux deux tiers pleines.

— J'apporte la volaille tout de suite, dit Adeline.

Se tournant vers le plus grand des deux fours, elle l'ouvrit, laissant apparaître deux poulets brun doré farcis d'oignons et accompagnés de pommes de terre rouges.

Elle posa la cocotte sur le plan de travail et disposa sur la longue table en chêne du pain frais, du chou bouilli fumant et des choux de Bruxelles provenant du potager des Schmidt. Puis, à l'aide d'un couteau tranchant, elle découpa les poulets et disposa les morceaux sur un grand plat.

Frau Schmidt appela son mari :

— À table, Peter !

***

Herr Schmidt arriva avec deux grandes bouteilles de limonade maison. Il s'assit à une extrémité de la table tandis que son épouse s'installait à l'autre bout. Le capitaine Kharkov prit l'un des bancs, les deux jeunes officiers à ses côtés. Adeline se tenait près de *Frau* Schmidt, Will à sa droite et Walt à la droite de Will, en face des Russes.

Adeline considéra toute cette nourriture, se rappelant le réveillon du Noël précédent où ils avaient eu si peu à manger. Elle savait qu'elle devrait être heureuse et reconnaissante, mais à mesure que le poulet rôti et les légumes circulaient autour de la table, la gorge nouée, elle ne put s'empêcher de penser à Emil et aux affreux moments qu'il passait peut-être tout seul.

Les Russes bavardaient entre eux en mangeant et en buvant. Adeline nota avec soulagement qu'ils sirotaient leur vodka au lieu de l'avaler à grandes gorgées, comme elle avait vu faire des soldats de l'Armée rouge et même Marie, sa cousine, tous ces êtres tourmentés cherchant l'oubli dans la boisson.

Elle avait prévu d'agir comme tous les samedis soir. Il ferait froid dans l'église, mais elle emporterait des vêtements chauds et des couvertures. Noël arriverait en un rien de temps. Elle serait de retour avant le réveil des enfants. Elle n'avait pas d'argent pour leur acheter des cadeaux, mais les Schmidt y avaient veillé et elle voulait voir l'expression sur les visages de Will et de Walt quand ils ouvriraient…

— Vous avez de la chance, Adeline, tonna le capitaine Kharkov, la tirant de ses pensées.

Elle sursauta et le dévisagea, perplexe.

— Vos fils sont avec vous, alors que ma femme et mon bébé sont seuls à Leningrad, précisa-t-il.

— Oui, j'ai de la chance. Mais j'en aurais encore plus si mon mari ne croupissait pas dans un camp de prisonniers.

— C'est vrai, dit Kharkov en remplissant son verre de vodka.

Will se frotta le ventre après avoir fini son assiette.

— Je n'ai plus faim.

— Même pas une petite place pour le *kuchen* de ta maman ? demanda *Frau* Schmidt.

Will fronça les sourcils.

— Je n'ai pas dit ça.

— Tu es sûr ? le taquina Adeline

— Maman, ce n'est pas gentil !

Adeline sourit, se leva et revint avec le gâteau. Les garçons en prirent une tranche chacun. Will avala la sienne en trois bouchées. Walt prit son temps, pendant que le plat passait de main en main. Quand *Frau* Schmidt offrit la dernière tranche à Adeline, le capitaine Kharkov termina sa vodka et s'en resservit un doigt.

— C'était un excellent repas, apprécia-t-il en russe en levant son verre. Nous vous remercions parce que cela nous rappelle la perversité d'un système qui autorise deux vieilles personnes, relativement inutiles comme les Schmidt, de posséder tant de terres et d'en récolter les fruits en abondance.

Adeline comprit qu'il s'adressait à elle car les Schmidt ne parlaient pas le russe. Elle rougit et détourna les yeux.

— Dans notre système à nous, poursuivit Kharkov, les Schmidt auraient été stigmatisés comme des « koulaks », des accapareurs du sol, profitant du travail des autres. Autrefois, on les aurait chassés de cette terre. C'est vrai, Adeline, n'est-ce pas ?

Adeline leva les yeux et s'aperçut qu'il la dévisageait attentivement.

— Oui.

« Et on aurait confié la terre à des imbéciles ignorant tout de l'agriculture, ajouta-t-elle tout en sachant qu'elle aurait mieux fait de se taire. Il n'est pas étonnant qu'ils n'aient rien produit et que les gens aient souffert de la faim. »

Le capitaine Kharkov haussa vivement les sourcils, mais ne répliqua pas, se contentant de l'observer encore quelques instants avant de vider son verre et le remplir à nouveau. Adeline se leva, fit la vaisselle et l'essuya jusqu'à ce qu'elle brille de mille feux. Elle sécha le couteau en dernier et appela les garçons.

— C'est l'heure d'aller au lit !

— Il fait à peine sombre, interrompit le capitaine Kharkov. Asseyez-vous et buvez un dernier verre avec nous.

— La bière m'est montée un peu à la tête, rétorqua Adeline. Will ? Walt ?

Will bâilla en se levant de table.

— Je suis fatigué.

— Moi aussi, renchérit son frère. Maman, on aura nos cadeaux de Noël demain ?

— Nous verrons, dit-elle, souriant à tout le monde et se contentant d'un signe de tête à l'intention du capitaine Kharkov. Bonne nuit et à demain.

— À demain, répéta Kharkov.

Il se versa une énième rasade de vodka et fit le salut militaire avant de sortir dans la neige.

***

Il était tombé un bon centimètre sur le sol nu. La couche était suffisamment épaisse pour embellir le paysage, tandis qu'Adeline et les enfants regagnaient leurs pénates. Elle les déshabilla et, comme presque chaque nuit depuis le départ d'Emil, ils prièrent pour son retour en se tenant la main. Puis elle les mit au lit.

— Demain, c'est l'anniversaire de Jésus, déclara Will. Il est né avec des ânes.

Sa mère sourit.

— En quelque sorte.

— Et nous croyons ce que Jésus a enseigné, poursuivit Walt. C'est pour ça que nous fêtons Noël, hein, maman ?

Adeline hésita, puis approuva de la tête. Elle allait leur dire bonne nuit et s'en aller, mais elle changea d'avis et prit la bible, cadeau de *Frau* Schmidt. Elle la feuilleta, choisit l'Évangile selon Luc et leur lut l'histoire de la Nativité.

— Tu vois, il y avait des ânes, insista Will lorsqu'elle eut terminé.

— En effet, dit Adeline en riant avant d'embrasser le cadet, puis l'aîné. Et des moutons et d'autres animaux…

Elle laissa la lumière allumée, le temps d'enfiler son manteau et de rassembler l'édredon, les deux couvertures, l'oreiller et le pull-over en laine offert par *Frau* Schmidt. Elle se retourna et s'aperçut que les enfants dormaient déjà. Elle pensa à Emil, songeant qu'il ne connaîtrait jamais de moments pareils et, malgré l'excellent repas, elle se sentit privée d'amour et de temps.

Elle sortit, traversa le petit couloir et verrouilla la porte. *Ils nous ont volés, moi, mes fils et Emil. Et ils continuent. Ce n'est pas fini.*

Dehors, les flocons voltigeaient mollement. Adeline contourna la grange pour retrouver ses repères, puis estimant être dans la bonne direction, avança dans la neige jusqu'au rideau d'arbres, à l'orée du village. Elle s'égara à deux reprises avant de retrouver les arbres dépouillés, qu'elle longea jusqu'aux premières maisons du village, et elle parvint enfin devant la vieille église.

Comme à son habitude, elle la dépassa pour se soulager, puis se dirigea vers la porte de derrière qu'elle trouva entrouverte. Elle la poussa et tendit l'oreille pour entendre les voix des autres femmes. Seul le silence lui répondit. Les vitraux de l'église étaient barricadés pour l'hiver. Elle se sentit en sécurité, ferma la porte sans la bloquer, au cas où quelqu'un viendrait se réfugier pour la nuit, et chercha dans sa sacoche une chandelle et des allumettes. Elle alluma la petite bougie qui dégagea assez de lumière pour qu'elle puisse distinguer les grosses volutes de sa respiration et s'assurer qu'il n'y avait personne. Elle frissonna et en comprit la raison : comme les vitraux étaient obstrués par des planches, l'édifice ne recevait presque pas de chaleur pendant la journée. En fait, il faisait plus froid à l'intérieur qu'à l'extérieur avec la neige qui tombait.

Adeline gagna son banc habituel et entreprit de préparer son lit. Elle repensa aux paroles de Walt : *« Nous croyons ce que Jésus a enseigné... hein, maman ? »*

Elle resta assise, immobile, les mains serrées, déchirée entre l'envie de s'agenouiller et de prier, tout en redoutant de le faire, car sa prière ne serait pas entendue ou mal interprétée, comme le jour où, à proximité du Reichstag, ils s'étaient retrouvés tous les trois sans nourriture ni abri. Elle inclina la tête et demanda à Dieu de lui pardonner de n'avoir pas été assidue à la prière, ces derniers temps.

— C'est dur sans Emil, Seigneur, murmura-t-elle, la gorge serrée par l'émotion. M'occuper des enfants et travailler pour les Schmidt… Je suis très reconnaissante d'avoir un toit et de manger à ma faim. Mais, s'il te plaît, Seigneur, veille sur Emil, où qu'il soit et protège-le. C'est quelqu'un de bien. Le seul homme auquel je tiens. Ramène-le-nous, je t'en prie, et fais qu'entre-temps mes enfants et moi soyons à l'abri.

Elle inclina de nouveau la tête en soupirant avant de déplier l'édredon et les couvertures. Elle arrangea l'oreiller et était sur le point de souffler la bougie quand la porte s'ouvrit : le faisceau d'une torche balaya l'intérieur de l'église. Comme plusieurs femmes qui venaient s'y réfugier étaient munies de lampes électriques, elle ne bougea pas, attendant de voir laquelle avait décidé de braver le froid.

Le capitaine Kharkov s'avança d'un pas, promena un regard autour de lui et la repéra, debout dans la lumière de la bougie. Il agita sa bouteille presque vide avec un sourire d'ivrogne.

— Comme c'est romantique, Adeline ! Quel endroit parfait !

30

Six heures plus tôt, la veille de Noël
Poltava, Ukraine

Emil ne s'attendait pas à être bouleversé par le spectacle de Nikolas agonisant à ses pieds. Il avait beau l'avoir détesté de son vivant, il éprouvait une certaine pitié pour la façon dont il avait rendu l'âme sans avoir obtenu le pardon et terrifié à l'idée d'affronter le jugement dernier.

Je n'affronte pas de jugement dernier, se dit Emil après avoir recouvert le corps de Nikolas et l'avoir tiré à l'extérieur pour le conserver. *Il n'y a rien au-delà de cette vie. On ne peut compter que sur soi-même.*

Ce jour-là, il redoubla d'efforts à la limite de l'épuisement, mais réussit à atteindre, par ses propres moyens, le quota de béton fixé par Ivanov. Une fois les derniers moules remplis de béton, il s'écroula près du petit poêle, les yeux clos.

Je vais y arriver. Je peux survivre tout seul.

Le triangle résonna, la journée de travail était terminée. Emil ouvrit les yeux, recru, éprouvant dans sa poitrine et son crâne l'obscurité évoquée par Nikolas. Il se sentait lourd, transi de froid, et se demanda s'il réussirait à se lever. Il y parvint en s'appuyant au mur, ramassa son chapeau et ses gants avant de sortir en plein blizzard. Le corps de Nikolas était déjà à moitié enseveli sous la neige qui tombait à gros flocons.

— Tout le monde en ligne et en ordre de marche ! hurlèrent les gardiens soviétiques.

Emil alla trouver celui qu'il connaissait et lui désigna le corps de Nikolas. On lui apprit que l'équipe funéraire arrivait. Il s'attarda pour contempler la neige s'accumuler sur le cadavre gelé, puis prit la place du défunt dans la colonne de prisonniers. Il ramasserait du bois le lendemain.

Il se traîna jusqu'au sous-sol de la mairie pour aller manger, avec le sentiment qu'il risquait de s'effondrer à tout moment.

Son cerveau reptilien et sa voix intérieure l'aiguillonnaient, le poussaient à survivre.

Un pied devant l'autre. Un pied...

Je vais y arriver. Je suis Emil Martel, bon sang. Je suis...

Les paroles de Nikolas lui revinrent à l'esprit : *« On a été damnés pour nos péchés, dès qu'on a pris nos armes et décidé de fusiller les Juifs. »* Au même moment, un prisonnier, qui se trouvait à plusieurs rangs devant lui, chancela et s'affala dans la neige. Un garde s'avança jusqu'à l'homme à terre et lui asséna un coup de pied. Quand il vit qu'il ne réagissait pas, il le tira sur le côté et l'abandonna sur place.

À peine capable de tenir debout, Emil contempla d'un regard éteint le nouveau cadavre, entendant mentalement Nikolas répéter : *« C'est une question de temps. »*

Les prisonniers se remirent en marche. Emil tentait de les suivre. *Un pied... un pas... un pied... un pas...* La tête lui tourna de nouveau, il vacilla et faillit tomber. Des taches noires dansaient devant ses yeux. Il crut qu'il allait perdre connaissance et mourir dans la neige, qu'il serait une autre dépouille gelée qu'on jetterait sur la charrette funéraire. Paniqué, il essaya de rester conscient par la force de sa volonté. Finalement, il tituba et tomba à genoux. Il était vidé. Il capitulait.

Je ne vais pas y arriver. Je ne suis pas à la hauteur. Je suis juste un homme. Je suis désolé, Adeline. Je n'y parviendrai pas tout seul. J'ai besoin d'aide. J'ai besoin...

Une main le saisit brutalement sous l'aisselle et le remit sur ses pieds. Sous le choc, Emil reprit à moitié ses esprits et, ahuri, dévisagea le gardien.

— Tu ne vas pas crever aujourd'hui, dit l'autre. Ivanov veut que tu restes en vie.

Emil sentit qu'il retrouvait son équilibre.

— Ça ira mieux quand j'aurai mangé.

Le gardien acquiesça.

— Le réfectoire est juste là, en face.

Le groupe ralentit à l'entrée du sous-sol de la mairie. Des projecteurs éclairaient l'intérieur. Emil baissa la tête, vaincu, désespéré. Il n'avait plus envie de se battre et juste assez de force pour se relever, suivre les autres, manger et dormir. Il était si affaibli qu'il mourrait s'il venait à tomber malade.

Ce serait peut-être mieux. Moins de torture au bout du compte pour Adeline et les garçons. Autant affronter le jugement dernier le plus vite possible.

Il tituba, succombant au désespoir qui se mua en un accablement extrême, mêlé d'effroi. Sentant qu'il s'enfonçait dans les ténèbres, il fit la première chose qui lui vint à l'esprit : renversant la tête en arrière, il exposa son visage à la neige qui lui cinglait la peau et tendit les bras vers le ciel tumultueux.

— Si tu m'entends, dépêche-toi de me prendre ! s'écria-t-il d'une voix brisée.

***

La colonne de prisonniers s'ébranla et se dirigea vers les escaliers. Emil laissa retomber ses bras et avança d'un pas. Pourquoi se donner la peine de manger ? C'était la fin. Il avait tenu sept mois. Il ne pouvait plus continuer seul. Et Dieu dans tout ça ? Dieu n'était qu'une histoire de…

— L'abeille est un miracle, entendit-il prononcer en allemand, avec un fort accent bizarre. Pas d'abeille, pas de fruits, pas de fleurs, pas de beauté, pas de vie.

Les prisonniers progressaient toujours. Emil leva la tête et se retourna pour voir d'où provenait cette voix.

Noyée dans une pâleur spectrale, une apparition émergea du blizzard : un homme couvert de neige de la tête aux pieds guidait le poney, tirant la charrette blanchie de givre où s'amoncelaient quatre cadavres. À l'arrière, deux autres prisonniers poussaient le véhicule dans quinze centimètres de neige.

L'homme de tête avait relevé sa capuche et tandis qu'il attachait le poney à un poteau à une vingtaine de mètres d'Emil, il harangua les deux autres.

— Prenez du miel et vous aurez une longue vie. C'est un don de Dieu. Ça donne de la force. Vous fait vivre longtemps. On mange d'abord ? Puis direction le cimetière, d'accord ?

Emil plissa les yeux et secoua la tête, incrédule ; attiré comme par un aimant, il s'écarta et se dirigea vers l'équipe funéraire qui alla se placer au bout de la queue de la cantine.

Emil les suivit.

— Caporal ? appela-t-il d'une voix forte.

Le vent hurlait. Les trois prisonniers continuaient d'avancer.

— Apiculteur, cria Emil. Rescapé de Stalingrad !

Deux des hommes ne réagirent pas, mais celui qui avait mené le poney se figea, rabattit sa capuche et se retourna pour dévisager Emil, l'air surpris puis amusé, comme si quelqu'un lui avait soufflé à l'oreille une bonne plaisanterie qu'il venait de comprendre.

— Martel ? fit le caporal Gheorghe avec un large sourire. Je t'avais dit que je te reverrais et te voilà !

***

Gutengermendorf, Allemagne de l'Est occupée par les Soviétiques

Le capitaine Kharkov éteignit sa torche, la fourra dans sa poche et, tenant sa bouteille de vodka d'une main, il déboutonna son long manteau de l'autre et s'avança.

— Un endroit parfait, vraiment… Je n'en reviens pas que personne n'y ait pensé quand on se demandait où passaient les femmes de Gutengermendorf, le samedi soir. Tes pas dans la neige m'ont bien aidé, et nous voilà !

— Non, protesta Adeline. Pas avec moi.

Kharkov ricana.

— Oh que oui, avec toi. J'ai tous les droits. Tu es un fameux petit lot, ma jolie, même si tu es plus âgée et expérimentée. Je vais y prendre beaucoup de plaisir parce que, même s'il fait un froid de loup ici, je sais qu'il y aura une chaleur délicieuse sous ta jupe. Un régal pour nous deux en cette veille de Noël.

Adeline n'ouvrit pas la bouche, mais sentit bouillonner dans son cœur la peur et la honte. Kharkov remarqua l'édredon et les couvertures étalées sur le banc.

— Tu avais déjà tout prévu, souffla-t-il en liquidant le fond de sa vodka. Comme c'est charmant !

Il jeta la bouteille sur un banc voisin et dégrafa son ceinturon.

— N'approchez pas, sinon…

— Sinon quoi ?

Il se figea, le regard fixé sur le couteau qu'elle agitait devant elle.

— Sinon, je vous taille en pièces. Je sais très bien me servir d'un couteau.

Kharkov sourit. Il recula d'un pas, les yeux mi-clos.

— Je n'en doute pas, je t'ai vue à l'œuvre avec le poulet. Mais je ne suis pas un poulet, Adeline, et ton couteau ne me fait pas peur.

Il enfouit la main dans son manteau et en tira un pistolet qu'il pointa vers elle.

— Pose ce couteau et prenons un peu de plaisir, d'accord ?

— J'ai un mari, protesta-t-elle sans lâcher le couteau.

— Et alors ?

— Vous avez une épouse, un bébé.

— Pas ce soir.

Adeline avala sa salive avec peine.

— Si vous vous approchez, je vous tue. Abattez-moi. Qu'est-ce que vous attendez ? J'aime mieux mourir que vous laisser me violenter.

Fou de rage, l'officier ôta le cran de sûreté du pistolet.

— Parce que tu crois que je ne le ferai pas ?

— Allez-y. Toute la ville entendra le coup de feu. Vous serez jugé pour meurtre. On vous mènera à la potence et votre épouse apprendra que vous êtes non seulement un violeur, mais que vous avez supprimé une femme de sang-froid la veille de Noël. Et une fois enfermé dans votre cellule en attendant d'être exécuté, vous serez comme Raskolnikov dans *Crime et châtiment*. Vous l'avez lu, bien sûr. Vous vous rappelez que ce meurtre lui rongeait le cerveau, comme un cancer, avant qu'on lui passe la corde au cou. Est-ce vraiment ce que vous souhaitez, capitaine ?

Kharkov lui jeta un regard furibond en serrant l'arme d'une main tremblante. Il visa un point derrière elle et tira. Adeline tressaillit, assourdie par la détonation, et brandit le couteau, certaine qu'il allait se jeter sur elle.

Mais Kharkov s'écarta et repartit en trombe.

— Chienne d'Allemande, lança-t-il en ouvrant la porte qu'il claqua rageusement.

Adeline hésita une seconde puis, sans lâcher le couteau, se dépêcha de barrer la porte. Secouée de frissons, ses genoux ne la soutenant plus, elle revint sur ses pas et s'effondra sur le banc. Des larmes lui montèrent aux yeux et un sentiment de solitude l'envahit. Elle ne doutait pas que Kharkov ne se laisserait pas humilier et trouverait un moyen de se venger.

Beaucoup plus tard – la bougie était presque entièrement consumée –, convaincue qu'il ne reviendrait pas, elle réussit à se calmer et glissa le couteau sous son oreiller. Après quoi, elle ôta ses bottes, enfila d'épaisses chaussettes de laine et son bonnet, souffla la bougie et se pelotonna sous les couvertures.

Pour chasser Kharkov de son esprit, elle tenta de se concentrer sur l'image d'Emil. En vain. Et si, dans un an, elle se retrouvait de nouveau étendue sur ce banc, la veille de Noël, sans avoir reçu un mot de sa part ? L'abîme de solitude que cette question suggérait l'épouvanta au point qu'elle se recroquevilla et finit par s'endormir en priant de se blottir dans les bras d'Emil, l'année suivante.

***

Poltava, Ukraine

Dans le sous-sol de la mairie, Emil engloutit sa soupe, le pain, la poitrine de bœuf bouilli, les oignons, les betteraves et les choux. On les avait gratifiés d'un supplément en l'honneur de Noël. De temps en temps, il levait les yeux pour s'assurer que le caporal Gheorghe était bien assis en face de lui, dévorant avec la même voracité. Emil ne s'était jamais senti aussi bien depuis des semaines, conscient que c'était uniquement dû à la présence de ce cinglé de soldat roumain. Ce n'était pas vraiment un ami, ni même une connaissance, mais un visage familier et une voix singulière dans un lieu glacial et reculé en cette soirée spéciale de l'année.

—Comment as-tu atterri ici ? demanda Emil, après avoir ingurgité la soupe brûlante et la moitié de sa double ration de nourriture.

—Le soleil, les étoiles, la lune…

—D'accord, coupa Emil. Dis-moi juste ce qui t'est arrivé ici, sur terre.

—Ça commence toujours là-haut.

—Sûrement. Mais commence à partir du moment où on t'a quitté, à une journée de route de la frontière roumaine.

Le caporal Gheorghe réfléchit avant de reprendre, l'air réjoui.

—Tu as une belle-sœur, je me rappelle. Toujours aussi douce que le miel ?

—Oui, Malia, c'est ça. Reprends à partir de là.

— Elle est… mariée ?

— Pas la dernière fois que je l'ai vue.

Le caporal expliqua que, peu après le départ des Martel pour la Roumanie, les soldats de l'Armée rouge qui les poursuivaient avaient fait halte pour se réapprovisionner tout près de la frontière. Anticipant les événements, les autorités roumaines avaient décidé qu'il était dans leur intérêt de tourner casaque en lâchant Hitler pour s'allier à Staline.

— J'ai reçu l'ordre de nous rendre aux Soviétiques et de leur dire que nous nous battions désormais pour Moscou, pas pour Berlin. Mais quand je me suis avancé avec un drapeau blanc, ils m'ont arrêté et expédié dans un camp de prisonniers, pas à l'est, comme ici.

— Et que s'est-il passé ?

Le Roumain sourit.

— Je me suis évadé au bout de quatre mois et j'ai filé pour rentrer chez moi et devenir apiculteur. J'ai parcouru quatre-vingt-dix kilomètres à pied avant de me faire attraper. On m'a envoyé dans un deuxième camp. Je me suis encore évadé.

Il tapota sa tempe gauche sous la cicatrice, souvenir d'une blessure reçue au cours de la bataille de Stalingrad.

— Cette fois, j'ai rusé et j'ai marché la nuit. Je suis presque arrivé à la frontière roumaine.

— Mais ils t'ont repris. Et ils ne t'ont pas fusillé ?

Le caporal éclata de rire.

— C'est incroyable. Ils m'ont dit que l'Ukraine, c'était fini pour moi, que j'étais allé trop à l'est pour travailler dans les mines et, à la place, ils m'ont emmené ici, il y a cinq jours. C'est bien, je crois.

— Je ne vois pas ce qu'il y a de bien, trancha Emil, qui lui parla des maladies et du taux de mortalité parmi les prisonniers. C'est le camp de la mort. Tu serais mieux dans les mines.

— C'est ce que j'ai entendu dire le premier jour, quand je me suis porté volontaire pour les enterrements.

— À cause des doubles rations ?

— Ça aussi. Un petit secret ? murmura-t-il en se penchant en avant. C'est comme ça que je me suis évadé des deux premiers camps. Fais comme moi. On s'enfuira ensemble.

Emil secoua la tête.

— Tu vas attraper la mort à manipuler ces cadavres.

Le Roumain se tapota de nouveau la tempe.

— Pas s'ils sont gelés, Martel.

Emil rumina ces paroles.

— Peut-être bien. Mais pourquoi l'équipe funéraire ? Comment t'y prends-tu ?

Le caporal se pencha davantage.

— Les gardiens russes… Ils ont peur des fantômes parce qu'il y a trop de morts rassemblés au même endroit. Ils n'osent pas s'aventurer là où on balance les cadavres. Dans une tempête de neige, on peut se sauver en courant.

Emil croisa les bras.

— Ils te rattraperont si tu es à pied. Ils l'ont déjà fait à deux reprises.

— Pas cette fois. Le poney est robuste, il est presque aussi gros qu'un cheval. On le prendra. On trouvera une voie de chemin de fer, on sautera dans un train et on filera à l'ouest.

Emil était conquis par l'idée d'une évasion avec le Roumain. Il n'était pas complètement cinglé, la preuve : il avait bien prédit qu'ils se retrouveraient.

Et s'il avait raison ? Si on pouvait… ?

Emil songea au monceau de cadavres qu'il lui faudrait enterrer chaque matin et eut la chair de poule.

— J'en suis incapable.

Le caporal Gheorghe inclina la tête, le sourire revenu sur ses lèvres.

— Si tu ne peux pas, tu dois ! C'est toujours comme ça. Allez, on s'évadera ensemble. On ira retrouver ta femme et sa sœur, douce comme le miel.

Emil déglutit avec peine.

— Je ne peux pas pour certaines raisons.

— Quelles raisons ?

Le cœur d'Emil chavira. Il n'avait jamais parlé de Dubossary à quiconque. Pourtant, en considérant le caporal assis en vis-à-vis, il se sentit obligé de décrire cette nuit-là, de confesser l'horreur de l'acte qu'il avait commis. Pendant les vingt minutes suivantes, il raconta au caporal Gheorghe l'histoire de Dubossary jusqu'au moment où le capitaine Haussmann lui avait tendu le Luger et donné l'ordre de prouver son allégeance à l'Allemagne en abattant les trois jeunes Juifs. À cet instant, le triangle résonna : il fallait quitter le réfectoire et se préparer à rejoindre le sous-sol du musée.

— Qu'est-ce que tu as fait ? demanda le caporal Gheorghe.

— J'ai…

— On se bouge ! hurla un garde. Il y a encore deux cadavres là-bas, ajouta-t-il en désignant le Roumain. Un sur la route et un autre près de l'hôpital. Va les ramasser.

Le caporal Gheorghe se leva sans quitter Emil des yeux.

— Viens avec moi dans l'équipe funéraire. Tu me raconteras ce que tu as fait.

Sur ces mots, il s'en fut. Emil le regarda s'éloigner et fut frappé par la légèreté de sa démarche et la souplesse de ses mouvements : il donnait l'impression de planer. Quand Emil ressortit dans le blizzard qui ne faiblissait pas, la charrette avait disparu et, avec elle, le caporal Gheorghe devenu soudain sa planche de salut.

Mais les corps à enterrer ?

En retournant au musée, à l'idée de charger des cadavres, gelés ou non, sur la charrette, Emil eut l'impression d'être enfermé dans un espace clos, si étroit qu'il pouvait à peine respirer, comme si des mains invisibles lui nouaient l'estomac.

***

Jour de Noël 1945
Gutengermendorf, Allemagne de l'Est
occupée par les Soviétiques

Adeline se réveilla en frissonnant dans l'église plongée dans l'obscurité. Elle se redressa et remarqua un rai de lumière filtrant sous la porte. Elle allait se lever pour rejoindre Walt et Will mais elle se ravisa, s'enveloppa dans les couvertures, s'agenouilla et pria pour que les garçons, Emil et elle-même soient en sécurité.

Elle rangea ses affaires dans la sacoche avec un sentiment d'insécurité. Elle serait toujours en danger avec le capitaine Kharkov et ses sbires, cantonnés chez les Schmidt. Son malaise grandit à mesure qu'elle quittait l'église, traversait le village et parvenait en vue de la ferme après avoir gravi le talus.

Il était tombé sept centimètres de neige au cours de la nuit avant que la température ne passe au-dessus de zéro. À présent, une bruine humide et froide détrempait le sol, obligeant Adeline à patauger dans la neige fondue.

— Joyeux Noël, maman ! s'écrièrent Will et Walt quand elle déverrouilla la porte de leur chambre.

Sautant du lit, ils coururent se jeter dans ses bras. Elle les serra contre elle et les embrassa tendrement.

— Joyeux Noël à vous deux, mes chéris.

Will se dégagea le premier.

— On aura des cadeaux ?

Elle sourit.

— J'ai cru comprendre que *Frau* et *Herr* Schmidt avaient trouvé quelque chose pour vous au pied du sapin la nuit dernière.

En raison des circonstances et de la présence des soldats russes, on leur offrait leurs cadeaux le jour de Noël.

— C'est vrai ? demanda Walt. Qu'est-ce que c'est ?

— Habillez-vous et nous irons voir.

Will enfila ses vêtements n'importe comment en sautant sur place, tandis que Walt s'habillait avec plus de soin en prenant son temps.

— Allez, Walt, dépêche-toi, rouspéta son frère.

— Tu veux que j'y aille pieds nus ?

— Pourquoi pas ?

— Sûrement pas, répliqua son aîné en mettant ses chaussures.

— Calme-toi Will, le sermonna Adeline. Les cadeaux vous attendent, ils ne vont pas s'envoler.

— Mais c'est moi qui attends !

Will entra en trombe dans la ferme et disparut à l'intérieur, suivi par Walt et Adeline, main dans la main.

— Maman ? demanda Walt. Est-ce que Will sera toujours aussi pressé ?

Elle réfléchit un instant.

— Je pense que oui. C'est dans sa nature.

— Il fonce à toute vitesse, il me donne le vertige à force.

Adeline partit d'un grand éclat de rire.

— Oui, à moi aussi quelquefois.

À coups de talons, ils débarrassèrent leurs bottes de la neige qui y adhérait avant de pénétrer à leur tour dans la ferme. Déjà levée, *Frau* Schmidt faisait cuire des saucisses préparées avec le cochon tué le mois précédent. L'odeur embaumait la maison. Adeline jeta un regard circulaire, heureuse de ne pas voir les soldats, Kharkov en particulier.

— Joyeux Noël, lança *Frau* Schmidt depuis la cuisine où Will croquait déjà un biscuit au chocolat.

— Joyeux Noël, répondit Adeline.

— Maman, je peux avoir un biscuit au chocolat, moi aussi ? demanda Walt.

— Bien sûr, c'est Noël !

L'enfant enleva son manteau, le suspendit à la patère et se débarrassa de ses bottes avant de traverser le salon pour chercher son biscuit dans la cuisine. Adeline le suivit, contente de sentir la douce chaleur dispensée par le poêle. *Herr* Schmidt sirotait du thé brûlant.

—Je crois avoir vu des cadeaux au pied du sapin pour les petits Martel, annonça-t-il, quand les enfants eurent fini leurs biscuits.

Will et Walt se tournèrent vers leur mère qui hocha la tête.

—Allez-y.

Ils se précipitèrent dans l'autre pièce et trouvèrent deux petits paquets enveloppés dans du papier de boucher. Ils les ouvrirent et en sortirent deux toupies en bois que *Herr* Schmidt avait fabriquées pour eux.

Il leur montra comment les faire tourner et organiser une partie. En entendant leurs cris de joie et de triomphe, quand une toupie renversait l'autre, Adeline se sentit aussi bien que possible depuis l'arrestation d'Emil.

Elle remarqua que la neige s'était substituée au crachin. *Herr* Schmidt consulta le thermomètre placé sur le rebord de la fenêtre et constata que la température chutait. Ce qui était une bonne chose pour leur autre cadeau, informa-t-il les enfants.

—Un autre ! s'écria Will. Où ça ?

—Dans la grange. Prenez vos manteaux et vos bonnets, vous allez voir.

—Tu viens, maman ? proposa Walt.

—Oui, répondit Adeline, que *Herr* Schmidt avait mise dans la confidence.

—Du thé et du cidre vous attendent au retour, signala *Frau* Schmidt.

Ils sortirent, bien emmitouflés dans leurs manteaux. Dehors, la neige tombait à petits flocons et le froid était plus vif. En à peine une heure, la neige fondue s'était transformée en verglas, un avantage indéniable pour l'autre grande surprise qui attendait les enfants.

Herr Schmidt avait posé la luge sur un banc dans la grange. Elle avait autrefois appartenu à son fils. Le fermier l'avait remise en état la semaine précédente. Elle était équipée d'un siège, de deux patins et d'un manche pour la direction. Il désigna les patins, deux planches de bois garnies sur les côtés et en dessous d'une monture en métal, puis il leur apprit à la piloter à l'aide du manche.

— Qui veut essayer le premier ? Walt ?

L'aîné hésita.

— Will d'abord.

— D'accord, confirma le cadet avec un grand sourire.

Tout le monde sortit. Le fermier cala la luge au sommet du talus surplombant le champ enneigé et le village en contrebas. Will s'installa sur le siège, tenant le gouvernail à deux mains.

— Comment on démarre ?

— Tu vas voir.

Herr Schmidt se plaça derrière la luge et la poussa du talon.

Will poussa un cri de joie et dévala le raidillon à toute vitesse. Arrivée en terrain plat, la luge se renversa. Adeline paniqua et fut rassurée en voyant son fils rouler sur lui-même pour se retrouver à genoux. Il lança les bras en l'air en riant aux éclats.

Will redressa la luge à l'aide de la corde attachée à l'arrière. Walt n'avait pas l'air rassuré avant de se lancer mais, guidé par *Herr* Schmidt, il glissa à vive allure le long du talus jusqu'en bas. Il ne tomba pas, sauta en l'air et hurla en renversant la tête en arrière.

— J'adore ! À toi, maman, dit-il en la rejoignant.

— Oui ! insista Will.

— Je ne crois pas…

— Il n'y a vraiment aucun danger, la rassura *Herr* Schmidt.

À contrecœur, elle prit place sur la luge et écouta les consignes du fermier pour manœuvrer le manche. Quand il donna de l'élan à la luge, elle poussa un cri d'allégresse en éclatant de rire très fort à mesure qu'elle prenait de la vitesse. Elle tint fermement le manche et termina sa course plus loin que les enfants.

Essoufflée, ravie, Adeline resta penchée en arrière, observant les flocons tourbillonner dans le ciel. Elle ne s'était jamais sentie aussi vivante. Mais bien vite, elle eut honte de se réjouir pendant qu'Emil croupissait en prison, ou pire. Ne voulant pas gâcher les vacances des enfants, elle se redressa et remonta la luge en haut du talus.

Les enfants poursuivirent leurs jeux mais bientôt, Adeline eut froid et rentra aider *Frau* Schmidt à la cuisine. Levant machinalement les yeux vers les fenêtres de l'étage, elle aperçut le capitaine Kharkov qui lui lança un regard venimeux.

Elle baissa la tête. La joie éprouvée un peu plus tôt s'évanouit ; elle savait que l'officier soviétique était du genre rancunier. Elle avait marqué un point et il tiendrait à prendre sa revanche.

Adeline prit une décision et s'en ouvrit immédiatement à *Frau* Schmidt. Elle lui raconta ce qu'il s'était passé dans l'église, la veille au soir.

— J'ai une mauvaise nouvelle à vous annoncer, *Frau* Schmidt, parce que vous êtes tous les deux si gentils pour nous, mais dès que j'aurai trouvé un autre logement, nous partirons, les enfants et moi.

Frau Schmidt en fut peinée, mais elle se reprit et serra Adeline dans ses bras.

— Je comprends. Mais vous viendrez nous voir, n'est-ce pas ?

***

Poltava, Ukraine

À l'aube, succédèrent à la tempête des vents violents soufflant du nord-ouest, chassant les nuages dans un ciel résolument bleu, accompagné d'un froid à glacer les os. Le soleil nimbait de rose les tourbillons de neige. Il était tombé vingt-huit centimètres de poudreuse au cours de la nuit, de sorte que le poney tirait la charrette mortuaire sans trop de difficulté.

Les congères, en revanche, bloquaient le chemin qu'Emil et le caporal Gheorghe devaient dégager à coups de pelle pour éviter que la voiture ne s'enlise sous le poids des cadavres. Empilés par deux horizontalement et par quatre à la verticale, les corps gelés formaient une masse macabre.

Avant de s'endormir, ce soir-là, Emil avait décidé de ne pas se joindre à l'équipe funéraire ni au plan d'évasion du caporal Gheorghe. Mais, à l'aide d'une lampe torche, le Roumain repéra sa couchette et le réveilla à cinq heures du matin.

— Je suis tout seul avec la charrette, murmura-t-il. Le caporal Gheorghe a besoin de Martel et Martel a besoin du caporal Gheorghe.

Voyant qu'il n'en démordait pas, Emil se leva, s'habilla et le suivit dans l'escalier, le corps tout endolori après sa journée de travail ininterrompu de la veille. Dehors, l'air glacial frôlait les vingt degrés en dessous de zéro. Pourtant, il aida le Roumain à charger les corps gelés, dont celui de Nikolas, à la peau cyanosée. Deux gardiens soviétiques les suivirent tandis qu'ils conduisaient le poney vers le sud et non pas sur l'axe est-ouest, le trajet habituel que suivait l'animal deux fois par jour depuis son arrivée.

Emil ne s'était jamais aventuré jusqu'à la fosse commune, ni dans cette partie de la ville en ruines. Il observa avec intérêt les terrains vagues couverts de neige sans le moindre signe d'activité humaine. Ici ou là, il remarqua des civils fouillant les décombres dans la zone en démolition, figée par le gel. Les enfants avaient l'âge des siens, le visage émacié, crasseux et transis de froid.

— Ils ne parlent pas l'allemand, signala Gheorghe, alors qu'ils sortaient de la ville avec les deux gardiens soviétiques sur leurs talons. Termine ton histoire. Le nazi te passe le pistolet et te dit d'abattre les trois Juifs. Alors, qu'est-ce que tu as fait ?

Emil arrêta le poney aux abords d'un vaste champ enneigé, bordé par une forêt touffue à l'est et au sud. Le soleil haut dans le ciel se reflétait sur la neige qui brillait d'un éclat éblouissant, presque aveuglant. Il plissa les yeux et nota qu'ils étaient cernés par les congères. On apercevait par endroits le sol pelé et l'herbe brûlée sous les assauts du vent.

— On reste là, dit Gheorghe comme s'il lisait dans ses pensées. On déblaiera les congères s'il le faut. Raconte-moi l'histoire. Tu avais son pistolet braqué sur la tête ?

Emil respira à fond, évitant de croiser le regard du Roumain. Mais les rafales mêlées de neige qui lui cinglaient le visage le forcèrent à se tourner vers le caporal et à affronter la vérité.

— J'ai décidé de les tuer. J'ai dit à Haussmann que j'étais d'accord. Au fond de moi, c'était comme si c'était fait. Je me suis avancé, j'ai visé le garçon et j'ai commencé à presser la détente.

Parvenu au milieu du champ, Emil expliqua qu'un officier supérieur s'était interposé à cause de la politique d'Himmler et qu'à la place, on l'avait obligé à recouvrir de chaux les corps de centaines de Juifs abattus la veille.

— J'ai prié Dieu de ne pas prendre part au massacre des Juifs, poursuivit-il avec amertume, mais je n'ai pas été exaucé. Au lieu de quoi, on m'a mis ce pistolet dans la main et j'ai décidé de tuer ces gamins. J'ai passé la nuit à jeter de la chaux sur les cadavres. Avec tous ces soldats qui tiraient sur des innocents, j'ai cessé de croire en la bonté humaine et en la mienne, parce que j'avais choisi de tuer des enfants inoffensifs. Et à chaque pelletée de chaux, je savais que j'aurais dû prier pour le repos de leurs âmes, mais j'en étais incapable parce que je ne croyais plus en Dieu.

***

Les gardiens annoncèrent qu'ils les attendraient là, au milieu du champ.

—On les enterre où ? demanda Emil.

—Pas besoin. Le sol est gelé. On décharge là-bas, à la lisière des bois. Les corbeaux et les loups se chargeront du reste.

—C'est vrai ?

—C'est pour ça que les Russes ont si peur de cet endroit. Ils ne s'y hasarderont pas. En cas de tempête, on détache le poney et on se sauve en vitesse : on aura une bonne longueur d'avance grâce à la neige qui effacera nos traces.

Emil ne répondit pas ; il avait encore un aveu à faire pour se libérer de son fardeau. Il guida le poney et la charrette au pied de la colline où le manteau neigeux était plus mince.

—Je n'avais plus prié jusqu'à hier, tu sais ? Aujourd'hui, je le regrette. Je suis convaincu que Dieu ne répond pas, n'existe pas et que la plupart des hommes, moi inclus, sont foncièrement mauvais.

—Alors, la plupart des hommes sont quoi par nature ?

—Des bêtes. Ils feignent d'être bons, mais il suffit que leur vie soit en danger pour qu'ils se transforment en créatures dénuées d'humanité, des sauvages, des animaux, comme moi.

Le Roumain progressait dans la neige. Le poney suivait en soufflant par les naseaux.

—Je mérite peut-être ce qui m'arrive, poursuivit Emil, incapable de supporter plus longtemps le silence. Peut-être que cet endroit est ma pénitence. Peut-être que je n'aurai pas droit au pardon. Peut-être que je suis voué à livrer des cadavres infestés de maladies aux loups et aux corbeaux jusqu'à la fin de mes jours. Et peut-être que Nikolas avait raison. J'ai été damné dès que j'ai pris ce pistolet et décidé d'exécuter ces trois gamins.

Ils parvinrent dans une partie du champ à l'abri du vent. Le poney n'eut aucun mal à tirer la charrette sur la neige poudreuse. Il semblait connaître le chemin menant à une clairière en forme de crique le long des arbres.

—Je suis damné, répéta Emil. Comme ces morts qu'on va décharger.

—Pourquoi « damné » ? objecta le caporal. Tu n'as pas pressé la détente. Tu n'as tué personne.

Emil lui lança un regard courroucé.

—Mais j'étais *décidé* à le faire. Dans ma tête, c'est comme si je les avais tués.

—Peut-être, mais tu n'as pas tiré !

—Grâce à l'intervention du colonel SS. Sans lui, je les aurais abattus. Vraiment. J'avais choisi de tuer ces innocents après avoir prié sans avoir été exaucé. J'étais si en colère que Dieu n'écoute pas…

—Qui te dit qu'il ne l'a pas fait ?

Emil fronça les sourcils

—Qu'il n'a pas fait quoi ?

Les roues de la charrette commencèrent à patiner dans la neige et le poney peinait à avancer. Sans répondre, le Roumain passa à l'arrière pour pousser. Emil l'imita.

—Il n'a pas fait quoi ? insista-t-il.

—T'entendre.

—Non, Il ne m'a pas entendu ! Sinon, tu crois que je serais là ?

—Je ne peux pas répondre à ça, mais je peux t'assurer qu'il t'a *bel et bien* entendu.

—En tout cas, il n'en a pas tenu compte.

—Non, non, protesta le Roumain, bandant ses muscles pour dégager la charrette. Tu as supplié Dieu de ne pas faire de toi un assassin. Et tu as eu le courage de dire non à ce nazi. Tu as cru en la parole de Dieu, au sixième commandement. Tu as dit que tu ne tuerais pas.

—Oui, mais j'ai changé…

—Stop ! Quand tu as dit non, tu savais qu'Heinrich Himmler avait décrété que personne ne serait fusillé s'il refusait de tuer un Juif ?

—Non.

—Donc, en refusant, tu as risqué ta vie pour accomplir ce qui était juste en acceptant les conséquences. De mon point de vue, cette nuit-là, tu as révélé ta véritable nature au Tout-Puissant et tu as été récompensé.

Emil ne voyait pas les choses sous cet angle.

—J'ai changé d'avis. J'allais les tuer.

Ils approchaient de l'extrémité de la clairière.

—Mais tu en as été empêché, n'est-ce pas ? Tu n'as pas été obligé de tuer parce que tu as accompli ce qui était juste. Tu ne vois pas la main de Dieu là-dedans, Martel ? Il a fait en sorte que cet officier t'empêche de tuer les trois Juifs. Je ne suis pas très malin mais, dans cette intervention, je vois l'œuvre de l'Intelligence Universelle aussi clairement que je vois ce matin de Noël et que je te vois, toi.

Emil gardait les yeux fixés sur le manteau de neige devant eux, tâchant d'assimiler le sens des paroles du caporal. À présent, il voyait *vraiment* dans tout cela l'œuvre d'une puissance supérieure. Il n'avait pas été forcé de tuer ce soir-là parce qu'il avait refusé de commettre un acte criminel. Son cœur battait à tout rompre. *J'ai été exaucé.* Le souffle coupé, il considéra le caporal Gheorghe avec un œil neuf : ce n'était plus un toqué qui avait été blessé à la tête, mais un étrange et divin messager du salut.

—Tu le crois vraiment ? demanda-t-il.

—Je pense que le Tout-Puissant t'a épargné quand tu as refusé de tuer ces trois Juifs. Tu comprends ? Tu as été un héros pour Dieu. Et pour ta femme, tes fils et ta belle-sœur, douce comme le miel.

Emil cilla en secouant vigoureusement la tête.

— Un héros ne renonce pas et c'est ce que j'ai fait hier, objecta-t-il. J'étais à bout de forces. Perdu. J'avais atteint mes limites. J'ai dit que j'étais incapable d'y arriver seul.

Le caporal sourit.

— Tu vois ? Tu as un cœur de héros, mais tu es aussi un homme. Tu as des limites. Même toi, tu ne peux pas y arriver par tes propres moyens. Que s'est-il passé quand tu as renoncé hier ?

Emil réfléchit.

— J'avais comme un poids sur la poitrine. Horrible. Alors j'ai prié pour que la douleur disparaisse.

— Oui, tu as fait preuve de foi, tu as prié. Tu as demandé qu'on t'aide à ôter ce poids. C'est bien. Maintenant, demande au Divin de marcher à tes côtés. Tu ne seras plus jamais faible ni perdu. Avec le Tout-Puissant comme allié, même un apiculteur timbré avec le crâne défoncé peut survivre à la bataille de Stalingrad !

Le poney pila en renâclant et le véhicule s'immobilisa, de la neige jusqu'aux essieux.

— C'est assez loin, dit le Roumain en reprenant sa place devant la charrette.

Emil l'imita. À cet instant, il distingua les traces laissées par les loups, des plumes de corbeaux et un ou deux ossements dépassant de la neige à environ trois mètres du poney, dont les flancs tremblaient de froid.

— On les laisse ici ? demanda-t-il.

— Ils n'en sauront rien. On renverse la charrette, on pousse, ils tombent et on s'en va.

Ils firent décrire un cercle au poney, libérèrent le treuil qui maintenait le plateau et l'inclinèrent de l'avant vers l'arrière. Les huit corps glissèrent et s'enfoncèrent dans la neige. Le cadavre de Nikolas atterrit la face tournée vers le ciel.

— On y va maintenant, dit Gheorghe. De cette façon, les gardes ne soupçonneront rien.

Emil l'entendit à peine. À présent qu'il envisageait son passé sous un éclairage complètement différent, il n'était plus prisonnier de cette nuit de sinistre mémoire, à Dubossary. Il s'approcha de la dépouille de Nikolas et des autres prisonniers qu'il ne connaissait pas. En ce matin de Noël 1945, après avoir renié Dieu pendant plus de cinquante mois, il pria le Tout-Puissant de marcher à ses côtés et d'accueillir les âmes des défunts qu'il allait abandonner aux oiseaux, aux loups et au vent.

31

25 janvier 1946
Berlin, Allemagne de l'Est

Adeline descendit du train bondé, chargée de deux cabas et du sac à main que *Frau* Schmidt lui avait offert en cadeau d'adieu. Elle sortit de la gare où des équipes d'hommes, surveillées par des gardes soviétiques, rebouchaient les cratères des bombes et fixaient de nouvelles grilles. Elle n'en crut pas ses yeux quand elle se retrouva à l'extérieur. Quand elle avait débarqué à Berlin avec les enfants, l'été précédent, ils avaient dû slalomer entre les décombres qui s'amoncelaient partout. Aujourd'hui, à l'exception de la neige, les rues étaient dégagées et la circulation fluide.

Elle tira un carnet de son sac à main et vérifia l'adresse. Elle demanda à un agent de police comment s'y rendre et fut soulagée d'apprendre que ce n'était qu'à une douzaine de pâtés de maison de là. Déambulant à travers la ville balayée par un vent mordant en cette journée humide et froide, Adeline songea aux événements qui s'étaient déroulés depuis un mois. Le lendemain de Noël, *Frau* Schmidt l'avait accompagnée au bureau du comité local en vue de solliciter un nouveau logement.

— Pour éviter un viol, répondit *Frau* Schmidt, quand on lui demanda la raison.

La préposée, une femme, se montra indulgente.

— Je vais voir ce que je peux faire, promit-elle.

— C'est aussi une cuisinière hors pair. Ce serait dommage qu'elle travaille dans les champs.

L'employée fronça les sourcils, puis se tapota les lèvres.

— Hors pair ? C'est-à-dire ?

Frau Schmidt affirma qu'elle pouvait donner à une vieille poule filandreuse le goût d'un jeune poulet. Ses nouilles étaient succulentes et son gâteau aux pommes un vrai délice.

L'employée l'interrompit.

— Laissez s'exprimer cette malheureuse. Vous parlez russe ? Vous connaissez la cuisine russe ?

Adeline hocha la tête.

— Je parle russe couramment et je connais un tas de plats russes que j'ai appris quand je travaillais dans une cantine, en Ukraine.

L'employée l'envoya dans une grande maison à l'autre bout de la ville. C'était, pour ce secteur, le cantonnement d'officiers soviétiques de haut rang dont un certain colonel Vasiliev, la soixantaine, corpulent et l'air bourru. Mais après s'être régalé de la côtelette de porc et de la compote de pommes épicée qu'Adeline avait préparées pour son déjeuner, il l'engagea sur-le-champ.

Folle de joie, elle se hâta de retourner au bureau du comité pour la question du logement, mais le colonel avait pris les devants. Tout était réglé. Elle pouvait emménager dès le lendemain matin dans une maison située dans la grand-rue du village, à proximité de l'école.

***

Une fois à Berlin et rendue à l'adresse que le colonel Vasiliev lui avait indiquée, Adeline se rappela son soulagement quand, à son retour chez les Schmidt, elle avait constaté que le colonel Kharkov et les deux autres officiers étaient absents. *Frau* Schmidt fut bouleversée de voir que sa protégée pliait déjà bagage, mais elle se réjouit de sa bonne fortune.

Adeline annonça aux enfants qu'elle avait obtenu un poste de cuisinière et qu'ils s'installeraient au village, plus près de leurs camarades d'école, ce qui les enchanta. Ils avaient si peu d'effets personnels qu'en moins d'une heure, ils chargèrent la voiturette que *Herr* Schmidt les aida à hisser dans sa carriole.

— On pourra revenir faire de la luge ? demanda Will.

Le fermier sourit et lui caressa la tête.

— Quand tu veux !

— Vous serez toujours les bienvenus, Will et toi aussi Walt, renchérit *Frau* Schmidt, qui insista pour les accompagner au village afin de visiter leur nouveau logement.

Ils se mirent en route avant le coucher du soleil, alors que l'air glacial se chargeait de gros flocons de neige. À mi-chemin du village, Adeline vit le capitaine Kharkov et ses deux acolytes venir en sens inverse sur la route.

Apercevant Adeline, Will, Walt et leur petit chariot, il leur bloqua le passage. *Herr* Schmidt tira sur les rênes pour arrêter son cheval.

— Qu'est-ce que c'est ? beugla Kharkov. Que se passe-t-il ici ?

— On leur a octroyé un nouveau logement au village, l'informa *Herr* Schmidt.

— Je n'en ai pas été avisé !

— Ordre du colonel Vasiliev, précisa *Frau* Schmidt. Elle est sa cuisinière maintenant.

***

Quelques semaines plus tard, à Berlin, Adeline sourit en revoyant l'air furibond de Kharkov quand il s'était écarté de leur chemin.

Je l'ai battu deux fois en trois jours, songea-t-elle non sans fierté. Elle aborda la sentinelle postée devant la porte correspondant à l'adresse qu'elle cherchait. Adeline lui présenta ses papiers et le laissez-passer signé par le colonel Vasiliev.

Le garde russe, qui ne devait pas avoir plus de dix-neuf ans, hocha la tête et lui rendit les documents.

— Vous ne voudriez pas m'acheter un peu de chocolat ? La nourriture qu'on nous donne ici est vraiment infecte.

— Je ne vous promets rien.

Avec un soupir, il poussa la porte de la coopérative réservée aux officiers soviétiques de haut rang. Adeline entra, tandis que le battant se refermait derrière elle. Elle regarda autour d'elle, le souffle coupé.

La pièce basse de plafond était large et toute en longueur ; les étagères débordaient de nourriture. Et pas seulement des aliments de base. On y trouvait de la viande fraîche, du bœuf, du porc et de la volaille ; des harengs et autres poissons sur un lit de glace ; du fromage et du miel, sans parler des vingt différentes sortes de vodka et quatre marques de cigarettes. Il y avait même le caviar Beluga Spécial Réserve, que le colonel avait noté en tête de la liste.

Après une vie de privations, même aux meilleurs moments, Adeline fut saisie de vertige dans la coopérative des officiers, au milieu de cet étalage presque indécent de mets délicats et de cette infinité de choix. Les dignitaires du système communiste vivaient sur un autre pied que les gens du peuple qu'ils proclamaient soutenir. Elle le savait, mais n'avait pas mesuré à quel point c'était vrai, tandis que les pauvres gens, comme elle-même, souffraient depuis des décennies.

Elle calcula mentalement le montant de ses achats. Parvenue en bas de la liste, elle s'aperçut que le colonel lui avait remis plus d'argent que nécessaire. Elle avait un peu de monnaie sur elle. Elle régla les denrées commandées par le colonel Vasiliev et se dirigea vers la sortie.

— J'ai oublié quelque chose, marmonna-t-elle en feignant d'étudier sa liste. Je peux laisser mes sacs ici ?

La caissière, une soldate de l'Armée rouge qui paraissait se morfondre dans son coin, haussa les épaules. Adeline ne tarda pas à reparaître avec un pot de confiture de myrtilles, trois tablettes et une barre de chocolat, ainsi qu'un morceau de fromage, qu'elle régla de sa poche, sachant que le colonel ou un membre de son état-major vérifierait les comptes. Après quoi, elle remit son écharpe pour se protéger du froid et ressortit. Le jeune planton russe piétinait pour tenter de se réchauffer, la mine hâve et misérable.

— Tenez, dit-elle en lui tendant la barre de chocolat.

Le soldat la remercia avec un large sourire et s'en empara prestement.

— C'est vrai, vous savez ? dit-il en déchirant l'emballage.

— Qu'est-ce qui est vrai ?

Il fourra la friandise dans sa bouche, mastiqua et avala avec délectation.

— En Union soviétique, si on a du chocolat, de la vodka ou des cigarettes, on peut changer un oui en non et inversement.

Adeline s'accorda le temps de la réflexion.

— Comment vous appelez-vous, soldat ?

— Dimitri !

— Bonne journée, soldat Dimitri. Je ne veux pas changer de oui ou de non aujourd'hui.

Le soldat la dévisagea, quelque peu décontenancé. Adeline tourna les talons et, un filet dans chaque main pour garder l'équilibre, s'éloigna dans les rues et les trottoirs glissants. Elle ne pensa que deux fois à Emil ce jour-là. Dans leur nouveau logement – une vaste pièce dans la maison d'une veuve plus jeune que *Frau* Schmidt –, elle avait gardé l'habitude de se lever avec le soleil, face à l'est, pour se rappeler Emil et sa promesse de la rejoindre.

Mais pendant la journée, surtout quand elle était occupée aux fourneaux, elle s'était aperçue que mieux valait écarter ces idées. Au fond d'elle-même, elle comprit avec horreur qu'elle était capable de ne pas songer à son mari pendant plusieurs heures d'affilée et… elle s'immobilisa en s'apercevant qu'elle avait bifurqué au mauvais endroit et s'était perdue.

Une passante lui indiqua un autre trajet pour retourner à la gare. Un peu plus loin, elle avisa une longue queue devant un bâtiment au-dessus duquel flottait un drapeau blanc frappé d'une croix rouge. Ayant fait le pied de grue dans des files du même genre en tant que réfugiée à Wieluń, elle se dit qu'il s'agissait sans doute d'un dispensaire pour les plus démunis.

Une femme d'un certain âge, qui se trouvait à la fin de la file, lui apprit qu'il s'agissait de personnes séparées de leurs proches pendant la guerre. Le bâtiment abritait la Croix-Rouge internationale qui établissait des listes de noms et d'adresses pour les afficher ensuite dans des lieux publics à l'intérieur des zones soviétique, britannique, française et américaine.

Adeline hésita. Emil avait été embarqué à l'est et lui avait dit qu'il la retrouverait à l'ouest. Mais comment savoir quand ou s'il en aurait même l'occasion ? Et qui sait si ces listes seraient encore en place d'ici cinq ou dix ans ? Chassant les doutes et les pensées décourageantes qui l'assaillaient, elle décida de faire la queue.

Au fond, elle n'avait rien à perdre.

32

3 février 1946
Poltava, Ukraine

Vers la fin décembre, le temps avait changé, devenant aussi exécrable que l'année précédente. La neige tombait presque sans discontinuer au point que toute idée d'évasion était impossible, même à dos de poney. Pendant des jours et des jours, le thermomètre à l'extérieur de l'atelier où officiait Emil affichait en permanence vingt en dessous de zéro. Avec un vent glacial faisant chuter la température nocturne à plus de quarante degrés en dessous de zéro, Emil et le caporal Gheorghe avaient conclu qu'il serait suicidaire de tenter de s'enfuir. Ils attendraient le dégel et une tempête qui effacerait leurs traces.

À la demande d'Emil, après la mort d'un de ses ouvriers, le caporal roumain vint travailler dans l'atelier de fabrication du béton. Les deux hommes ramassaient les copeaux de bois autour du chantier pour fournir les cuisinières. En outre, ils continuaient à transporter ensemble des cadavres qu'ils éjectaient de la charrette au lever et au coucher du soleil. Début janvier, les corps auraient disparu pratiquement du jour au lendemain. À présent, ils demeuraient sur place pendant des jours, et le lieu de leur dernier repos était profané à différents degrés par les loups et les corbeaux. Ils mouraient en si grand nombre que les bêtes ne parvenaient pas à en venir à bout.

Sur plus de deux mille prisonniers entrés à Poltava en mai 1945, trois cent quatre-vingts avaient survécu et travaillaient à reconstruire la ville afin de pouvoir rentrer chez eux. Par ailleurs, la propagation des maladies ne semblait pas ralentir, et les causes de décès étaient toujours aussi diverses. Une épidémie n'était pas plus tôt jugulée qu'une autre se propageait.

— On sera tous morts dans six semaines, prédit l'un des ouvriers d'Emil avant de sortir dans le froid.

Le caporal Gheorghe poussait une brouette de chaux. Il sourit en voyant l'homme s'éloigner.

— Il sera mort dans six semaines parce qu'il croit qu'il sera mort dans six semaines ! lança-t-il en tapotant la cicatrice sur son crâne. Pourquoi ne dit-il jamais : *Dans six semaines, je poursuivrai une petite mignonne à travers les champs de mélilot.*

Emil éclata de rire en imaginant la scène tandis qu'à l'aide du mélangeur, il brassait la dernière fournée de béton de la journée.

— Parce que le premier cas est plausible et l'autre un fantasme ?

— Les deux sont des fantasmes, des rêves de ce qui pourrait advenir, rectifia le caporal Gheorghe en versant la chaux dans la mangeoire. L'un ou l'autre peuvent devenir réalité. Un de ces jours. Mais les gens n'apprennent jamais la leçon. Ils n'ont pas conscience que le Divin, le Tout-Puissant, Dieu, entend leurs espoirs et leurs rêves, et s'efforce de les aider. En bien ou en mal. La mort ou les champs de mélilot. Le choix nous appartient.

— Vraiment ?

— Nous avons notre libre arbitre. Tu n'as pas choisi d'envisager Dubossary autrement ?

— Si.

— Et tu n'as pas constaté une différence ?

C'était vrai. Depuis que le caporal Gheorghe avait montré à Emil une autre façon d'interpréter son récit de Dubossary, il s'était senti beaucoup mieux, mentalement et émotionnellement, que durant les quatre longues années écoulées depuis cette terrible nuit.

—Une grande différence.

—Ah, tu vois !

—Mais ça, c'était le passé, souligna Emil en ajoutant de la cendre volante au mélange de béton. Comment changer l'avenir par la pensée ?

Le caporal Gheorghe empoigna son mélangeur et entreprit de malaxer la mixture.

—La façon dont tu considères Dubossary aujourd'hui influencera ta vie à l'avenir, n'est-ce pas ?

Emil sentit intuitivement que c'était vrai sans parvenir à en comprendre la raison. Irrité, il se contenta d'acquiescer.

—Et si tu te demandes aujourd'hui quelles possibilités s'offrent à toi, est-ce que tu les verras ? poursuivit le Roumain. Tu les découvriras à l'avenir ?

—Quelles possibilités ?

—N'importe lesquelles. L'occasion de s'évader, par exemple. Si tu y réfléchis maintenant, est-ce que tu saisiras l'occasion à l'avenir ?

Emil considéra la question.

—Oui, certainement.

—C'est pareil pour le reste. Tu découvriras ce que tu cherches à condition que tu te lances dans cette quête de tout ton cœur et de toute ton âme.

—Pas toujours.

—Si, toujours. Le problème est que la plupart des gens sont frustrés de ne pas trouver ce qu'ils cherchent ou abandonnent ce qu'ils tentent de faire parce qu'ils veulent y parvenir facilement et dans les plus brefs délais. Ils baissent les bras au bout de deux échecs ou après n'avoir lutté que pendant deux ans. Le rêve qui autrefois illuminait leur cœur commence à s'éteindre, et leur façon de penser évolue. Ils perdent espoir prématurément. Ils croient trop tôt que leur rêve ne pourra jamais se réaliser. Le problème est qu'ils ne sont pas restés fidèles à leur cœur assez longtemps pour que le Tout-Puissant remue la lune et les étoiles afin que leur rêve s'accomplisse. Une fois que le doute s'installe dans leur cœur et dans leurs pensées, le Tout-Puissant l'entend et renonce à les aider. C'est pour ça que les rêves ne deviennent pas réalité. C'est pour cette raison que tu n'as pas accompli de grandes choses dans ta vie, Martel, et que tu ne t'es pas montré digne de ton nom. Et c'est pourquoi moi, je deviendrai apiculteur quoi qu'il arrive.

Le caporal sourit, ce qui mit Emil en rogne. Il interrompit sa tâche.

— Je ne me suis pas montré digne de mon nom ? Qu'est-ce que ça signifie ?

— Tu veux être fermier, mais le nom que tu portes – Martel – raconte une tout autre histoire à l'Intelligence Universelle.

Emil le dévisagea, l'air ahuri.

— Quelle histoire ?

— Martel veut dire « marteau » en ancien français. Et même si tu touches ta bille en agriculture, ce n'est pas ta vocation. Tu es destiné à être un bâtisseur : le marteau, pas la charrue.

Emil s'efforça de saisir le raisonnement du Roumain, pressentant que là encore, il avait raison. Enfant, il adorait les jeux de construction. D'ailleurs, il ne détestait pas préparer du béton et fabriquer des blocs.

— Où as-tu appris tout ça ?

Le caporal cessa de remuer sa mixture et prit appui sur le manche du mélangeur.

— Tu te souviens du soldat Kumar ? L'Indien qui était dans les tranchées avec moi à Stalingrad ?

Près de deux ans s'étaient écoulés depuis que le soldat roumain avait surgi du ruisseau avec la bouteille d'hydromel volée, mais Emil n'avait pas oublié cette histoire.

— Il n'est pas mort ? Sous les obus de la première attaque ?

Le caporal hocha tristement la tête.

—Parce qu'il était persuadé de mourir. Il me l'avait dit avant que ça arrive. C'est de son grand-père indien que le soldat Kumar avait hérité sa sagesse, et pourtant il est mort parce qu'il était incapable de rêver à une vie au-delà des combats. Il est mort parce qu'au fond de lui, il croyait au rêve de sa mort. C'est bizarre et troublant, je sais, mais c'est vrai. J'ai rêvé d'une vie d'apiculteur et j'y ai cru de tout mon cœur avant même d'être blessé par l'éclat d'obus. C'est pour cette raison que j'ai réchappé aux bombardements. De la même manière, je survivrai à Poltava, je rentrerai chez moi et je deviendrai apiculteur.

—Parce que tu persistes à nourrir ce rêve dans ton cœur, où personne ne peut te le prendre ?

Le caporal Gheorghe sourit et se remit à malaxer le mélange.

—Ah, Martel commence à comprendre.

Le prisonnier qui aidait à fabriquer les parpaings reparut et le silence retomba. Le caporal Gheorghe semblait parfaitement content de son sort quand il travaillait. Pendant le reste de la journée, Emil ferrailla avec le raisonnement du Roumain. Il avait beau vouloir y croire, il demeurait profondément sceptique.

Il revint à la charge pendant qu'ils ramassaient des copeaux de bois pour les cuisinières de la cantine.

—Explique-moi comment ça marche. Est-ce que le soldat Kumar croyait que Dieu était derrière tout ça ?

—Pas le Dieu qu'on nous a enseigné, répondit le caporal en dispersant la neige avec un morceau de bois. Il s'agit du Divin. Tout est le Divin, le Tout-Puissant, l'Intelligence Universelle. Toi, moi, tout.

—Je ne comprends rien à ce que tu racontes.

Le caporal Gheorghe fronça les sourcils, posa une main sur sa poitrine et renversa la tête en arrière, offrant son visage aux flocons de neige qui lui cinglaient la peau, les yeux fermés. Quelques minutes plus tard, il les ouvrit, rentra le cou et promena un regard chaleureux et serein autour de lui. Emil sentit alors qu'un lien étrange s'était noué entre eux.

—Le soldat Kumar croyait que, dans la vie, tout se résumait essentiellement à une seule chose, une force suprêmement intelligente et universelle qu'il appelait le Divin, l'Intelligence Universelle ou encore le Tout-Puissant, expliqua Gheorghe. Je fais partie du Divin. Tu en fais partie, toi aussi. Tout fait partie de cette force de vie qu'on peut appeler Dieu par facilité. Tu fais partie de Dieu et Dieu fait partie de toi. C'est pour cela que le Divin comprend tes pensées, tes rêves et tes émotions, Martel. Le Tout-Puissant est en toi, et tu es en lui.

Emil rumina ce discours tandis qu'ils transportaient le bois au réfectoire. Ils les remirent aux cuisinières, empochèrent l'argent et s'installèrent à table.

—Et les prières ? dit Emil.

Le Roumain, qui s'apprêtait à porter sa cuillère à ses lèvres, interrompit son geste pour le dévisager avec étonnement.

—« Les prières » ?

—Tu affirmes que Dieu entend nos pensées, nos rêves, nos émotions, mais tu as oublié nos prières.

—Oh, fit le caporal en avalant sa soupe. D'après le soldat Kumar, le Divin entend et comprend les prières et les pensées, mais ce ne sont pas les langages fondamentaux de Dieu.

—D'accord. C'est quoi, les langages fondamentaux de Dieu ?

Le caporal Gheorghe posa la main sur sa poitrine.

—Les émotions que tu portes dans ton cœur, Martel, n'importe lesquelles, surtout l'amour. Dieu entend parfaitement si tu éprouves de l'amour. Le Tout-Puissant sait aussi si tu te sens bien. L'Intelligence Universelle réagit quand on est heureux, courageux ou serein. Elle comprend quand nous sommes reconnaissants du miracle de notre propre existence et elle vole à notre secours si nous poursuivons un rêve susceptible d'aider les autres. Le Divin est à l'écoute de tous les langages du cœur et de la beauté.

Le caporal pointa l'index sur la poitrine d'Emil.

— Tous les langages du cœur, Martel, répéta-t-il d'un ton posé. Le soldat Kumar disait que Dieu écoutait, même si le cœur était noir et que de mauvaises pensées se bousculaient dans ton esprit. Quand on souffre et qu'on maudit sa vie, le Tout-Puissant écoute attentivement. Quand on n'a nulle bonté dans son cœur ni dans ses prières. Pas d'amour. Pas de sérénité. Aucun désir d'aider les autres. Aucune gratitude envers le miracle de la vie. Quand le cœur est plein de haine, de colère, d'envie ou de jalousie, quand la vie se réduit à trouver que tout est injuste pour soi, le Divin comprend ces anciens langages d'autodestruction. En fait, l'Intelligence Universelle t'aidera même si tes rêves proviennent d'un lieu obscur, ils finiront par te détruire en se réalisant. Si tu ne me crois pas, pense à Hitler ou à n'importe quel autre tyran.

Gheorghe replaça sa main sur son cœur.

— Donc vis là, dans ton cœur, Martel. Aime la vie comme si c'était un miracle de chaque instant, de tous les jours, et rêve de façon à aider les autres. Le Divin t'entendra, tu sortiras indemne des batailles et tu obtiendras tout ce que ton cœur désire.

— Même les ruches ? dit Emil, qui se demandait s'il croyait ce que lui racontait le Roumain ou seulement à moitié.

Le caporal Gheorghe éclata de rire et agita sa cuillère sous le nez d'Emil.

— Oui, des tas de ruches pour faire du miel en quantité parce que c'est bon pour les gens. Ça leur donne de la force et ça leur assure une longue vie.

***

Après avoir dîné et conduit la charrette chargée de cadavres jusqu'au champ, Emil regagna sa couchette, la tête pleine des paroles du Roumain. Elles se bousculaient dans son esprit. Il y avait là matière à réflexion ! Il recommença à s'apitoyer sur son sort, se plaignant de l'inconfort de sa couchette, du froid humide qui régnait dans la salle, des hommes qui mouraient autour de lui, du chagrin provoqué par l'absence d'Adeline et des garçons. Brusquement, il s'interrompit. Et si Dieu, le Divin ou le Tout-Puissant, quel que soit le nom qu'on lui attribuait, percevait les émotions négatives qui s'agitaient dans son cœur ?

Il essaya d'exprimer sa gratitude pour sa couchette et la pièce humide qui le dispensaient de dormir dehors, dans la neige, et pour les moribonds autour de lui qui lui rappelaient qu'il était bien vivant et trouverait le moyen de s'évader.

Il imagina l'arrivée du dégel, la tempête de neige qui, d'après le caporal Gheorghe, lui succéderait. Il se voyait fuir la fosse commune hantée à dos de poney, en compagnie du caporal, sous la neige qui tombait au crépuscule, évitant les chiens puis grimpant dans un train qui roulait vers l'ouest. Ces rêves le remplirent d'enthousiasme et lui réchauffèrent le cœur avant de sombrer dans le sommeil.

Le lendemain matin, réveillé par le tintement du triangle, il se représenta la vallée verte d'Adeline : les montagnes et les rochers enneigés cernant un vallon couleur émeraude, où le blé poussait aussi vite que les herbes folles, et irriguée par une rivière aux eaux transparentes. Il se vit au bord de cette rivière, une canne à pêche à la main, et entama sa journée, le sourire aux lèvres.

Quand Emil émergea du sous-sol à l'aube du 4 février 1946, il distingua dans l'obscurité dix corps étendus dans la neige, près du poney et de la charrette. Aucun prisonnier ne s'étant porté volontaire pour enterrer les cadavres, Emil et le caporal Gheorghe entreprirent de pousser la charrette que le poney tirait par-dessus les ornières verglacées et l'épaisse couche de neige jusqu'au champ sous le couvert des arbres. Les morts étaient si nombreux qu'Emil craignait d'épuiser son stock de prières. Et comment cela était-il censé le rendre optimiste ?

— Je commence à croire que tu as raison sur un tas de sujets et le soldat Kumar aussi, déclara-t-il au moment où ils s'apprêtaient à balancer les corps. Je vois clairement maintenant que mes prières ont été exaucées au cours de cette fameuse nuit à Dubossary, parce que je me sentais parfaitement calme au moment j'ai fait le bon choix. Dieu m'a répondu et je n'ai pas été forcé de tuer ces trois enfants.

— C'est exact.

— Et les Juifs qui priaient cette nuit-là ?

— Que veux-tu dire ?

— Les Juifs suppliaient Dieu de les épargner. Je les ai entendus. Or le Tout-Puissant ne les a pas exaucés. Il n'a pas répondu non plus à ceux qui ont péri dans les camps de la mort. Qu'est-ce que ton soldat Kumar en aurait pensé ?

Le Roumain regarda droit devant lui pendant un moment, puis secoua la tête avant de décrocher le plateau de la charrette qu'il poussa de l'épaule. Emil se joignit à lui et, avec un bruit mat, les dix cadavres gelés dégringolèrent dans la neige.

Emil ne quitta pas des yeux le caporal pendant qu'ils abaissaient et raccrochaient le plateau.

— Pourquoi Dieu n'a-t-il pas répondu ? insista-t-il. Pourquoi le Tout-Puissant a-t-il fait la sourde oreille aux millions d'Ukrainiens morts de faim sous Staline ?

— Tu me demandes si je sonde les intentions de l'Intelligence Universelle, mais je les ignore. Peut-être que des millions de personnes sont mortes en Ukraine pour que des gens comme toi saisissent l'occasion de repartir de zéro à l'ouest, comme des nomades. Peut-être que tous ces Juifs sont morts afin que les survivants deviennent le peuple le plus coriace de la terre, des hommes et des femmes veillant à ce qu'il n'y ait plus de camps de la mort ni de famine. Plus jamais.

Sur le chemin du retour vers l'hôpital, Emil songea aux nomades et aux rescapés. Le cœur serré, il comprit que même si le caporal Gheorghe avait raison, même si les crève-la-faim s'exilaient et prospéraient à l'ouest, et même si les Juifs ayant miraculeusement réchappé devenaient le peuple le plus coriace au monde, ils n'en resteraient pas moins humains, le cœur brisé à cause du traitement qu'on leur avait infligé, à eux et à leurs familles.

***

Pendant près de deux semaines, ce mois de février, le temps devint plus sec, mais le froid persistait, pénétrant jusqu'aux os, ankylosant les corps. L'équipe mortuaire avait fini par creuser un chemin à travers le champ jusqu'à la clairière où ils déversaient consciencieusement cinq cadavres par jour.

La neige résistait dans la forêt, constata Emil, mais le ciel était si clair que les deux fugitifs auraient été facilement repérés et rattrapés en cas d'évasion. Chaque jour qui passait insinuait le doute dans son esprit et il broyait du noir.

Le caporal Gheorghe n'en démordait pas.

— Le dégel et une tempête de neige finiront par arriver.

Au milieu du mois, la tempête de neige vint peupler les rêves d'Emil. Il se voyait avec le Roumain, conduisant la charrette et le poney jusqu'à la clairière au milieu des flocons qui s'abattaient de plus en plus vite, recouvrant le sol. Le vent s'était mis à souffler en rafales, dressant un rideau immaculé entre les gardiens russes et eux tandis qu'ils détachaient le poney de la charrette, l'enfourchaient et disparaissaient au galop. La neige leur arrivait aux genoux, mais ils semblaient se couler à travers elle, tels des esprits, s'évanouissant dans la forêt, se fondant dans la nuit.

À l'aube, la neige tombait toujours et le poney suait sous l'effort. En émergeant de la forêt, ils aperçurent un train à l'arrêt. Devant la locomotive, des hommes dégageaient un arbre qui était tombé en travers des voies.

Les hommes remontèrent à bord du train. Emil et le caporal avancèrent, pliés en deux, vers le wagon le plus proche. Emil atteignit l'échelle le premier, il se rappela sa sœur estropiée et se cramponna fermement à chaque barreau. Avec une secousse, le train s'ébranla alors qu'Emil gravissait les échelons.

—Martel !

Baissant la tête, Emil nota que le Roumain, agrippé tant bien que mal à l'échelle, luttait pour garder l'équilibre. Emil lui tendit la main. Mais le caporal lâcha prise et tomba. Emil plongea à son secours dans les ténèbres.

***

Au tintement du triangle, Emil se redressa d'un bond sur sa couchette. Pourquoi personne ne l'avait-il réveillé plus tôt ? Il sauta du lit, enfila ses vêtements, vérifia qu'il avait toujours les cent roubles gagnés grâce au bois des cuisinières pendant l'hiver et grimpa l'escalier quatre à quatre pour prendre place dans les rangs par un froid glacial. La charrette était là, vide.

Emil fut surpris. Il n'y avait pas eu de nuit sans mort depuis au moins cinq semaines. L'un des gardiens qui encadraient habituellement l'équipe mortuaire se tenait près de la charrette.

—Aucun ? demanda Emil en russe.

Le gardien secoua la tête.

—Tant mieux pour toi, mais trouve quelqu'un qui a envie de rations doubles pour t'aider à l'atelier. Le Roumain a été transféré.

Emil sentit son estomac se nouer.

— Transféré ? Où ça ? Pourquoi ?

— On l'a envoyé au sud, dans un camp de haute sécurité en mer d'Azov, avant qu'il tente de s'échapper en enterrant les morts. C'est comme ça qu'il s'est déjà évadé deux fois. Il ne te l'a pas dit ?

Le gardien le scruta avec attention.

— Non. Il ne parlait que de miel et de devenir apiculteur.

Le Russe haussa les sourcils.

— Eh bien, voilà un beau rêve qui ne se réalisera pas. Du moins pas là où il va. Rejoins les rangs et va manger. Tu as du béton à fabriquer.

Comme chaque jour depuis son arrivée à Poltava, Emil essaya de suivre les règles de survie de son père. Et, en souvenir du caporal Gheorghe, il s'efforça d'être reconnaissant au réfectoire où il avala ses doubles rations seul et tenta, au fond de son cœur, de croire qu'il réussirait à s'évader.

Sur le chemin de l'atelier, il se sentit très seul. Vers midi, il s'avoua que le Roumain lui manquait, ainsi que ses considérations intéressantes sur l'existence.

Certes, il avait été blessé à la tête. Mais cela semblait avoir suscité chez lui une manière de penser originale, une vision singulière du monde où tout était étroitement corrélé et où les rêves se réalisaient, un lieu où l'imagination, la foi et l'effort, touchés par l'étincelle de la grâce divine, formaient un tout authentique.

Pour des raisons inexplicables, Emil se sentit submergé par un flot d'émotions en appréhendant la réalité de cette façon. Quelque chose en lui se déchira. Il était au bord des larmes, mais celles-ci n'étaient pas le fruit du chagrin, du regret ni de la souffrance. Il était assis là, dans son atelier sordide, au milieu des ruines de Poltava dévastée et infestée de maladies, saisi d'une envie de pleurer de joie parce qu'il avait conscience que le caporal Gheorghe avait fait de lui quelqu'un de différent, l'avait transformé d'une manière inattendue. C'était une véritable bénédiction, songea-t-il avec humilité. Le réel semblait à présent tenir du miracle. Les murs glauques en bois. Les tas de gravier, de scories et de chaux. Les mangeoires de mélange. Les moules des parpaings. Le chantier de l'hôpital. La nourriture infecte. Le sous-sol du musée. Les ruines de Poltava. Les morts. Le caporal. Sa propre vie. Son amour. Ses enfants. Son épouse. Sa destinée. Son évasion.

Emil songea qu'il lui suffisait de choisir une voie et de la suivre, d'écouter son cœur en sachant que cette voie le mènerait là où il voulait. Chacun de ses pas le conduirait vers l'ouest, la liberté, Adeline et ses enfants.

***

Les six jours qui suivirent l'éveil d'Emil à l'infini des possibles furent aussi arides que les seize précédents. Le taux de mortalité des prisonniers stagnait à cinq ou six par jour. Mais Emil n'en avait cure. Il se rendait à l'atelier avant de s'occuper des défunts, sachant que la tempête de neige finirait par survenir un jour ou l'autre.

Il se le répétait sans cesse, plongé dans un état de pur émerveillement quand il contemplait le ciel et ce qui l'entourait. Même l'effroyable sous-sol du musée, où tant de ses compagnons avaient trouvé la mort, était issu des rêves de quelqu'un. Il continuait de ramasser du bois en échange de quelques pièces et de réciter une prière pour les défunts qu'il déversait par-dessus la charrette. Il s'endormait plein de gratitude pour chaque instant de la journée et s'éveillait dans le même état d'esprit.

Le dégel se produisit fin février, début mars 1946. Emil perçut de lointains grondements, annonciateurs de la tempête. En moins de deux jours, c'était devenu l'unique sujet de conversation. On prévoyait de fortes chutes de neige, un froid polaire et des vents violents. Les travaux devaient être suspendus jusqu'à ce que le blizzard soit passé.

Emil se réveilla à l'aube du 6 mars 1946, convaincu que sa libération approchait et que ce matin-là ou le soir, il réaliserait le rêve d'évasion du caporal Gheorghe. La neige tombait sans interruption quand il émergea du sous-sol. C'était amplement suffisant pour brouiller les traces. Le vent s'était mis de la partie. Deux corps gisaient dans la charrette vers laquelle Emil se dirigea. *Je file ce matin. Je ne dormirai plus dans ce sous-sol, ni ce soir ni jamais.*

Une gardienne qu'il ne connaissait pas, une grosse Russe, était postée devant la charrette à la place des deux soldats qui l'escortaient d'habitude.

—J'appartiens à l'équipe mortuaire, déclara Emil en russe.

—Pas aujourd'hui.

—Mais on ne peut pas abandonner les cadavres ici toute la journée !

—Pourquoi pas ? Vous croyez qu'ils se préoccupent de savoir que les loups vont les dévorer ce matin ou ce soir ? Non. Montez dans le camion.

—Pour aller où ? Je travaille sur le chantier de l'hôpital, je fabrique des parpaings en béton.

—Pas aujourd'hui. Il ne reste presque plus de chaux et un chargement va arriver.

Emil savait qu'ils commençaient à manquer de chaux. Il contempla le poney, la charrette, songeant qu'il serait de retour avant la nuit. Il grimpa à l'arrière du véhicule, résolu à se rendre seul à la fosse commune. Ce soir, il s'évaderait.

Trois autres prisonniers ne tardèrent pas à le rejoindre. On les conduisit au réfectoire et ils terminaient leur repas alors que les deux cent quarante-neuf prisonniers survivants s'alignaient à l'extérieur.

Ils remontèrent dans le camion qui démarra. Emil ferma les yeux et se remémora le rêve qu'il avait fait avant le transfert du caporal Gheorghe. Il courait dans le noir le long du train qui s'ébranlait, prêt à saisir un barreau de l'échelle.

Cette vision l'encouragea. *Cette nuit sera la bonne. Cette nuit, le Tout-Puissant fera un miracle.*

En arrivant à la gare de triage, Emil observa les wagons chargés de chaux à l'arrêt sur une voie en épi à proximité d'une aire de manutention couverte, et les camions stationnés de l'autre côté, attendant que la chaux soit transbordée dans leurs bennes. Il se mit à douter que la tâche puisse être expédiée promptement.

***

En effet, au bout de dix heures, éreintés, Emil et les trois autres commençaient à peine à s'attaquer au second wagon de chaux. La tempête avait recouvert le sol de douze centimètres de neige. Le soleil allait se coucher dans une heure. Il loucha vers la grosse gardienne russe, espérant qu'elle déclarerait la fin de la journée, mais elle ne broncha pas.

Il finit par l'aborder.

— Je dois rentrer pour enterrer les morts.

— J'ai reçu l'ordre de vous garder ici jusqu'à ce que ce soit terminé. Quelqu'un d'autre se chargera des cadavres.

Elle avait parlé sur un ton sans réplique. Emil tourna les talons ; il s'avouait vaincu, du moins pour ce jour-là. Autrefois, il aurait été furieux de ce coup dur, une preuve supplémentaire de sa cruelle existence, misérable et infortunée. Il se contenta de reprendre son travail, sachant que s'il ne s'évadait pas aujourd'hui, il tenterait sa chance le lendemain. Il en avait l'intime conviction au plus profond de son être.

Le soir tombait. Le vent soulevait la neige en tourbillons. Un autre train s'engagea dans la gare de triage au-delà de la voie en épi couverte et de l'aire de manutention où Emil remplissait des brouettes de chaux qu'il vidait ensuite dans les bennes des camions. Décidé à en finir pour ne pas avoir à revenir le lendemain, Emil ne s'était pas accordé de pause depuis qu'il s'était adressé à la garde, plus d'une heure auparavant.

Emil s'approcha d'elle.

— Permission d'uriner ! lança-t-il.

La femme n'eut pas le temps de répondre. Un énorme fracas les fit sursauter.

En sortant du quai, l'un des camions-bennes avait dérapé sur le verglas et percuté un autre véhicule roulant dans l'autre sens. La gardienne fonça dans cette direction.

— Permission de pisser ! répéta Emil.

— Accordée ! hurla-t-elle en se précipitant vers les deux chauffeurs qui étaient descendus de leurs cabines et avaient l'air de vouloir en venir aux mains.

Quittant l'aire de manutention, Emil descendit sur l'attelage reliant deux des wagons, sauta de l'autre côté de la voie et atterrit sur la neige à une vingtaine de mètres de l'autre convoi à l'arrêt. Il commençait à déboutonner sa braguette quand il fut envahi par une étrange sensation et sentit un frisson lui parcourir l'échine.

Il en comprit la raison. S'il ne se trompait pas, s'il avait les bons repères, ce train devait s'acheminer vers l'ouest.

Il hésita une fraction de seconde avant de se rappeler ce que le caporal Gheorghe lui avait expliqué : les rêves se réalisaient presque toujours d'une manière imprévisible ; l'Intelligence Universelle avait presque toujours un meilleur plan en réserve. Emil avait imaginé une folle chevauchée sur le poney au terme de laquelle il aurait abattu un arbre pour arrêter le train. Mais la solution qui se présentait à lui était bien plus simple.

Il se rappela avoir dit à Adeline qu'il reconnaîtrait la voie qui le guiderait vers la liberté quand elle se présenterait, et elle était là, devant lui, à portée de main.

Le train qui devait rouler vers l'ouest se mit en branle, le grincement de ses roues noyant les vociférations de la gardienne russe et des deux chauffeurs. Fou de joie, Emil se rua vers le train et agrippa l'échelle la plus proche qu'il entreprit d'escalader.

Le wagon n'avait pas de toit. C'était un wagon-tombereau rempli presque à ras bord de charbon recouvert de neige. Le train prit de la vitesse et allait passer devant une zone éclairée de la gare, Emil bondit à l'intérieur et se coucha à plat ventre sur le charbon, se répétant comme une litanie de garder espoir, de croire que le tour était joué, qu'il était enfin parti.

Il sentit le train accélérer, entendit des voix, mais pas de hurlements. Puis, tout s'assombrit autour de lui. Il n'entendait que le cliquetis des rails, le sifflement et le mugissement du vent tempétueux. Il s'agenouilla et aperçut les lumières de Poltava s'estomper peu à peu à travers le rideau de neige.

Après avoir subi deux cent quatre-vingt-quinze jours de purgatoire, vu mourir près de mille huit cents prisonniers, transporté leurs cadavres et prié pour leurs âmes, Emil renversa la tête en arrière et leva les bras vers le ciel enneigé, convaincu qu'à force de persévérance et par le mystère de la grâce divine, les rêves pouvaient vraiment se réaliser.

33

9 mars 1946
Gutengermendorf, Allemagne de l'Est
occupée par les Soviétiques

À mille sept cents kilomètres de là, Adeline bordait les enfants dans leur lit. Elle les embrassa sur le front et sortit sans bruit de leur chambre sachant qu'ils s'endormiraient tous deux en un rien de temps. Elle alla à la cuisine où sa logeuse Katrina Holtz, une femme d'un certain âge, buvait du thé.

— Ils sont toujours là ? demanda Adeline.

— Ils sont venus et repartis, déçus comme d'habitude, s'esclaffa *Frau* Holtz.

— Je vais dire à Erica de monter ?

— Non, elle préfère rester en bas. Ça lui laisse le temps de lire.

Les deux jeunes soldats soviétiques cantonnés de l'autre côté du couloir en face de la chambre d'Adeline n'avaient guère manifesté d'intérêt pour elle. En revanche, Erica, dix-sept ans, la nièce orpheline de *Frau* Holtz, n'avait pas manqué d'attirer leur attention. Six jours par semaine, elle était aimable avec les Russes, mais se gardait bien de les provoquer. Toutefois, le samedi soir, sa tante l'installait au sous-sol, dans un local dissimulé par des rangées de larges étagères sur lesquelles s'entassaient des pots en verre, des livres et des outils.

Ne se sentant pas menacée, Adeline ne passait plus ses nuits dans la vieille église les samedis. Le service qu'elle effectuait auprès du colonel Vasiliev lui assurait une sorte de protection, tel un bouclier invisible, mais solide et sans équivoque. Dans la mesure où elle usait de ses talents culinaires pour que le colonel Vasiliev soit bien engraissé et content, elle pensait être en sécurité. Quant à Vasiliev, il lui avait donné carte blanche pour aller à Berlin s'approvisionner à la coopérative des officiers soviétiques où elle achetait souvent des articles pour elle-même et les enfants ainsi que pour *Frau* Holtz et *Frau* Schmidt.

Elle ne se rendait que très rarement à la ferme des Schmidt car le capitaine Kharkov y logeait toujours et elle préférait l'éviter. Mais elle rencontrait souvent *Frau* Schmidt au village et elle avait appris qu'elle avait besoin de chocolat pâtissier pour l'anniversaire de son mari dont la date était proche.

—Je vais faire une livraison surprise à *Frau* Schmidt, déclara-t-elle à sa propriétaire. Je vous promets de ne pas m'attarder.

—Vous êtes sûre ? On est samedi soir, souligna *Frau* Holtz.

—Je rentrerai par-derrière à travers champs. Personne ne me verra, et je suis sûre que les officiers soviétiques cantonnés chez elle sont partis faire la fête à Berlin.

Adeline voyait que sa logeuse désapprouvait sa décision, mais elle sortit de la cuisine, mit ses bottes et son manteau, et fourra un gros morceau de chocolat dans une poche avant de s'envelopper le cou et la tête du foulard qui lui tenait chaud. Ayant franchi le seuil de la maison basse couleur moutarde, Adeline s'emplit les poumons d'une profonde gorgée d'air froid, enfila ses moufles et attendit que ses yeux s'accoutument à l'obscurité. Elle obliqua à gauche, passa par le grand portail à deux battants et avança dans cinq centimètres de neige fraîche, dépassant la grange en briques où elle avait remisé leur petit chariot.

Elle souleva le loquet du portillon, sortit et avança sous les branches nues des ormes avant de s'engager dans le champ. Au-dessus d'elle, le reflet du quartier de lune sur la neige éclairait juste assez son chemin pour la guider vers le talus et la ferme des Schmidt. Elle n'avait pas parcouru la moitié du champ quand elle pensa à Emil pour la première fois de la journée.

Soudain, elle s'immobilisa : elle venait de se rendre compte que, ne s'étant pas réveillée de bonne heure, elle n'était pas sortie regarder l'aube pointer à l'est. Quand avait-elle cessé de le faire ? Hier ? Avant-hier ?

Elle comprit que ce grand vide intérieur qu'elle ressentait était dû au fait que, depuis plus d'une semaine, elle ne s'était pas levée pour prier et contempler les rares photos d'Emil qu'elle avait conservées.

Il est vrai que le temps avait été abominable la semaine précédente. Mais, depuis, il s'était éclairci. Elle n'avait pas d'excuse. De plus, elle avait oublié de prier avec les enfants avant le coucher. Elle baissa la tête, ferma les yeux et essaya de revoir mentalement le sourire d'Emil. Elle pouvait se souvenir très clairement de lui le jour où ils s'étaient rencontrés : un jeune homme timide mais sans faiblesse et qui avait déjà vécu tant de choses. Elle se souvenait qu'il adorait rire, chanter et danser s'il avait bu un ou deux verres de bière ou de vin maison. Mais le seul autre souvenir précis qu'elle pouvait faire surgir de sa mémoire était son visage angoissé quand les miliciens polonais l'avaient embarqué.

« Va à l'ouest, Adeline, le plus loin possible. Je te retrouverai. Je te le promets. »

Dehors, dans le champ de tournesols fauché et tapissé de neige, les paroles d'Emil résonnaient dans sa tête. Elle ouvrit les yeux et se remit en route, essayant de calculer depuis combien de temps il était parti. Quand elle s'avisa que cela faisait presque un an jour pour jour qu'elle souffrait de la solitude et de ne pas savoir, elle porta sa main gantée à sa bouche, essayant d'étouffer les sanglots qui lui montaient à la gorge. *Était-il vivant ? Où se trouvait-il ? En Sibérie ? Dans une mine ?*

À l'idée que son mari bien-aimé était réduit à l'état d'esclave, travaillant dans un tunnel étroit à l'air raréfié sous une terre stérile, Adeline faillit s'écrouler à genoux. Une rafale de vent souleva une bourrasque de neige qui lui fouetta le visage. Elle se rendit compte qu'elle tremblait de froid.

Elle essaya de courir pour se réchauffer, mais la neige était trop épaisse par endroits et une foule de questions tournait en boucle dans son esprit. Emil était-il vivant ? Le reverrait-elle jamais ? S'il était vivant et qu'il parvenait à la retrouver, serait-elle capable de le reconnaître ? Et les enfants ? Dans un an ou deux, bien sûr. Mais dans dix ? Dix longues années sans rien savoir…

Quand elle eut escaladé le talus et dépassé la ferme des Schmidt, elle tenta de se convaincre qu'elle pouvait tenir dix ans si Emil en était capable lui aussi. *Mais dans le cas contraire ? Quand devrais-je renoncer ?*

Sa mère n'avait jamais capitulé et son père n'était pas revenu. La mère d'Emil désespérait de revoir son mari ; pourtant, il était revenu un beau jour, vivant mais brisé.

Elle s'approcha du porche en se demandant à quoi ressemblerait sa vie si tel était le sort qui attendait Emil, et elle sentit un poids peser sur ses épaules. Elle s'ébroua car de telles pensées étaient néfastes. Elle devait croire qu'il reviendrait pareil à lui-même. En attendant, il lui fallait vivre pour ses enfants et perpétuer le souvenir de leur père. *Mais si j'ai du mal à me rappeler son visage, comment y parviendront-ils ?*

Elle s'apprêtait à frapper à la porte quand elle entendit jouer du piano. Elle se baissa et, regardant sous le store, aperçut le fermier et sa femme assis côte à côte au piano. *Frau* Schmidt jouait et son mari la regardait avec un amour si profond, indéfectible, qu'Adeline en fut émue aux larmes. Ils étaient mariés depuis quarante ans. Ils avaient connu des événements tragiques et pourtant, non seulement leur amour avait survécu, mais il s'était approfondi et épanoui. *N'est-ce pas une source d'espoir ?*

Elle hésita à les déranger. Quand la musique cessa, elle entendit *Herr* Schmidt applaudir. *Frau* Schmidt fut ravie quand Adeline finit par frapper à la porte. Elle la salua comme si c'était sa propre fille et l'embrassa quand Adeline lui offrit le chocolat. *Herr* Schmidt déclara qu'il allait se coucher et monta à l'étage. Fort heureusement, le capitaine Kharkov et ses hommes étaient en permission à Berlin.

Adeline s'excusa de ne pouvoir s'attarder, elle devait rentrer au cas où l'un des enfants se réveillerait, mais elle passa finalement une heure en compagnie de son amie, écoutant les craintes de la vieille femme concernant la santé de son mari.

— Je me demande parfois ce que je deviendrais sans Emil, s'interrogea Adeline.

— Vous seriez vous-même.

— C'est-à-dire ?

— Vous êtes déjà vous-même sans lui, Adeline. Donc vous serez vous-même sans lui à l'avenir et, d'après ce que j'ai vu, Adeline Martel est plus que capable de faire face à ce que la vie lui réserve.

Elle étreignit la vieille femme et la remercia de sa gentillesse et de son soutien.

— Merci à vous aussi, dit *Frau* Schmidt, l'étreignant en retour. Vous êtes une merveilleuse amie.

Adeline se sentit mieux en repartant. Sachant que les soldats soviétiques se trouvaient à Berlin, elle décida de retourner au village par le chemin habituel. Des aboiements lui parvenaient au loin. La neige crissait sous ses bottes et l'air embaumait. Le printemps n'allait plus tarder.

« Adeline Martel est plus que capable de faire face à ce que la vie lui réserve. »

Est-ce vrai ? Jusqu'à présent oui, mais...

***

Elle perçut le moteur d'une voiture. Sur le chemin devant elle, deux phares projetèrent soudain leurs faisceaux aveuglants. Elle leva un bras pour se protéger et entendit une portière s'ouvrir.

— *Frau* Martel ? demanda une voix féminine, agréable.

— Oui ? Qui êtes-vous ?

— Lieutenant Éloïse Gerhardt, du *Kommissariat* 5 de la *Deutsche Volkspolizei*, la Police du peuple, déclina-t-elle. J'aimerais vous dire quelques mots. Venez, je vous ramène chez vous et nous bavarderons en route.

Adeline hésita.

La voix du lieutenant Gerhardt se fit plus ferme.

— *Frau* Martel, faites ce que je vous dis. Vous n'avez pas le choix.

Adeline se résigna et s'avança dans la lumière crue des phares. Elle distingua l'officier du Parti : une femme trapue, vêtue d'un long manteau gris vert. Elle avait des cheveux foncés coupés court, le menton carré, le nez proéminent et le regard dur.

Elle indiqua à Adeline la porte arrière ouverte.

— Je vous en prie. Après vous.

À son cœur défendant, Adeline monta dans la berline. Un homme était au volant. La policière s'installa à côté d'elle.

— Laissez le plafonnier en veilleuse, dit-elle au chauffeur, et raccompagnez *Frau* Martel en roulant lentement par le chemin le plus long. Nous avons plusieurs choses à discuter.

Le chauffeur émit un grognement et démarra. La lumière s'alluma.

Le lieutenant Gerhardt sourit.

— Vous répondrez à mes questions sincèrement, n'est-ce pas ? Sinon, vous vous en repentirez.

Adeline venait de saisir que « *Kommissariat* 5 de la Police du peuple » signifiait un officier de la police secrète, comme celui qui avait emmené son père, il y avait très longtemps.

— Compris ? insista le lieutenant Gerhardt d'une voix glaciale.

— Compris. Si je peux…

— Bien. Vous faites la cuisine pour le colonel Vasiliev ?

— Oui, et pour d'autres officiers.

— Vous vous rendez souvent à la coopérative, à Berlin, à la demande du colonel.

Adeline se demanda pourquoi elle lui posait cette question.

— Oui. Il me remet une liste et de l'argent. J'effectue l'aller-retour. J'ai toujours un reçu.

— Vous reconnaissez que vos visites à la coopérative pour le compte du colonel Vasiliev sont fréquentes, plus fréquentes que celles de n'importe qui d'autre. Vous le saviez ?

Adeline secoua la tête.

— Non.

— C'est la vérité. Le parti se tient au courant. Vous voyez, votre colonel est un glouton. Il s'estime meilleur que les autres et il profite de sa position pour s'empiffrer.

Adeline resta muette. Le lieutenant Gerhardt sourit.

— Et vous aussi, vous profitez de votre position, n'est-ce pas, *Frau* Martel ? reprit-elle.

Adeline ne savait que répondre.

— Vous semblez toujours avoir oublié quelque chose après avoir payé la facture du colonel, poursuivit l'officier de la police secrète. Ensuite, vous achetez ce que vous voulez et vous soudoyez la sentinelle en sortant. Ou vous achetez quelque chose pour *Frau* Schmidt ou *Frau* Holtz et, ensuite, vous soudoyez la sentinelle à la sortie. Exact ?

Adeline sentit sa gorge se serrer.

— Oui, je…

— Vous trafiquez au marché noir, *Frau* Martel. C'est un crime contre le parti et contre l'État. On pourrait vous envoyer en prison pour ça, comme votre mari, et placer vos enfants sous tutelle.

—Non, je vous en prie, supplia Adeline, prise de panique. C'étaient de petites choses. Pour faire plaisir à mes fils. Quelques articles dont *Frau* Schmidt avait besoin. Elle est âgée et…

—Le parti ne s'intéresse pas à l'âge de *Frau* Schmidt ni à ses besoins, coupa le lieutenant Gerhardt. En revanche, il s'intéresse à vous Adeline, reprit-elle, soudain radoucie. Vous allez donc mettre fin à vos petites combines et me dire ce qu'achète le colonel Vasiliev toutes les semaines, s'il fait quelque chose d'inhabituel ou ce qu'il dit quand il est soûl et repu. Vous comprenez ?

Adeline comprenait parfaitement. Elle avait grandi sous Staline. Elle savait comment les communistes dressaient les voisins les uns contre les autres, l'ouvrier contre son patron, le mari contre sa femme, semant la terreur au sein d'une culture qui étouffait toute pensée. Et quand ils en avaient assez de vous, pour des crimes que vous n'aviez même pas commis, ils vous déportaient sans vous laisser la moindre chance de revenir chez vous.

—Vous comprenez ?

—Oui, répéta Adeline, la tête basse. Je comprends.

—Bien, dit le lieutenant Gerhardt. Vous habitez un peu plus loin, c'est ça ?

Adeline était si troublée qu'elle dut regarder à deux fois avant d'acquiescer.

—Oui, c'est là, avec le grand portail et la grange.

Le chauffeur se gara. Adeline allait ouvrir la porte quand elle sentit la main de l'officier de police s'enfoncer dans son épaule comme une griffe.

—Une dernière question, ajouta le lieutenant Gerhardt avec un sourire entendu qu'Adeline avait déjà appris à redouter. À Berlin, vous avez inscrit votre nom et l'adresse de *Frau* Schmidt sur une liste dressée par la Croix-Rouge internationale.

Comment le sait-elle ?

— Oui, reconnut Adeline, déconcertée. La liste est destinée aux réfugiés, aux familles qui essaient de se retrouver. J'ai donné l'adresse de *Frau* Schmidt parce que j'ignorais combien de temps je résiderais à mon adresse actuelle.

— Qu'est-ce qui vous a donc poussée à le faire ?

— J'espère qu'Emil en prendra peut-être connaissance un jour.

— À Berlin ? Alors qu'il est à l'est ?

— Je…

Le silence retomba.

Adeline tremblait, la gorge nouée. Elle s'obligea à regarder la femme bien en face.

— Je veux que mon mari revienne. Quel mal y a-t-il à cela, lieutenant ?

— Aucun, mais à votre place, je cesserais d'y croire. À ce que je sais, le camp de prisonniers où on l'a envoyé est confronté à la maladie. Des hommes meurent chaque jour.

— Emil ? demanda-t-elle d'une voix chevrotante.

— Je l'ignore. Tout ce qu'on a dit au Parti, c'est qu'il ne reste presque plus personne en vie là-bas. Je suis désolée, *Frau* Martel. Mais si vous acceptez qu'il est mort ou le sera bientôt, il vous sera possible de refaire votre vie. Vous pouvez descendre, *Frau* Martel. Nous nous reverrons vendredi prochain, quand vous aurez fini votre travail, d'accord ?

Un camp « confronté à la maladie »... des hommes qui « meurent chaque jour »... « il ne reste presque plus personne de vivant », se répéta Adeline, hébétée.

Elle opina et ouvrit la portière. En rentrant à la maison, elle ne répondit pas à *Frau* Holtz qui l'appelait depuis la cuisine et lui demandait pourquoi elle avait tant tardé. Elle suspendit son manteau et son écharpe, ôta ses bottes et pénétra dans la chambre. Elle referma la porte et s'immobilisa dans le noir, écoutant la respiration de ses enfants endormis. Les enfants d'Emil. Elle se mit à pleurer, se ressaisit, se déshabilla et se mit au lit. Walt remua dans son sommeil. Les yeux grands ouverts dans l'obscurité, elle entendit la voix du lieutenant Gerhardt, douce et brutale à la fois.

« *Je suis désolée,* Frau *Martel. Mais si vous acceptez qu'il est mort ou le sera bientôt, il vous sera possible de refaire votre vie.* »

Adeline enfouit la tête dans l'oreiller, mordit dans la taie et poussa un cri de désespoir.

34

10 mars 1946
Deux heures à l'ouest de Poltava, Ukraine

Emil grelottait si fort au sommet du wagon à charbon qu'il était incapable de contrôler les tremblements qui le secouaient de la tête aux pieds. Ses épais vêtements en laine étaient à présent couverts de neige mouillée et il était exposé au vent qui mugissait. Quelle idée avait-il eu de grimper dans ce wagon ? Il s'était évadé du camp de prisonniers, seulement il n'allait pas tarder à mourir de froid s'il ne trouvait pas un abri au plus vite.

Il avait essayé de dégager un espace en creusant dans le charbon, pensant pouvoir s'y glisser en se ménageant un passage pour respirer. Quelques centimètres plus bas, il se heurta à une couche de glace qui emprisonnait le charbon par en dessous. Il essaya de la briser à coups de bottes et ne réussit qu'à perdre l'équilibre au risque de tomber du wagon. Le train s'arrêtait souvent à des intersections, mais en général, il roulait beaucoup plus vite que celui qui l'avait transporté à l'est. Emil estimait être à présent à soixante-quinze kilomètres de Poltava, peut-être même davantage.

Ses frissons empirèrent. Tout s'embrouilla dans son esprit. Il savait que dans quelques minutes, le gel le tuerait. Au bruit aigu des freins et voyant que le train ralentissait de nouveau, il se mit à ramper jusqu'à l'arrière du wagon. Avant l'arrêt du convoi, il plia et déplia les doigts pour faire circuler le sang et pouvoir se servir de ses mains en vue de descendre l'échelle. Il sauta du dernier barreau et culbuta dans une épaisse couche de neige. Progressant péniblement, il agrippa un barreau de l'échelle à l'avant du wagon suivant, y grimpa et s'aperçut qu'il était également rempli de charbon. Le train était toujours à l'arrêt. Pour combien de temps ?

Plus longtemps que ce qu'il te reste à vivre dans ce froid, Emil.

Ses doigts le faisaient horriblement souffrir, mais il s'obligea à redescendre l'échelle et se dirigea à grand-peine vers l'arrière du train. Lequel s'ébranla.

N'y voyant goutte, il tendit les mains, cherchant à attraper une échelle au passage. Celle qui se trouvait à l'arrière du deuxième wagon lui échappa, tandis que le train prenait de la vitesse. Il se raccrocha à l'échelle du troisième wagon et eut toutes les peines du monde à s'y maintenir.

S'il abandonnait, la mort était certaine dans la tempête et la nuit glaciale. Il promena les doigts le long du troisième wagon, attendit d'arriver au bout avant d'empoigner à deux mains l'échelle du quatrième wagon, quand elle arriva à sa hauteur. Il agrippa un barreau supérieur de sa main gauche et s'apprêtait à monter la droite, quand il fut immédiatement déstabilisé, comme le caporal Gheorghe dans son rêve. Le Roumain avait lâché prise et Emil avait sauté dans le noir pour le rattraper.

Pas cette fois. Rassemblant toute son énergie, il tint bon de la main gauche et lança la droite qui rencontra un barreau un peu plus haut. Se hissant à la force du poignet, il engagea ses bottes sur le barreau du bas.

Transi, couvert de neige, bousculé par le vent, haletant, transpirant, il resta accroché à l'échelle pendant une bonne minute, tel un cocon blanc géant. Claquant des dents, il poursuivit son ascension. Tout en haut de l'échelle, il tâtonna par-dessus le bord du wagon, cherchant le charbon, mais il ne sentit rien hormis le vent. Il enjamba la paroi et descendit son pied droit aussi bas que possible.

Rien. Le wagon était-il vide ? Du moins en partie.

Se disant qu'il pouvait descendre jusqu'au fond pour être à l'abri du vent, Emil fit passer sa deuxième jambe par-dessus le rebord de la paroi à laquelle il resta accroché pendant une seconde avant de la lâcher. Il fit une chute de trois mètres et ce furent d'abord ses talons qui heurtèrent de la neige accumulée sur l'acier. Sous le choc qui les parcourut de bas en haut, ses jambes se dérobèrent sous lui. Le haut de son corps s'écrasa si brutalement qu'il en eut le souffle coupé et, pendant quelques instants, il crut s'être brisé des côtes.

Quand il parvint enfin à s'asseoir, il constata qu'il avait eu raison. Là, dans l'obscurité opaque du coin droit du wagon vide, il était bien abrité du vent soufflant du nord-ouest.

Ragaillardi, il se redressa à grand-peine et resta recroquevillé avant de réussir à se relever, les jambes largement écartées, et s'appuya à la paroi. Il frotta ses vêtements, s'évertuant à éliminer la neige fondue qui les recouvrait. Il fourra quelques morceaux dans sa bouche et les suça pour étancher sa soif. Puis il déboutonna son manteau et souleva sa chemise et son pull afin d'exposer son ventre au froid, espérant ainsi évacuer une partie de sa transpiration.

Garde ton corps aussi sec que possible. Bouge pour te réchauffer. C'est une question de survie.

Jugeant qu'il avait débarrassé ses vêtements de la majeure partie de la neige, il se mit à donner de grands coups de pied dans la glace qui recouvrait un angle, au fond du wagon. Il ne tarda pas à édifier devant lui une sorte de mur de neige en forme d'arche à hauteur de genoux. Il se baissa dans le noir et sentit que ce mur faisait obstacle au vent. Il perdit toute notion du temps et continua de l'élever jusqu'à la hauteur de sa poitrine.

Il gratta de nouveau la neige collée à ses vêtements. Ses côtes lui arrachèrent une grimace de douleur quand il se laissa finalement tomber sur le sol de son rempart de fortune pour s'appuyer contre la cloison. À présent, le vent était presque complètement tombé et la neige avait cessé. Il ferma les yeux, se disant qu'il lui faudrait manger tôt ou tard. Il possédait l'argent récolté en vendant des copeaux de bois aux cuisinières : plus de cent roubles dans la poche boutonnée d'une chemise. Restait maintenant à trouver où dépenser ce pécule.

Des trouées commencèrent à se former dans la couverture nuageuse. À travers l'une d'entre elles, il aperçut le quartier de lune et, pour des raisons mystérieuses, cette vision le réchauffa, surtout quand les nuages se morcelèrent et qu'il repéra l'étoile Polaire. *Je peux me diriger à pied la nuit s'il le faut.*

Après avoir ôté son manteau pour le secouer et le débarrasser du restant de neige, il s'accroupit sur le sol du wagon, le dos au mur, et somnola en dépit du froid. Soudain, il sentit que le train ralentissait encore.

***

Des lumières apparurent. Le train approchait d'une gare. Il distingua en vis-à-vis une autre échelle fixée à l'intérieur de la paroi du wagon. Il ne devait pas bouger, se recouvrir de neige et se dissimuler derrière le mur de fortune.

Mais s'il ignorait sa position, comment savoir où le convoi se dirigeait ? Il pouvait très bien filer vers Moscou ou Leningrad. Il chassa immédiatement cette pensée de son esprit. Le train avait beau avoir emprunté des voies sinueuses, l'étoile Polaire ne mentait pas, il faisait route vers l'ouest. Mais où ?

Incapable de refréner sa curiosité, il se hissa hors de son rempart de neige et traversa le wagon à pas prudents. Il escalada l'échelle intérieure, paniqué à cause de la vive lumière. Il voulait jeter un bref coup d'œil mais, en même temps, il se disait qu'un mouvement de sa part risquait d'attirer l'attention. Lentement, il leva les yeux par-dessus le rebord du wagon et promena un regard circulaire avant de baisser la tête.

Le train avait fait halte dans une grande gare de triage. Plusieurs wagons de marchandises encombraient les voies. Loin devant lui, des hommes s'activaient sur une aire de manutention. Ils étaient assez loin pour qu'Emil risque un nouveau regard. Il avisa une pancarte rédigée en russe indiquant : *Loubny.* À présent, il savait où il se trouvait. Le train qui avait transporté les prisonniers au camp avait transité par cette gare et neuf bonnes heures s'étaient écoulées jusqu'à leur arrivée à Poltava. Il ne possédait pas de montre, mais pouvait calculer le temps passé depuis son départ.

Certainement pas neuf heures, mais quatre, voire cinq heures. Quoi qu'il en soit, il faisait route vers l'ouest bien plus vite qu'il ne l'aurait espéré. Et pour la première fois depuis son évasion, il s'autorisa à penser à Adeline, Walt et Will.

Par où commencer pour les retrouver ? À Legnica, en Pologne, d'où on l'avait embarqué ? Or il avait enjoint à Adeline de pousser le plus loin possible à l'ouest.

Il entendit des voix. On parlait en russe. Avec un luxe de précautions, il passa la tête par-dessus le bord et aperçut deux soldats soviétiques qui longeaient le quai. Ils s'arrêtèrent devant le premier wagon de charbon dans lequel il avait grimpé. Il y en avait trois autres derrière. Un soldat escalada l'échelle.

— *Nyet,* lança-t-il d'une voix geignarde et haut perchée. Il n'y a que du charbon.

— Tu as entendu ce qu'ils ont dit : il a sauté dans ce train, reprit son collègue au timbre plus grave. Il doit toujours être là, sauf s'il est tombé !

Emil baissa lentement la tête et descendit de l'échelle. Les yeux rivés sur les empreintes laissées par ses bottes dans la neige, au fond du wagon vide, il comprit que sa tentative avait avorté. S'il était resté caché derrière le mur de neige, il aurait peut-être réussi.

—À toi, dit le grognon à son collègue.

Emil entendit un bruit de bottes crissant sur la neige et de gants frottant contre la paroi du wagon voisin du sien.

Plaqué contre le fond de son wagon, il maudit sa stupidité. On allait l'arrêter et le renvoyer à Poltava. Ou dans un endroit encore pire, comme le caporal Gheorghe.

—Celui-ci est vide, il n'y a que de la neige, affirma le soldat à la voix grave.

—J'ai inspecté celui-là, annonça l'autre.

Emil ferma les yeux. Il ne s'était pas évadé uniquement pour retrouver Adeline et les garçons. Vu le grand nombre qui avait succombé aux maladies autour de lui, il s'était sauvé pour survivre. *Et maintenant, on va me renvoyer pour mourir.*

Avec un à-coup, le train avança d'un mètre et s'immobilisa. Le soldat perché sur l'échelle lança un juron. Emil fut déséquilibré, mais resta debout.

—Je me suis esquinté l'épaule, s'emporta le soldat geignard avant que le train ne stoppe avec une nouvelle secousse. À toi de monter.

Leurs voix toutes proches provenaient de l'autre côté de la cloison du wagon. Le soldat allait grimper, inspecter l'intérieur et découvrir Emil au-dessous de lui. Ce serait la fin. Il avait réalisé le rêve du caporal Gheorghe de s'enfuir en train, mais son rêve à lui de gagner l'ouest et retrouver sa famille était sur le point d'avorter.

—Au diable, après tout, s'exclama le soldat à la voix grave. Je ne vais pas me casser un bras ou une jambe à cause d'un prisonnier évadé. S'il se trouve dans un des derniers wagons, il sera mort d'ici demain matin. On prévoit trente degrés en dessous de zéro.

***

Emil eut l'impression que son cœur allait exploser dans sa poitrine en entendant les pas s'éloigner.

Le train repartit dans un dernier soubresaut et prit de la vitesse. Loubny était loin à présent. Le train l'emmenait vers Kiev, la plus grande ville d'Ukraine. Emil attrapa l'échelle, fléchit lentement les jambes, se redressa et recommença plusieurs fois. Si la température devait baisser à trente en dessous de zéro, il fallait qu'il bouge toute la nuit. La meilleure solution était de descendre et remonter, lentement, en cadence.

Il trouva son rythme et réfléchit à son arrivée à Kiev. Darnitsa, la gare centrale, serait gardée par une foule de soldats soviétiques. Ils fouilleraient les wagons à coup sûr. Il devrait agir comme s'ils allaient inspecter chaque voiture. *Que ferait le caporal Gheorghe ?* Un plan hardi commença à germer dans son esprit.

L'idée le fit rire, puis il la trouva formidable au point d'en avoir le tournis. Il se rappela la seule fois de sa vie où il s'était senti dans un état pareil : le jour de leurs noces, quand la joie faisait palpiter son cœur.

Il s'en souvenait comme si c'était hier. Il embrassait Adeline à la fin de la cérémonie. Il dansait avec elle au son de l'accordéon, son regard rivé au sien rempli d'amour, les bras passés autour de sa taille.

Toujours agrippé à l'échelle, Emil s'aperçut qu'il n'avait plus froid tant qu'il gardait ce souvenir dans sa mémoire. Les yeux clos, il entendait la musique entraînante de l'accordéon. Il lâcha l'échelle et se mit à danser.

***

Pendant des heures et des heures, Emil dansa, riant avec son Adeline imaginaire, parfois déséquilibré et chutant dans la neige au fond du wagon quand le train négociait un virage serré. Mais il s'en moquait. Adella était là, avec lui, dans sa tête et son cœur, ils faisaient la fête et rien d'autre ne comptait.

À l'aube, il délirait presque. Il était resté éveillé plus de vingt-quatre heures : il en avait passé dix à remplir des brouettes de chaux et six autres à danser avec le souvenir de sa jeune mariée. Les soldats soviétiques avaient eu raison à propos du froid. Il ignorait si la température était de trente en dessous de zéro, mais ses moufles adhéraient à l'échelle en acier et la neige formait une croûte craquante. Ses pieds lui faisaient mal et le bas de son dos était douloureux.

Aux premières lueurs du jour, tandis que le train roulait toujours, Emil sortit de sa torpeur et gravit l'échelle intérieure du wagon. Parvenu au sommet, il promena son regard autour de lui et reconnut le paysage rural familier de l'Ukraine occidentale, avec ses vastes champs bordés de haies et recouverts de neige qui s'étendaient à perte de vue. Il constata avec surprise que cette terre déclenchait en lui une vague de nostalgie. Un souvenir de son enfance lui revint en mémoire, peu après que son père l'eut retiré de l'école pour aider à la ferme. Il se rappela sa tristesse d'avoir quitté sa classe qu'il aimait bien, mais aussi le frisson d'enthousiasme en suivant son père dans les champs au début de la longue journée de travail qui les attendait. Ses pensées allèrent vers ses parents et sa sœur, et il se demanda s'il les reverrait un jour. Étaient-ils demeurés avec Adeline et les enfants, ou repartis à Friedenstal comme sa mère le souhaitait ? Étaient-ils quelque part à une centaine de kilomètres au sud-ouest de là où il se trouvait ? Même si c'était le cas, il résolut de persévérer vers l'ouest, à la poursuite de son rêve.

***

Une heure plus tard, le train s'engagea sur une voie de triage dans la gare centrale de Kiev. Emil s'accroupit dans son wagon. Le vent soufflait, et il faisait un froid de gueux sous un soleil éclatant. Des cheminots s'activaient sur le quai et il n'y avait pas un seul soldat en vue. Emil enjamba le bord du wagon et se laissa glisser le long de l'échelle extérieure. Il s'éloigna à grands pas, satisfait que le vent vif qui soulevait la neige efface ses traces. Derrière un convoi de wagons couverts, il avisa une pioche à moitié enterrée dans la neige. Il s'en empara, la jucha sur son épaule et, suivant le quai, il se dirigea vers le bâtiment de la gare centrale. Un agent des chemins de fer sortait par une porte donnant sur un escalier en béton. Emil sourit, dépassa l'homme au pas de course et franchit la porte. Il déboucha sur un long corridor étroit et, le temps que ses yeux s'accoutument à la pénombre, il éprouva une sensation inconnue, agréable sur le visage, et perçut des sons oubliés depuis plus d'un an. Dès qu'il put distinguer où il mettait les pieds, il se dirigea vers la source du bruit : entre l'endroit où il se trouvait et les portes à tambour, à l'extrémité du couloir, circulait un courant d'air chaud où bruissait la rumeur d'une foule.

Non loin de là, il remarqua une porte entrouverte sur sa gauche. Il la poussa et découvrit une pièce déserte renfermant des casiers grillagés métalliques, probablement les vestiaires à l'usage des cheminots. Il remarqua des toilettes et un grand lavabo surmonté d'un miroir, il s'approcha, ôta son bonnet et s'observa dans la glace.

Pour la première fois depuis plus d'un an, il contempla son visage et éprouva un choc devant son propre reflet. Adeline ne l'aurait pas remis s'il l'avait invitée à danser. C'était à peine s'il se reconnaissait lui-même.

Il avait perdu vingt-cinq kilos. Il avait l'air d'un épouvantail avec son corps noyé dans ses vêtements minables de prisonnier trop grands pour lui, ses cheveux et sa barbe hirsutes, ses joues creuses, ses dents jaunies. Sa peau flasque collait sur les os saillants de ses joues et de ses mâchoires, couvertes de croûtes et d'une saleté repoussante. Mais c'étaient surtout ses yeux, caves, sombres et durs qui le perturbèrent le plus.

Sachant qu'il prenait un risque terrible, mais conscient en même temps qu'il ne pouvait pas se promener dans la gare centrale de Kiev en ayant l'air d'un zombie, Emil se débarrassa de son manteau, de son pull-over et de sa chemise. Sous la peau de son torse meurtri, irrité et couvert de plaies, ses côtes semblaient se mouvoir comme des touches de piano à chaque respiration.

Il ouvrit le robinet et s'aspergea la tête et le visage d'eau glacée. Il frotta pendant une bonne dizaine de minutes et se débarbouilla jusqu'à ce qu'il ait repris figure humaine. *Voilà. Adella et les garçons me reconnaîtraient maintenant.*

Il remarqua dans son regard, une lueur qui n'existait pas auparavant. Cela lui rappela le plan élaboré la nuit précédente. Il sourit, retourna dans le vestiaire et fouilla dans les casiers. Il dénicha le bleu de travail délavé d'un ouvrier, une paire de bottes de chantier en meilleur état que les siennes, une chemise et un caban moins crasseux que sa veste de prisonnier.

Emil ne ressentit aucun remords en endossant les vêtements chapardés. Ayant été emprisonné injustement dans un camp où il avait végété pendant plus d'un an, il avait besoin de ces habits et se dit que, pour changer, la vie pourrait se montrer injuste vis-à-vis de quelqu'un d'autre ! Il enfouit ses vieilles nippes dans un casier vide après avoir récupéré ses roubles et fourré les billets dans la poche de son pantalon sous son caban.

Il quitta la pièce, surpris de n'avoir croisé personne. Mais d'après la pendule et l'emploi du temps affiché au mur, l'équipe de jour avait pris son service depuis moins d'une heure.

Il abandonna la pioche dans le couloir, et passant par les grandes portes, se mêla au tohu-bohu de la gare centrale de Kiev. Le brouhaha des voix… Les couleurs vives après tant de mois tout gris… Les effluves alléchants d'ingrédients frais que l'on cuisinait… Les visages tourmentés de gens retournant à leur vie de chaque jour ou montant dans des trains pour en commencer de nouvelles. Pendant un instant, ce fut trop pour lui et il dut s'appuyer contre un mur pour ne pas défaillir.

Son estomac le ramena à la réalité. Il suivit les odeurs irrésistibles provenant de la salle d'attente où il savait que l'on vendait de la nourriture. Il découvrit une dizaine d'étals tenus surtout par des femmes et se força à examiner tout ce qui était présenté avant de commander du thé noir, deux petits pains et un gros morceau de saucisse. Il y avait d'autres aliments plus riches et sucrés qu'il aurait préféré choisir pour son premier repas d'homme libre, mais il craignait que son estomac ne les supporte pas. Il trouva un banc et mangea avec modération. Un soldat passa devant lui sans lui jeter un regard.

Il arpenta la gare pendant trois heures, tous ses sens aux aguets, et apprit à quelle heure le prochain convoi de marchandises et le train de voyageurs partaient en direction de l'ouest. Il avait assez d'argent pour acheter un billet à destination de la Pologne, mais il appréhendait de devoir avouer qu'il n'avait pas de papiers d'identité ni de documents officiels.

Finalement, il récupéra la pioche et retourna au dépôt. Il faisait toujours un froid de loup et il y avait beaucoup de vent. Il repéra le train de marchandises qu'il cherchait et essaya d'ouvrir les portes coulissantes de plusieurs wagons avant de tomber sur une porte qui n'était pas verrouillée. Il feignit de creuser un trou jusqu'au départ du train.

Il montait à bord du wagon, toujours avec sa pioche, quand il entendit des cris. Il jeta un coup d'œil et vit des cheminots foncer vers lui.

— Hé, c'est mon caban ! s'égosilla l'un d'eux.

— Je t'ai laissé le mien !

Il referma la porte et y pesa de tout son poids tandis que le train prenait de la vitesse.

Il descendit à l'arrêt suivant. Il ne voulait pas prendre de risque, les cheminots ayant peut-être donné l'alerte et signalé un voleur et un passager clandestin. À la nuit tombée, il grimpa dans un autre train et descendit au prochain arrêt. Au cours des deux jours suivants, il s'en tint à son plan qui était aussi son mode de survie.

Non seulement il pouvait trouver de quoi manger, se désaltérer et rester au chaud dans les gares et les dépôts, mais cela lui permettait d'écouter les rumeurs et la propagande diffusée à longueur de journée dans la société ukrainienne, suite à la réoccupation soviétique. Ce qu'il entendit lui confirmait que la nouvelle vie sous Staline et les communistes était en tout point semblable à l'ancienne : fondée sur la peur, la tyrannie et l'annihilation de l'individu ayant des pensées ou des rêves originaux.

***

Le 20 mars 1946, au matin du onzième jour de son évasion, le temps se réchauffa enfin. Ce soir-là, peu après avoir traversé la frontière polonaise et être descendu en douce d'un wagon de fret dans la ville de Chełm, Emil fut arrêté par la police locale.

Il s'était préparé à cette éventualité : elle faisait partie de son plan, et il commença à se comporter un peu bizarrement comme le colonel Gheorghe, parlant russe et racontant qu'il était un survivant de Stalingrad, avait subi la première vague d'attaques et était sorti indemne de la bataille. Il cherchait à rentrer chez lui pour retrouver sa femme et ses enfants. Les soldats n'en crurent pas un mot et l'enfermèrent dans une prison avec d'autres hommes attendant d'être déportés de nouveau vers l'est.

Tous les autres prisonniers étaient découragés ou révoltés. Emil demeura stoïque, persuadé que cela n'était qu'un simple contretemps sur la route de son rêve. Il allait vers l'ouest retrouver Adeline, Walt et Will.

Le lendemain, la déportation lui fut épargnée quand des gardes lui demandèrent s'il avait déjà travaillé à la ferme. Continuant à jouer le rôle du soldat blessé par un éclat d'obus, Emil acquiesça et monta dans un camion en compagnie de vingt autres prisonniers évadés. On les conduisit dans un nouveau camp où ils devaient planter des semis en ligne.

Huit semaines plus tard, vers la fin mai 1946, Emil apprit que le boulanger du camp avait besoin d'un aide. Bien qu'ayant débité du bois pour une boulangerie quand il avait rencontré Adeline, il n'avait en réalité aucune expérience en la matière, mais il apprit vite.

Au cours des quatre semaines suivantes, il se levait à quatre heures du matin pour se rendre à la boulangerie, pétrir la pâte et faire chauffer les fours. Il se régala de pain frais, se rempluma et se lia d'amitié avec le boulanger qui avait travaillé un certain temps en Allemagne avant la guerre.

Vers la fin juin, un bruit se répandit qui devint bientôt un fait avéré. La saison des semis terminée, on n'avait plus besoin des prisonniers et le camp était sur le point de fermer. On embarqua les hommes dans des camions, puis dans des trains à destination de l'est.

Si Emil voulait aller à l'ouest retrouver sa famille, il devait impérativement agir. Il réfléchit à la façon de ce fou de Roumain et élabora un plan relativement simple dont il fit part, bon gré mal gré, au boulanger en y ajoutant une requête : que celui-ci lui échange ses roubles russes contre des złotys polonais afin qu'Emil puisse acheter un billet de train pour retourner chez lui, auprès de sa famille.

Le boulanger accepta avec un haussement d'épaules et un clin d'œil entendu. Cette nuit-là, après avoir mélangé, pétri puis laissé lever la pâte, Emil fit une entorse à sa routine habituelle et ne retourna pas se coucher. Vers cinq heures et demie, au matin du 29 juin 1946, il s'allongea sur le sol de la chambre de pousse au fond de la boulangerie, derrière les fours, et fit mine de dormir. Il attendit trois heures après le départ des camions convoyant les autres prisonniers avant de quitter la boulangerie. Le patron poussa de hauts cris. Un gardien polonais accourut. Le boulanger déclara qu'il avait trouvé Emil endormi dans la pièce du fond, alors qu'il était censé monter dans le camion avec les autres.

On emmena Emil auprès du commandant du camp et, une fois de plus, il agit comme s'il était en état de stress post-traumatique, jurant qu'il s'était assoupi et n'avait aucune intention de rater le train. Le commandant du camp, qui espérait quitter la zone au plus vite, était furieux de voir ses plans contrecarrés.

— Flanquez-moi ce taré dehors, ordonna-t-il quand on lui demanda ce qu'il entendait faire d'Emil maintenant que le camp était officiellement fermé. Donnez-lui un grand coup de pied aux fesses et qu'il aille chercher noise ailleurs !

Emil Martel va à l'ouest et retrouve sa femme et ses fils, songea-t-il, mimant la voix du caporal Gheorghe. Il se hâta de franchir les grilles du camp en frottant son postérieur endolori, remercia Jésus, Dieu, le Divin, l'Intelligence Universelle, le Tout-Puissant, les étoiles, la lune et les planètes, et s'évanouit dans la nature.

***

Comme le temps s'était réchauffé et qu'il préférait éviter les rencontres, Emil dormait dans la forêt pendant la journée et se déplaçait la nuit, s'orientant grâce aux étoiles de façon à s'éloigner le plus possible du dernier camp de prisonniers à l'extérieur de Chełm. Au matin du 19 juillet, il se rendit dans la petite communauté agricole de Puławy, au nord-est de Lublin, en Pologne, où il acheta un billet pour le dernier arrêt avant la frontière allemande.

Le guichetier le dévisagea d'un air soupçonneux.

— Rzepin ?

— Rzepin, c'est ça, confirma Emil. C'est là qu'habite ma grand-tante.

Sceptique, l'employé lui tendit son billet. Après s'être procuré des provisions pour le voyage, Emil s'assit près d'une fenêtre, rabattit son bonnet sur ses yeux et dormit pendant que le train traversait le pays. Il dut changer de train deux fois, dont une à Varsovie. Il avait prévu de descendre à Rzepin et de franchir la frontière allemande à pied à la faveur de l'obscurité.

Mais douze heures plus tard, alors que le troisième train de son périple effectuait un arrêt prolongé à Poznań, Emil découvrit qu'une autre possibilité s'offrait à lui. C'était en début de soirée, quelques heures avant la tombée de la nuit, il avait faim. Il descendit du train, pénétra dans la gare et aperçut une cinquantaine d'hommes hâves, en loques, assis en tailleur à même le sol sous la surveillance de trois gardes soviétiques armés.

Ayant acheté un casse-croûte insipide, il demanda à la guichetière qui étaient ces gens-là. Des soldats allemands qui retournaient dans leurs foyers, répondit-elle. Un accord venait d'être conclu, permettant un échange de prisonniers. Originaires d'Allemagne de l'Ouest, ces hommes seraient échangés contre des prisonniers de guerre d'Allemagne de l'Est.

Emil se rappela que le Roumain évoquait souvent les occasions qui se présentaient quand on avait une vision claire de l'objectif visé.

— Vous voulez dire qu'ils vont tous en Allemagne de l'Ouest ?

— À Braunschweig, en zone britannique. Je suppose que c'est à l'ouest.

Emil la remercia et s'éloigna pour déjeuner sans perdre de vue les prisonniers allemands et les gardes soviétiques. Les hommes avaient l'air détendus, contents de rentrer chez eux, même en tant que prisonniers.

Et pourquoi pas ? Ils seront peut-être incarcérés à l'ouest pendant un temps, mais ensuite, ils seront libres. On ne peut pas en dire autant de ceux qu'on va emmener dans l'autre sens.

Il se rappela ce que lui avait affirmé le caporal Gheorghe : la plupart des gens voient l'occasion se présenter sans la saisir, ils ne prennent pas de risque, si bien qu'elle finit par leur passer sous le nez.

Décider d'abord, agir ensuite. Choisir la foi, puis tenter sa chance.

Les mains croisées derrière la tête, un autre groupe de prisonniers arriva dans la gare en même temps que le contrôleur pour appeler les voyageurs en partance pour l'ouest. Confiant en son destin, Emil prit sa décision et agit. Il fourra les reliefs de son repas dans les poches de sa veste.

Les trois soldats soviétiques ordonnèrent aux prisonniers de se lever et de croiser les mains derrière la tête, tandis que ceux de l'autre groupe faisaient la course aux meilleures places dans le train. On se bousculait, on rouspétait, des jurons fusaient. Emil se glissa parmi eux, les mains derrière la nuque.

***

Personne ne vérifia ses papiers quand il monta dans le train. Si on les lui avait demandés, il aurait présenté son billet pour Rzepin et serait descendu à l'arrêt suivant. Le train franchit sans encombre la frontière allemande et prit de la vitesse, emmenant Emil vers l'ouest.

Pendant le voyage, il rectifia son récit, expliquant à ceux qui l'interrogeaient qu'il était le caporal Emil Martel, Allemand de souche ayant combattu dans les rangs de la Wehrmacht. Il avait survécu à Stalingrad et participé à la bataille du Dniepr où il avait perdu ses papiers avant d'être capturé et détenu dans une prison, à Poltava.

— Tu n'es pas allemand, observa l'un des hommes. Qu'est-ce que tu fais là ?

Emil le fixa calmement, sourit et lui offrit un bout de saucisse.

— Non, je ne suis pas allemand, pourtant le *Reichsführer* Himmler lui-même a jugé que j'avais du sang aryen plus pur que n'importe qui. C'est pour cette raison que ma famille a été protégée et escortée en Allemagne par les SS. Ma femme et mes fils m'attendent.

L'homme parut interloqué, mais accepta l'offrande.

— Où ça ?

— À Braunschweig. Il y a un camp de réfugiés.

— En zone britannique, fit l'homme dont les soupçons se dissipaient à mesure qu'il mastiquait. Ce n'est pas très loin de là où on nous emmène.

— Je serai content de savoir que ma famille est tout près et en sécurité jusqu'à ce que je sois libéré.

Une heure et demie plus tard, le train passa au sud de Berlin, d'Adeline et des enfants. Emil comprendrait plus tard qu'ils n'étaient qu'à quatre-vingts kilomètres de distance.

Le train s'arrêta à l'est de Wolfsburg. On ordonna à tous les prisonniers, Emil inclus, d'attendre sur le quai, tandis qu'on rattachait les trois voitures qu'ils occupaient à une autre locomotive.

La chaleur était étouffante et les prisonniers passablement agités quand on leur demanda leurs papiers avant de remonter dans le train. Emil s'avança hardiment au début de la queue, prêt à monter en tentant un coup de bluff. Mais quand il déclara avoir perdu ses papiers à Stalingrad, on lui enjoignit de se tenir contre un mur de la gare. La première voiture derrière la locomotive fut remplie de prisonniers, et les soldats qui vérifiaient les documents passèrent au wagon suivant.

Emil les regarda placer une table devant la porte du wagon, puis on demanda au prochain dans la file de présenter ses papiers. Comme personne ne semblait le surveiller, Emil s'en alla tranquillement, sauta du bout du quai et traversa la voie devant la locomotive, saluant le conducteur au passage.

Progressant en sens inverse, il rejoignit le troisième wagon de voyageurs qui était vide. Il y grimpa, longea le couloir, s'installa dans le troisième siège, baissa la tête et patienta. On disposa la table devant la porte du train. Quand le premier prisonnier entra dans le wagon, Emil fit semblant de lacer ses chaussures avant de se rasseoir. Tournant la tête vers son voisin, il reconnut le prisonnier à qui il avait offert un morceau de saucisse, un peu plus tôt. L'homme lui adressa un signe et détourna la tête.

Transpirant à cause de la chaleur et du risque qu'il venait de prendre, Emil rabattit son bonnet sur ses yeux, feignant de dormir jusqu'au départ du train à destination du sud.

Moins d'une demi-heure plus tard, le train vira vers l'ouest, ralentit et fit halte au milieu de champs ondoyants. Emil repéra un ruisseau qui traversait un pré luxuriant et ne put s'empêcher de penser à la vallée verte d'Adeline. Était-il enfin tout près ? Était-elle déjà arrivée ?

Un soldat soviétique traversa le wagon et se planta devant lui.

—Montre-moi encore tes papiers, rugit-il. Si tu veux passer en zone britannique, il faut qu'ils soient en règle. Allez, sors-les ! Tout de suite !

35

24 décembre 1946
Gutengermendorf, Allemagne de l'Est occupée par les Soviétiques

Le matin de la veille de Noël, Adeline se réveilla à cinq heures. Elle s'extirpa difficilement du lit comme si ses jambes et ses bras étaient de plomb. Étourdie, des martèlements lui labourant le crâne, elle s'habilla dans l'obscurité, sortit et prit son manteau avec son cabas.

Engourdie par le froid, elle se dirigea vers la gare. Le train pour Berlin partait à cinq heures et demie. Elle voulait être la première arrivée à la coopérative des officiers, qui ouvrait à sept heures. De la sorte, elle serait de retour à temps pour préparer le déjeuner et le dîner du colonel Vasiliev ainsi que de ses officiers, et rentrer à la maison avant la nuit pour fêter le réveillon avec les enfants.

Seule sur le quai, piétinant pour se réchauffer, elle se sentait nerveuse et incroyablement triste. Au début, elle mit ce changement d'humeur sur le compte des nuits d'insomnie. Elle monta dans le train et ferma les yeux. La vraie raison de sa morosité lui apparut alors.

La veille du Noël précédent, dans la vieille église, elle avait repoussé le capitaine Kharkov avec un couteau. Après l'incident, elle s'était demandé ce qu'elle deviendrait l'année suivante si elle se retrouvait sur ce banc froid et dur sans avoir reçu de nouvelles d'Emil.

Une malheureuse solitaire, probablement veuve, incapable de regarder la vérité en face et s'accrochant à de vains espoirs, voilà ce que je serai dans un an. C'est ce que le lieutenant Gerhardt me répète chaque fois que je la vois. Emil est mort et on m'oblige à espionner tout le monde. Mes colocataires. Mes voisins. Le colonel et ses hommes.

Quelle vie est-ce là ? Et que vont devenir Walt et Will ? À l'école, les force-t-on à espionner leurs camarades, eux aussi ? À m'espionner moi ?

Elle débordait de colère et d'amertume, se demandant à quoi avaient rimé les deux années et neuf mois qui venaient de s'écouler. Les Martel avaient survécu à la Longue Marche et à la dernière année de guerre pour être finalement séparés. Elle avait essayé de pousser aussi loin que possible à l'ouest, mais apparemment pas assez. Elle avait essayé de vivre sereinement, espérant toujours le retour d'Emil : au lieu de quoi, elle était à la merci de violeurs et de la police secrète qui lui rabâchait qu'il était absurde de se bercer d'illusions.

Qu'ai-je fait pour mériter cela ? Seigneur, pourquoi suis-je punie de la sorte ?

La réponse lui était venue sur le chemin de la gare : elle n'était pas punie au nom du Seigneur, mais du communisme, de Staline, comme cela avait été le cas pour son père, arrêté vingt ans auparavant.

Déporté à l'est. Jeté aux quatre vents et aux loups. Disparu à jamais. Comme Emil.

Adeline sentit l'émotion l'envahir et fut affligée de constater qu'elle n'avait plus assez d'énergie pour s'interroger sur le sort d'Emil. Elle consomma sur place un thé et un *strudel* achetés dans un kiosque ouvert à la gare. Puis elle se mit en route pour la coopérative des officiers. Tout d'un coup, elle pensa à sa mère, à Malia et à son frère Wilhem ; ils lui manquaient tant.

Que sont-ils devenus ? Où sont-ils ? Dans la petite ville où je les ai laissés ? Les reverrai-je un jour ? Aurai-je de leurs nouvelles ? Ou ont-ils disparu à jamais de ma vie ? Comme...

Elle se retint de prononcer le prénom de son mari mais, dans son esprit, elle le revoyait clairement tel qu'il était lorsque les soldats l'avaient emmené, alors qu'il lui criait de partir le plus loin possible à l'ouest et qu'il la retrouverait. C'était probablement la dernière fois qu'elle l'avait vu. Elle était incapable de retenir ses larmes. Devenue vieille, ridée, le cœur brisé de ne pas savoir quel avait été le sort d'Emil, elle garderait de lui cette image jusqu'à la fin de ses jours. D'ailleurs, saurait-elle un jour ce qu'il était advenu de lui ?

Cette question la plongea dans un désespoir si profond qu'elle remarqua à peine la sentinelle en faction devant la porte de la coopérative.

— J'aimerais du chocolat pour mon amie ce soir. Et n'importe quelle marque de cigarettes.

— Du chocolat et des cigarettes ? J'aurai droit à une visite de la police secrète.

— J'ai été obligé de parler. Je vous l'avais dit. Ils ont menacé ma sœur.

— Ils menacent toujours quelqu'un, c'est leur méthode habituelle.

Elle entra à la coopérative et se dépêcha de faire ses achats, sachant exactement ce qu'elle voulait et pourquoi. Quand elle eut terminé, la petite voix intérieure, son garde-fou, lui conseilla de régler la note et de partir. Mais cette même voix la mit en colère. Voilà des années qu'elle l'entendait rabâcher la même rengaine : elle n'avait pas le droit de manger alors qu'elle mourait de faim, elle était responsable de la mort de son premier-né, c'était une réfugiée, une quantité négligeable. C'était la voix de la peur qui lui murmurait qu'elle n'était pas à la hauteur de son entourage, qu'il ne fallait pas prendre de risque, mais se protéger ainsi que ses enfants.

Elle resta plantée là, le regard dans le vague, se demandant où cette voix l'avait menée finalement. Était-elle plus en sécurité à présent que lorsqu'elle avait quitté sa mère ? Hormis un toit pour sa famille et un emploi qui leur permettait de subvenir à leurs besoins, la réponse était *non* et le serait tant qu'elle vivrait ici, sous un régime soviétique, sous l'étroite surveillance du lieutenant Gerhardt.

Soudain, elle sentit cette colère se muer en défi, un sentiment si puissant qu'elle sortit un stylo de sa poche pour gribouiller quelques articles supplémentaires sur sa liste de courses. La vendeuse compléta la commande, outre celle du colonel Vasiliev. Adeline paya, ajoutant le complément de sa poche.

En sortant, elle remit la tablette de chocolat au planton.

— Si vous le dites au lieutenant, vous n'aurez plus rien. Joyeux Noël !

— On n'a pas le droit de le souhaiter maintenant.

— Tant pis, répliqua-t-elle en se dirigeant vers la gare.

***

Huit heures plus tard, Adeline sortit un chapon rôti du four. La cuisine était attenante au mess des officiers soviétiques et Adeline l'avait baptisée « la salle blanche » parce que le colonel Vasiliev avait exigé des nappes blanches assorties au carrelage des murs et du sol. Pour tenir le chapon au chaud, elle le plaça dans un four plus petit avec les bols de nouilles aux œufs et aux oignons qu'elle avait préparées ainsi que deux miches de pain brun russe à l'ail, dont le colonel Vasiliev était friand. Elle ouvrit un gros pot de caviar et en versa le contenu dans une assiette où elle avait disposé les biscuits salés favoris de Vasiliev, et quatre fromages différents. Dans la salle blanche, deux bouteilles de vodka et trois bouteilles de riesling trônaient dans une bassine remplie de glace.

Une fois la table mise – nappe et serviettes immaculées, argenterie et verres en cristal –, elle astiqua la cuisine. Quand elle eut terminé, elle décida de ne pas penser à ce qui lui gâchait la vie. Aujourd'hui, elle fêterait comme il se doit le réveillon avec Walt et Will. Peut-être même accepterait-elle l'invitation de *Frau* Schmidt à passer la soirée en sa compagnie et celle de *Herr* Schmidt.

Elle se réjouissait à l'avance de la joie des enfants en découvrant leurs cadeaux. Elle ne s'était jamais sentie aussi bien de toute la journée.

Elle enfila son manteau, ses gants, son écharpe et sortit. L'air était glacial. En cette fin d'après-midi, le ciel hivernal avait viré au bleu clair annonçant un refroidissement. À peine avait-elle tourné le coin de la rue que la berline noire tant détestée stoppa à sa hauteur, la vitre arrière baissée.

— *Frau* Martel, commença le lieutenant Gerhardt comme si elles étaient les meilleures amies du monde. Quelle chance de vous trouver. Montez, je vous en prie. Je suis sûre que vous avez un tas de choses à me raconter après avoir fait toutes ces dépenses pour le réveillon.

***

Adeline s'était attendue à une visite de la police secrète, raison pour laquelle son cabas était vide. Elle avait dissimulé les cadeaux des enfants dans un placard du garde-manger des officiers russes. Elle monta et ferma la portière. La voiture était à l'arrêt, le moteur tournant au ralenti, le même chauffeur à l'air renfrogné fumait une cigarette.

— Qu'y a-t-il dans votre cabas ?

Adeline lui montra qu'il était vide, puis lui remit le reçu des achats effectués dans la matinée.

Le lieutenant Gerhardt étudia la liste, la mâchoire crispée.

— Le colonel achète tout ça ?

— Non, il y avait aussi d'autres commandes de la part d'au moins six officiers de son état-major. Ils règlent avec leur argent. Surtout de la vodka…

— Donnez-moi leurs noms et dites-moi qui a acheté quoi.

Adeline s'exécuta, ajoutant un ou deux de ses propres articles à la commande de chacun des officiers de la liste. Gerhardt prenait des notes dans un carnet marron.

— Et ensuite ?

— J'ai préparé le repas, nettoyé la cuisine et je suis partie.

Le lieutenant Gerhardt continuait d'écrire.

— Vous me décevez Adeline, lâcha-t-elle sans lever les yeux. Je vous ai demandé je ne sais combien de fois de rester pour écouter leurs conversations à table.

— Je l'ai fait. Est-ce de ma faute s'ils ne parlent que de femmes, de manger, de boire et du temps qu'ils doivent encore attendre avant de retourner dans la Mère Russie ?

L'officier releva la tête.

— Pourquoi n'êtes-vous pas restée ce soir ?

— C'est Noël…

— Ces coutumes débiles ne seront plus reconnues par le Parti, Adeline.

— Je me suis levée à trois heures du matin. J'ai travaillé sans relâche pendant douze heures, lieutenant. Maintenant, je rentre retrouver mes fils et voici un secret que vous n'aurez à arracher à personne d'autre : ce soir, je vais suivre ces coutumes débiles non reconnues par le Parti, et demain aussi, parce que le colonel Vasiliev m'a donné un jour de congé pour les mêmes raisons débiles.

Gerhardt posa son stylo et fusilla Adeline du regard. Elle se pencha vers elle.

— Ne prenez pas ma douceur pour de la faiblesse, Adeline. Ici, le Parti, c'est moi, et le Parti n'oublie jamais. Ça marche comme ça !

Adeline savait qu'elle avait intérêt à se taire, mais elle soutint son regard.

— Je crois le savoir mieux que vous, lieutenant. J'ai passé presque toute ma vie sous le régime soviétique. Vous ne faites que commencer, ce qui veut dire que le dossier qu'on remplit sur vous est encore mince, mais il s'étoffera de jour en jour, de semaine en semaine, de mois en mois et d'année en année. Jusqu'au jour où on n'aura plus besoin de vous.

La femme se renversa sur son siège et dévisagea Adeline, révisant l'opinion qu'elle avait d'elle.

— Vous n'aimez pas vivre ici, Adeline, avouez-le.

— J'aime mon métier. J'adore cuisiner. Mes enfants vont à l'école.

— Mais vous souhaiteriez autre chose, n'est-ce pas ?

Adeline se sentit mal à l'aise, subodorant un piège.

— Je n'ai pas à me plaindre.

Gerhardt esquissa un sourire.

— Au contraire. Je pense que vous avez à vous plaindre de beaucoup de choses. Mais vous êtes futée, Adeline. Personne ne vous entend jamais le crier sur les toits.

Adeline garda le silence.

Souriant comme si elle pouvait lire dans ses pensées, l'agente de la police secrète l'observait :

— Je vous avertis, Adeline, la frontière avec l'ouest se renforce quotidiennement.

Adeline fronça les sourcils.

— Je ne vous suis pas.

— On installe des miradors et des barbelés. Des chiens patrouillent tout le long et on en entraîne d'autres. Et chaque jour, ceux qui tentent de passer à l'ouest sans autorisation sont abattus. Surtout des réfugiés.

— Je ne sais pas ce que…

Le sourire de Gerhardt s'évanouit.

— Réfléchissez-y à deux fois si vous êtes tentée, Adeline… Je vous le dis pour votre bien et celui de vos fils.

— Je ne vois toujours pas…

— Vous ne parlez que très rarement de *Frau* Schmidt.

Adeline avait l'impression d'être malmenée dans tous les sens.

— Que voulez-vous que je vous dise ? Elle est âgée. Son mari est malade. Il m'arrive d'aller passer un moment en sa compagnie.

— Et les officiers russes qui logent chez eux ?

Elle voyait que le lieutenant Gerhardt la harcèlerait tant qu'elle n'aurait pas un os à ronger.

— L'un d'entre eux, le capitaine Kharkov, est un violeur.

— Un violeur ? répéta le lieutenant, stupéfaite.

— Il a essayé de me violer l'an dernier. C'était la vieille de Noël, dans l'église où je me cachais la nuit, les samedis et les jours de fêtes. Je l'ai repoussé avec un couteau.

Le lieutenant Gerhardt retrouva son sourire et ouvrit son carnet.

— Bravo ! Je prends note.

Quand la voiture démarra, la laissant sur le trottoir, Adeline feignit de prendre la direction de chez elle. Puis elle rebroussa chemin pour récupérer ses cadeaux dans la cuisine du colonel Vasiliev. Elle les fourra dans son sac avec d'autres friandises prélevées dans le garde-manger. Elle quitta le mess des officiers soviétiques avec un sentiment de rébellion et d'audace en pensant au vol des provisions destinées aux Russes et à la façon dont elle avait berné le lieutenant Gerhardt.

Mais pourquoi l'avoir avertie du renforcement de la surveillance à la frontière ? L'agente de la police secrète savait-elle qu'elle avait traversé la zone britannique à Berlin, l'année précédente ? Ou le ton de défi d'Adeline lui semblait-il être la preuve qu'elle était assez malheureuse pour tenter de s'évader ?

De toute façon, cela n'avait aucune importance. Arrivée chez elle, Adeline avait renoncé à s'enfuir, sachant que des gens se faisaient tuer tous les jours en tentant de traverser la frontière.

Un sac de voyage à la main, sa logeuse, *Frau* Holtz, partait avec sa nièce chez sa famille à Berlin. Les soldats russes se trouvaient en ville.

— Je crois qu'il n'y a que nous pour Noël, maman, dit Walt.

— On peut avoir un sapin ? demanda Will.

— La chambre est trop petite pour un sapin. Mais ne faites pas la tête. Nous sommes invités chez les Schmidt, comme l'an dernier.

Les enfants poussèrent un cri de joie.

— On aura des cadeaux comme l'année dernière ? questionna Walt.

— Peut-être, répondit Adeline en souriant.

— On pourra faire de la luge ?

— Bien sûr.

— Le soir ?

— Non, il n'y a pas de lune et on ne verra rien. Mais prenez vos affaires et vous pourrez peut-être faire de la luge avant qu'il fasse trop noir.

Ils sortirent dix minutes plus tard, emmitouflés dans leurs vêtements chauds. Le cabas d'Adeline était rempli de victuailles et de cadeaux. Ils prirent le chemin le plus long et arrivèrent à la ferme des Schmidt au moment où le soleil déclinait derrière l'horizon brumeux, projetant des rayons obliques à travers les arbres nus. Ravie de leur visite, *Frau* Schmidt annonça aux enfants qu'ils pourraient faire de la luge jusqu'à la tombée de la nuit. Par chance, le capitaine Kharkov et ses compagnons étaient partis depuis longtemps. Adeline assista à leur première descente en luge. Elle était aux anges de les voir remonter le talus, pataugeant dans la neige jusqu'aux genoux. Comme ils avaient grandi ! Walt avait neuf ans à présent et Will sept.

— Maman, s'écria-t-il. Tu as vu comme on va vite ?

— Un record de vitesse ! Bon, je vais retrouver nos amis. Attention à ne pas vous blesser !

— Aucun risque ! répondit Walt.

Adeline s'éloigna d'un pas léger, comme si elle était soulagée d'un lourd fardeau. Brusquement, pour la énième fois depuis qu'Emil avait disparu, un voile de tristesse l'enveloppa comme un linceul quand elle songea qu'ils passeraient encore un Noël sans lui. Elle se traîna vers la porte, plus déprimée encore qu'en début de journée. Le désir de revoir Emil la rongeait, et elle avait l'impression d'être une marionnette entre les mains du destin. Elle aurait voulu prier pour qu'il revienne sain et sauf, mais elle doutait d'en avoir encore la force.

Contenant avec peine le chagrin qui la submergeait, elle s'immobilisa, ferma les yeux et pria Dieu de veiller sur l'âme d'Emil et de lui signifier s'il était mort, afin qu'elle puisse faire le deuil de sa perte et de l'amour qu'elle lui avait toujours porté.

Elle monta l'escalier et entra dans la maison chaleureuse et accueillante des Schmidt, les joues mouillées de larmes. Le sapin attendait que les enfants le décorent. *Herr* Schmidt allumait le feu. Il avait l'air en meilleure santé.

Dans la cuisine, *Frau* Schmidt s'affairait devant le four. Elle se retourna en entendant la porte s'ouvrir et se refermer.

— Adeline, est-ce que… ça va ?

— Je fais aller, Greta… répondit Adeline en éclatant en sanglots.

Inquiet, *Herr* Schmidt se leva. Son épouse se précipita.

— Que se passe-t-il, ma chérie ?

— C'est toujours dur de ne pas savoir à cette période de l'année. En plus, cette sale bonne femme, le lieutenant Gerhardt, m'a dit qu'Emil se trouvait dans un camp de prisonniers où presque tout le monde est décédé de maladie. Il est parti depuis mars de l'année dernière, et je n'ai eu pas eu de message pour m'avertir qu'il est mort ou vivant.

Frau Schmidt la serra dans ses bras.

— J'imagine ce que vous ressentez. Mais vous avez vos fils. Quoi qu'il arrive, vous retrouverez en eux l'esprit d'Emil.

Adeline se rappela que ses amis avaient perdu leur enfant à la guerre. Elle refoula ses larmes et s'écarta pour dévisager la vieille dame.

— Merci de m'avoir rappelé la chance que j'ai, Greta.

Will entra en trombe.

—Maman, viens voir le ciel. Il est tellement… Tu ne vas pas le croire.

Adeline hésita et sécha ses larmes d'un revers de manche.

—Allez-y, l'encouragea *Frau* Schmidt. Vous avez du mal à imaginer le cadeau que vous font vos fils. Que demander de plus ?

Adeline la remercia encore avec un sourire.

Elle boutonna son manteau, s'enveloppa la tête de son écharpe et rejoignit les enfants dehors, le nez en l'air, les yeux écarquillés d'émerveillement.

Le soleil avait presque disparu derrière l'horizon, mais les rayons de sa lumière déclinante enflammaient cinq nuages qui s'étiraient en minces spirales qu'ils coloraient de rouge, d'or et de violet. On aurait dit des rubans qui festonnaient le ciel au-dessus de leurs têtes et décrivaient des cercles indolents, comme agités par la brise. Extasiée devant ce ballet éphémère, Adeline sentit ses enfants nouer leurs bras autour de sa taille.

—Joyeux Noël de la part du ciel, maman ! s'écria Walt.

Les larmes aux yeux, elle étreignit ses enfants très fort tout en continuant de contempler le ciel. Elle entendit la porte s'ouvrir et des pas résonner sous le porche.

—Quel spectacle ! s'exclama *Frau* Schmidt.

—C'est incroyable ! renchérit Adeline.

—Peter, viens vite avant que ce soit fini !

Herr Schmidt sortit, bataillant pour enfiler sa veste, mais en voyant les rubans sillonner le ciel, il se figea, bouche bée.

—Ça alors, je n'ai jamais rien vu de tel de ma vie.

Les couleurs des nuages changeaient d'une minute à l'autre, virant du rouge, au violet doré, puis au pourpre avant que l'obscurité n'efface les rubans célestes, laissant à tous un souvenir impérissable.

—Tu as aimé ton cadeau ? demanda Will, pendant qu'ils regagnaient la ferme.

—Un des plus beaux de ma vie, merci, répondit-elle, étreignant ses deux fils.

Frau Schmidt s'activait dans la cuisine lorsqu'ils entrèrent. Portant toujours son lourd manteau et son bonnet, *Herr* Schmidt se baissa pour raviver le feu dont les flammes ne tardèrent pas à danser dans le poêle, pendant qu'Adeline et les garçons se débarrassaient de leurs manteaux.

—Il fera bon d'ici un quart d'heure, dit Walt.

—J'adore regarder le feu ! s'écria Will.

—Comme tout le monde, enchaîna *Herr* Schmidt, refermant la porte du poêle et ébouriffant les cheveux du garçon avant d'ôter son bonnet et son manteau.

—Vous avez envie de chanter des cantiques de Noël ?

Les enfants battirent des mains et regardèrent leur mère, qui n'était pas vraiment d'humeur à chanter.

Elle hocha la tête.

—Bonne idée !

Frau Schmidt appela son mari.

—Qu'y a-t-il ?

—Tu as dit qu'il y avait du courrier pour Adeline.

—Ah, fit-il, agitant le doigt comme s'il venait de s'en souvenir. Je l'ai mis là, je crois.

Il fouilla dans la poche intérieure de son manteau et en tira une mince enveloppe.

—Je me demande pourquoi on l'a envoyée ici. Vous avez déménagé depuis près d'un an.

Perplexe, Adeline s'en empara et lut l'adresse dactylographiée avec son nom suivi de *chez Schmidt* ainsi que l'adresse de l'expéditeur – *RC, DPC, Alfeld.*

Les garçons s'en furent dans la cuisine où *Frau* Schmidt sortait des biscuits au chocolat du four.

—Où se trouve Alfeld ? demanda Adeline après avoir retourné l'enveloppe et remarqué que le rabat avait été à moitié décollé ou recollé grossièrement

— Aucune idée, dit *Herr* Schmidt. Mais je perds la mémoire.

Adeline glissa un doigt sous le rabat, le déchira sur toute la longueur et sortit une feuille de papier de l'enveloppe. Elle la déplia et se mit à lire la lettre dactylographiée. Elle porta une main tremblante à ses lèvres. Ses yeux s'embuèrent, elle renversa la tête en arrière, leva les mains et laissa échapper un cri strident, mélange d'incrédulité et de pure jubilation.

— Mon Dieu, c'est de la part de la Croix-Rouge internationale ! Papa est vivant et libre ! Il nous attend à l'ouest !

Les garçons se mirent à sauter de joie et à crier à tue-tête.

— Où est-il ? demanda Will.

— Dans un camp de personnes déplacées à un endroit qui s'appelle Alfeld ! En zone britannique !

Walt se calma, l'air décontenancé.

— Comment est-il arrivé là-bas ?

Adeline regarda la lettre à travers ses larmes qu'elle dut essuyer pour la relire.

— Ce n'est pas indiqué. On dit juste qu'il attend qu'on lui réponde.

Les Schmidt partageaient leur bonheur, qui était contagieux ce soir-là. Ils mangèrent, burent, levèrent leurs verres en signe d'allégresse. *Herr* Schmidt s'installa au piano et se mit à jouer un air joyeux. Adeline ne le reconnut pas, mais c'était une musique au rythme très entraînant qui lui rappela le jour de son mariage. Emil et elle avaient dansé à en perdre haleine au son de l'accordéon, comme s'ils s'étaient endormis en Russie et réveillés au paradis.

Elle tendit les mains aux enfants.

— Qu'est-ce qu'on fait ? demanda Walt quand elle se mit à les tirer par les bras en tous sens.

— On danse ! On va danser toute la nuit parce que papa est vivant !

CINQUIÈME PARTIE

LA DERNIÈRE VALLÉE VERTE

36

13 mars 1947
Gutengermendorf, Allemagne de l'Est
occupée par les Soviétiques

Adeline ferma la porte séparant la cuisine de la salle à manger du mess des officiers soviétiques et surveilla les betteraves à sucre qu'elle faisait cuire pour en extraire la mélasse, puis elle tira de sa poche la quatrième lettre d'Emil. Elle la déplia, les mains tremblantes, mais ce n'était pas sous l'effet du choc ni de la joie extatique qu'elle avait éprouvés en apprenant que son mari était vivant, prisonnier d'un camp à cinquante kilomètres au sud de Hanovre, en Allemagne, près de la ville d'Alfeld.

Elle avait été aux anges de recevoir cette dernière missive, mais également inquiète de constater qu'une fois de plus, on avait décacheté l'enveloppe et lu le contenu. Le lieutenant Gerhardt, à coup sûr ! L'agente de la police secrète n'ignorait pas que la Croix-Rouge avait contacté Adeline la veille de Noël. Elle l'avait mise en garde contre toute tentative de passer à l'ouest. Depuis, elle s'ingéniait à lui faire savoir qu'elle lisait jusqu'au moindre mot échangé entre les époux.

Gerhardt savait qu'Emil s'était évadé de Poltava, avait traversé l'Ukraine, la Pologne et l'Allemagne de l'Est, puis s'était introduit clandestinement dans la zone britannique en se mêlant à un groupe de soldats démobilisés, sans oublier l'aide précieuse de l'un d'eux, particulièrement friand de saucisses, qui avait remis à Emil les documents à présenter au poste-frontière avant de passer de l'autre côté.

— Votre mari est un criminel, un ennemi de l'État, avait martelé le lieutenant Gerhardt, et vous le serez vous aussi, Adeline, si vous décidez de le rejoindre avec vos enfants.

Cette femme semblait trouver un malin plaisir à lui tenir ce genre de propos, mais Adeline pressentait que le lieutenant tentait de provoquer chez elle une réaction qui l'aurait trahie. Elle avait fini par comprendre que, dans pareil contexte, la meilleure tactique était l'absence de réaction ou l'esquive. Gerhardt la suspectait de chercher à s'évader d'Allemagne de l'Est occupée par les Soviétiques.

— Je remplis un dossier pour que nous puissions le rejoindre légalement, répétait Adeline, quand l'agente de la police secrète évoquait leur correspondance.

— Ils abattront vos fils dès que vous vous mettrez à courir, avait lancé Gerhardt lors de leur dernier entretien.

Pourtant, les soupçons du lieutenant se limitaient à de simples conjectures. Elle avait beau lire chaque mot qu'échangeaient les deux époux, elle ne se doutait pas qu'outre leurs déclarations d'amour, la description de leur quotidien et leur profond désir de se retrouver, ils communiquaient par un « code miroir » qu'ils avaient utilisé lors de leurs démêlés avec le pouvoir communiste. Celui qui parlait ou écrivait devait faire allusion à un miroir ou une surface argentée, un lac ou une rivière par exemple, afin que l'autre comprenne que les phrases suivantes signifiaient exactement le contraire de l'énoncé. L'emploi des termes « je fais » indiquait qu'ils avaient cessé de mentir et que, désormais, ils disaient la vérité.

Le contenu de la première lettre d'Adeline à son mari se présentait ainsi :

Mon très cher amour,
Tu n'imagines pas à quel point j'ai été heureuse de recevoir ta lettre la veille de Noël. Les enfants étaient si contents qu'ils sautaient de joie en criant à tue-tête. J'ai regardé dans le miroir ce soir-là en songeant

que j'aimerais tellement que tu sois parmi nous. Nous sommes bien plus heureux ici qu'à Friedenstal. Personne n'écoute nos conversations. Je ne fais que penser à toi quand je travaille à la cuisine. Walt étudie la géométrie et Will apprend à lire.
En attendant de te serrer dans mes bras,
Ton Adeline qui t'aime de tout son cœur.

***

À la lecture de la dernière réponse d'Emil, elle ressentit une sensation de vide au creux de l'estomac et une poussée d'adrénaline si forte qu'elle avait du mal à tenir en place.

Ma très chère Adeline,
Je prie pour que tu sois heureuse et en bonne santé et que les enfants grandissent en pleine forme. Près du camp, il y a un étang argenté où je vais souvent me promener. Je me demande si, au lieu d'attendre ici, je ne devrais pas tenter de vous rejoindre, toi et les enfants. La frontière est presque complètement infranchissable à présent. Il paraît que, pour la traverser dans un sens ou dans l'autre, les réfugiés doivent emprunter la voie officielle. Près de l'étang hier, je me disais que si la vie est telle que tu la décris, je préfère que tu restes là où tu es. Je passerai par l'Est pour te retrouver. Abandonne tes projets et attends que je vienne bientôt frapper à ta porte ou que je t'appelle avant d'arriver à la gare. Je ne fais que penser à toi, je t'aime et je garde le moral en espérant te revoir très bientôt... Embrasse les enfants de ma part. Ton mari qui t'adore. Emil.

***

Adeline reposa la lettre sur la table et enfouit la tête dans ses mains. Si elle interprétait le message d'Emil correctement, il ne lui disait pas d'attendre qu'il la rejoigne. Il lui laissait entendre qu'elle devait tenter de franchir clandestinement la frontière tant que c'était encore possible. Elle n'avait toutefois aucune idée de par où passer, là où il n'y aurait ni barbelés ni chiens ni patrouilles ni miradors. Ses enfants et elle-même devraient surmonter bien des obstacles pour s'évader.

Elle se remémora les paroles d'Emil, longtemps auparavant. *« Tôt ou tard, tu devras choisir entre l'esclavage et la liberté. Dans le second cas, il faudra s'aventurer dans un* no man's land *sous des tirs nourris pour y parvenir. Il n'y a pas d'autre solution, si tu veux mon avis. Tu devras risquer ta vie pour atteindre cet objectif. »*

Adeline consulta l'horloge et constata qu'il était près de midi. Le colonel Vasiliev et son état-major s'étaient rendus à Berlin et ne rentreraient que le lendemain. Une fois la mélasse prête et répartie dans deux bocaux en verre, elle avait l'après-midi pour elle. Elle ferma hermétiquement les récipients, les posa sur la table et décida d'aller marcher pour se changer les idées. Elle enfila son manteau, traversa le village au hasard des rues et se retrouva sur la route menant à la ferme des Schmidt. Au bout d'une centaine de mètres, elle aperçut la voiture du lieutenant Gerhardt qui arrivait dans sa direction.

Sa première impulsion fut de se cacher dans les bois pour l'éviter, mais elle se ravisa. Elle ne pourrait faire un plus mauvais choix ! Elle ne bougea pas, attendant que la berline noire stoppe à sa hauteur. La vitre s'abaissa.

Le lieutenant Gerhardt afficha un sourire pincé.

— Comment se fait-il que vous ne soyez pas à la cuisine, Adeline ?

— J'ai mon après-midi libre.

— Ah oui, je suis au courant. Cela s'est bien passé à la coopérative ?

— J'y suis allée plus tard que prévu, parce que l'horaire a changé, expliqua Adeline en lui tendant la liste avec le reçu.

Gerhardt l'étudia.

— Des cigarettes ?

Adeline s'était préparée à cette question.

— Le colonel s'est remis à fumer.

— Hum… fit le lieutenant Gerhardt en hochant la tête. Et où allez-vous ?

— Je me promène. Nous n'avons pas eu une aussi belle journée depuis longtemps.

— Je n'avais pas remarqué. Je reviens de chez votre amie, *Frau* Schmidt. L'état de son mari s'est aggravé. D'après le docteur, il a eu une attaque.

Adeline se tordit les mains sans même s'en rendre compte.

— Elle a sûrement besoin d'aide. Je peux y aller, s'il vous plaît ?

— J'ai cru comprendre que votre mari envisageait de vous rejoindre.

Aline opina.

— Effectivement.

— Il ne craint pas d'être envoyé à l'Est s'il venait ici ?

Adeline ne savait que dire.

— Je crois qu'il s'inquiète davantage de ne pas nous voir, les enfants et moi.

— Naturellement ! commenta le lieutenant Gerhardt en remontant la vitre.

***

La voiture s'éloigna. Adeline ne la lâcha pas des yeux, de plus en plus inquiète. Depuis qu'Emil l'avait contactée, elle se rendait régulièrement à la gare pour interroger les réfugiés sans domicile, arrivés par le train de midi, qui affluaient en ville pour mendier ou faire du troc. Elle espérait apprendre comment quitter la zone soviétique en toute sécurité. Mais jusque-là, elle n'avait reçu que peu d'informations utiles. Et chaque fois qu'elle ouvrait la bouche pour se renseigner, elle risquait d'être dénoncée auprès de Gerhardt.

Emil veut que je choisisse la liberté, mais il ne m'a pas donné le mode d'emploi. Elle tourna les talons et se hâta le long de la route jusqu'au chemin menant à la ferme. Quelques minutes plus tard, elle frappa à la porte. *Frau* Schmidt ouvrit avec un sourire triste.

— Vous êtes au courant ?

— Au sujet de Peter ? Oui. Où est-il ?

— En haut, avec le docteur, répondit la vieille femme, les larmes aux yeux. Il ne me reconnaît pas, Adella.

Adeline la serra dans ses bras. *Frau* Schmidt lui rendit son étreinte. Quand elles se séparèrent, la fermière se laissa tomber sur une chaise, les mains croisées sur sa poitrine.

— Il y a pire. Le Parti estime que nous sommes trop vieux et en trop mauvaise santé pour garder la ferme. On va nous déplacer, comme vous l'aviez prévu.

Adeline avait le cœur lourd devant la détresse de son amie.

— Je suis vraiment désolée, Greta.

Les pas du docteur résonnèrent dans l'escalier. Il salua Adeline avant de rendre compte à *Frau* Schmidt de l'état de santé de son mari. Il lui avait administré une piqûre et il dormait à présent. Il recommanda de ne lui donner que de l'eau jusqu'à son retour, le lendemain, et il prit congé.

Frau Schmidt monta à l'étage pour voir son mari.

— Si seulement nous l'avions fait la semaine dernière… commença-t-elle à son retour.

Un bref coup d'œil à la pendule apprit à Adeline qu'elle disposait d'environ une heure avant le retour des enfants de l'école.

— Faire quoi ? demanda-t-elle.

Frau Schmidt hésita avant de répondre.

— Tenter de passer à l'ouest. Nous avons de la famille près de Düsseldorf. Mais maintenant…

Adeline prit le temps de la réflexion.

— Qu'est-ce que le lieutenant Gerhardt vous a demandé à mon sujet ?

— Elle voulait savoir si vous tentiez de passer à l'ouest.

— Et qu'avez-vous répondu ?

—Que vous avez soumis une demande en bonne et due forme.

Soulagée, Adeline sentit un frisson d'anticipation la parcourir. Elle prit les mains décharnées de *Frau* Schmidt dans les siennes et plongea son regard dans le sien.

—Pourriez-vous m'expliquer comment vous comptiez vous y prendre ?

Greta déglutit avec peine et acquiesça.

—Mais je n'ai pas la moindre idée si ça marchera, Adeline.

***

Cinq jours plus tard, le 18 mars 1947, Adeline se leva à deux heures et demie du matin et réveilla ses enfants. Walt ouvrit les yeux, l'air hébété, Will poussa un grognement.

—Pourquoi si tôt, maman ?

—Chut ! Nous allons voir papa.

Will retira l'oreiller qu'il avait sur la tête.

Walt sauta du lit.

—C'est vrai ?

—C'est maintenant ou jamais, murmura-t-elle en leur caressant la joue. Mettez des vêtements chauds et lacez bien vos bottes. On va devoir marcher longtemps. Ne faites pas de bruit en sortant surtout. Il ne faut pas réveiller les voisins ni les chiens.

—Maman… commença Will.

—Plus un mot jusqu'à ce que je vous y autorise ! C'est compris ?

Interloqués, les deux enfants acquiescèrent. Il était rare de voir leur mère aussi tendue.

—Bien. Attendez-moi dehors. Fermez très doucement la porte en sortant.

Adeline quitta la pièce sur la pointe des pieds, elle enfila son manteau et ses bottes avant de se glisser dehors en laissant la porte entrouverte. La nuit noire était glaciale. Un mince croissant de lune luisait faiblement dans le ciel. Elle ouvrit le portail qu'elle avait pris soin d'huiler deux jours auparavant. Puis, à pas feutrés, elle gagna les portes coulissantes qui fermaient l'entrée voûtée de la grange en brique. Elle en avait également graissé les gonds et les écarta sans bruit. Elle récupéra le petit chariot où elle avait entassé l'essentiel sous deux couvertures. Adeline rejoignit les enfants près du porche et leur fit signe de la suivre. Ils descendirent la rue jusqu'à la petite gare, à l'autre bout de la ville. Ce matin-là, le train de trois heures cinquante pour Berlin était en retard et quasiment vide. Le contrôleur la reconnut alors qu'elle achetait les billets.

— On prend le premier train du matin avec les petits aujourd'hui ?

— Nous allons passer la journée chez ma sœur et ma mère à Falkenberg, mentit Adeline en jetant un regard d'avertissement aux enfants.

— Vous y serez avant dix heures. Vous devrez changer pour Falkenberg à Berlin.

Le train s'ébranla. Remarquant que l'homme avait envie de bavarder, elle sortit l'une des couvertures qu'elle plaça sur leurs genoux.

— Essayons de dormir un peu, recommanda-t-elle aux garçons en fermant les yeux.

Une fois le contrôleur parti, elle les serra contre elle, les embrassa et ferma les paupières, imaginant les retrouvailles avec Emil. Ils formeraient de nouveau une vraie famille. Elle pria Dieu pour que cette vision se réalise. Submergée par un tourbillon d'émotions joyeuses, elle croyait respirer l'odeur de son mari et l'entendre lui murmurer de sa voix un peu rauque qu'il l'aimait et qu'ils ne seraient plus jamais séparés. Les enfants somnolèrent durant tout le trajet, qu'elle s'imagina passer dans les bras d'Emil, remerciant Dieu de leur permettre de se retrouver enfin après ces deux années de douloureuse absence.

***

Il faisait encore nuit quand ils arrivèrent à Berlin à quatre heures vingt-cinq. Elle réveilla les enfants, plia la couverture et la replaça dans le petit chariot.

— On est arrivés, maman ? ronchonna Will.

— Encore un train, un bout de chemin à pied et un autre train, répondit Adeline en remorquant la voiturette le long du quai.

Elle consulta le panneau d'affichage. La correspondance partait à quatre heures quarante-cinq à l'autre bout de la gare.

— Allez, les garçons, poussez. Il faut se dépêcher.

À sa grande surprise, il y avait foule malgré l'heure matinale. Ils se frayèrent un passage à travers la cohue et aperçurent, postés devant l'entrée principale, deux soldats qui fumaient en riant aux éclats. Adeline les surveillait du coin de l'œil. Parvenue sur le bon quai, elle leur tourna le dos et tous trois se hâtèrent vers un train de dix wagons.

Le premier était plein, le deuxième aussi. Le contrôleur fumait devant le troisième.

Il devait avoir dans les vingt-cinq ans et affichait une barbe clairsemée sur un visage marqué par l'acné.

— Où croyez-vous aller comme ça ? demanda-t-il sur un ton hargneux en désignant le chariot du bout de sa cigarette. Vous avez intérêt à avoir des papiers en règle si vous vous rendez à Wolfsburg.

— Oebisfelde, précisa Adeline.

Le jeune homme exhala une bouffée de fumée en secouant la tête.

— Dernier arrêt avant la zone britannique. Vous ne montez pas dans mon train, ma petite dame. Je vois clair dans votre jeu. Si je vous laisse faire sans le signaler, je vais me retrouver sur la liste noire. Vous n'avez pas peur d'exposer vos gosses au danger ?

Adeline regarda par-dessus son épaule et constata que le quai était désert.

— Aucun risque si on ne se fait pas prendre. Et vous ne finirez pas sur la liste noire, je vous le garantis.

— Pourquoi je tenterai le diable ?

Adeline plongea la main au fond du chariot et en sortit les deux pots de mélasse.

— Je l'ai préparée avec des betteraves à sucre que j'ai ramassées moi-même.

Le contrôleur éclata de rire.

— Ça ne suffirait même pas pour un seul de vos gamins.

Le visage d'Adeline se crispa. Elle fourra la main sous la couverture et en sortit une bouteille de whisky et une cartouche de cigarettes turques qui lui avaient coûté la moitié de ses gages à la coopérative des officiers soviétiques. Elle les lui montra.

— C'est à vous à condition que vous nous laissiez monter, que vous nous aidiez à entreposer le chariot dans le wagon à bagages et à le descendre à Oebisfelde. Le whisky tout de suite, les cigarettes à l'arrivée.

L'homme se mordit les lèvres, lâcha son mégot qu'il écrasa du talon et s'empara de la bouteille.

— Vous et vos morveux, conduisez votre chariot là-bas.

***

Cinq minutes plus tard, Adeline et les garçons se retrouvèrent assis du côté opposé au quai, dans le sixième wagon bondé. Will et Walt étaient si fatigués qu'ils se blottirent contre elle et s'endormirent dès qu'elle les recouvrit de la couverture. Elle aurait aimé les imiter afin de ne pas céder à la panique et empêcher le doute d'envahir son esprit. En vain.

Elle resta éveillée, les sens aux aguets, écoutant les conversations autour d'elle. Tous ces voyageurs étaient-ils eux aussi en route vers la liberté ? Le train démarra. Les enfants remuèrent dans leur sommeil et elle dut faire appel à toutes ses ressources pour combattre la peur dont l'intensité, comme la vitesse du train, allait croissant. Quand le contrôleur vint poinçonner leurs billets, il sentait déjà le whisky.

— On arrive dans combien de temps ? demanda-t-elle.

— Les voies sont libres. Nous y serons à six heures moins cinq, juste avant le lever du soleil, à temps pour être repérés et abattus dès que vous prendrez la fuite.

Il s'éloigna avec un sourire amusé. Adeline sentit un flot de bile lui brûler la gorge quand elle se mit à calculer le temps dont ils disposeraient avant le lever du soleil prévu à six heures vingt-trois, d'après l'almanach consulté dans la caserne des officiers soviétiques. Si l'on retranchait une demi-heure, le contrôleur avait raison : ils arriveraient à Oebisfelde avant l'aube. À chaque mètre parcouru après leur descente du train, la clarté du jour augmenterait en même temps que le risque d'être découverts, de se faire tuer ou pire.

Il fallait partir plus tôt. J'aurais dû prendre le train de minuit pour Berlin !

Mais il aurait été complet et la gare probablement bondée. Ils seraient arrivés à Oebisfelde vers trois heures du matin, éclairés par la minuscule faucille de la lune. *Comment aurions-nous pu voir notre chemin ? Être sûrs de s'orienter dans la bonne direction ?* Adeline ne possédait pas de torche électrique et n'aurait jamais eu le cran d'en subtiliser une dans le cantonnement des officiers. D'ailleurs, le faisceau les aurait trahis dans leur course vers la liberté. Finalement, elle avait jugé que fuir en pleine nuit était trop risqué. À présent que le train fonçait vers l'aube, elle commençait à regretter son choix.

Elle tenta de se raisonner. *Non, c'est le bon moment et la meilleure façon de s'y prendre.*

Elle ferma les yeux et commençait à s'assoupir quand la question du contrôleur lui revint à l'esprit : *« Vous n'avez pas peur d'exposer vos gosses au danger ? »*

Elle se réveilla en sursaut, sur le qui-vive. Elle observa les garçons endormis et sentit un poids peser sur sa poitrine.

Oui, ils couraient tous un terrible danger dès l'instant où ils avaient quitté la maison avec le chariot. Si les Soviétiques les arrêtaient, elle serait séparée de ses enfants, envoyée dans un camp de travail à l'est, tandis que Walt et Will seraient placés dans un orphelinat.

À chaque kilomètre que le train parcourait dans la direction ouest-sud-ouest jusqu'à Oebisfelde, elle sentit des vagues brûlantes envahir tout son corps, remplaçant la peur par une terreur panique.

Et si on me fusillait ? Si les garçons étaient tués et pas moi ?

Elle se revit plus de dix ans en arrière, dans l'appartement de Pervomaïsk, tenant dans ses bras son premier-né Waldemar privé de vie. Elle avait cru qu'on lui arrachait le cœur, une douleur intolérable, si atroce qu'elle aurait voulu s'allonger par terre et mourir.

***

Adeline eut le souffle coupé par l'extrême émotion que ravivait cet affreux souvenir.

— Maman, dit Will, la ramenant brusquement à la réalité, ça va ?

Son cœur fit un bond dans sa poitrine quand elle posa les yeux sur son cher petit ange dans le wagon faiblement éclairé. Elle en eut l'estomac retourné.

— Oui, je… pourquoi ?

— Tu as crié : « Waldemar » !

— Qu'est-ce qu'il y a ? demanda Walt, tiré du sommeil.

— Rien, murmura Adeline. Rendormez-vous tous les deux.

Les garçons se pelotonnèrent contre elle. Elle essayait de ne pas penser à la sueur froide qui dégoulinait sur son front, à la nausée qui l'envahissait, à la faiblesse qui s'emparait de ses jambes, à l'idée qu'un de ses fils puisse mourir avant elle. *C'est insupportable. Je ne peux pas revivre ça, Seigneur. J'en suis incapable.*

S'apercevant qu'elle retenait sa respiration, elle se força à inspirer à fond et, pour une mystérieuse raison, elle repensa à un passage de la troisième lettre d'Emil :

« *Tu te souviens du caporal Gheorghe ? Le Roumain à la tête défoncée avec son hydromel ? Je l'ai revu. Il te prie de saluer Malia de sa part si tu en as l'occasion.* »

Le caporal Gheorghe ? Bien sûr qu'elle se rappelait. Comment aurait-elle pu l'oublier ? Son regard magnétique et le récit de la bataille de Stalingrad : il avait repris conscience après avoir reçu un éclat d'obus lors de la première attaque soviétique, il avait alors considéré le monde autrement, sûr et certain d'avoir survécu pour raconter son histoire. Cette conviction inébranlable avait paru le protéger, alors que faisait rage la bataille la plus sanglante de l'histoire.

Je dois croire moi aussi avec toutes les fibres de mon être que nous réussirons. Sans l'ombre d'un doute.

Elle comprit brusquement que si elle ne doutait plus de rien, elle trouverait la sérénité nécessaire pour prendre les meilleures décisions, tandis que l'obscurité se dissipait et que la lumière ne tarderait pas à briller pour elle et ses garçons chéris.

Tu dois balayer tes doutes. Adella. Tu y es déjà.

Elle ferma les yeux en se répétant cette litanie et s'assoupit, se raccrochant à ses retrouvailles avec Emil, qui l'entourait de ses bras puissants, la protégeait, la serrait contre son cœur, tandis qu'elle…

Le contrôleur la secoua par l'épaule.

— Madame, réveillez-vous. On va arriver à Oebisfelde. Il faudra descendre en vitesse avec votre chariot. Vous comprenez ?

37

18 mars 1947, 5 h 47
Oebisfelde, Allemagne de l'Est occupée par les Soviétiques

— Vous comprenez ? répéta l'homme d'une voix courroucée. Et je veux mes cigarettes.

Adeline sentit sa gorge se nouer et son cœur tambouriner dans sa poitrine, obnubilée par la crainte de perdre un autre enfant, une peur qui la paralysait.

Tu dois balayer tes doutes. Adella. Tu y es déjà.

— Vous aurez les cigarettes dès qu'on sera descendus. Réveillez-vous, les garçons. On va se promener.

— Se promener ? pouffa le contrôleur avec mépris. Ma petite dame, à votre place, je piquerais un sprint d'enfer ! Les Russes tirent et ensuite…

— Arrêtez, dit-elle tandis que les enfants émergeaient péniblement de leur sommeil. Taisez-vous, monsieur, je vous en prie, épargnez-les.

— Bon, bon, maugréa-t-il en se dirigeant vers l'arrière du wagon.

— J'ai soif, maman, dit Will, et j'ai besoin de faire pipi.

— Moi aussi, renchérit son frère.

Adeline replia la couverture et s'aperçut qu'elle avait oublié d'emporter de l'eau.

— On fera pipi une fois qu'on sera descendus et on trouvera à boire avant le prochain train, c'est promis.

— Quand ça ? grommela Will.

Adeline allait répliquer sèchement, mais elle se ravisa.

— Plus tôt que tu penses.

Le train ralentit. Elle regarda dehors, cherchant à distinguer l'aube, à l'est. Elle aperçut dans le lointain une pâle lueur violette, au-delà d'un champ de blé recouvert de deux centimètres de neige fraîche.

Ils longèrent le couloir vers la porte arrière du train.

—On y va. Les Martel sont en route pour une nouvelle aventure.

—Tu dis toujours ça, fit Will.

—Parce qu'on est toujours en train de voyager, répliqua Walt avec condescendance.

Adeline jeta un bref coup d'œil à l'extérieur : la silhouette des toits commençait à se dessiner. Le train s'immobilisa avec un crissement strident dans une gare en brique à deux niveaux et un seul quai, faiblement éclairé par des lampadaires à gaz et les premières lueurs de l'aube.

—Allez-y, maintenant ! glapit le contrôleur. Vite !

Adeline descendit, enjoignit aux garçons de rester sur le quai et galopa derrière l'homme.

—Nous sommes les seuls à descendre ici ?

Le mécanicien s'arrêta devant le wagon à bagages.

—Les seuls à être assez fous pour entreprendre un pareil voyage. Les autres prennent le train précédent pour Oebisfelde et tentent leur chance dans l'obscurité.

—Mais on m'a dit qu'il y avait des arbres où se cacher.

—Il y avait effectivement des arbres à travers lesquels on pouvait se faufiler pour passer la frontière incognito, expliqua-t-il en descendant le petit chariot. Ils les ont abattus la semaine dernière et ils ont commencé à arracher les souches. Ça devient un vrai *no man's land* près de la frontière.

Tu dois balayer tes doutes, Adeline. Tu es déjà dans les bras d'Emil.

—Merci pour les renseignements et pour votre gentillesse, dit-elle en lui tendant les cigarettes.

Elle s'attendait à une réponse sarcastique, mais il n'en fut rien.

— Bonne chance, ma petite dame, à vous et à vos gosses, soupira-t-il. Il paraît que si on aperçoit la tour médiévale de la ville, c'est qu'on est allés trop loin. Si ça vous arrive, vous serez probablement repérés et arrêtés avant même d'avoir essayé de passer la frontière.

— C'est bon à savoir, lança Adeline, qui s'éloigna en poussant le chariot.

Le contrôleur grimpa dans le premier wagon. Le train démarrait quand Adeline rejoignit les enfants. Ils étaient seuls sur le quai. À l'est, l'horizon était à présent d'un violet pâle barré de traînées rouges mouvantes. Will se tortillait sur place.

— J'ai soif et j'ai envie de faire pipi, répéta-t-il.

— Moi aussi, renchérit Walt

— Pas ici. Attendez d'être dehors.

Ils remorquèrent le chariot dans la gare déserte. Adeline remarqua qu'il roulait bizarrement, comme si l'une des roues était désaxée et frottait sur les marches enneigées, surplombant un croisement. Une route bifurquait vers l'ouest, parallèle à la voie ferrée. L'autre qui menait vers la ville, au sud, était celle que *Frau* Schmidt lui avait dit de prendre.

« On vous arrêtera à la frontière si vous suivez les rails ou si vous passez par le sud de la ville, avait-elle précisé. Mais il paraît qu'à mi-chemin entre les deux voies, il y a une ruelle qui part en diagonale à droite. Elle vous conduira à un chemin qui coupe vers l'ouest à travers champs et aboutit à Danndorf, distante d'environ quatre ou cinq kilomètres.

« Juste avant la frontière, à environ cent cinquante mètres à gauche, vous verrez une maison à un étage d'où les soldats soviétiques surveillent le chemin et la route pavée qui part vers le sud. Le chemin passe devant un rideau d'arbres tout près de la frontière. Si vous vous y cachez, ils ne s'apercevront pas que vous l'aurez franchie. »

Mais les arbres ont été abattus !

***

— Maman ! chuchota Will, gigotant toujours. J'ai autant envie de faire pipi que la fois où tu m'as obligé à le faire dans le bocal.

— Je dois faire pipi moi aussi, mais ça peut attendre, dit Walt.

Adeline leur désigna des buissons sur leur droite.

— Allez là-bas. Pendant ce temps, je vais descendre le chariot.

Les enfants dévalèrent l'escalier, se précipitèrent vers les taillis et défirent leurs braguettes. Adeline tenta de manœuvrer le chariot mais, entraîné par son poids, il dégringola les marches et s'immobilisa dans un dernier craquement au milieu de la rue enneigée.

— Qu'est-ce que c'était, maman ? questionna Will.

Elle poussa le chariot qui se mit à rouler.

— Je ne sais pas.

Will, qui avait terminé, se dépêcha de revenir au petit trot.

Adeline contempla l'horizon rouge et violine qui s'éclaircissait à l'est. Elle sentit une nouvelle vague de panique l'envahir. Elle se tourna vers Walt qui, debout près des buissons, observait les alentours comme s'il avait tout son temps.

— Walt, on y va !

— Il est toujours comme ça, remarqua Will, tandis que son frère sursautait et les rejoignait au pas de course.

Adeline pouvait presque distinguer les traits de son aîné quand il finit par les rattraper, hors d'haleine. Elle savait que leurs chances d'obtenir la liberté s'amenuisaient de seconde en seconde.

— Tous les deux derrière le chariot ! Dépêchez-vous. Et prévenez-moi si vous voyez une vieille tour devant nous…

Ils avaient à peine fait deux pas que le bras de liaison de la roue avant droite se brisa et se détacha. Le chariot s'inclina et s'affaissa sur la roue hors d'usage dans la neige humide.

— Qu'est-ce qu'on fait ? demanda Will.

Adeline était au bord des larmes. Le soleil allait se lever. Elle devait agir sans tarder ! Contournant le chariot, elle vit que les bras de liaison des roues avant et arrière étaient vissés à des supports rectangulaires, constitués chacun de quatre barres de bois. Les deux longueurs du rectangle, fixées par des boulons au fond du chariot, étaient distantes d'environ cinquante centimètres les unes des autres. Les largeurs étaient assemblées au-dessus et à l'intérieur des barres.

Elle remarqua un espace d'environ cinq centimètres entre les barres plus courtes et le fond du chariot et il lui vint soudain une idée. S'armant d'une grosse pierre, elle cogna sur la barre latérale supérieure gauche, qui ne tarda pas à se désolidariser de l'ensemble. Elle aplatit les clous pour éviter de se blesser, puis introduisit la barre, qu'elle fit coulisser de gauche à droite à l'intérieur du moyeu de la roue avant. À présent, la barre dépassait d'une bonne trentaine de centimètres des deux côtés, en bas du chariot.

Elle retira la corde qui ficelait leur balluchon, la coupa en deux et utilisa chaque morceau pour maintenir la barre en place de part et d'autre du chariot. Cela lui prit un temps fou et le soleil se levait quand elle eut terminé. Elle songea à rebrousser chemin, mais la perspective de se retrouver dans les bras d'Emil l'en empêcha.

— Walt, va devant et prends la poignée. Will, tu continues de pousser.

Adeline se plaça du côté droit et s'accroupit pour saisir la barre. Pliée en deux, dans une position peu commode, elle la souleva en même temps que l'avant du chariot, faisant office de quatrième roue. La majeure partie du poids reposait sur le milieu et le bas de son dos, qui commença à la faire souffrir dès qu'ils enfilèrent Bahnhofstrasse, la rue qui partait vers le sud depuis la gare d'Oebisfelde, et la contre-allée qui se dirigeait à l'ouest, vers la frontière.

Ils passèrent entre des maisonnettes flanquées de grands bâtiments en brique et en stuc. Adeline ne leur prêta guère attention. La sueur qui dégoulinait de son front menaçait de l'aveugler tandis qu'elle se dévissait le cou pour voir devant elle et dans chaque rue latérale, tous ses sens en éveil, guettant l'approche d'une patrouille.

— Ça sent bon, dit Will, humant l'odeur de pain frais transportée par le vent.

Adeline perçut un bruit lointain, comme deux bouts de bois qui s'entrechoquaient, suivi d'un long sifflement qui lui coupa le souffle. *Un tir !*

Elle était tentée de faire demi-tour, mais se ravisa.

Il faut balayer tes doutes, Adeline. Tu es dans les bras d'Emil.

Un pâté de maisons, un deuxième, un troisième. Elle avait le dos et les mains en feu. Elle regarda devant elle, leva les yeux, cherchant à distinguer la tour de peur d'aller trop loin et de rater la voie latérale qui obliquait vers le chemin de la ferme, en direction de l'ouest.

Mais les arbres ?

Ils marchaient toujours, les trois roues intactes en bois cerclé de fer-blanc dérapant sur la neige fondue quand ils traversèrent un rond-point à l'intersection de deux routes. Ils progressèrent vers le sud le long de Lessingstrasse, tandis que le soleil commençait à éclairer la ville. Pourquoi ne croisaient-ils personne ?

— Maman, dit Will.

— Je t'ai dit…

— La tour, maman, acheva Walt.

Adeline aperçut alors la tour médiévale d'Oebisfelde qui se dressait au loin avec son toit pointu et ses vastes fenêtres grandes ouvertes au sommet.

Elle reposa la barre et l'avant du chariot par terre et pivota sur elle-même avant de reprendre son fardeau.

— En arrière, les enfants !

Elle s'empressa de reculer pour rester hors de vue de la tour. Ils repartirent vers le carrefour. Avant d'y arriver, elle avisa sur la gauche une ruelle qui obliquait vers le nord-ouest. Tout au fond, elle constata qu'il n'y avait plus aucune construction. Un terrain vague s'étendait au-delà. *Était-ce le fameux chemin ?*

Adeline n'en doutait pas. Ils engagèrent le chariot dans la ruelle qu'ils longèrent en rasant l'arrière des maisons où brillaient des lumières. On entendait des rires et des pleurs d'enfants. Ils étaient parvenus presque au bout de la ruelle, quand Will recommença à se plaindre.

— Maman, j'ai soif et la dame là-bas est en train de puiser de l'eau.

Il désigna une vieille femme qui remontait un seau d'un puits dans la cour de la dernière maison, sur la droite. Elle transvasa l'eau du premier seau dans un second.

Adeline s'arrêta à sa hauteur.

— Excusez-moi, madame, puis-je vous demander un peu d'eau pour mes enfants ? Nous venons de loin et ils ont très soif.

La vieille les toisa, puis remarqua le petit chariot.

— Non, j'en ai par-dessus la tête d'aider ceux qui passent par ici.

Adeline n'eut pas le temps d'insister qu'elle avait tourné les talons, longé un côté de sa maison et disparu dans l'obscurité.

***

— On repart, les garçons, dit Adeline en redressant le chariot tandis que le soleil commençait à répandre ses rayons sur les prairies enneigées et les champs envahis d'herbes folles.

— Maman, j'ai soif, recommença Will.

— On a tous soif, Will. Aide maman, s'il te plaît, et tais-toi. Je te promets de trouver à boire le plus vite possible.

D'après *Frau* Schmidt, il y avait une route en terre battue, orientée du nord au sud, qu'il fallait traverser avant de trouver le chemin menant à la ferme. Adeline la repéra par-delà un hangar ouvert dans la cour, où la vieille femme entreposait du bois de chauffage. Ils le dépassèrent et, de l'autre côté de la route, légèrement sur sa gauche, Adeline localisa l'axe à deux voies qui menait à l'ouest.

Elle venait de quitter la ruelle pour s'y engager quand elle entendit le martèlement des sabots d'un cheval accompagné de cliquetis répétés.

Louchant sur sa droite, elle vit approcher un homme au teint basané conduisant une charrette chargée de bidons de lait, attelée à un cheval. Il gesticulait furieusement.

— Vous êtes aveugle ou quoi ? cria-t-il en indiquant les champs. Une patrouille soviétique arrive du corps de garde ! Planquez-vous !

Sans hésiter, Adeline manœuvra le chariot pour effectuer un demi-tour.

— Reculez, reculez !

Will et Walt lurent la peur sur son visage et remorquèrent la voiturette dans la ruelle. L'homme à cheval les dépassa et, d'un geste, il indiqua à Adeline de se cacher dans le bûcher de la vieille femme. Haletant sous l'effort, ils dissimulèrent le chariot derrière les bûches. Adeline fit signe aux garçons de la suivre à l'intérieur.

— Ne bougez pas, dit-elle, le souffle court. Interdiction de regarder dehors !

À leur expression, elle sut qu'ils avaient compris. Ils ne bronchèrent pas quand elle leur signifia de s'accroupir derrière la pile de bois pendant qu'elle glissait un œil par-dessus.

Le hangar, une frêle construction de planches pour la plupart disjointes sur la paroi du fond, était orienté vers la route en terre battue, le chemin et les champs. Au début, Adeline ne vit rien mais, bientôt, elle aperçut quatre gardes soviétiques armés de fusils à baïonnette, qui émergeaient de quelque part en contrebas, à environ cinq cents mètres à l'ouest de la ville. Ils conduisaient à Oebisfelde un groupe de prisonniers, les mains derrière la tête. Environ un kilomètre plus loin, elle distingua le toit du corps de garde, un bâtiment à un étage. La patrouille venait de là.

Au bout de quelques minutes, ils étaient assez près pour qu'elle puisse dénombrer vingt prisonniers, quinze hommes et trois femmes, que les soldats houspillaient en russe, les qualifiant de traîtres à l'ordre nouveau.

— Pas un geste, murmura-t-elle aux garçons.

Elle se figea, examinant les prisonniers tout proches à présent. La terreur déformait leurs traits.

Ils étaient couverts de crasse. Plusieurs étaient blessés au visage et à la tête. Adeline essayait de respirer par petits coups brefs et silencieux, quand la patrouille parvint au bout du chemin, à moins de vingt mètres de leur cachette. Les prisonniers reçurent l'ordre de tourner à droite et de se diriger vers le sud, en direction de la tour. Adeline sentit leur odeur fétide portée par la brise au moment où ils bifurquèrent avant de disparaître de sa vue. Pendant quelques secondes, elle resta là, haletante, submergée par une vague de soulagement. Puis elle entendit une petite voix retentir non pas dans sa tête, mais dans son cœur. Elle ressentit une intense émotion qu'elle comprit parfaitement.

C'est ta chance, Adella ! Saisis-la !

Accomplissant l'acte le plus courageux de sa vie, elle se redressa en prenant appui sur les bûches et aida les enfants à se relever.

— On va voir papa, déclara-t-elle.

***

Adeline se pencha pour saisir la barre et soulever l'avant du chariot, qu'ils traînèrent dans la ruelle. Elle se redressa et embrassa l'horizon du regard à l'ouest, par-delà les champs et le corps de garde soviétique. Elle aperçut un rideau d'arbres à trois ou quatre kilomètres de distance. Ils devaient forcément se trouver de l'autre côté de la frontière.

La douleur irradiait au creux de ses reins à chacun de ses mouvements, tandis que, tirant toujours le chariot, elle franchissait la route en terre battue et s'engageait sur le chemin bordé par endroits de murets de pierre. À une centaine de mètres à la sortie de la ville, elle se haussa tant bien que mal sur la pointe des pieds et loucha vers la tour médiévale : elle vit quelqu'un passer devant la fenêtre ouverte.

Elle déglutit et se fit violence pour ne pas crier aux garçons d'abandonner le chariot avec leurs affaires et prendre leurs jambes à leur cou jusqu'à la frontière. Mais ayant grandi dans de vastes espaces, elle savait qu'on ne manquerait pas de remarquer un cheval au galop, alors qu'une vache dans un pré attirait rarement l'attention. Gardant cela à l'esprit, elle enjoignit aux garçons d'avancer à une allure d'escargot. Le temps semblait suspendu, tandis qu'elle progressait, le dos perclus de douleurs. Bientôt, ils se retrouvèrent à près de deux cents, trois cents, puis quatre cents mètres de la ville. Adeline avait l'impression qu'on lui arrachait les bras. Le creux de ses reins la torturait et elle devait faire halte tous les cent mètres pour soulager la douleur.

À cinq cents mètres à l'ouest de la ville, à l'endroit précis où était passée la patrouille, elle chancela, avec la sensation de recevoir un coup de poignard entre les omoplates. La barre de poussée lui échappa des mains. Une douleur atroce lui coupa le souffle, une torture qu'elle reconnut pour l'avoir ressentie quand elle travaillait de longues journées dans les champs, courbée en deux. Elle resta immobile, tassée sur elle-même.

— Maman ! s'écria Walt. Ça va ?

Incapable de parler, Adeline s'obligea à se redresser, puis étira ses épaules et ses omoplates. Quelques secondes plus tard, elle sentit une torsion au niveau de sa colonne vertébrale suivie d'un craquement. La douleur s'estompa. Adeline resta immobile, pantelante, essuyant la sueur qui ruisselait sur son front et s'efforçant de réprimer la nausée qui lui montait à la gorge.

— Maman ? insista Will.

Elle n'eut pas le temps de répondre qu'une rafale retentissait à l'endroit où elle avait aperçu la patrouille pour la dernière fois. Elle paniqua. *Sont-ils en train de fusiller ceux qui ont tenté de passer la frontière la nuit dernière ? Que vont-ils nous faire ? Ils n'oseront pas tuer les enfants, n'est-ce pas ?*

Elle se figea. *Faut-il continuer ou rebrousser chemin ?*

Elle crut entendre une femme crier avant que ne retentisse une deuxième salve.

— Ils ne vont pas nous tirer dessus, dis maman ? s'inquiéta Walt.

Elle eut un choc en constatant à quel point il était effrayé.

— Non. On y va maintenant.

Elle prit deux profondes inspirations, puis se baissa avec précaution pour saisir la barre. Elle souleva l'avant du chariot un peu plus haut, afin que la barre repose sur ses cuisses, sans se soucier du léger déséquilibre que cela provoquait. Ils avaient parcouru huit cents mètres qui devinrent bientôt un kilomètre.

À présent, le soleil était plus haut dans le ciel. La neige commençait à fondre.

À chaque pas, la ferme à un étage qui servait de corps de garde soviétique se profilait vers le sud-ouest. Parvenue à moins de cinq cents mètres de là, Adeline aperçut les souches des arbres qui auraient dû les dissimuler aux regards pendant qu'ils franchissaient la frontière.

Quelques-unes avaient été arrachées du sol. Elle voyait leurs racines qui obstruaient le chemin au-delà de l'allée du corps de garde.

Fais demi-tour Adeline, hurla la petite voix dans sa tête. *Ils vont te descendre. Ils tueront tes enfants !*

Mais s'ils s'arrêtaient maintenant, ils n'auraient aucune chance de retrouver Emil avant le coucher du soleil… ou peut-être jamais.

Ce n'est pas le moment de douter. Garde la foi, Adella. Passe devant le corps de garde, comme le caporal Gheorghe a survécu aux batailles de Stalingrad et du Don.

Un étrange petit sourire commença à flotter sur ses lèvres. À sa grande surprise, la douleur entre ses omoplates, dans le bas du dos, les épaules et les hanches s'atténuait à mesure qu'ils progressaient.

Soudain, un sentiment de peur la submergea en constatant que le corps de garde n'était pas à cent cinquante mètres au sud du chemin, mais beaucoup plus près, à environ cinquante mètres sur leur gauche. Au rez-de-chaussée, deux grandes fenêtres donnaient sur l'allée.

Ils vont te repérer, Adeline. Ils te descendront avant que tu trouves...

Elle fit halte pour se reposer et reprendre ses esprits. Elle tourna son regard vers les fenêtres, à moins de soixante-quinze mètres, et imaginant l'apiculteur, elle sourit.

Garde la foi, se répéta-t-elle alors qu'ils arrivaient à la hauteur de l'allée et des souches qui bloquaient le chemin. Sans cesser de sourire, elle jeta un coup d'œil vers les fenêtres et aperçut deux soldats soviétiques devant celle de gauche. Ils semblaient se quereller avec un homme trapu, coiffé d'un feutre et vêtu d'un long manteau. L'un des soldats regarda dans leur direction. Adeline détourna les yeux sans cesser de sourire.

—On va contourner, dit-elle aux garçons, d'une voix faussement assurée.

Elle conduisit le chariot de l'autre côté des souches et nota que le chemin se scindait en deux : à gauche, il bifurquait vers le sud en direction de la route en bon état ; à droite, il était envahi par la boue, troué d'ornières, défoncé par endroits et obstrué ailleurs par d'autres souches. Il semblait aboutir à un cul-de-sac à l'extrémité du champ hérissé de chicots.

Garde courage. Elle scruta le paysage devant elle et il lui sembla apercevoir un sentier qui serpentait entre les souches, traversait la frontière et s'enfonçait dans les bois denses de l'autre côté. Se retournant une fois encore, elle remarqua que les trois Russes continuaient à se chamailler, l'homme au feutre agitant ses mains en tous sens.

—On va où, maman ? demanda Will.

Adeline agrippa la barre en changeant de prise.

—Jusqu'aux arbres, là-bas.

—Ce n'est pas loin, dit Will.

—Cinq cents mètres au maximum. Comme depuis l'école jusque chez *Frau* Schmidt.

À cent mètres du corps de garde, elle regarda une dernière fois derrière elle. Elle n'apercevait plus les fenêtres du bas, par conséquent ils étaient invisibles eux aussi. Son cœur battait si fort qu'il semblait près de jaillir de sa poitrine tandis qu'ils poussaient le petit chariot en évitant les ornières et les souches, et se dirigeaient droit vers l'ouest.

C'est fait, se dit-elle alors qu'ils avaient parcouru encore cinquante mètres vers la liberté. *Nous sommes arrivés au milieu des arbres, là-bas. Nous sommes dans le train qui nous emmène à Alfeld. Nous sommes réunis avec Emil.*

Une détonation déchira l'air froid du matin : un craquement accompagné d'un souffle d'air qui sembla passer tout près. Adeline sursauta, se recroquevilla sur elle-même, et pivota au moment où un deuxième coup de feu provenait du corps de garde. Qui leur tirait dessus ? D'où venait cette fusillade ?

Quoi qu'il en soit, il n'y avait aucun doute concernant l'homme au feutre qui, à présent, courait dans l'allée en gesticulant.

—Halte ! cria-t-il. Stop !

Adeline écarquilla les yeux. *C'est un agent de la police secrète.*

Certaine à présent qu'on allait les arrêter ou les abattre, Adeline sentit sa foi se muer en une terreur mortelle, comme si elle allait être brûlée vive ou noyée devant ses enfants. Elle se précipita sur la barre du chariot en hurlant :

— Poussez ! Courez ! Vite !

Au bout de vingt secondes, elle crut que ses poumons allaient éclater, les jambes tétanisées. Pendant un moment, elle ne trouva pas de passage entre les souches.

Mon Dieu, supplia-t-elle, *aide-moi.*

Au bout de quelques pas, elle repéra un passage à travers ce labyrinthe et s'y engagea, remorquant le chariot et ses enfants derrière elle. À trois cents mètres des arbres, elle s'aperçut que l'homme au chapeau avait traversé l'allée, il cavalait dans le champ et gagnait du terrain. Ils n'avaient aucune chance de le semer à cette allure. Adeline se sentit animée d'une énergie insoupçonnée, qu'elle n'avait jamais ressentie auparavant et n'éprouverait jamais plus, celle d'une mère déterminée à sauver ses enfants, d'une épouse voulant désespérément serrer son mari dans ses bras, d'une femme guidée par la peur, l'amour et la prière.

Son champ de vision se rétrécit. Ses mains, ses épaules, son dos la faisaient atrocement souffrir. Mais ses jambes avaient retrouvé leur force et continuaient de la porter. Elle ne cessait de crier à Will et à Walt de ne pas s'arrêter, de ne pas capituler. Ils y étaient presque. Moins de deux cents mètres…

À travers la sueur qui lui brûlait les yeux, Adeline s'aperçut que le champ aboutissait à un épais taillis et quelques arbres disséminés çà et là, au-delà desquels commençait la forêt proprement dite.

Un fusil tira. Adeline aurait juré que la balle les avait frôlés. Elle refusa de laisser la panique la submerger.

— Baissez-vous et ne vous arrêtez pas, les enfants ! Continuez !

Une sourde détonation retentit, suivie de trois successives, lentes et régulières, tandis qu'Adeline, Walt et Will propulsaient le chariot vers les broussailles, les arbres dispersés, les bois et la liberté !

— Où est l'homme ? demanda-t-elle.

— Il se rapproche, maman ! s'écria Walt.

Adeline baissa la tête. Ces mots eurent sur elle le même effet que le fouet dont Emil avait cinglé les chevaux au cours de la bataille des blindés : ils la galvanisèrent, l'aidant à parcourir les cent mètres suivants. On aurait dit qu'une éternité s'était écoulée avant qu'elle ne voie la fin du chaos et de sa quête.

En moins de temps qu'il ne faut pour le dire, ils avaient émergé du champ jonché de souches, traversé un petit sentier et en suivaient un autre qui serpentait à travers des touffes d'herbe couleur bistre, des saules et des broussailles avant de s'enfoncer dans les bois. À la lisière de la forêt, elle se retourna et vit que l'homme au chapeau se trouvait toujours dans le champ, à une centaine de mètres derrière eux.

— Encore un dernier effort, les enfants, dit-elle avant de se ruer dans les bois.

La forêt était noyée d'ombre et dépouillée, le sol et les branches saupoudrés de neige. Un peu plus loin, le sentier s'élargissait et redevenait praticable. Il sinuait entre les pins et passait devant un moulin à eau sur leur droite. À l'autre extrémité du plan d'eau, il y avait un banc. Ils étaient sûrement allés assez loin.

Arrivée au banc, Adeline se retourna : personne ne semblait les poursuivre dans la forêt. Elle avait les jambes lourdes, percluses de crampes. Elle ralentit, s'arrêta et lâcha la barre du chariot. Elle s'écroula sur le banc et étreignit ses enfants en pleurs. À ce moment-là, elle craqua, pleurant de joie.

— Nous avons réussi ! hoqueta-t-elle, le visage ruisselant de larmes, secouée par un fou rire incontrôlable en serrant ses enfants plus étroitement contre son cœur. Nous y avons cru et nous sommes libres, mes chéris ! Libres ! Et nous reverrons votre père avant le coucher du soleil.

Soudain, ils entendirent une branche craquer sur le sentier derrière eux.

38

Adeline se retourna d'un bloc et reconnut leur poursuivant. Il s'avançait vers eux en boitillant. Son manteau ouvert était maculé de boue, de même que son feutre et sa main. La boue avait laissé de larges traînées sur son visage rougeaud, dégoulinant de sueur.

Il secoua la tête et, hors d'haleine, l'air furieux, il s'adressa à Adeline qui serra ses garçons encore plus fort.

— *Fräulein,* pourquoi n'avez-vous pas écouté quand je vous ai crié d'arrêter ? Regardez-moi. Je suis couvert de boue.

— On nous tirait dessus. Vous ne pouvez pas nous obliger à retourner là-bas.

— Vous tirer dessus ? Vous forcer à retourner là-bas ?

— Vous avez bien compris, martela Adeline. Il faudra nous tuer d'abord !

À sa grande surprise, il renversa la tête en arrière et se mit à rire à gorge déployée.

— Donc vous n'étiez pas autorisés à traverser la frontière ?

Adeline garda le silence.

— Bien sûr que non ! poursuivit-il, remettant son chapeau souillé sur la tête et frappant dans ses mains sales avec un plaisir non dissimulé. Vous avez de la chance, vous et vos garçons. Les gens qui ont été arrêtés la nuit dernière… quatre d'entre eux étaient des récidivistes. Ils ont été abattus à Oebisfelde peu après que les gardes vous ont vu quitter la ville. Vous étiez si près de la patrouille qu'ils ont cru qu'on vous avait contrôlés et autorisés à traverser !

Adeline le dévisagea, incrédule.

—Mais on nous a tiré dessus depuis le corps de garde. Et vous nous avez poursuivis !

Il s'esclaffa de plus belle.

—Ces tirs, c'étaient les gardes qui s'entraînaient sur des cibles. Ils ne vous visaient pas. Ils étaient désolés de vous voir remorquer votre chariot. Ils m'ont envoyé vous donner un coup de main. Je peux encore vous aider. Où souhaitez-vous aller ?

Adeline fondit en larmes, puis se ressaisit. Elle avala sa salive avec difficulté, sécha ses larmes, lâcha ses enfants et se leva, les jambes flageolantes.

—Une ville qui s'appelle Alfeld.

—Je ne peux pas vous accompagner jusque-là, mais Danndorf et la gare ne sont pas loin.

Adeline se mit à trembler, elle ne se rappelait pas avoir été un jour dans un tel état d'épuisement. Quand l'homme lui proposa de servir de quatrième roue, elle le remercia d'un signe de tête et le suivit, ainsi que les garçons, en direction de Danndorf.

Une fois arrivés, ils se désaltérèrent à une fontaine, puis Adeline acheta du pain dans un café-boulangerie. Quand le patron apprit qu'ils s'étaient évadés de la zone soviétique, il offrit des biscuits aux garçons et permit à Adeline d'utiliser son téléphone pour appeler le camp de personnes déplacées d'Alfeld.

On l'informa qu'Emil travaillait aux champs. Elle laissa un message pour l'informer qu'ils avaient réussi à passer la frontière et ne tarderaient pas à arriver à la gare. Le bon samaritain débarrassa ses vêtements de la boue qui les maculait et lui prêta main-forte pour transporter le chariot démantibulé jusqu'à la gare.

Sur le quai, alors qu'elle se confondait en remerciements, Adeline comprit qu'elle ne lui avait pas demandé son nom, tant elle était obsédée par leur évasion.

—Mon nom n'a pas d'importance. Vous et vos enfants êtes sains et saufs, et vous êtes là où vous êtes censés être.

—Que Dieu vous garde, monsieur.

—À entendre votre histoire, je dirais qu'il veille sur vous de près, madame, ainsi que sur vos fils et votre mari.

Puis, riant sous cape, il s'en fut d'un pas nonchalant.

Adeline le regarda s'éloigner et ressentit des picotements dans tout le corps, comme si on la chatouillait avec une plume.

—Tu penses à quoi, maman ? demanda Walt.

Elle lui adressa un sourire noyé de larmes, tandis que l'homme disparaissait.

—Je pensais à la grâce, à l'amour de Dieu et que nous sommes bénis d'en faire l'objet.

***

Alfeld, Allemagne de l'Ouest, zone d'occupation britannique

Dans la clarté de cet après-midi d'automne, Emil arpentait le quai de long en large. Il se sentait aussi nerveux que lorsqu'il avait invité Adeline à sortir avec lui la première fois. Il ne cessait d'examiner son reflet dans la vitre de la gare. Au camp de réfugiés, il mangeait à sa faim, mais il n'avait pas encore récupéré la moitié du poids perdu au cours de sa captivité et de son évasion.

Adeline le reconnaîtrait-elle ? Et les enfants ?

Peu importait, lui les reconnaîtrait, même après dix années de séparation.

Il regagna l'extrémité du quai, les yeux rivés vers le sud, comme s'il voulait faire surgir le train par la seule force de sa volonté. Durant un temps qui lui parut interminable, il ne vit rien que les rails qui disparaissaient dans une courbe de la voie, un peu plus loin. Autrefois, son anxiété aurait pris le dessus et il aurait imaginé les pires catastrophes.

Mais depuis son passage à l'ouest, il ne s'était jamais senti aussi serein et confiant. Il avait survécu au pire, et ces épreuves ainsi que la compagnie du caporal Gheorghe l'avaient transformé, rendu plus fort, plus humble, conscient du pouvoir des rêves et de la magie de la vie. Il se réjouissait de chaque lever, de chaque coucher de soleil, et remerciait le Seigneur jour après jour pour ses bienfaits.

Il s'était représenté mentalement le jour où il reverrait Adeline et les enfants, le bonheur intense qu'il éprouverait au fond de son cœur. Dans le camp des personnes déplacées, il répétait à qui voulait l'entendre qu'il retrouverait les siens. Et lorsqu'il eut localisé Adeline et les garçons par l'intermédiaire de la Croix-Rouge internationale et qu'ils se mirent à communiquer en code, il annonça à cor et à cri que sa famille ne résidait pas à l'est et ne vivait plus sous Staline.

Ne tenant plus en place, il prononça avec force et conviction le vœu qu'il avait formulé des milliers de fois tout au long de l'année écoulée.

Ils arrivent à l'ouest, ils sont libres. Rien ne peut plus s'y opposer. Nous ne serons plus séparés. Plus jamais !

Un sifflement retentit. Le cœur cognant dans sa poitrine, les yeux embués de larmes, l'estomac en vrille, il entendit un grondement qui allait s'amplifiant, puis la locomotive entra en gare et fonça vers lui. Il eut soudain la certitude qu'ils étaient à bord et dut faire un immense effort pour ne pas se précipiter sur la voie. La locomotive ralentit et le dépassa, suivie d'un wagon, d'un deuxième, puis d'un troisième. Il scrutait les visages qui défilaient devant lui sans apercevoir ceux qu'il cherchait. Le train stoppa. Le wagon à bagages s'immobilisa en face de lui. Son exaltation retomba et il se dit qu'ils arriveraient par le train suivant. Au même moment, la porte du wagon à bagages s'ouvrit et il reconnut le petit chariot. Il manquait une roue, mais c'était celui qu'il avait fabriqué pour ses enfants, il y avait bien longtemps.

— Emil !

— Papa !

Il se retourna. Les rêves et les espoirs qu'il avait nourris pendant plus de deux ans se matérialisèrent et prirent forme humaine. Adeline sauta du premier wagon, Walt et Will sur ses talons, et ils coururent se jeter dans ses bras.

Emil serra Adeline si fort qu'ils chancelèrent et tombèrent à genoux, s'étreignant et se couvrant de baisers. Les enfants n'étaient pas en reste. Tous tremblaient et pleuraient de bonheur. Un pur bonheur, si absolu qu'il resterait à jamais gravé dans leurs mémoires.

— Nous ne serons plus jamais séparés, c'est promis, déclara Emil.

— Plus jamais, répondirent en chœur Adeline, Walt et Will.

Ils restèrent cramponnés les uns aux autres, comme ressuscités des morts, entendant à peine le contrôleur descendre le chariot sur le quai, près d'eux. Quand le train repartit, Adeline qui avait posé sa tête au creux de l'épaule d'Emil, s'écarta, clignant des yeux pour chasser ses larmes. Elle surprit le regard d'adoration qu'il posait sur elle, exactement comme elle l'avait rêvé.

— Notre vie est un miracle, Emil ! balbutia-t-elle d'une voix étranglée par l'émotion.

— Une suite de miracles, enchérit Emil en l'embrassant comme au premier jour.

39

23 septembre 1951
À bord de l'USS General R. M. Blatchford

Le brouillard s'était levé après le coucher du soleil et la nuit était d'un noir si profond qu'Emil ne se souvenait pas en avoir jamais vue de pareille. Vers minuit, un froid humide à glacer les os s'installa, mais il ne pouvait se résoudre à quitter l'avant-pont, scrutant l'horizon depuis la proue du navire, impatient de voir pointer une lumière à l'ouest.

Plus tôt ce soir-là, une foule de pèlerins avait occupé le pont, en quête de la première lueur d'une vie nouvelle. Puis, l'un après l'autre, ils étaient partis rejoindre leurs cabines. À présent, seule une poignée de passagers surveillait encore la mer.

Adeline s'approcha et lui entoura la taille de ses bras.

— Tu ne viens pas te coucher ? Ils disent qu'on ne pourra pas débarquer avant le matin de toute façon. Mon estomac recommence à faire des siennes.

— Je ne veux pas rater ça. Il faut que les enfants et toi y assistiez aussi.

Elle se pressa contre lui.

— D'accord. Je vais attendre avec toi en priant de ne pas vomir mon dîner, une première depuis que nous sommes montés à bord !

— Ce serait merveilleux.

— N'est-ce pas ?

***

Pour les Martel, les jours suivant leur évasion du monde communiste et leurs retrouvailles à l'ouest constituaient un autre miracle, un don de Dieu, pour lequel ils étaient profondément reconnaissants. Emil et Adeline ne se plaignaient pas d'être logés à l'étroit dans le camp de personnes déplacées. Et cela ne les dérangeait nullement de travailler dans les champs, comme sous Staline, pendant que les enfants étaient à l'école. Ils étaient infiniment mieux nourris, de nouveau réunis, et comptaient bien saisir cette nouvelle chance qui leur était offerte.

Adeline raconta à Emil ce qui leur était arrivé après sa capture par les miliciens polonais. Emil lui résuma ses tribulations après son arrestation. Il décrivit la longue marche jusqu'au train qui l'avait emmené à Poltava. Il lui détailla ses conditions de vie dans le sous-sol du musée en compagnie de deux mille hommes, énumérant les maladies qui avaient décimé les prisonniers. Il évoqua aussi le caporal Gheorghe, les circonstances dans lesquelles il était arrivé à Poltava, leur tandem dans l'équipe funéraire, leur tentative d'évasion, puis le transfert du Roumain dans un camp de haute sécurité. Il lui narra en détail comment il s'était évadé et avait rejoint l'ouest en train.

Il ne fit en revanche aucune allusion au massacre de Dubossary. Il avait tout déballé au caporal roumain, mais il était incapable de s'en ouvrir à Adeline. Il craignait de lui faire du mal ou de baisser dans son estime. Il estimait qu'elle avait assez souffert comme cela.

Au cours de l'été 1947, les Martel furent envoyés à Lütgenholzen, au sud de Hanovre, à environ deux cent cinquante-cinq kilomètres de Berlin, où on leur attribua un logement. Emil et Adeline continuèrent de travailler dans les champs, pendant que le monde libre s'efforçait de trouver un nouveau foyer aux millions de personnes déplacées au lendemain de la Seconde Guerre mondiale. De nombreux réfugiés partirent en Amérique du Sud, y compris en

Argentine. D'autres projetaient d'immigrer au Canada ou aux États-Unis.

Les Martel souhaitaient s'établir en Amérique du Nord, mais il leur fallait obtenir un parrainage, un parent ou un résident prêt à offrir un emploi à Emil et un toit à sa famille pendant un an, le temps qu'ils retombent sur leurs pieds. Adeline ne s'était jamais sentie aussi bien depuis qu'ils avaient commencé leur nouvelle vie. Walt et Will avaient grandi, ils s'étaient remplumés et faisaient des étincelles à l'école au cours de cette première année. Mais Emil était en mauvaise santé. Il souffrait de douleurs abdominales, de diarrhée, et était souvent sujet à de violents vomissements. Il attrapa la jaunisse et s'affaiblit à vue d'œil.

Durant l'été 1948, Emil s'écroula dans les champs. Il fut transporté d'urgence à l'hôpital. Les médecins découvrirent des œufs et des larves dans ses selles, et confirmèrent la présence d'un ver solitaire. Était-ce à cause du fumier qu'il avait épandu dans les champs ou de la nourriture avariée qu'il avait consommée après son évasion ? Le ténia avait attaqué son foie. Emil était au seuil de la mort. On l'opéra d'urgence. Les chirurgiens procédèrent par-derrière et écartèrent deux côtes pour accéder à son foie. Ils furent stupéfaits de découvrir un ténia de la taille d'une balle de baseball enroulé autour d'un lobe.

Le parasite fut retiré et un drain placé dans la plaie après l'intervention. Emil passa plusieurs jours entre la vie et la mort. Adeline et les enfants ne quittaient pas son chevet, refusant de perdre espoir.

***

Quand il se réveilla, il était à bout de forces, mais heureux d'être en vie. À la fin de la journée, il devint nerveux et maussade, très différent de celui qu'il était après son évasion.

Au bout d'une semaine, alors qu'il était allongé dans son lit, le torse enveloppé de bandages, Adeline voulut savoir ce qui le tracassait. Emil comprit qu'il ne serait jamais en paix tant qu'il lui cacherait un pan de son passé.

—Je ne t'en parlerai qu'une fois, mais tu as le droit de savoir. Tu te souviens que, à notre retour à Friedenstal, j'avais pris le chariot et les chevaux pour acheter des fournitures à Dubossary ?

Adeline n'avait pas oublié. Elle sentit son estomac chavirer.

—Que s'est-il passé ?

Tout l'après-midi, pendant que les enfants étaient à l'école, il ne lui épargna aucun détail : son arrestation à la sortie de la ville par celui qui était alors le capitaine Haussmann ; on l'avait forcé avec un groupe de *Volksdeutsche* à se rendre à pied jusqu'à un ravin à la périphérie de la ville, où des SS fusillaient des Juifs ; il avait supplié Dieu de l'en dispenser ; Haussmann lui avait remis un Luger et ordonné de prouver sa loyauté envers le Reich en tuant un adolescent juif et deux fillettes ; il avait refusé et s'était retrouvé avec un pistolet sur la tempe ; il avait changé d'avis pour revoir sa famille et il s'apprêtait à tirer quand un supérieur d'Haussmann l'avait arrêté, invoquant l'ordre d'Himmler : on ne devait forcer personne à tuer des Juifs contre son gré ; après quoi, il avait passé la nuit à enterrer des centaines de cadavres.

—Il faut que je te dise que j'avais décidé de passer à l'acte avant que le supérieur d'Haussmann n'intervienne. Au pire moment de ma vie, à Poltava, quand le caporal Gheorghe m'a démontré que j'avais bien agi et que, même si j'avais décidé de tirer, j'en avais été empêché, c'est là que j'ai vu la main de Dieu dans l'intervention de cet homme.

Adeline avait écouté en silence, appréhendant la suite, jusqu'à ce qu'Emil termine son récit. La manière dont le Roumain, survivant de Stalingrad, avait sauvé l'âme et l'esprit d'Emil dans le camp de prisonniers balaya entièrement ses craintes.

— Le caporal Gheorghe avait raison, dit-elle, en pressant la main de son mari. Tu as refusé sans même connaître l'ordre d'Himmler. Tu as fait preuve d'un courage stupéfiant, mon amour, le genre de courage dont manquent la plupart des hommes. Je suis fière de toi et d'être ta femme.

Emil sentit ses yeux s'embuer.

— Et moi d'être ton mari. Je n'ai jamais rencontré une femme aussi vaillante, tendre et généreuse que toi.

— Arrête.

— Mais c'est vrai. Si nous sommes réunis, c'est grâce à ton courage et à ton refus de baisser les bras.

— Merci, dit Adeline en essuyant une larme.

Ils restèrent de longues minutes à savourer l'instant, les doigts entrelacés, débordant d'amour.

— Sais-tu ce qui est arrivé à Haussmann ? s'enquit Adeline.

— Je l'ai appris dans le journal. Après notre libération du camp de réfugiés près de Lodz, il a été muté dans une unité de combat. Il a survécu à la guerre, a été arrêté et devait être jugé à Nuremberg pour son rôle au sein du *Einsatzgruppen.* Il s'est suicidé dans sa cellule avant le début du procès.

— Quel lâche !

— Oui. Je ne veux plus jamais parler de lui, ni de cette nuit à Dubossary. D'accord ?

Elle acquiesça.

— Merci de m'avoir tout raconté.

***

Debout sur l'avant-pont du *General R. M. Blatchford*, Emil et Adeline distinguèrent le mugissement d'une corne de brume à travers les ténèbres et le brouillard. Une cloche sonna quelques minutes plus tard.

— Nous approchons, dit Emil, c'est sûr.

— Je vais profiter que mon estomac ne fasse pas encore des siennes pour chercher les enfants.

Elle l'embrassa et s'éloigna, tandis qu'Emil continuait de fouiller l'obscurité du regard, certain d'apercevoir des lumières d'un instant à l'autre. Mais comme tout ce qui s'était passé au cours des trois dernières années, les événements ne se produisaient jamais quand il s'y attendait.

Ils avaient fini par trouver un parrain l'année précédente, un oncle d'Adeline, perdu de vue depuis longtemps. Il possédait une ferme et avait besoin d'aide, car son fils allait être appelé sous les drapeaux. En échange de deux années de travail fourni par Emil, la famille serait logée et nourrie avec, en plus, une petite somme qui leur serait allouée pour démarrer dans la vie une fois que leur contrat arriverait à son terme. Ce problème réglé, les Martel furent conduits plus au nord et, une fois de plus, installés dans un camp de personnes déplacées. Ils apprirent l'anglais et leur demande d'immigration fut soumise à la vérification de leur identité et de leur histoire passée, une procédure d'une lenteur assommante.

Neuf jours avant qu'Emil ne se poste à l'avant du navire pour tenter d'apercevoir des lumières sur la terre ferme, et après plus de sept années passées dans des camps de réfugiés, les Martel gagnèrent Bremerhaven où ils embarquèrent sur un navire qui avait transporté en Europe des troupes d'occupation américaines avant de faire route vers l'ouest pour sa destination finale. Pendant la traversée d'une semaine vers l'Amérique, Adeline souffrit du mal de mer presque tous les jours. Cela ne l'empêcha pas, de même que ses enfants, de se lier d'amitié avec d'autres Allemands à bord. Quant à Emil, il préféra se tenir à l'écart et passer les après-midi sur l'avant-pont, à la proue, contemplant le coucher du soleil et rêvant de l'avenir.

Il ne s'imaginait pas redevenir fermier, pas pour longtemps en tout cas. Comme l'avait souligné le caporal Gheorghe, il était fait pour manier le marteau plutôt que la charrue. Même à Poltava, il aimait observer les bâtiments sortir lentement de terre. Voir le rêve d'un homme esquissé sur le papier se concrétiser grâce au travail et au savoir-faire d'une équipe avait quelque chose de magique. Il s'était mis à croire, du moins en partie, à ce que le caporal Gheorghe lui avait enseigné. Le monde, l'univers, étaient-ils une seule et unique entité ? Dieu était-il présent dans l'homme et inversement ? Il se débattait encore avec ces questions. Mais il y avait une chose au sujet de laquelle le Roumain avait raison : pour que la vie soit bonne, il suffisait d'être d'humeur joyeuse, reconnaissant, d'avoir un rêve clairement défini et authentique, et la volonté de le poursuivre avec la ferme conviction qu'il finirait par se réaliser.

Pendant des années, le rêve d'Emil s'était limité à sa simple survie à l'ouest. Il voulait vivre et s'épanouir, que son travail soit rémunéré à sa juste valeur afin d'assurer à sa femme une existence confortable à l'abri du besoin dans un foyer bien à eux, que ses enfants poursuivent des études que lui-même n'avait jamais pu faire, et trouvent leur voie, le moment venu. Plus que tout, Emil désirait posséder une voiture. Il avait eu un coup de foudre pour les automobiles en Allemagne et il se voyait en piloter une pour aller là où l'envie le prenait, aussi libre qu'on puisse l'être.

***

Adeline reparut sur le pont avec Walt, qui allait sur ses quatorze ans et Will, qui fêterait bientôt ses douze ans. Enveloppés dans des couvertures, ils faisaient grise mine parce qu'on les avait réveillés au milieu de la nuit.

— Je ne vois rien, grogna Will.

— Je suis fatigué, dit Walt en bâillant. Je veux…

— Là-bas ! s'écria Emil, désignant au-dessus du pont une faible lueur, puis des douzaines d'autres qui s'intensifièrent à mesure que le brouillard se dissipait.

Les passagers applaudirent avec des transports d'allégresse. D'autres s'en furent chercher leurs familles.

À mesure que les remorqueurs venaient assister le navire pour passer sous le pont Verrazano-Narrows, l'avant du bateau grouillait de réfugiés hurlant de joie en distinguant New York à travers les lambeaux de brume.

Le navire ralentit en pénétrant dans l'Upper Bay, arrêta ses moteurs, accosta et jeta l'ancre peu après une heure du matin. Le brouillard flottait à présent à une dizaine de mètres au-dessus du sol et les passagers distinguaient les lumières de la ville sur les berges alentour.

Emil était sur le point de dire qu'on n'y verrait pas davantage cette nuit lorsque la brise se leva et dispersa le brouillard. Haut dans le ciel, au nord-ouest, il se forma une trouée qui laissa apparaître la torche et la main de la statue de la Liberté.

Les voyageurs en eurent le souffle coupé à mesure que le brouillard se déchirait, dévoilant la main, le visage, puis la couronne de la statue. Emil ne put contenir son émotion. Il enlaça Adeline et ses garçons, les serra fort contre lui et éclata en sanglots.

Chacun sur le pont criait de joie ou pleurait de soulagement.

—Nous avons réussi ! sanglota Emil.

—Ton rêve s'est réalisé, dit Adeline en l'embrassant. Il est là devant toi !

À présent, le vent avait chassé le brouillard à l'est, dévoilant la statue dans toute sa splendeur. Emil la fixait avec une admiration mêlée de respect.

—La liberté. Que vouloir de plus ?

—Il reste encore à trouver la vallée verte de maman, dit Will.

—On se contentera de ce que nous avons, intervint Adeline, les yeux rivés sur la statue. Je n'ai pas besoin de la vallée.

—Mais ce n'est pas là où nous allons après-demain ? demanda Walt.

— Nous aurons trois jours de voyage en train, précisa Emil en embrassant sa femme à son tour.

— Jusqu'à la magnifique vallée verte ? demanda Will.

— Forcément, répondit son frère.

***

Quatre nuits plus tard, lorsque le train entra en gare de la petite ville de Baker, à l'extrémité orientale du Montana, un blizzard exceptionnel en ce début d'automne s'abattit sur la région. L'oncle d'Adeline les attendait avec sa Jeep. Ils avaient troqué le petit chariot pour une malle renfermant leurs affaires qu'ils arrimèrent sur le toit du véhicule. Ils se mirent en route pour se rendre dans la ferme où ils allaient vivre et travailler au cours des deux années suivantes.

La tempête se déchaînait quand ils arrivèrent à destination. On les conduisit à un baraquement où ils s'effondrèrent, épuisés. Quand Emil s'éveilla à l'aube, le lendemain, la tempête était passée, la température avait baissé et le soleil brillait d'un vif éclat sur un paysage enneigé. Emil n'en avait jamais vu d'aussi morne et aride.

— Nous sommes en Sibérie, marmonna-t-il, incrédule. Qu'ai-je fait ?

Au cours du mois suivant, pendant que les enfants entamaient leur scolarité en ville et qu'Emil se familiarisait avec les travaux de la ferme, il était persuadé d'avoir commis une erreur monumentale en conduisant sa famille en Amérique, dans le Montana et surtout à Baker. Cette conviction se renforça avec l'arrivée de l'hiver, quand l'oncle d'Adeline et son épouse, qui se plaignait souvent de l'appétit vorace de Will et Walt, constatèrent que le coût réel de la nourriture et du gîte pendant encore quatre longs mois devenait trop lourd. Emil travaillait avec acharnement et se promit de quitter la ferme au bout d'un an.

En février 1952, sa frustration grandit. Ses patrons ne lui payaient qu'une partie de son salaire, prétextant qu'ils devaient réserver l'autre à l'achat de nourriture en quantité suffisante pour chacun. Puis leur fils échoua aux tests du camp d'entraînement militaire et rentra à la maison. Début mars, l'oncle d'Adeline déclara qu'ils n'avaient pas assez de travail, ni à manger pour tout le monde. Ils allaient quitter la ferme avec leur famille et se débrouiller par leurs propres moyens. Adeline et Emil devaient trouver un emploi rapidement.

Plutôt que de s'indigner ou de s'emporter d'avoir été floué une fois de plus, Emil fila à Baker où il remarqua qu'on construisait le premier hôpital. Il aborda le contremaître et, dans son mauvais anglais, lui demanda s'il avait du travail. L'autre répondit qu'il n'avait à lui proposer qu'un poste de manœuvre et de préparateur de béton.

— Préparer du béton ? Je sais faire parce que j'ai construit un hôpital dans le camp de prisonniers russe dont je me suis évadé.

— Vous vous êtes évadé d'un camp de prisonniers russe ?

— Oui, j'ai appris la maçonnerie là-bas.

— C'est d'accord, topez là.

40

À Baker, les Martel louèrent une petite maison près du chantier, de sorte qu'Emil pouvait s'y rendre à pied. Adeline faisait le ménage dans le seul motel de la ville, à raison de cinquante cents de l'heure. Walt changea son prénom de baptême – Waldemar – en Walter et décrocha un petit boulot après l'école dans une boucherie, ainsi qu'au cinéma comme projectionniste. Will transforma son prénom de Wilhelm en William et se fit appeler « Bill ». Il emballait les courses à l'épicerie voisine et balayait le plancher de la salle de cinéma.

Ils mettaient leurs salaires en commun pour acheter un bout de terrain en face du lycée et payer les fondations. Le jour, Emil travaillait sur le chantier de l'hôpital et sur d'autres projets. Le soir, avec l'aide de Will, il travaillait à couvrir cette construction. Ils installèrent la plomberie, l'électricité et un poêle à bois au sous-sol où la famille vécut au cours de l'hiver 1952-1953. La nuit, le thermomètre descendait à trente degrés sous zéro, sans parler des tempêtes de neige. Mais ils étaient chez eux. Emil et Adeline n'auraient pu être plus heureux. Et de petits miracles continuaient à se produire autour d'eux.

Walter leur apprit que le boucher jetait les têtes et les jarrets de porc, dont personne ne voulait. Adeline n'en crut pas ses oreilles et le pria de les lui apporter. Cet hiver-là, elle prépara du fromage de tête, du bouillon et du jarret de porc braisé. Emil aimait à répéter sur le ton de la plaisanterie qu'à force de manger du porc gratis, il avait l'impression d'avoir quitté l'Ukraine pour se retrouver au paradis des cochons.

Adeline se languissait de sa mère et de sa sœur avec qui elle entretenait une correspondance sporadique en raison du rideau de fer. Chacune de leurs lettres était ouverte par la censure. Malia s'occupait de leur mère à la santé chancelante.

Ils n'avaient aucune nouvelle des parents d'Emil ni Rese, pas un mot depuis qu'ils étaient montés dans le train pour Friedenstal. Emil commençait à croire que Karoline et Johann avaient connu le même sort que son frère aîné Reinhold : des esprits errants emportés par le vent. Le jour de Noël 1953, la maison était achevée et serait bientôt payée en totalité. Ils ne manquèrent pas de fêter l'événement. Emil avait également fait l'acquisition d'une Chevrolet 1947. Ses patrons s'étonnaient de le voir s'échiner jour après jour à préparer le béton ou aider à monter un mur, souvent sans gants, par des températures glaciales.

Adeline faisait toujours le ménage au motel et accomplissait des prodiges à la cuisine. Elle devint également un membre actif de l'Église luthérienne locale. Bill aimait mieux travailler avec son père que fréquenter le lycée, tandis que Walter excellait en classe. Au printemps 1956, un peu plus de quatre ans après son arrivée en Amérique – à l'époque, il baragouinait à peine trois mots d'anglais –, Walter devint major de sa promotion à la Baker High School, deux mois avant l'obtention de son diplôme de fin d'études secondaires. À force d'observer son père sur les chantiers, il manifesta un vif intérêt pour l'architecture. Il fit une demande d'admission dans deux écoles et fut accepté dans chacune.

Après avoir fui le pouvoir soviétique, les Martel avaient juré de ne plus se séparer. Vers Pâques, ce printemps-là, Emil, Adeline et Walter montèrent dans un train à destination de Chicago pour voir s'ils pourraient vivre dans cette ville pendant que Walter poursuivait ses études dans l'une des universités les plus prestigieuses du monde. Mais après moins d'un jour et demi passé dans les quartiers sud de Chicago, souffrant de claustrophobie, ils décidèrent à l'unanimité de repartir dans le Montana par le premier train.

***

Environ un mois plus tard, à la mi-mai, Emil et Adeline se rendaient en voiture à Bozeman, à l'ouest du pays, pour y chercher une maison. Ils n'y avaient jamais mis les pieds, mais Walter étant inscrit à l'école d'architecture de l'université du Montana, ils tenaient à ne pas disperser la famille. Walter et Bill ne les avaient pas accompagnés en raison, entre autres, de leurs examens de fin d'année.

Pendant le trajet, Emil et Adeline affrontèrent le climat caractéristique du printemps dans le Montana : de la pluie, du grésil, puis de fortes chutes de neige humide qui collait au pare-brise, les obligeant à ralentir en raison des véhicules qui dérapaient sur la route.

— Tu te rappelles les chariots qu'on avait dû désembourber pendant la Longue Marche ? demanda Emil. Quand on courait avec les loups pour fuir l'ours ?

Adeline sourit.

— Si je ferme les yeux, ça me revient très clairement. La gadoue. Le froid. Les blindés. Le bon et le mauvais.

— Heureusement que nous avons autre chose à penser en Amérique.

— Dieu merci !

Près de Big Timber, le temps commença à montrer des signes d'accalmie : de minces nuages striaient le ciel, semblables à des doigts rouges capricieux, quasi hypnotiques. À l'entrée de Livingston, Adeline s'assoupit.

Était-ce à cause des nuages dans le ciel ou du souvenir de la Longue Marche ? Elle rêva du jour où ils avaient quitté Friedenstal, suivis par sa mère et sa sœur dans leur propre véhicule, prélude à des années d'incertitude et de souffrances. Will s'était lové sur ses genoux. Assise sur le siège en bois dur, elle ressentait chaque cahot de la route. C'est ce moment-là qu'avait choisi Walt pour demander :

— On va où, maman ?

***

Un coup de klaxon la réveilla en sursaut.

Un grand camion klaxonna de nouveau et fit un écart pour les éviter, alors qu'ils roulaient sous la pluie mêlée de grésil sur une route escarpée et sinueuse, à peine visible à travers les essuie-glaces.

—Emil ?

—C'est bon !

Un éclair illumina un col montagneux dans une zone densément boisée. Il fut presque aussitôt suivi d'une explosion aussi retentissante que les canons des tanks de l'armée de Staline. Le souffle secoua la voiture.

—On devrait peut-être quitter la route ? suggéra Adeline.

—Pas moyen. Il y a des voitures derrière nous et nulle part où sortir.

La pluie cessa de fouetter l'auto un moment, puis Adeline distingua une falaise de couleur pâle émergeant de la forêt, pareille à une grenouille. Deux virages plus loin, la route redescendait et la pluie se remit à tomber.

Adeline déchiffra le panneau : *Bozeman, trois kilomètres.*

—Il y a une sortie là-bas, dit Emil au moment où s'abattait un véritable déluge.

Les essuie-glaces ne marchaient plus. Il baissa la vitre, sortit la tête en plissant les yeux sous la pluie, puis freina avant de s'engager sur la bretelle menant à une route de graviers qui obliquait à gauche pour passer au-dessous de l'autostrade. Il stationna sous le pont pour réparer les essuie-glaces.

Il remonta en voiture et roula jusqu'à une intersection dans l'intention de faire demi-tour. Il aperçut un poteau portant les noms de ranchs et des flèches. Le panneau du bas indiquait : *Montana State Ag. Fields*. Il fallait tourner à droite.

—Voilà, on devrait pouvoir accéder facilement à l'école de notre fils à partir d'ici.

Une nouvelle grosse averse s'abattit pendant qu'ils roulaient sur une longue section de route opérant plusieurs coudes à angle droit en direction de l'ouest. À un moment donné, ils distinguèrent l'autostrade sur leur droite avant d'amorcer la descente. La voiture cahota tout le long de la pente raide qui semblait défoncée sur la remontée, en face.

— On devrait peut-être faire demi-tour, suggéra Adeline.

— Le panneau indique tout droit, insista Emil en accélérant.

Ils passèrent en trombe de l'autre côté, la voiture dérapant dans la bouillasse, bringuebalant au milieu des ornières et des flaques d'eau trouble qui éclaboussait le pare-brise. Une fois de plus, les essuie-glaces flanchèrent. La pluie tombait sans discontinuer quand ils parvinrent au sommet. Par les vitres maculées de boue, Adeline constata qu'ils se trouvaient sur une sorte de plateau. La cour d'un ranch se situait sur leur gauche et une pancarte indiquant *Sans issue* était accrochée à des barbelés bloquant le passage.

— Attends ! lança-t-elle, le bras tendu, au moment où Emil enclenchait la marche arrière.

À travers les parties les moins sales du pare-brise, elle observa la lumière entre deux éclaircies, par-delà le plateau. Comme mue par une force invisible, frissonnante, elle descendit de voiture et pivota vers l'ouest. La vallée se déployait en cent nuances de vert, un spectacle à couper le souffle. Tels des piliers lumineux, les rayons du soleil inondaient les champs que le blé en herbe colorait d'émeraude. D'autres rayons illuminaient les rideaux sinueux de peupliers au feuillage vert citron et de trembles frémissants bordant des ruisseaux à travers la vallée en direction de Bozeman, ville d'élevage bovin, et de la rivière Gallatin qui étincelait dans le lointain.

Emil ouvrit sa portière, mais Adeline ne se retourna pas, fascinée par les nuages qui se dissipaient de seconde en seconde, révélant les six imposantes chaînes de montagnes qui entouraient la vallée, les contreforts couleur émeraude et bleu-vert tapissés d'herbe tendre et de fleurs sauvages, auxquelles succédaient des forêts de pins et d'épicéas vert jade et vert olive accrochées aux flancs escarpés vers d'incroyables promontoires enneigés, transperçant le ciel le plus bleu qu'elle ait jamais vu.

Emil vint se planter près d'elle. Les joues inondées de larmes, Adeline sentit son cœur prêt à éclater d'amour et d'allégresse.

— Comme c'est beau, murmura-t-elle avec humilité devant tant de majesté. On dirait que Dieu l'a peint pour moi, Emil. C'est encore plus grandiose que ce que j'imaginais.

— Regarde derrière toi !

Elle leva les yeux vers le col qu'ils avaient traversé, par-delà les collines vallonnées et verdoyantes. La tempête s'était calmée, laissant des nuages morcelés et quelques averses éparses qui, en capturant le soleil de midi, formèrent un gigantesque arc-en-ciel sur le versant est de la vallée, aussitôt rejoint par un second, puis un troisième. À des kilomètres de distance, leurs arches multicolores semblaient jaillir des collines, se télescopant dans un chatoiement de rouge, bleu, violet et or intense, d'une extraordinaire pureté.

— Je n'ai jamais rien vu de pareil, commenta Emil, enlaçant les épaules d'Adeline.

Elle noua ses bras autour de sa taille, la tête posée sur sa poitrine, et contempla les arcs-en-ciel dont les teintes vibrèrent et rayonnèrent près d'une minute avant de s'estomper en vagues lueurs colorées pour devenir de précieux souvenirs.

— Nous ne partirons jamais d'ici, Emil, affirma Adeline, le regard tourné à l'ouest, vers la dernière vallée verte de leur long et invraisemblable périple.

— Pas avant le jour de notre mort, conclut-il en la serrant étroitement contre lui.

41

Emil et Adeline retournèrent à Baker pour vendre leur maison et déménager. Hormis quelques brefs séjours dans la ville, ils ne quittèrent plus la vallée de la Gallatin, au sud-ouest du Montana. Après les tragédies et les douloureuses épreuves qu'ils avaient endurées, presque toutes les entreprises des Martel furent couronnées de succès.

Avant que Walter et Will ne commencent leurs études en automne, Emil avait acheté un terrain à Bozeman et entrepris de bâtir une nouvelle maison à un jet de pierre de l'université.

Une fois celle-ci achevée, il sauta sur une bonne occasion : trois petites parcelles étaient à vendre près de l'église réformée néerlandaise dans les quartiers moins chics, au nord de la ville. Il pressentait que les fermiers néerlandais d'un certain âge résidant à l'ouest de Bozeman aimeraient peut-être prendre leur retraite dans une maisonnette près du temple. Emil risqua le tout pour le tout, il acheta les trois parcelles et commença la construction du premier pavillon avec l'aide de Bill après ses cours.

Ils installaient la charpente lorsqu'un fermier néerlandais chercha à savoir si la maison était à vendre. Emil répondit par l'affirmative. L'homme s'enquit du prix et, sans hésiter, remit à Emil un billet de vingt dollars à titre d'acompte, jusqu'à ce que son épouse vienne la visiter. Le lendemain, le couple revint, posa plusieurs questions et se rendit à la banque retirer un chèque représentant le prix total de la maison. En un jour, l'entreprise de construction Martel & Fils était née et disposait d'un capital.

***

Quand il n'aidait pas son père à bâtir des maisons, Bill, alors âgé de seize ans, essayait de se faire embaucher pour construire le gymnase de l'université. Les entrepreneurs ayant rejeté sa candidature, il se jura de se lancer dans des projets de plus grande envergure.

L'année suivante, il quitta l'université sans passer son diplôme afin de travailler à temps plein avec son père, une décision qu'il ne regretta pas, et épousa Lynell Lewis, sa petite amie de longue date. Bientôt les Martel eurent un carnet de commandes bien rempli et réussirent si bien qu'Adeline et Emil furent en mesure d'aider Wilhelm, le frère d'Adeline, à immigrer aux États-Unis. Elle l'avait retrouvé sur une liste de réfugiés de la Croix-Rouge. Mais elle ne parvint pas à convaincre Malia de les rejoindre, même après la mort de Lydia, en 1964.

Walter termina ses études, épousa Deeann Kessler, et exerça pendant plusieurs années le métier d'architecte à Billings. Emil et Bill lui proposèrent ensuite de s'associer à leur entreprise florissante en 1967. Martel Construction se développait à un rythme croissant jusqu'au jour où elle frôla la catastrophe.

En rentrant chez lui en voiture, tard le soir, après avoir établi plusieurs devis, Walter fut percuté de plein fouet par un chauffeur ivre qui avait brûlé le feu. Il fallut le désincarcérer et il resta deux jours dans le coma suite à un traumatisme crânien. Il ne put reprendre le travail à temps plein que l'année suivante.

En février 1971, Emil eut la surprise d'apprendre que Reinhold, son frère aîné, enrôlé dans l'armée allemande et disparu pendant la guerre, était vivant et libre après avoir passé vingt-six ans dans un goulag à abattre des arbres destinés au bois de charpente. Emil et Adeline prirent immédiatement des billets d'avion pour se rendre en Allemagne en tant que citoyens américains. Ils rendirent visite à Reinhold, âgé de soixante-cinq ans, en Allemagne de l'Ouest, où il avait retrouvé sa famille qui avait également réussi à s'installer du bon côté de la frontière.

Sept ans plus tard, Emil et Adeline retournèrent en Allemagne de l'Ouest, Reinhold ayant retrouvé la trace de Rese à qui il avait obtenu un visa de trois mois. Les deux frères l'accueillirent à son arrivée et furent si bouleversés de la revoir qu'Adeline disait en plaisantant qu'ils avaient failli être hospitalisés pour excès de bonheur. Rese leur apprit que leur père avait été sauvagement battu par des miliciens polonais à son retour en Ukraine, en juin 1945. Johann n'avait pas survécu au voyage. Dans leur minuscule village agricole de Friedenstal, rebaptisé Tryhrady par les Soviétiques, Karoline s'étiola et décéda au début des années 1960.

Rese leur assura qu'elle était heureuse sous le régime communiste, mais Emil et Adeline ne tardèrent pas à découvrir qu'elle noyait son amertume dans l'alcool. Elle était ivre presque tout le temps qu'ils passèrent avec elle et refusa leur offre de la parrainer pour venir en Amérique, préférant vivre dans l'enfer qu'elle connaissait plutôt que dans un paradis inconnu. Emil ne devait plus la revoir. Elle décéda au début des années 1980.

Pendant le vol qui le ramenait aux USA, Emil se demanda pourquoi certains étaient prêts à s'exiler pour conquérir leur liberté à tout prix, tandis que d'autres se résignaient à végéter dans le malheur. Il songea au caporal Gheorghe. Il ignorait ce qu'était devenu le Roumain qui avait contribué à lui sauver la vie à Poltava, l'avait aidé à prendre conscience des miracles qui s'accomplissaient au quotidien et des possibilités qui s'offraient à lui.

En 1979, vingt-huit ans après leur arrivée dans le port de New York, les frères Martel proposèrent à leur père de racheter ses parts dans l'entreprise familiale afin qu'il puisse jouir d'une retraite confortable.

— Prendre ma retraite ? Qu'est-ce que je vais faire de mes journées ?

— Tu iras pêcher, papa, répondit Bill. C'est ton hobby et quelques-uns des meilleurs endroits pour pêcher se trouvent ici.

Effectivement, Emil aimait la pêche et il était las de planter des clous par vingt degrés en dessous de zéro, sans gants. Après mûre réflexion et au terme d'innombrables discussions avec Adeline, il accepta l'offre de ses fils.

Avec une partie de la somme qu'ils lui versèrent le premier jour de sa retraite, il acheta une Cadillac couleur or. Il la conduisait fièrement dans Bozeman et la vallée de la Gallatin, ses cannes à pêche rangées dans le coffre.

Emil vécut assez longtemps pour voir Martel Construction prospérer encore, avoir des petits-enfants et réunir chez lui toute sa famille, y compris Reinhold. Chacun racontait des histoires entre deux éclats de rire, buvait le vin qu'il produisait dans sa cave et se régalait de la cuisine d'Adeline.

Walter travailla avec Bill pendant quinze ans jusqu'au jour où éclata un conflit avec un syndicat en 1982, qui se solda par l'incendie, à coups de cocktails Molotov, d'un de leurs bungalows de chantier mobiles. Pour Walter, traumatisé par les canons des chars dans son enfance et qui en avait assez des affrontements entre ouvriers syndiqués et non syndiqués, ce fut la goutte qui fit déborder le vase. Il alla trouver son frère et lui déclara qu'il souhaitait revendre ses parts. Loin de se réjouir, Bill se sentit abandonné. Pourtant, il réunit le capital nécessaire. Pendant les trois années qui suivirent, il n'y eut aucun contact entre eux au grand dam d'Emil et d'Adeline qui priaient pour leur réconciliation.

En 1985, Emil subit une opération de la vésicule biliaire, intervention bénigne qui durait d'ordinaire moins de deux heures. Mais les chirurgiens firent face à des complications liées aux antécédents de celle qu'il avait subie pour retirer le ténia et il faillit mourir sur le billard. Néanmoins, quand Will et Walter vinrent le voir ensemble dans sa chambre d'hôpital peu après son réveil, il déclara à Adeline que c'était l'un des plus beaux jours de sa vie.

En 1987, on lui diagnostiqua un cancer du poumon en phase terminale, qui lui donna l'occasion de méditer sur sa vie extraordinaire. Il en était arrivé à croire que rares sont les hommes capables de ne compter que sur eux-mêmes. Un jour ou l'autre, la plupart des gens doivent affronter des obstacles ou des situations apparemment impossibles à surmonter, sauf si l'on a la volonté farouche de poursuivre un rêve, d'apprendre à faire preuve d'humilité et de s'abandonner à une puissance supérieure.

Il avait souvent remarqué que chaque difficulté surmontée semblait l'avoir préparé à en affronter une autre. Sa captivité lui paraissait à présent ce qui lui était arrivé de mieux car, après son évasion, il n'avait plus jamais considéré la vie sous le même éclairage. Chaque instant, chaque possibilité qui s'offrait à lui après Poltava était un don de Dieu, du Tout-Puissant, du Divin, de l'Intelligence Universelle, quel que soit le nom que lui donnait le caporal Gheorghe. Et il exprimait sa reconnaissance à travers la joie qu'il manifestait en toutes circonstances.

Il décéda peu de temps après, à soixante-quinze ans. Cet homme comblé, épanoui, qui au début de sa vie avait souffert de l'oppression, de la pauvreté et de la famine, l'avait finie libre et jouissant d'une aisance au-delà de ses rêves les plus fous.

***

Chaque matin, avant et après la mort d'Emil, Adeline s'agenouillait pour remercier Dieu de leur chance miraculeuse. Elle faisait de même en fin de journée. Ceux qui la connaissaient la décrivaient comme un être qui respirait la joie, quoi qu'il advienne, reconnaissante de toutes les grâces qui lui avaient été accordées.

Elle avait également fait le serment de ne plus jamais souffrir de la faim. Elle possédait un grand jardin derrière sa maison où elle récoltait des légumes à profusion qu'elle mettait en conserve pour l'hiver, ainsi que d'énormes choux dont elle faisait de la choucroute.

Emil avait aménagé un cellier où elle conservait des pommes de terre et des oignons en hiver. Elle adorait la cuisine que les enfants lui avaient installée et où se réunissaient la famille et les amis. Tous étaient les bienvenus et elle les régalait, surtout ses petits-enfants qu'elle chérissait.

Elle ne manquait jamais d'assister au service dominical de l'Église luthérienne et elle aimait se rendre chez l'esthéticienne pour se faire coiffer et manucurer. Ayant été privée de poupée dans son enfance, elle en rassembla une grande collection dont elle était très fière.

Walter et son épouse se rendirent en 1993 dans l'ex-Allemagne de l'Est afin de rendre visite à la sœur aînée d'Adeline qui y résidait. Malia avait eu la vie dure, mais elle avait conservé son humour optimiste et sa vision insolite du monde. Elle mourut deux ans plus tard à l'âge de quatre-vingt-huit ans. Elle fut enterrée aux côtés de sa mère à Falkenberg.

En ce temps-là, Adeline fut interviewée par le *Bozeman Daily Chronicle* dans le cadre du numéro spécial du 4 juillet, jour de la fête nationale. Dans cet article, elle raconta ses souffrances et la famine qu'elle avait connues en Ukraine, les terribles épreuves de la Longue Marche, la séparation de la famille quand Emil fut déporté à Poltava, son évasion de la zone contrôlée par les Soviétiques et sa reconnaissance infinie envers le pays qui les avait accueillis.

— Dieu bénisse les États-Unis d'Amérique, conclut-elle. Une histoire comme la nôtre n'est possible qu'ici.

En effet, Adeline allait assister à la réussite de Bill, grâce à une malle vide où il puisait sa motivation et qui trônait devant la porte de son bureau. Elle avait renfermé les dernières possessions des Martel lorsqu'ils embarquèrent pour les États-Unis. Comme le petit chariot de ses souvenirs, le bagage lui rappelait l'extrême pauvreté de sa famille à leur arrivée à New York et le chemin qu'ils avaient parcouru depuis.

Elle assista à la transformation, par Bill, de l'entreprise de construction Martel en une affaire très dynamique cumulant des projets résidentiels et commerciaux aux États-Unis et à l'étranger. Elle vit aussi son cadet et ses petits-enfants exprimer leur reconnaissance de la chance qui leur avait été donnée en finançant et en construisant en partie une annexe du stade Bobcat du Montana. Le directeur témoigna sa gratitude en baptisant le terrain de football « Martel Field ».

Les dernières années, Adeline sortait de moins en moins, mais continuait de recevoir ses amis et sa famille dans sa cuisine où elle leur servait son fameux gâteau aux pommes. S'ils avaient de la chance, elle leur racontait certains épisodes des aventures éprouvantes qu'elle avait vécues quand ils s'étaient mis en quête de la dernière vallée verte ou elle leur livrait une de ses réflexions personnelles sur la vie.

—Vous savez, je pensais que l'existence était quelque chose qui m'arrivait à moi, avait-elle confié à un vieil ami vers la fin de ses jours. Mais je sais maintenant que les choses arrivent pour moi.

Ils étaient installés dans son jardin et elle se réjouissait de voir qu'il grouillait de vie.

Rétrospectivement, Adeline déclara qu'elle avait conscience que son épopée était incroyable, soulignant que tout ce qu'elle avait enduré avec Emil semblait les avoir préparés au défi suivant, encore plus difficile, tandis qu'ils s'instruisaient et s'adaptaient aux circonstances.

Plus d'un demi-siècle s'était écoulé depuis le jour où elle avait fui avec ses enfants la zone d'occupation soviétique pour retrouver son mari. Pourtant, les événements de cette journée ne laissaient pas de l'étonner.

—Si cette vieille femme nous avait donné de l'eau de son puits, l'homme à la charrette ne nous aurait pas conseillé de nous cacher dans le bûcher et nous serions probablement tombés sur la patrouille soviétique. Et si nous n'avions pas traversé la frontière au moment où nous l'avons fait, les soldats soviétiques du corps de garde n'auraient jamais pensé que nous possédions un laissez-passer ni envoyé cet ange couvert de boue nous aider à transporter notre chariot jusqu'à la gare. Ils nous auraient arrêtés, et qui sait ce qu'il serait advenu de nous ?

Après avoir écouté ce récit incroyable, son ami lui demanda ce qu'elle avait appris d'essentiel au cours de sa longue et remarquable vie.

— S'il vous arrive quelque chose de fâcheux, ne passez pas votre temps à ruminer, déclara-t-elle après réflexion. Efforcez-vous de voir la beauté dans la laideur, c'est libérateur. Pardonnez le mal qu'on vous a fait si vous voulez guérir un cœur brisé. Tâchez d'être reconnaissant de chaque échec ou tragédie, car en les surmontant, vous devenez plus fort. J'y vois la main de Dieu.

« Je vois aussi sa main dans toutes les initiatives, bonnes et mauvaises, que nous avons prises dans notre existence. D'une manière ou d'une autre, elles nous ont permis d'aller de l'avant, mais parfois aussi de tourner en rond, telle la feuille que j'avais vu voler au vent le premier jour de la Longue Marche. Comme elle, nous avons été ballottés, bousculés et poussés vers cette vie dont nous rêvions. Et me voilà, après tant d'années, vivant toujours ce rêve. Un vrai miracle, n'est-ce pas ? Le seul miracle qui me reste, c'est de mourir et m'endormir dans les bras du Seigneur. »

Neuf mois plus tard, le 5 avril 2006, deux semaines avant son quatre-vingt-unième anniversaire, entourée de Bill, Walter et leurs familles, Adeline s'éteignit, comme le font un jour toutes les grandes et sages héroïnes, son âme quittant son corps avec son dernier soupir, transportée par le vent cosmique pour être guidée par la grâce divine, son esprit exilé aspirant au salut, son Seigneur et son bien-aimé Emil l'attendant dans un nouvel Éden éternel.

POSTFACE

J'espère que vous avez été émus, inspirés et transformés par la lecture de l'histoire des Martel, autant que moi, la première fois que je l'ai entendue. Travailler sur ce récit au cours des deux dernières années fut pour moi l'un des plus grands honneurs de ma carrière, et je serai éternellement reconnaissant aux Martel de m'avoir accordé leur confiance pour ressusciter Emil et Adeline.

On me demande souvent quelle est la part de vérité dans mes romans historiques.

Sans vouloir passer au crible les multiples rebondissements de la saga de *La Dernière Vallée verte,* je peux affirmer que Joseph Staline a bien laissé mourir d'inanition plus de quatre millions d'Ukrainiens au cours de l'Holodomor de 1932-1933. Il a également emprisonné et réduit en esclavage des millions de personnes dans l'après-guerre. Sous les ordres du dictateur soviétique, bon nombre d'Allemands de souche ayant effectué la Longue Marche furent déportés dans des camps de travail en Sibérie. On ne saura jamais le nombre de prisonniers qui n'en sont pas revenus.

Selon les historiens, entre vingt et vingt-cinq mille *Volksdeutsche* périrent lors de la Longue Marche qui les mena d'Ukraine en Hongrie, ainsi que dans les trains qui transportaient les réfugiés vers le nord, de Budapest à Lodz, en Pologne, qu'on surnommera l'Ellis Island du Troisième Reich.

Les SS étudièrent les dossiers de plus de trois cent cinquante mille Allemands de souche, conformément aux lois de pureté ethnique et d'immigration décrétées par

Heinrich Himmler et appliquées par le « Commissariat du Reich pour le renforcement du peuple allemand ». On fournit à la majorité de ces réfugiés des vêtements et des logements ayant appartenu autrefois à des Juifs.

Sur la base de données de Yad Vashem, le mémorial israélien de la Shoah, près de dix-huit mille Juifs furent exterminés par le *Einsatzkommando* 12 du *Einsatzgruppen* D dans des champs et des fosses à la périphérie de la ville de Dubossary, de début à mi-septembre 1941. Des *Volksdeutsche* membres de la *Selbstschutz*, comme Nikolas, auraient participé à ces atrocités et à des dizaines d'autres en Ukraine, suite à l'invasion soviétique.

Après la mort d'Emil, Adeline raconta à l'une de ses petites-filles que plusieurs semaines suivant leur retour de Friedenstal à la mi-août 1941, Emil effectua un déplacement avec son chariot et ses chevaux pour acheter des fournitures destinées à la maison qu'il construisait. Elle ajouta qu'il revint deux jours plus tard et qu'elle ne l'avait jamais vu aussi bouleversé : il lui avait expliqué que les SS l'avaient forcé à enterrer des Juifs et n'en avait plus jamais reparlé. Adeline omit de préciser où Emil avait acheté ces matériaux, mais Dubossary était et est toujours la plus grande ville à proximité de leur village.

Emil Haussmann était capitaine du *Einsatzkommando* 12 du *Einsatzgruppen* D au moment du massacre de Dubossary, sous les ordres du lieutenant-colonel Gustav Nosske, qui fut plus tard jugé à Nuremberg et incarcéré pour crimes de guerre. Haussmann fut promu au grade de major pour les efforts qu'il avait déployés au début de la « solution finale » et de ce que l'on dénommait parfois « la Shoah par balles », qui se déroula en Ukraine et en Transnistrie après l'invasion allemande de juin 1941. Trois ans plus tard, Haussmann faisait partie d'une section de SS qui escorta et protégea les « sang-pur » de la Longue Marche. Il se suicida avant son procès à Nuremberg.

Au cours des mois précédant l'invasion allemande de l'Union soviétique, Heinrich Himmler assista à l'exécution par fusillade de prisonniers politiques, à titre de test en vue de la mise en œuvre de la solution finale. On rapporte qu'Himmler fut tellement choqué qu'il fut saisi de vomissements et que, plus tard, il donna l'ordre que personne ne serait tué ni déporté dans un camp de concentration pour avoir refusé d'assassiner des Juifs. Il ne voulait que de « vrais croyants » derrière les fusils.

Durant le procès de Nuremberg, de nombreux criminels de guerre nazis tentèrent de se disculper en affirmant qu'ils avaient été contraints de prendre part à l'Holocauste et n'avaient pas le choix. Dans le cadre de leur défense, leurs avocats tentèrent de prouver que, sous Hitler, le refus de tuer des Juifs se soldait inévitablement par un assassinat ou la prison. Ils ne purent réunir les moindres preuves.

Les historiens estiment que les soldats alliés auraient violé jusqu'à huit mille Allemandes durant le dernier volet de la guerre et immédiatement après. Ils estiment à plus d'un million le nombre de viols perpétrés par les soldats soviétiques au cours de cette même période.

À partir de 1952, alors que le rideau de fer s'abattait sur l'Europe centrale et orientale, dans le cadre de mesures visant à empêcher les Allemands de l'Est de passer à l'Ouest, la frontière près d'Oebisfelde, qu'Adeline avait franchie pour retrouver la liberté, fut renforcée à l'aide de miradors, barbelés, murs, fossés antichars et champs de mines. Après la chute de l'Union soviétique et la réunification de l'Allemagne, ces ouvrages furent démantelés et les champs qu'avaient traversés Adeline et ses enfants suffisamment réhabilités pour que je puisse refaire à pied une grande partie de l'itinéraire qu'ils avaient suivi pour s'évader, même si, à l'évidence, le terrain ainsi que la végétation avaient changé.

***

Mi-mai, la vallée de la Gallatin, au sud-ouest du Montana, est un paysage offrant toute une palette de verts ; l'un des endroits les plus merveilleux au monde. À cette époque de l'année, à l'extrémité est de la vallée où j'habite, des arcs-en-ciel doubles et triples se forment fréquemment après des orages et des averses de grêle.

Aujourd'hui, Bill Martel est âgé de quatre-vingts ans. Ce veuf retraité vit une partie de l'année à Bozeman, où j'ai fait sa connaissance en novembre 2017. Retraité lui aussi, Walter Martel et sa femme ont déménagé pour s'installer plus à l'ouest afin de se rapprocher de leurs enfants et petits-enfants. Ils résident à Hamilton, dans le Montana.

En août 2018, après avoir suivi la majeure partie de l'itinéraire de la Longue Marche à travers la Moldavie, la Roumanie, la Hongrie et la Pologne, les deux frères et moi-même nous étions rendus en Ukraine, où nous avions roulé pendant dix heures sur une route épouvantable jusqu'à Friedenstal/Tryhrady. Nous y avions visité les ruines de leur maison d'enfance. Visualiser l'endroit précis qui fut le point de départ de leur périple vers la liberté les renvoya dans un passé très lointain. Ils furent bouleversés de voir la distance incroyable qu'ils avaient parcourue au cours de leur vie.

Deux jours plus tard, afin de leur épargner treize heures de trajet sur une route encore pire que la précédente, j'affrétai un avion pour nous transporter d'Odessa à Poltava afin de visiter le site de l'ancien camp de prisonniers. Nous avions retrouvé la mairie transformée en réfectoire et l'hôpital qu'Emil avait participé à reconstruire.

Restauré, le musée d'histoire locale de Poltava était fermé au public. Nous avions fait le tour et trouvé le directeur, Oleksandr Suprunenko, qui commença par refuser de nous laisser entrer en raison de travaux en cours. Apprenant qu'Emil y avait été prisonnier, avait appartenu à l'équipe funéraire et vendait du bois aux cuisinières avant son évasion, il s'était mis à rire, car sa propre mère était justement l'une de ces cuisinières. Il nous accompagna pour une visite privée du musée.

Il nous montra des photos de prisonniers émaciés, l'air hagard, occupés à reconstruire le musée. Il nous conduisit ensuite au sous-sol où, en raison des maladies qui faisaient des ravages parmi les prisonniers, les Soviétiques avaient fermé le camp de Poltava vers le milieu de l'année 1947, quelques mois après l'évasion d'Emil. Les rares survivants furent répartis dans d'autres camps à l'est, certains en Sibérie, jusqu'à ce que d'autres prisonniers soient transférés sur un site voisin afin d'achever la reconstruction de la ville. En entendant ce récit dans cette salle où leur père avait dormi avant et après ses allées et venues quotidiennes derrière la charrette de la mort, Bill et Walter fondirent en larmes.

Emil évoquait rarement le camp de prisonniers, mais il est évident qu'à son départ de Poltava, il n'était plus le même qu'à son arrivée. Avant sa captivité, Emil n'avait pas réalisé grand-chose d'important, il doutait de l'existence de Dieu, estimant que le meilleur moyen de survivre, sa famille et lui, aux communistes et aux nazis était de ne compter que sur lui-même, faire profil bas et se garder d'afficher ses ambitions. Après Poltava, Emil était devenu un homme pétri de spiritualité et d'une grande audace. Il croyait aux miracles, savait saisir les opportunités et prenait des risques énormes dont il fut gratifié toute sa vie.

« Quelque chose ou quelqu'un a changé mon père dans ce camp, dit Bill, mais je ne sais pas ce dont il s'agit. Il ne parlait pas beaucoup, mais il devait avoir des amis ici, un ou deux hommes avec qui il pouvait discuter et en qui il avait confiance. »

J'avais l'intuition d'avoir une réponse à ces questions car, le mois précédent à Bârlad, en Roumanie, j'avais interviewé Gheorghe Voiculescu, âgé de quatre-vingt-dix-huit ans. Je me suis inspiré de ses aventures et de sa philosophie de la vie pour le personnage du caporal Gheorghe. M. Voiculescu avait l'esprit vif, le sens de l'humour et rayonnait de bienveillance lors de notre entretien.

Il se rappelait parfaitement avoir côtoyé des Allemands lors de la Longue Marche qui devait les conduire vers l'ouest au printemps 1944. Auparavant, il avait participé aux combats sanglants à Stalingrad, dans le coude du Don, où il fut blessé par un éclat d'obus. Après avoir repris connaissance, il avait eu l'intime conviction qu'il était béni, survivrait à la guerre et deviendrait apiculteur. Effectivement, Voiculescu traversa le champ de bataille au milieu des soldats et des tanks soviétiques, et en ressortit indemne, alors qu'autour de lui, c'était une effroyable hécatombe.

À la fin de la guerre, il s'évada de deux camps de prisonniers soviétiques, puis fut transféré dans un camp de haute sécurité en mer d'Azov. Il fut libéré au bout de quatre ans de travaux forcés. À son retour à Bârlad, il fut acclamé en héros, étant l'un des rares survivants de la bataille du Don. En reconnaissance de cet exploit, il fut promu au grade de colonel honoraire de l'armée roumaine.

Après sa libération, il travailla un temps dans une usine et utilisa la quasi-totalité de ses économies pour réaliser son rêve de devenir apiculteur, sa passion depuis toujours. Il ne cessa de vanter les bienfaits remarquables du miel, de la gelée royale et des piqûres d'abeille. Il survécut à trois épouses et fêta son centième anniversaire en avril 2020.

Le vrai caporal Gheorghe fut, sans nul doute, l'un des hommes les plus éclairés et les plus remarquables que j'aie eu le privilège de rencontrer.

***

Deux jours après avoir visité le camp de prisonniers et nous être questionnés sur la transformation d'Emil, Walter et moi-même avions quitté l'Ukraine en avion pour nous rendre en Allemagne et en Pologne afin de suivre l'itinéraire d'évasion d'Adeline. Bill était retourné dans le Montana.

Au petit-déjeuner à l'aéroport, avant le départ de nos vols respectifs, les frères Martel me confièrent qu'outre ce qui était arrivé à leur père à Poltava, ils avaient l'impression d'avoir bouclé la boucle, d'être réconciliés avec leur passé, bénis pour tout ce qui leur avait été donné, admiratifs du courage inouï et de la détermination de leurs parents et profondément reconnaissants du long et dangereux périple qu'ils avaient entrepris dans leur enfance, quand leur famille avait tout risqué en courant avec les loups dans leur quête de liberté.

Attablé avec Bill et Walter dans l'aéroport de Kiev avant d'entreprendre la rédaction de la saga d'Emil et Adeline Martel, je notai dans mon carnet les mots qui serviraient de conclusion à mon récit.

Ceci est une histoire américaine, une histoire d'immigrants, une histoire universelle, empreinte de spiritualité. Osons tous poursuivre de tels rêves, être touchés par la grâce et mener une vie aussi miraculeuse.

Mark Sullivan, Bozeman, Montana, 21 juillet 2020

REMERCIEMENTS

Je voudrais exprimer ma reconnaissance à tous ceux qui m'ont soutenu dans la recherche et la rédaction de *La Dernière Vallée verte*.

En premier lieu, Bill et Walter Martel, ainsi que leurs familles, pour avoir partagé avec moi les histoires d'Emil et d'Adeline. J'espère leur avoir rendu justice.

En Roumanie et en Moldavie, mon guide Florin Burgui, un homme plein de ressources, est parvenu à retrouver une poignée de survivants ou de témoins de la Longue Marche des *Volksdeutsche* au printemps 1944 : Victoria Chmara, âgée de quatre-vingt-onze ans, Nicolae Hurezeanu, quatre-vingt-quinze ans, Ioan Muth, quatre-vingt-quinze ans, Gheorghe Voiculescu, quatre-vingt-dix-sept ans, et Victor Caldarar, quatre-vingt-seize ans. Merci de m'avoir confié vos souvenirs.

Je tiens également à exprimer ma gratitude à Flavius Roaita du Musée national d'histoire roumaine de Bucarest, à Ottmar Trasca de l'Institut d'histoire George Baritiu de Cluj-Napoca, en Roumanie, sans oublier Ramìf Dan, un historien roumain qui a interrogé plus de deux cent cinquante survivants et témoins de la retraite allemande d'Ukraine. Les historiens Corneliu Stoica, Dorin Dobrincu et Lutz Connert m'ont aidé à appréhender le sort des personnes déportées à l'Est par les Soviétiques après la fin de la Seconde Guerre mondiale, et de celles qui ne sont jamais revenues.

En Hongrie, l'historienne Eva Kuierung m'a permis de mieux comprendre le passage des *Volksdeutsche* par Budapest en direction de la Pologne. En Ukraine, le Dr Sergey Yelizarov, spécialiste des colonies allemandes, m'a guidé sur les traces des colonies de Friedenstal et de Poltava, où Oleksandr Suprunenko, du musée des Traditions locales, m'a ouvert les yeux sur les conditions de vie difficiles qui régnaient dans le camp de prisonniers à l'époque où Emil y était détenu.

Famine rouge, l'ouvrage d'Anne Applebaum sur la famine provoquée par le régime stalinien en Ukraine, m'a fait entrevoir ce que les Martel ont enduré avant la guerre. Je suis également redevable dans ma compréhension de l'Holocauste et des régimes soviétique et allemand en Ukraine aux travaux des historiens et essayistes Wendy Lower, Gail Gligman, Alexander Dallin, Joshua Rubenstein, Ilya Altman, Eric C. Steinhart, Diana Dumitru, Ray Brandon, Daniel Joseph Goldhagen, Gerald Reitlinger, Sefer Zikaron, Walter Koenig et Avigdor Shachen. Merci à tous.

Les écrits du Dr Alfred de Zayas m'ont fait découvrir l'expulsion des *Volksdeutsche* en Europe centrale et orientale entre 1944 et 1948. Les recherches du Dr Eric J. Schmaltz, de la Northwestern Oklahoma State University, m'ont énormément appris sur le transfert des Allemands de souche par les SS dans la région du Warthegau, en Pologne, et leur endoctrinement dans la Grande Allemagne d'Hitler. Ces conseils ont été très précieux.

Silvia Lass-Adelmann, ma traductrice dans mes recherches aux Archives politiques du ministère allemand des Affaires étrangères à Berlin concernant la Longue Marche, m'a été d'un grand secours. Mes sincères remerciements aux chercheurs des Archives nationales roumaines à Bucarest, du Musée américain de l'Holocauste à Washington, district de Columbia, et de Yad Vashem, le centre mondial de documentation, de recherche, d'éducation et de commémoration de la Shoah à Jérusalem.

J'ai eu le grand bonheur de me rendre à l'Académie O & O en Inde pour étudier les principes de la philosophie spirituelle de l'Unité auprès de mes éminents professeurs Krishnaji, Preethaji et Kumarji. Ces trois sages ont fini par inspirer ma représentation du soldat Kumar. Mon séjour à O & O a également influencé de nombreux autres passages de ce volume et a finalement transformé ma vie de manière positive. Soyez tous bénis.

Toute ma reconnaissance à mes premiers lecteurs : Damian Slattery, Connor Sullivan et Betsy Sullivan.

Mes plus vifs remerciements à Danielle Marshall, éditrice chez Lake Union Publishing, qui a cru dans ce projet dès le départ, et à Mikyla Bruder, éditrice chez Amazon Publishing, qui m'a apporté son soutien inconditionnel dans sa réalisation. Je remercie également David Downing, chef de projet éditorial, Jane Steele, ma correctrice, et Nicole Burns-Ascue du service fabrication, qui ont contribué à parfaire le récit jusqu'à sa version finale.

Je remercie également mon incroyable équipe de marketing et communication, Ashley Vanicek d'Amazon Publishing et Dana Kaye, Julia Borcherts et Hailey Dezort de Kaye Publicity. Merci d'avoir assuré la promotion de ce livre !

Et un grand coup de chapeau à mes agents littéraires, Meg Ruley et Rebecca Scherer, pour avoir lu et relu les différentes versions de *La Dernière Vallée verte*. Votre regard et votre sensibilité m'ont aidé à tirer le meilleur de moi-même.

Merci enfin à Jane Rotrosen, à Sabrina Prestia et au personnel de l'agence littéraire Jane Rotrosen qui me permettent de réaliser mon rêve d'écrivain.

Achevé d'imprimer en mai 2023
sur les presses de la Nouvelle Imprimerie Laballery
58500 Clamecy
Numéro d'impression : 304562

Imprimé en France

La Nouvelle Imprimerie Laballery est titulaire de la marque Imprim'Vert®